文選音決の研究

狩野 充徳

渓水社

まえがき

　『文選集注』に引かれた「音決」が、本書にいう『文選音決』(以下『音決』と称する)である。この『音決』は『文選』正文に対して附けた反切・直音・声調注など延べ５３００個足らずからなる音注を主とした注釈であって、揚州江都出身の公孫羅が７世紀後半に著したものである。『音決』は、唐代南方字音のきめ細かい研究に重要な資料を提供できる所に先ず大きな価値がある。更に、唐代音韻史に貴重な資料を提供することにもなり、従来議論の多い『切韻』(６０１年)の性格やその音韻体系を考える上でも、一つの資料を提供することになると思われる。

　本書は、『音決』の音韻体系の特徴と反切構造の特徴とを明らかにすることが、主要なる目的である。そこで、『音決』に見られる反切・直音・声調注約５３００個を『切韻』の音韻体系に依って整理し、資料篇(１)の「音注総表」を作成した。これに基づいて『音決』の音注に反映する音韻体系(声類・韻類・声調)の特色を考察した。その結果、声類・韻類の幾つかの特徴は、六朝末から唐代にかけての南方字音の特徴と一致していることが判明した。次に音注の内、反切のみを取り上げて資料篇(２)の「反切上字表」を作成して考察したところ、『音決』の反切構造は唐代音韻資料とほぼ同様の傾向を持つことが判明したのである。

　本書の構成は以下の通りである。

　Ⅰ．序論篇では、『音決』という研究資料について、京大影印本を中心とするテキスト、反切・直音・声調注といった音注の形式、撰者公孫羅に先立つ先輩諸家の音注、如字、避声・避諱、協韻・方言、左思「三都賦」諸家注といった種々の注、『音決』の撰者、『音決』の価値、研究の目的、研究の方法、依拠する『切韻』の音韻体系などについて述べた。

Ⅱ.本論篇では、『音決』の音韻体系の特徴を窺い知るために、声類・韻類・声調に分けて考察し、『切韻』系韻書には見られない固有の音についても触れた。最後に『音決』の反切の構造について論じた。『音決』の音韻体系の特徴を探るために、『切韻』の音韻体系に照らし合わせて、そのずれを捉えるという方法を採用した。『音決』の反切を分析するためには、陸志韋「古反切是怎様構造的」の方法を採用した。本論篇全般では、大島正二『唐代字音の研究』の研究結果を主として参考にしている。

Ⅲ.結論篇では、『音決』の音注を整理して明らかになった、音韻、反切の構造についての主要な点を総括した。

資料篇では、以上の如き立論の基礎・根拠として（1）音注総表、（2）反切上字表を掲げた。

巻末には『文選音決』被注字索引を附けた。『広韻』の音も附けた。

さて、『文選集注』は写本であるので、字体が刊本等に見えるものと異なるものがかなりある。本書では、字体は原則として『音決』の字体に拠ったけれども、『広韻』に従った場合もある。『音決』の字体で通そうとしても、『広韻』の字体で通そうとしても、いずれも不都合を生じる。内容にかかわらない、些細な問題であるが、字体の統一には少しく頭を悩ませるものがある。

次に音注の内、反切の場合、その上字・下字のいずれか一方が不明のものは、本論篇の考察からはずしているが、反切論で活用できるものもあるので、今後この点を補充したく思う。

なお、本書はこれまで発表した諸論文をまとめたものであるが、記述・体裁の不統一が見られることと思う。今後に期したい。

最後に一言申し上げたい。本書には問題点も少なくないかもしれない。筆者としては、研究者各位のご批判、ご指導を頂いて、より完全なものにしてゆきたいと願っている。

『文選音決の研究』
目　　次

まえがき

Ⅰ．序論篇

1　『文選音決』という研究資料 …………………………………3
2　『文選音決』のテキスト …………………………………5
3　『文選音決』の諸注 …………………………………8
　3.1　反切・直音・声調注 …………………………………8
　3.2　諸家音 …………………………………11
　3.3　如字 …………………………………36
　3.4　避声・避諱 …………………………………57
　3.5　作者注 …………………………………61
　3.6　古典引用 …………………………………66
　3.7　案語 …………………………………75
　3.8　下同 …………………………………80
　3.9　協韻・方言 …………………………………81
　3.10　左思「三都賦」諸家注について …………………………………101
　　3.10.1　左思「三都賦」諸家注についての諸説 …………………………………103
　　　3.10.1.1 …………………………………103
　　　3.10.1.2 …………………………………104
　　　3.10.1.3 …………………………………105
　　　3.10.1.4 …………………………………105
　　3.10.2　諸説の検討 …………………………………106
　　　3.10.2.1　説(一)の検討 …………………………………106
　　　3.10.2.2　説(三)の検討 …………………………………107
　　　3.10.2.3　説(二)の検討 …………………………………120

　　　　3.10.2.4　説(四)の検討　……………………120
　　　3.10.3　左思「三都賦」諸家注についての結論　……………………122
4　『文選音決』の撰者　……………………124
　4.1　撰者についての従来の説　……………………125
　4.2　公孫羅説の手がかり　……………………128
　4.3　『音決』の文字の相違を指摘する体例　……………………131
　4.4　斯波説の検討　……………………136
　　4.4.1　斯波の疑問の第一点
　　　　──『鈔』と『音決』との正文の文字の相違　……………………137
　　　4.4.1.1　斯波の疑問の第一点の(1)　……………………137
　　　4.4.1.2　斯波の疑問の第一点の(2)　……………………140
　　　4.4.1.3　斯波の疑問の第一点の(3)　……………………142
　　4.4.2　斯波の疑問の第二点
　　　　──『鈔』と『音決』との篇章の食い違い　……………………144
　　4.4.3　斯波の疑問の第三点
　　　　──『鈔』の撰者は「察」なる人物でもある　……………………147
　4.5　「今案」の疑問四点　……………………148
　　4.5.1　「今案」の疑問の第一点　……………………148
　　4.5.2　「今案」の疑問の第二点　……………………150
　　4.5.3　「今案」の疑問の第三点　……………………152
　　4.5.4　「今案」の疑問の第四点　……………………154
　4.6　『鈔』中の手がかり　……………………155
　4.7　撰者についての結論　……………………159
5　公孫羅という人物　……………………167
6　『文選音決』の価値　……………………168
7　研究の目的　……………………169
8　研究の方法　……………………169
9　『切韻』の音韻体系　……………………171

Ⅱ. 本論篇

1 声類 …………………………………………………179
 1.1 唇音 …………………………………………………179
  1.1.1 軽唇音 …………………………………………179
  1.1.2 重唇音 …………………………………………181
   1.1.2.1 〈幇〉〈滂〉両母の混同を示す例がある …………181
   1.1.2.2 〈幇〉〈並〉両母の混同を示す例がある …………182
   1.1.2.3 〈滂〉〈並〉両母の混同を示す例がある …………182
 1.2 舌音 …………………………………………………183
  1.2.1 舌頭音 …………………………………………183
   1.2.1.1 〈端〉〈定〉両母の混同を示す例がある …………183
  1.2.2 舌頭音・舌上音 …………………………………183
   1.2.2.1 〈端〉〈知〉両母の混同を示す例がある …………183
   1.2.2.2 〈透〉〈徹〉両母の混同を示す例がある …………185
   1.2.2.3 〈定〉〈澄〉両母の混同を示す例がある …………185
   1.2.2.4 〈泥〉〈娘〉両母の混同を示す例がある …………187
 1.3 歯音 …………………………………………………188
  1.3.1 歯頭音(精組) …………………………………188
   1.3.1.1 〈精〉〈心〉両母の混同を示す例がある …………188
   1.3.1.2 〈心〉〈清〉両母の混同を示す例がある …………189
   1.3.1.3 〈精〉〈従〉両母の混同を示す例がある …………189
   1.3.1.4 〈心〉〈邪〉両母の混同を示す例がある …………189
   1.3.1.5 〈従〉〈邪〉両母の混同を示す例がある …………190
  1.3.2 正歯音二等(荘組) ………………………………193
   1.3.2.1 正歯音二等(荘組)と三等(章組)とは、
        各々独立していて、混同は見られない …………193

v

- 1.3.2.2 〈荘〉〈崇〉両母の混同を示す例がある ……………193
- 1.3.2.3 〈荘〉〈初〉両母の混同を示す例がある ……………193
- 1.3.2.4 〈荘〉〈生〉両母の混同を示す例がある ……………194
- 1.3.2.5 〈崇〉〈俟〉両母の混同を示す例がある ……………194
- 1.3.2.6 〈生〉〈心〉両母の混同を示す例がある ……………194
- 1.3.3 正歯音三等(章組) ……………………………195
- 1.3.3.1 〈船〉〈常〉両母の混同を示す例がある ……………195
- 1.3.3.2 〈書〉〈常〉両母の混同を示す例がある ……………196
- 1.4 牙喉音 …………………………………………197
- 1.4.1 〈見〉〈群〉両母の混同を示す例がある ……………197
- 1.4.2 〈疑〉〈影〉両母の混同を示す例がある ……………198
- 1.4.3 〈見〉〈渓〉両母の混同を示す例がある ……………198
- 1.4.4 〈影〉〈暁〉両母の混同を示す例がある ……………198
- 1.4.5 〈匣〉母と〈于〉母とは『音決』では分かれている ……………198
- 2 韻類 ……………………………………………………200
- 2.1 Ⅰ類 ………………………………………………200
- 2.1.1 〈東一〉〈冬〉両韻通用の例がある ……………200
- 2.1.2 〈泰〉〈灰〉両韻通用の例がある ……………201
- 2.1.3 〈覃〉〈談〉両韻通用の例がある ……………201
- 2.2 Ⅰ／Ⅱ類 …………………………………………201
- 2.2.1 〈肴〉〈侯〉両韻通用の例がある ……………201
- 2.2.2 〈覃〉〈咸〉両韻通用の例がある ……………202
- 2.2.3 〈咸〉〈銜〉両韻通用の例がある ……………202
- 2.3 Ⅰ／B類 …………………………………………202
- 2.3.1 〈侯〉〈幽B〉両韻通用の例がある ……………202
- 2.4 Ⅰ／C類 …………………………………………202
- 2.4.1 〈東一〉〈東三〉両韻通用の例がある ……………202

2.4.2　〈魂〉〈文〉両韻通用の例がある ……………………203
　2.4.3　〈唐〉〈陽〉両韻通用の例がある ……………………203
　2.4.4　〈侯〉〈尤〉両韻通用の例がある ……………………203
2.5　Ⅱ類 ……………………………………………………………204
　2.5.1　〈皆〉〈夬〉両韻通用の例がある ……………………204
　2.5.2　〈刪〉〈山〉両韻通用の例がある ……………………204
　2.5.3　〈耕〉(開口)〈庚二〉(開口)
　　　　　両韻通用の例がある ……………………………………205
2.6　Ⅱ／A・B・AB類 …………………………………………205
　2.6.1　〈肴〉〈宵〉両韻通用の例がある ……………………205
2.7　Ⅳ／A・B・AB類 …………………………………………206
　2.7.1　〈蕭〉〈宵〉両韻通用の例がある ……………………206
　2.7.2　〈青〉〈清〉両韻通用の例がある ……………………206
2.8　A・B・AB類 ………………………………………………207
　2.8.1　〈庚三〉〈清〉両韻通用の例がある …………………207
2.9　A・B・AB／C類 …………………………………………207
　2.9.1　〈脂〉〈之〉両韻通用の例がある
　　　　　重紐A・Bの対立に混乱はない ……………………207
　2.9.2　〈脂合〉〈微合〉両韻通用の例がある ………………210
　2.9.3　〈祭〉〈廃〉両韻通用の例がある ……………………211
　2.9.4　〈真開B〉〈欣〉両韻通用の例がある
　　　　　重紐A・Bの対立に混乱はない ……………………211
　2.9.5　〈幽B〉〈尤〉両韻通用の例がある
　　　　　重紐A・Bの対立に混乱はない ……………………212
　2.9.6　〈塩B〉〈厳〉両韻通用の例がある …………………213
2.10　声調 …………………………………………………………213
　2.10.1　上声全濁音声母字の去声化 …………………………213
　2.10.2　平声と上声との混同 …………………………………214

2.10.3　平声と去声との混同 ………………………214
　　　2.10.4　上声と去声との混同 ………………………215
　3　『音決』固有の音 ………………………216
　4　『音決』の音韻体系のまとめ ………………………217
　5　反切論 ………………………217
　　5.1　反切上字 ………………………218
　　　5.1.1　陽声上字・入声上字 ………………………226
　　　5.1.2　陰声字 ………………………232
　　5.2　反切下字 ………………………240
　　5.3　反切上字・下字の相関関係 ………………………243
　　　5.3.1　声母 ………………………243
　　　5.3.2　清濁 ………………………246
　　　5.3.3　開合 ………………………249
　　　5.3.4　等位 ………………………264
　　　5.3.5　慧琳型反切 ………………………266
　6　反切論のまとめ ………………………267

Ⅲ．結論篇 ………………………271

資料篇
　資料（1）音注総表 ………………………1
　資料（2）反切上字表 ………………………263

『文選音決』被注字索引 ………………………1

　あとがき ………………………113
　《〈文选音决〉研究》的要旨 ………………………116

Ⅰ．序論篇

Ⅰ．序論篇

Ⅰ．1　『文選音決』という研究資料

　『文選』は梁の昭明太子(蕭統、501～531)の撰になり、東周(紀元前5世紀)から撰者の活躍した梁(紀元後6世紀)までの1000年間にわたる時代の、散文・韻文の様々な文体からなる、数多くの優れた文学作品を集めた総集であって、もと30巻より成るものである(現在広く行われている清、胡克家刻本『李善注文選』は60巻である)。

　このような『文選』に対して、李善・鈔・音決*1・五臣・陸善経といった唐代の諸注を当該正文の下に集め、その後にしばしば「今案」という編者の案語を付けた注釈書が『文選集注』*2である。これは本来120巻より成る旧鈔本であるが、現存するのは24巻であり、全体の2割にすぎない(それらも巻首から巻末まで首尾完全に存してはいるものは少ない)。それらは昭和10年(1935)から同17年(1942)にかけて発行された『京都帝国大学文学部景印旧鈔本』(以下、これを「京大影印本」と略称する)第三集から第九集までに収められている。ただ巻98は、現在台湾の台北中央図書館に蔵されており、邱棨鐊『文選集注研究(一)』(文選研究会、1978、以下、これを「台湾影印本」と略称する)に付録として影印されている。

　また、最近では胡刻本の巻24の一部に当たる残巻が、上海古籍出版社から1997年に出版された『天津市芸術博物館蔵敦煌文献②』に収録された。更に東京お茶の水の成簣堂文庫に所蔵する巻61の残巻がある*3。この2資料は、拙著では今回初めて取り扱うものである。

　拙論の題にいう『文選音決』とは、これらの『文選集注』所引の「音決」を指していう(以下、必要に応じて『音決』と略称する)。そして、この『音決』の撰者は、唐、公孫羅である(このことは、下文「Ⅰ．4　『文選音決』の撰者」で詳細に論じた)。そして、『文選集注』の諸注の内、『音決』以外

- 3 -

の注が『文選』正文に対する義注であるのに対し、『音決』のみは、反切・直音・声調注からなる、正文に対する音注である（音注といっても往々にして義注の機能をも持ち、「音義」とも称しうるであろう）。『音決』はこれら純粋な音注以外にも、更に諸家音（先輩諸学者の音注）・古典引用（『説文音』・『字林音』などの引用）・協韻・方言・避声・避諱・如字・作者注・案語などといった種々の注をも持つ。それらについては、これまで筆者は拙論何篇かを発表してきたが*4、幾分かの補訂を加えて、それらの内容を下文「Ⅰ．3『文選音決』の諸注」で再度取り扱う。

　なお、書名の「音決」について、周祖謨は「謂之音決者，蓋采撫諸家舊音而審決之也」という*5。即ち、諸家が『文選』正文の字に附けた古い音をよく調べ明らかにして、どの音が正しく適切なのかを決めることから名づけたというのである。しかし、諸家の音を下敷きにしていることは確かであるが（勿論、諸家が取り上げた被注字の対象箇所の相違はあるに違いない。それに伴って音注の数量上のきめ細かさに違いはあるであろう）、その引用は全体の音注からみれば数少ないので（本文下文「Ⅰ．3．2　諸家音」を参照）、周祖謨のいう以外に、一字両読のどの音なのかを決定するとか、それ以外の難字・僻字の音を決めて示すとかの意味をも含んでいると筆者は考えたい（先輩諸家の音注に対する決定版的な自負を暗示した書名であるというのは、ややいいすぎであると考える）*6。

（注）
* *1　集注本では「音決」の「決」字を「决」に作る。「决」は俗字体である。唐、顔元孫『干禄字書』入声に「决」が「俗」、「決」が「正」であることの記述がある。拙著では全て「決」に作る。
* *2　『文選集注』については、清、羅振玉輯の『唐写文選集注残本』の序文（『羅雪堂先生全集』にも収める）、斯波六郎「文選諸本の研究」（斯波博士退官記念事業会、昭和32年。この書の刊行の辞も参照されたい。また『文選索引』第１冊、京都大学人文科学研究所、昭和32年にも収める）の「旧鈔文選集注残巻」、小尾郊一『全釈漢文大系文選』巻（一）（集英社、昭和49年）の解説等を参照。

*3　富永一登・衣川賢次「新出『文選』集注本残巻校記」(「中国中世文学研究」36号、平成11年7月)にこの両テキストの解題並びに校勘記があるので、参照されたい。

*4　「『文選集注』所引『音決』撰者についての一考察」(『小尾博士退休記念中国文学論集』第一学習社、1976)

「文選集注所引音決に見える諸家音について」(「山陽女子短期大学研究紀要」第7号、1980)

「文選集注所引音決に見える諸注について」(「同紀要」第9号、1983)

「文選集注所引音決に見える諸注について(続)」(「同紀要」第10号、1984)

「左思三都賦諸家注考証」(「中国中世文学研究」11号、1976)

なお、旧稿に『文選音決』の研究——資料篇(1)音注総表——」(「広島大学文学部紀要」第47巻. 特輯号2、1988)がある。

*5　周祖謨「論文選音残巻之作者及其方音」(『漢語音韻学論文集』上海、商務印書館、1957、『問学集』上冊. 北京中華書局、1966)

*6　「音決」という書名はまま散見する。それらと考え合わせることも書名の意味を考える上で参考となるであろう。小川環樹・木田章義注解『千字文』(「岩波文庫」岩波書店、1997)の解説を参照。

Ⅰ.2　『文選音決』のテキスト

Ⅰ.1で取り上げた『文選集注』のテキストの内、京大影印本の内訳を示すと以下のようである(巻数は算用数字で表記する)。

第3集……巻47、61上下、62、66、71
第4集……巻73上下、79、85上下
第5集……巻56、91上下、94上
第6集……巻94中下、102上下、113上下
第7集……巻8、9、59上下
第8集……巻63、88、116
第9集……巻43、48上下、61、68、93、116

この京大影印本以外に、上述の台湾の台北中央図書館所蔵の巻98、上海古籍出版社から1997年に出版された『天津市芸術博物館蔵敦煌文献②』に登載された巻24(胡刻本の巻数)の残巻本、東京お茶の水の成簣堂文庫に所蔵する巻61の残巻本がある。

　この巻24の残巻本には18個の音注があり、内12個が反切であり、4個は直音である。他に「南、協韻女林反。案呉俗音也。下篇同」と「伐、避聲。音擊」の音注もあるが、これら2個の音注は「総表」には記入しないし、反切構造の分析の対象からも外す。この巻24は、他の集注本残巻の巻数に併せて48天・頁数で表す。例えば、「48天・284」の「婉、於遠反」は『天津市芸術博物館蔵敦煌文献②』の第284頁にこの反切が見えることを意味する。

　巻61の残巻本は、花園大学教授衣川賢次氏が筆写したものに依る。ここには9個の音注があり、内8個が反切である。他の1個は、被注字「寐」の「協韻」であり、「如字」であって、「総表」には記入しないし、また反切構造の分析の対象からも外す。この巻61は、61成・行数で表す。例えば、「61成・3」の「弭、亡尓反」は成簣堂文庫本巻61の第3行にこの反切が見えることを意味する。

　次に、これらを巻数の小より大へ並べれば、以下のようになる。

　　巻8、9、43、47、48天、48上下、56、59上下、61成、61、61上下、62、63、66、68、71、73上下、79、85上下、88、91上下、93、94上中下、98、102上下、113上下、116

　これらの『文選集注』に引用された『音決』が、拙論で使用する『文選音決』のテキストとなる。なお、この中には重複する巻数がある。即ち、巻48下(第9集)の1オ(「オ」は第1葉表の意、「オ」の表記のないものは裏の意味。以下同じ)は2枚あり、両方に音注がある。それで、最初の1オを48下・甲1オと称し、次の1オを48下・1オと称する。

　巻61は、第3集と第9集の両方に収められている。第9集の巻61の方は、

最初の１オ～２オ（「胡刻本」巻31、12～13オ）、次の１オ～２（同13～14）、終りの１オ～２オ(15オ～15)をそれぞれ61甲・61乙・61丙と巻数表記する。つまり、61甲（１オ～２オ）・61乙（１オ～２）・61丙（１オ～２オ）となる（第３集の巻61上下はそのまま）。

巻94上(第５集)は、最初の１オ～２オ（「胡刻本」巻47、20オ）を94上・甲と表記する（「畫、胡挂反」の反切１個のみ）。次の１オ～39オは単に94上とする。

巻116は第８集と第９集とに収められる。第９集のそれを116甲と称する。これは僅か１葉しかなく、その１オに「量音亮」という音注が１個見られるにすぎない。８集のそれ（全51葉）は、そのまま116と表記する。

また巻98は上述、邱の著書の頁数（著書全体の算用数字による頁数）とその上下段（上段は「上」と記し、下段は何も記さない）により示す。

以上の重複巻数として分かりやすく再度示せば、以下の通りである。

　　第９集……巻48下・甲１オ（最初の１オ）、48下・１オ（次の１オ）
　　第３集……巻61上下
　　第９集……巻61甲（１オ～２オ）・乙（１オ～２）・丙（１オ～２オ）
　　第５集……巻94上・甲（１オ～２オ。「畫、胡挂反」の音注１個のみ）、
　　　　　　　94上（１オ～39オ）＝94上と表記。
　　第８集……巻116（１オには音注なし）
　　第９集……巻116甲＝第１葉のみ（１オに「量音亮」の音注１個あるのみ）

なお、清、羅振玉輯の『唐写文選集注残本』等は使用しない。羅振玉輯本は京大影印本と重複して、缺損多く、故意に改めたり、誤って録したりなどの缺点のあることを斯波六郎は指摘する*1。

(注)
*１　斯波六郎「文選諸本の研究」（斯波博士退官記念事業会、1957）p.103の注15

I.3　『文選音決』の諸注

　『文選音決』の撰者などの問題について論ずる前に、上に言及した『音決』の「反切」・「直音」・「声調注」といった音注を始め、その他の諸注について詳しく説明しておく。ただ、諸注の内『文選』正文の字の異同やその音の相違について指摘した注が少なからずあるが、それらはここでは取り上げない。例えば、(甲)「蟻、魚綺反、或作螘、同」(66・7オ)、(乙)「歙、以朱反、或為謠、通」(66・26)、(丙)「琦音奇、或為奇、非也」(66・15)、(丁)「繆、莫侯反、或亡尤反、通也」(9・32)、(戊)「王、于方反、或于放反、非」(8・6)の如きである。これらは「I.4　『文選音決』の撰者」で全て挙例したので、そこを参照されたい。

I.3.1　反切・直音・声調注

　本書では、反切・直音・声調注の３種の音注を取り上げて「音注総表」を作成する。これは『音決』の音注が反映する音韻体系の特色を明らかにするための基礎作業である。これらの音注は今更贅言を要しないが、一応簡単に説明して、その例を挙げる。

　(１)反　切……漢字２字を用いて知ろうとする１漢字の音を求めるもので、「Ａ、ＢＣ反」の形式で表される。たとえば「牘、大禄反」(71・37オ)がこれである。Ａを反切帰字・被切字・所切之字、また被注字などと称し、帰字とも略称する。Ｂを反切上字・切語上字と称し、また単に上字とも略称する。Ｃを反切下字・切語下字と称し、また単に下字とも略称する。ＡとＢとは声母を同じくする「双声」の関係にあり、ＡとＣとは韻母(声調も含む)を同じくする「畳韻」の関係にある。つまり反切の原則は「上字定声、下字定韻」なのである*1。

- 8 -

（２）直　音……ある字の音をそれと同音の別な字により示すもので、「Ａ音Ｂ」の形式で表される。例えば「涷音棟」（66・23オ）がこれである。この方法は簡単明瞭で、一見して求める字音を知ることができる。しかし同音字がないか、あっても隠僻な字ばかりで、分かり易い字がない時には行き詰まる*2。

（３）声調注……ある字に２つ以上の声調がある（声母・韻母は全く同じで、声調が２つ以上ある、つまり２音或いはそれ以上の音をもつ、所謂「一字両読字」の一つである）時、その中でどの声調の音であるかを示す場合と、適当な同韻字・同音字がないために（声母・韻母は全く同じで声調のみ異なる）別な字をとって、その声調だけを変える場合との２種類がある。上引の殷煥先は後者の例を専ら挙げて「紐四声法」と呼び、直音より一歩進んだ音注であるという（注*1の同書p.6を参照）。前者の例として①「治、去聲」（48下・32オ）、②「任、任之去聲」（8・5など計３個）がある。後者の例として③「拯、證之上聲」（68・9など計４個）がある。①の例について、『広韻』に依ると、「治」には（１）平声之韻直之切（水名、出東莱、亦理也）、（２）去声至韻直利切（理也）、（３）去声志韻直吏切（理也）の３音があり、（１）と（３）とは相配の関係にあるから、ここでは（３）の音に読んで、その意味にとれということを指摘したのである。③の例について、「拯」は上声拯韻字であるが、『広韻』には同音字は「抍・撜・氶・丞」の４字しかなく、しかも生僻な字である。それ故直音の音注を加えることができない。声母が異なる同韻字として「殑・庱・殅」の３字があるが、これまた生僻な字であるので、反切の音注も付けられない。それで上声拯韻と相配する去声証韻の中から、拯字とは声調のみ異なる證字を借りて、その上声といったものである。『広韻』でも拯字には反切が付けられておらず、「拯、救也、助也。無韻切。音蒸上聲」というように上述の

「紐四声法」を用いている。

『音決』に見える以上３種の音注を統計にとると、次の通りである。

表１

	反切	直音	声調注	合計
種　類	1795	606	10	2411
延べ数	3691	1560	15	5266

（１）数字は資料篇（１）「音注総表」に挙げられた被注字の数である。被注字（反切の場合は帰字）不明なものを含むが、音注字（反切の場合は上字・下字の両方、またはいずれか一方）が不明なものは含まない。音注字のうち一部が欠けていても、その字であると推定できるものは含む（「音注総表」の「凡例」を参照）。
（２）「繆莫侯反、或亡尤反、通也」（９・32）のように、「〇Ａ反、或Ｂ反、（通）」の形式で、ある字について１音を示す以外に、他の音を示してその音をも認める例が４個ある。これも音注としてとる。他に
（３）「嗤尺詩反、或為哂、詩引反、通」（94上・８オ）のように、「〇Ａ反、或為Ｂ、Ｃ反、通」の形式で、別な音の別な字に作るテキストもあり、それでも意味は通じることを指摘した例も６個あって、これも音注としてとる。
（４）これに反し、「王、于方反、或于放反、非」（８・６）のように、「〇Ａ反、或Ｂ反、非」の形式の「或」以下の音はとらない（Ａ反はとるが、Ｂ反はとらない）。この例は、「王」を「于方反」即ち平声陽韻（現代音wáng）に読んで「王」という名詞の意味にとるのが正しく、「于放反」と去声漾韻（同wàng）に読んで、「王となる、王として天下を治める」という動詞の意味にとることの不可なることをいう。この場合、「王、于放反」は音注としてとらない。『広韻』には確かに「王」字にこの２音があるが、『音決』では去声の方の音をこの正文にあってはとらないからであ

- 10 -

る（この『文選』の正文の解釈を離れた場合、この「非」なる音が『音決』の１音として存したことも想像されるが）。この形式の音注は10個ある。
（５）他に、「属之欲反、或作屛、必静反、非」（９・41）のように、「〇A反、或作(為)B、C反、非」の形式で、別な音の別な字に作るテキストもあり、それでは意味が通じないことを指摘した例も９個あって、これも音注としてとらない（『音決』の立場では、正文解釈としてこの字に作るのは誤りである。『音決』の立場を離れた場合、その音はその字の読音として認めてもよいとは思うが）。更に「西音先、案下云東夷、此音宜如字」（93・27。□内、今かく推定する）の例についても、「音先」・「如字」共にとらない。なお、下文の「Ⅰ.３.３　如字」の（４）西［６］を参照。これらの音注例の内、（２）は下文の「Ⅰ.４　『文選音決』の撰者」の「Ⅰ.４.３　『音決』の文字の相違を指摘する体例」の箇所で取り上げた（丁）のことであり、（４）は同じく（戊）のことである。
（６）「下同」の個数は含まない。例えば、「朝、直遥反、下同」（113下・17）の「下同」は、第二十葉裏の下文に「朝廷聞而復之」とある「朝」字を指して、ここも「直遥反」に読めということをいうのである。従って、ここにはこのような音注はない。このような「下同」は上の統計数に入れていない。なお、「下同」は下文「Ⅰ.３.８　下同」を参照のこと。

（注）
＊１　殷煥先『反切釈要』（「漢語語言学叢書」山東人民出版社、1979）p.23を参照。
＊２　陳澧『切韻考』巻六「通論」に「古人音書、但曰讀若某、讀與某同。然或無同音之字、則其法窮。雖有同音之字、而隱僻難識、則其法又窮」とある。これは直音のことを直接言っているのではないが、直音にも当てはまる。

Ⅰ.３.２　諸家音

　『文選音決』は、音注を施すに当たって、先輩の諸家13人の音注を合計61

個引用する。ここでは、『音決』が依拠したと思われる諸家音の諸家及びその著述について考証を試みる。或いは、清、洪亮吉『漢魏音』や民国、呉承仕『経籍旧音弁証』といったこれまでの研究者の著述の遺漏を補い得ようか、或いはまた『文選音決』の撰者その他の問題について考察する時の一助となり得るであろうか。

　先ずその諸家とそれが見える出所を示すと、次の表2の如くなる。

表2

諸家	出典巻数・葉数・表(オ)・裏(無表記)
1．毛公	73下・17オ 98・126上
2．鄭玄	8・30オ 73下・17オ 98・126上
3．張載	8・25
4．陳武	8・33 9・32
5．諸詮之	8・19、29
6．郭	9・61オ
7．蕭該	8・9、29 9・8オ、19、28オ、33オ、34オ(2)、58オ、59、67オ、67 59上・12 63・32オ 66・1、35オ、38オ 68・21 79・51 93・5、10オ 102下・23オ 113上・23

8. 魯世達	9・32
	68・34オ
9. 騫上人	9・55オ
	63・11オ、27オ
	66・38オ
10. 曹憲	8・9
	9・15、17オ、20オ、26、44
	63・13
	66・7、10
	79・51
	93・5
11. 許淹	9・29オ
	113上・16オ、29
12. 李	8・34オ
	9・61オ
13. 王	9・34オ
	93・17
	102上・10オ
	102下・1（?）、23オ
	113上・23オ

以下これら13家の人と著作について考証する。

1. 毛（公）……漢、毛亨の『毛詩』の注釈書『毛詩古訓伝』、通称「毛伝」に拠ったものである。

（1）正文「其詩曰、刑于寡妻、至于兄弟、以御于家邦」（□内、胡刻本に依る）

　　李善曰「毛詩大雅文也」

鈔曰「御、迎也、治也、接也」
　　　音決「御、鄭玄魚嫁反。毛公□□□」（73下・17オ．『音決』の音注のあ
　　　　　る箇所を示し、正文のそれではない。以下同じ）
（２）正文「故其詩曰、形(ママ)于寡妻、至于兄弟、以御于家邦」
　　　李善曰「毛詩大雅文也。鄭玄曰、御、治也」
　　　鈔曰「御、迎也、治也、接也」
　　　音決「御、毛音馭。鄭玄音訝。」（98・126上）

２．鄭玄………後漢の鄭玄の『毛詩』の注釈書「箋」、通称「鄭箋」に拠った
　　　　ものである。

（１）正文「其詩曰、刑于寡妻、至于兄弟、以御于家邦」
　　　李善曰「毛詩大雅文也」
　　　鈔曰「御、迎也、治也、接也」
　　　音決「御、鄭玄魚嫁反。毛公□□□」（73下・17オ）
（２）正文「故其詩曰、形(ママ)于寡妻、至于兄弟、以御于家邦」
　　　李善曰「毛詩大雅文也。鄭玄曰、御、治也」
　　　鈔曰「御、迎也、治也、接也」
　　　音決「御、毛音馭。鄭玄音訝」（98・126上）
（３）正文「置酒高堂、以御嘉賓」
　　　李善曰「毛詩曰、以御賓客、且以酌醴」
　　　鈔曰「御、進也、待也。言進待善良之賓也」
　　　音決「御、魚慮反。案鄭玄箋詩、宜魚嫁反」（８・30オ）

　毛公と鄭玄は同じ『毛詩』の注釈からの引用であるので、ここに併せて論
じる。１．毛と２．鄭玄の（１）・（２）は、それぞれ同一箇所である。これらは、
ともに『毛詩』大雅、思斉第二章の「惠于宗公、神罔時怨、神罔時恫、刑于
寡妻、至于兄弟、以御于家邦」という句に拠ったのであり、毛伝に「御、迎
也」、鄭箋に「御、治也」といい、唐、陸徳明の『経典釈文』には「（御）、

- 14 -

毛、牙嫁反、迎也。鄭、魚據反、治也」という。
　『広韻』*1では、「御」に２音がある。

［１］去声、御韻、牛倨切、「御、理也、待也、進也、使也。……」
［２］去声、禡韻、吾駕切、「迓、迎也。訝、嗟訝、亦上同」

　『経典釈文』では、毛の音は『広韻』の［２］の音に当たり、鄭の音は『広韻』の［１］に当たって、その義も一致する（毛の場合、御は「迓」或いは「訝」の仮借字に当たる。清、朱駿声『説文通訓定声』、その他を参照）。
　だが、『音決』の方では、鄭玄音（１）・（３）の「御、魚嫁反」及び（２）の「御、音訝」が、『広韻』の［２］の音に当たり、『経典釈文』の「毛公音」の「牙嫁反、迎也」に当たっている。一方、（２）の毛音「御、音馭」は、『広韻』の［１］去声、御韻、牛倨切、「御、理也、……」に当たり、『経典釈文』の鄭玄音「魚據反、治也」に当たる。このように『経典釈文』と『音決』とでは、食い違っている。
　そもそもが、『音決』の鄭玄音（１）・（２）が同じく『毛詩』大雅、思斉の鄭玄音を引きながら、（１）が反切、（２）が直音という、音注の形式が異なるというのは、些かおかしなことではある。また、大雅、思斉の毛伝・鄭箋、『経典釈文』とも考え併せるならば、『音決』には何か誤りがあると考えられる。即ち、『音決』がそれ自身、毛（公）音と鄭玄音とを截然と区別していて混乱のないのは正しいのであるが、（１）・（２）の「鄭玄音」は「毛音」の誤りで、「毛（公）音」は「鄭玄音」の誤りであろう。同様に、（３）の「鄭玄音」も「毛（公）音」の誤りであると考えられるのである。
　次に、毛（１）の音「毛公□□□」は残缺していて不明ながら、（２）の毛音「御、音馭」及び（３）の『音決』の「御、魚慮反」（これは「毛音」に基づいたものと思われる）から類推すると、恐らくこれは反切であって「魚慮反」の３字に作っていたと思われる。もし直音の「御音馭」に作るのであれば、「御、鄭玄魚嫁反。毛公御音馭」となって、「御」の字が重なることになって、おかしいからである。

- 15 -

（３）の『音決』撰者自身の音「魚慮反」は、『広韻』の[１]に当たり、それは『経典釈文』では鄭玄の音に当たり、鈔の如く「進也、待也」と解すると思われる。

　２．鄭玄（３）は、李善が指摘するように『毛詩』小雅、吉日第四章「既張我弓、既挾我矢、發彼小豝、殪此大兕、以御賓客、且以酌醴」に基づくものである。「御」字について鄭箋は「御賓客者、給賓客之御也」といい、毛伝や『経典釈文』は何ともいっていない。ここの「魚嫁反」は、「鄭玄音」と直截的にいってはいないが、「案鄭玄箋詩、宜魚嫁反」ということから考えれば、これが鄭玄音であると『音決』が見なしていたことは疑いない。その前の音注「御、魚慮反」が毛音に基づいたものと思われるから、参考のために、更に鄭玄音を持ち出したものと思われる。この音は鄭玄音の他の２例と一致する。

　さて、毛公（毛亨・毛萇いずれにせよ）に「毛詩音」があったというのではなく、『音決』の撰者が「毛伝」（『毛詩故訓伝』）の義注を見て音注を施したものであろう。鄭玄音の場合も鄭玄自身に「鄭玄音」があったというのではなく、『音決』の撰者が「鄭箋」（『毛詩箋』）の義を見て音注を施したものであろう。このように考える理由は、以下のようである。

　『経典釈文』序録、「注解伝述人」の「詩」の条に「爲詩音者九人、鄭玄・徐邈……」と鄭玄の詩音を挙げている。しかし、民国、呉承仕は『経典釈文序録疏証』*2で、序録の「爲尚書音者四人、孔安國・鄭玄・李軌・徐邈。案漢人不作音、後人所託」を取り挙げていう、

　　案建安以前、不行反語、孔安國更不得有作音之事。此皆後人依義作之、
　　非孔等自作。若李徐以下、固嘗專撰音書矣。説詳經籍舊音序録。

と。つまり毛公音も鄭玄音も後人が、毛伝・鄭箋の義に依って作ったということになる。これは同じく呉氏の『経籍旧音序録』*3にも詳しいというのは、例えば、

> 漢末已行反語、具如前述。然以各家所引漢人反語一切無別、槩斥爲當人
> 所作、則又非諟。毛公・孔安國・二鄭・杜・賈之倫、世次縣遠、不作反
> 語、自無可疑。釋文所引建安以前諸師反語、明爲後儒依義作之。作者非
> 一時、又不盡出一人之手、要爲唐以前音。沿襲來久、今更無從辨證。既
> 無主名、故次諸漢人之列（卷1第6葉表）。

というところなどである。また、王重民『敦煌古籍序録』*4巻1経部「毛詩音」(P.3383)に引く劉詩孫の説も、鄭玄音については同じく後人仮託説である。即ち、

> 釋文敍録稱魏晉以來、爲詩音者九人、鄭玄・徐邈・蔡氏・孔氏・阮侃・
> 王肅・江惇・干寶・李軌等是。以徐邈次於鄭玄、其爲世重可知。又釋文
> 敍録云、漢人不作音、後人所託。此言漢無反切之音也。鄭玄漢時人、時
> 尚無反語、今世所傳鄭氏反切、疑皆爲後人所假託者。是則爲詩音最先之
> 人、要當推邈。

というのがそれである。

3. 張載………晋、張載の「左思三都賦注」の音に拠ったものと思われる。

（1）正文「壇宇顯敞、高門納駟」（左思、蜀都賦）
　　音決「壇、大丹反。張載爲墠、音善、通」（8・25）

　正文の「壇」字を張載注本は、「墠」字に作り、「音善」とするが、それでも義は通じるというのである。
　この「張載注本」とは、『隋志』にいう「左思三都賦注」のことである。この注は「左思三都賦」の正文全部を挙げるのではなく、『経典釈文』と同じく被注字或いは被注句を抜き出して、それに音義を施したものであろう。張載に「左思三都賦注」があり、音義の注が存したことは、胡刻本『文選』

巻6「魏都賦」の「先生之言未卒、呉蜀二客、矘焉相顧、睽焉失所」の張載注に「矘、憫也。左傳曰、駟氏矘憫」とあり、李善注に「張以憫先壠反。今本並爲矘、大視。呼縛反」とあることから窺われる(この胡克家「考異」も参照のこと)、詳細は、下文「Ⅰ.3.10 左思「三都賦」諸家注考証」を参照。

　それで、今、この「音墠」は張載の付けた音と考る。従って、正文の「壇」字を張載注本は「墠」字に作ることを指摘しただけで、『音決』の撰者がその字は「音善」であると注した、即ち公孫羅の音注とは考えないのである*5。

4. 陳武………後趙の陳武であるが、その著述は不明である。

(1) 正文「經三峽之崢嶸、躡五岄之甕産」(左思、蜀都賦)
　　音決「岄、武江反。陳武作岉、音亡。或作岄、音兀、非」(8・33)
(2) 正文「宵露湛霶、旭日晻𣇃」(左思、呉都賦)
　　音決「湛、陳徒感[反](原脱反字)。霶徒對反。……」(9・32)

　左思の「蜀都賦」と「呉都賦」の2例のみであるから、この陳武も恐らく、下に述べるように、晋、李軌「二京賦音一巻」「二都賦音一巻」や宋、褚詮之「百賦音十巻」や梁、郭徴之「賦音二巻」などと同じく、先人の賦について音注を施した著述があり、その中に「左思三都賦」の音も含まれ、『音決』はそれを利用したのであろう。実際『漢書』巻57上司馬相如伝上の顔師古注に、

　　近代之讀相如賦者多矣。皆改易文字、競爲音説、致失本眞。徐廣・鄒誕生・諸詮之・陳武之屬是也。

というのによれば、司馬相如の賦音を作っているし、『爾雅釈文』(釈獣・釈天)に2個引用されており、うち1個は司馬相如の「子虚賦」の音であり、

- 18 -

他の１個も彼の「上林賦」の音と思われる。また隋、蕭該『漢書音義』（清、臧庸輯『拝経堂叢書』所収）にも陳武の音が３個引用されている。『漢書』巻八十七楊雄伝の「羽猟賦」に２個、「長楊賦」に１個であり、これらも賦に対する音注である*6。この陳武について、呉承仕は「不詳其人本末」（上掲『経籍旧音序録』）というが、清、丁国鈞撰、子振注の『補晋書芸文志』（『二十五史補編』所収。開明書店、もと1936）巻４補遺の集部に、

　　子虛・上林賦音解陳武見爾雅釋文釋天、釋獸篇。武字國武、後趙時休屠胡人。事蹟具御覽所引武別傳。

といい、清、文廷式『補晋書芸文志』（『二十五史補編』所収）巻３に、

　　陳武別傳、類聚卷十九、御覽三百六十三、三百九十二、四百四十六、八百三十三並引之。此陳武乃石勒將、與吳志之陳武、別是一人。

という。今調べてみると、『芸文類聚』巻19、『太平御覽』巻392、833に引く「陳武別傳」の内容はほぼ同じであり、御覽巻363に引く所では、名は武、字は国武とした経緯が述べられている。　なお、上述の『爾雅釈文』に引く所では、「陳国武」となっており、上引の『漢書』顔師古注では「陳武」という。

5．諸詮之……『隋書』巻35経籍志に「百賦音十卷、宋御史褚詮之撰」とある、宋、褚詮之の『百賦音』に拠ったものと思われる。

（１）正文「爾乃邑隱賑、夾江傍山」（左思、蜀都賦）
　　音決「夾音協。諸詮、音古洽反」（８・19）
（２）正文「劇談戲論、扼掞抵掌」（左思、蜀都賦）
　　音決「戲、許義反。諸蕭等咸以為撼、許奇反、云、鬼谷先生書有抵撼篇、本作戲字者傳寫誤。案謂言戲談論者、是賦之意也。即以抵撼為證、
（ママ）

翻似穿鑿」（8・29）

　巻8の左思「蜀都賦」のこの２個のみである。思うに『百賦音』の中に左思「蜀都賦」に対する音注も含まれていて、『音決』はそれを利用したのであろう。呉承仕『経籍旧音序録』はこの『百賦音』について、

　　按釋文引上林賦音・蕭該漢書音義引靈光殿賦音、蓋稱百賦、而引者或分別言之耳。

という。「諸詮」なる人物については、『顔氏家訓』勉学篇に、

　　習賦誦者、信褚詮而忽呂忱。

といい、清、趙曦明注に、

　　案漢書揚雄傳所載諸賦注內、時引諸詮之之説。宋祁亦時引之、經典釋文間亦引之。諸褚字不同、未知孰是。

という。趙は諸詮之・褚詮之のいずれが正しいか分からないというのである。
　一方、隋の蕭該『漢書音義』は「諸詮」に作り、『経典釈文』（通志堂本）には、『毛詩』・『春秋公羊伝』・『荘子』の釈文に各１個ずつ、『爾雅』の釈文に３個、計６個引いて「春秋公羊釈文」が「褚詮之」に作る以外は「諸詮之」であり*7、上の「4.陳武」に引いた『漢書』顔師古注も「諸詮之」に作る。また、呉承仕も『経籍旧音序録』で、

　　諸詮之　盧文弨曰、舊引作褚詮之、譌作諸詮之。今改正。承仕按隋志作褚詮之、唐志及通志作褚令之。令爲詮形之殘。蕭該・顏師古並引作諸詮之。或省之字、隋唐人引書於人二名毎舉一字。如何承・酈元・庾蔚・熊安・陳武・顏古之等、所在多有。唯褚詮二文、未詳孰是。盧氏取舍亦爲無據。今從蕭該漢書音義作諸詮之、以俟考定。

- 20 -

という。つまり、隋志は「褚詮之」に作り、新旧唐志及び『通志』の「褚令之」の「令」は「詮」字の残缺である。蕭該・顔師古がいずれも「諸詮之」に作る。「之」を省いて「諸詮」に作るのは、2字の人名は1字だけを挙げるという、隋・唐人の引書における習慣であって、例えば、何承(天)・酈(道)元・庾蔚(之)・熊安(生)・陳(国)武・顔(師)古などのようにである(筆者注——この点は、下文に述べるが如く、銭大昕が「之」字を脱したと見るのとは異なる)。だが、「之」字があるべきか否かをつまびらかにしないとして、結局のところ、蕭該の「漢書音義」に従い「諸詮之」に作ることにし、考定を俟つというのである。これに対し、清の銭大昕『隋書攷異』(『二十二史攷異』巻34)は、

> 経籍志四、百賦音十巻、宋御史褚詮之撰。案宋子京校漢書揚雄三賦屢引諸詮音、蓋即此書。譌褚爲諸、又脱之字耳。子京未必親見此書、蓋采諸蕭該漢書音義也。顔氏家訓勉學篇云、習賦誦者、信褚詮而忽呂忱、亦指此書而言。

という。これによれば、隋、蕭該の『漢書音義』に諸詮音を引くが、この「諸詮」は褚を諸に誤り(名の「詮」に引かれて言偏に作ったと見るか)「之」字を脱したもので、隋志の如く「褚詮之」に作るのが正しいということになる。

　そして、清の姚振宗『隋書経籍志考証』巻52集部3「総集類」*8は、

> 百賦音十巻、宋御史褚詮之撰。百当爲古。
> ……
> 　唐書經籍志、百賦音一巻、褚令之撰。
> 　唐書藝文志、褚令之古賦音一巻。案二志皆作令之、又云一巻、似皆寫刊之誤。

という。即ち「百賦音」は「古賦音」とすべきだとし、『旧唐書』巻47経籍志「百賦音一巻、褚令之撰」と『新唐書』巻60芸文志「褚令之、古賦音一巻」*9との「令」「一」両字は、いずれも誤写のようであるという*10。つまり、姚振宗は「古賦音十巻、褚詮之撰」と見るのである。

　筆者は銭・姚・呉の各説を折衷し、『隋志』の如く「褚詮之」が正しく、「褚」が「諸」になったのは、名の「詮」が言に従っているのに引かれたためであり、「之」字は呉承仕の云うが如く、省略されたために「諸詮」となったと考えたい。著書名についても『隋志』に従っておきたい。

6．郭…………梁の郭徴之の『賦音』に拠ったものであろうか。

（1）正文「緐賄紛紜、器用萬端」（左思、呉都賦）
　　音決「緐、郭音捷。李音維」（9・61オ）

　左思「呉都賦」の1個のみである。隋志に「梁有賦音二巻、郭徴之撰」とある。この『賦音』なる書も上述した褚詮之の『百賦音』と同じく、先人の賦について音注を施したものであって、この「呉都賦音」もこの中に入っており、『文選音決』はその引用なのであろう。なお、『新旧唐志』及び『通志』芸文略は、郭徴之を郭微之に作る*11。また、姚振宗『隋書経籍志考証』は、郭徴之・郭微之について「始末並未詳」という。

7．蕭…………隋の蕭該の『文選音義』に拠ったものである。

（1）正文「劇談戯論、扼捥抵掌」（左思、蜀都賦）
　　音決「戯、許義反。諸蕭等咸以為擨、許奇反、云、鬼谷先生書有抵擨篇、本作戯字者傳寫誤。案謂言戯談論者、是賦之意也。即以抵擨為證、翻似穿鑿」（8・29）
　　　　　　　　　　　　　　　（ママ）

　この例は、5．諸詮之の（2）で既に述べた。下文に引く9．騫（上人）（4）、

10.曹憲(3)、13.王(1)・(5)・(6)の諸例も参照のこと。

　蕭該は『北史』巻82儒林伝下、『隋書』巻75儒林伝にその伝がある。彼は特に『漢書』に精通し、『漢書音義』及び『文選音義』を撰し、いずれも当時に重んじられたという。『隋志』には「文選音三巻」を、『新旧唐志』には「文選音十巻」を著録する。なお、『漢書音義』の輯本については既に上述した。また、隋、陸法言『切韻』の序に「蕭顔多所決定」とあり、顔之推とともに『切韻』の分韻等に重要な役割を果たしている。

8．魯達………隋の魯世達の『毛詩音』に拠ったものである。

（1）正文「榮色雜糅、綢繆紆繡」（左思、呉都賦）
　　　音決「綢、案魯達[毛]詩[音]、直留反」（9・32 [ ]内の両字もと脱す）
（2）正文「歌曰、望雲際兮有好仇」（曹子建、七啓第5首）
　　　音決「魯達毛[詩]音、仇音求*12」（68・34オ [ ]内の字もと脱す）

　『北史』・『隋書』の両儒林伝に魯世達の伝があり、『毛詩章句義疏』42巻を撰したという。彼は当時『毛詩』を修めて有名であったことが『旧唐書』巻189上儒学伝上の徐文遠伝に、

　　　大業初、禮部侍郎許善心舉文遠與包愷、褚徽、陸德明、魯達爲學官、遂
　　　擢授文遠國子博士、愷等並爲太學博士。時人稱文遠之左氏、褚徽之禮、
　　　魯達之詩、陸德明之易、皆爲一時之最。

とあって、魯世達は学官となり、その詩学は当時最も優れていたことが窺われる。『隋志』には、『毛詩幷注音』8巻*13及び『毛詩章句義疏』40巻が彼の撰として著録されている。従って『音決』に引く魯世達の「毛詩音」とは、この『毛詩幷注音』8巻のことであり、以下に挙げた両唐志から見て、うち『毛詩』（正文）6巻に『毛詩音義』2巻からなっていたものであろう。そして、この『毛詩音義』2巻が『旧唐志』（百衲本）に「毛詩音義二巻、魯達

撰」、『新唐志』に「魯世達(毛詩)音義二巻」というものに当たるであろう。魯世達が『音決』や旧唐志に「魯達」に作るのは、唐、太宗(李世民)の諱「世」を避けたからである*14。

さて、『音決』の(1)は李善注に「毛萇詩傳日、綢繆、纏綿也」というように、『毛詩』唐風、綢繆の、(2)は李善注に「毛詩日、君子好仇」というように『毛詩』周南、関雎(注疏本毛詩、仇作逑。釈文云、音求。……本亦作仇。音同)の魯世達「毛詩音」を引いたものと考えられる。

9．騫(上人)……隋の僧、智騫の『楚辞音』及び『衆経音』に拠ったものである*15。

(1) 正文「岐嶷継體、老成弈世」（左思「呉都賦」）
音決「岐、騫音奇、又巨支反」（9・55オ）
(2) 正文「願竢時乎吾将刈」（屈原「離騒」）
音決「刈、騫上人魚再反」（63・11オ）
(3) 正文「湯禹巖而祗敬兮」（屈原「離騒」）
音決「巖、騫上人魚検反」（63・27オ）
(4) 正文「薠艸靃靡」（劉安「招隠士」）
音決「薠音頻。案此即字林所謂青薠草者也。蕭騫等諸音咸以為薠音煩非」（66・38オ）

『隋志』「楚辞音一巻、釋道騫撰」といい、その『楚辞』類の叙に、

　隋時有釋道騫、善讀之、能爲楚聲、音韻淸切。至今傳楚辭者、皆祖騫公之音。

という。『楚辞』を楚の方言を話し、その方言音で『楚辞』を上手に読むことができたのであろう。それで、『音決』が騫公の音を採用したのも首肯できる。王重民(注17参照)は朱熹「楚辞集注序」により、この騫公の音は宋の

頃既に亡びたらしいという。神田喜一郎(注*15の論文参照)は、『隋志』の「道騫」は、藤原佐世の『日本国見在書目録』に「楚辭音義、尺智騫撰」とあり、唐、道宣の『続高僧伝』巻40智果伝にも「智騫」とあるのにより、「智騫」が正しいという。即ち「道」を「智」に改めるのである。周祖謨も同じである*16。劉詩孫*17も神田と同じ根拠に基づき、「道騫」は「智騫」ではないかと疑っている。

周祖謨が取り上げた「敦煌写本楚辭音残巻」(P.2494、『敦煌宝蔵』所収)には、「騫案」の案語があって、馬でなく鳥に従っているが、周はそれを後人がこの2字を区別しないのによるのだという。また、王大隆は「騫」が正しく、「騫」を誤りとする(注*17の論文を参照)

さて(2)、(3)のように屈原「離騒」に2個見えて「騫上人」といい(「上人」というのは、『隋志』にいうように、「釋」であるからである)、(4)のように劉安「招隠士」に1個見えて「騫」という。これらは『楚辭音』に依ったものであろう。(1)の「騫」の例は左思「呉都賦」に見えるものであるが、智騫に「呉都賦音」はない。神田及び周(注*15・*16の論文を参照)に依ると、智騫の著述には、(一)衆経音、(二)爾雅音決、(三)急就章音義、(四)方言注、(五)楚辭音があるという。「呉都賦」の「岐嶷」なる語は、李善注に指摘するように『毛詩』大雅、生民の句「克岐克嶷」に基づく。今調べてみるに、(二)『爾雅』(三)『急就章』(四)『方言』(五)『楚辭』の各正文にこの語は見えない。ただ、唐、慧琳『一切経音義』巻10「濡首菩薩無上清浄分衛経」下巻に「岐(歧)嶷」の語が、また、同音義巻92の「続高僧伝」巻10に「岐嶷」の語が見え、共に『毛伝』を引くから、『音決』の智騫の音は(一)『衆経音』(神田は「一切経の音義」の意という)からの引用であると思われる。

10. 曹憲………隋～唐初、曹憲の『文選音義』に拠ったものである。

(1)正文「泓澄淴潒、頩溶沆瀁」(左思、呉都賦)
　　音決「澄、曹直耕反、又如字」(9・15)

（２）正文「五穀不生、藂菅是食些」（宋玉「招魂」）
　　　音決「藂在東反、曹音鄒、通」（66・7）
（３）正文「左騏史妠、謇姐名唱」（繁休文「與魏文帝箋」）
　　　音決「姐、蕭子也反、曹子預反」（79・51）

『旧唐書』巻189上儒学伝上の曹憲伝には、

　　曹憲、揚州江都人也。……所撰文選音義、甚爲當時所重。初江淮間、爲
　　文選學者、本之於憲。又有許淹李善公孫羅、復相継以文選教授。由是其
　　學大興於代。

といい、『新唐書』巻198儒学伝上曹憲伝には、

　　曹憲、揚州江都人。……憲始以昭明太子文選授諸生、而同郡魏模公孫羅、
　　江夏李善、相継傳授。於是其學大興。

という。これらに依ると、彼は文字学に詳しく、『文選音義』を撰し、唐初、許淹・李善・公孫羅等は、彼に師事して『文選』を学んだという。『日本国見在書目録』に「文選音義十三」を『新唐志』に「文選音義巻亡」を録する。その外『博雅音十巻』（清、王念孫の原刻本『広雅疏証』に付する）の著も残っている。

11. 許淹………唐、許淹の『文選音義』に拠ったものである。

（１）正文「欝兮莦茂、曄兮菲々」（左思、呉都賦）
　　　音決「莦音悦、許与税反」（9・29オ）
（２）正文「愊抑失聲、迸涕交揮」（潘安仁、夏侯常侍誄）
　　　音決「愊、普逼反、淹皮力反」（113上・16オ）
（３）正文「若乃下吏之肆其噞害、則皆妬之徒也」（潘安仁、馬汧督誄序。も

　　　　　と「馬汧」の両字を乙倒す）
　　音決「嚛、其禁反、淹其錦反」（113上・29）

（1）は「許」といい、（2）、（3）は「淹」という。すぐ上の「10.曹憲」
で引用した『旧唐書』巻189上儒学伝上の曹憲伝によれば、許淹は、李善・
公孫羅と唐初、曹憲について『文選』を学んでいる。『両唐書』儒学伝の許
淹の伝に依ると、彼は若くして僧になっていたが、後還俗した。博学多識で、
ことに訓詁に精通しており、『文選音十巻』を著したという。
　ところで、許淹なる人物については、『新唐志』に「許淹文選音十巻」と
あるだけで、『日本国見在書目録』に「文選音義十、釈道淹撰」、『旧唐志』
に「文選音義十巻、釋道淹撰」とあり、『新唐志』には「僧道淹文選音義十
巻」とあって、いかにも許淹の外に「道淹」なる人物も『文選音義十巻』を
撰しているように思われるが、これについて狩野直喜[*18]は、

　　道淹許淹、疑是一人。舊唐志本朝見在書目録有道淹音義、而無許淹音、
　　可證。

といい、駱鴻凱[*19]も、

　　疑道淹許淹、當即一人、二書當即一書。舊志載道淹之文選音、而不載許
　　淹之文選音、得其實矣。

というように、この2人は同一人物であり、二書も同一書であると考えられ
る（『新唐志』は混乱しているのである）。「釋（僧）道淹」というのは、許淹
が若い時に出家して僧となっていたからである。
　許淹の『文選音』は、駱が指摘するように、「華厳経音義」に引く1個と、
周祖謨[*20]に従えば、敦煌発見の「唐写本文選音残巻」（P.2833）が残ってい
る。これについては、王重民『敦煌古籍叙録』（注[*4]参照）の「文選音」の項
を参照されたい。

12. 李…………李善の『文選音義』に拠ったものであろう。

（１）正文「畠猢䣛於藪草、彈言鳥於森木」（左思、蜀都賦）
　　　音決「畠、李亡白反、或胡了反、非」（８・34オ）
（２）正文「繀賄紛紜、器用萬端。」（左思、呉都賦）
　　　音決「繀、郭音捷。李音維」（９・61オ）

　斯波六郎*21は、（１）について「此本（集注本を指す——筆者注）所載音決引李善音。作亡白反」といって、「李」を李善とする。だがこれは疑問がないわけではない。斯波は、（１）を一体どのような根拠に基づいて李善音の引用だとするのか不明である。ただ、『日本国見在書目録』には李善撰の「文選音義十」が著録されており、実際集注本の李善注末尾には、李善の音が付されている。例えば、音注の部分のみを挙げると、

　　壇、徒蘭反、一音市衍反。（８・25）
　　鱕、甫袁反。（９・17オ）
　　礨与礧、並力対反。（113上・23オ）

などである。斯波もこの点を考慮したのかもしれない。
　さて、（１）の集注本李善注には①「a 畠當為拍、b 廣邪（ママ）曰、拍、搏。c 畠、胡了反。d 拍、莫白反」といい、『音決』に引く所と被注字「拍」・「畠」、その反切上字「莫」・「亡」の２点で異なる。それで、『音決』に引く「李」の反切は李善のものではないと単純に考えられないこともないが、以下のように考えてみてはどうであろうか。李善は「拍」が正しいとするのに、『音決』はその被注字を「畠」に作っているのはおかしいが、『音決』の依拠した正文が「畠」に作っているのにそのまま従って、わざわざ書き改めなかったと考えるのである。また反切上字の方は用字は異なるが、表す音は同じではあると考えられる。これは或いは『音決』撰者の公孫羅が李善音を引

- 28 -

Ⅰ．序論篇

用するに際して、この上字を変えてしまったとも考えられるのである。というのは、拙論の下文「Ⅱ．1．1．1　軽唇音」で指摘するように、『音決』では、反切の場合、反切帰字が後に軽唇音化する場合には、反切上字に後に軽唇音化するそれを用いる。直音の場合も同じく被注字が後に軽唇音化する場合には、音注字として後に軽唇音化するそれを用いる。つまり、『音決』では軽唇音化が進んでいたと見られる。すると、「畠」は軽唇音化しない重唇音字であるが、この李注の「亡」字は軽唇音字で都合が悪いので、意識的に重唇音字の「莫」に変えたとも考えられるのである。このように考えれば、斯波がこの反切を李善音だとすることも首肯しうるのである。

　なお、胡刻本では、正文の「畠」字の夾注として②「a (畠)、c 胡了切。a 當爲拍。d 拍、普格切」といい、李善注は②「b 説文曰、拍、拊也」というのみで、反切がない。胡刻本の李善注は乱れており、集注本の李善注とはかなり異同があって、依拠し得ないと感じられる*22。胡氏『文選考異』は李善注を③「a 畠、當爲拍。b 説文曰、拍、拊也。c 畠、胡了切。d 拍、普格切。貊丑于切」に訂正する。③は②と注の順番は異なるが、内容は全く同じである。この③を①と比べると、a 畠、當爲拍。c 畠、胡了切は一致する。b 説文曰、拍、拊也は典拠が①では『広雅』であることと、その訓とが異なるが、意味は「うつ」で同じである。d 拍、普格切は反切上字・下字の用字に違いがあるものの、下字は入声陌韻の同韻字であり、上字も声母が唇音で、集注本が明母に対し、胡刻本は滂母であるというのが僅かに異なるに過ぎない。

　こうしてみると、胡刻本の李善注（『考異』に従った場合は勿論）は、その本文と夾注とを考え合わせれば、集注本の李善注と概ね一致することが分かる。そうすると、『音決』の「李」は「李善」と考えても差し支えないのである。なお、大島正二著『唐代字音の研究』「資料Ⅰ　音注総表」の152頁では、「拍、普格切」を李善音としているが、集注本に依れば、これは「拍、莫白反」が正しく、このように改めるのがよかろう。

　（2）は6．郭徴之（1）と同例である。ここの集注本李善注には音注がないので、これが確かに李善音であるか否か確認する術がない。

- 29 -

一体、李善注内に本来音注があったのか、それとも李善撰の『文選音義』中から後人が適宜音注を取り出して李善注内に加えたのかはっきりしない。もし前者であるならば、(1)、(2)に共に『日本国見在書目録』にいう『文選音義』からの引用であって、李善注内からの引用ではないと考えれば、李善注内の音注と異なってはいるが、『音決』の「李」は李善音であることを必ずしも疑わなくてもよい。もし後者である場合には、(1)、(2)ともにやはり『文選音義』からの引用であることになり、疑問はない。
　次に、この「李」は斯波のいうように李善であるというのではなく、東晋の「李軌」だと考えてみるのはどうであろうか。『隋志』には、

> e 二京賦音(もと音字を脱す。下に引く姚振宗の説に従って補う)二巻、
> 　李軌、綦母邃撰。……
> f 二都賦音一巻、李軌撰。

とある。ところが、清、丁国鈞・文廷式・秦栄光それぞれの「補晋書芸文志」(『二十五史補編』所収)には、fを「三都賦音」としており、丁は「謹按見隋志」というから、丁国鈞・文廷式・秦栄光の見た『隋志』は、「三都賦音」となっていたと考えられる*23。それならば、この「三都賦音」とは左思「三都賦(蜀・呉・魏都賦)」に音注を加えたもので、『文選音決』のこの2個の例は李軌の音であるとも考えられるのである。これに対し、清、姚振宗は『隋書経籍志考証』でeについて、

> 梁又有二京賦二巻、李軌、綦母邃撰、亡。賦下敓音字。……
> 　唐書經籍志、三京賦音一巻、綦母邃撰。
> 　唐書藝文志、綦母邃三京賦音一巻。
> 　案此二巻者、爲李軌音一巻、綦母邃音一巻、合爲一帙也。唐代惟存綦
> 　母邃氏一家。故止一巻。其云三京、似轉寫之誤。

という。即ち「二京賦」の下に「音」字を補い、『新旧唐志』に綦母邃の

- 30 -

「三京賦音一巻」(この「三」は「二」の誤りのようだと姚はいう)があるのを根拠にして、この2巻は「李軌音一巻」、「綦母邃音一巻」のことだというのである*24。

また、唐代には綦母邃氏の音しか残らなかったということであれば、李善が李軌音を引用するはずもない(「唐代」が何時頃の唐代なのかにもよるが)。即ち、東晋の「李軌」だと考えてみるのは、誤りということになる。

fについて姚は、

李軌有二京賦音、見前。
　案李軌即爲張平子撰二京賦音、此二都賦音、豈爲班孟堅兩都賦而作歟、抑二京之誤、即前條所謂梁有今亡者、是也。

という。即ちeの「二京賦音」は、張衡「二京賦音」(胡刻本『文選』巻2「西京賦」、同巻3「東京賦」)の音であったので、fの「二都賦音」は班孟堅(固)の「兩都賦」(胡刻本『文選』巻1「西都賦」・「東都賦」)の音であろうか、それとも(e二京賦音もf二都賦音も共に1巻で、巻数も一致するので、)「二都賦」の「都」は「京」の誤りで、eの「二京賦音」のことであろうか*25というのである。

姚のこの説は尤もにして、fの「二都賦音」は丁国鈞等の如く「三都賦音」*26でもなく、左思「三都賦」(またその中の「二都賦」)の音とするのでもない。そうすると『音決』の(1)(2)の2例の「李」は李軌ではなく、やはり斯波六郎の如く李善と考えておいた方が妥当であろう。

要するに、清、丁国鈞等の「補晋書芸文志」が拠った『隋志』はfを「三都賦音一巻、李軌撰」*27に作るものであったと考えられるから、李軌に「左思三都賦音」があって、『文選音決』はこの李軌音を引いたと考えられる。しかし、筆者は姚の説に従い、「二都賦音一巻、李軌撰」であるとし、それは左思「三都賦」またその中の「二都賦」に対する音注ではなく、班固の「兩都賦」に対する音注であると考える。そして『文選音決』は、斯波の説くが如く李善音を引用したものだと考えるのである。

13. 王…………未詳。梁、昭明太子『文選』編纂後から、隋、蕭該までの間の人物であろうか。

（１）正文「狄䝮果然、騰趠飛超」（左思、呉都賦）
　　　音決「超、王協韻、丑照反、蕭吐弔反」（9・34オ）
（２）正文「雖伯牙操遞鍾、逢門子彎烏號、猶未足以喩其意也」（王褒、聖主得賢臣頌）
　　　音決「遞、王戸高反。案當為號。古之為文者、不以声韻為害。儒者不暁、見下有烏號、遂改為遞、使諸人疑之。或大帝反、或音池、皆非也」（93・17）
（３）正文「凡人視之怢焉」（王褒、四子講徳論）
　　　音決「怢、他忽反。又都忽反。王音逸」（102上・10オ）
（４）正文「夫雷霆必発、而潜底震動、枹鼓鏗鏘」（王褒、四子講徳論）
　　　音決「底、王（？）巨支反」（102下・1）
（５）正文「鄙人黯淺、不能究識」（王褒、四子講徳論）
　　　音決「黯、王音暗、蕭音奄、或為□、同」（102下・23オ）
（６）正文「既縱䃜而又升焉」（潘安仁、馬汧督誄序）
　　　音決「䃜、王力對反。蕭力罪反」（113上・23オ）

　以上（１）〜（６）の巻数・作品の分布からみると、『文選』全巻にわたって音注を施したのかも知れない。しかしながら、『隋志』等に著録されていないのは解しかねる。呉承仕の『経籍旧音序録』は、漢から唐までの音注家について考証しており、「王」なる人物も幾人かはいるが、どれも『音決』の王とは関係がないようである。
　（１）、（５）、（６）の３例は、王の音を隋、蕭該の前に置くから、或いは王は蕭該よりも先輩であったかも知れない。

　以上『文選音決』に見える諸家の音について考証してみた。前に挙げた諸

家の内、王を除けば、その人物を断定、或いは推知し得た。しかし、音注家の姓名は判明したけれども、その著述は『隋志』その他に著録されず、不明なものもあるし、著述は判明しているが、既に佚書となったものもある。だが当時にあっては、それら諸家の音注は有用なものとしてかなり利用されたことが『経典釈文』や顔師古『漢書注』から窺い知れるのである。それ故にこそ、『音決』はそのような諸家の音注を引用しているのである。そして呉承仕は『経籍旧音序録』で、『経典釈文』・『漢書』顔師古注・『文選』李善注などにより漢から唐までの音注諸家やその著述について考証しているが、この音注も断片的ながら、その一資料を提供しているといえよう。

(注)

*1 周祖謨『広韻校本』(中華書局、1960)に拠る。

*2 呉承仕『経典釈文序録疏証』台連国風出版社・中文出版社連合出版、1974(もと1933)。

*3 呉承仕『経籍旧音弁証』中文出版社、1975(1923年の呉の序文あり)の付録として収める。

*4 王重民『敦煌古籍序録』上海、商務印書館、1958。

*5 拙稿「左思三都賦諸家注考証」(「中国中世文学研究」第11号、昭和51年)では、「この『音善、通』という注は、音決の撰者がつけたものであろう」と述べたが今、本文の如く考えて張載の音とする。

*6 『爾雅釈文』や蕭該『漢書音義』に陳武の賦音を引くことは、本文下文の清、丁国鈞撰、子振述注の『晋書芸文志補遺』(『二十五史補編』所収『補晋書芸文志』に附する)に既に指摘している。

*7 『抱経堂叢書』所収の『経典釈文』は『毛詩』の釈文が「諸詮之」に作る以外は、皆「褚詮之」に作っている。『爾雅』釋獣の「迒」字下で、清、盧文弨は「舊引褚詮之譌作諸詮之。今改正。下同」という。盧は「褚詮之」が正しいとみるのである。なお、この盧氏考証を、呉承仕は本文下文の如く、「舊引作褚詮之譌作諸詮之。……」に作り、「引」字の下に「作」字がある。これは衍字であろう。

*8 『二十五史補編』所収。本文で引いた『顔氏家訓』、趙注、銭氏攷異を既に引用している。

*9 　中華書局本『新唐書』（上海、1975）は「百賦音一卷」に作る。
*10　宋、鄭樵『通志』巻70芸文略にも「百賦音一卷、褚令之撰」という。
*11　「郭微之」について、清、羅武士林ら「旧唐書校勘記」は「郭微之撰、沈本微作徴云、新書微作徴、誤。按隋志亦作徴」という。「沈本」とは、沈炳震「新旧唐書合鈔」のことで、沈（『隋志』に従ったのであろう）に依るなら、「郭徴之」が正しい。
*12　周祖謨「唐本毛詩音撰人考」（Ⅰ.1の注*5の二論文集に所収）は「仇音述」とし、「述原誤作仇」と注するが、周の見た「古写本文選集注」は、清、羅振玉輯『唐写文選集注残本』であって、これも京大影印本も共に「仇音求」に作る。周の注記は不明。
*13　『毛詩』の正文6巻に音2巻を合わせて一書としたものか。こう考えれば、新旧唐志の「毛詩音義二巻」と合う。また『北史』・『隋書』各本伝の「毛詩章句義疏四十二巻」は『隋志』の「毛詩章句義疏四十巻」に「毛詩音義二巻」を付したものか。（清）姚振宗『隋志考証』を参照。
*14　姚振宗『隋志考証』の「毛詩幷注音八巻、秘書学士魯世達撰」の条に「唐書經籍志、毛詩音義二巻、魯達撰。按此因唐人舊文避諱、削去世字也」といい、周祖謨（*12の論文）もこの旨指摘する。なお周に依ると、「唐写本毛詩音残巻」（P.3383、仏・パリ国民図書館蔵）は、この魯世達の撰になるという。また音韻研究としては、平山久雄「敦煌『毛詩』音残巻反切の研究（上）」（「北海道大学文学部紀要」14の3、1966）を初めとする一連の論文がある。
*15　『音決』に引用された智騫の『楚辞音』については、既に神田喜一郎が「緇流の二大小学家──智騫と玄応──」（「支那学」第7巻1号，昭和8年）で指摘している。ただ、神田の使用した集注本は、筆者の使用した京大影印本ではなく、羅振玉輯本であると思われる。神田は智騫の音として、劉安「招隠士」の1個しか挙げていないが、羅振玉輯本も屈原「離騒」を収録しており、その『音決』の中に智騫の音が2個見える。左思「呉都賦」の『音決』にも1個見えるが、羅振玉輯本はこの部分未収である。なお智騫の「楚辞音残巻」（P.2494）が敦煌で発見され、仏・パリ国民図書館に蔵する。詳細は、王重民『敦煌古籍叙録』（注*4参照）の「楚辞音」の項を見よ。王の外に神田・聞一多・王大隆・周祖謨の論が引用されている。
*16　周祖謨「騫公楚辞音之協韻与楚音」（Ⅰ.1の注*5の2論文集に所収）。

*17　王重民『敦煌古籍叙録』(注*4参照)の巻5集部「楚辞音」に引く王大隆「庚辰叢編本楚辞音跋」中に言及する。

*18　狩野直喜「唐鈔本文選残篇跋」(「支那学」第5巻1号,昭和4年)。『東洋学叢篇』刀江書院、昭和9年や『読書籑余』弘文堂、昭和23年にも所収。

*19　駱鴻凱『文選学』(中華書局、1937、p.45)。

*20　周祖謨「論文選音残巻之作者及其方言」(Ⅰ.1の注*5の2論文集に所収)。

*21　斯波六郎「旧鈔本文選集注巻第八校勘記」(『文選索引』付録、京都大学人文科学研究所、1959、p.60)。

*22　この点については、将来別に稿を用意したいので、今は述べない。李長庚「『文選』旧音的音系性質問題」(「漢語史研究集刊(第一輯)」巴蜀書社、1998)は、『文選』李注本或いは六臣注本の本文夾注の「旧音」は李善以後五代宋初の時代に作成されたことを述べる。

*23　宋、鄭樵『通志』芸文略に「又三京賦一巻、李軌撰」というが、秦栄光は「三都一案通志略作三京一賦音一巻」というから、秦の見た『通志』芸文略は「三京賦音一巻、李軌撰」となっていて、これを『隋志』の「三都賦音一巻」と同一書であると考えたのであろう。

*24　「二京賦」は、漢、張衡の「西京賦」(胡刻本『文選』巻2)「東京賦」(同巻3)を指す。呉承仕『経籍旧音序録』(注3参照)に依ると、『隋志』に云う「二京賦二巻、李軌……撰」の「撰」とは「二京賦音」を撰したことであると云う。『玄応音義』に李軌「西京賦音」を引くともいう。

*25　『隋志』に「五都賦六巻并録、張衡左思撰」とあり、これは張衡の「二京賦」と左思の「三都賦」を併せたものであろう(『通志略』も同じ。『新旧唐志』は撰者名がない)。このように便宜的に「二京賦」を「二都賦」と呼ぶのであれば、姚のこの説も一理ある訳である。

*26　張衡には「二京賦」以外に「南都賦」(胡刻本『文選』巻4)があるので、これを含めて「三都賦」と称し、その李軌音の意とも考え得るか。

*27　清、呉士鑑『補晋書経籍志』、黄逢元『補晋書芸文志』(ともに『二十五史補編』所収)も姚と同じく「李軌二都賦音一巻」として「見隋志」という。また羅士琳らの『旧唐書校勘記』も新旧志「三京賦音一巻、綦母邃撰」の箇所で、『隋志』を引き

「又有二都賦音一巻、李軌撰」という。呉・黄・羅に従えば、『隋志』（ｆの箇所）はやはり「二都賦音一巻、李軌撰」である。

Ⅰ.3.3　如字

　中国古典の注釈に「如字」という語が時々出てくる。これは諸家の説明（下文の「前稿一」やこの項目末の「参考文献」を参照）によれば、「字の如し」と読み、ある字に複数の音がある時、最も普通に読まれるその本来の音に読めという注である*1。この場合、本音と旁出の音とでは、意味の相違があるのが普通である。これに対して、意味の相違に応じて２音以上がある字で、習慣上最も普通である音（これが如字）以外の音を「破読」といい、その字を「破読字」といい、その音に読むことを「読破」という。この「如字」は陸徳明『経典釈文』によく見え、下っては朱熹『四書集注』にも見える。

　さて、この「如字」について、筆者は嘗て「文選集注所引音決に見える諸注について（続）」（「山陽女子短期大学研究紀要」第10号、1984。これを「前稿一」と称する）及び「『文選音決』に見える「如字」について」（『藤原尚教授広島大学定年祝賀記念中国学論集』渓水社、1997。これを「前稿二」と称する）の拙稿２篇で取り扱ったことがある。本書では「如字」、36カ所・33字・延べ38個（「前稿一」では33個の例があるとし、「前稿二」では34カ所・31字・延べ36個あるとしたが、遺漏した(7)還［9］（8・18）の１個と新たに扱った(23)寐［27］（61成・14）の１個を今回加えた）の全部を取り上げて検討する。その結果、『音決』の「如字」が、音注として『文選』の正文読誦に際して有用であることのみならず、複数音のどれであるかを指定することにより、義注としても正文解釈に有用であることを再認識し得るのは勿論、その特殊な機能をも認識し得ると思う。

　以下、「如字」の全例について、「如字」の示す音を『広韻』の声調・韻・声の順序に従って排列し、考察する。

１．平声

(1) 為 [1] 正文「今我獨何為、塔塊懷百憂」
　　　　音決「為于偽反。又如字」(56・10)
　　[2] 正文「今晉之興也、功列（「今案」の案語に五家・陸善経本は
　　　　　　「烈」に作るという）於百王、事捷於三代。盖有為以為
　　　　　　之矣」
　　　　音決「為于偽反。下如字」(98・129上)
　　[3] 正文「朝議以有為為之、魯侯垂式、存公忘私、方進明准」
　　　　音決「為于偽反。下如字」(116・33オ)

　『音決』では為を『広韻』2音の内、去声寘韻于偽切「助也」に読む時のみ「于偽反」と注音し（「ために」の意）、それ以外は音注を付けず（狩野p.80）、上平声支韻薳支切「爾雅曰、作・造、爲也。……」に読む。この3例は平声の音をわざわざ「如字」といって去声の音と対照させ、「なす」の意味として正文解釈が異なることを示すのである。[1]「為于偽反」は「今我獨り何が為タメぞ、塔塊として百憂を懐ける」と読み、「又如字」というのは「今我獨り何為スれぞ、……」と読む別説を挙げたのである。[2]では「盖有為」の「為」は「為于偽反」で「ためにする」と読み、その下の「以為之矣」の「為」は「如字」として「なす」と読むので、正文は「盖し為にする有りて以て之を為すなり」と読むことになる。[3]も[2]とほぼ同じ文句で、「有為」の「為」は「為于偽反」で「ためにする」と読み、下の「為之」の「為」は「如字」として「なす」と読むので、正文は「朝議以へらく為にする有りて之を為すは、魯侯式を垂る」と読むことになる。

(2) 夫 [4] 正文「戻夫為之垂涕、況乎上聖、又焉能已」
　　　　音決「夫如字」(88・62オ)

　『広韻』では夫を上平声虞韻甫無切幫母「丈夫。又羌複姓。……」に読み、「おとこ。一人前の男子」の意味というのが、『音決』の「如字」に当り、

- 37 -

通常無注である。『広韻』の別な1音、上平声虞韻防無切並母「語助。又府符切」に読めば、「それ。かな」等の助字になり、『音決』は「音扶」と注する。正文の「戻夫」は下句の「上聖」に対する語で、この「夫」は成人男子の呼称であって、「如字」の「甫無切」に読み、『広韻』の義と正に一致するのである。この「夫」は句頭・句末にないから、「それ、かな」等という意味でないことは自明であるが、下文の「夫拯民於沈溺」(64)、「且夫王者」(65オ)、「悲夫」(66オ)という箇所では「防無切」に読むから（そこらには『音決』に音注はない）、それらと区別するために、この注を付けたものであろう。

(3) 揄 [5] 正文「扈帯鮫函、拔(胡刻本「扶」に作る)揄属鏤」
　　　　音決「揄音投。又如字」(9・63)

　「揄音投」に当るのは、『広韻』4音の内、下平声侯韻度侯切定母「揄、引也。又欲朱切」である（「投」も同切）。「又如字」は『広韻』の上平声虞韻羊朱切羊母「揄揚、詭言也。又動也。説文、引也」（「欲朱切」と同音）に当る。「揄音投」では、『広韻』の注に「引也」あるように、正文「拔揄属鏤」を「属鏤を抜き揄ヒく」と読む（集注本の『鈔』に「引也」という）。「又如字」でも『広韻』の訓注に「説文、引也」とあるから、音のみ異なり、意味も「音投」の場合と同じであると考えられる（もし劉逵や五臣の劉良注の如く、「拔揄・属鏤」をともに剣の名とするのであれば、どの音に読むのか不明である）。

(4) 西 [6] 正文「西零不順、東夷遘逆」
　　　　音決「西音先。案下云東夷、此音宜如字」(93・27)

　西は『広韻』には上平声斉韻先稽切「秋方。説文曰、鳥在巣上也。……亦州名。……」の音しかないが、『集韻』では「音先」に当る平声先韻蕭前切下に西字があり、「金方也」という。すると、『広韻』編輯時にも「先」の音

- 38 -

Ⅰ. 序論篇

があったが、その方針等により『広韻』は収録しなかったのかもしれない*2。或いは李善注に「西零、即先零也」というように、西方部族名として西を「音先」に読んだのかもしれない。ここの「如字」は正文の「西零」が次句の「東夷」と対をなしているから、文字通り「セイ、にし」の音義に取るがよいとするのである（「音注総表」には採らない）。なお、下文「Ⅰ.3.9 協韻・方言」に、

　　　音決「西、協韻。音先。秦俗言也」（8・26オ）
　　　音決「西、協韻。音先」（61上・3オ）

の2個の例を挙げた。この［考証］40西及びその注*16を参照。

（5）文［7］正文「文欽唐咨、為國大害、叛主讎賊、還為戎首」
　　　　　　音決「文音問。又如字」（88・47）

　正文の「文欽」は、文という姓で、欽という名の人物である。文は『広韻』に上平声文韻無分切「文章也。又美也。善也。兆也。亦州名。禹貢、梁州之域。……亦姓。漢有廬江文翁」の音しかない。姓の時はこの音に読んだのであり、これが「如字」に当る。『集韻』には「文音問」に当る文の1音として去声問韻文運切「飾也」がある（訓注は異なるが）。『音決』では文の1音として、姓は特別に「音問」に読む習慣があったのであろう*3。いずれにしろ、平声・去声の2音に読んでもよいことを示す。

（6）寒［8］正文「寒芳苓之巣龜、膾西海之飛鱗」
　　　　　　音決「寒如字。或作搴居輦反、非」（68・12）

　寒は『広韻』に上平声寒韻胡安切「寒暑也。釋名曰、寒、捍也。捍格也。亦姓。……」の音しかない（『集韻』もこの1音しかない）。この李善注に「寒、今胜宍也。塩鐵論曰、煎魚切肝、羊淹鶏寒。劉熙釋名曰、韓羊韓鶏、

- 39 -

本出韓國所為。寒与韓同」という。すると、「寒」は亀の肉を「あぶる、やく」の意味であるが、それを字形の似た「搴」字に作って「居輦反」に読むのは非なることをいう(『鈔』に「搴、取也」という。ただし、この字に関する「今案」はない)。搴は『広韻』上声獮韻九輦切下に「取也」とあり、『史記』叔孫通伝に「搴旗」という語があるように、「抜き取る、奪い取る」の意味である。ここは、「寒」字が下句の「なますにする」という料理の具体的動作を示す「膾」字と対になっているから、同じく「あぶる、やく」という料理の具体的動作を示す「寒」字がよいというのである。ここの「如字」は、寒が「さむい」という通常の意味ではなく、「(亀の肉を)あぶる、やく」という特殊な意味ではあるが、やはり通常の意味の音である上平声寒韻胡安切に読めということを意味する注である。と同時に、この「寒」の意味と『広韻』に１音しかないということとを考え併せるならば、形は似るが音義別なる「搴」字と区別して、「寒」が正しく「搴」は誤っているということをも示す注であるといえよう。

(7)還［9］正文「山氣日夕佳、飛鳥相與還」
　　　　　音決「還、協韻音全。下如字」(8・18)

　これは陶淵明の「雑詩二首」の第1首で、「山氣日夕佳、飛鳥相與還」という著名な句に附けられた音注である。『鈔』に「還、□□也」(両字不明)といい、五臣注に「李周翰曰、……飛鳥晝遊而夕相与歸于山林。……」という。協韻の「音全」は『広韻』では下平声仙韻疾縁切で従母に当たる。還は『広韻』では下平声仙韻似宣切「還返」で邪母の音に読む(セン. xuán. めぐる。『音決』の協韻の音は『広韻』とずれる。これも『音決』の従・邪両声母混同の資料の一つとなるであろう。下文の「Ⅰ.3.9　協韻・方言　46　還」の考証を参照)。
　さて、李周翰の解釈にあるように、通常これは「かえる」と読むから、『広韻』は上平声刪韻戸關切匣母「反也。退也。顧也。復也。戸關切。又音旋」(カン. huán. かえる。また)に相当し、こちらと或いは比較すべきかもし

- 40 -

Ⅰ．序論篇

れないが、『音決』の撰者の字音では、「帰る」の意味ながら、これを『広韻』の平声仙韻似宣切「還返」＝旋に読んだのかもしれない。

　なお、「下如字」はこの直ぐ下の句に「此還有真意、欲辨已忘言」とある「還」字をさしていう（「また」の意）。『広韻』では上平声刪韻戸關切「反也。退也。顧也。復也。戸關切。又音旋」（カン．huán．かえる。また）に読むものである。

（8）填［10］正文「其封域之内、則有原隰填（胡刻本は墳に作る）衍、通望弥博」
　　　　　　　　音決「填徒見反、衍以戰反。或並如字。通」（8・18）
（19）衍［22］正文「其封域之内、則有原隰填（胡刻本は墳に作る）衍、通望弥博」
　　　　　　　　音決「填徒見反、衍以戰反。或並如字。通」（8・18）

（8）填［10］填徒見反、（衍以戰反。）或（並）如字。通。

　填を「徒見反」に読むのは『広韻』2音の内、去声霰韻堂練切「塞填」に当り、「ふさぐ、みたす」の意味となる。或説の「如字」に読むのは『広韻』下平声先韻徒年切「塞也、加也、滿也」に当り、同じく「ふさぐ、みたす」の意味となる。去声、平声いずれにせよ、正文の解釈は変わらない、ただ読音の相違に過ぎないと考え*4、正文を「蜀の地には高原や湿地が一杯に広がり満ちる」と解する。

（19）衍［22］衍以戰反。或（並）如字、通。

　衍を「以戰反」に読むのは、『広韻』2音の内、去声線韻予線切「水也。溢也。豊也」に当るので、「填衍」を「溢れるほどに、一杯に広がる」と解し、広大無辺の様を述べたと見る。「如字」であれば、『広韻』上声獮韻以淺切「達也。亦姓。字統云、水朝宗於海、故從水行」に当るが、本文の解釈と

- 41 -

しては、去声とほぼ同じく「蜀の境にまで広がりとどく」と解すると考える。「如字」と「以戰反」とは、基本義と引申義との関係にあると考えられる。「参考文献」に挙げた周祖謨「四声別義釈例」を参照されたい。

(9)延 [11] 正文「縣火延起分玄顔烝」
　　　　　音決「延如字。又以戰反、非」(66・31オ)

「延如字」は、『広韻』2音の内、下平声仙韻以然切「税也。遠也。進也。長也。陳也。言也。亦州。……又姓。……」に当る。それで、正文は「(夜猟のために木々に掛けた燈火は)遠くへ延び広がってゆく」の意味となる。だが「以戰反」に読めば、『広韻』は去声線韻予線切「曼延、不斷其莚也」に当り、「曼延」と熟する場合であって、それは誤りであるとするのである。

(10)朝 [12] 正文「開市朝而普納、橫闌闠而流溢」
　　　　　音決「朝如字。或為直遥反、非」(9・59オ)

「朝如字」は『広韻』2音の内、下平声宵韻陟遥切知母(zhāo)に読み、「あさ」の意味とする。正文の「市朝」は「早朝に開かれる市」の意味である(李善・五臣・陸善経等の諸注を参照)。「直遥反」は『広韻』も同切の下平声宵韻直遥切澄母(cháo)に読んで「朝廷。また、諸侯が天子のいる朝廷に参上する」の意味である。ここはこの意味ではないから、「直遥反」に読むのは正しくないというのである。

(11)長 [13] 正文「澶湉漠而無崖、捴有流而為長」
　　　　　音決「長張兩反。下如字」(9・15)
　　　　[14] 正文「孟夏草木長、繞屋樹扶疎」
　　　　　音決「長丁丈反。亦如字」(59上・9)

[13]の長は百川の長(ちょう、おさ)の意味で、『広韻』3音の内、上声養

韻知丈切知母「大也。……」（zhǎng）に読む。下平声陽韻直良切澄母「久也。遠也」に読む「ながい」（cháng）とか、去声漾韻直亮切澄母「多也」に読む「おおい」とかの意味ではない。正文下文（9・15）の「於是乎、長鯨呑杭、修鯢吐浪」の「長（鯨）」が「下如字」に当り（故にここの『音決』には長字の音注がない）、「修鯢」と対をなすから、下平声陽韻直良切に読んで「ながい」という意味になるのである。

　[14]の長は初夏に草木が「成長し伸びる」という意味で、『広韻』では上声養韻知丈切に読む。また、一説として「如字」とするが、『音決』の撰者には平声に読めば「ながい」の意味だという意識があったろうから、この場合には「草木が(伸びた結果として)長い」と取るのであろう。

(12)強　[15]　正文「及呉王濞、驕恣屈強、唱禍（胡刻本「猖猾」に作る）始亂」
　　　　　　　音決「強其兩反。下如字」（88・6）

　音決の「強其兩反」は、『広韻』2音の内、上声養韻其兩切「彊、説文云、弓有力也。或作強。……」（jiàng）に当る。ここは「屈強」という双声の語で、五臣の李周翰注に「屈強、不順皃」というように「従わない」の意味である。「下如字」はこの句にすぐ続く「自以兵強國富、勢陵京城(この4字、胡刻本により補う)」の「強」を受けており（故にここの『音決』には「強」字の音注がない）、『広韻』は下平声陽韻巨良切「健也。暴也。……」（qiáng）に当り、「兵はつよい」の意味である。

(13)澄　[16]　正文「泓澄脩溔、㶁溶沆瀁」
　　　　　　　音決「澄曹直耕反。又如字」（9・15）

　隋、曹憲の音は澄を「直耕反」に読むが、この音は『広韻』や『集韻』にない。正文の「泓澄」の泓は『広韻』では下平声耕韻烏宏切「水深也」であり（『音決』も「烏宏切」で同切）、曹憲は畳韻の語として取り、恐らく水の

深く澄んだ様に取るのであろう。一方「如字」は、『広韻』2音の内、下平声蒸韻直陵切「澂、清也。澄、上同」(chéng)に当り(他の1音は下平声庚韻直庚切「水清定」)、畳韻の語ではなくなるが、正文解釈は同じなのであろう。ここは通常なら音注不要であるが、特に曹憲の音と対比して「如字」といったものである。

(14) 曾 [17] 正文「古先帝世(胡刻本「代」に作る)、曾覽八紘之洪緒、壹 (胡刻本「一」に作る)六合而光宅、翔集遐宇」
　　　　音決「曾在登反。又如字」(9・3オ)

　『音決』の「曾在登反」は『広韻』2音の内、下平声登韻昨棱切従母「經也」(céng)に当る。又音の「如字」は『広韻』の下平声登韻作滕切精母「則也。亦姓。……。古作曾」(zēng)に当る。正文の「曾」は「かつて」の意味で、『広韻』の注「經也」と一致する。「如字」の場合は『広韻』の注解「則也」(すなわち)という接続詞に取ると考えたい(或いは音の違いだけで、意味は同じく「かつて」と取るのかもしれない)。

(15) 猶 [18] 正文「心猶豫而狐疑兮、欲自適而不可」
　　　　音決「猶以幼反。又如字」(63・40オ)

　『音決』の「猶以幼反」は、『広韻』3音の内、去声宥韻余救切「獸。似麂、善登」(yòu)に当る。正文では「猶豫」という双声の語であって、「疑い深く、ぐずぐずして決めかねる様子」である。又音の「如字」は『広韻』では去声宥韻と相配する下平声尤韻以周切の音(yóu)に相当し、その意味は去声の場合と同じであると考えられる。つまり、音は違っていても表す意味は同じであると考える。

2. 上声

(16) 女 ［19］正文「忽反顧以流涕兮、哀高丘之無女」
　　　　　　音決「女如字。下同」（63・36）

　「女如字」は『広韻』2音の内、上声語韻尼呂切「禮記曰、女者如也。如男子之教」（nǚ）に当り、正文では「神女」の意味である。下文(37オ)に「及榮華之未落兮、相下女之可貽」とある「女」が「下同」であり、「下界の美女」の意味であるから、上声に読むのである（この部分、『音決』に音注はない）。なお、別音、去声御韻尼據切「以女妻人也」（nǜ）は「娘をめあわせる」の意味となる。

(17) 許 ［20］正文「而論者莫不詆訐其研精、作者大底舉為憲章」
　　　　　　音決「許如字。或為訐居謁反者、非也」（8・4オ）

　許は『広韻』に上声語韻虚呂切(xǔ)の音しかないが（『集韻』は上声姥韻にも2音あるが、意味上ここと関係がない）、これを「如字」と注したのは、字形がよく似た訐（『広韻』入声月韻居竭反jiéで、「そしる。あばく」の意）に作るテキストは正しくないとして、「許」に作るのがよいことを指摘したものである。その場合、正文は「詆許」となり、「一方でそしったり、他方でゆるして認めたりする」という意味になる。ところが集注本では「詆訐」に作り（ここには「今案」がない）、「そしりあばく」の意味に取り、漢賦を全く評価しないことになる。

(18) 罷 ［21］正文「載懽載笑、欲罷不能」
　　　　　　音決「罷音皮、又如字」（79・55）

　『音決』は正文の「疲」を「罷」に作る（ここには「今案」がない）。「音皮」は罷の『広韻』2音の内、上平声支韻符羈切「倦也。又止也」（pí）に当り、これと同音字に「疲」字がある（「勞也。乏也」）。すると、罷は疲と同

音同義で、日本字音ヒに読んで「疲れるほどになってもやめられない」の意味となる。また、「如字」は『広韻』の上声蟹韻薄蟹切「止也。休也」（bà．日本字音ハイ）に読み、「やめようと思ってもやめられない」の意味に解するのである。

(19) 衒［22］衒以戰反。或（並）如字、通（8・18）。

　前出。（8）填［10］を見よ。

(20) 好［23］正文「吾令鴆為媒兮、鴆告余以不好」
　　　　　　音決「好如字」（63・39）
　　　［24］正文「容態好比、順彌代些」
　　　　　　音決「好如字」（66・17オ）

　［23］「好如字」は『広韻』2音の内、上声晧韻呼晧切「善也。美也」（hǎo）に当り、正文の意味も「よい」となる。もし『広韻』の別音、去声号韻呼到切「愛好。亦璧孔也。見周禮。又姓。……」（hào）に読めば、「このむ。玉のあな。姓」の意味となる。
　［24］も［23］と同じく「よい」の意味であって、王逸注に「姿態好美、自相親比」とあるように、「（娘達は）姿形も美しい」ことをいう。

(21) 左［25］正文「請為左右揚揮而陳之」
　　　　　　音決「左右皆如字。或為佐佑讀者、非也」（8・7オ）
(28) 右［32］正文「請為左右揚揮而陳之」
　　　　　　音決「左右皆如字。或為佐佑讀者、非也」（8・7オ）

　(21) 左［25］、「如字」は『広韻』2音の内、上声哿韻臧可切「左右也。亦姓。……又漢複姓二氏。……」に当る。左字が紐首にあり、注解も多く、現代中国語音もzuǒと上声に読む（『古今字音対照手冊』p.23）からである。本

- 46 -

文も『広韻』の訓注と同じく「左右」であって、君主の左右に伺候する者の意から、ここでは話の聞き手を直接指さずに、かくいって敬意を示すいい方となっているのである（他の 1 音は、「佐」と同じく去声箇韻則箇切「左右」）。

(28) 右 [32]、「如字」は『広韻』2 音の内、去声宥韻于救切「左右」に当る。現代中国語音はyòuと去声であり、『古今字音対照手冊』（p.125）も現代音に対応するこの去声音を取る（他の 1 音は、上声有韻云久切「左右也。……」である）。

さて、この「左右」を一本が「佐佑」に作ってその音に読むのは正しくないという。佐は去声箇韻則箇切「助也」であり、佑は去声宥韻于救切「佐也。助也」であって、「佐佑」は、諸侯の左右にいて君主を助ける者のことである。「佐佑」に作っても意味上不都合はないと思うが、『音決』では本文を「左右」に作ってそのまま読み、「佐佑」に作って読むテキストは採らないのである。

(22) 養 [26] 正文「誰能抜俗、生盡其養、孰是養生、而薄其葬」
　　　　　音決「養以亮反、下如字」（113上・14）

「養以亮反」は、『広韻』2 音の内、去声漾韻餘亮切「供養（父母に仕える）」（yàng）に当る。本文「生盡其養」の養は、集注本に引く『鈔』に「養者謂孝養其親也」というように、「子が飲食の世話を十分やって親を養うこと」をいい、『広韻』の「供養」は正にこの意味である。「下如字」は本文の「孰是養生」の養についての注である。これは『広韻』上声養韻餘兩切「育也。樂也。飾也。字從羊食。又姓。孝子傳有養奮」（yǎng）に当る。「養生」とはここでは、「食物によって生命を養う」ことから「十分な、豊かな暮らしをする」の意味となるのである。

3．去声

- 47 -

(23)寐［27］正文「消憂非萱草、永懐寄夢寐」
　　　　　音決「寐、協韻亡日反。下如字」(61成・14)

　寐は『広韻』去声至韻「彌二切」（脂去明開四Ａ）の１音しかなく、本来この音に読むべきであるが、この江文通「雑体詩、潘黄門述哀岳」の上句の「日」・「畢」・「瑟」（巻61乙）とこれらに続く「一」・「失」・「質」の諸字が押韻し（「瑟」が入声櫛韻以外は、いずれも入声質韻である）、この後に出てくる「寐」もそれら諸字と押韻するので、「協韻」して「亡日反」（同じく入声質韻）に読んだのである。しかし、この２句の直ぐ下に出てくる「夢寐復冥冥、何由覿尓形」の「寐」は「如字」で、通常の去声至韻「彌二切」に読むというのである。下の「夢寐」は上のこの「夢寐」を受けたもので、意味も「寝て夢を見る」で、全く同じである。上は押韻の関係から「協韻亡日反」としたが、下は押韻字でなく、その必要もなかったので、通常の音に読む「如字」としたのである。なお、『音決』には、61上・6に「寐・亡二反」と去声至韻に読む例が１個ある。

(24)替［28］正文「余雖好脩姱以鞿羈兮、謇朝誶而夕替」
　　　　　音決「替、協韻、他礼反。下如字」(63・15オ)

　『広韻』では「替」に去声霽韻他計切「廢也。代也。滅也……」(tì)の音しかなく（『集韻』も同じ）、これが「如字」に当る。その意味もこの作品「離騒」の王逸注に「替、廢也」というのに一致する。『音決』はそれを協韻して上声薺韻「他礼反」に読み、上句「(ア)長大息以掩涕兮、(イ)哀人生之多艱」（胡刻本は大を「太」に作る）の「艱」字と押韻するはずであるが、艱字は平声山韻であるので、韻が一致しない。『音決』には艱字の音注はなく、『切韻』系の韻書*5にも艱に上声薺韻の音はなく不明である。宋、洪興祖『楚辞補注』にも音注はない。衞瑜章「離騒韻譜」*6には「姚鼐曰、二句疑倒誤、蓋涕與替爲韻」という。今本の『楚辞』が(ア)・(イ)句の順になって

- 48 -

いるのを誤りとし、(イ)・(ア)句の順に置き換えて「涕」(去声霽韻)を押韻字とすれば、韻が合うという姚鼐『古文辞類纂』巻61の説を引くのである。しかし、こうすれば『音決』が協韻した意味はなくなる。また、そもそも王逸注(今本の『楚辞』のそれも含めて)を読んでみても、正文(今本の『楚辞』のそれも含めて)は、やはり(ア)・(イ)の順のままであると思われるので、ここに疑問は残る。「離騒韻譜」は他の説も挙げるが、ここでは言及しない。次に正文のこの句にすぐ続いて「既替余以恵纕兮、又重申之以攬茝」の句が出てくる。この王逸注に「廢弃」というように、『広韻』の意味も一致する。「下如字」とはこのことであり、ここは押韻字ではないから、協韻にする必要はなく、去声に読むのである。

(25) 度 [29] 正文「嘯詠溝(もと「講」に誤る。今胡刻本に従う)渠、良不可度」
　　　　音決「度如字」(85下・31オ)

「度如字」は『広韻』2音の内、去声暮韻徒故切「法度。又姓。……」(dù)に当る。『鈔』に「我嘯歌吟詠於溝渠之間、信無准度也」というように、度は「法度」の度であって、作者趙景真が遼東の僻地に赴く途次の旅程の不確実なことをいうから、意味も一致する(「渡」に通じて「わたる」とも取り得る)。それ故『広韻』の別音、入声鐸韻徒落切「度量也」(duó)に読んで「はかる」とは取らないのである。

(26) 道 [30] 正文「悔相道之不察兮、延佇乎吾将反」
　　　　音決「道如字。或徒到反、非」(63・19オ)

道は『広韻』に上声晧韻徒晧切「理也。路也。直也。衆妙皆道也。説文曰、所行道也。一達謂之道」(dào)の音しかない。王逸注に「言己自恨視事君之道不明察、當若比干伏節死義、……」というように、正文の道は「君に仕える道」の意味である。「或徒到反、非」というのは、この道を去声号韻徒到

- 49 -

切に読むのは誤りであることをいう。『広韻』は道に去声のこの音はないが、『集韻』にはこの音に相当する「大到切」下に「導、引也」とあって、道をその或体とする(『広韻』は去声号韻徒到切下に「導」字があって「引也」という)。すると、道を去声に読んで(導の字と見なして)「引也」の義に取るのは、不可なることをいったと解したい。

(27)上 [31] 正文「三奏四上(「上」字胡刻本により補う)之調、六莖九成之曲」
音決「上如字。或時掌反、非也」(91上・25オ)

「上如字」は『広韻』2音の内、去声漾韻時亮切「君也。猶天子也。」(shàng)に当る。正文の「四上」は『楚辞』大招に「四上競氣、極聲變只」とあり、王逸注に「謂上四國代・秦・鄭・衛也」とあり、代・秦・鄭・衛四国の曲調をいう。洪興祖『補注』(王逸とは解釈が異なる)に「四上謂聲之上者有四。……」というのによれば、上は「かみにあってすぐれたもの」の意味であろう。故に「四上」の語としては『広韻』の去声の音に読むのであって、『広韻』の別音、上声養韻時掌切「登也。升也」(shǎng)に読んではならないことをいうのであろう。

(28)右 [32] 正文「請為左右揚摧而陳之」
音決「左右皆如字。或為佐佑讀者、非也」(8・7オ)

前出。(21)左 [25] を見よ。

4．入声

(29)谷 [33] 正文「山阜相属、含谿懷谷」
音決「谷音浴。秦晉之俗言也。又如字」(8・8)

「谷音浴」というのは、『広韻』3音の内、入声燭韻余蜀切羊母「山谷。爾雅曰、水注谿曰谷。説文曰、泉出通川爲谷。……」(yù)。日本字音ヨク)に当る。上句の「属」字(『広韻』は入声燭韻之欲切)と押韻させるために、わざわざ「秦晉之俗言」の「音浴」に読んだのである。又音の「如字」は『広韻』では入声屋韻古禄切見母「山谷。……」(gǔ)に当り、特に「秦晉之俗言」の音に読まず、通常の音に読んでもよいことをいう。

(30) 宿 ［34］正文「夫上圖景宿、辯於天文者也」
　　　　　音決「宿思幼反。又如字」(9・2)

「宿思幼反」は『広韻』2音の内、去声宥韻息救切「星宿。亦宿留。」(xiù)に当る(下字「幼」は去声幼韻に属し、韻にずれがある)。『鈔』に「景、明也。言星辰明於上也」とあるように「星座」の意味である。又音の「如字」は『広韻』入声屋韻息逐切「素也。大也。舎也。……。又姓。……又虜複姓……又虜三字姓。……」(sù)に当る。しかし、この場合も正文は去声と同じ意味に解釈するのであろう。

(31) 屈 ［35］正文「罷困相保、堅守四旬、上下力屈、受陥勳寇」
　　　　　音決「屈其勿反。又如字」(113下・19)

『広韻』では「屈」に「其勿反」(入声物韻群母)の音は見られず(『集韻』にはこの音はあるが、訓注が合わない)、この音に当る衢物切下に「倔」以下9字があるものの、いずれもここの意味「つきる」(鈔曰、屈、盡也)に合致しないので、仮借とすることもできない。『広韻』2音の内、入声物韻九勿切見母「屈産、地名。出良馬。亦姓。楚有屈平」に読むべき音との個別的な読音の相違によるものであろうか(「盡也」の訓注はないが)。又音の「如字」は『広韻』入声物韻區勿切渓母「拗曲。亦姓。又虜複姓屈突氏。……」(qū)に当る音である。この場合、「つきる」と取らずに、「曲がる、力

- 51 -

が十分に発揮されない」と取るのかもしれない。

(32)説［36］正文「於是鏡機子聞而将往説焉」
音決「説如字。或音税」(68・3)
［37］正文「身死于齊、非説之辜」
音決「説音税、又如字」(93・82オ)

［36］「説如字」は『広韻』3音の内、入声薛韻失爇切「告也。釋名曰、説者述也。宣述人意也」(shuō)に当り、「とく」と訓ずる。ここもこの意味で、「相手に説いて聴かせる」のである。別な1音として「或音税」と読むのは、『広韻』去声祭韻舒芮切「説誘」(shuì. 日本字音ゼイ)に当り、「相手をさとして自分の意見に従わせる」の意味である。これでも正文は通じる。

［37］の「説音税、又如字」も同じである。即ち、酈食其は斉王田広によって釜茹での刑に処せられたが、それは酈の斉王への「遊説の仕方(或いは演説、説き方＝如字)」がまずかったことにその罪(責任、原因)があるのではないの意味となる。

(33)宅［38］正文「百果甲宅、異色同榮」
音決「宅如字。或為丑格反、非」(8・20)

宅は『広韻』に入声陌韻場伯切澄母「居也。説文云、宅、託也。人所投託也。釋名曰、宅、擇也。擇吉處而營之也」(zhái)の音しかない。一方、「或為丑格反」とするのは、『広韻』では入声陌韻丑格切徹母(chè)に相当する。この場合、『広韻』には「坼、裂也。亦作㾋」と注する同音字がある(『集韻』は宅に入声陌韻恥格切徹母の音があり、「説文、裂也」の注がある)。

『広韻』に従えば、『音決』はこの「坼」字の仮借とするのを「非」とし、「宅」字のままでよいとするから、「如字」とするのである。ただ、その場合も『広韻』にはその訓注はないが、『集韻』に「説文、裂也」とあるように、『音決』の正文解釈はやはり「坼」の意味として、「あらゆる果実が芽を

出し、花が開く」と取るのであろう。集注本の李善注に「周易曰、百菓草木皆甲宅。鄭玄曰、木實曰菓。皆讀如人解倦之解。〃謂坼呼。皮曰甲、根曰宅。〃、居也。呼火亞反」とあるように、左思「蜀都賦」のここは、『周易』解卦の象伝に基づく。鄭玄注は佚しているが（民國、高歩瀛『文選李注義疏』に依れば、袁鈞輯の『鄭氏易注』の輯佚書がある由であるが、未見）、その注は「皆讀如人解倦之解」までであろう。その下の「〃謂坼呼」以下は李善自身の注であろう（「〃謂坼呼」も鄭玄の注と考えられなくもない。胡克家『文選考異』に「注百果草木皆甲坼、袁本坼作宅。茶陵本亦作坼。案作宅最是。善讀宅如字、觀下注所引根曰宅、宅居也可知」という「善讀宅如字、觀下注所引根曰宅、宅居也可知」から、胡克家も少なくとも「皮曰甲、根曰宅。〃、居也。呼火亞反」は李善自身の注であると考えていたと思われる）。この李善注に引く鄭玄注に依れば、『周易』は「百菓草木は甲宅を皆す(またはかい甲宅皆す)」と読み、「あらゆる木や草は、(地上では、その実や花の)皮がゆるんで(綻び)開き、(地下では)根も分かれて伸びて行く」と解するのであろう*7。そうすると、左思「蜀都賦」は「百果(は)甲宅し、……」と読み、「あらゆる木は芽を出し、花が開く」と解するのであろう。

　しかしながら、ここの『鈔』は「言皆是某甲室宅之中有也。一曰、甲坼也」というから、「百果の甲宅は、色を異にし榮を同じくす」と読み、「ある人の屋敷の中にある、ありとあらゆる果実は、花も色も同じきあり、異なるありの様々である」と解するのであろう（甲を「第一位。最も優れる」の意に解して、「甲宅」を「第一位の、立派な家屋敷」の意味とすることも考えられるが、今「某甲(なにがし)の室宅」の如くに読解する。また、ここは上文からの続きとして、蜀の山川に沿った家々の「果樹園」の有様を述べているので、『鈔』のこの解釈は少しく無理があると思われる）。次に『鈔』の別説は、五臣注の劉良が「甲宅、花開也」というように、甲も宅も同じ意味で、上述の如く「あらゆる草木が芽を出し、花を開く」の意味にとるのであろう。

　以上見てきた『音決』の「如字」を「一字両読」の観点から如字とそれ以外の音(破読)との音節構成要素の相違により分類すると、以下のようである。

字種の数字(括弧は省略する)とその被注字を記す。

　　(1)声母を変えるもの……………… 2夫、10朝、14曾、31屈、33宅
　　(2)韻(母)を変えるもの………… 4西、13澄
　　(3)声調を変えるもの…………… 1為、5文、8填、9延、12強、15猶、
　　　　　　　　　　　　　　　　　　16女、19衍、20好、21左、22養、24替、
　　　　　　　　　　　　　　　　　　26道、27上
　　(4)声母・韻(母)を変えるもの… 3揄、7還、29谷
　　(5)声母・声調を変えるもの……11長
　　(6)韻(母)・声調を変えるもの…18罷、23寐、25度、28右、30宿、32説

となる。これらは殆どが多音多義の字をその本音本義に読み、それ以外の音と義との区別を示す(義は変わらず単に音の相違を示すと思われるものもある)「如字」である。ただ、これらの内には、

　　(7)別音を否定して、通常の音義であることを強調するもの(概ね意味
　　　は異なる)……………………… 4西、9延、10朝、26道、27上、33宅
　　(8)先人の音や協韻・方言音と対比して、通常の音義に取るというもの
　　　………………………………13澄、24替、28右、29谷
　　(9)字体を弁別して正文の文字の異同があることや、更にはその解釈が
　　　異なることを示すもの……… 6寒、17許、21左、28右

といったものがある。(7)、(8)の例は「如字」として通常の音義に解するが、別音や先人の音、また協韻・方言音という特殊な音を持ち出したり、採用したりしたので、それらとは異なる通常の音に読めというものである。
　更に(8)、(9)の中には多音多義の字ではなく、一音一義の6寒、17許、24替もあり、それらは通常音の明示、2字弁似、適正解釈の提示をするために、本来ならその必要がないのに特に「如字」という注を付けたものである。
　従来「如字」は多音多義字の内の一音一義の指定だといわれており、『音

- 54 -

決』でもその点は確かにそうであるが、『音決』では更に一音一義しかない字であっても、協韻との区別を示したり、2字弁似して字の指定を行い、正しい解釈を示そうとしたりして「如字」と注したのである(これらも一音一義の指定という点では、多音多義字の場合と同じである)。これは『音決』に特徴的な「如字」であって、音義の指定という本来の注の性格に、新しい役割を担わせた、「如字」の特殊な用法であるといえよう。

　終りに付言する。坂井健一の所説(1995a)に従えば、『音決』の「如字」は、断片的ながら『音決』における常用語の語層を調べる貴重な資料となり、漢語史としての価値、即ち唐代の主として南方地域における漢語の語層研究に一資料を提供するものであるといえよう(拙著ではこの面について論じ得なかったが)。

(注)

* *1 王力主編『古代漢語(修訂本)』第2冊「第七単元　古漢語通論(十八)」(中華書局、1981)に「古書上某字注以如字、通常是告訴讀者、在這特定的上下文裏、這個字要按照它本来的讀音讀」というように、2音(それに対応した2義を持つことが少なくない)以上を持つある字について、その本来の最も普通な音に読めという音注である。他に、太宰春台『和読要領』巻下は「如字」について、「如字ハ、字ノ如シトイフコトナリ。多音ノ字ヲ、旁出ノ音ニ讀マズ、本音ノママニ讀ムトキ、如字ト註スルナリ」という。
* *2 大島正二は『唐代字音の研究』(汲古書院、1981、p.4、注6)で、ある意味をある字で表す社会習慣が当時あったにも関わらず、たまたま『切(広)韻』には記載されなかった場合もあることを述べる。
* *3 河野六郎「広韻という韻書」(『河野六郎著作集』巻2、平凡社、1979、p.517-518)は、人名の特別な読音について述べる。
* *4 河野六郎「広韻という韻書」(注*3参照)の516頁には、『広韻』の又音の生じた一つの原因について述べてある。
* *5 劉復ら編『十韻彙編』、姜亮夫編『瀛涯敦煌韻輯』、『唐写全本王仁昫刊謬補缺切韻』(所謂『王三』=『完本王韻』)に拠る。

*6　衛瑜章「離騒韻譜」(游国恩等著『楚辞集釈』香港文苑書屋出版、1962に所収)。

*7　高步瀛『文選李注義疏』のこの部分に、「且釋解字之義爲圻呼、即圻𠂤也。皆解音近、故破皆為解。……解甲宅者、謂上則皮甲破裂、下則根宅分開、猶言圻𠂤其皮與根也。釋文不言馬陸破皆字、則如字讀、而甲宅二字亦指圻甲生根言之」という所を参照して、この鄭玄注を解釈したものである。これを「百菓草木は皆甲宅す」と読み(「皆甲が宅す」の意)、「あらゆる実のなる木や花咲く草は、すべてその実や花の皮が裂け開く」と解する説もある。なお、胡刻本所引の李善注の「皆讀如人倦之解」の誤倒、脱字、拆(集注本圻)呼＝拆(集注本圻)𠂤、また「宅・圻・拆」字についての些か複雑な問題は、やはり高氏『文選李注義疏』を参照されたい。参考のために、長くはなるが、高步瀛『文選李注義疏』の関連する注釈部分と「胡刻本」の正文・李善注及び胡氏『考異』を以下に掲げる。

　　　高步瀛『文選李注義疏』

　　　　　周易見解彖傳。王弼注本作甲圻。……步瀛案馬陸皆作宅、見釋文。且皆注曰、宅、根也。是與鄭同。但鄭注讀如疑當作讀爲。讀如者但明其音。讀爲者兼易其義。而讀爲者、有時傳寫誤作讀如。……此注亦當作皆讀爲人倦解之解、且釋解字之義爲圻呼、即圻𠂤也。皆解音近、故破皆爲解。……解甲宅者、謂上則皮甲破裂、下則根宅分開、猶言圻𠂤其皮與根也。釋文不言馬陸破皆字、則如字讀、而甲宅二字亦指圻甲生根言之。……又胡克家謂之解、各本皆倒、亦非。王應麟、丁晏輯周易鄭注皆不乙轉。蓋以下解字下屬爲句。袁鈞輯鄭氏易注於倦下增解字、殆是也。又惠棟、袁鈞及李富孫李氏集解賸義皆改呼爲𠂤。困學紀聞卷一引及王丁輯易注皆不改。薛傳均曰、本賦下文橘栗𠂤發、劉注𠂤發、栗皮圻𠂤而發。鄭所云圻呼與劉氏所云圻𠂤正同。説文、𠂤、裂也。是正字。呼、外息也。別一義。特以𠂤字虖聲、虖與𠂤皆平聲、故假櫓呼爲𠂤耳。

　　　胡刻本『文選』

　　　　　正文「百果甲宅圻、異色同榮」

　　　　　善曰、周易曰、百果草木皆甲圻。鄭玄曰、木實曰果。皆讀如人倦之解、解謂拆呼。皮曰甲、根曰宅。宅、居也。呼、火亞切。

　　　　　『考異』、注百果草木皆甲圻、袁本圻作宅。茶陵本亦作宅。案作宅最是。善讀宅如字。觀下注所引根曰宅、宅居也、可知。五臣乃音宅爲圻、今竄圻音入

- 56 -

Ⅰ．序論篇

正文下、又改此注宅為圵以就之、大誤也。注皆讀如人倦之解解、案之解當作解之。各本皆倒。皆字複舉下以七字為一句也。

【参考文献】

尾崎雄二郎「時代と場所を超えるもの」(『漢字の年輪』角川書店、1989)

坂井健一ａ　「経典釈文所引音注『如字』攷」(『栗原圭介博士頌寿記念東洋学論集』汲古書院、1995)

坂井健一ｂ　「『広韻』中の同音同義同字語について」等の諸論考(『中国語学研究』汲古書院、1995)

周祖謨「四声別義釈例」(『問学集』上冊、中華書局、1966)声韻の別あるものは同字異語の違いであり、声調の別あるものは多く一義の引申であるとし、多くの例を細かく分析する。

狩野充徳「『文選音決』の研究——資料編(１)音注総表——」(「広島大学文学部紀要」第47巻特輯号２、1988)

大島正二『唐代字音の研究』(汲古書院、1981、p. 42注６)ある意味をある字で表す社会習慣が当時あったにも関わらず、たまたま『切韻』には記載されなかった場合もあることを述べる。

河野六郎「広韻という韻書」(『河野六郎著作集』巻２、平凡社、1979)人名の特別な読音について述べる。516頁には、『広韻』の又音の生じた一つの原因について述べてある。

丁声樹編録、李栄参訂『古今字音対照手冊』(香港太平書局、1976)

Ⅰ．３．４　避声・避諱

「避声」とは声を避ける。つまり反切上字によって示される、声母の音を改めて同音になることを避けるのである。以下の例に見るように、「父」との同音を避ける例がこれである*1。「避諱」は天子の諱を避けてその字の音を改めるものである。

A［１］正文「伐皷五嶺表、揚斾万里外」
　　　　音決「伐、避聲。音撃」（48天・292）

　この「伐」字は、陸士衡の「贈顧交阯公真詩一首」の第５句「伐皷五嶺表」句頭の字である。これについて周法高は『顔氏家訓彙注』*2に附する「顔氏家訓金楼子伐鼓解」*3で、『顔氏家訓』文章篇では「父」字は作文の際に畏れ敬んで、軽々しく用いず避けるべきだというのを取り上げて、そこでは「伐鼓」という語を挙げ、『金楼子』雑記篇では「伐鼓」・「歩武」・「浮柱」の反語（魏晋南北朝時代に流行した、反切と同じ原理に依る一種の言語遊戯）を挙げて、それらがいずれも畏れ多い「父」字を表しているとする。それで、『顔氏家訓』や『金楼子』では、それを避けなければならないというのであるという。それ故にここの『音決』は「伐」が畏れ多い「父」字と同音になることを避けて、「うつ。打ち鳴らす」という同じ意味の「撃」に読み変えたのである。このことからいえば、『音決』撰者の公孫羅の頃（唐初７世紀）もそのような習慣が残っていたと思われるのである。

　　［２］正文「自以嗜臭腐、養鵷鶵以死鼠也」
　　　　音決「腐、避聲、芳宇反」（85上・12）

　『広韻』では「腐」は父字と同じく上声麌韻「扶雨切」で並母/b/字である。音決の反切上字「芳」は、滂/pʻ/字である（下字「宇」は上声麌韻である）。これは「腐」字が「父」字と同音であることを避けて、特に滂母に読み改めたのである。これについても上記周法高の論を参照のこと*4。

　　［３］正文「惻隱身死之腐人、悽愴子弟之累首」
　　　　音決「腐、芳宇反」（102下・12オ）

　既に巻85上に出てきたので、「避聲」とはいわないのか、これも「父」字を避けたものである。

- 58 -

［4］正文「何時与尓曹、啄腐共吞腥」
　　　　音決「腐、音父」（56・27オ）

　この例は［1］、［2］、［3］と違って「避聲」していない。「芳宇反」に読んで「父」と同音たることを避けようとせず、何故直接「父」字を出して「音父」と注音したのか不明である。

　B［1］正文「豊肌饗螻蟻、姸骸永夷泯」
　　　　音決「泯、避諱、亡巾反。又泯之去聲。多皆放此」（56・38）

　「泯」は『広韻』では「民」と同じく平声真韻「彌鄰切」で明母重紐A類（『韻鏡』で4等）であり、「没也」と注する。これに対し、「亡巾反」は下字「巾」が広韻では「居銀切」で、平声真韻の見母重紐B類（『韻鏡』で3等）であるから、平声真韻の明母重紐B類の音を表すものと考えられる。従って、「亡巾反」と注音するのは、「泯」と同音字の、唐、太宗（李世民）の諱「民」を避けた（避諱）ものと考えられる。また、「泯之去聲」は「避諱」として意識的に声調を変えて読んだものなのか、それともこれは『広韻』及びそれ以前の韻書（劉復ら『十韻彙編』及び『完本王韻』）に見えない（『集韻』にも見えない）が、1音として存在していて、この音に読む説もあった事を指摘したものなのか。今後者と考えておく。この音に読めば、当然のことながら太宗の諱「民」に触れない。なお、『広韻』には上声軫韻武盡切の音があり、「水皃。亦滅也。盡也」と注する。この音に読んでもよいかと思うが、『音決』は採用しない。

　　［2］正文「王室之亂、靡邦不泯」
　　　　音決「泯、平聲」（48上・4オ）

　「泯」を平声に読んで（「民」と同音）避諱しないのは、『鈔』に「泯、没

也、泯音民。取韻耳」というように、以下の諸句と「泯・振(音決に「協韻、音真」という)・民・天」が平声韻として押韻するためである。これは西晋、陸機の「答賈長淵詩」であって、陸にとっては後世の太宗の諱「民」を考慮して作詩するはずはないから、『鈔』も「取韻耳」とわざわざ断って意識的に諱を犯したのではないことを弁じているのであり、『音決』もそれを踏まえたものと考えられる(『鈔』・『音決』では「泯」・「民」を缺筆している)。

C [1] 正文「榮色雜糅、綢繆縛繡」
音決「綢案魯達 [毛] 詩 [音] 直留反」(9・32、もと [ ] 内缺。今補う。下同じ)
[2] 正文「望雲際兮有好仇」
音決「魯達毛 [詩] 音、仇音求」(68・34オ)

「魯達」の「毛詩音」は『隋書』経籍志に「毛詩并注音八巻、秘書学士魯世達撰」といい、『旧唐書』経籍志に「毛詩音義二巻、魯達撰」といい、『新唐書』芸文志に「魯世達毛詩音義二巻」というものに当たると思われる(「毛詩章句義疏四十巻、魯世達撰」も隋志に録する。『隋書』巻75儒林伝・『北史』巻82儒林伝下の本伝には「毛詩章句義疏四十二巻」という)*5。従って、音決の「魯達」は『隋書』経籍志・『新唐書』芸文志の「魯世達」のことであると分かる(『隋書』・『北史』の各儒林伝も共に「魯世達」に作る)。音決が「世」字を削っているのは、唐太宗(李世民)の諱「世」を避けたためである。これについて、既に清、姚振宗は『隋書経籍志考証』で、『旧唐書』経籍志に「魯達撰」というのを「按此因唐人舊文避諱削去世字也」と説き、周祖謨は「唐本毛詩音撰人考」*6で「世達舊唐書作魯達者、蓋唐人避諱而省爲單名、亦猶徐世勣之名勣」と述べ、更に音決のこの2例を挙げている。

なお、以上のA・Bの例について申し添える。民国、陳垣は『史諱挙例』巻1第4「避諱改音例」で「避諱改音之説、亦始於唐、然所謂因避諱而改之音、在唐以前者多非由諱改、在唐以後者、亦多未実行、不過徒有其説而已」と前置きし、数個の例を挙げた後「可見避諱改音之例、始終未嘗実行也」と

- 60 -

結論を下す。「避諱改音」の説があるだけで、実行されなかったというのである。しかし、音決のこの例は、正しく「避諱改音」の例なのである（Ｂの［１］、［２］の泯の旁「氏」は民字の缺筆である）。

(注)
* *1 なお、胡刻本『文選』の李善注にも「避聲也」という語が見えるが、筆者がここに述べる所とはその概念が異なる。松浦友久「李善音注『趣、避聲也』―『帰去来分辞』の修辞効果に関する一考察―」（中国詩文論叢』第14輯、1995）を参照。
* *2 周法高『顏氏家訓彙注』台聯国風出版社・中文出版社発行，民国64年、台北。
* *3 周法高「顏氏家訓金楼子伐鼓解」（「中央研究院歴史語言研究所集刊」第13本、民国37年）に收める。また同氏『中国語言学研究論文集』（崇基書院、1968、香港）に收める。注*2の著にも付する。
* *4 平山久雄「中国語における避諱改詞と避諱改音」（「未明」10号、1992）も参照のこと。
* *5 これら『毛詩』の「音義」や「義疏」の巻数については、既に上文「Ⅰ.3.2、諸家音、8.魯達」の所で述べた。
* *6 周祖謨『漢語音韻論文集』（前出）に所收。

Ⅰ.3.5　作者注

その作品の作者について簡単な説明をつけ加えることがある。陸機・潘岳（以上、西晋）・陶潜・顔延之・謝霊運・謝恵連・鮑照（以上、宋）・王倹（斉）の８人がこれである。以下『音決』にいう所を正史の記載を挙げて証明しよう。

　［１］「機西晋平原相、卌三卒也」（陸士衡、挽歌詩三首、56・31オ）

『晋書』巻54陸機伝
　　陸機字士衡、呉郡人也。……時成都王穎推功不居、勞謙下士。機既感全濟之恩、又見朝廷褸屢有變難、謂穎必能康隆晋室、遂委身焉。穎以機參

大將軍軍事、表爲平原內史(淸、吳士鑑劉承幹晉書斠注云、吳志陸抗傳注機雲別傳曰、時朝廷多故、機雲並自結於成都王穎、穎用機爲平原相)。……及戰、(弟孟)超不受機節度、輕兵獨進而沒。(兄孟)玖疑機殺之、遂譖機於穎、言其有異志、將軍王闡郝昌公師潘等皆玖所用、與牽秀等共證之。穎大怒、使秀密收機。……天明而秀兵至。機釋戎服、著白帢、與秀相見、神色自若。……旣而歎曰、華亭鶴唳、豈可復聞乎。遂遇害於軍中、時年四十三。

［２］音決「岳西晉黃門侍郎也矣」(見せ消ち)(潘安仁、馬汧督誄一首幷序、113上18)

『晉書』卷55潘岳伝
　　潘岳、字安仁、滎陽中牟人也。……未幾、選爲長安令、作西征賦、述所經人物山水、文淸旨詣、辭多不錄。徵補博士、未召、以母疾輒去官免。尋爲著作郎、轉散騎侍郎、遷給事黃門侍郎。

［３］音決「潛宋徵士」
　　　　(陶淵明、挽歌詩一首、56・41才、雜詩二首、59上・4才)

『晉書』卷94隱逸陶潛伝
　　陶潛、字元亮。……義熙二年、解印去縣、乃賦歸去來。……頃之、徵著作郎、不就。
『宋書』卷93隱逸陶潛伝
　　陶潛、字淵明、或云、淵明字元亮。尋陽柴桑人也。……義熙末、徵爲著作佐郎、不就。
『南史』卷75隱逸伝上陶潛伝
　　陶潛、字淵明、或云、深明、名元亮。尋陽柴桑人也。……義熙末、徵爲著作佐郎、不就。

　　『南史』の本伝に「或云、深明」というその「深」は、唐、高祖(李淵

- 62 -

565～635)の諱を避けて改めたものである。

『文選』巻57顔延年「陶徴士誄一首并序」
　　(五臣注)張銑曰、陶潜隱居。有詔禮、徵爲著作郎、不就。故謂徵士。
　　(正文)有晉徵士、尋陽陶淵明、南嶽之幽居者也。……有詔、徵爲著作郎、稱疾不到。春秋若干、元嘉四年月日、卒于尋陽縣之某里。

　陶淵明を「徴士」と呼ぶことについては、『文選』巻57の張銑の注に「隠遁していた陶潜を詔があって著作郎に召したが、就かなかったので徴士といったのだ」という説明がある。問題は『晋書』は「著作郎」というが、『宋書』・『南史』は「著作佐郎」ということである。清、洪亮吉は『暁読書斎四録』巻上(『晋書斠注』所引)で『宋書』・『南史』により、著作佐郎に召されたのは東晋の義熙末(405～418)年であり、顔延年の「陶徴士誄」により、著作郎に徴されたのは、宋の受命(420)の後だとして2事と見る(呉士鑑はいう、洪説の如くんば、『晋書』は「佐」字を補わねばならない。かくして『宋書』・『南史』・「陶徴士誄」と一致すると)。また宋、呉仁傑は「陶靖節年譜」(『晋書斠注』所引)で義熙14年(418)、著作郎に徴されたとし、呉士鑑も『晋書』本伝の下文「刺史弘以元熙中臨州」から義熙末年、著作郎に徴されたとする。『音決』が「宋徴士」とするのは、陶淵明の死去が宋代の元嘉4年(427)であることを考えたからであろうし、必ずしも洪説の如く、宋の受命後、著作郎に徴されたが就かなかったと考えなくてもよかろう*1。

［4］音決「延之、宋特進光禄大夫」
　　(顔延年、陽給事誄一首并序、113下・17オ)

『宋書』巻73顔延之伝
　　顔延之、字延年、琅邪臨沂人也。……元凶弑立、以爲光禄大夫。……世祖登阼、以爲金紫光禄大夫、領湘東王師。……孝建三年卒、時年七十三。追贈散騎常侍、特進、金紫光禄大夫如故。諡曰憲子。

- 63 -

『南史』巻34顔延之伝
　　顔延之、字延年、琅邪臨沂人也。……元凶弑立、以爲光禄大夫。……孝武帝登、以爲金紫光禄大夫、領湘東王師。……孝建三年卒、年七十三。贈特進、諡曰憲子。

　　［５］音決「(謝靈運)宋侍中、臨川内史」
　　　　（謝靈運、南樓中望所遲客詩一首、59上・18）

『宋書』巻67謝靈運伝
　　謝靈運、陳郡陽夏人也。……太祖登阼、誅徐羨之等、徵爲秘書監、再召不起、上使光禄大夫范泰與書敦獎之、乃出就職。使整理秘閣書、補足遺闕。又以晉氏一代、自始至終、竟無一家之史、令靈運撰晉書、粗立條流。書竟不就。尋遷侍中、日夕引見、賞遇甚厚。……(太祖)不欲東歸、以爲臨川内史、加秩中二千石。在郡遊放、不異永嘉、爲有司所糾*2。……

『南史』巻19謝靈運伝
　　謝靈運、安西將軍奕之曾孫而方明從子也。……文帝誅徐羨之等、徵爲秘書監、再召不起、使光禄大夫范泰與書敦獎、乃出。使整秘閣書※遺闕。又令撰晉書、粗立條流。書竟不就。尋遷侍中、賞遇甚厚。……(文帝)不欲復使東歸、以爲臨川内史。在郡游放、不異永嘉、爲有司所糾。……

　『南史』の方が記述が簡略であり、この部分も『宋書』の方が分かりやすい。

　　［６］音決「(謝恵連)宋法曹參軍」
　　　　（謝恵連、七月七日夜詠牛女詩一首、59上・12オ）

『宋書』巻53謝方明伝付伝謝恵連伝
　　子惠、幼而聰明、年十歳、能屬文。……元嘉七年、方爲司徒彭城王義康法曹參軍。

I．序論篇

『南史』巻19謝方明伝付伝謝恵連伝
　　子恵、年十歳、能屬文。……元嘉七年、方爲司徒彭城王義康法曹行參軍。

『南史』は「法曹行參軍」と「行」字がある。

［7］音決「昭(ママ)宋參軍」（鮑明遠、數詩一首、59上・33オ）

『宋書』巻51臨川烈武王道規伝付伝
　　鮑照字明遠、臨海王子頊爲荊州、照爲前軍參軍、掌書記之任。子頊敗、爲亂兵所殺。
『南史』巻13宋宗室及諸王伝上、臨川烈武王道規伝付伝
　　鮑照字明遠、東海人……。臨海王子頊爲荊州、照爲前軍參軍、掌書記之任。子頊敗、爲亂兵所殺。

［8］音決「儉齊大尉」（王仲寶、褚淵碑文一首幷序、116・14オ）

『南斉書』巻23王儉伝
　　王儉字仲寶、琅邪臨沂人也。……其年(永明七年)疾、上親臨視、薨、年三十八。……又詔曰、……故侍中、中書令*3、太子少傅、領國子祭酒、衞軍將軍、開府儀同三司南昌公儉、體道秉哲、風宇淵曠。……可追贈大尉、侍中、中書監、公如故。……
『南史』巻22王曇首伝付伝
　　儉字仲寶、……其年(永明七年)疾、上親臨視、薨、年三十八。……又詔追贈大尉。……

（注）
*1　その他、晋、無名氏「蓮社高賢人伝」は何ともいっておらず、梁、昭明太子「陶淵明伝」は「著作郎」とする。
*2　『宋書』は中華書局本(北京、1974)に拠った。この部分については、その校勘記［5

- 65 -

1]・[52]・[59] を参照。
*3　中華書局本『南斉書』(北京、1972)の校勘記［四五］に引く張森楷の校勘記では、「令」を「監」の誤りとする。

Ⅰ.3.6　古典引用

『音決』は古典を引用して『文選』との字体の相違や音を示す。全部で11個の例あり、9種の古典を引用する。

　［１］『毛詩』
　　　　正文「矯〃三雄、至于垓下」
　　　　音決「矯居表反。毛詩作蟜〃、同」

　正文の「矯矯」を『毛詩』は「蟜蟜」に作る。それでも音義同じだと『音決』はいう。『毛詩』「魯頌」泮水に「矯矯虎臣、在泮獻馘」とある（集注本の李善注には「毛詩曰、矯矯武臣」という。「武」は唐の太祖李虎の諱「虎」を避けて改めたものである）のを利用したのである。『経典釈文』には「蟜蟜、本又作矯、亦作蹻、居表反。武貌」といい、清、阮元の『毛詩注疏校勘記』に「矯矯虎臣、唐石經、小字本、相臺本同。案釋文云、蟜蟜、本又作矯。正義云、矯矯然有威武、如虎之臣。是其本作矯也」というのによれば、『音決』撰者の見た『毛詩』は、陸徳明の拠ったそれと同じく「蟜」に作っていたのであり、「矯」に作るテキスト（『毛詩正義』・「唐石經」）や「蹻」に作るテキストが、唐初既にあったのである。

　［２］『楚辞』
　　　　正文「抑鶩若通兮、引車右運」
　　　　音決「還音旋（原誤作施）。案文選本盡作還、而楚詞作運、音旋」（66・31）

- 66 -

『文選』のテキストは皆「還」に作るのに対し、『楚辞』招魂は「運」に作るというのである。実際、胡刻本や音決本では「還」に作る（しかし、集注本は「運」に作る）。洪興祖の楚辞補注本は「還」に作り、その「考異」*1 に「還一作旋、一云、引右運、無車字」というから、北宋の終わり頃には、還・旋・運に作る3種のテキストがあったと分かる。

[3]『荘子』
　　正文「故工人之用鈍器也、勞筋苦骨、終日矻〃」
　　音決「矻（原誤従言作訑）苦没反。荘周作㧐、同」（93・5オ）

正文の「矻」を『荘子』は「㧐」に作るが、それも音義同じだというのである。『荘子』天地篇に「子貢遊於楚、反於晉、過漢陰、見一丈夫方將爲圃畦、鑿隧而入井、抱甕而出灌、㧐㧐然用力甚多而見功寡」とあるのがそれである。この矻・㧐両字について、他の注釈を挙げると以下のようになる。

『荘子』天地篇
　　成玄英疏　　㧐㧐、用力貌也
　　陸徳明釈文　㧐㧐、苦骨反。徐李苦滑反。郭忽骨反。用力貌。一音胡没反。
『漢書』巻64下王襃伝
　　正文　　　　勞筋苦骨、終日矻矻。
　　応劭注　　　矻矻、勞極貌（鈔亦引之）。
　　如淳注　　　健作貌也（李善注亦引之）。
　　顔師古注　　如説是也。矻音口骨反。
『文選』（「集注本」）巻93王子淵「聖主得賢臣頌」
　　鈔　　　　　察案之*2、此矻當爲㔶。埤蒼云、㔶、力作也。
　　李周翰　　　矻〃、勤作也。
『廣雅』釈詁
　　正文　　　　㔶、勤也（衆經音義巻一引埤蒼云、㔶、力作也）。

- 67 -

王念孫疏証　勊＝捐（荘子天地篇）＝仡（晏子春秋雑篇）＝矻（王褒聖
　　　　　　　　主得賢臣頌）竝字異而義同。

　その他、『広韻』・『集韻』も参照のこと。要するに矻・勊・捐・仡はいずれも異体字の関係に過ぎない。

　　［４］『鬼谷子』
　　　　正文「劇談戯論、扼捥抵掌」
　　　　正文「劇談戯論、扼捥抵掌」（左思、蜀都賦）
　　　　音決「戯、許義反。諸蕭等咸以為㦸、許奇反、云、鬼谷先生書有抵
　　　　　　㦸篇、本作戯字者傳寫誤。案謂言戯談論者、是賦之意也。即
　　　　　　以抵㦸為證、翻似穿鑿。（８・29）

　諸（褚詮之*3）・蕭該らは、正文の「戯」を「鬼谷先生書」に「抵㦸篇」があるのに拠って「㦸」に作り、「戯」に作るテキストは伝写の誤りだという。これに対し、それは穿鑿の嫌いがあるとして、『音決』は取らないのである。つまり、『音決』は『鬼谷子』とは全く関係なく解釈するのである（「案謂言戯談論者」の「言戯談論」は、正文「劇談戯論」の如く作るべきであろう）。『四部叢刊』所収の『鬼谷子』は「抵巇篇第四」に作り、山偏に従う（「抵巇」は「すき間をうつ」の意）。『文選』李善注に引く「鬼谷先生書」は、「抵戯篇」に作り、手偏がないことから、清、兪樾『諸子平議補録』巻13は、古本では「戯」に作っていたはずだという（集注本の李善注は「抵戯」に作る）。また、高歩瀛『文選李注義疏』巻４は『文選』各テキストの劉注「抵戯」を「抵巇」に改める。そして彼の見た『鬼谷子』が「抵戯篇」に作るのは、「抵巇」の誤りだと考えている。

　　［５］『爾雅』
　　　　正文「野人有快炙背美芹子者」
　　　　音決「芹其斤反。尔疋作蘄、同」（85上・17）

Ⅰ．序論篇

「蘄」は『爾雅』釈草に以下の如く4回見える。

　（一）蘄、山蘄。
　（二）茭、牛蘄。
　（三）薜、白蘄。
　（四）蘄茝、蘪蕪。

　（一）で、宋、邢昺の疏は「釋文曰、説文云、蘄、草也。生山中者、一名薜、一名山蘄、色白者名曰蘄、下文薜白蘄、是也。生平地、即名蘄」という。
　（三）の郭璞注に「即上山蘄」＝（一）という。即ち、平地に生えた「せり」を「蘄」といい、山に生えた「せり」を「薜」或いは「山蘄」といい、それは色が白いので「白蘄」＝（三）ともいうのである。そして（一）で陸氏『釈文』は「蘄、古代芹字、巨斤切」というから、『音決』は『爾雅』の（一）や（三）を見てそのようにいったのであろう。なお「釈草」には「芹、楚葵」とあって、これが私達の普通にいう「せり」である。（『爾雅』では蘄〈やまぜり〉と芹〈みずぜり〉とは同一物ではないが、『釈文』や『音決』は同一物としている）。なお、（二）の「茭」は、「牛蘄」といい、郭璞注に依ると、「馬蘄」ともいって、「せり」そのものではないが、それに似て食べられるという。（四）の「蘄茝」は、「蘪蕪」（せんきゅう）という香草であり、「芹」、「蘄」とは直接の関係はない。

［6］『説文解字』
　　Ａ正文「夤縁山嶽之峜、冪歴江海之流」
　　　音決「峜音節。或為節字、通。案説文音虞、通」（9・28）

　段注本の『説文解字』第9下、山部に「峜、阪隅。高山之卪也。从山卪」といい、段玉裁や大徐本の音（唐、孫愐の『唐韻』に拠る反切）は、「子結切」である。一方、小徐本は「從山卪」の後に続けて「讀若隅」という（南

- 69 -

唐、朱翶の反切は「即血反」である)。『広韻』では虞・隅共に平声虞韻「遇俱切」であるから、『音決』のいうように、『説文解字』は「音虞」であったことが窺知し得よう(もしそうであれば、『説文』の「𡵂」字の解釈である「陬隅」は、漢代に流行し、『説文』にもよく見られる「声訓」の方法に依ったものであるといえよう)。

　許慎の『説文解字』には本来音注はなかった。周祖謨注*4に依ると、謝霊運「山居賦」自注(『宋書』巻67謝霊運伝)に「説文音」・「字林音」を引くから、劉宋の時には既に「説文音」があったと分かるという(『顔氏家訓』では「書証篇」・「音辞篇」に「字林音」を引く)。

　清、畢沅は『経典釈文』・『史記』司馬貞索隠・『後漢書』李賢注・『初学記』・『文選』李善注等に引かれた『説文解字』の旧音を集めて『説文解字旧音』1巻を著し、その叙に「唐以前傳注家多稱説文解字音、隋書經籍志有説文音隱、疑即是也」という。唐以前の諸書に引く『説文』の旧音は『隋書』経籍志にいう「説文音隱四巻」のことだというのである*5。然らば、『音決』に引くこの『説文解字』の音は、『隋志』の「説文音隱」であるかもしれない。

　畢氏の後、清、胡玉縉は『説文旧音補注』3巻を著し、畢氏の著を増補訂正した。胡氏の著(巻3「補遺続」山部)に「𡵂」字の音を輯めていう。

　　𡵂牛俱反。慧琳書八十五。案慧琳引説解山節也、與今陬隅高山之𡵂也異。當是節引。又此疑當爲峭字音切。𡵂則玉篇才結子結二切、廣韻子結切、文選呉都賦贔縁山嶽之𡵂劉逵引許書、李善𡵂音節、無有讀若隅者。而慧琳迦𡵂下、明引字林云、陬𡵂柴㕒、音愚。今俗音節、不知何據。當是爲説文解爲節、因此誤耳。然則、唐以前音隱字林等書俱在、諸儒豈未之見歟。字林此條僅此書一見、任大椿攷逸亦不載、無從審訂。俟識者詳之。集韻九虞有𡵂音元俱切。友人丁孝廉士涵曰、段懋堂校本云、此字不當切元俱。

　即ち、唐、慧琳『一切経音義』巻85に『説文音』の「𡵂牛俱反」を引くが、

Ｉ．序論篇

これは「峈」字の音とすべきではないか。というのは『玉篇』(才結・子結の２切)・『広韻』(子結切)、『文選』呉都賦李善注(音節)の音は異なっていて、「隅」(小徐本「読若隅」という。「峝牛俱反」は峈・隅・愚・麌の諸字の『広韻』の音、平声虞韻「遇俱切」と同音である)に読むものはないからである。ただ、慧琳は、「迦峝」の下で「音愚」という『字林』を引き、更に「俗音節」は基づく所を知らず、『説文解字』が峝を「節」と解したが為に誤ったものに違いないという。これを受けて胡氏は、唐以前には『説文音隠』・『字林』等が存しながら、『玉篇』・『広韻』・『文選』李善注はそれらを見なかったのであろうかと疑問を呈し、『字林』のこの条は慧琳書に一見するのみで、清、任大椿『字林攷逸』にも未輯なのでよく分からない。『集韻』の「峝元俱切」について、段玉裁の「集韻校本」*6ではこの音があってはならないとしているという友人丁士涵の意見を引くのである。

今『音決』に引かれた「説文音」は「峝音虞」であり、これは『慧琳音義』の「牛俱反」、同書所引「字林音」の「音愚」、『集韻』の「元俱切」(「節」の音もあるが)の音と全く一致するのである。胡氏が『慧琳音義』の「牛俱反」を「峈」字の音に改めるとか、段氏が『集韻』の音「元俱切」を排除するとかいうのは誤りであって、『慧琳音義』の正しさは、『説文音』を引く、この『音決』によって立証されたといえよう。

　　Ｂ正文「投人夜光、鮮不案劒（もと釰に誤る）」
　　　音決「鮮思輦反。説文爲尟、同」(85下・32)

段注本の『説文解字』第２下、是部に「尟、是少也。是少、俱存也。从是少。賈侍中説」とある。段注に「易繫辞、故君子之道鮮矣。鄭本作尟云、少也。又尟不及矣。本亦作鮮。又釋詁、鮮善也。本或作尠。尠者尟之俗」という。従って鮮・尟・尠(段氏は尟の俗体とする)は異体字と考えられる。そして第11下、魚部に「鮮、鮮魚也」といい、段注に「按此乃魚名。經傳爲新鱻字。又叚爲尟少字、而本義廢矣」というから、「鮮」はもと魚名であったが、後に「尟」字に借りて、「少」の義に用いられ、本義が廃れたというのであ

- 71 -

る。

思うに『音決』のいう所は、『文選』正文の「鮮」は「少」の義であり、『説文解字』の「尟」に当たるというのであろう。ただ、『音決』撰者の公孫羅の見た『説文解字』は、今我々が見る段注本のような「尠」字でなく、「尟」字でに作っていたのであろう。

［7］『字林』

A正文「異荂蓲蘛、夏曄冬蒨」

音決「荂、字林况于反。曹苦花反」（9・26）

B正文「薠艸靃靡」

音決「蘋音頻。案此即字林所謂青蘋草者也」（66・38オ）

C正文「躬腠胝無胈、膚不生毛」

音決「腠七豆反。字林云、膚理也」（88・58オ）

『字林』7巻*7は、晋、呂忱の撰になる（『隋志』）。今では亡佚してしまったが、清、任大椿は逸文を輯めて『字林攷逸』8巻を著した。しかし、この3個の例は、いずれもそこには収められていないので、その闕を補いうる。

Aは字林の反切を引く。周祖謨は前掲論文（注*4）でいう、

考呂忱字林一書、作於晉代、原書當有反切注音、顔氏家訓曾引及。但隋書經籍志載有宋揚州督護呉恭字林音義五巻、任大椿云謂諸書所引反切或多爲恭之所加。案呉恭史無可考、其書作於何時、亦不可知。

『顔氏家訓』に「字林音」を引くから、呂忱の『字林』自体に反切があった*8いうのである。すると『音決』は『字林』原書の反切を引いたものと考えられる。一方、清の任大椿は諸書所引の反切は多くは、宋、呉恭の加えた音かもしれないという。もしそうであれば呉恭の『字林音義』からの引用かもしれない*9。

B集注本正文（薠）と『音決』（蘋）とでは字が異なる。この作品『楚辞』招

隠士にも2種のテキストがあったためである。洪興祖『楚辞補注』の考異にも「蘔一作蕷」といって「蘔」を「蕷」に作るテキストのあったことを指摘している。これは音決本の「蘔」が『字林』にいう「青蘔草」であることを説明したものである。

Cは『字林』を引いて「腠」の義（膚のきめ）を説明したものである。

[8]『玉篇』
　　　正文「長減淫亦何傷」
　　　音決「顲口感反。玉篇、呼感反。頷胡感反」(63・13)

『音決』は正文「減淫」を「顲頷」に作る*10。梁顧野王の『玉篇』31巻（『隋志』に拠る。『陳書』巻30と『南史』巻69の本伝、両唐志、封氏『聞見記』の諸書は「30巻」）は、唐になり孫強によって本文の字数が増加され、宋には陳彭年等によって重修され、『大広益会玉篇』となった。字数は増加したものの、原本『玉篇』（わずか一部分が日本に残る。清、黎庶昌の刻した『古逸叢書』に『影旧鈔巻子原本玉篇残巻零巻』として収めるものなどがある）に比べて注解が著しく削られている*11。今『音決』が引く部分は、あいにく原本『玉篇』の零巻が存しない。『小学彙函』所収本では「顲、口感呼笴二切。飯不飽、面黄、起行也」といい、『音決』に引く『玉篇』の音とずれる。唐、孫強が『玉篇』に手を入れたのは上元年間(674〜676)のことであるが、『音決』撰者もこの頃までには既に活躍していたと見られ、恐らく孫強増加以前の原本『玉篇』を見て、その反切を引用したものであろう。

我が空海『篆隷万象名義』の反切は原本『玉篇』の反切に拠ったといわれ*12、その巻11頁部には「顲、呼感切。飯不飽、面黄、起」といい、『音決』に引く『玉篇』の反切と全く一致する。

なお「頷胡感反」は『音決』の反切であろう。というのは、この音が『玉篇』の音「頷戸感反」と一致するので、『玉篇』を引用する必要は必ずしもなかったと考えられ、実際、空海の前述の著作にも「頷胡感反、頭」といって『音決』の音と全く一致するからである*13

- 73 -

[9] 唐、顏師古『漢書注』
　　　　正文「且夫賢君之踐位也、豈特委瑣喔齪、拘文牽俗、修誦習傳、當世取説云尔哉」（司馬相如、難蜀父老）
　　　音決「顏脩爲循、音巡。(88・58)

　これは直接『漢書』等の古典引用の例ではないが、ここに便宜的に挙げておく。さて、集注本の「修」を音決本は「脩」に作るが、顏師古本『漢書』（『漢書注』）は「循」に作ることを指摘する。実際、中華書局本の『漢書』巻57下司馬相如伝下は「循」に作り、顏師古は「言非直因循自誦、習所傳聞、取美悦於當時而已」と注する。ただ、顏師古の音はない。それで、「音巡」は『音決』撰者自身の音と考えるのがよかろう*14。

（注）
*1　宋、洪興祖の『楚辭考異』については、竹治貞夫『楚辭研究』（風間書房，昭和53年)の「楚辭の書物」の第2章・第3章に詳しい。
*2　「察」は、陳の姚察で、その著『漢書訓纂』30巻（『隋志』）を引いたものである。既に拙論「『文選集注』所引『音決』撰者についての一考察」で述べた。なお、本文下文「Ⅰ.4　『文選音決』の撰者」の「Ⅰ.4.3　『音決』の文字の相違を指摘する體例」を参照。
*3　「諸」は、隋志に「褚詮之」とある人のこと。これについては上文「Ⅰ.3.2　諸家音、5.諸詮之」で述べた。
*4　周祖謨「唐本説文与説文旧音」（Ⅰ.1の注*5の二論文集に所収）。周がこの論文で挙げた「唐寫本説文木部残本及口部残簡」にも「説文音」が付され、周は「八、結論」で「唐本説文木部口部之音、爲唐以前人所作、或即取自字林」という。
*5　「説文音隱」が『顏氏家訓』書證篇に引かれているのを、清、沈濤『銅熨斗齋隨筆』巻3に指摘する。清、姚振宗『隋書經籍志考證』や「Ⅰ.3.4　避声・避諱」の注*2に挙げた周法高撰輯『顏氏家訓彙注』また、王力器『顏氏家訓集辭』（上海古籍出版社、1980）を参照。

Ⅰ．序論篇

*6 段玉裁の「集韻校本」については、劉盼遂輯『段王学五種』所収「経韻楼集補編」の「校本集韻跋」や邱棨鐊著『集韻研究』(民国63年)第6章第2節「集韻之校本」を参照。
*7 『字林』の巻数については、諸書不一致であるが、福田襄之介著『中国字書史の研究』(明治書院、昭和54年)は7巻説を取る(第2章第1節「字林」)。また『中国語学新辞典』(光生館、昭和44年)の「字林」の項を参照。
*8 陸志韋は「古反切是怎樣構造的」(「中国語文」1963年第5期、総126期)の第3章「論呂忱『字林』的反切」で『字林』自体に反切があったか否かは問題であるとしながらも、直音を主として反切が少しあったようだという。
*9 しかし、それなら「呉恭音某」という形式で引用するのが通常かもしれない。
*10 この作品は「離騒」であり、『文選』胡刻本は「顑頷」に作り、洪興祖『楚辞補注』本も「顑頷」に作る。集注本に引く陸善経注は、「顑頷亦作咸淫」といって「顑頷」を「咸淫」に作るテキストの存したことを指摘している。
*11 これら『玉篇』の改作増補、また原本残巻については、岡井慎吾著『玉篇の研究』(財団法人東洋文庫刊行、昭和8年)、福田前掲書(注*7)第2章第4節「玉篇」、『中国語学新辞典』の「玉篇」の項などを参照。
*12 周祖謨「論篆隷万象名義」(Ⅰ.1の注*5の二論文集に所収。ただし『問学集』は下冊)や同氏「論篆隷万象名義中之原本玉篇音系」(『問学集』上冊)を参照。
*13 岡井前掲書(注21)の「玉篇佚文」でも、清、羅振玉刊「唐写文選集注残本」に拠って「顑、呼感反」のみを輯録している。
*14 百衲本『漢書』などにも「音巡」なる顔注はない。大島正二「顔師古漢書音義の研究(上・下)」(上は「北海道大学文学部紀要」17の1、1969、下は同19の4、1971)の資料篇にもこの音はない。すると、この音注は顔師古音ではないことになる。資料編の「音注総表」には、この音を『音決』の音として取り、記入する。

Ⅰ．3．7　案語

『音決』の撰者がある字に音注を加えた後、他書を引用して別音や字体の相違を示したり、訂正や補足説明を加えたりなどしたものである。全部で15

個の例がある。その内、問題になる４個の例を挙げて以下説明を加える。

　　［１］正文「雜以蘊藻、糅以蘋蘩」
　　　　　音決「蘋音頻。蘩音煩。案當爲蘋、字之誤也」（８・22オ）
　　［３］正文「蘋艸霊麞」
　　　　　音決「蘋音頻。案此即字林所謂青蘋草者也。蕭該等諸音咸以爲蘋音
　　　　　　　煩、非」（66・38オ）

　［１］の「案當爲蘋」の「蘋」は集注本伝写者が「蘩」を書き誤ったのであろう。このままでは正文「蘋蘩」の「蘩」を「蘋」に改めるべしというのであるから、正文は「蘋蘋」と畳語になるし（『大漢和辞典』や『漢語大詞典』には「蘋蘋」の語はなく、「蘋蘩」の語を以下に見る『左伝』隠公３年を典拠として掲げる）、「蘩音煩」→「蘋音煩」は、上に「蘋音頻」というのと矛盾する。更に
　［３］に引く蕭該、智騫*1の音「蘋音煩」を非とするのとも矛盾するからである。そして、実際『音決』には「蘋音煩」の音注が「招魂」（66・30オ）に１個あるのである。それでは『音決』の解釈はどうか。『広韻』では次のようになっている。

　　煩、勞也。……。蘩、皤蒿。蘋、似蘋而大。（平声元韻附袁切）
　　頻、數也。……。蘋、大萍也。又作薲。薲、上同。（平声真韻符真切）

　「蜀都賦」の下文「王公羞焉」の劉逵注に引くように、『左伝』隠公３年に「蘋蘩蘊藻之菜」とあり、杜預注は「蘋、大萍也。蘩、皤蒿。蘊藻、聚藻也」といい、陸徳明『釈文』に「蘋音頻、大萍也。蘩音煩、皤蒿也」というから、『左伝』は「蘋蘩」を「うきくさとしろよもぎ」に解するのであるが、『音決』は「蘋蘩」を「蘋蘋」とし、「うきくさ」（上引の『広韻』に「蘋、似蘋而大」という）に解する*2と考えられる（『大漢和辞典』や『漢語大詞典』には「蘋蘋」の語はない）。

［２］正文「於是樂只衎、而歡飫無匱、都輦殷、四奧来曁。水浮陸行、方舟結駟。謂櫂轉轂。昧且永日」（8・22オ）
　　　音決「……案自此以下至結駟、自有三韻、並不須協下日字為韻。……」

匱（音決「求媚反」）、曁（音決「音忌」）、駟（音決「音四」）は、いずれも去声至韻［脂開去］*3の押韻字であるが、下の日（入声質韻）字をこれらに合わせて協韻し、去声至韻に読み替える必要はないというのである。

［４］正文「雖伯牙操箆鍾、逢門子彎烏號、猶未足以喻其意也」
　　　音決「箆、王戸高反。案當為號。古之為文者、不以聲韻為害。儒者不曉、見下有烏號、遂改為箆、使諸人疑之。或大帝反、或音池、皆非也。號戸高反」（93・17）

王子淵（王褒）の「聖主得賢臣頌」（『漢書』巻64下「王褒伝」に見える）の一節で、正文「箆鍾」の「箆」を「號」に改めるべきだという。それは音韻にとらわれずに自由に文を作るということ、即ち同（音）字を続けても文意を損なわず、かまわないという昔の文章家（ここは王子淵を指す）の意を儒者（もと経学者の意であるが、ここは中国学者というような広義の意味であろうか）が悟らず、下に「烏號」とあるにより、ここの「號」を「箆」に改めてしまい、多くの人々に疑問をもたらしたことを非難したのである。そして「箆」を「大帝反」（『広韻』では去声霽韻の「遞」が、『集韻』では同じく「竹遞」がこの音）に読む説（李善注所引晋灼「箆［漢書作遞］音迭遞［集注本無遞字。今依胡刻本補。又漢書乙倒作遞迭］之遞」の説、顔師古「……字既作遞、則與楚辞不同、不得即讀為號、當依晋音耳」の説）及び「音池」（『広韻』平声支韻の「箆」がこの音）を誤りとし、「號戸高反」が正しいとするのである。
　この『音決』の説は『漢書』臣瓚の説（李善注にも引く）に拠ったと思われ

- 77 -

る。集注本の李善注に引く臣瓚の注にいう。

  楚辞曰、奏伯牙之號鍾。號鍾(二鍾字原闕、今依漢書補)、琴名也。馬融
  長笛賦曰、號鍾高調。伯牙以善鼓琴、不説能激擊鍾也。且漢書多假借、
  或以遞爲號、不得便以迭遞判其音也*4。

 即ち、臣瓚は『楚辞』「九歎」愍命にある「號鍾」という「琴名」(王逸
注)とし、その実例を馬融「長笛賦」(胡刻本『文選』巻18。この李善注も
『楚辞』を引く)に求めたのである。そして、他の一説として「遞」(『漢
書』)を「號」の仮借とする説(なお「遞與號同」という陸善経説も同じ)を
挙げ、それを「號」の本来の音である「戸高反」に読まず、「迭遞」の
「遞」に読む晉灼説を駁しているのである。
 清、王先謙『漢書補注』には、

[正文] 雖伯牙操遞鍾、逢門子彎烏號、猶未足以其意也。
[注] 晉灼曰、遞音遞迭之遞。二十四鍾各有節奏、擊之不常、故曰遞。
   臣瓚曰、楚辭云、奏伯牙之號鍾。號鍾、琴名也。馬融笛賦曰、號鍾
   高調。伯牙以善鼓琴、不聞説能擊鍾也。
   師古曰、琴名是也。字既作遞、則與楚辭不同、不得即讀爲號、當依
   晉音耳。
[補注] 宋祁曰、景本作號鍾、校作遞。又注文中當字上當有遞字。
   王念孫曰、琴無遞鍾之名。作遞者、號之譌耳。淮南修務篇亦云、鼓
   琴者期於鳴廉修營、而不期於濫脅號鍾。
   沈欽韓曰、宋書樂志、齊桓琴曰號鍾。雲笈七籤軒轅本紀、黃帝之琴
   名號鍾。作遞者俗寫誤。
   先謙曰、文選引注故曰遞下有鍾字、是也。又聞字當在不字上、作伯
   牙以善鼓琴聞、句意方足。文選引作謂伯牙以善鼓琴、不説能擊鍾也。
   不下亦無聞字。是其證。下有且漢書多借假、或以遞爲號、不得便以
   迭遞判其音也二十一字。予案文選遞作遞、引晉瓚注亦作遞、與此遞

字皆轉寫之誤。蓋元文作號、與虩相似。虩即箎字。說文、虩或从竹作箎。釋樂、大箎謂之沂。釋文、箎本作虩。號啼呼也。見易同人、禮曲禮注。虩亦取啼呼之義。釋名、箎唬也。聲从孔出、如嬰兒嘘聲也。二字漢時或以聲義近而相亂。轉寫者誤號爲虩。又改虩爲箎。因而加辶於箎下爲邃。字書無邃字。其爲由箎加辶顯然。或並誤。邃字之竹爲厂而成遞。故文選作邃鍾。漢書作遞鍾。宋見景本作號鍾、而校者改爲遞。蓋俗本流傳久、莫知其所從矣。晉灼所見本自作邃。故云音迭遞之遞。若本是遞、何煩作音。此書晉注、乃師古妄改也。

という。王先謙は、正文の「遞」は「號」が正しいという王念孫・沈欽韓の説を挙げた後(宋祁はいう、景本は「號鍾」に作るも校して「遞」に作ると)、恐らくもとは「號」であったろう。これが號(『楚辞』)→(漢代音義近し)虩→(二字同じ)箎→(辶を加う)邃(『文選』)→(「竹」を「厂」に作る)遞(『漢書』)の如く誤られてきたのだというのである(なお、晉灼の見た『漢書』は「邃」字に作っていたのであり、その注の「遞音遞佚之遞」の一番上の「遞」字は「邃」字であったのが、顔師古の妄改によりそうなったのだともいう)。

(注)
* *1 蕭該・智騫の音については、既に上文「Ⅰ.3.2 諸家音」で述べた。なお、竹治貞夫『楚辞研究』(Ⅰ.3.6、古典引用の注*1)は智騫を道騫とする。第2章第3節「(二)敦煌旧鈔、隋僧道騫楚辞音残巻」を参照。
* *2 集注本の劉逵注に「藻蘋縈、皆水草也」とあり(胡刻本は藻の上に「蘊」字がある)、五臣注にも「……蘊藻蘋縈、皆水中草也」とあって、「うきくさ」に解している。なお「蘊」字を左伝は「薀」字に作る。これについては阮元の『校勘記』を参照。
* *3 『音決』の「曁音忌」で、曁は去声至韻、即ち脂韻去声に相当する。忌は去声志韻、即ち之韻去声に相当する。『音決』では脂之両韻(相配する上声・去声韻も含む)が通用され1韻であった。本論篇「Ⅱ.9.1 脂/之」を参照。『音決』には脂之両韻通用例が数十個ほど見られる。
* *4 胡刻本に引く所と異同がある。また「且漢書……其音也」までは中華書局本『漢

書』臣瓚注にはない。そのほかにも『漢書』と異同がある。清、王先謙の「補注」を参照。なお、臣瓚注に引く楚辞「奏伯牙之號鍾」の「奏」字を洪興祖補注本は「破」字に作り、胡刻本も巻18馬季長「長笛賦」と巻35張景陽「七命」の李善注に引く『楚辞』は、それぞれ「破」字・「操」字に作って異同があるが、胡氏「考異」は何ともいっていない。

Ⅰ.3.8　下同

同一字が下文にも見え、それもこの音と同じであることをいう。

　［１］正文「五侯競書幣、群公亟為言（言字は胡刻本に依り補う）」
　　　　音決「為于偽反、下同」（61上・2）

　同一の作品の下文（4オ）に「嗟此務遠圖、心為四海懸」とあり、この「為」も同じく「于偽反」の音であることをいう。従って4オの『音決』には「為」の音注はない。

　［２］正文「雖委絶其亦何傷兮、哀衆芳之蕪穢」
　　　　音決「衆之仲反、下皆同」（63・11）

　同一作品の下文「衆皆競進以貪婪兮」（11）・「衆女嫉余之蛾眉兮」（16オ）・「衆不可戸説兮」（23）の「衆」も皆同じく「之仲反」の音であることをいう。従って下文（11など）には一々音注を施していない。

　［３］正文「舍爵兩楹位、啓殯進靈輀」
　　　　音決「輀音而、後同」（56・33）

　このように「後同」という例もある。同一の詩（其の３）の下文（39）に「素驂佇輀軒、玄駟鶩飛盖」とあり、この「輀」も同じく「音而」であることを

- 80 -

いう、従って39の音決には「輀」の音注がない。

以上のような「下同」、「下皆同」、「下篇同」(48天・287)、「下表同」(「表」は曹子建「求交通親親表」を指す)、「後同」を含めて全部で122個の例がある(「音注総表」にその旨注記した)。

I.3.9 協韻・方言

方言もここで併せ論じる。「協韻」の「協」とは「和也、合也」の意味であって、「韻をかなわせる、合わせる」ことが協韻の語義である。漢語音韻学の立場からいえば、その字の韻(母)・声調のいずれをか、またはその双方とも変えるが、声母は変えない。これは本来、六朝時代の学者が『毛詩』を当時の音で朗唱しても押韻(しているはずの)字が押韻していないと感じられるので、別な音に臨時に読み改めて押韻する(と感じられる)ようにしたものである。このことは古人が漢字の音は「古今異なる」、言い換えれば、「時代の経つにつれて変化する」という道理を知らなかったことを示しており、このような臨時的・便宜的な方法を取って、押韻のずれを解消しようとしたのである。そのために頼惟勤*1が指摘するように「場当たり的で不自然な」種々の問題が惹起されることになるのである。

陸徳明『経典釈文』では協韻として東晋の徐邈や梁の沈重の説を引いているから、その頃から既に存したことが分かる*2。その後、唐になり、顔師古『漢書注』・『急就篇注』、李賢『後漢書注』、李善・五臣『文選注』、司馬貞『史記索隠』、張守節『史記正義』、何超『晋書注』に見え、残巻本であるが、「敦煌本楚辞残巻」(p.2494)や『文選音決』(賦・詩・騒・七・頌・表・参・誄などの韻文)に見えている。これら個々の具体例は、頼氏の論文(注*1を参照)に掲げられている。降って南宋の朱熹は『毛詩』・『楚辞』の中で、この方法をふんだんに用いた。そして、明、陳第『毛詩古音考』に至って、この「協韻説」が否定され、清、顧炎武以下の上古音研究の基礎となって発展し解消するのである。なお「協韻」の「協」を「叶」に作ることもあり、『音決』では巻93、94上・中・下、98がこの字になっている。

さて『音決』では「協韻」をいかに説明しているかを見てみよう。

[１] 正文「夕攬洲之宿莽」
　　　音決「莽、協韻亡古反。楚俗言也。凡協韻者以中國為本、傍取四方
　　　　　之俗以韻、故謂之協韻、然於其本俗、則是正音、非協也」
　　　　　（63・5オ）
[２] 正文「湛〃江水兮上有楓、目極千里兮傷春心」
　　　音決「……楓方凡反」(33オ)、「心素含反。案方凡・素含、皆楚本
　　　　　音、非協韻。類皆放此。而稱協者以他國之言耳」　　（66・33）

　（都のある）中心地たる中国を基準として、そこの音で読んでも押韻しない時は、傍ら四方各地の俗の音（方言音）を取って押韻するようにさせるので協韻という。しかし、その地方ではそれが正音であって協韻ではない[*3]。それ故［２］に挙げた「楓方凡反」・「心素含反」は楚の本音であって、楚の地方から見れば協韻ではない。楚以外の地方では、これとは音が異なり協韻となるのである。

　このように「中国」の音で読んでも押韻しないので、協韻として方言音に読んで韻を調え、その基づいた方言を示す例は[*4]、次の通りである。

[３] 音決「西、協韻。音先。秦俗言也」（8・26オ）
[４] 音決「槐、協韻。音（原脱音字）迴。周晉之俗言也」(59上・16オ)
[５] 音決「牛、曹合口呼謀。齊魯之間言也。案楚詞用此音者、欲使廣知
　　　　　方俗之言也」（66・10）
[６] 音決「啼、協韻。逐移反。呉俗言」（8・11オ）
[７] 音決「南、協韻。女林反。案呉俗音也[*5]。下篇同」（48天・287）
[８] 音決「來、協韻。力而反。呉俗言也」（56・34）
[９] 音決「臺、協韻。狄夷反。呉俗言」（56・35オ）
[10] 音決「能、協韻。女夷反。呉俗言」（56・35）
[11] 音決「逮、協韻。直紇[*6]反。呉俗言」（68・39オ）

[12] 音決「山、協韻。所連反。楚俗言也」（8・19）
[13] 音決「化、協韻。呼戈反。楚之南鄙言」（63・10オ）

この他に、

[14] 音決「谷音欲。秦晉之俗言也。又如字」（8・8）
[15] 音決「蒩音祖。又在古反。蜀俗言也」（8・14）
[16] 音決「下、楚人音戸」*7（63・39オ）
[17] 音決「夫、蕭該、方于反。案南方人音扶」（9・28オ）

という例があって、これらは協韻とはいわないが、やはり「中国」の音では押韻しないので、地方の音を取って押韻するようにしたものである。ただ、[15]・[17] の２例は別に押韻字ではないが、『音決』の撰者が参考のために、その作品（[14] 蜀都賦・[17] 呉都賦）に見合う方言音を出したのであろう。これら [１] から [17] までの例は、唐代の方言音を考える上で参考になろうか。

　次に前述したように、協韻は漢字の音を音節の面から見た場合、その名の通り、声母の方には手を加えず、韻母または声調、或いはその両方を臨時に変えるものである*8。『音決』には91個の協韻の例が見られるが、本来の音をどのように変えているか、３種に分け、各１個の例を挙げて説明し、その後ろに一覧表にして示す。以下、先ず一覧表の凡例を示しておく。

〈凡例〉
１．本音は『広韻』の反切に依る。○○切の「切」字は省略する。
２．『音決』の○○反の「反」字は省略し、直音の「音」は小字で記す。
３．例は本音についての『広韻』の韻目・開合・声調、次に出典巻数の小より大への順に従って並べる。
　３．１　例えば、[之開平] は、「之韻開口平声」（之韻は開口韻 [字しかなく、字があるのみで] と決まっており、合口韻 [字] はないので

あるが)の意であり、［之開上］は平声之韻に相配する上声の開口韻、即ち「上声開口止韻」の意である。
3．2　唇音声母の場合は開合を記さない。
4　特に問題のあるものについては、考証する。

なお、以下91個の例は、当然のことながら意味上の検討を行っている。

（A）声調を変えるもの*9

　　［18］正文　分索則易
　　　　　　　　携手實難◎（平声寒韻）
　　　　　　　　念昔良遊
　　　　　　　　茲焉永歎◎（去声翰韻）
　　　　　　　　公之云感
　　　　　　　　貽此音翰◎（去声翰韻）
　　　　　　　　蔚彼高藻
　　　　　　　　如玉之闌◎（平声寒韻）

　　　　　音決「歎、協韻、他丹反」・「翰、協韻、音寒」（陸士衡「答賈長淵詩一首」48上・14）

◎字が押韻字で、（　）内は『広韻』の所属韻を示す。「難」・「闌」が平声寒韻であるのに合わせて、「丹」・「翰」をそれぞれ協韻して「他丹反」・「音寒」に読んで、いずれも去声翰韻から平声寒韻（翰韻は平声寒韻に相配する去声韻であるので、声調のみ異なる）へと改めたのである。

（1）平声を上声に読み替えるもの

　番号　被注字　本音『広韻』　　協韻『音決』

Ⅰ．序論篇

　　1　貽　與之［之開平］　　音以［之開上］63・37オ

（2）平声を去声に読み替えるもの*10

　　2　霧　莫紅［東　平］　　音夢［東　去］94下・10オ　下文考証を参照
　　3　司　息茲［之開平］　　音四［脂開去］113下・4　　下文考証を参照
　　4　居　九魚［魚開平］　　音據［魚開去］66・29
　　5　蜺　五稽［斉開平］　　音詣［斉開去］68・44　　　下文考証を参照
　　6　勲　許云［文合平］　　許郡［文合去］93・31オ
　　7　霜　色莊［陽開平］　　所亮［陽開去］113下・6オ
　　8　聲　書盈［清開平］　　音聖［清開去］116・11オ

（3）上声を平声に読み替えるもの

　　9　喜　虛里［之開上］　　許疑［之開平］113上・9オ
　10　鉉　胡畎［先合上］　　音玄［先合平］93・30オ
　11　爽　疎兩［陽開上］　　音霜［陽開平］66・22

（4）上声を去声に読み替えるもの

　12　喜　虛里［之開上］　　許記［之開去］113下・32オ
　13　擧　居許［魚開上］　　音據［魚開去］62・4
　14　圃　博古［模　上］　　音布［模　去］63・31
　15　苑　於阮［元合上］　　於願［元合去］9・26オ
　16　苑　於阮［元合上］　　於願［元合去］9・48
　17　衍　以淺［仙開上］　　以戰［仙開去］9・49オ
　18　衍　以淺［仙開上］　　以戰［仙開去］59下・21
　19　境　居影［庚開上］　　音敬［庚開去］48上・15
　20　厚　胡口［侯開上］　　音候［侯開去］*11　63・19オ

（5）去声を平声に読み替えるもの

　　21　降　　古巷［江開去］　　下江［江開平］63・3　「寅以降協韻人反下江反」
　　　　　　　　　　　　　　　　　　　　　　　　　　　に乱る
　　22　振　　章刃［真開去］　　音真［真開平］48上・4　音真の下に呂向注の
　　　　　　　　　　　　　　　　　　　　　　　　　　　「曽則也」の三字を竄入す
　　23　振　　章刃［真開去］　　音真［真開平］56・38オ
　　24　震　　章刃［真開去］　　音真［真開平］93・22
　　25　怨　　於願［元合去］　　於元［元合平］61上・9オ
　　26　歎　　他炭［寒開去］　　他丹［寒開平］48上・14
　　27　歎　　他炭［寒開去］　　他丹［寒開平］93・72
　　28　翰　　侯旰［寒開去］　　音寒［寒開平］48上・14
　　29　過　　古臥［戈合去］　　音戈［戈合平］94中・10オ
　　30　望　　巫放［陽　去］　　音忘［陽　平］8・23　下文考証を参照
　　31　浪　　來宕［唐開去］　　音郎［唐開平］9・16オ
　　32　亢　　苦浪［唐開去］　　音康［唐開平］93・24オ

（6）去声を上声に読み替えるもの

　　33　妬　　當故［模合去］　　音覩［模合上］63・35　音覩の下に「也」字を衍
　　　　　　　　　　　　　　　　　　　　　　　　　　　し、見せ消ちにす
　　34　替　　他計［斉開去］　　他礼［斉開上］63・15オ　下文考証を参照
　　35　悔　　荒内［灰合去］　　呼罪［灰合上］63・16オ　協韻の「韻」字を脱す
　　36　悔　　荒内［灰合去］　　許罪［灰合上］63・29オ　帰字「悔」一部残缺す
　　37　假　　古訝［麻開去］　　居雅［麻開上］93・62オ

　以上をまとめると次の表のようになる。

表3

声調	延べ数	声調	延べ数	声調	延べ数	計
平→上	1	上→平	3	去→平	12	37
平→去	7	上→去	9	去→上	5	

(B) 同一声調で韻を変えるもの
　[19] 正文　爾乃邑居隱賑
　　　　　　　夾江傍山◎　　（平声山韻）
　　　　　　　棟宇相望
　　　　　　　枌梓接連◎　　（平声仙韻）
　　　　　　　家有鹽泉之井
　　　　　　　戸有橘柚之園◎（平声仙韻）
　　　　音決「山、協韻、所連反。楚之俗言也」（左思「蜀都賦」8・19）

　「連」・「園」が平声仙韻であるのに合わせて、「山」を協韻して「所連反」に読んで、平声山韻から平声仙韻へと改めたのである（反切下字の「連」字は、平声仙韻に属する）。

(1) 平声

38	啼	杜奚 [斉開平]	逐移 [支開平]	8・11オ　下文考証を参照
39	西	先稽 [斉開平]	音先 [先開平]	8・26オ
40	西	先稽 [斉開平]	音先 [先開平]	61上・3オ　下文考証を参照
41	崖	五佳 [佳開平]	音宜 [支開平]	8・10　音宜の「宜」字は補写
42	崖	五佳 [佳開平]	音宜 [支開平]	61上・28
43	槐	戸乖 [皆合平]	音迴 [灰合平]	59上・16オ　音迴の「音」字脱す
44	來	落哀 [咍開平]	力而 [之開平]	56・34　下文考証を参照
45	臺	徒哀 [咍開平]	狄夷 [脂開平]	56・35オ　下文考証を参照

46	還	似宣 [仙合平]	音全 [仙合平]	59上・5オ	音全の「全」一部残缺す。下文考証を参照
47	山	所閒 [山開平]	所連 [仙開平]	8・19	
48	山	所閒 [山開平]	所連 [仙開平]	9・21	
49	山	所閒 [山開平]	所連 [仙開平]	56・45	
50	山	所閒 [山開平]	所連 [仙開平]	61上・17	
51	閒	古閑 [山開平]	居連 [仙開平]	8・36オ	
52	閒	古閑 [山開平]	居連 [仙開平]	56・36オ	
53	閒	古閑 [山開平]	居連 [仙開平]	61上・1オ	
54	閒	古閑 [山開平]	九虔 [仙開平]	9・37	
55	聊	落蕭 [蕭開平]	力幽 [幽開平]	66・36	
56	差	初牙 [麻開平]	七何 [歌開平]	63・27	下文考証を参照
57	行	戸庚 [庚開平]	何郎 [唐開平]	66・21オ	下文考証を参照
58	行	戸庚 [庚開平]	何郎 [唐開平]	68・40	下文考証を参照
59	能	奴登 [登開平]	女夷 [脂開平]	56・35	下文考証を参照
60	能	奴登 [登開平]	那來 [脂開平]	94上・4	
61	南	那含 [覃平]	女林 [侵平]	48天・287	

(2) 上声

62	在	昨宰 [咍開上]	詳以 [之開上]	63・37オ	詳以の下に「也」字を衍し見せ消ちにす。下文考証を参照
63	馬	莫下 [麻 上]	亡古 [模 上]	63・36オ、98・123上 *12	
64	莽	模朗 [唐 上]	亡古 [模 上]	63・5オ	下文考証を参照
65	等	多肯 [登開上]	多在 [咍開上]	9・45オ	

(3) 去声

66	跨	苦化 [麻合去]	苦故 [模合去]	9・54オ	下文考証を参照

- 88 -

Ⅰ. 序論篇

以上をまとめると次の表のようになる。

表4

声　調	平声	上声	去声	計
延べ数	24	4	1	29

(C)声調と韻とを変えるもの

[20] 正文　哀〃建威
　　　　　身伏斧質◎(入声質韻)
　　　　　悠〃烈將
　　　　　覆車喪器◎(去声至韻)
　　　　　戎釋我徒
　　　　　顯誅我師◎(去声至韻)
　　　　　以生易死
　　　　　疇克不二◎(去声至韻)
　　音決「器、協韻、音乞」(潘安仁「馬汧督誄一首并序」113下・9)

「質」が入声質韻であるのに合わせて「器」を協韻して「音乞」に読んで、去声至韻から入声迄韻へと改めたのである*13。しかし、以下の「師」・「二」がいずれも去声至韻の押韻字であるので、「質」を協韻して去声至韻に変えることもできよう。正文の「斧質」は首切り台の意で、その時は入声質韻に読むのであるが(『広韻』入声質韻之日切下には「朴也。主也。信也。……。又音致」といって、この義を載せないが、同音字に「櫍」があり、その義注に「椹。行刑用斧櫍」という)、その意味でありながら『広韻』でいえば去声至韻陟利切に読んだとも考えられよう(『広韻』の注に「交質。又物相贄。又之日切」という)。そうであれば、これら四字が一組となって押

- 89 -

韻している韻法にも合致するのである。この辺は「協韻」の「場当たり的で不自然な」(注*1の頼論文)御都合主義の一つともいえるであろう。

(1)去声を平声に読み替えるもの

　　　67　錯　倉故［模合去］　　七和［戈合平］63・28オ　七和の下に「也」字を
　　　　　　　　　　　　　　　　　　　　　　　　　　　衍し、見せ消ちにす。下文考証を
　　　　　　　　　　　　　　　　　　　　　　　　　　　参照
　　　68　化　呼霸［麻合去］　　呼戈［戈合平］63・10オ　下文考証を参照

(2)去声を上声に読み替えるもの

　　　69　與　羊洳［魚開去］　　以改［咍開上］9・46オ

(3)去声を入声に読み替えるもの

　　　70　寐　彌二［脂開去A］亡日［質開入A］61成・14
　　　71　駟　息利［脂開去］　音悉［質開入］8・25
　　　72　器　去冀［脂開去］　去乙［質開入］62・7
　　　73　器　去冀［脂開去］　音乞［迄開入］113下・9
　　　74　類　力遂［脂合去］　音律［術合入］9・27オ
　　　75　位　于愧［脂合去］　于筆［質合入］62・8オ
　　　76　厲　力制［祭開去］　音列［薛開入］8・20
　　　77　厲　力制［祭開去］　音列［薛開入］8・31オ
　　　78　裔　餘制［祭開去］　以列［薛開入］8・31オ
　　　79　裔　餘制［祭開去］　以列［薛開入］9・54
　　　80　世　舒制［祭開去］　詩列［薛開入］9・55オ
　　　81　衛　于歲［祭合去］　為別［薛合入］9・6

Ⅰ．序論篇

```
82  昧  莫佩［灰　去］  音没［没　入］9・15オ
83  昧  莫佩［灰　去］  音没［没　入］61上・22
84  逮  徒耐［咍開去］  直紇［没開入］68・39オ　下文考証を参照
```

（4）入声を去声に読み替えるもの

```
85  築  張六［屋開入］  丁又［尤開去］113下・3　下文考証を参照
86  逐  直六［屋開入］  直又［尤開去］113下・3　上字「直」をもと
                                    「真」に誤って見せ消ちにす
87  属  之欲［燭合入］  音注［虞合去］63・33　下文考証を参照
88  沫  莫撥［末　入］  亡貝［泰　去］68・27
89  穴  胡決［屑合入］  音恵［斉合去］68・50
90  索  蘇各［鐸開入］  三故［模合去］63・12オ　下文考証を参照
91  錯  倉各［鐸開入］  七故［模合去］68・19　七もと「亡」字に誤る。
                                    故の下の「反」字は補写。
```

以上をまとめると次の表のようになる。

表5

声　調	延べ数	声　調	延べ数	計
去→平	2			
去→上	1	入→去	7	25
去→入	15			

　以上のように『音決』では「協韻」として、（A）声調を変えるものが37個、（B）韻を変えるものが29個、（C）声調・韻ともに変えるものが25個、計91個ある。これら「協韻」は単に臨時の読み変えをして韻を合わせるだけの単純な問題ではなく、実は上古音の韻部に関わる問題であるが、ここでは触れな

い。

　[考証]
2 雰　胡刻本の『文選』李善注(47・32オ)に「雰……武功切。今協韻音夢」というが、集注本にはない。後人による『音決』の李善注への竄入であろう*14。胡刻本に付する「考異」には言及しない。
3 司　「司」は平声之韻であり、「音四」は去声至韻、つまり脂去声韻に相当し、韻は不一致(声母はともに心母で一致)であるが、『音決』では両韻が通用している(Ⅱ.2.9.1　＜脂＞／＜之＞を参照)ので、この(A)類に入れた。なお本文の押韻字は『音決』の音注に従えば、睢(去声至韻)・寺(去声志韻)・司(協韻、去声至韻)・熾(去声至韻)・植(去声志韻)である。このうち「熾尺至反」で帰字「熾」は去声志韻(之韻去声)、下字「至」は去声至韻であり、脂・之両韻通用例である。唐代の音韻資料に見えるこの両韻通用例は、大島正二著『唐代字音の研究』*15 Ⅳ2・2・6・3＜脂＞＜之＞を参照。
5 蜺　本文は「にじ」の意で、『広韻』では「霓」字に相当し、これには平声斉韻五稽切と入声屑韻五結切との両音がある。現代中国語音(北京語音)níであることと丁声樹編録、李栄参訂『古今字音対照手冊』(中華書局，1981.以下『手冊』と略称)とに従い、本音は前者とする。
30 望　集注本・胡刻本はいずれも「忘」に作る。『音決』は「望、協韻音忘。或作忘、非」という。集注本には「今案……」の案語はない。ここの押韻字は「魴・鱮・章」(いずれも平声陽韻)とこの「望」(『広韻』去声漾韻巫放切。「看望。説文曰、出亡在外、望其還也。亦祭名。又姓。……」と注する)なので、「望」を協韻して平声陽韻である「音忘」(現代中国語音wàngからすれば、去声漾韻であるが、平声陽韻の音wángも『広韻』・『手冊』にある)とした。なお、『広韻』には「望」に平声陽韻の音「武方切」があり、「看望」と注する。
34 替　『広韻』には「替」に去声霽韻他計切「廢也。代也。滅也……」の音しかない(『集韻』も同じ)。『音決』は協韻して上声薺韻に読み、上

- 92 -

句の「艱」字と押韻するはずであるが、艱字は平声山韻であるので、韻が一致しない。『音決』には艱字の音注はなく、『切韻』系の韻書にも上声薺韻の音はなく不明である。この作品は「離騒經」であって、宋、洪興祖『楚辞補注』にも音注はない。衛瑜章「離騒韻譜」(「Ⅰ．3．3　如字　(22)替」に既出。以下『韻譜』と略称)には「姚鼐曰、二句疑倒誤、蓋涕與替爲韻」という。つまり今本の『楚辞』は「(ア)長太息以掩涕兮、(イ)哀民生之多艱」(集注本は太を大に、民を人に作る)となっている　のを誤りとし、(イ)・(ア)の順に置き換えて「涕」(去声霽韻)を押韻字とすれば、韻が合うというのである。しかし、こうすれば『音決』が協韻した意味はなくなる。また、そもそも王逸注(集注本所引も含めて)を読んでみても、『楚辞』の正文(集注本も含めて)は、やはり(ア)・(イ)の順のままであると思われるので、ここに疑問は残る。以下『韻譜』は他の説も挙げるが、ここではこれ以上論じない。なお、以上は「Ⅰ．3．3　如字　(22)替」で、既述した。

38啼　啼は定母、協韻の反切上字「逐」は澄母で、「類隔」である。『音決』には舌上音(知母など)が舌頭音(端母など)で表される所謂「舌音類隔切」が延べ70個足らずある(舌頭音が舌上音で表されるのは少ない)。以下、84逯・85築も同じである。下文の注*10「超」字の蕭該の音「吐弔反」を参照。

40西　胡刻本の李善注(31・2オ)に「西音先。協韻也」というが、集注本の李善注にはない。胡氏「考異」は言及しない。2雰と同じく、後人による『音決』の李善注への竄入であろう。さて、これは袁陽源「效曹子建楽府白馬篇一首」(集注本はこの部分を缺くので、胡刻本に拠る)で、その韻字を順に列挙すると、「間(山→仙)・賢(先)・年(先)・權(仙)・鄽(仙)・言(元)・弦(先)・西(斉→先)・捐(仙)・泉(仙)・懸(先)・前(先)・然(仙)」である(いずれも平声字。言は胡刻本に拠る)。『音決』の音注を列挙すると、「間、協韻居連反(例53問61上・1オの協韻)。鄽、直連反。西、協韻音先*16。捐、音縁。懸、音玄」である。従って先・仙(『広韻』では両韻同用)・元(言のみ)の通韻である。な

お、『音決』にはこれら両韻或いは三韻混交の例はない。

45來・46臺・59能　陸士衡「挽歌詩三首」(其一)の押韻字である。この詩の押韻字を列挙すると、茲・基・旗(以上、平声之韻)・闈(平声微韻)・詩・時・輀・期・辭・來・駬(以上、平声之韻)・臺(平声脂韻)・知(平声支韻)・時・思(以上、平声之韻)・能(平声脂韻)・離(平声支韻)である。來を協韻して之韻にするに対し、臺・能は協韻して脂韻とする。これも3司で述べたように、或いは『音決』の脂・之両韻通用の補助資料となろうか。なお、59・60能は『広韻』に4音あるが、平声登韻奴登切の義注に「工善也。……亦賢能也」といい、現代中国語音néngであり、『手冊』にも従って、本音を「登開平」とした。

46還　これは陶淵明の有名な「雑詩二首」の第一首で、「山氣日夕佳、飛鳥相與還」という句に附けられた音注(還、協韻音全。下如字)である。『鈔』に「還、□□也」(両字不明)といい、五臣注に「李周翰曰、……飛鳥晝遊而夕相与歸于山林。……」という。協韻の「音全」は『広韻』では平声仙韻疾縁切で従母。還は『広韻』では平声仙韻似宣切「還返」で邪母の音に読む。すると、これも『音決』の従・邪両声母混同の補助資料となろうか。下文の62在もこれと同じ例である。『音決』にはこのような従・邪両声母混同例が数多くある(全部邪母帰字を従母上字で表している)。下文の「Ⅱ.1.3.1.6　<従>／<邪>」を参照のこと。なお、大島p.89－90のⅣ.1・3・1・3<従>・<邪>を参照。ただ、李周翰がいうように、通常これは「かえる」と読むから、『広韻』は平声刪韻戸關切「反也。退也。顧也。復也。戸關切。又音旋」(カン.huán.かえる。また)に相当し、こちらと或いは比較すべきかもしれないが、『音決』の撰者の字音では、「帰る」の意味ながら、これを『広韻』の平声仙韻似宣切「還返」(セン.xuán.めぐる)＝旋に読んだのかもしれない。なお、「下如字」はこの直ぐ下の句に「此還有真意、欲辨已忘言」とある「還」字をさしていう(「また」の意)。

56差　差は初母、協韻の反切上字「七」は清母で歯音類隔である。

57・58行　57は「行われる」、58は「行くこと」の意で使われている。『広韻』は平声庚韻戸庚切で「行步也。適也。往也。去也。又姓。……」と注記する。57の宋玉「招魂」の押韻字は、方・梁(以上、平声陽韻)・行(平声庚韻→唐韻)・芳(平声陽韻)・羹(平声庚韻古行切)・漿(平声陽韻)・餡(平声唐韻)・爽(上声養韻→平声陽韻。11の例)である。『音決』には「羹」字の音注がなく(他の箇所でも一個もない)、上声庚韻のままであるから、行を平声庚韻から協韻して唐韻とするのと齟齬しておかしい。或いは羹を協韻するのを落とし忘れたか。『切韻』系韻書には、羹に唐韻または陽韻の音はない。洪氏『楚辞補注』は「羹音郎、脽也。集韻云、魯頌・楚辞・急就篇、羊羹與房漿爲韻」という。『集韻』下平声陽盧當切(紐首は郎)下「羹、脽也。魯頌・楚辞・急就篇、與房漿糠爲韻」という。この「脽」は、『集韻』入声鐸韻黒各切下「脽、説文、肉羹也」とあり、同韻忽郭切下「脽、肉羹也」とある「脽」もしくは「膗」(『集韻』は直接この字を載せてはいないが、入声鐸韻曷各切下「藿・蘿、艸名。……或从艸、通作萑」というから、「膗」は「脽」の異体字と考えてよかろう)の誤りであろう。「脽」は『集韻』平声皆韻崇懷切下にある「脽朦、形惡……」という音義を異にする別な字である。それで、「音郎」(平声唐韻)なら問題はない*17。ただ、『音決』には被注字「羹」1個もなく、かつ平声唐韻「音郎」にも「羹」字は見えない。『音決』の撰者には平声唐韻「音郎」の音は常識で、音注を附ける必要がなかったのか、音注を附けるのを忘れたか、或いは平声庚韻のままに読んでも、何ら違和感を抱かなかったのか不明である。

62在　在は從母、協韻の反切上字「詳」は邪母である。これも47還で述べたように『音決』の從・邪両声母混同の補助資料となろうか。

65莽　これは屈平「離騷經」「朝搴阰之木蘭兮、夕攬洲之宿莽」句の音注であり、押韻字は與(上声語韻)・莽(上声蕩韻→上声姥韻)・序(上声語韻)である*18。『広韻』には3音があり、その1音の上声姥韻莫補切「宿草。又音蟒」は、協韻の「亡古反」の音に相当するので、わざわ

ざ協韻しなくてもよいはずである。しかし、『音決』では「宿草」の意味でも『広韻』の上声蕩韻模朗切(「又音蟒」に当たる)「草莽。説文曰……。又姓。……。又莫古切」に読んだのであろう(『手冊』mǎngは、この音である)。『音決』には「漭音莽」のように、莽を上声蕩韻に読む例があり(68・4オ)、集注本巻九左思「呉都賦」に「離騒詠其宿莽」とあり、その『音決』(9・29, 9・29)に「莽、莫朗反」といい、正しく「宿莽」の意味の時に上声蕩韻に読んでいるのである。

66跨　集注本・胡刻本は「夸」に作り、集注本の李善注に「夸、奢也」とある。これなら、『広韻』平声麻韻苦瓜切の「夸、奢也」と比べるべきであるが、集注本の案語に「今案鈔・音決夸為跨」といい、『鈔』に「跨、踰接也」というので、跨の本音を『広韻』去声禡韻苦化切「越也。又兩股間」とした(『広韻』には4音ある)。

67錯　「離騒經」の正文は「覽人德焉錯輔」とあり、押韻字は「輔」(下句の「土」という押韻)であって、錯は押韻字ではないが、『音決』には「錯七故反。協韻七和反也(也字は見せ消ち)」というので、「七和反」を「七故反」(『広韻』の「倉故切」と同音)に対する協韻とした。この王逸注に「錯、置也」とあり、「人德ある者を選んで、君の位に置く」と解する。『広韻』去声暮韻倉故切下に「厝、置也。措、舉也。投也。説文、置也。錯、金塗。又姓、……又千各切」とある、厝・措・或いは錯(「置也」の意味こそ記載されていないが)に当たり、何ら協韻の必要はないと思われる(洪興祖の音でも「錯七故切」とする)。錯の1音「千各切」は、入声鐸韻倉各切は「やすり・混じる」とかの意味で、「置く」の意味はない。また「七和反」に読んで、何かある字の仮借とするのでもない。この協韻の意味は不明。

68化　『音決』には「化、協韻呼戈反。楚之南鄙之言。又火瓜反」といって、平声麻韻の又切「火瓜反」があるが、『広韻』にはこの音はない。『十韻彙編』所収「切三」(『瀛涯敦煌韻輯』所収『切韻』残巻のS.2071)下平声麻韻「華」字の反切に「戸化反」とあり、「化」字が平声麻韻に属していたことが窺われる。『音決』には「化」を去声禡韻下字

として使うが、平声麻韻下字として使う例はない。『集韻』には去声禡韻火跨切に「化、説文變也。通作化」とあり、平声麻韻呼戈切に「化、變也」とあり、この「化」が『音決』の「火瓜反」の「化」に相当する（『文選』の正文は『楚辞』離騒「傷霊脩之数化」で、この王逸注に「化、變也」という）。なお、上田正著『切韻諸本反切総覧』*19のp.49平声麻韻「華」字に「切三」のこの反切「戸化切」を取り上げ、「注2」として「化は禡韻、誤写か」という。確かに『王一』・『王二』・『王三』・『広韻』は「戸花反（切）」で　あるから（花は平声麻韻に属する）「花」字の草冠が落ちたとも考えられるが、『音決』や『集韻』によれば、「化」字に平声麻韻の音もあったことが知られるのである。要するに、ここでは「又火瓜反」は、協韻ではないのであり、頼（*1の論文）も協韻とはしていない。なお、この協韻は上句の「他」（平声歌韻）と押韻させるための措置である（開合不一致であるが）。

84 逮　現代中国語音dài、『手冊』去声代韻徒耐切で定母字である。協韻の反切上字「直」は澄母であるから、「舌音類隔」である。下文の注*10「超」字の蕭該の音「吐弔反」を参照。『広韻』の反切上字を頼氏（注*1）は「真」に作るが、「真」は歯音章母であって、それは誤りである。反切下字「紇」を頼氏は「純」に作るが、『音決』は「紇」の如く作り、この曹子建「七啓」では上句末の「没」（入声没韻）と押韻するので、「純」（上声準韻）ではなく、「紇」（入声没韻下没切）とするのがよかろう。また、字体から見ても、我が『類聚名義抄』に「紇、胡結反、タツ、タユ、絲下。又胡骨反、人名」とあり、唐、顔元孫『干禄字書』に「𰀀乞、上俗下正」（紇字はない）といい、『音決』には「純」を「紇」に作る（「鶉音紇」68・13オ、「醇音紇」68・13オ）からである。

85 𨍏　𨍏は知母であり、協韻の反切上字「丁」は端母なので、「類隔」である。下文の注*10「超」字の蕭該の音「吐弔反」を参照。

87 属　『広韻』には属に注の音はない。これは上句の「駆」、下句の「具」

と押韻させるための措置である。上引「韻譜」に「陳第曰、音注。方績曰、『広韻』音燭、轉去聲則音樹」という。

90索　『広韻』には①鐸韻蘇各切(心母、「盡也。散也。又縄索也。又姓。……」②陌韻山戟切(生母、「求也」)③麦韻山責切(生母、「求也。取也。好也」の３音がある。「離騒」の正文は「衆皆競進以貪婪兮、憑不猒乎求索」で、洪興祖『楚辞補注』には「索、求也」というから、「もとめる」の意であるので、②または③の音であるが、ここでは①の音とした。その理由は次のようである。協韻の「三故反」は心母であること。『手冊』suǒは①の音とすること、衛瑜章『離騒韻譜』*20も①の音とすること、また①の音にも「求也」の義があったにもかかわらず、『広韻』には何らかの理由で記載されなかったこともあり得るからである*21.*22。なお洪氏『楚辞補注』は、「索、求也。書序曰、八卦之説、謂之八索。徐邈讀作蘇故切、則索亦有素音」という。東晋の徐邈の音は『経典釈文』巻３(『尚書音義』上)に「八索、所白反、下同。求也。徐音素。本或作素」というものである。黄焯撰『経典釈文彙校』(中華書局, 1980)には「八索、徐音素。〇呉云、洪興祖楚辞注引書釋文云、徐邈讀作蘇故切。案洪注則本　自釋文直音、其反語則洪所自擬」という。『釈文』の「音素」なる直音を洪興祖が自分で「蘇故切」の反切に改めたことをいうのである。要するに、徐邈の「音素」も「協韻」とはいわないが、『音決』の「三故反」と同じ音であるので、「協韻」したと考えられる。

(注)

*1　頼惟勤「清朝以前の協韻説について」(「お茶の水女子大学人文科学紀要８」1956)を参照。

*2　注*1の頼論文に「意識的な協韻説は六朝以後になって興ったものと思われる」と述べるところなどを参照。

*3　頼は「協韻ということが方言の相違から起るという主張もあるが、……」と述べて、『音決』の［１］の例を引く。注*1の論文を参照。

Ⅰ．序論篇

*4 周祖謨「騫公楚辭音之協韻説與楚音」（Ⅰ.1の注*5の2論文集に所収）は、『音決』の［1］・［2］などの例を挙げ、「此論協韻之義甚明，以爲時人以中華之音讀不協者，依方音讀之自協。故文選中音讀不和者，公孫皆爲協音以通之；且出其方域，以明協韻所本」といって、本文の下文の［3］以下の例を挙げる。

*5 他の諸例から見るに、「俗音」の「音」は或いは「言」の誤りかもしれない。

*6 頼は「真純反」とする（注*1の論文）。本文の下文「考証」の84逮に愚見を述べた。

*7 周の前掲論文（注*4）に依ると、『音決』は「敦煌本楚辭音残巻」（P.2494）に見える「属、協韻作章喩反」（本文の表88）・「馬、協韻作姥［原作媽］音、亡古反」（本文の表64）・「下、協韻作戸音」の3個の「協韻」をその音注に採用していることが分かる。

*8 周は注*4の論文において

　　而協韻之方式有二：一曰聲音相協，一曰音調相協。所謂聲音相協者，即音韻不切，轉從方音以取協。如下之讀戸，馬之讀姥是例。所謂音調相協者，即四聲不和，乃移聲讀之，以求相應。如古之讀故，圃之讀布，是例。

という。

*9 頼は「また、四声説の影響で、特に声調の違いを協韻したと考えられるもの」として『経典釈文』の例18個を挙げている（注*1の論文）。

*10 ここに挙げないが、「Ⅰ.3.2 諸家音　13. 王（1）」の箇所で挙げた例に、

　　音決「超、王協韻、丑照反、蕭吐弔反。（9・34オ）

なる王氏の協韻がある。これを本文の形式に従って表示すると

　　　　　超　敕宵［宵開平］　丑照［宵開去］9・34オ

となる。即ち超が上句の「嘯」と押韻するので、協韻して平声を去声に読み換えているのである。ただし、王氏は嘯字に何の音注も附けないから（そもそもここの『音決』第33葉裏に嘯字の音注がないのである）、蕭・宵通韻の例となる。蕭該の音「吐弔反」*16（Ⅰ.5.2　諸家音「7. 蕭　隋の蕭該」を参照）は、「去声嘯韻（蕭去声）舌音透母開口一等」であって、協韻とも考えられるが、今は『広韻』とは個別的に異なる音として考えておきたい。蕭該の場合は、嘯・超ともに去声嘯韻の同韻字である。ただ、超は徹母で、透母とは所謂類隔である。集注本のここに相当する胡刻本の李善注（5・9オ）の末尾には「超、士弔切」という音注があり、これも「協韻」

- 99 -

と考えられる。反切上字「士」は「土」の誤りであろう。そうすれば薟該の音と全く同音となり、やはり「類隔」である。しかし、集注本の李善注にはこの音注がない。胡氏「考異」は何も言及していない。本文2雩・41西と同じく、後人の手が入っているのであろう。ついでながら、胡刻本李善注に「崖宜」（4・15、本文42の例）・「厲列」（4・20オ、本文75の例）なる音注があるが、集注本のそれにはなく、胡氏「考異」は何も言及していない。やはり後人の手が入っているのであろう。なお「Ⅰ.3.2　諸家音」の注*22を参照。唐代音韻史における「類隔切」の問題は、上述大島の著書のⅣ1・2・3舌頭音・舌上音を参照。

*11　「離騒」の正文「忍尤而詬、……固前聖之所厚」の『音決』に「詬、火候反」（63・18）・「厚、協韻音候」（63・19オ）とあり、「厚」を去声候韻に読むが、詬を『広韻』上声厚韻古厚切（詬恥也）に読み、厚を上声厚韻胡口切の一般的な音に読めば、何ら協韻する必要はないのである。本文の下文［考証］35替に引いた衛氏の『離騒韻譜』（注*19　游國恩ら著『楚辞』香港文苑書屋出版，1962に所収）もこの両字を上声厚韻としている。

*12　巻98の例は「馬、叶韻、莫古□」（□は反字であろう）となっていて「反」字を缺く。

*13　なお71の同一字「器」の協韻「去乙反」の例と併せて考えるに、『音決』には質・迄両韻通用の例はない。ただ、これに相配する去声韻震B（重紐B類）・燄韻通用例（いずれも牙喉音）の例は、7個ほどある。「Ⅱ.2.9.4　＜真開B＞／＜欣＞」を参照。

*14　この辺は、富永一登「文選李善注引書考——李善注の増補と引書の下限——」（「学大国文」第26号，1983）に例えば「集注本では『鈔』『音決』の注であったものが、版本では李注として記されていることもわかる」という所（p.120）などを参照。

*15　大島正二著『唐代字音の研究』（汲古書院，昭和56年）。

*16　集注本巻93、史孝山「出師表一首」の正文「西零不順、東夷遘逆」の李善注に「西零、即先零也」といい、『音決』に「西音先。案下云東夷、此音宜如字」（93・27）という。「音先」の「先」は字跡些か漫漶としているが、かく推定した。これは「音先」ではあるが、「協韻」ではない。既に「Ⅰ.3.3　如字　（4）西（93・27）」で述べたように、西は『広韻』では上平声斉韻先稽切「秋方。説文曰、鳥在巣上也。……亦州名。……」の音しかないが、『集韻』では「音先」に当る平声先韻蕭前切下に西字があり、「金方也」という。李善注に「西零、即先零也」というように、西方部

族名として西を「音先」に読む説に対し、『音決』は案語を出して「東夷」と相対するので「如字」がよろしいとする。つまり、この「平声斉韻先稽切」、日本字音「セイ」(漢音)に読んで、「にし」の意味に取り、「セン」に読まないのである。

*17 『音決』のは庚韻と陽・唐韻との通用例は1個もない。また、大島の著書(注*15)にも例はない。
*18 なお、『音決』には語(魚)・姥(模)両韻通用の例はない。大島の著書(注*15)にも例はない。
*19 上田正著『切韻諸本反切総覧』京都大学文学部中文研究室内均社発行, 1975。
*20 衛氏は更に「陳第曰、古音素、皋魚引古語云、枯魚衛索、幾何不蠹」方績曰、轉去聲則音素、禮記中庸索隱行怪作素隱」という。
*21 大島の著書(注*15)の「Ⅲ・Ⅰ　音韻体系の探索」p.42の脚注(6)を参照。
*22 『音決』の反切には、「索」字を反切下字や直音の音注字に用いる例は全くない。ただ被注字としては、索：先各・素洛・先洛[鐸開入心Ⅰ]、先宅[陌開入心Ⅱ]、所格[陌開入生Ⅱ]、所革[麦開入生Ⅱ]といった反切の諸例がある。「音注総表」を参照。

Ⅰ.3.10　左思「三都賦」諸家注について

『音決』に他のテキストの文字の相違を指摘した例として、

　　壇大丹反、張載爲墠、音善、通。（巻8、左思「蜀都賦」）

というのがある。即ち、晋、左思「蜀都賦」の正文「壇宇顯敞、高門納駟」の「壇」字を張載本は「墠」字に作り、張載の音は「善」であって、それでも文義として通じるというのである（「Ⅰ.3.2　諸家音　3.張載」で、これは張載自身の附けた音であると述べた。なお、その注*5も参照）。

今『隋書』巻35経籍志の「集」部を見ると、「張載及晋侍中劉逵、晋懐令衛權*1注左思三都賦三巻。綦母邃注三都賦三巻」というから、『音決』の張載本とはこの「張載注左思三都賦三巻」のテキストを指していったものと考

えられる。

　さて、左思「三都賦」とは、「蜀都賦」（胡刻本『文選』巻４）・「呉都賦」（同巻５）・「魏都賦」（同巻６）を指す。これにまつわる話は、余りにも有名で贅言を要しないが、一通り述べておく。

　左思は「斉都賦」を１年がかりで完成後、更に「三都賦」を作ろうと考えていた。その時、妹の左芬が宮中入りしたので、左思も上京し、著作郎の張載を訪問して泯邛（四川）のことを尋ねたり、図書を司る秘書郎中*2となって見聞を広めたりした。一方では門・庭・藩・溷（かわや）に紙筆を置き、１句を得るごとに書き付けるという努力を重ね、10年の歳月をかけて終に「三都賦」は完成した。完成当初人々は重んじなかったが、太子中書子の皇甫謐が序を書き、著作郎の張載が「魏都賦」に、中書郎の劉逵が「呉都賦」・「蜀都賦」に注をし、衛権も注をするというように、当時の名士達が序を書き、注を作るに及んで、盛んにもてはやされるようになった。そして、司空の張華がこの賦を読んで「班固や張衡の流れだ」と感嘆してからは、貴族達が争って書き写し、これがために「洛陽の紙価貴し」ということになったという。また陸機も弟陸雲に与えた書簡の中で「田舎者が三都賦を作ろうとしているが、出来上がればせいぜい酒がめのふたになるのが関の山だ」と馬鹿にしていたのであるが、完成後この作品を読んで感嘆し、「三都賦」を作ろうという当初の気持ちを捨てて筆を置いたということである（以上は『晋書』巻92文苑左思伝に拠った。『文選』李善注に引く「臧栄緒晋書」も同じ）。

　さて上述の如く、『隋志』には「張載及晋侍中劉逵、晋懐令衛権注左思三都賦三巻」（この解釈は下文を参照）というから、張載は蜀・呉・魏の三都賦全部に注したと思われるが、『晋書』左思伝では、張載は「魏都賦」に注しただけであるという。この事からもその一斑が窺われるように、張載・劉逵・衛権・綦毋邃が左思の「三都賦」のどれに注を附けたのかということについて色々と議論がある。そこで、以下これら諸家の「三都賦」に対する注の有無について考証する。

　なお、左思「三都賦」は、『文選』には次のように収められている。

表6

テキスト 左思「三都賦」	集注本	胡刻本
序	巻8	巻4
蜀都賦	巻8	巻4
呉都賦	巻9（冒頭より「被練鎩鎩」まで） 巻10　佚	巻5
魏都賦	巻11　佚 巻12　佚	巻6

Ⅰ.3.10.1　左思「三都賦」諸家注についての諸説

　左思「三都賦」諸家注の諸説は、

(一) 張載は「魏都賦」に、劉逵は「呉・蜀二都賦」に注したという説
(二) 張載は「蜀都賦」に、劉逵は「呉・魏二都賦」に注したという説
(三) 張載・劉逵・衛權の三人及び綦毋邃それぞれに「三都賦賦注三巻」があったという説
(四) 「三都賦注」は、当時の著名人士に仮託した左思の自注であるという説。

の４つに分けられる。次にこれら諸説の根拠を示し、説明を加えよう。

Ⅰ.3.10.1.1

(一) 張載は「魏都賦」に、劉逵は「呉・蜀二都賦」に注したという説
　　①臧栄緒『晋書』曰、三都賦成、張載爲注魏都、劉逵爲注呉蜀。自是之後、漸行於代。（『文選集注』巻八蜀都賦「劉淵林注」下李善注所引）
　　②臧栄緒『晋書』云、劉逵注呉蜀、張載注魏都。（同陸善経注所引）

- 103 -

③『晋書』巻92文苑左思伝云、復欲賦三都。……、及賦成、時人未之重。思自以其作不謝班張、恐以人廢言、安定皇甫謐有高譽、思造而示之。謐稱善、爲其賦序。張載爲注魏都、劉逵注呉蜀而序之、曰、……陳留衞權*3又爲思賦作略解、序曰、……余嘉其文、不能黙已、聊藉二子之遺忘、又爲之略解、祇增煩重、覽者闕焉。自是之後、盛重於時。

①について、胡刻本巻4は李善注に「臧栄緒晋書曰」の6字がないことと「代」を「俗」に作りその下に「也」の字があることとを除いて、集注本と全く同じである。胡克家『文選考異』巻1は「注三都賦成：袁本三上有臧榮緒晉書曰六字、是也。茶陵本與此同、非也」といって、この6字を補うべきだという。また、胡刻本巻4はこの「三都賦成、張載爲注魏都、劉逵爲注呉蜀。自是之後、漸行於代」という注を「三都賦序一首、左太沖、劉淵林注」とある「劉淵林注」の下、「序」の正文の前に置くが誤りである。集注本のように「蜀都賦」の正文の前、「劉淵林注」の下に置くのが正しい*4。

さて、李善や陸善経(陸はひとまず臧栄緒の説に拠ったのである。下文④の・点部参照)は、臧栄緒『晋書』により、張載は「魏都賦」に注し、劉逵は「呉・蜀二都賦」に注したというのであり(①李善と②陸善経とでは、同じく臧栄緒『晋書』を引きながらも、張載が先に来るか、劉逵が先に来るかということと「爲」の有無との違いはある)、『晋書』も同じ説である。

Ⅰ.3.10.1.2

(二)張載は「蜀都賦」に、劉逵は「呉・魏二都賦」に注したという説
　　④綦母邃序注本及集題云、張載注蜀都、劉逵注呉魏。今雖列其異同、且依臧爲定。(②に続く陸善経注)
　　陸善経が別説として挙げた「綦母邃序注の本」(「綦母邃序注本」は恐らく「三都賦」(「序」も含む)に自身の序を作り、「三都賦」(「序」も含む)に注を付けた綦母邃のテキストをいうのであろう。これは上掲『隋志』にいう「綦母邃注三都賦三巻」に相当するものであろう)と

- 104 -

『左思集』*5には、張載が「蜀都賦」に注し、劉逵が「呉・魏二都賦」に注したと題するというのである。・点部は陸善経が依拠した②の臧栄緒『晋書』の説と④「綦母邃序注本及集」とでは記述に食い違いはあるが、今はひとまず臧栄緒『晋書』に従ったことをいう。

Ⅰ.3.10.1.3

(三) 張載・劉逵・衛權の3人及び綦母邃それぞれに「三都賦賦注三巻」があったという説

⑤『隋書』巻三十五経籍志云、張載及晉侍中劉逵、晉懷令衛權注左思三都賦三巻。綦母邃注三都賦三巻。

　張載、劉逵、衛權が各々「三都賦」のそれぞれ異なる一都賦に注して各1巻とし、合計「三都賦注」3巻としたの意と解するのはどうであろうか。もしこの3人にそれぞれ「三都賦注」3巻ずつがあったというのであれば、「綦母邃注三都賦三巻」と同じように、「張載注三都賦三巻。劉逵注三都賦三巻。衛權注三都賦三巻」と記載した思われるからである。しかし、筆者はこれを張載・劉逵・衛權がそれぞれ一賦注1巻、合計「三都賦三巻」であると解するのではなく、この3人及び綦母邃それぞれに「三都賦賦注三巻」があったと解したい。それは下文(あ)〜(お)で『隋志』を引いた高歩瀛の説、注*11の阮廷焯の論文、注*12の斯波六郎の論文を総合的に勘案した結果である。

Ⅰ.3.10.1.4

(四) 「三都賦注」は、当時の著名人士に仮託した左思の自注であるという説。
　⑥左思別伝曰、……其三都賦改定、至終乃上。……故其賦往往不　同。思爲人無吏幹而有文才、又頗以椒房自矜。故齊人不重也。思造張載問岷

蜀、交接亦疏。皇甫謐西州高士、摯仲治宿儒知名、非思倫匹。劉淵林衛伯輿並蚤終、皆不爲思賦序注也。凡諸注解、皆思自爲。欲重其文、故假時人名姓也。(『世説新語』文学篇、劉孝標注所引)
⑦清、梁章鉅『文選旁証』卷六云、六臣本以此注爲臧栄緒晋書文。楊氏慎曰、凡諸注解、按晉陽秋*6皆思自注。欲重其名、故假借名姓耳。(①の文について)

「三都賦注」は実は左思の自注であるが、権威づけのためにそれを当時の著名人士の姓名に仮託したことになる。

I.3.10.2 諸説の検討

以上四説の内、いずれが真実なのか。先ず(一)の説から見ていこう。

I.3.10.2.1 説(一)の検討

集注本巻8「蜀都賦」、巻9「呉都賦」いずれも「李善曰」の前に劉逵注が引かれている(胡刻本巻4・5*7も同じ)から、これは臧栄緒『晋書』にいう通りである。集注本には巻11・12に当たる「魏都賦」は残っていないが、胡刻本巻6「魏都賦」を見ると、李善注の前に先人の注を引く。この巻首には「劉淵林注」とも「張孟陽注」とも題していないが、清、胡克家『文選考異』巻1は「魏都賦一首」の下にある「左太冲」を見出しにしていう、

　　左太冲：茶陵本此下有劉淵林注四字、袁本無。案各本皆非也。當有張載注三字。何云、前注張載爲注魏都。陳云、賦末善曰張以慺先隴反云々、則知卷首本題張孟陽注、與前合。後來誤作劉淵林耳。所説是也。袁茶陵、賦中每節注首劉曰、皆非。蓋合併六家時、已誤其題矣。

胡克家は「當有張載注三字」と結論を下す。それは、以下に説明する何・

陳両氏の説に従ったのである。清、何焯は胡刻本巻4「三都賦序」の「劉淵林注」の下に、李善注が「張載爲注魏都」（上述①とその説明を参照）というのを指摘し、清、陳景雲は胡刻本巻6「魏都賦」の「先生之言未卒、呉蜀二客、矆*8焉相顧、瞪焉失所」の（張載）注に「矆、懼也。左傳曰、駟氏矆懼」とあり、李善注に「張以懁先壠（胡氏考異作隴從阜）反。今本並爲矆、大視。呼縛反」とあるのにより、巻6の巻首には本来「張孟陽注」と題していたことが分かり、これは前注（巻4「三都賦序」の「劉淵林注」の下に、李善注が「張載爲注魏都」）と一致する。後に茶陵本の如く「劉淵林注」と誤ったのだという。胡克家は、この何・陳両氏の説を是として「當有張載注三字」と結論を下し、袁本・茶陵本が「魏都賦」中の各節の注の始めに「劉曰」というのは皆誤りであるというのである。

　何焯・陳景雲・胡克家は、巻六「魏都賦」は「張孟陽注」とするのであり、集注本巻8「三都賦序」の李善注に引く臧榮緒『晋書』（①の文）のいう通りである。そこで、李善注本では、「蜀・呉二都賦」が劉逵注、「魏都賦」が張載注であったと考えてよい。

Ⅰ.3.10.2.2　説（三）の検討

　次に（三）の説について、高步瀛『文選李注義疏』の説く所に従って見てゆく。

（あ）李善注「劉逵魏都賦注曰、受他兵曰蘭、受弩曰錡、音蟻」（巻二、張衡、西京賦「武庫禁兵、設在蘭錡」胡刻本2・13オ）

胡克家は、

　　（李善）注劉逵魏都賦注曰、案此有誤也。呉都有蘭錡内設、魏都有附以蘭錡。今善於兩賦舊注中、皆不更見。此所引語、無以決其當爲劉逵呉都賦注曰、或當爲張載魏都賦注曰也。凡善各篇所留舊注、等非全文。

（『文選考異』巻１）

といって「呉都賦」にも「蜀都賦」にも「蘭錡」という語が出てくるものの、その両賦に引く旧注の中には「受他兵曰蘭、受弩曰錡、音蟻」という注は見えないので、「劉逵魏都賦注曰」の「魏都賦」を「呉都賦」に改めるべきか、「劉逵」を「張載」に改めるべきかのいずれにか決めようがないとする。そして、この注が見えないのは、李善が引いた「呉都賦」・「魏都賦」いづれにせよ、その旧注はいずれもその全文ではないからであるとする。*9

そもそも、胡克家は『文選』巻４蜀都賦「劉淵林注」下李善注所引の「臧栄緒『晋書』曰、三都賦成、張載爲注魏都、劉逵爲注呉蜀」（上掲①。同じく上掲の①についての胡氏『文選考異』も参照のこと）に拠って、張載は「魏都賦」に注し、劉逵は「呉都賦」、「蜀都賦」の二賦に注したと考えているからである。

梁章鉅（『文選旁証』巻２）は「劉逵當作張載」という。「劉逵」は「張載」の誤りであるから、「張載魏都賦注」とあっさり訂正する。梁章鉅も胡氏と同じ根拠に基づいて、張載は「魏都賦」に注し、劉逵は「呉都賦」、「蜀都賦」の二賦に注したと考えているからである。

この胡克家・梁章鉅の説を挙げた後、高歩瀛はいう、

　　歩瀛案、此注疑不誤。唐寫本亦同。隋書経籍志云、梁有張載及晉侍中劉逵、晉懷令衞瓘（高歩瀛は「權」の誤りだという）注左思三都賦三巻。是魏都賦張劉皆有注。今魏都賦即張注、而附以蘭錡下無此注。則當爲劉逵注也。……（『文選李注義疏』巻２）

高歩瀛は唐写本（清、羅振玉『古籍叢残』所収）でも「劉逵魏都賦注」となっていること、『隋志』に「梁有張載及晉侍中劉逵、晉懷令衞瓘注左思三都賦三巻」とあることを根拠として、この注は誤っておらず、「魏都賦」には張載も劉逵も注があったのであるとし、今見る胡刻本の「魏都賦」は張載注であるが、「附以蘭錡」の下にこの「受他兵曰蘭、受弩曰錡、音蟻」なる注

- 108 -

Ⅰ．序論篇

がないのであるから、これは劉逵注とすべきだというのである。

(い) 李善注「張載呉都賦注曰、狿、獑屬」(巻四、張衡、南都賦「虎豹黄熊　游其下、毂玃猱狿戲其巓」胡刻本4・4オ)

　　胡克家曰、注張載呉都賦注、張載當作劉逵。各本皆誤。朱珔亦曰、張載當作劉逵。步瀛案、本書呉都賦射猱狿、劉注*10但云、狿音亭、無獑屬二字、則此注殆非劉逵。隋書經籍志雜賦注下云、有張載左思賦注。不獨注魏都賦。則此注即出孟陽、殆非誤(高步瀛『文選李注義疏』巻四)。

　胡克家(『考異』巻1に「注張載呉都賦注曰、案張載當作劉逵。各本皆誤」という)・朱珔は「張載」は「劉逵」に作るべきだというが、高氏は『文選』呉都賦の「射猱狿」(胡刻本5・19オ)の劉逵注には「狿音亭」というだけで、「獑屬」の2字がないから、この「呉都賦注曰、狿、獑屬」は恐らく劉逵注ではあるまい。『隋志』の「雜賦注」の下に張載の「左思賦注」があるので、張載は「魏都賦」に注しただけではなく左思の「三都賦」全部に注したのである。そうすると、この「呉都賦注曰、狿、獑屬」は恐らく張載の手に出たものと考えて誤りではあるまいというのである。

(う) 李善注「臧榮緖晉書曰、三都賦成、張載爲注魏都、劉逵爲注吳蜀。自是之後、漸行於俗也」(胡刻本巻四、左思、三都賦序「劉淵林注」)。

　　尤本無善曰臧榮緖晉書曰八字。胡克家曰、袁本三上有臧栄緒晉書曰六字、是也。茶陵本與此同、非。許巽行曰、原注有八字、今爲妄人削去。步瀛案、胡許說是。今據増。又案、俗當作世。李氏避唐諱改耳。
　　〇隋書經籍志總集類曰、梁有張載及晉侍中劉逵、晉懷令衞瓘注左思三都賦三巻。綦母邃注三都賦三巻。世説新語文学篇、劉孝標注引左思別傳曰、思造張載、問岷蜀事、交接亦疎。皇甫謐西州高士、摯仲治宿儒知名、非思倫匹。劉淵林衞伯輿並蚤終、皆不爲思賦序注也。凡諸注解、皆思自爲、

- 109 -

欲重其文、故假時人名姓也。姚範援鶉堂筆記三十七曰、左思傳云、衞瓘（姚・高二氏は「瓘」は「權」の誤りだという）爲思（姚範の原文は「思」字下に「賦」字がある）作略解、序曰、有晉徵士故太子中庶子皇甫謐爲三都賦序、中書著作郎安平張載、中書郎濟南劉逵、咸皆悦玩、爲之訓詁。余籍二子之遺忘、爲之略解。以此言證明、左衞並時、其言不誣。而劉孝標之注世説、疑序注皆爲擬託、亦未允也。步瀛案、姚説是也。（高歩瀛『文選李注義疏』巻四、姚範の引く左思伝は『晋書』のそれと小異がある）。

　高歩瀛は、李善注に「臧榮緒晉書曰」の六字があるのが正しいという、胡克家・許巽行の説を是認して補充する。また「俗」は「世」に作るべきで、それは李善が唐の太宗(李世民)の諱「世」を避けたからであるという。
　次に世説新語文学篇、劉孝標注引『左思別傳』には、
左思は役人の才はなかったが、文才はあってうぬぼれていたし、また、自分の妹左芬が皇后となったので、それを自慢にしていた。それで、左思の出身地の斉の人たちは重んじなかった。左思は「三都賦」を作ろうとした動機のごく一部にそういう連中を見返してやろうと思ったことがあるであろうか、とにかく「三都賦」を作ろうと思いたって、張載を訪ねて蜀の事を尋ねたが、張載のあしらいは冷淡であった。皇甫謐や摯仲治といった高士、宿儒にも取り入ろうとしたが、とても左思の近づき得る人士ではなかった。劉淵林や衛伯輿は夭死したので、左思賦の序や注は作ることができなかった。すべての注解は左思の自作で、その作品を重からしめんとして、当時の著名な文学者の名前に仮託したのである
という。
　姚範の『援鶉堂筆記』巻37には、「左思傳」（「左思別伝」のことであろう）に、

　　　衛権は左思の賦に「略解」を作り、序していう、
　　「晉の皇甫謐は『三都賦』に序を作り（『文選』巻45）、張載・劉逵は皆

- 110 -

気に入って愛読し、左思賦の訓詁を作った。自分は張載・劉逵二子の遺忘により、「略解」を作った」というと。

　衛権のこの言葉から証明するに、左思・衛権は同時期の人であるから、衛権(や左思)の言葉は嘘ではない。だが、劉孝標の『世説注』が、「三都賦序」や「三都賦注」は皆仮託であると疑うのは必ずしも穏当ではない。という姚範の見解に対し、高歩瀛は姚範の説は正しいという(高歩瀛『文選李注義疏』巻4、姚範の引く左思伝は『晋書』のそれと小異がある)。即ち高氏は姚範の説に従い、『左思別伝』を捨てる。そして『隋志』に従って張載・劉逵・衛権の3人及び綦母邃それぞれに「三都賦賦注三巻」があったというのである。

(え) 巻6「魏都賦一首、左太沖」の下で、ここの注は劉逵注ではなく、張載注であるということについて、高歩瀛はいう、

　　胡克家曰、茶陵本此下有劉淵林注四字、袁本無。案各本皆非也。當有張載注三字。何云、前注張載爲注魏都。陳云、賦末善曰張以懍先隴反云々、則知卷首本題張孟陽注、與前合。後來誤作劉淵林耳。所説是也。袁茶陵、賦中毎節注首劉曰、皆非。蓋合併六家時、已誤其題矣。
　　梁章鉅曰、三都賦序注云、張載爲注魏都、劉逵爲注呉蜀。今此賦後曠焉相顧句李注云、張以懍先隴反。今本並爲曠。又潘正叔詩注引張孟陽魏都賦注曰聽政殿左崇禮門、與今注合。皆足證此爲張注誤題劉淵林耳。
　　許巽行説同。許又曰、案霍光傳、師古引此賦指爲劉注。又西京賦設在蘭錡引劉逵魏都賦注云、受他兵曰蘭、受弩曰錡。今賦中無此注。(甲)張劉各自有注邪。所未詳矣。(乙)贈徐幹詩注劉淵林魏都賦注曰、文昌、正殿名也。亦誤劉。
　　歩瀛案、從諸家説、則此篇注當爲張孟陽撰、無疑。隋書經籍志總集稱、梁有張載及晉侍中劉逵、晉懷令衛權注左思三都賦三巻。而未析言之。(丙)漢書霍光傳顔注及本書西京賦李注、則張劉皆有魏都賦注也。(丁)贈

- 111 -

徐幹詩注劉淵林注、與此賦注合。疑張劉注語偶爾相同。贈徐幹詩與西京賦注皆引劉注、非必誤也。(高歩瀛『文選李注義疏』巻6)

　胡克家は何焯・陳景雲両氏の説に従って「當有張載注三字」と結論を下す。即ち、「魏都賦」は張載注であることをいう。
　梁章鉅も胡克家と同じ「三都賦序注」及び「潘正叔詩注引張孟陽魏都賦注」に拠って、張載注を劉淵林注と誤って題したことを証明するに足るといい、「魏都賦」は張載注であるという。

　許巽行の説(『文選筆記』巻2)も梁章鉅と同じである。許はまたいう、『漢書』霍光傳の顔師古注はこの「魏都賦」は劉逵注だとしている。また「西京賦」の「設在蘭錡」に引く劉逵「魏都賦注」に「受他兵曰蘭、受弩曰錡」というが、「魏都賦注」に「受他兵曰蘭、受弩曰錡」という注はない。すると、張載・劉逵それぞれに「魏都賦注」があったのだろうかと疑い、「未詳」だとする。胡刻本『文選』巻24、曹子建「贈徐幹詩」(集注本巻47)李善注に引く「劉淵林魏都賦注」に「文昌、正殿名也」という注も劉淵林に誤っている(胡克家『考異』巻4には記事なし)と。
　これら諸家の説に対して高歩瀛は、

1. 以上の諸家の説に従えば、この「魏都賦注」は張孟陽撰とすべきであることは疑いない。
2. 『隋志』總集に「梁有張載及晉侍中劉逵、晉懷令衞權注左思三都賦三卷」といって、張載は三都賦のどの賦に注をし、劉逵は三都賦のどの賦に注をし、衞權は三都賦のどの賦に注をしたとか分けて言っていない。
3. 『漢書』霍光傳顔注及び『文選』西京賦の李注からすると、張・劉ともに「魏都賦注」があったのである。
4. 『文選』「贈徐幹詩注」に引く(魏都賦)劉淵林注は、この「魏都賦」張載注と一致するのは、恐らく張・劉注の語がたまたま同じであったのである。それで、「贈徐幹詩」注と「西京賦」注とに劉逵「魏都賦注」を引

- 112 -

くのは必ずしも誤りではない。

というのである。

(お) 巻6、左思、魏都賦「肴醳順時、腠理則治」についていう、

　　梁曰、段校云、史記淮陰侯列伝裴駰注引劉逵注醳酒也。今注無。
　　步瀛案、此亦可爲本賦乃張注之證(高步瀛『文選李注義疏』巻6、この義疏を正文「恵風如薫、甘露如醴」の下に置くのは、配置の誤りである。「梁」は梁章鉅『文選旁証』の説)。

胡刻本巻6、左思、魏都賦「肴醳順時、腠理則治」の下の劉逵注には『史記』淮陰侯列伝裴駰注に引く「劉逵注醳酒也」というような記事はない。それ故に、胡刻本巻6、左思「魏都賦注」は、劉逵注ではなく、張載注であると分かるというのである。

　結局、高步瀛は『隋志』に従って張載・劉逵・衛權の三人及び綦毋邃それぞれに「三都賦賦注三巻」があったと主張し、上記の如く証拠立てたのである。即ち、高氏は、この(え)・(お)で張載が「魏都賦」に注したことを認め、(い)で『文選注』・『隋志』を根拠にして、張載「呉都賦注」があったことを主張し、(あ)・(え)で劉逵「魏都賦注」があったことを主張する。次に、(う)で姚範の説に従い、『左思別伝』を捨てる。更に上述したように、(あ)・(い)・(え)で『隋志』を取って、張載・劉逵・衛權の3人共に「左思三都賦注」があったと考えている。

　　高步瀛氏のこの説は一考に値する。筆者は次のように考える。
　上述したように、「蜀都賦」の「劉淵林注」下で、李善は臧栄緒『晋書』に拠って張載は「魏都賦」に、劉逵は蜀・呉の二都賦に注をした [(一)①を参照] と考えているから、李善注本(単注本・六臣本)では、すべてこのようでなければならない。従って李善の立場に立つ時、『文選』李善注に劉淵林

「魏都賦注」や張載「呉都賦注」を引いているのは誤りだとせねばならない。そこで高步瀛の挙げた例の内、（あ）で胡克家は、

> （李善）注劉逵魏都賦注曰、案此有誤也。呉都有蘭錡内設、魏都有附以蘭錡。今善於兩賦舊注中、皆不更見。此所引語、無以決其當爲劉逵呉都賦注曰、或當爲張載魏都賦注曰也。凡善各篇所留舊注、等非全文。
> （『文選考異』巻１）

といって「劉逵魏都賦注曰」の「魏都賦」を「呉都賦」に改めるべきか、「劉逵」を「張載」に改めるべきかのいずれにか決めようがないとし、梁章鉅（『文選旁證』巻２）はあっさりと後者の説を採っている。ところが具合悪く、高步瀛の指摘するように、これは唐写本（清、羅振玉『古籍叢残』所収）でも「劉逵魏都賦注」となっているし、「呉都賦」の「蘭錡内設」劉逵注にも、「魏都賦」の「附以蘭錡」張載注にも見えない（胡克家はこの点に気付いていて、この矛盾を解決するために、李善が引いた「呉都賦」・「魏都賦」いずれにせよ、その旧注は、いずれもその全文ではないというのである。

　こうしてみると、胡・梁の説はおかしく、高步瀛の説が正しいことになる。上述の如く、李善注には「劉逵魏都賦注」を引いてはならないのにここにあるのは、伝写されて行くうちに、誤って李善注内に「劉逵魏都賦注」が雑糅したものであって（例えば後人が書写したり、読んだりした際の参考のために記した〈覚え書き〉が正文中に竄入したりなどして）、李善注本来の姿ではない。従って、この注は李善注内から削除しなければならない。けれども李善注の立場を離れた場合、これもその有力な一証となるのであるが、『隋志』にいうように、劉逵には「魏都賦注」もあった*11と考えてよい故に高步瀛氏の説、許巽行の説（え）の甲。尤も許は断定していないが）は正しい。「左思三都賦注」について、問題が複雑になるのは、『文選』李善注の立場とそれを離れた『隋志』の立場とを混同するからである。

　（い）も本来なら李善注内に「張載呉都賦注」を引くはずはない。後に李善注内に誤入したのである。胡克家や朱珔の説は採らない。というのは、彼ら

- 114 -

Ⅰ．序論篇

は上記の(一)①に挙げたように、李善や陸善経の説に従った、即ち、劉逵は
「呉・蜀二都賦」に注し、張載は「魏都賦」に注したと考えるからである。
高氏の説も李善注の立場を離れてみる時、正しいと考えてよい。
(え)巻6「魏都賦一首、左太冲」の下で、ここの注は劉逵注ではなく、張載
注であるということについて、高歩瀛はいう、

　　　胡克家曰、茶陵本此下有劉淵林注四字、袁本無。案各本皆非也。當有
　　張載注三字。何云、前注張載爲注魏都。陳云、賦末善曰張以懹先隴反云
　　々、則知巻首本題張孟陽注、與前合。後來誤作劉淵林耳。所說是也。袁
　　茶陵、賦中毎節注首劉曰、皆非。蓋合併六家時、已誤其題矣。

　　　梁章鉅曰、三都賦序注云、張載爲注魏都、劉逵爲注呉蜀。今此賦後矅
　　焉爲相顧句李注云、張以懹先隴反。今本並爲矅。又潘正叔詩注引張孟陽魏
　　都賦注曰聽政殿左崇禮門、與今注合。皆足證此爲張注誤題劉淵林耳。

　　　許巽行說同。許又曰、案霍光傳、師古引此賦指爲劉注。又西京賦設在
　　蘭錡引劉逵魏都賦注云、受他兵曰蘭、受弩曰錡。今賦中無此注。(甲)張
　　劉各自有注邪。所未詳矣。(乙)贈徐幹詩注劉淵林魏都賦注曰、文昌、正
　　殿名也。亦誤劉。

　　　步瀛案、從諸家說、則此篇注當爲張孟陽撰、無疑。隋書經籍志總集稱、
　　梁有張載及晉侍中劉逵、晉懷令衞權注左思三都賦三卷。而未析言之。
　　(丙)漢書霍光傳顏注及本書西京賦李注、則張劉皆有魏都賦注也。(丁)贈
　　徐幹詩注劉淵林注、與此賦注合。疑張劉注語偶爾相同。贈徐幹詩與西京
　　賦注皆引劉注、非必誤也。(高步瀛『文選李注義疏』巻6)

　(え)の(丁)の高歩瀛説は誤っている。(西京賦の方は除く)。これは既に斯
波六郎が指摘している*12。胡刻本などは巻24曹子建「贈徐幹詩」の李善注
に「劉淵林魏都賦注曰、文昌、正殿名也」となっているが、集注本巻47では
「張孟陽魏都賦注曰……」となっており、巻六魏都賦「造文昌之廣殿」下の
張載注と一致するからである。従って、この点は許巽行の説(乙)『文選筆
記』巻二が正しい。また、高氏が(丙)のようにいう説は正しいと考えてよい。

- 115 -

実際には、李善の説と異なって、『隋志』の如く、張・劉共に「魏都賦注」があったのである。

　要するに李善は臧栄緒『晋書』により、「魏都賦」は張載注、「蜀・呉都賦」は劉逵注と考えているので、胡刻本のように李善注内に劉逵「呉都賦注」や張載「呉都賦注」を引くのは、伝写者による誤入だと考えられる。だが、実際には『隋志』にいうが如く、張載・劉逵共に「三都賦」全部に注したのである*13。そして、先に挙げた『音決』の例は、「張載注三都賦本」の字が『音決』の拠った『文選』本のそれと異なることを指摘したのである。張載注の正文の字だけ引用して、注の方は引用しないが、『音決』は音注であって、義注を施したり、諸家の義注を引用することはないので、これによって張載に「蜀都賦注」が存したと考えても差し支えあるまい。

　『隋志』に拠ったこの説の正しさを証明するために、以下筆者の調査し得た、古文献に引用する、張載・劉逵・衛権・綦毋邃の「三都賦注及序」の確実なもの、いわばそれらの輯逸を一覧表として掲げる。

〈凡例〉
　一．「集注本」とは『文選集注本』を指し、「文選」というのは『胡克家刻本を文選』指す。
　二．（　）内はこれら諸注の引用を指摘した文献であり、その略符号と書名・論文名とは次の通りである。

A 梁章鉅『文選旁証』、B 許巽行『文選筆記』、C 文廷式『補晋書芸文志』、D 黄逢元『補晋書芸文志』（以上、清）、E 高歩瀛『文選李注義疏』、F 駱鴻凱『文選学』（注*13参照）、G 周法高「呉都賦衛権注輯」*14、H 阮廷焯「劉逵魏都賦注輯」（注*11参照）、I 阮廷焯「綦毋邃三都賦注輯」*15

　三．表中の※印の注
　　1　胡刻本「劉淵林魏都賦注」の「劉淵林」は「張孟陽」の誤りであ

- 116 -

る。
2 　李善の引く劉逵注と陸善経の引くそれとでは、陸善経の方が簡略で脱字がある。
3 　顔師古注は「左思呉都賦劉逵注」とするが、「呉都賦」は「魏都賦」の誤りである。清、王先謙『漢書補注』に「錢大昭曰、呉都當作魏都。<u>注是張孟陽、非劉淵林</u>」というが、下線部については、高歩瀛の説、上記(え)の(丙)に従う。
4 　この二書は「三都賦略解序」として載せる。
5 　『鈔』に引く「呉都賦」衛権注は、周氏の挙げた十九条の外に、もう一条あるので掲げる。

　　　　鈔曰、衛氏曰、旭日、日初出也。言望之、蔭蔚如昏暮之曖曖、初晨之呼呼也（正文「旭日晻呼」下）。

　なお周氏の挙げた衛権注の第二条「鈔曰、衛子曰安甕牖之居而遺大夏崇構云々」に当たる正文として挙げた「蓋端委之所彰、高節之所興」下は「習其弊邑而不覿上邦者、未知英雄之所躔也」下と訂正が必要である。この他、更に一条、衛権注と見られるものが集注本巻9「呉都賦」にあるので挙げる。『鈔』の中に引かず、「劉逵曰」の後、「李善曰」の前に引いている。

　　　　衛瓘曰、雑甪幽鮃屏、精耀潜頴、言雖生於幽屏、然光潜頴也。（正文「雑插幽屏、精曜潜頴」下）

　集注本はもと「衛瓊」の如く作るが、「衛瓘」の形譌であろう。こ「瓘」は、実は「權」の誤りである。
6 　清、姚範『援鶉堂筆記』巻37に既にこのことを指摘していて、高歩瀛が引用したものである。
7 　五条引く。胡刻本では「劉淵林注」となっているが誤りである。阮

氏は次の１条を缺いているので、補うべきである。

正文「且夫玉卮無當、雖宝非用」綦母邃曰、卮一名觶、酒器也。當、底也。

表7

三都賦 及序 注家	巻4三都賦序	巻4蜀都賦	巻5呉都賦	巻6魏都賦
晋 張 載 字 孟 陽		1集注本巻8蜀都賦音決(H) 2後漢書巻48臧官伝李賢注(A・E・F)	1『文選』巻4張平子南都賦李善注(E・F)	1集注本巻47曹子建贈徐幹詩李善注(B・E・H)※1 2文選巻6(H) 3文選巻10潘安仁征西賦李善注(H) 4文選巻24潘正叔贈侍御史元既詩李善注(A) 5文選巻35潘元茂冊魏公正九錫文李善注(A・H)
晋 劉 逵 字 淵 林	1『晋書』巻92文苑左思伝 2清厳可均全晋文巻105に序文が見ゆ	1集注本巻8(文選巻4)※2 2集注本巻8蜀都賦陸善経注※2	1集注本巻9(文選巻5「被練鐋鐊」まで)	1文選巻2張平子西京賦李善注(E・H) 2史記巻92淮陰侯伝裴駰集解(A・E) 3漢書巻68霍光伝顔師古注(B・E) ※3
晋 衛 権 字 伯 輿	1『晋書』巻92文苑左思伝 2清厳可均全晋文巻105に序文が見ゆ		1集注本巻9呉都賦鈔(G)※5 2後漢書巻26百官志三劉昭注(E)※6 3唐杜祐通典巻21職官三(C) 4宋黄朝英緗素雑	

- 118 -

			記(F)	
晋 摯 母 邃	1集注本巻8三都賦序(G・I)※7	1太平御覧巻928 (C・D・I)		1稽瑞

　この表から分かるように、張載・劉逵共に「左思三都賦注」があったことは確かであり、この点『隋志』の説は正しい。それ故、李善注に引く臧栄緒『晋書』①、陸善経注に引く臧栄緒『晋書』②、『晋書』③の説に従うことはできない。

　ただ衛権については、『隋志』や『晋書』左思伝に引く衛権の「三都賦略解序」を見ると、彼は「三都賦」全部に注したように思われるが*16、上表から窺われるように、「呉都賦注」しかないようである。『三国志』魏書巻22衛臻伝の裴松之注にも

　　　権作左思呉都賦敍及注。敍粗有文辞。至於爲注、了無所發明。直爲塵穢紙墨、不合傳寫也。

とこきおろしている(厳可均『全晋文』巻105衛権「左思三都賦略解序注」、巻146「左思別伝注」、同氏『鉄橋漫稿』巻8に既にこの文を引く)から、『隋志』とは異なり、彼は「呉都賦叙及注」だけであったと考えたい。今一度上表に戻ると、衛権は「呉都賦注」(及び「「三都賦序」)しか残らず、集注本巻8「蜀都賦」には衛権の注は全く引用されていない。そこで周法高が『隋志』を捨て、『魏志』裴注を採る*17のも首肯できるのである。

　要するに衛権についても『隋志』の説を採りたいが、いかんせん、上に述べる所より、衛権は「呉都賦」の序と注だけであるという『魏志』裴注に従わざるを得ないのである*18。

　また、摯母邃注については、集注本巻8「三都賦序」下の陸善経注に「舊有摯母邃注」といい、実際上表に示したように、集注本では「三都賦序」に

五条引用されている。「三都賦」の正文の箇所には、1条も綦毋邃注を引かないが、阮廷焯に依ると、「蜀・魏二都賦」に注があったと分かる。ただ「呉都賦注」は見えないけれども、『隋志』に従って、綦毋邃も「三都賦」全部に注をしたという説を採りたい。

Ⅰ.3.10.2.3　説(二)の検討

以上述べた所から、(二)の④綦毋邃注序本や『左思集』にいう説、即ち張載が「蜀都賦」に注し、劉逵が「呉・魏二都賦」に注したとする説は採らない。ただ、これによって南斉、臧栄緒の頃から既に「三都賦注」の撰者について混乱があり、唐代でもこのようであったことが窺われる。

Ⅰ.3.10.2.4　説(四)の検討

以上述べた所から、左思「三都賦」諸家注に関する4説の最後、(四)「三都賦注」は当時の著名人士に仮託した左思の自注であるという説、即ち『左思別伝』⑥や楊慎の指摘する『晋陽秋』⑦の説は、誤りであることが分かる。これは既に厳可均が『全晋文』巻146「左思別伝注」で論断している。

　　可均案、別傳失實、晉書所棄、其可節取者僅耳(以上、イ)。……至謂賈謐舉爲秘書郎、謐誅歸郷里、又謂摯仲治宿儒知名、非思倫匹。劉淵林衞伯輿並蚤終、皆不爲思賦序注。凡諸注解、皆思自爲。則別傳殊失實矣(以上、ロ)……皇甫高名、一經品題、聲價十倍。摯虞雖宿儒、與思同在賈謐二十四友中、要是倫匹。劉逵元康中尚書郎、累遷至侍中、衞權衞貴妃兄子、元康初、尚書郎。兩人雖蚤終、何不可爲思賦序注。況劉衞後進、名出皇甫下遠甚、何必假其名姓。今皇甫序劉注在文選、劉序衞序在晉書、皆非苟作。魏志衞臻傳注云、權作左思呉都賦序及注。序粗有文辭。至于爲注、了無所發明。直爲塵穢紙墨、不合傳寫。如裴此說、權貴游好名、序不嫌空疏、而躓于爲注。使思自爲、何至塵穢紙墨。別傳道聽塗說、無

- 120 -

足爲憑。晉書彙十八家舊書、兼取小説、獨棄別傳不采、斯史識也(以上、ハ)

(イ)で『左思別伝』は史実を失っており、『晋書』には採用されず、採るべき点は少ないと先ずいう。(ロ)で劉淵林や衞伯輿は夭死したので、左思賦の序や注は作ることができなかった。すべての注解は左思の自作だという『左思別伝』の説は、とりわけ史実を逸脱しているという。その根拠として(ハ)でいう。劉・衞の二人は夭死したとしても(劉は元康(291〜299)中には尚書郎、更には侍中になっており、衞は元康の初年に尚書郎になっているので)「三都賦」(厳氏は太康(280〜289)の初年に完成したに違いないという)に注したり、序文を書いたりできないことはない。まして、劉・衞は左思より後進の者で、「三都賦序」を作った皇甫謐より名が落ちること甚だしく、左思が何も彼ら両人の姓名をわざわざ借りてまでして、自分の作品を権威づける必要はない。今残る皇甫謐の序(『文選』巻45)・劉注(『文選』巻4・5)・劉序(『晋書』巻92文苑左思伝)・衞序(『晋書』巻92文苑左思伝)を見るに、かりそめの、よい加減な作品ではなく、真剣な精魂込めた作品である。そしてまた『魏志』裴注に依ると、衞權「呉都賦序」はまずまずの出来であったが、注は駄作で、ただ紙墨を汚すに過ぎず、伝写すべきではないというから、『左思別伝』の如く左思の自注であれば、このようになるはずはない。『左思別伝』は根拠のないでたらめであり、依拠するに足らない。『晋書』は十八家の旧注を輯め、併せて小説をも採用したが、この『左思別伝』のみ採らなかったのは史識だと『晋書』を褒め、『左思別伝』を厳しく非難しているのである(以上の厳氏の説は、清、呉士鑑・劉承幹『晋書斠注』、民国、盧弼『三国志』も採用している)。『鉄橋漫稿』巻8「書左思別伝後」にいう所もこれとほぼ同じである。なお、上文の三(う)に引用された姚範『援鶉堂筆記』も「左思別伝」を駁している。

これによって、『左思別伝』⑥や『晋陽秋』⑦の説は否定されたのである*19。

Ⅰ.3.10.3　左思「三都賦」諸家注についての結論

　以上より、晋、張載・劉逵・綦毋邃は共に『隋志』にいうが如く、左思「三都賦」全部(「序」については、綦毋邃注しか残らない。張・劉も恐らく注したのであろうが、佚している)に注し、同じく晋、衛權は『魏志』裴注にいうが如く、「呉都賦」のみに注したと結論する。

(注)

*1　「衛權」の「權」もと「瓘」に誤る。『晋書』巻92文苑左思伝も「瓘」に誤る。衛權と衛瓘とは別人である。これは清、厳可均『全晋文』(巻30衛瓘注、巻105衛權「左思三都賦略解序注」)以来、各家が説く。周法高の論文(凡例　二のG)もこの点について明快に述べる。

*2　『晋書』もと「秘書郎」に作るが、清、呉士鑑・劉承幹『晋書斠注』巻92や民国、高步瀛『文選李注義疏』巻4の説に従った。

*3　「衛權」の「權」もと「瓘」に誤る。注*1参照。

*4　それでは「三都賦序」は誰氏の注であるかというと、集注本の「三都賦序」の下の陸善経注に「舊有綦毋邃注」というように綦毋邃の注であり、集注本では更に李善注・鈔・音決・五臣注・陸善経注を引用する(胡刻本では綦毋邃注以外には李善注のみである)。

*5　「綦毋邃序注本」は恐らく「三都賦」(「序」も含む)に自身の序を作り、注を付けた綦毋邃のテキスト(『隋志』に「綦毋邃注三都賦三巻」を録する)をいうのであろう。集注本巻8「三都賦序」下で陸善経は「舊有綦毋邃注」といい、序には綦毋邃注が5条引かれているが、集注本「蜀・呉都賦」中には1条も引かれていない(集注本「魏都賦」は佚)。そこで、この「綦毋邃序注本」とは、「三都賦序」のみに注した綦毋邃のテキストと考えるのはどうであろうか。本文に述べた如く考えて、この説は採らない。「集」は、『隋志』に「晋齊王府記室左思集二巻、梁有五巻、録一巻」という左思の別集のことであろう。(『両唐志』は「左思集五巻」を録する。上海図書館編『中国叢書綜録』(中華書局，1961)に依ると、「左太冲集一巻」が『漢魏六朝名家集初刻』に収められているというが、未見)。この両テキストの「蜀都賦」

Ⅰ．序論篇

下に注記していたのを「題」といったのであろう。

*6 清、湯球『晋書輯本』所収の清、孫盛『晋陽秋』は、明、楊慎『丹鉛総録』巻10に引くものに拠っている。この『丹鉛総録』に引く『晋陽秋』は、同じく梁、劉孝標撰、楊慎録『世説旧注』に輯めた『左思別伝』と殆ど同一である。

*7 胡刻本巻5の

　　　左太冲呉都賦一首　　　劉淵林注
　　　呉都賦

とある、その胡克家『考異』に「巻五〇呉都賦」を見出し語として

袁本・茶陵本、此下有左太冲劉淵林注七字、是也。尤脱左太冲三字、劉淵林注四字倒錯入上行、非。

という。巻5「呉都賦」は劉淵林注であるのが正しいことを指摘している。

*8 胡刻本は正文「矐」字に作り、その張載注には「矐、懼也。左傳曰、駟氏矐懼」といい、李善のいう所（「懢」字）と一致しない（尤も李善は「張以懢先壠反」にすぐ続けて「今本並爲矐、大視。呼縛反」といい、今本は「懢」を「矐」に作ることを指摘する）ので、胡克家は『文選考異』巻1で、

陳云、矐當作懢、注同。案所説是也。袁本茶陵本云、善作懢、載注春秋傳曰、駟氏　懢。各本作駟氏懢懼、甚誤。説文心部、懢下引左氏駟氏懢、集韻二腫、載懢懢悚三形。懢字即ери本此、可爲證也。尤以五臣亂善、非。又二本載注云々、亦誤與此同、於其校語不相應、甚非。不更出。

といって、正文・張載注の「矐」字を「懢」字に訂正する。その他、清、梁章鉅『文選旁証』巻9、清、朱珔『文選集釋』巻8を参照。

*9 集注本巻九「呉都賦」下の陸善経注に「劉逵舊注今所存者、損益亦多也」というのを見ると、胡克家の傍点部の説もあながち否定できない。また、民国、駱鴻凱『文選学』（1968、台湾中華書局覆印，もと1937）p.57−58にも、李善が旧注を刪略している例を挙げる。

*10 劉注、胡刻本では高氏のいう通りであるが、四部叢刊本・袁本は「狿音亭」の注もない（集注本はこの部分が残らない）。胡克家『文選考異』巻1には「猰似猿奴刀切狿音亭、袁本茶陵本無此九字。二本刪音也。似猿二字尤増」という。袁本・茶陵本には「猰似猿奴刀切狿音亭」の9字がなく、2本はこの音注を刪っているという。

- 123 -

*11 阮廷焯「劉逵魏都賦注輯」(「大陸雑誌」第29巻第1期、1964、台北)は『文選』李善注に引く「劉逵魏都賦注」四条を輯めている。また注*12の斯波論文p.96参照。

*12 斯波六郎『文選諸本の研究』(同氏編集『文選索引』巻1、京都大学人文科学研究所発行，昭和32年)の「旧鈔文選集注残巻」p.96参照。

*13 駱鴻凱『文選学』p.59、阮廷焯の論文(注*11)参照。

*14 周法高「呉都賦衛権注輯」(「大陸雑誌」第13巻第12期、1956、台北)。

*15 阮廷焯「綦毋邃三都賦注輯」(「大陸雑誌」第33巻第4期、1966、台北)。

*16 「呉都賦」のみに注して、他の二都賦に注しなかったのは、何か中途半端ではある。姚範は『援鶉堂筆記』巻37で『晋書』左思伝には衛権が「左思賦略解」を作り、序を載せていることから見て、「似三都並有序解、不止呉都也」といっている。なお、下注*18を参照。

*17 周氏は注*14(凡例二のG)の論文でいう、

> 上所徴引、只及呉都賦、而蜀都賦不及焉。知三國裴注所云、權作左思呉都賦敘及注、爲信而有徴矣。隋志所言、未足憑也。

と。「隋志所言、未足憑也」というのは、『隋書』巻35経籍志にいう「晉懷令衛權注左思三都賦三巻」を指すのであって、「張載及晉侍中劉逵注左思三都賦三巻」を指すのではないと解する。周氏は当面、張・劉二注は論外に置いているのである。

*18 或いは『隋志』や『晋書』左思伝の「三都賦略解序」から見て、「三都賦」全部に注したが、『魏志』裴注にいうが如く、「序」だけはまずまずの出来映えであったので残り、「注」は駄作であったから、偶然「呉都賦注」を残して、他は亡佚したと考えられるかもしれない。なお、上注*16を参照。

*19 『左思別伝』は張載注に言及しないが、恐らく張載は注しなかったと考えているのであろう。『晋陽秋』も同じ。

I.4 『文選音決』の撰者

さて、以上に長々と説明してきたような諸注をもつ『音決』の撰者について、以下考察する。それは、それがいつ頃のどの地方の、どういう階層の人の語音、或いは字音を反映するかということに関わるからである。そして、

I．序論篇

その結果として、この『音決』が唐代音韻史に重要な資料を提供することが理解されるのである。

I．4．1　撰者についての従来の説

『文選音決』の撰者については、同じく集注本に引く『文選鈔』(以下『鈔』と略称する)とのそれに関連して従来２説が存する。一つは、『音決』・『鈔』共に唐の公孫羅の撰になるという説で、狩野直喜*1・石浜純太郎*2・神田喜一郎*3・駱鴻凱*4・王重民*5・周祖謨*6等が主張する。他の一つは『音決』の撰者は不明とする説で、斯波六郎*7が主張する(『鈔』が唐の公孫羅の撰であるのならば、『音決』は公孫羅以外の誰氏の手になり、『音決』が公孫羅の撰になるのであれば、鈔は公孫羅以外の誰氏の手になるという説である)。狩野以下六氏は、藤原佐世『日本国見在書目録』に「文選音決十巻、公孫羅撰」とあるのを、『旧唐書』経籍志の「文選音十巻、公孫羅撰」、『新唐書』芸文志の「公孫羅文選音義十巻」とし、直ちに集注本の『文選音決』と結び付けたものであるが、斯波は次の３点を挙げて公孫羅の説に反対し、撰人の氏名を知らないという。

(一)『鈔』と『音決』が、唐、公孫羅という同一人の手になるのであるならば、何故二書採る所の『文選』の正文の文字が異なるのか。
(二)『鈔』と『音決』との篇章が何故食い違うのか。
(三)『鈔』注に「羅云……」といい、「察案……」ということからみると、『鈔』の撰者は公孫羅以外にまた一人いると思われる。

狩野以下６氏は外証にのみ頼って短絡しており、少なくとも斯波ほどには内証把握を怠っている、つまり『鈔』や『文選音決』を仔細に見ていないのではないかと思う。この問題はなかなか結論を下しかねるが、先ず『鈔』・『文選音決』に関する芸文志や書目の記載を下に一覧表として掲げよう。

表8

撰者＼芸文志	日本国見在書目録	隋書経籍志	旧唐書経籍志	新唐書芸文志
隋　蕭該		文選音3巻	文選音10巻	文選音10巻
隋　曹憲 唐	文選音義13巻			文選音義巻亡
唐　許淹				文選音10巻
唐　釈道淹*8	文選音義10巻		文選音義10巻	文選音義10巻
唐　李善	文選注60巻 文選音義10巻		文選注60巻	文選注60巻
唐　公孫羅	文選鈔69巻 文選音決10巻		文選注60巻 文選音10巻	文選注60巻 文選音義10巻
無名氏	文選鈔30巻			

表9

撰　者	正史本伝	撰者出身地
蕭該	『北史』巻82儒林伝 『隋書』巻75儒林伝	蘭陵
曹憲	『旧唐書』巻189上儒学伝上 『新唐書』巻198　儒学伝上	揚州江都
許淹*8	『旧唐書』巻189上儒学伝上 『新唐書』巻198　儒学伝上	潤州句容
道淹*8		
李善	『旧唐書』巻189上儒学伝上 　　　　　巻190中文苑伝中 『新唐書』巻202　文芸伝中	揚州江都 江夏
公孫羅	『旧唐書』巻189上儒学伝上	揚州江都

| | 『新唐書』巻198　儒学伝上 | |
| 無名氏 | | |

　この表で注目すべきは、『日本国見在書目録』に「文選音決十巻、公孫羅撰」となっていることと、公孫羅以外に無名氏の「文選鈔三十巻」が著録されていることである。それでは、『鈔』・『音決』の撰者といわれる唐、公孫羅は一体どのような人物であったのか。
　『旧唐書』巻189上儒学伝上には、

　　公孫羅、江都人也。歴沛王府参軍、無錫縣丞、撰文選音義十巻、行於代。

といい、『新唐書』巻198儒学伝上には、

　　(公孫)羅、官沛王府参軍事、無錫丞。

という。公孫羅は江都(江蘇省江都)の人で、沛王府参軍(事)や無錫県丞を歴任し(沛王府や無錫県はいずれも江蘇省)、その著『文選音義』は世に行われたというのである。『旧唐書』巻189上儒学伝上の曹憲伝には、

　　曹憲、揚州江都人也。……所撰文選音義、甚爲當時所重。初江淮間、爲文選學者、本之於憲。又有許淹、李善、公孫羅、復相継以文選教授。由是其學大興於代。

といい、『新唐書』巻198儒学伝上曹憲伝には、

　　曹憲、揚州江都人。……憲始以梁昭明太子文選授諸生、而同郡魏模、公孫羅、江夏李善、相継傳授。於是其學大興。

- 127 -

という。これに依ると(『旧唐書』巻190中文苑伝中の李邕傳も参照)、唐初、揚州江都に於いて公孫羅は 許淹・李善・魏模などと共に曹憲を師として『文選』を学び、更に学生にも教授し、この学問がなかなか盛んであったことが窺われる。そして、

(1) 公孫羅は曹憲を師として『文選』を学んでおり、曹憲は隋から唐初にかけて105歳と長生きし、唐、太宗の貞観中(627〜649)弘文館学士に召されたが、老齢ということで仕えなかったし、太宗が読書の際に出くわした奇難の文字につき、使者を派遣して曹憲に教えを請い、太宗はその学識に感服したという(『両唐書』儒学伝上)。
(2) 公孫羅と同じく曹憲に学んだ李善は、載初元年(689)に死去しており(『旧唐書』儒学伝上)、その子李邕は天宝五年(746)に七十余歳で刑殺されている(『旧唐書』巻百九十中文苑伝中)から、李邕は咸亨・上元(670〜676)頃生まれたことになる。
(3) また公孫羅と同じ出身地の魏模も曹憲から文選を学び、則天武后(624〜705、実権を握ったのは684年以降)の時左拾遺となっている(『新唐書』巻百九十八儒学伝上曹憲伝)。

この3点より、公孫羅が曹憲に学んだのは唐初、貞観の頃であり、李善(唐初〜689)*9と同じ頃活躍していた、即ち彼は当初7世紀(およそ620〜700頃までの間)に生存していたと思われる。

I.4.2 公孫羅説の手がかり

『隋志』・『両唐志』や『日本国見在書目録』といった外証に依るばかりでなく、『文選音決』そのものを検討して、内証に依る撰者推定の手がかりを見出す必要がある。そこで、この手がかりを幾つかあげてみよう。

(1) 諸家音……これは先人の音注を引いたもの。その必要なものを掲げ

る。（　）内は延べ数である。なお、詳細は上文「Ⅰ．3．2　諸家音」を参照のこと。

　　　蕭(23)、曹(11)、許または淹(3)、李(2)

「蕭」は隋の蕭該、「曹」は隋～唐の曹憲、「許または淹」は唐の許淹、「李」は唐の李善*10を指すと考えられる。従って、『文選音決』の撰者は少なくとも曹憲・許淹・李善らと同時か以降の人であろと思われる。また、この中には許淹・李善と同じく曹憲の弟子として『文選』を修めた「公孫羅」の名は見えていない。

（2）『漢書』顔師古本についての注記

　　　　正文「且夫賢君之踐位也、豈特委瑣喔齪、拘文牽俗、脩誦習傳、當世取説云尒哉」

　　　　音決「顔脩為循、音巡」（88・58　司馬相如、難蜀父老）

これは顔師古本『漢書』（『漢書注』）は「循」に作ることを指摘する。実際、中華書局本の『漢書』巻57下司馬相如伝下は、『文選』の「脩」を「循」に作り、顔師古は「言非直因循自誦、習所傳聞、取美悦於當時而已」と注するから、「循」に作っていたと分かる。即ち音決は「顔師古本『漢書』は脩を循に作っている」ことを指摘したのであり、音決の撰者は既に顔師古本『漢書』（注は貞観15年641になる）を参照しているのである。なお、「Ⅰ．3．6　古典引用　［9］唐、顔師古『漢書注』」を参照。

（3）避諱・・・唐、太宗(李世民)の諱「世」を避ける。
［1］綢、案魯達［毛］詩［音］、直留反。（9・32）
［2］魯達毛［詩］音、仇音求。（68・34オ）
［3］泯、避諱、亡巾反。又泯之去声。他皆放此。（56・38）

　　［1］・［2］の「魯達」は『隋書』に「毛詩并注音八巻」・「毛詩章句疏四十巻」（巻32経籍志、巻75儒林伝は四十二巻という。これは序文や目録を2巻分含めたものであろう）を著したという、隋の

- 129 -

「魯世達」のことであり、唐、太宗、李世民の諱「世」を避けたものである*11(ここでは前書からの引用であろう。『音決』に引くのは［　］内の字が欠落している)。また、周祖謨が指摘するように六朝から唐頃の人物は2字の名を1字に略して表記することがあったともいう(周祖謨注*11の論文を参照)。すると、この「魯達」も名の1字「世」を省略したとも考えられる。［3］は泯を「亡巾反」に読むことにより、太宗の諱「世民」の「民」を避けたものである*12。

この(1)～(3)より、『文選音決』の撰者は、曹憲・許淹・李善以外の人物であって、唐、顔師古の『漢書注』完成(641)、太宗在位(627～649)以降に『文選音決』を撰述したと考えられる。

次に集注本は正文を李善本に拠って出し*13、それから諸注を李善・鈔・音決・五家・陸善経の順に並べており、これは著作年代の先後に従っていると考えられる。『鈔』・『音決』は李善注(顕慶3年9月上る)と五家注(開元6年上る)との間にあるから、顕慶3年(658)から開元6年(718)の間に撰述されたと考えられる*14。これは上述の、唐、顔師古の『漢書注』完成、太宗以後というよりもさらに年代を限定する。上文「Ⅰ.3.2　諸家音　8.魯達」を参照のこと。

以上要するに、

(一)「音決」という書名が『日本国現在書目』に「公孫羅撰」として見えること。
(二)『音決』には、曹憲・許淹・李善の音を引くが、公孫羅の音は一度も引いていないこと。
(三)顔師古本『漢書』を引くこと。
(四)唐、太宗、李世民の避諱例があること。
(五)集注本の諸注排列の順序。
(六)『両唐書』の記載に依ると、唐初、揚州江都を中心に曹憲を祖として、文選学が盛んになったということ。

Ⅰ．序論篇

　この六点から、『文選音決』もその文選学者集団の中から生まれた産物であろうと考えられる。そして、いずれ「本論篇」でその詳細を述べることになるが、結果より見て『音決』の音韻体系は、『玉篇』や『経典釈文』の反映する(六朝末期の)南方音(長江下流の地の方言音)と同じ特徴を示していることが、これを裏付けるのである。これら諸点を満たす者として、上述の狩野以下六氏が説くように、唐、公孫羅をあげて異議はない。しかし、これは飽くまでも『音決』のみを見る限りにおいてであって、斯波六郎が指摘するが如く、『鈔』と『音決』との関係を考慮するや、忽ち問題が生ずるのである。

Ⅰ.4.3　『音決』の文字の相違を指摘する体例

　そこで、以下斯波説について見てゆくことにするが、その前に先ず『文選』の文字の相違を指摘する『音決』の体例について説明しておく。これには、以下の(甲)～(戊)の5種がある。

- (甲)「Ａ○○反、或為Ｂ(字)、同」(他に「為」が「作」になっていたり、反切が直音である例もあるが、要するに「同」じである例。以下もこれに倣う)
- (乙)「Ａ○○反、或為Ｂ(字)、通」
- (丙)「Ａ○○反、或為Ｂ(字)、非」
- (丁)「○Ａ反、或Ｂ反、通」
- (戊)「○Ａ反、或Ｂ反、非」

これを以下逐次説明し、その内(甲)～(丙)の例については表示する。

　　(甲)「Ａ○○反、或為Ｂ(字)、同」……「音決本」のＡ字をＢ字に作るテキストもあり、そのＢ字でも音義同じであることをいう。つまり

- 131 -

異体字である。例えば、
  「蟻魚綺反、或作螘、同」（66・7オ）
  「蟬市展反、或作蟮、同」（68・38）
  「蝣音遊、或為蟱、同」（93・16オ）
など、全部で39個の例がある（下に掲げる表10の例37は「同」字がない）。

（乙）「A○○反、或為B（字）、通」……「音決本」のA字をB字に作るテキストもあり、そのB字でも正文の意味として通じることをいう。例えば、
  「歙以朱反、或為謠、通」（66・26）
  「鞏音拱、或為濟、通」（113下・18）
  「分扶間反、或為介、通」（116・28オ）
など、全部で17個の例がある。

（丙）「A○○反、或為B、非」……「音決本」のA字をB字に作るテキストもあり、そのB字は正文の字としては正しくないことをいう。
例えば、「琦音奇、或為奇、非也」（66・15）
  「洗先礼反、或為滌、非」（68・47）
  「詼苦回反、或為談、非」（94上・3オ）
など、全部で29個の例がある。

この外、文字の相違ではなく、ある字の他の読音について判断を下す例がある。

（丁）「○A反、或B反、通」……Aの反切音をBの反切音に読む説もあり、その音に読んでもよろしいというのである（本来ならAに読むべきだが、Bに読んでも差し支えなく、意味も変わらない）。「通」字のない例もあるが、その場合も『音決』の撰者は、それを一音として認めている（必ずしも解釈が異なるのではない）と考えられる。例えば、

- 132 -

「繆莫侯反、或亡尤反、通也」（9・32）

「誗楚交反、又爲士交、亡小二反」（9・58オ）

など、全部で4個の例がある。

(戊)「〇A反、或B反、非」……Aの反切音をBの反切音に読む説もある(解釈が異なることが多い)が、その音に読むのは正しくないことをいう。例えば、

「王于方反、或于放反、非」（8・6）

「弇音奄、或古含反、非」（73上・14オ）

など、全部で10個の例がある。

以上のうち、(甲)～(丙)の例を煩を厭わず抜き出して表示すると、次のようになる。先ずこの表の凡例を示しておく。

1. 「五」は「五家(五臣)注」、「陸」は「陸善経注」のことである。
2. 〇はその文字が正文のそれと同じである。
3. 『鈔』の欄につけた△は、『音決』で「A或為B、同(通、非)」という時、『鈔』がB字に作るものである。
4. □はその字が缺落しているものである(□内の字は推定した)。
5. ？は完全にはその字だと断定し得ないものである。
6. ×は集注本の正文や李善注・鈔などの諸注から見ると字の異同があるので、「今案」があるべきであるのにないという「失校」の例である。
7. 表12(丙)例24についてここで特に説明しておく。

音決「毅魚既反、或囲為殺所囲界反、非」（□内もと缺。今このように推定した）。

『広韻』去声怪韻鍛紐「所拜切」下に「殺、殺害。又疾也。猛也。亦降殺。周禮注云、殺、衰小之也。又所八切。䄹、上同。又見周禮」といい、『集韻』去声怪韻鍛紐「所介切」下に「殺・䄹・煞、疾也。削也。或作䄹煞」という。従って、殺・煞は異体字であるの

- 133 -

で、『鈔』の欄に△印を付けた。なお『鈔』は「繫辞云、古代之聰明叡智、神武而不煞者夫。韓康伯云、伏萬物以威刑也。王云、不煞、不衰煞也。謝云、其始終若一也。今言我齊法令含弘而情、始終如一、不有衰煞也」という。

表10 （甲）「A〇〇反、或為B（字）、同」

番号	巻数	正文	音決A	鈔	五	陸	今	その他
1	8・3	於辞則易為薬飾	敡 ○				×	
2	17オ	百薬蕫藻	槇 ○				×	
3	19	戸有橘柚之園	櫾 ○				×	
4	9・4オ	鳥笙篆素	册 ○	箓	箓		×	
5	10オ	輕悅躧於千乗	○ 䟨	○				
6	31オ	綿朽枕櫨	○ 椿					
7	62	則珠服玉饌	璅 ○		○		×	
8	67	儋耳黒齒之會	聸 ○	○△			×	
9	47・4オ	忼既有悲心	○ 慷					
10	56・7	馬毛縮如蝟	○ 彙		○			
11	62・30	瑩清無鈴滓	鎣 ○	○△	○		×	
12	63・5オ	夕濫洲之宿莽	○ 攬				×	
13	12オ	各興心而姤妬	妒 ○			○	×	
14	66・7オ	赤蟻若象	○ 螘					
15	7オ	玄蠭若壺些	○ 蜂					
16	7	蔾菅是食些	薋 ○			薋	×	
17	9オ	往来先〃些	莘 ○		○		×	
18	9	縣人以娭	○ 嬉				×	
19	10オ	敦脄血拇	○ 胇			○		
20	68・3オ	躭虛好靜	媅 ○	○				
21	10オ	芳菰精神	苽 ○	○△	○		×	
22	13	紫蘭丹桂	○ 椒	○	椒		×	
23	26	骨不隱拳	撐 ○	○△		○	×	
24	38	蜿蟺軋霍	○ 蟺					
25	39	為歡未渫	泄 ○	泄△	洩		×	
26	42	雄袞之徒	傑 ○				×	
27	73下・21	隔閡之異	礙 ○		○		×	
28	79・48オ	廣求異妓	○ 技	伎			×	
29	56	謹騷懷瓩	媿 ○	○△	○		×	
30	85下・38	仰陸遊鳳之林	癊 ○				×	
31	88・57オ	澌七澹灾	○ 灑		○※	灑	×	※原誤作漸

- 134 -

Ⅰ．序論篇

32	93・16才	蜉蝣出以陰	○ 蝤	○	○		
33	65才	披榛来迫	○ 曁	○			
34	94上・31	論時則民方塗炭	○ 荼		○		
35	94下・33才	詵々衆賢	○ 莘		○		
36	98・143	淳燿之列	○ 醇		○	○	
37	102上・1才	夫蠶虫終日經營	□ ○				夫字拠胡刻本補
38	7才	寡見尟聞	○ 鮮		鮮	×	
39	102下・23才	鄙人黦淺	○ □				

表11 （乙）「Ａ○○反、或為Ｂ（字）、通」

番	巻数	正　文	音決ＡＢ	鈔	五	陸	今案	その他
1	8・3才	匪窨于茲	適 ○				×	
2	21才	樱栗嶧發	榛 ○		○	榛	×	
3	28	黄甲比筒	箘 ○	○△	○		×	劉逵注作甬
4	9・28	貢縁山嶽之囯	○ 節		○		○	
5	32才	插棐鱗接	堸 ○	○△	○		×	李注鈔㷍作㷍
6	56・25	五圖發金記	櫃 ○				×	
7	59上・12	瞬目矐曾穹	○ 瞵※	○				※原誤作瞬
8	66・26	吳歙蔡謳	○ 謡					
9	68・9才	演聲色之妖靡	妖 ○		○	妖		今案陸善経本妖靡為妖麗
10	22	忽躡景而輕騖	欻 ○			忽?	×	
11	33才	弄珠蟀	蚌 ○	○ △	○		×	
12	79・41	能宣昭懿德	令 ○	○△			×	
13	44才	弟子拑口	鉗 ○				×	
14	85上・7	千變百妓	技 ○		○		×	
15	93・67才	胗尒輝章	○ 祚	祚△	祚		×	
16	94上・8才	謿西豪桀	嘲 ○	○△	○?		×	鈔音決五家注謿作嘲、鈔云啁咲也、或為嘲、嘲亦咲也
17	113下・18	屯逼鞏洛	○ 濟		○			
18	116・28才	既乘道辝梁之介	分 ○		○		×	

表12 （丙）「Ａ○○反、或為Ｂ（字）、非」

番号	巻数	正　文	音決ＡＢ	鈔	五	陸	今案	その他

1	8・4オ	而論者莫不誣訐其研精	許 ○	○△	○	○	×	
2	7オ	請為左右揚榷而陳之	○○佐佑		○○			
3	23	中流相忘	望 ○	○△	○		×	
4	26オ	庭扣鍾磬	○ 叩					
5	29	劇歟戯論	○ 撮					
6	33	躓五屼之蹇産	峨 ○				×	
7	9・22	洲渚覃隆	凭 ○	○ △	○		×	
8	41	雜揷幽屛	属 ○	○△	○		×	衛権注鈔作罔
9	46	霸王之所根抵	○ 蔕					
10	56・4	空負百年怨	○ 冤					
11	25	風飡委松宿	○ 栢					
12	62・33	動復歸有静	植 ○	植	○		×	
13	66・15	結苟萁些	○ 奇		○			
14	19	文緣被些	○ 緑※		緑※	×	×	※原誤作縁
15	68・12	寒芳苓之巣龜	○ 拏	拏△		宰	×	今案陸善經本寒作幸
16	24	擧挂輕罾	繒 ○	○△			×	鈔云罾字或作為礄
17	37オ	戴金揺之熠耀	○ 瑤	○		華		今案陸善経本揺為華、又參照鈔
18	47	河濱無先耳之士	○ 洗					
19	73下・4オ	此徒圈牢之養物	豢 ○	○△	○		×	
20	79・54オ	拊鍾無聲	制 ○				×	
21	85下・22	羽檄蜀日	校 ○	校	校		×	
22	88・23オ	則將軍蘓游	○ 術					李注云檄或為校也
23	56オ	非常之先	元 ○	元	原		×	今案五家本先為原
24	91下・6オ	法合弘而不殺	毅 殺	煞△	○	○	×	正文法字拠胡刻本補
25	93・46オ	電擊雷東	○ 攘			○		

I．4．4 斯波説の検討

ここで以下のよう分けて、斯波説について見てゆくことにする。

（一）『鈔』と『音決』が、唐、公孫羅という同一人の手になるのであるならば、何故二書採る所の『文選』の正文の文字が異なるのか。
（1）『音決』に「A○○反、或為B（字）、通」、「A○○反、或為B（字）、

非」といって、『音決』がＡ字であり、『鈔』がＢ字なる例。

上述の『音決』の五体例の内、

　　（乙）「Ａ○○反、或為Ｂ（字）、通」
　　（丙）「Ａ○○反、或為Ｂ（字）、非」

がこれである。

（２）集注本の編者の案語「今案」に指摘するように、『鈔』はＡ字に作るが、『音決』はＢ字に作る例。
（３）その他の例（斯波は挙げない）。

（二）『鈔』と『音決』との篇章が何故食い違うのか。
（三）『鈔』注に「羅云……」といい、「察案……」ということからみると、『鈔』の撰者は公孫羅以外にまた一人いると思われる。

Ⅰ．４．４．１　斯波の疑問の第一点……『鈔』と『音決』との正文の文字の相違

（一）『鈔』と『音決』が、唐、公孫羅という同一人の手になるのであるならば、何故二書採る所の『文選』の正文の文字が異なるのか。

即ち、簡単にいえば、『鈔』と『音決』との正文の文字の相違である。これには、以下の（１）～（３）の三種がある。

Ⅰ．４．４．１．１　斯波の疑問の第一点の（１）

（１）『音決』に「Ａ○○反、或為Ｂ（字）、通」、「Ａ○○反、或為

- 137 -

　　　　B（字）、非」といって、『音決』がA字であり、『鈔』がB字なる例

　　　上述の『音決』の五体例の内、

　　　　（乙）「A○○反、或為B（字）、通」
　　　　（丙）「A○○反、或為B（字）、非」

　　　がこれである。

　斯波は（乙）では表11の12（79・41）の例1個を挙げ、（丙）では表12の3（8・23）、8（9・41）、15（68・12）の例3個を挙げる（注*7の『文選諸本の研究』p.85）。
　さて、上の表10（甲）「A○○反、或為B（字）、同」、表11（乙）「A○○反、或為B（字）、通」、表12（丙）「A○○反、或為B（字）、非」を見て問題となるのは、既に斯波も指摘しているように、（甲）・（乙）・（丙）のいずれの場合にせよ――斯波は（甲）の体例を取り上げないが、『鈔』・『決』の両テキストの問題を考える時には、A字とB字とが音義同じである異体字であっても、両者間のテキストの文字の相違として考えてみる必要はある――音注が「A○○反或為B（字）」といって、「音決本」のA字をB字に作るテキストもあることを指摘した、そのテキストが「鈔本」である場合、つまり、「音決本」のA字を「鈔本」ではB字に作っている例があることである。（甲）では6個の例があり、（乙）でも6個の例がある。ここで、（乙）の例の内、斯波が挙げなかったものを2個補足する。

　　（乙）3．正文「黄閏比筒、贏金所過」
　　　　鈔　　「贏亦竹筒也。言以布於大夏國得黄金、還以盛布竹筒、量金一筒、以利閏於己、猶嫌金價少於布直、故曰黄閏所過」
　　　　音決　「筩音同、或為筒、通。籯音盈」（8・28）
　　　　今案　「音決五家本贏為籯」

- 138 -

Ⅰ．序論篇

　　正文の「筒」字を『音決』では「箾」字に作り、「筒」字に作っても
　意味は通じるという。『鈔』は正に「筒」字に作るのである（なお、
　「籯」を高步瀛『文選李注義疏』巻四は籯の字が正しいとする）。

(乙)15. 正文「跨功踰德、祚尔輝章」
　　　　鈔　「言其功少受祚（もと祢の如く作るも、今此の字と定む）、跨
　　　　　　度有功之人、踰越道德之士、故曰祚尔輝章」
　　　　音決「胙在故反、下同。或為祚、通（爲の字もと缺。今他の例に依
　　　　　　り補う）」（93・67オ）
　　正文の「胙」について、『音決』も「胙」字に作り、「祚」字に作って
　も意味は通じるという。『鈔』は正に「祚」字に作るのである。

　正文の文字としては(甲)のように同じであるとか、(乙)のように通じると
かいっても、『鈔』・『音決』の撰者が同一人であるならば、当然『文選』の
正文は同一であるはずであるから、このようなことは考え難いことである
（しかし、撰述年代の異なりがあるとか、説が変わったとかいうことも可能
性としてないわけではないが）。次に(丙)では8個の例がある。(丙)につい
ても、斯波が挙げなかった例を2個補足する。

(丙) 1. 正文「而論者莫不詆訐其研精」
　　　　鈔　「説文、訐、面相序罪也」
　　　　音決「許如字。或為訐居謁反者、非也」（8・4オ）
　　正文の「訐」について、『音決』では「許」字に作り、「訐」字に作る
　を非とするのに、『鈔』は正に「訐」字に作るのである。
(丙)16. 正文「舉挂輕罾」
　　　　鈔　「罾字或改爲橧」
　　　　音決「䌕音増、或為罾、非」（68・24）
　　正文の「罾」字について、『音決』では「䌕」字に作り、「罾」字に作
　るを非とするのに、『鈔』が正に「罾」字に作るり、かつ、これを橧字

- 139 -

に改めたテキストのあることを指摘する。

この(丙)の例に至っては、正文の字について『音決』と『鈔』とが全く対立し、『音決』が『鈔』の正文の字を否定し、おおむね解釈が異なることになるので、『鈔』・『音決』の撰者が同一人であるならば、このようなことは通常は考え難いことである。

なお、集注本編者の付けた案語「今案」の失校例がかなり多いことに気付く。その理由や今の集注本の正文及び『李善注』・『鈔』などの信憑性などについて、今はそのことに説き及ばないが、別に考えてみる必要もあるであろう。

Ⅰ.4.4.1.2　斯波の疑問の第一点の(2)

次は、(一)『鈔』と『音決』との正文の文字の相違の第二点である。

(2)『鈔』はA字に作るが、『音決』はB字に作る例

斯波六郎は『文選諸本の研究』(注*7)p.85で、

「呉都賦」　　　　　　　　　　『鈔』欝：『音決』蔚(9・12オ)
謝玄暉「和王著作作八公山詩」『鈔』仟：『音決』阡(59下・23)
「求自試表」　　　　　　　　　『鈔』邑：『音決』悒(73下・11オ)
「漢高祖功臣頌」　　　　　　　『鈔』舒：『音決』紓(93・90)

の4個の例を挙げ、「この類は数へきれぬ程有る。しかしこれらはまだ，傳寫の誤に因る異同と疑はば疑ひ得よう」という。ここにはこれ以上挙例しないが、集注本編者の案語「今案」がこの参考になる。「今案」は集注本の編者が李善本を基準にして諸注を排列した際、諸本（「鈔本」・「音決本」など）がこれと異なる場合、その正文や篇章の食い違いを一つ一つ指摘したもので

- 140 -

ある。集注本全部にわたって調べてみると、「今案」は斯波の上掲の例4個を含む469個（延べ504個）の例がある。このうち「鈔本」と「音決本」との正文の文字が異なる（篇章の異なる例も若干含む）例は253個にも上り、逆にそれが一致する例は54個と少ない。

表13　『鈔』と『音決』との正文の文字が異なる延べ数。

テキスト	鈔	音決	鈔			音決			合計
			五	陸	五陸	五	陸	五陸	
個数	105	74	18	22	15	7	5	7	253

『鈔』は「鈔本」（105個）のみが集注本と異なる例。「鈔五」（18個）は「鈔本」・「五臣注本」が集注本と異なる例である。「陸」は陸善経本のことである。他もこれに倣う。

表14　『鈔』と『音決』との正文の文字が一致する延べ数。

テキスト	鈔・音決	鈔		諸本 （鈔・音決・五・陸）	合計
		音決・五	音決・陸		
個数	29	10	2	13	54

そうすると、「今案」に指摘する鈔と音決との正文の文字が異なる比率は、

$$253 \div (253 + 54) \times 100 \fallingdotseq 82.4\%$$

一致する比率は、

$$54 \div (253 + 54) \fallingdotseq 17.6\%$$

であって、『鈔』と『音決』との正文の文字の相違は甚だしいといわねばならない。斯波が一歩譲ってこれを「傳寫の誤」*15だと見なすにしても、百分比も絶対数も余りにも多すぎるのである。

Ⅰ.4.4.1.3　斯波の疑問の第一点の(3)

次に、(一)『鈔』と『音決』との正文の文字の相違の第三点である。

(3)その他の例

斯波は挙げていないが、次のような例もある。

> [1]正文　「畠氓於蔞草」
> 　　李善曰「畠當爲拍。廣雅(もと邪に誤る)曰、拍、搏。畠胡了反。拍莫白反」
> 　　鈔曰　「畠當作拍。説文曰、拍、撫也。漢書音義曰、畠者徒搏之類也」
> 　　音決　「畠、李善亡白反。或いは胡了反、非」（8・34オ）

李善や鈔は正文の「畠」を「拍」に作るべきだとするのに対し、音決は「畠」そのままである(ただし、李善や鈔の如く、「拍」の意に解するのであろう)。

> [2]正文　「令官帥而擁鐸」
> 　　劉逵曰「國語曰、呉王夫差出軍與晉爭長。昏乃戒、夜中乃令伏兵擐甲、陳士卒、官帥(もと師に誤る)擁鐸」
> 　　鈔曰　「官師者、尚書胤征云、毎歳孟春、遒人以木鐸循于路。官師相規、工執藝事也。陳注云、官師、衆官、更相規闕。此文教也。武教亦有衆官。更相規闕也。或作官帥」

　　　　　　即衆官之長、宣令之官也。事見周禮」
　　音決　「帥師位反（もと反字を脱す）」（9・67）

　鈔は「官師」に作り、『尚書』胤征の「官師相規」なる語を典拠として引く。更に「官帥」に作る一本を挙げ、「即衆官之長、宣令之官也」と注し、それが『周禮』（夏官序官に「二千有五百人爲師。師帥皆中太夫」とある）に見えるという。今、唐陸徳明の『周禮釋文』を見るに、「師帥、所類反。下將帥之字皆同」といっていて、この反切の表す音は音決の「帥師位反」と全く同じである。集注本正文は「官帥」に作り、劉逵注は『國語』（呉語）の「官帥擁鐸」なる語を典拠として引く。そこで、劉逵（李善もこれに依る）、鈔に引く一本、『周禮』・『周禮釋文』・『音決』は「官帥」であったことが分かる。これまた、鈔・音決が正文の文字について食い違うのである。なお、帥・師は字体が相似て誤ったのである（形譌）。「國語」（天聖明道本）は「官師」に作るが、清、黄丕烈の「札記」に「官師、補音作帥。案、此當爲帥。即帥字也。宋公序不識此、故有駁論耳」という。従って劉逵注に引くのは譌っていないことが分かる。

　　［3］正文「遺芳弓（『広韻』は射と同じ）越」
　　　　鈔曰「射音亦。訓厭也。言餘多、故遠去。又、射、去也。越、
　　　　　　遠也。遠去而散也。」
　　音決「射時亦反」（68・14オ）

　『鈔』は「射」を「音亦」に読み、「厭也」と訓じ、「飽きるほど多くて遠くに及ぶ」と解する。しかし、音決は「時亦反」に読む。音決はどのように解したか分からないが、例えば、鈔に挙げる一説のように「去也」と訓じ、「遠くまで及んで発散する」などと解するのであろう（『広韻』には「去也」などの適当な訓はない）。少なくとも読音が異なるからには、義も異なっていたに違いない。もし異音同義に解したのなら、なおさら鈔・音決撰者同一人説に対する疑問は強くなる。

仮に鈔・音決の撰者が公孫羅なる同一人であるとすれば、この３個の例のように、正文の文字・音義が異なることは考えられない。このような例もまだかなりあるが、上の３個の例にとどめておく。
　以上、長くなったが、斯波の挙げる第一の疑問、「（一）『鈔』と『音決』が、唐、公孫羅という同一人の手になるのであるならば、何故二書採る所の『文選』の正文の文字が異なるのか」ということについて考察した。

Ｉ．４．４．２　斯波の疑問の第二点……『鈔』と『音決』との篇章の食い違い

　次に斯波の疑問の第二点、『鈔』と『音決』が、唐、公孫羅という同一人の手になるのであるならば、（二）『鈔』と『音決』との篇章が何故食い違うのかということ、即ち、『鈔』と『音決』との篇章の相違について論ずる。
　斯波は巻61上、江文通「雜體詩三十首」(61上・24)の篇題下の案語「以後十三首鈔脱」と巻63「離騷經一首」(63・１オ)の篇題下の案語「此篇至招隱篇鈔脱也」の２個の例を挙げ、これは集注本編者の見た『鈔』が偶々脱していたのか、それとも鈔が元から脱していたのか（不明）と疑問を提出している。
　この２例について少しく補えば、江文通「雜體詩」の案語は、「鈔脱」に続けて「又音決陸善經本有序、因以載之也」といっている。集注本は、李善・五家本になかった「夫楚謠漢風、既非一骨」で始まり、「雖不足品藻淵流、亦無乖於商攉云尒」に終わる「序」を音決本・陸善経經本に拠って載せている。かつ、その「序」には『音決』の音注と陸善経の注が書き記されている。次に巻63「離騷經一首」について述べる。関係記事を記せば、次の通りである。

　　巻63「離騷經一首」の篇題下
　　　「自時溷濁而嫉賢兮以後為下卷[六]十四（もと「六」字を脱す）」
　　　　李善曰「序曰離騷經者屈原之所作也。……遂赴汨淵、自沈而死。
　　　　音決「案、序不入、或幷録後序者、皆非」

今案「此篇至招隠篇、鈔脱也。五家有目而无書。陸善經本載序曰、
　　　　　離經者屈原之所作也。……凡百君子、莫不慕其清高、嘉其文
　　　　　采、哀其不遇、而愍其志。注曰、媲、匹也。普計反。此序及
　　　　　九歌・九章等序、並王逸所作。」

　巻63「離騒經一首」の篇題下の「自時溷濁而嫉賢兮以後為下巻六十四」の注記は、集注本の編者が書き記したものであろう。李善注は「離騒序」を引く（「今案」の文末に「此序及九歌・九章等序、並王逸所作」とあり、後漢の王逸作の序文である）。次に『音決』の案語があるが、これは後で検討する。次にある「今案」では、鈔本は「離騒經」から「招隠(士)篇」までが脱落していることを先ず指摘する。次に五家本には「離騒經」等の目録があるのみで、本文がないこと（従って注もなかった）を指摘する。しかし、四部叢刊本や楚辞補注本では五家注があるから、集注本編者の見た五家本が偶々脱していたのであろう。陸善経本には「離騒序」を載せていることを指摘して、全文「離騒經者……而愍其志」を登載する。その後に引く「注曰、媲、匹也。普計反」は誰氏の注か不明である*16。陸善経注に引く「離騒序」と李善注に引く「離騒序」とは、本文内容は同じであるが、李善注所引のそれは主要記事の節録であって、全文ではない。また、陸善経本は「離騒序」を『文選』の正文として掲げていたが、李善本では「離騒序」を『文選』の正文としては採用しなかったので、李善注内にその必要部分を節録したものであろう。
　最後に『音決』の案語「案、序不入、或幷録後序者、皆非」の検討に入ろう。これを筆者は以前発表した旧稿「文選集注所引音決撰者についての一考察」（第一学習社『小尾博士退休記念中国学論集』1976所収）では、

　　　『音決』は、「序」を採らず、「後序」（宋、洪興祖、楚辞補注本、亂の
　　　後にある「叙曰、昔者孔子叡聖明喆云々」をいうのであろう。集注本は
　　　この部分が残らない）をも録するテキストは、（序のあるテキストを含め
　　　て）皆正しくないというのである。

- 145 -

と解釈した。これを詳しく解説すると、「序不入」とは、「離騒經者……而愍其志」という「離騒序」が、『文選』の正文として採られていないテキストが正しい（恐らく、これが屈原の作ではなく、後漢の王逸の作であるからであろう）という意味で、いわば「（以）序不入（文選正文者為是）」と考えたのである。このように解すれば、下に述べるように、この「序」の部分についての『音決』の音注が存しないこと及び上述の集注本巻61上、江文通「雜體詩三十首」の場合、「又音決陸善經本有序、因以載之也」といって、「序」を音決本・陸善経経本に拠って載せているから、ここでも音決本が「序」を採用しているのであれば、「又音決陸善經本有序、因以載之也」、「音決陸善經本載序曰」とかの表現があってもよいのにないことへの説明がつくのである。そして「或幷錄後序者、皆非」を、いわば前序に当たる「離騒序」と「後序」とを『文選』の正文として併せて採用しているテキスト（が二種類以上世にあって、それら）はいずれも『文選』のテキストとしてはよろしくない」と解するのである。

一方では次のように解釈するのはどうであろうか。即ち、『文選』のテキストとしては、「離騒序」を『文選』正文として取り込んでいないもの（「序不入（者）」）や後序（「離騒經の後序」の意味か、宋、洪興祖、楚辞補注本、「離騒」の「乱」の後にある「敘曰、昔者孔子叡聖明喆……永不刊滅者矣」をいうのであろう。集注本はこの部分が残らない）をも録するテキスト（「或幷錄後序者」）は、皆正しくないと解するのである。

『音決』の案語の前半部「案、序不入」を、「離騒序」を『文選』正文として取り込んでいないテキストの意味に解した。ただ、この意味であるとするならば、この「序」の部分についての『音決』の音注があってもよさそうなものであるが、少なくとも集注本には存しないことに疑問が残る。というのが、上述の集注本巻61上、江文通「雜體詩三十首」の場合、「又音決陸善經本有序、因以載之也」といって、「序」を音決本・陸善経本に拠って載せており、かつその「序」には『音決』の音注と陸善経の注が書き記されているからである。

以上2つの解釈を示したが、ここでもやはり前者の解釈を採ることにした

Ⅰ．序論篇

い。
　さて、次に斯波が挙げない、次のような例もある。正文「重阜何崔嵬、玄廬竄其間」（陸士衡「挽歌詩三首」、56・36オ）で「今案、音決五家陸善經本、以此篇爲第三也」という。即ち、音決・五家・陸善経本は、集注本の「重阜何崔嵬」で始まる第2首の詩を第3首の詩とし「流離親友思」で始まる第3首の詩を第2首の詩とするのである*17。「今案」は鈔本について何もいわないから、鈔本は集注本と同じであったように思われるが、この巻56を通覧するに、鈔は1カ所もない。これは集注本編者の見た鈔本がこの部分を缺いていたか、或いは目録のみで正文がなかったためではなかろうか（正文のみがあって、鈔の注が全くなかったとは考えにくい）。すると、ここでも鈔と音決との篇章の食い違いが考えられるのである。

Ⅰ．4．4．3　斯波の疑問の第三点……『鈔』の撰者は「察」なる人物でもある

　(三)『鈔』注に「羅云……」といい、「察案……」ということからみると、『鈔』の撰者は公孫羅以外にまた一人いると思われる。
　即ち、『鈔』の撰者は「察案……」から見て「察」なる人物でもあるということについて論じる。
　巻47、曹子建「贈徐幹詩」の『鈔』に「羅云、従此以下七首、此等人並子建知友云々」という。巻88、司馬長卿「難蜀父老」の『鈔』（53オ・65の二回）と巻93、王子淵「聖主得賢臣頌」の『鈔』（5オ・7オ・8の三回）に「察案……」が出てくるので、巻47の「羅云……」と同じく、『鈔』には公孫羅以外にまた一人撰者がいると考えられる、斯波はかくいう。しかし、斯波が『文選諸本の研究』のこの箇所に当たる注⑰（p.103）に、

　　君山先生曰く、察は即ち姚察。鈔引く所は其の漢書訓纂の説。陳吏部
　　尚書姚察撰、漢書訓纂30巻、隋志・見在書目、皆之著録すと。

- 147 -

というように、狩野直喜の説(出典不明)が正しいと思う*18。「察案……」は集注本の司馬長卿「難蜀父老」、王子淵「聖主得賢臣頌」の2作品にしか見えず、いづれも『漢書』のそれぞれの本伝に見えるからである。ただ、姚察の『漢書訓纂』は存しておらず、『鈔』に引くものと比較のしようがない。従って、これは『鈔』の撰者が陳、姚察の『漢書訓纂』を「察案」の形で引いたものであって、斯波の如く「察」なる人物も『鈔』の撰者に考えることはできない。ただ、斯波は君山先生の意見を通して姚察の『漢書訓纂』に触れている以上、必ずしも『鈔』の撰者は姚察でもあると考えていたのではなく、『鈔』と『音決』の二書は公孫羅同一人の撰であるという説を否定するための論証上、この第三点の意見を持ち出したのではないかと筆者は考えたい。

Ⅰ.4.5　「今案」の疑問四点

ところで、これまでに取り上げた「今案」についてその内容を検討してみると、疑問の箇所もかなり多く存する。それは上にも述べた「失校」を含む次のような4点である。

Ⅰ.4.5.1　「今案」の疑問の第一点

①「今案」に甲本は正文のA字をB字に作るといいながら、その甲本(甲注に反映する)を見ると、B字でなくA字に作っている例があることである、

　　[1]正文「厳秋筋竿勁」
　　　　李善「竿箭竿也」
　　　　音決「竿古旱(原誤作早)反」
　　　　張銑「竿謂箭也」
　　　　今案「音決竿爲簳也」

『鈔』・『陸善経注』はない。「李善本」・「五家本」は「竿」に作ることは明らかで問題はない。ところが「今案」に音決本は「簳」に作るといいながら、音決を見ると「竿」になっている。広韻を見ると、上声旱韻に「笴、箭笴、古旱切……簳、上同」とあり、平声寒韻、古寒切に「竿、竹竿」とある。一方、『李善注』や張銑注に依ると、「や」であって「竹ざお」ではないことが分かる。即ち正文の「竿」は広韻の「笴、簳」に当たる。すると、『音決』で「竿」というのは、「今案」のいうように「簳」に作っていたのを、正文や『李善注』などに牽かれ、集注本の伝写者が「竿」に誤写したのであろう。

［２］正文「皇中羌獟」
　　李善「漢書曰、諸羌(拠漢書、当削此字而補先零豪三字)言願得(漢書作時)度(漢書作渡従水)湟水北。然湟水(北然湟水四字拠胡刻本補)左右、羌之所居。湟音皇」
　　鈔曰「皇中羌獟、二地名也」
　　音決「湟音皇。獟、歩北反」
　　今案「鈔音決皇為湟」（88・18）

　五臣注は「皇」字が見えないので挙げない。陸善経注はない。李善は『漢書』巻69趙充国伝を引いて、正文「皇中羌獟」を説明する。『漢書』は「皇」字を「湟」字に作るが、集注本正文は李善本に依っているから、李善本は「皇」字に作ると分かる。ただ、このような場合、李善は通例「皇與湟同」というが、そのような注はなく、「湟音皇」の音注を付けている。「音決本」は正文の「皇」字を「湟」字に作ることは明らかで、「今案」の通りである。しかし『鈔』を見ると、「皇中」というから、その正文は「皇」に作っていたと考えられる。すると、「今案」に「鈔本」も「湟」字に作るというのはおかしい(ことになる)。とはいえ、これも恐らく集注本編者の見た「鈔本」は「湟」字に作っていたが、集注本の伝写者が「皇」字に誤写したのかもしれない（「胡刻本」・「四部叢刊本」等は「湟」字に作る）。

[３]正文「能清伊何、視汙若浮」
　　　李善「班固東方朔述曰、懷宍汙殿、弛張沈浮。
　　　鈔曰「言視濁汙之事、必能行也」
　　　張銑曰「言其視濁汙之理若清也。謂不以為恥也。浮猶清也」
　　　陸善経曰「汙、穢也。若浮言不以為事也」
　　　[今案為事也（もと此の五字を誤衍す）]今案、鈔汙為沈。（94上・13）

　『音決』はない。李善本・五家本・陸善経本は、「汙」に作ることは明らかである。『鈔』が「言視濁汙之事、必能行也」と解するのは、恐らく正文の「汙」を「濁汙之事」に解し（張銑も「其視濁汙之理」と解する）「若浮」を「必能行也」と表現して解した（同じく張銑も「若清也」・「謂不以為恥也」と解した）ものと思われる。『鈔』が「濁汙之事」と表現するところから見ると、「今案」は鈔本のみが「汙」を「沈」に作るというが、鈔本も他本同様「汙」に作っていたのではないかと考えられる。
　これは集注本編者の見た『鈔』は恐らく「沈」に作っていたのであろうが（「視沈若浮」に作り、「沈」と「浮」とを対照させた表現技巧であった）、『鈔』から推すに元来の『鈔』は「汙」に作っていたに違いなく、『鈔』伝写の段階で（或いは李善注に引く東方朔述の「弛張沈浮」なる語に牽かれ）「沈」に誤り、そのような『鈔』を集注本の編者は見たため、この案語を付けたものかと思う
　①のこのような例もかなりあるが、[１]～[３]から分かるように、これらは「今案」の誤りではなく（集注本編者が諸本を校合した際、確かに「今案」の如くなっていた）、集注本或いは諸本（鈔本・音決本など）伝写の段階で誤ったものと考えられる。従って、この①についてはやはり「今案」を信じてよいと思う。

Ⅰ.4.5.2　「今案」の疑問の第二点

　②「今案」に甲本は正文のＡ字をＢ字に作るといいながら、その甲本ばか

りでなく、乙本(等)もＢ字に作る例があることである。

　　［１］正文「雲鶩霊丘、景逸上蘭、平代禽猇、奄有燕韓」
　　　　音決「擒音禽」。
　　　　劉良曰「鶩、馳。逸、疾也。雲(もと霊に誤る。今訂す)馳景疾者、
　　　　　　　言其用兵之機速也。霊丘・上蘭、地名也。代・燕・韓、皆
　　　　　　　國名。猇謂陳猇也。……鶩霊丘、則禽猇是也。……
　　　　今案「鈔禽為擒」(93・73オ)

　陸善経注はない。李善注には「禽」字が出てこない。「今案」は、『鈔』が正文の「禽」字を「擒」字に作ることを指摘する。残念ながら、『鈔』は「詩云奄有龜蒙」としか注せず、実際に「今案」の如くであったか確認のしようがない。『音決』では「擒音禽」というから、「音決本」は「擒」に作っていたことは間違いないにもかかわらず、「今案」は何もいっていない。「今案」の失校であると考えられる(「今案」にいう『鈔』は『音決』の誤りであるとか、『鈔』の下に『音決』を書き漏らしたのであるとか考えられないこともないが)。

　　［２］正文「元歎穆遠、神和形檢」
　　　　李善曰、竿箭竿也。
　　　　音決「棲音西」
　　　　劉良曰「穆、美也。……言其志思美遠……。
　　　　今案「鈔穆遠為棲凝」(94下・30オ)

　陸善経注はない。「李善注」や『鈔』の中には、「穆遠」・「棲凝」の注釈はない。五家本は「穆遠」に作ることが分かる。『音決』を見ると、音決本も「棲」に作っていたと分かるが(「遠」を「凝」に作っていたかは速断できない)、「今案」は鈔本しか指摘していないのである。

- 151 -

［3］正文「芒々九有、區域以分、其一」
今案「鈔五家陸善經有其一」（48下・9）

　これは潘安仁の「爲賈謐作贈陸機詩」の段落を示したものである。ここでは鈔本にも「其一」があったというのに、「綿々胙葍、六國牙峙、其二」（同・11）の下では「今案、五家陸善經有其二」（「二」の下にもと「也矣」2字を誤衍す）といい、『鈔』はない。そして「三雄鼎足、孫啓南呉、其三」（13）や「婉々長雜、凌江而翔、其四」（14）には「今案」があるはずなのになく、「爰應旍招、撫翼宰庭」（16才）で「今案、鈔五家陸善經有其五」と「今案」がまた出てき、しかも鈔本にも「其五」があったという。以下、「其六」（17、正文略、以下同じ）、「其七」（18）、「其八」（20才）の下には「今案」がない。こうしてみると、この詩の部分にある「今案」は一貫性がなく、誤脱があると思われる。なお「脩日朗月、携手逍遥、其九」（21才）も見えるが、この句下の注に「單以鱗翼随事宜而用之也」とあり、更に「婆娑翰林、容與墳丘、其一」の句へと続く。だが、これは潘正叔「贈陸機出爲呉王郎中令詩」（詩題は胡刻本に依る）の「振鱗南海、濯翼清流」の五家注「翰曰、南海謂呉也。清流謂晋也。凡鱗翼者皆龍鳳也。君子比之、故作者單以鱗翼随事宜而用之也」（四部叢刊本）の最後の1句が一つ前の潘安仁の詩中に誤入しているのである（集注本の乱れ）。従って、ここに「今案」が存したか否かは不明である。潘正叔の詩についても、「醪澄莫饗、塾慰飢渇、其五」（25）の下に「今案、五家（此の下にもと家字を誤衍す）陸善經本有其五」（五の下にもと也字を誤衍す）というだけで、「其一」（21）、「其二」（22）、「其三」（23）、「其四」（24）、「其六」（27才）には「今案」がなく、これまた体裁が一貫していない。一方、巻48上の陸士衡「答賈長淵詩」では、五家・陸善經本には「其一」などの段落分けがあったことを11回も指摘している。そして、この「今案」中には、鈔は一度も出てこない。この詩の部分にある「今案」は問題ない。
　以上のような疑わしい例もかなりあるが、上の3個の例にとどめる。

Ⅰ．4．5．3　「今案」の疑問の第三点

Ⅰ．序論篇

　③各本（各注に反映する）の正文の文字が異なっているのに、「今案」そのもののない例があることである。

　　［１］正文「彯節去函谷、投珮出甘泉」（61上・3）
　　　　李善「公羊傳曰、曹子摽劒而去之。劉兆曰、摽、辟劍也。彯與摽
　　　　　　　同。孚尭反」
　　　　鈔曰「飄、疾也」
　　　　音決「彯匹照反」
　　　　呂延濟曰「彯、死、節、信也。…分義之人、或以死信去國。…」
　　　　陸善經曰「彯與飄同。節有旄、故言飄」

　各注に依ると、李善・音決・五臣・陸善経本は「彯」に作るが、鈔本のみ「飄」に作ると分かる。陸善経注の如く、彯・飄同じにせよ、「今案」は指摘すべきであるが、「今案」はない。また、これは『鈔』と『音決』との正文の文字の相違の１例でもある。

　　［２］正文「微鮮若露、……或雕或錯」（68・19オ）
　　　　鈔曰「李霜作露、與錯字爲韻。如霜之潔白也……錯、雜也」
　　　　音決、錯、協韻、七故反」
　　　　呂向曰「雕錯謂為文章也」

　『鈔』に依ると李善本は正文の如く「露」に作り、「錯」と押韻するのであるが（この部分には李善注なし）、鈔本は「露」を「霜」に作る。音決本は「露」か「霜」か直接には分からない。『鈔』に「錯、雜也」、呂尚注に「雕錯謂為文章也」というから、「錯」は「まじる」の意で、『広韻』入声鐸韻「錯、鑢別名也。又雜也。摩也。……倉各切……」のように「倉各切」（日本字音サク）に読むべきだが、それでは押韻せず具合が悪いので、『音決』は「協韻」として「七故反」（『広韻』去声暮韻「倉故切」に当たる。日本字

- 153 -

音ソ)に読む。こうすれば「露」(『広韻』去声暮韻「洛故切」)と「錯」とが押韻する。従って、音決本も李善本と同じく「露」に作っていたと考えられる。五家本はこの注のみからでは不明である。胡刻本・四部叢刊・袁本も正文「霜」に作るが、李善本としては集注本の如く「露」に作っていたに違いない。陸善経本はここに注がないので不明である。いずれにせよ、鈔本は明らかに「露」を霜に作るのに、「今案」がないのはどうしたことなのであろうか。

    [3]正文「継體納之無貳情、百姓信之無異辞」(94中・2)
        鈔曰「倚或為納。継體謂劉禪也。言禪倚託於亮、事之如父、無有
            二情。謂無懷疑之心也。……」
        音決「倚於綺反」
        呂向曰「先主勅後主云、汝与丞相従事如事父、而後主納亮之義、
            無猜(原誤作猜。四部叢刊に依って改む)貳之情也。継體
            謂後主也。……」

李善は「納」について注しないので挙げなかったが、正文に依ると「納」に作り、呂向注により五家本も「納」に作っていたと分かる。陸善経注はないので分からない。鈔本・音決本は明らかに「倚」に作っており、『鈔』はわざわざ「倚或為納」といって、李善本との相違を示している。それなのに「今案」がないのである。
  以上のように「今案」があるべきであるのにない例は、ざっと数えただけでも20個ほど有る。

Ⅰ.4.5.4　「今案」の疑問の第四点

  ④先に『音決』の「A○○反、或為B(字)」という例について(甲)・(乙)・(丙)に分けて表示した。ここでも「今案」の欄を見ると、当然「今案」があるべきなのにない「失校」の例(×)が数多いことである。

一々例は挙げないが、(甲)では23個、(乙)では13個、(丙)では16個と余りにも多すぎる(斯波も巻8の一部について失校を指摘する。注*10の論文)。
　以上の4点から見ると、「今案」を全面的に信じることはできない。だが、もし「今案」に指摘していることが正しいとして、それに忠実に従うのであれば、今の集注本の李善注以下の諸注が乱れていることになる。逆に今の集注本の諸注が正しいとすれば、集注本の「今案」が誤っていることになるのである。これは集注本編者が最初に諸注の各テキストを校合した際は、必ず「今案」の通りであったに違いない(単純な筆写ミスは考えられるが)と考える方がよいと思う。そうすると、この集注本が伝写されて行く内に、現在見るような「今案」と諸注の各テキストとの乖離が増幅されて行ったに違いない。このように考えれば、「今案」は諸注のもとの姿(字)を尋ぬべきよすがといえよう。
　この(2)の例も『鈔』・『音決』の撰者同一人(公孫羅)説を否定する証となる。

　以上、長くなったが、『鈔』と『音決』の撰者について、斯波説に基づき更に詳しく検討してみた。その結果、集注本や「今案」には疑問点がかなり存することも分かった。「今案」のいう通りになっていなかったり、「今案」の失校があったりすることがそれであって、集注本伝写上の誤りがかなりあるのではないかと疑われ、この点を考慮した上で「今案」を扱わなくてはならないと思う。この「今案」中の『鈔』と『音決』の不一致例に加え、『音決』の「A或為B」で明らかな両者間の不一致例、また両書間の字・音・義の不一致例を加えて考えると、集注本所引の『鈔』・『音決』をともに公孫羅の撰と見得る可能性は更に少なくなり、この説は否定してもよいと考える。

Ⅰ.4.6　『鈔』中の手がかり

　次に『鈔』の中からその撰者の手がかりを挙げよう。

(一)斯波が指摘する集注本巻47「贈徐幹詩、曹子建」の下に、

　　　　　鈔曰「<u>羅</u>云、從此以下七首、此等人並子建知友。丁儀兄弟未殺時、
　　　　　相与交好。後文帝時、皆失勢、故作此詩耳」

とあること。
　この「羅」は、一応公孫羅のことと考えられる。けれども、『鈔』の撰者自身が自説を述べるとすれば、「羅云」というのは何か断ったような言い方であるようにも感じられる。普通には「羅云」といわず「從此以下七首云々」とすぐ始めるか、鈔の撰者自身の案語として「(羅)案、從此以下七首云々」とするかであろう。例えば、

　　　［1］正文「象耕鳥耘」
　　　　　鈔曰「舜葬蒼梧、象為之耕。禹葬會稽、鳥為之田。<u>案</u>、南人秋収
　　　　　　　訖、象入其田踐之為場、至春乃去、便放水下種也。……」
　　　　　　　（9・45）
　　　［2］正文「翻飛游江氾(今鈔本游作淅)」
　　　　　鈔曰「説文云、江東至會稽山陰為淅江。<u>案</u>(此下原衍江案江三字)、
　　　　　　　浙江發源東陽新安之間。……」（48・下1オ）
　　　［3］正文「皇媼來歸」
　　　　　鈔曰「文穎云、幽州及漢中皆謂老女媼為媼(原誤作温)。
　　　　　孟康曰「長老尊稱也。<u>案</u>、此媼則謂呂太后也」（93・94）

の如くにである。
　そして、この「羅云」なるいい方は、この『鈔』を公孫羅の撰になると考えた場合、撰者「羅」自身の案語という以上に、「羅」なる他学者の説を引いたような書き方にも感ぜられる（下に述べるが如く、集注本所引の『鈔』は、公孫羅の撰になるものではなく、『日本国見在書目録』に著録する無名氏の『鈔』という結論から考える時、この辺のことがなるほどと了解される

- 156 -

のである)。例えば、

　　［4］正文「歷盤鼓、煥繽紛」
　　　　鈔曰「王生云、歷、擊也。歷、歌聲寥亮之皃。盤鼓、古歌曲名、
　　　　　　非大鼓也」(68・37)
　　　　張銑「盤鼓、〃名。煥、明、繽紛、盛皃」
　　　　その他、李善注・陸善経注にも説はあるが省略。

　　［5］正文「東關無一戰之勞、塗中罕千金之費」
　　　　鈔曰「東關・塗中、地名。孫生云、塗、道中、言軍行道中也」(79
　　　　　　・2)
　　　　五家「涂音途」
　　　　その他、李善注・劉良注もあるが省略。

　　［6］正文「随違續奏」
　　　　鈔曰「随違、人姓名也。李生言、随其所違之事續而奏之」(79・13)
　　　　張銑曰「随違謂随所犯也」

は、『鈔』が自説と異なる王・孫・李の説を引用したものであるが如くである。
　［4］は王生が「歷」を「擊也」として「うつ」の意味に解するから、「盤鼓」は
当然「大鼓」の意味になるが、それらを否定する。即ち、「歷」は「歌聲寥
亮之皃」で、「歌声が高く朗らかに響く」の意味であり、「盤鼓」は「古歌曲
名」で「古歌の曲名」と解して、王生の「大鼓也」ではないとするのである
(この王なる注家は誰氏なるか未詳)。
　［5］は『鈔』は、「塗中」を「地名」と解するが、これに対する異説と
して孫生の「塗は道中の意味で、軍行の道中を言うのである」意見を持ち出す
(この孫なる注家は誰氏なるか未詳)。
　なお、正文及び「五家本」は「涂」に作り、鈔は「塗」に作るが、やはり
ここも「今案」がない、失校である。

- 157 -

[6]は正文の「随違」を『鈔』が「人の姓名」とするのに対して、異説として李生の「曹景宗の幕僚・諸将が犯した罪に応じて、引き続き上奏する」という説を挙げる。この李生が誰氏なるか未詳である。或いは李善注善かと思われるが、あいにく集注本・胡刻本共にこの部分に李善注がないので、確認し得ない。

　しかしながら、巻47に戻ると、「羅」といって名を挙げ、「公孫(生)」とはいわないし(尤も「羅」なる姓とも考えられないこともないが、今『文選鈔』を著した「公孫羅」の名と考える)、この[１]～[３]例のように『鈔』が自説を挙げ、これに対する説として「羅云」といっているのではない点が異なっている。これらの点は少し気になるが、巻47では『鈔』の撰者の考えも(先輩の)注釈者「羅」の説と同じであるので、そのまま引用して自説の代わりとしていると考える(或いは『鈔』の注の形式が一貫しているとは限らないことに因るとも考えられようか)。

　以上より、「羅云」は『鈔』の撰者が公孫羅という他学者の説を述べたものと見る*19。

　(二)『漢書』顔師古注を引くこと。

　　「顔師古」(88・53オ，57オ，93・4オ，5，24)
　　「顔」(93・6，9オ)
　　「師古」(88・65)
　　「顔監」(9・57，88・51)

などである。従って、『鈔』は顔師古『漢書』注が完成した貞観15年(641)以後の著ということになる。

　(三)唐、太宗李世民(627～649在位)の諱を避けること。

　「代本」という古典を引く(93・7オ，21オ)が、これは『世本』の「世」

- 158 -

が太宗の諱「世民」に当たるため「代」に改めたのであろう。しかし、「世本」(9・57, 93・8)や「本世書(世本の乙倒)」(68・14オ)は避諱しておらず、不統一である。集注本或いは『鈔』そのものの伝写の段階で「代」を「世」に書いてしまったものであろうか。

　また、陸士衡「答賈長淵詩」の「靡邦不泯」句下で、『鈔』は「泯、没也。泯音民、取韻耳」(48上・4オ)という。『音決』は「民平声」(協韻ではない)といって、上声「泯亡忍反」(『音決』には、71・10, 15オ, 22オの3個の例がある)に読まないから、この『鈔』はここでの「泯」は本来上声であるが、平声の「音民」としたのは、実は押韻上の理由によるのである、との意味ではあるまい。それは、「泯」は平声の「音民」であり、この詩では「泯・振(音決、協韻、音真)・民・天」が押韻するため、敢えて太宗の諱「民」を犯したのであり、その避諱の規定に違反したことをいわば弁解するために「取韻耳」といったと考えられるのである。

　即ち「泯」を「音民」とし、「取韻耳」と特に断ったのは、唐、太宗の諱「民」に対する避諱意識の現れなのである。

　この(二)・(三)は既に上述したように『音決』にも見られたところである。また、先に注*14で指摘したように、鈔は李善注(その正文も)をも見ているから、李善注完成(顕慶3(658)年、上る)以後の著述であることと矛盾しない*20。

I.4.7　撰者についての結論

　これまで述べてきた所から考えると、『文選集注』所引の『鈔』は『鈔』、同じく『文選集注』所引の『音決』は『音決』で別個に考える時、『両唐志』・『日本国見在書目録』にそのまま拠って、二書ともに唐、公孫羅の撰と考えても支障はない。だが、一旦その注の中に立ち入ってみると、上述の如く二書間の正文の文字の相違、篇章の不一致、解釈の相違などがあって、公孫羅なる同一撰者とする説は、どうしても首肯しがたいのである。「I.4.6　『鈔』中の手がかり」で挙げた幾つかの条件に当てはまる『鈔』・或い

は『音決』の撰者は一体誰であるのか。『鈔』の撰者は音決よりやや早いか同時の人であり、五家よりも先立つ人であることは間違いない。上述の如く、唐初、揚州江都に於いて 曹憲・許淹・李善・公孫羅・魏模などの文選学者が輩出したことを述べた。そこで、『鈔』の撰者もこの文選学派に属する1人である可能性が高いと思われる*21。『音決』は『鈔』と同時、または少し後れ、五家よりも先立つ人の手になることは間違いない。また、唐初、揚州江都一帯では 曹憲を師とし、許淹・李善・公孫羅・魏模らが文選学を修めて、この学が甚だ盛んであった。『音決』の撰者もこれら文選学派の一員であるに違いない。

　ところで、『文選音決』の撰者について、以上の如く長々と展開した議論は、筆者が嘗て発表した拙稿「文選集注所引音決撰者についての一考察」*22を骨格として、少しく手を入れたものである。その拙稿での結論は、

　　　『鈔』は公孫羅の撰であり、『文選音決』は誰氏の撰であるのか未詳
　　　であるが、長江下流（揚州江都、今江蘇省揚州市）地方出身の文選学者が
　　　7世紀後半に著したものである。

ということであった*23。
　しかし、その後、邱棨鐊は「文選集注所引文選鈔について」（注*21を参照）・『文選集注研究（一）』（上掲）を著して、『音決』の撰者を公孫羅とした。そして、『鈔』の撰者については、邱は揚州江都（呉）の人で、李善の弟子であるとし、その撰成時期は657〜690年頃とし、公孫羅の『音決』の前かほぼ同時かであるという。
　また、森野繁夫・富永一登「文選集注所引『鈔』について」*24（「日本中国学会報」第29集、1977）も発表され、これもほぼ同じく、『鈔』の撰者は揚州江都の文選学者であるとし、顕慶年間を中心とする高宗の時代（649〜683）には、注釈書としての体裁を持ったものとなっていたようであるという。『文選音決』の方は李善注とほぼ同時か、少し後のものであるという。『鈔』の巻数表記（巻94中、巻59上）から、『鈔』は30巻本であったと考えられるから、

これは『日本国見在書目録』にいう無名氏の「鈔三十巻」に相当する。従って『文選集注』に引用する『鈔』が『日本国見在書目録』にいう無名氏の「鈔三十巻」であるならば、『音決』は公孫羅の撰であるとしても差し支えないというものであった。

 それから10年後の昭和62年(1987)になって間もなく、東野治之「『文選集注』所引の『文選鈔』」*25を読むことができた。その中で東野はこれまでの内証研究以外に、外証研究の必要性を説いて吾が日本の資料を探り、『秘蔵宝鑰鈔』に明記する「公孫羅文選鈔」を手がかりとして種々に考証し、『文選集注』所引の『鈔』は公孫羅の撰であるとして森野らの説を駁し、更には『文選音決』の撰者も公孫羅であるとし、二書間の正文の文字の食い違いは、その二書の拠った『文選』のテキストと二書の著述年代の違いによるものであると述べた。東野はいう、

 　『文選鈔』は、未完成とはいえないまでも、ある時点での研究結果を反映した未精撰の著作と解するのが妥当であろう。従って、別のテキストに拠る『文選音決』が他の機会に撰ばれたとしても、敢えて異とするには足りないように思われる。

 『鈔』は公孫羅の撰であるという東野のこの説は、確かに一つの見方であると思うが、それは『秘蔵宝鑰鈔』に明記する「公孫羅文選鈔」の範囲においてである、言い換えれば、『秘蔵宝鑰鈔』に引用する『鈔』は確かに「公孫羅」撰のものであるが、『文選集注』所引の『鈔』もそのまま「公孫羅」撰とは言い切れないのではないかということである。東野の説はこの『文選集注』を離れた意見としてならば、首肯できると思うが、少なくとも京大影印本などの『文選集注』に引用される『鈔』に限っていえば、森野らのいうが如く『日本国見在書目録』の無名氏の撰であると考えてよいと思う*26。
 そして東野が『文選音決』も公孫羅の撰であるとするのは、『日本国見在書目録』の記載に基づいた諸氏の従来の研究に依ったものであって、特に新しい根拠を出しているわけではなく、それを証明する資料・証拠に欠けてい

ると筆者には感じられる。この問題の解決には、日本に残る『鈔』・『音決』の資料を網羅蒐集すると同時に、やはり内証研究として、二書の篇章・文字・解釈の異同について、詳しく、深く考察することが必要であろう。

なお、富永一登は「『文選集注』所引「鈔」の撰者について——東野治之氏に答う——」*27を著して、この東野論文を駁するとともに、その説の確乎不動を再確認しているが、それについて筆者は特に異議はない。

之を要するに、『鈔』の撰者について、邱は撰者未詳とし、森野・富永は『日本国見在書目録』にいう「鈔三十巻」を著した無名氏であるとし、東野は公孫羅とする。(なお)邱は、『鈔』の撰者を揚州江都の文選学者で、それは顕慶年間を中心とする高宗の時代の撰成になるという森野らとほぼ同じ説ではあるが、『鈔』を『日本国見在書目録』にいう無名氏「鈔三十巻」であるとまではいっていない。

このように『鈔』の撰者については、諸氏は見解を異にするのであるが、『音決』の撰者を公孫羅とすることでは、諸氏の見解は一致するのである。

以上より、同じく『文選集注』に引用する『音決』は、やはり公孫羅の撰であると考えてよいと思う。

かくして『文選集注』に引く『鈔』が、『日本国見在書目録』にいう無名氏の『鈔』であり、同じく『文選集注』に引く『音決』は、唐、公孫羅の撰であるとすれば、上述したような『鈔』・『音決』二書間の齟齬——正文の文字の相違、篇章の不一致、解釈の相違など——の疑問も氷解するのである。

(注)

*1 　狩野直喜「唐鈔本文選残篇跋」(「支那学」第5巻第1号、昭和4年)、また同『東洋学叢編』(刀江書院、昭和9年)、『読書纂余』(弘文堂、昭和22年)にも収める。

*2 　石浜純太郎「君山先生書後」(注*1の『東洋学叢編』に収める)。

*3 　神田喜一郎「文選の話——吉備の大臣入唐絵詞に関連して——」(『東洋学文献叢説』二玄社, 1969)

*4 　駱鴻凱『文選学』(中華民国26年)の「源流第三」を参照。

*5 　王重民『敦煌古籍叙録』(商務印書館, 北京、1958)「文選音」を参照。この論文は

もと1935年7月3日に執筆され、その後周祖謨論文(注*6)にも言及している。

*6 周祖謨「論文選音残巻之作者及其方音」(もと「輔仁学誌」第8巻第1期、1939。同「漢語音韻論文集」商務印書館、上海、1957。同『問学集』上冊、中華書局、北京、1966)。なお・駱・王・周の各氏は、集注本として羅振玉輯の『唐写文選集注残本』を使用している。

*7 斯波六郎『文選諸本の研究』(同氏編集『文選索引』巻1、京都大学人文科学研究所発行, 昭和32年)の「旧鈔文選集注残巻」を参照。

*8 「許淹」・「道淹」は同一人物と考えられる。狩野・駱氏の上掲論文参照。なお上文「Ⅰ.3.2 諸家音」の「11.許淹」の「ところで、許淹なる人物については、……いかにも許淹の外に「道淹」なる人物も『文選音義十巻』を撰しているように思われるが、……この二人は同一人物であり、……」を参照。

*9 李善の生卒年や曹憲から学んだ時期については、駱氏の上掲書(注*4)p.47-48参照。

*10 斯波六郎「旧鈔本文選集注残巻第八校勘記」(『文選索引』付録、京都大学人文科学研究所, 昭和32年に収める)のp.60「畾當爲柏云々」の条下に「此本所載音決引李善音。作亡白反」(上文「Ⅰ.3.2 諸家音」の「12.李」を参照)という説に依る。

*11 周祖謨「唐本毛詩音撰人考」(注*6の2論文集に収める)に既に指摘する。なお、「民」の缺筆例も集注本中に見られる。

*12 上文「Ⅰ.3.4 避声・避諱」の注*4で挙げた平山久雄「中国語における避諱改詞と避諱改音」(「未明」10号, 1992)〔3〕は、泯を「亡巾反」に読むことにより、太宗の諱「世民」の「民」を避けたものであるという。

*13 斯波六郎『文選諸本の研究』(注*7参照)p.85に「其の正文は李善本に據れること疑を容れない」という。

*14 李善「上文選注表」の末尾に「顕慶三年九月日上表」というから、顕慶3年(658)に李善注を上っていることが分かる。尤も唐、李済翁『資暇録』(注*4の駱鴻凱『文選学』p.47に引く)に依ると、李善注には初注・覆注・三注・四注本があり、当時完成するとすぐに伝写され、中でも絶筆本が最も注解が詳しかったという。すると顕慶3年に上った注が必ずしも最初のものだとは言い得ない。

　五家注は呂延祚の「上集注文選表」の末尾に「開元六年九月十日、工部侍郎臣呂延祚上表」というから、開元六(718)年に上っていることが分かる。

陸善経注は新美寛「陸善経の事蹟について」（「支那学」第9巻第1号、昭和12年）に依ると、開元22（734）年以後、「遅くも天宝中には一應完成を告げたものと推測して大過ないと思ふ」ということである。天宝は西暦742～755年に当たる。
　なお『鈔』も『音決』と同じく李善注を参照し、引用している。例えば、
　　［1］正文「微鮮若露」
　　　　　鈔曰「李霜作露、与錯字爲韻。如霜之潔白也」（68・19）
　李善が『鈔』の「霜」字を「露」字に作っていたのか、この正文に関する李善注はないので不明であるが、この正文からすると、「露」字に作っていたのであろう。なお、これは上述「今案」の疑問の第三点の例［2］に引用した。そこも参照されたい。
　　［2］正文「彤軒紫柱」
　　　　　李善曰「劉梁七擧曰、丹墀縹壁、紫柱紅梁。
　　　　　鈔曰「李本楯作柱、非。楯、軒蘭下板、以朱塗飾之。彤、赤也。紫楯、四方
　　　　　　　句欄、以紫色塗之。……」（68・29オ）
　李善本は正文の「紫柱」、その注に引く「劉梁七擧」の「紫柱」から見て、『鈔』の「楯」字を「柱」字にに作るが、それを『鈔』は「非」とする。
　　［3］正文「鱗甲隱深」
　　　　　鈔曰「李作隱。有作潜者、非古本」（68・31）
　ここには李善注はないが、正文から見ると、「隱」字に作っていたのであろう。一方、『鈔』はどの字に作っていたかは不明。
　　［4］正文「此甯子商歌之秋」
　　　　　李善曰「淮南子曰、甯遬商歌車下、而桓公慨然而悟」
　　　　　鈔曰「甯戚、李音束」（68・51オ）
　『鈔』に「李音束」というのは、正文の「甯子」を李善は『淮南子』の「甯遬」とし、この「遬」字を「音束」とするの意味であろう。この字を『鈔』は「甯戚」と「戚」に作るのである。なお、「遬」・「束」は『広韻』では音が一致しない。
　　［5］正文「隨違續奏」、
　　　　　鈔曰「隨違、人姓名也。李生言、隨其所違之事、續而奏之」（79・13）
　ここには李善注がないので、確認のしようはない。
などである。

Ⅰ．序論篇

*15　斯波六郎『文選諸本の研究』（注*7参照）p.85。
*16　宋の洪興祖の注は「媲、配也。匹詣切」というので、洪興祖注ではないようである。或いは洪興祖以前の注か。例えば『隋志』に「楚辭三巻郭璞注・梁有楚辭十一巻・宋何偃刪王逸注、亡・楚辭九悼一巻楊穆撰・參解楚辭七巻皇甫遵訓撰」などが著録される。「音注」だけでも「楚辭音一巻徐邈撰・楚辭音一巻宋處士諸葛氏撰・楚辭音一巻孟奧撰・楚辭音一巻・楚辭音一巻釋道騫撰」の５種を著録する。なお、『音決』には被注字「媲」は見えない。
*17　清・胡克家『文選考異』巻５も、
　　　　流離親友思：袁本、茶陵本此一首在重皐何崔嵬一首之前。案、尤所見不同、以文義訂之、當倒在上。且此句與第一首末句相承接、尤非、二本是也。
　　といって、音決本以下と同じ説を袁本・茶陵本に拠って取っている。即ち、「流離親友思」で始まる第３首の詩は第２首の詩の上にあるべきであるとし、この「流離親友思」の句は、第１首末句「揮涕涕流離」を受けているからであるとする。故に「重皐何崔嵬」で始まる第２首の詩を第３首とするのである。
*18　『隋志』にはこの他、『漢書集解一巻』・「定漢書疑二巻」も姚察撰として著録する。なお、清、章宗源、姚振宗それぞれの『隋書経籍志考証』も参照。
*19　集注本巻68、曹子建、七啓「陸斷犀象、未足稱儁、隨波截鴻、水不漸刃」の『鈔』に、
　　　　帖此一象字。戰國策云、蘇秦　説韓恵王、犀牛白象之皮難斫。今此劒利、故能斷之。儁、利。截鴻、曹公引邇迊鴻大蝦。言鴻毛難截、又不濕刃、言利故也。
　　　　（胡刻本は儁を雋に作る）
　　という。ここに『鈔』は「曹公」といって、「王生」（68・37）、「孫生」（79・2）、「李生」（79・13）の如くに「曹生」とは言っていない。そこで、これがもし公孫羅の師である曹憲説の引用だとすれば、『鈔』の撰者は公孫羅であることの左証ともなろう。だが、一方ではこの「曹公」はこの作品（七啓）の作者、曹子建を指し、正文に「隨波截鴻」というのは、『爾雅』の「鴻、大蝦」（尤もこれは『爾雅』になく不明）に拠って、「鴻毛難截」ことをいいたかったのだという作者曹子建の造句意図を『鈔』が説明したとも見られ、むしろこの方がより穏当と思われる。
*20　「鈔曰音決曰牘大禄反」（71・37オ）、「鈔曰音決曰蓼音六」（73下・26）という例があ

- 165 -

り、これから『鈔』や『音決』の撰者について考察しようとするのは誤りである。というのは、この部分に『鈔』の注はなく、「鈔曰」の２字を集注本の伝写者が誤って書き記したものであるからだ。もしこの２例が正しいというのなら、次の(1)・(2)のような疑問が解決されねばならないからである。(1)『鈔』がなくて『音決』のみの時、何故「鈔曰音決〜」といわず、ただ「音決〜」とのみいうのかということ。(2)また「鈔曰劉良曰云々」(73下・23)とか「鈔曰李周翰曰云々」(93・47)とかの例も、『鈔』が五家注を引用したと考えるのかということ。集注本はこのように誤写が少なくないので、注意して取り扱う必要がある。

*21　邱棨鐊「文選集注所引文選鈔について」(『小尾博士退休記念中国文学論集』第一学習社，1976)・『文選集注研究(一)』(上掲)

*22　拙稿「文選集注所引音決撰者についての一考察」(『小尾博士退休記念中国文学論集』第一学習社，1976)

*23　なお、注*22の旧稿で以下のように述べた。

　　次のようなことも考えられよう。『日本国見在書目録』には公孫羅以外に無名氏の「鈔三十巻」が著録されている(表8を参照)。また集注本の『鈔』は脱落の箇所(巻56・61・63・66など)があるから、集注本編者の見た『鈔』は不完全なテキストであったと思われる。そこで、他の脱落した箇所をこの無名氏の『鈔』で補ったり、(脱落箇所以外も含めて)適宜改めたりした結果(この場合には、集注本の『鈔』の撰者は二人になる)、集注本の音決も公孫羅の撰であったが、同一人の『鈔』とはズレが生じ、加えて伝写上の誤りもあって、二書の相違がかくまでも大きくなったと考えるのである。とはいえ、これも無理なように思われる。

　　次に「5．鈔中の手がかり」(一)で触れた巻47「鈔曰、羅云、……」は、鈔に撰者が二人いて、「羅」ではない別の撰者が「羅」の『鈔』を引いたと考え、集注本の『鈔』は公孫羅撰のものではなく、別人(例えば『日本国見在書目録』の無名氏)の『鈔』であるとすれば、『音決』の撰者は公孫羅とも考えられる(しかし、「羅云」と姓を用いず、名を用いていること。集注本残巻中羅云」はわずか一例しかないことに疑問が残る)。いずれにせよ、音決の撰者は公孫羅とも考えられる余地のあることは否めないが、……。

と述べて、「音決の撰者は公孫羅とも考えられる余地のあること」を指摘しておいた。

Ⅰ．序論篇

*24　森野繁夫・富永一登「文選集注所引『鈔』について」(「日本中国学会報」第29集、1977)。
*25　東野治之「『文選集注』所引の『文選鈔』」(『神田喜一郎先生追悼中国学論集』二玄社、1986)。
*26　岡村繁はこの東野説を支持して、更に傍証を2点挙げる。一考に値する意見であるが、今はこれについて論じない。同氏『文選の研究』(岩波書店、1999)のp.40注(9)を参照。
*27　東野のこの説に対して、富永一登「『文選集注』所引「鈔」の撰者について——東野治之氏に答う——」(大阪大学文学部中国哲学研究室編輯「中国研究集刊」洪号1989)の反論があり、その意見を否定する。

Ⅰ．5　公孫羅という人物

　『文選音決』の撰者である公孫羅は、いったいどのような人物であったのか。彼の伝は『旧唐書』巻189上儒学伝・『新唐書』巻198儒学伝上に見える。それに依ると、江都(江蘇省、南京の東北80キロ程の地)の人で、沛王府参軍や無錫県丞という専ら出身地に比較的近い地方での官を歴任し、『文選音義』を撰したという(『旧唐書』経籍志に『文選音』十巻、『新唐書』芸文志に『文選音義』十巻、『日本国見在書目録』に『文選音決』十巻が彼の撰として著録される。上文p.7を参照)。
　それでは、いつ頃『音決』は著されたのであろうか。『両唐書』儒学伝上「曹憲伝」によれば、曹憲は唐初、揚州江都で文選学を講じ、これを受けて許淹・李善・魏模・公孫羅といった学者が彼の地を中心に斯学に従事し、一大盛況を呈したという。曹憲は唐初、貞観年間(627～649)まで105歳と長生きした学者である。また李善も唐初から載初元(689)年まで生存し(『旧唐書』儒学伝上)、顕慶3(658)年に李善注を上っている。
　次に『集注』は李善・鈔・音決・五臣・陸善経という順に諸注を排列するので、『音決』は、撰成の年を指定することはできないが、「李善注」(658)から「五臣注」(開元6年・718)までの間に撰述したと考えられる。

- 167 -

上にも述べたように、『鈔』は森野らによれば顕慶年間を中心とする高宗の時代(649〜683)の、邱によれば657〜690年頃の撰という。『音決』については、森野らは「李注とほぼ同時か、少し後のもの」といい、邱は直接『音決』の撰成時期を問題としていないが、『鈔』について述べた所で、「(集注中文選鈔之撰成時間)即公孫羅文選音決撰成之前或約与其同時」といい、「鈔之撰成年代、必在李善之後、公孫羅之前或同時」という。即ち、鈔の作成年代は、李善よりも後で、公孫羅の『文選音決』が著された前か或いは同時の頃であるに違いないというのである。

　以上をまとめると、公孫羅は揚州江都の出身で、李善とほぼ同時かやや後の人であり、7世紀後半に『文選音決』を撰したものと思われる。それで『文選音決』は当初7世紀後半の長江下流(江都を中心とする)地方の南方音を反映していると考えられるのである。

Ⅰ.6　『文選音決』の価値

　唐代南方音(南朝時代の都のあった建康を中心とする長江下流域の方言音)を反映する音韻資料は、それほど多くはない。これより以前、六朝時代末期から隋代にかけての南方音を反映する資料には、『玉篇』・『経典釈文』・曹憲『博雅(広雅)音』の音注や『顔氏家訓』(音辞篇)・『切韻』(序)の記述があって、これらにより唐代以前の南方音は研究されてきた*1。唐代の資料としては、僅かに李善『文選音義』や曹憲『博雅音』があるのみである*2。このように唐代南方音資料は少ないので、残巻ながら、延べ5000個以上の音注をもつ『音決』は貴重な資料であるといわねばならない。その価値は唐代初期(7世紀後半)の長江下流(江都)地方の南方音を反映するので、唐代南方音研究に重要な資料を提供して、これまで明らかにされて来た唐代南方音の実相をより細かく浮き彫りにできることにある。それは更に大きくいえば、唐代音韻史に貴重な資料を提供することでもある。そして、従来より議論の多い『切韻』(601)の性格やその音韻体系を考える上でも、一つの資料を提供することになるであろう*3。また『音決』は『文選』という古典に対する、そ

の当時の学習者のための音注であるが故に、『広韻』(1008)といったような韻書が北宋初期の現実の音を無視して『切韻』編纂当時の古い韻の区分を持ち続けるというような保守性は見られず、その当時の現実の音、人々の話す語音に基づいた字音を反映していると見られる。もちろん師資相承の伝統的な古い字音を保持しているものもあると思われる。

　要するに唐代の南方音の音韻状況やその音韻史、更にはとかく議論の多い、未だ定論のない『切韻』の性格の解明等についても、一資料を提供することにその価値はある。

Ⅰ.7　研究の目的

　上記「Ⅰ.6『文選音決』の価値」で述べたように、『文選音決』は唐代南方音、即ち唐代(7世紀後半)の長江下流(江都)地方の南方音を反映する貴重な資料である。拙論の目的は、このような資料的価値のある『文選音決』に見られる、あらゆる形式の注を取り上げて分析、論議する。その中心は、延べ5300個足らずの反切・直音・声調注の3種の音注を取り上げて整理分析し、『音決』の音韻体系並びに反切構造を解明するということにある。即ち、

(1)『音決』の音注に反映する音韻体系の特色を明らかにすること。このための基礎作業として、反切・直音・声調注を取り上げ、『切韻』の音韻体系に従って整理し、「音注総表」を作成する。
(2)『音決』の反切構造の特色を明らかにする。このため基礎作業として、反切のみを上げて整理し、「反切上字表」を作成する。

Ⅰ.8　研究の方法

　上記のような目的を遂げるためには、『音決』という音韻資料にふさわしい、どのような方法が取られるべきであろうか。先ず、上に記した第一の目的である『文選音決』の音注に反映する音韻体系の特色を明らかにするため

に取るべき方法について考える。

　例えば『広韻』といった「韻書」のように、その依った方言音の音韻体系を全面的に反映する反切(『広韻』では、ごく一部声調注なども含む)が一応全部揃っていると考えられる場合には、清、陳澧(1810〜1882)がその著『切韻考』で『広韻』の反切について試みた「反切系聯法」が用いられる。しかし、音注資料の場合には、難字(我々現代日本人からすると、簡単な字も多いが、それは別に理由が考えられよう)・多音字(その中のどの音であるかを指定することにより、往々意味を指定し、義注に近い性格をもつ、「音義」といえよう。そうすると『音決』も李善注・『鈔』などの注釈と関連させて『文選』の正文解釈に貢献する所があり、その方面からの研究も考えられるといえよう)に対する音注であるから、その音注資料の音韻体系全般を覆うに足るほどの音注は得難いので、「系聯法」を用いることはできない。

　そこで次に考えられるのが、隋、陸法言の撰になる『切韻』(601)の音韻体系に依拠する方法である。即ち『切韻』の反切から帰納される音韻体系を基準として音注を整理し、それとの「ズレ」を考察するのである。本研究もこの方法に依る。

　なお原本『切韻』の完本は存しないので、その代替として『広韻』(1008)を使用する。そのテキストは主として周祖謨『広韻校本附校勘記』(中華書局, 1988)を使用し、余迺永『新校互註宋本広韻』(中文大学出版社, 1993)も参照する。また、必要に応じて『完本王韻』(706)、これは龍宇純『唐写全本王仁昫刊謬補缺切韻校箋』(香港中文大学, 1968)を用い、更には劉復ら『十韻彙編』、姜亮夫『瀛涯敦煌韻輯』、周祖謨『唐五代韻書集存』(中華書局, 1983)などに所収の「切韻系韻書残巻」や『集韻』(1039)も使用する。

　以上、研究方法については、平山久雄「敦煌毛詩音残巻反切の研究(上)」(「北海道大学文学部紀要」14の3, 1966)のp.6「2.切韻方言の音節構造と音韻体系」及びその注(1)、更に同氏「敦煌毛詩音残巻反切の研究(中の1)」(「東洋文化研究所紀要」第78冊, 1979年)のp.35「7.中古音の音韻体系」を参照。また大島正二著『唐代字音の研究』(汲古書院, 1981)の「Ⅱ.資料」(pp.16-17)

Ⅰ．序論篇

及び「Ⅲ．資料整理の方法」(pp. 39-46)を参照。

　次に『切韻』の音韻体系に関しては、種々の説があるが、拙論では専ら平山久雄の上掲の論文「敦煌毛詩音残巻反切の研究(上)」とそれを修正した「敦煌毛詩音残巻反切の研究(中の１)」に示された『切韻』の音韻体系(「中古音の音韻体系」)に従う。具体的な声類、韻類、調類及びその推定音価などは、「Ⅰ．9　『切韻』の音韻体系」を参照されたい。

(注)

*1　大島正二著『唐代字音の研究』pp. 23-24を参照。また、p. 172で、李善『文選音義』(658)について、大要次の如く述べる。唐初、揚州江都の音を示すという所に価値がある。中古音の南方字音の研究は、『玉篇』・『経典釈文』・『顔氏家訓』音辞篇・『切韻』序などにより行われるが、これらは皆六朝末から隋にかけての資料である。だが、この『文選音義』は唐代音の実相と変遷との研究をよりきめ細かにする点や、『切韻』の性格を多角的に見る上で肝要である。そして、同時代の北方音と比較することにより、唐代南方(江都)字音の特徴の一端を窺知しうる。

*2　大島正二に「唐代南方音の一様相——李善『文選』音注に反映せる江都字音について——」(「北海道大学文学部紀要」26-1, 1977)、「曹憲『博雅音』考——隋代南方字音の一様相(上)——」(「同紀要」32-2, 1984)・「同［補稿］」(「同紀要」33-1, 1984)・「同(下)」(「同紀要」34-1, 1985)の諸論文があり(これらの結果を後には『唐代字音研究』汲古書院, 1981にまとめている)、唐代南方字音について解明した。最近では丁鋒『「博雅音」音系研究』(北京大学出版社, 1995)の著がある。

*3　平山久雄「敦煌毛詩音残巻反切の研究(上)」(「北海道大学文学部紀要」14-3, 1966. pp. 31-32)を参照。

Ⅰ．9　『切韻』の音韻体系

　『切韻』の音韻体系に関しては、種々の説があるが、拙論では専ら平山久雄「敦煌毛詩音残巻反切の研究(上)」*1とそれを修正した「敦煌毛詩音残巻

反切の研究（中の１）」*2に示された『切韻』の音韻体系（平山は「中古音の音韻体系」と称する）に従う。今そのうち拙論に必要な最小限のことを記す。

(１)類：中古音の音節を「直音類」と「拗音類」に分け、更に以下のように細分する。
  (一)直音類：介音/i/を含まない音節。
    Ⅰ類：主母音/ɑ, ʌ/を含む。『韻鏡』等の韻図では１等欄に配置される。
    Ⅱ類：主母音/a, ɐ/を含む。韻図では２等欄に配置される。
    Ⅳ類：主母音/e/を含む。韻図では４等欄に配置される。いわゆる「直音４等韻」に属する。
  (二)拗音類：介音/i/を含む音節。
    A類：主母音/a, e/を含み、声母は唇音・牙喉音に属する。声母は更に口蓋化要素/j/を含む。韻図では４等欄に配置される。いわゆる重紐A（甲）類。
    B類：主母音/a, e/を含み、声母は唇音・牙喉音に属する。声母は口蓋化要素/j/を含まない。韻図では３等欄に配置される。いわゆる重紐B（乙）類。
    AB類：主母音/a, e/を含み、声母は舌音・歯昔に属する。
    C類：主母音/ɑ, ʌ/を含む。

(２)属
  開口属：介音/u/を含まない音節。唇尾属を除く。いわゆる開口。
  合口属：介音/u/を含む音節。いわゆる合口。
  唇尾属：唇の調音を伴なう韻尾/-u, -wŋ, -wk, -m, -p/を唇的韻尾と呼び、それに終る音節を唇尾属と呼ぶ。これらは介音/u/を含むことがない。

Ⅰ．序論篇

（3）声母

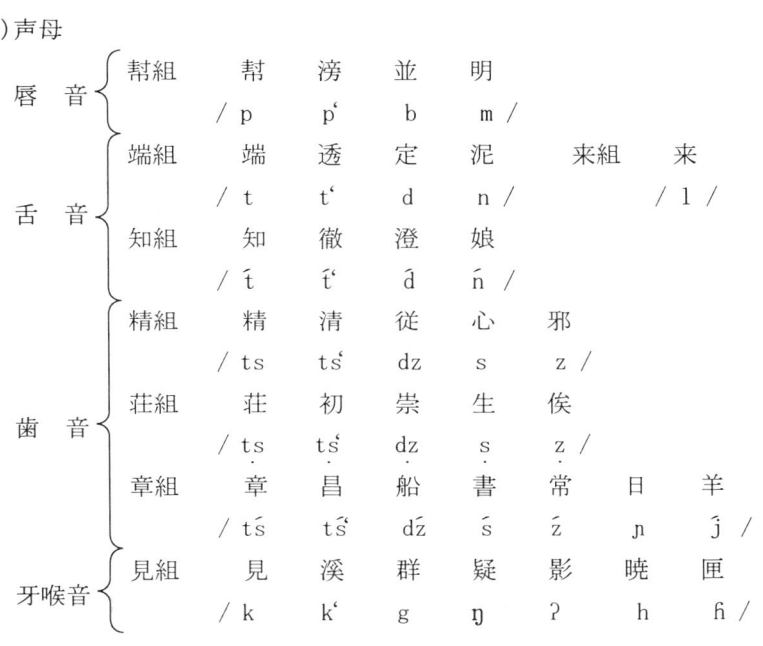

		幫組	幫	滂	並	明		
唇音	{	/ p	pʻ	b	m /			

		端組	端	透	定	泥	来組	来
舌音	{	/ t	tʻ	d	n /		/ l /	
		知組	知	徹	澄	娘		
		/ t̂	t̂ʻ	d̂	n̂ /			

		精組	精	清	從	心	邪	
歯音	{	/ ts	tsʻ	dz	s	z /		
		莊組	莊	初	崇	生	俟	
		/ ṭs	ṭsʻ	ḍz	ṣ	ẓ /		
		章組	章	昌	船	書	常	日 羊
		/ t́s	t́sʻ	d́z	ś	ź	ɲ ĵ /	

		見組	見	溪	群	疑	影	曉 匣
牙喉音	{	/ k	kʻ	g	ŋ	ʔ	h ɦ /	

①知組・章組の音声記号に付けられた ´ は口蓋化音を表わす。
　莊組の . は捲舌音を表わす。
②重紐A類声母は口蓋化要素/j/を含むが、羊母/j/と同一でない。

（4）韻母

　　　　直　音　類

Ⅰ　類

歌	泰開	豪	寒	曷	唐開	鐸開	談	盍	冬	沃
a	ai	au	an	at	aŋ	ak	am	ap	awŋ	awk
戈	泰合		桓	末	唐合	鐸合				
ua	uai		uan	uat	uaŋ	uak				
	哈	侯	痕	没開	登開	徳開	覃	合	東	屋
	ʌi	ʌu	ʌn	ʌt	ʌŋ	ʌk	ʌm	ʌp	ʌwŋ	ʌwk

- 173 -

模	灰		魂	没合	登合	德合			
uʌ	uʌi		uʌn	tʌt	uʌŋ	uʌk			

II 類

麻開	夬開	肴	刪開	鎋開	庚開	陌開	銜	狎	江	覚
a	ai	au	an	at	aŋ	ak	am	ap	awŋ	awk
麻合	夬合		刪合	鎋合	庚合	陌合				
ua	uai		uan	uat	uaŋ	uak				
佳開	皆開		山開	黠開	耕開	麦開	咸	洽		
ɐ	ɐi		ɐn	ɐt	ɐŋ	ɐk	ɐm	ɐp		
佳合	皆合		山合	黠合	耕合	麦合				
uɐ	uɐi		uɐn	uɐt	uɐŋ	uɐk				

IV 類

齊開	蕭	先開	屑開	青開	錫開	添	怗
ei	eu	en	et	eŋ	ek	em	ep
齊合		先合	屑合	青合	錫合		
uei		uen	uet	ueŋ	uek		

拗 音 類

C 類

戈開	廢開	元開	月開	陽開	薬開	嚴	業	鍾	燭
ia	iai	ian	iat	iaŋ	iak	iam	iap	iawŋ	iawk
戈合	廢合	元合	月合	陽合	薬合				
iua	iuai	iuan	iuat	iuaŋ	iuak				
魚	微開	尤	欣開	迄開	蒸	職開	凡	乏	東	屋	之
iʌ	iʌi	iʌu	iʌn	iʌt	iʌŋ	iʌk	iʌm	iʌp	iʌwŋ	iʌwk	iʌɯ
虞	微合		文合	物合							
iuʌ	iuʌi		iuʌn	iuʌt							

A・B・AB 類

麻	祭開	宵	仙開	薛開	清開庚開	昔開陌開	塩	葉
ia	iai	iau	ian	iat	iaŋ	iak	iam	iap
	祭合		仙合	薛合	清合庚合	昔合陌合		
	iuai		iuan	iuat	iuaŋ	iuak		

支開	脂開	幽	真開臻	質開櫛	蒸	職開	侵	緝
ie	iei	ieu	ien	iet	ieŋ	iek	iem	iep
支合	脂合		諄真合	術質合		職合		
iue	iuei		iuen	iuet		iuek		

①表記は音韻表記。/ /を省く。
②平声の韻目中に相配する上・去声のそれを含み、相配する入声の韻目も記す。
③1韻母に2韻目が記されている場合、音韻的条件により2韻に分れる。

(開)/iaŋ, iak/	A類・AB類（荘組を除く）	清開　昔開	B類・荘組	庚開　陌開
(合)/iuaŋ, iuak/	〃	清合　昔合	〃	庚合　陌合
(合)/iuen, iuet/	A類・AB類（荘組を除く）	諄　術	B類・荘組	真合　質合
(開)/ien, iet/	荘組以外	真開　質開	荘組	臻　櫛

庚合　陌合　荘組	直音下字の小韻	拗音(B類)下字の小韻（主に生母）
	(Ⅱ類) /-aŋ, -ak/	(B類) /-iaŋ, -iak/

韻母\声母		帮組	荘組	荘組以外の舌歯音	見組 (開口)	見組 (合口)
蒸開 職開	(B類)	/-ieŋ, -iek/			抑など少数音節 /-ieŋ, -iek/	
	(C類)			/-iʌŋ, -iʌk/	憶などの音節 /-iʌŋ, -iʌk/	
職合	(B類)					/-iuek/

(注)

*1　平山久雄「敦煌毛詩音残巻反切の研究(上)」(「北海道大学文学部紀要」15-2, 1966)

*2　「敦煌毛詩残巻反切の研究(中の１)」(「東京大学東洋文化研究所紀要」78, 1979)

Ⅱ. 本論篇

II. 本論篇

音注資料の整理の結果、『音決』に見られる音韻や反切の特徴について、以下考察する。

II.1 声類

II.1.1 唇音

II.1.1.1 軽唇音

唐代音韻史において最重要な問題の一つである重唇音(両唇破裂音/p/の類)からの軽唇音(唇歯摩擦音/f/の類)の独立、軽唇音化は所謂「軽唇十韻」即ち、東三(明母字を除く)・鍾・微・虞・廃・文・元・陽・尤(明母字を除く)・凡の十韻の唇音で起こった(大島1981, p.54)。『音決』の音注を見ると、反切でいえば重唇音上字・軽唇音上字の使い分けがなされており、直音注でも使い分けがあるから、軽唇音化が進んでいたと見られる。

即ち、反切では帰字が後に軽唇音化する場合には、上字に後に軽唇音化するそれを用いる。以下に例を示す。『音決』は上字・下字、帰字(韻とその声調)、出所の順に並べる。『広韻』・『音決』の「切」・「反」字は、省略する。以下この体裁に倣う。

　　　(例)　　　　　　『音決』の巻・葉数・表(オ)裏
　幫(非)母：方宇・跗(虞上)：102下・19
　　　　　方穢・廢(廃去)：8・34
　　　　　方富・復(尤去)：56・43

　　　　　　　方伏・幅(屋入)：48上・2
　滂(敷)母：芳非・菲(微平)：9・29オ，63・21
　　　　　　　孚方・妨(陽平)：66・23
　　　　　　　芳尾・斐(微上)：8・28，9・39
　　　　　　　芳梵・汎(凡去)：59上・6オ
　　　　　　　芳伏・複(屋入)：59下・23
　並(奉)母：扶云・汾(文平)：61上・3オ
　　　　　　　扶遠・飯(元上)：93・13
　　　　　　　房用・俸(鍾去)：98・152
　　　　　　　扶弗・怫(物入)：91下・23
　明(微)母：亡粉・吻(文上)：93・7
　　　　　　　武亮・妄(陽去)：8・37

　直音の場合も同じく被注字が後に軽唇音化する場合には、音注字として後に軽唇音化するそれを用いる。

　　　　(例)
　帮(非)母：音[非]・扉(微平)：59上・22オ
　滂(敷)母：音[豐]・酆(東平)：93・84
　並(奉)母：音[伏]・馥(屋入)：8・17オ，9・29，48下・30オ，
　　　　　　　　　　　　　　　59下・33オ
　明(微)母：音[無]・蕪(虞平)：59下・6オ，同29，63・11，
　　　　　　　音[勿]・沕(物入)：66・37オ

　以上のような例を挙げれば、枚挙に暇がないほどである。詳細は資料篇(1)音注総表、(2)反切上字表の該当箇所を参照されたい。
　軽唇音が音韻として独立していたか否かについて、平山1969はＣ類＞Ｂ類の韻母合流の結果として牙喉音の場合はＣ類音節とＢ類音節とが同音化したが、唇音の場合は韻母が担っていた音節弁別機能を「軽唇音」の独立が肩代

わりし、音節全体としての区別は保たれたという。そして慧琳『一切経音義』では反切上字によって重軽が区別され、更に『玉篇』の反切もその傾向が強いという(p.160)。そうすると『音決』ではＣ類＞Ｂ類の韻母合流は、下文の「Ⅱ．2　韻類」の項で見るように、全面的には起こっていないと見られるので、音韻としては未だ独立していなかったが、音声的にはかなり進行していたものと見られる。

　なお、参考ながら軽唇音化しない例を挙げると、

　　莫鳳・夢(東三去明母)：『広韻』
　　亡尤・繆(尤平明母)　：9・32
　　亡又・謬(尤去明母)　：59下・33など計3個

などである(『音決』には東三明母の音注は1個もない)。もちろん「軽唇十韻」以外では軽唇音の独立はないから、『音決』でも被注字(反切の場合は帰字)重・音注字(反切の場合は上字)重の組み合わせとなる。資料(1)音注総表のⅠ類模韻、灰韻、魂韻や(2)反切上字表を参照すれば一目瞭然であるから、ここには一々挙例しない。

　平山1967によれば、軽唇音化の音韻的条件は、「韻母が介音/i/を含み，かつ奥舌主母音主母音/ɑ, ʌ/を含むとき」(p.231)で、軽唇音が音韻として独立する直接契機として「Ｃ類＞Ｂ類の韻母合流を挙げるべき」だとする(p.223)。そして、「軽唇音の音韻的独立の年代は、資料の成立年についていえば8世紀後半、撰者の生年についていえば8世紀前半ごろに置かれる」とする(p.219)。

　丁鋒1995, p.7は南方音を表すという曹憲『博雅音』では軽唇音が完全に独立しているという。

Ⅱ．1．1．2　重唇音

Ⅱ．1．1．2．1　〈幇〉〈滂〉両母の混同を示す例がある

		広韻	音決	
		〈幇〉	〈滂〉	
1.	複	方六	芳伏	59下・23

		〈滂〉	〈幇〉	
2.	弣	芳武	方宇	102下・19

1・2の例は僅か1個ずつしかない。個別的な字音の相違であろう。

Ⅱ.1.1.2.2 〈幇〉〈並〉両母の混同を示す例がある

		〈並平〉	〈幇〉	
3.	鐇	甫煩	音[番]	9・17

音[ ]は直音の音注であることを示す。以下同じ。

		〈幇〉	〈並平〉	
4.	璠	附袁	付袁	47・6オ, 48下・27オ
5.			付爰	59下・34オ

		〈幇〉	〈並灰〉	
6.	復	扶富	方富①	56・43

①『音決』の下字「富」は、もと「冨」字に作る。

Ⅱ.1.1.2.3 〈滂〉〈並〉両母の混同を示す例がある

		〈滂〉	〈並灰〉	
7.	魄	普伯	音[白]	61上・25オ, 62・14

- 182 -

全濁唇音声母〈並〉と全清唇音声母〈幇〉・次清唇音声母〈滂〉との混同を示す例が3～7のように全部で5個ある。唐代資料には例がやや多く、中古音で有声音であったと推測される全濁唇音声母〈並〉母の無声化を反映する音注と解し、これは軽唇音化と共に唐代音韻史上の重要な出来事の一つとする（大島1981, p.74）。すると、『音決』のこれらの例も〈並〉母の無声化の先流と解し得よう。

Ⅱ.1.2　舌音

Ⅱ.1.2.1　舌頭音

Ⅱ.1.2.1.1　〈端〉〈定〉両母の混同を示す例がある

		〈定〉	〈端〉	
8.	題	杜奚	多分	61上・19
9.			＝大分	8・25オ
10.			＝定分	59上・17オ
11.			＝度分	66・5

　題の音注全4個の内、僅か1個で、他に例がない。これもおそらくは個別的な読音の相違を示すものであろう。

Ⅱ.1.2.2　舌頭音・舌上音

　舌頭音〈端透定〉母と舌上音〈知徹澄〉母とは一応分かれていたと思われるが、その間の混同を示す「類隔切」が、以下のように多い。

Ⅱ.1.2.2.1　〈端〉〈知〉両母の混同を示す例がある

		〈知〉	〈端〉	
12.	卓	竹角	丁角	8・29オ, 62・19
13.	啄	竹角	丁角	56・27オ, 66・8
14.			＝張角	9・19
15.	諑	竹角	丁角	63・16
16.	琢	竹角	丁角	91下・8オ
17.	斲	竹角	丁角	98・151, 113下・12オ
18.	摘①	陟革[麦開入]	丁格[陌二開入]	61上・31
19.			＝竹革	59上・10, 20オ
20.			＝知革	62・16オ
21.	輈	張流	丁留	56・28,
				98・156上
22.	長	知丈	丁丈	59上・5, 79・41オ
				など計13個
23.			＝張兩	8・4, 9・15
24.	中	陟仲	丁仲	63・24オ, 68・5オ
				など計10個
25.	質	陟利	丁利	79・22オ
26.	著	陟慮	丁慮	9・7, 59下・22オ
				など計18個
27.			＝張慮	8・5
28.	駐	中句	丁住	91下・36オ
29.			＝竹樹	59上・39, 62・14
30.	綴	陟衞	丁歲	66・12
31.			丁衞	68・17オ
32.			＝知歲	59下・36オ
33.	張	知亮	丁亮	8・28オ
34.	囀	知戀	丁戀	59下・20オ

35.	轉	知戀	丁戀	79・48
36.	輟	陟劣	丁劣	73下・4
37.			＝知劣	94中・5

① 『音決』の「摘」字は、本文の意味(「取也」)上、『広韻』の「摘」(「手取也」)に当たるので、これと比較する。

以上12〜37の例の他にも、「Ⅰ．3．9　協韻・方言」で述べた例の

　　85　築　張六[屋開入]　丁又[尤開去]113下・3　下文考証を参照

の例があり、そこでは、

　　85築　築は知母であり、協韻の反切上字「丁」は端母なので、「類隔」
　　　　である。下文の注*10「超」字の蕭該の音「吐弔反」を参照。

の如く述べた(なお、この注*10も参照)。これもこの「類隔」の補助例と考えてよかろう。

Ⅱ．1．2．2．2　〈透〉〈徹〉両母の混同を示す例がある

		広韻〈徹〉	音決〈透〉	
38.	趠	丑教[肴　去]	吐孝	9・34オ
39.		敕革[覚　入]	吐角	9・34オ

Ⅱ．1．2．2．3　〈定〉〈澄〉両母の混同を示す例がある

		〈定〉	〈澄〉	
40.	彈	徒干[寒開平]	直單	91下・5オ
41.		徒案[寒開去]	＝大旦	8・34オ

		〈澄〉	〈定〉	
42.	湛	徒減[咸　上]	大減	9・65
43.			＝直減	9・19，61乙・1，66・33オ
44.		直深[侵　平]	＝音[沈]	88・51オ
45.	躅	直録	大録	8・25
46.	蹢	直録	＝直録	61下・6
47.			＝直欲	116・38
48.	轍	直列	大列	91下・23オ
49.			＝直列	9・55オ，59上・8
50.	矗	直立	大立	9・61

以上40〜50の例の他にも、「Ⅰ．3．9　協韻・方言」で述べた例の

　　38　啼　杜奚[斉開平]　逐移[支開平]8・11オ

があり、そこでは、

　　(帰字)啼は定母、協韻の反切上字「逐」は澄母で、「類隔」である。『音決』には舌上音（知母など）が舌頭音（端母など）で表される所謂「舌音類隔切」が延べ70個余りある（舌頭音が舌上音で表されるのは少ない）。以下、84逮・85築も同じである。下文の注*10「超」字の蕭該の音「吐弔反」を参照。

の如く述べた。また、

　　84　逮　徒耐[咍開去]　直紇[没開入]68・39オ　下文考証を参照

の例もあり、

84逮　現代中国語音dài、『手冊』去声代韻徒耐切で定母字である。協韻の反切上字「直」は澄母であるから、「舌音類隔」である。下文の注*10「超」字の蕭該の音「吐弔反」を参照。……

の如く述べた。また、

85　築　張六[屋開入]　　丁又[尤開去] 113下・3　下文考証を参照

の例もあり、

85築　築は知母であり、協韻の反切上字「丁」は端母なので、「類隔」である。下文の注*10「超」字の蕭該の音「吐弔反」を参照。

の如く述べた。
これらもこの「類隔」の補助例と考えてよかろう。

Ⅱ．1．2．2．4　〈泥〉〈娘〉両母の混同を示す例がある

		〈泥〉	〈娘〉	
51.	嫋	奴鳥	女了	9・25才
52.			＝奴了	59上・27才
53.	嬲	奴鳥	女了	85上・15才
54.	南	那含[覃　平]	女林[侵　平]	48下・3

		〈娘〉	〈泥〉	
55.	挐	女余[魚開平]	乃居	66・21才
56.			＝女居	9・31
57.		女加[麻開平]	＝女加	9・31

- 187 -

娘母が(泥母から)独立した声母であるか否かについては、議論の存するところである(平山1969, p.129や大島1981, p.52を参照)が、『音決』ではこの両母の別は明確で、上の51・53・54・55の例は、前項の舌頭音〈端透定〉母と舌上音〈知徹澄〉母と平行する所謂「類隔切」であって、数量も僅かに過ぎないので、個別的な字音の相違と考える。
　「類隔切」が以上のように多いが、『音決』で舌頭音〈端透定〉母と舌上音〈知徹澄〉母とが、なお一類で未分化であったとは考えがたい。
　大島1981によると、「類隔切」は『経典釈文』によく見られ、舌音はもと一類であったが、後に一定の音韻的条件下で舌頭音・舌上音の二類に分かれたと見る論拠であるという(有坂秀世『上代音韻考』pp.303-308を挙げる)。『切韻』では二類に分かれるものが、泥・娘母については問題が存するものの、唐代でも一類であったとは考えがたい。その原因を1.師資相承か、2.六朝期の反切用字法を襲用したためかと述べる。そして、『玉篇』・『文選』(李善音)に類隔切が多いので、これは南方字音の特徴の一つかとも述べる。更に注(42)で、「玉篇では舌頭／舌上の区別は本質的なものではなかった。言ひ換へれば、異なったphonémeではなかったのである」という河野六郎の所説(「玉篇に現れたる反切の音韻的研究」)を引く(pp.84-85)。中国の馮蒸1988も「詞匯拡散理論」によって、類隔切は音韻変化の残余現象で、主としてそれは一字両読の現象であり、どちらの音に読んでもよいという(pp.317-324)。『音決』の場合にも、この河野・馮の所説を取りたく思う。なお、12から15までの例は数量的には僅かながらも、舌頭音全濁声母〈定〉・舌上音全濁声母〈澄〉の無声化を反映すると考えられようか(大島1981, p.77を参照)。

Ⅱ.1.3　歯音

Ⅱ.1.3.1　歯頭音(精組)

Ⅱ.1.3.1.1　〈精〉〈心〉両母の混同を示す例がある

Ⅱ．本論篇

		〈心〉	〈精〉	
58.	峻	私閏	音[俊]	63・11オ
59.			＝思俊	102下・13オ

Ⅱ．1．3．1．2 〈心〉〈清〉両母の混同を示す例がある

		〈清〉	〈心〉	
60.	湌	七安	素干	59下・3
61.			＝七干	56・25, 116・38

58・60の例は、個別的な字音の相違によるものであろう。

Ⅱ．1．3．1．3 〈精〉〈従〉両母の混同を示す例がある

		〈精〉	〈従平〉	
62.	曽	作滕	昨曽	62・34オ
63.	糟	作曹	音[曹]	66・23オ
64.			＝音[遭]	93・34

わずかな例ながら、全濁声母〈従〉の無声化を反映する音注であるかもしれない。或いは単なる個別的な字音の相違であるかもしれない。唐代資料には例がやや多く、中古音で有声音であったと推測される全濁声母〈従〉母の無声化を反映すると解する（大島1981, pp. 86-89）。

Ⅱ．1．3．1．4 〈心〉〈邪〉両母の混同を示す例がある

		〈心〉	〈邪〉	
65.	恂	相倫	音[旬]	94中・19オ, 116・2

- 189 -

66.			＝音［荀］	116・2
67.	睟	雖遂	音［遂］	91下・36

　62〜64の例と平行な、全濁声母〈邪〉の無声化を示すものであろうか。或いは『切韻』との個別的な字音の相違よるものであろうか。大島の唐代資料にはこの例はない（大島1981, pp.85-90）。

II.1.3.1.5 〈従〉〈邪〉両母の混同を示す例がある

		〈従〉	〈邪〉	
68.	酉	自秋	音［囚］	91上・16
69.			＝在秋	9・67
70.	沮	慈呂	音［叙］	88・43, 102上・19オ
71.	漸	慈染	似琰	8・17
72.	萃	秦醉	音［遂］	91上・21オ, 91下・34オ, 94上・9オ
73.			＝音［悴］	9・37オ, 9・59

		〈邪〉	〈従〉	
74.	邪	似嗟	在嗟	8・18オ, 98・119, 132上, 下同, 102上・18オ
75.	耶①	似嗟	在嗟	88・60, 94上・4
76.			＝音［斜］	88・24
77.	璿	似宣	音［全］	116・48
78.			＝音［旋］	79・30オ, 91上・32
79.	旋	辝戀［仙合去］	在絹	66・6
80.		似宣［仙合平］	＝辝縁	59上・14
81.	篲	祥歲	在歲	93・6
82.	殉	辝閏	才俊	73下・6オ

83.			＝辝俊	9・5, 62・3, 113下・20, 下同
84.	羨	似面	才箭	9・26
85.	襲	似入	音[集]	48下・11オ, 98・102上, 113上・16
86.			＝音[習]	9・5, 61上・12オ

①「耶」字は、集注本や胡刻本は「邪」に作り、『広韻』に「邪、俗作耶耶」という。この「耶」は「邪」字に通じる。

これらの例から『音決』では〈従〉母と〈邪〉母とが一類であった思われる。

なお、序論篇の「Ⅰ.3.3 如字」で挙げた

(7)還[9]正文「山氣日夕佳、飛鳥相與還」
　　　　音決「還、協韻音全。下如字」(59上・5オ)

の説明に、

　協韻の「音全」は『広韻』では下平声仙韻疾縁切で従母に当たる。還は『広韻』では下平声仙韻似宣切「還返」で邪母の音に読む(セン. xuán. めぐる)。『音決』の協韻の音は『広韻』とずれる。これも『音決』の従・邪両声母混同の資料の一つとなるであろう。下文の「Ⅰ.3.9 協韻・方言 46還」の考証を参照)。

と述べ、同じく序論篇「Ⅰ.3.9 協韻・方言」で挙げた

46　還　似宣[仙合平]　音全[仙合平]59上・5オ　音全の「全」一部残缺す。
　　　　　　　　　　　　　　　　下文考証を参照

- 191 -

の説明に、

> 協韻の「音全」は『広韻』では平声仙韻疾縁切で従母。還は『広韻』では平声仙韻似宣切「還返」で邪母の音に読む。すると、これも『音決』の従・邪両声母混同の補助資料となろうか。下文の62在もこれと同じ例である。『音決』にはこのような従・邪両声母混同例が数多くある。下文の「Ⅱ．1．3．1．6〈従〉／〈邪〉」を参照のこと。なお、大島1981, pp.89-90のⅣ．1・3・1・3〈従〉・〈邪〉を参照。ただ、李周翰がいうように、通常これは「かえる」と読むから、『広韻』は平声刪韻戸關切「反也。退也。顧也。復也。戸關切。又音旋」（カン. huán. かえる。また）に相当し、こちらと或いは比較すべきかもしれないが、『音決』の撰者の字音では、「帰る」の意味ながら、これを『広韻』の平声仙韻似宣切「還返」（セン. xuán. めぐる）＝旋に読んだのかもしれない。

と述べた。同じく、

> 62　在　昨宰［咍開上］　詳以［之開上］63・37オ　詳以の下に「也」字を衍し、見せ消ちにす。下文考証を参照

の説明に、

> 在は従母、協韻の反切上字「詳」は邪母である。これも46還で述べたように『音決』の従・邪両声母混同の補助資料となろうか。

と述べた。これらの例も、『音決』の従・邪両声母混同の補助資料となし得るであろう。

六朝末の南方標準音を示すという『玉篇』（543年。平山は周祖謨1936「万象名義中之原本玉篇音系」の調査結果に基づいている）は、『切韻』にやや先立つ資料であるが、従母と邪母との別がなく、これが、南方標準音の一大

特徴であるという(平山1969, p.157)。大島は〈従〉母・〈邪〉母の混同は、南方音では『玉篇』に見られ、『顔氏家訓』音辞篇に指摘があるという(大島1981, p.90)。

なお、以上の外に、序論篇の「Ⅰ.3.9 協韻・方言」で挙げた

57　差　初牙[麻開平]　七何[歌開平]63・27　下文考証を参照

の例では、差は初母、協韻の反切上字「七」は清母で歯音類隔である。『音決』では、舌頭音〈端透定泥〉母と舌上音〈知徹澄娘〉母との「舌音類隔切」が多いことは上述した。

Ⅱ.1.3.2　正歯音二等(荘組)

Ⅱ.1.3.2.1　正歯音二等(荘組)と三等(章組)とは、各々独立していて、混同は見られない

Ⅱ.1.3.2.2　〈荘〉〈崇〉両母の混同を示す例がある

		〈崇〉	〈荘〉	
87.	査	鉏加	側加	9・53

僅か1個しかなく、個別的な字音の相違であろう。全濁声母〈崇〉母の無声化と考えるには例が少なすぎよう。

Ⅱ.1.3.2.3　〈荘〉〈初〉両母の混同を示す例がある

		〈初〉	〈荘〉	
88.	蒭	測隅	側于	56・19
89.			＝楚倶	102上・3オ

90.			＝楚于	102下・20

僅か1個しかなく、個別的な字音の相違であろう。

Ⅱ.1.3.2.4 〈荘〉〈生〉両母の混同を示す例がある

		〈初〉	〈生〉	
91.	戢	阻立	所及	48上・6オ
92.			＝側及	59下・11オ, 94上・16オ
93.			＝側立	61下・4, 71・4
94.			＝側入	93・49

僅か1個しかなく、個別的な字音の相違であろう。

Ⅱ.1.3.2.5 〈崇〉〈俟〉両母の混同を示す例がある

		〈俟〉	〈崇〉	
95.	俟	牀史	音［士］	59上・17, 73上・14オ
96.	竢	牀史	音［士］	63・11オ

『音決』では俟母は崇母に合流していたものであろうか。前に見た歯頭音の〈従〉母と〈邪〉母との混同を示す例や下に見る正歯音三等(章組)の〈船〉母と〈常〉母との混同を示す例と平行する声母の混同とも見ることができようか。

Ⅱ.1.3.2.6 〈生〉〈心〉両母の混同を示す例がある

		〈生〉	〈心〉	
97.	索	山戟	先宅	66・4

| 98. | | =所格 | 63・32, 79・31, 93・10 102上・6オ |

僅か1個に過ぎず、個別的な字音の相違であろう。これらの例は唐代資料には見えない(大島1981, pp. 90-92)。

Ⅱ.1.3.3　正歯音三等(章組)

Ⅱ.1.3.3.1　〈船〉〈常〉両母の混同を示す例がある

		〈船〉	〈常〉	
99.	賸	食陵	市仍	8・39オ
100.	楯	食尹	時尹	68・29オ
101.			=食准	9・50オ
102.	射	神夜[麻開去]	市夜	9・36
103.			常夜	9・57オ
104.			時夜	61上・9, 73上・13, 94上・7オ, 102上・4, 102下・19オ
105.	射	食亦[清開入]	市亦	8・34オ, 56・15オ
106.			時亦	9・62, 68・14オ
107.			上亦	63・25
108.			音[石]	88・22, 91下・17オ, 113上・22
109.	乘	食陵[蒸開平]	市仍	9・10オ
110.	乘	實證[蒸開去]	時證	66・31オ, 68・43 など計7個
111.	贖	神蜀	時燭	116・13

		〈常〉	〈船〉	
112.	鉇	視遮	音[蛇]	9・64
113.	嗜	常利	音[示]	85上・12, 102下・19
114.	眡①	常利	音[示]	113下・13
115.	樹	常句	食注	9・52
116.	折	常列	音[舌]	79・22オ, 85下・8オ, 88・31, 下同, 94下・32オ
117.	植	常職	音[食]	9・26オ, 62・33
118.			＝市力	8・16

①眡には『広韻』に「音示」と同音の「眎」字があって「呈也」という。この字の仮借と考えられないこともないが、正文の意味(『鈔』に「視也」とある)と『広韻』常利切下の視・眎・眡字の注にいう「看視」の意味とが一致するので、『広韻』は「常利切」の音とする。

『音決』では、〈船〉母と〈常〉母とが一類となっていたと考えて差し支えない。『玉篇』では、〈船〉母と〈常〉母とが混淆するという(平山1969, p. 157、また大島1981, p. 94)。唐代資料では、〈船〉母と〈常〉母とが一類となるのは、北方字音では慧琳『一切経音義』に始まるというが、大島の調査では唐代のかなり早い時期に、個別的には両声母がその有声性を失い、同音化が始まっていたと推測しうるという。南方音では〈従〉・〈邪〉両母の混同と同じく、古く六朝末の江南字音に見える特徴といわれる(大島1981, pp. 92-94)。

II．1．3．3．2　〈書〉〈常〉両母の混同を示す例がある

		〈書〉	〈常〉	
119.	抒	神與	時与	71・19オ, 93・3
120.	勝	詩證	時證	85下・13オ
121.			＝詩證	59下・11, 94上・27,

			=尸證	94下・12才, 113上・6才，下同 62・27才，116・26
122.				

　全濁音〈常〉母の無声化を反映すると考えられようか(なお大島1981, p.92を参照)。

　以上より『音決』の方言では、一般に破擦音濁声母〈従〉〈崇〉〈船〉と摩擦音濁声母〈邪〉〈俟〉〈常〉との混淆、更には摩擦音濁声母〈邪〉〈俟〉〈常〉と摩擦音清声母〈心〉〈生〉〈書〉との混淆が見られる。それで、『音決』の歯音の濁声母にあっては『切韻』のそれとはかなり異なることが分かる。

　また、例97の如く、歯頭音の〈心〉母と正歯音二等の〈生〉母との混同を示す例があるものの、僅か1個に過ぎないので、声母のcerebral化は云々できない。

II.1.4　牙喉音

II.1.4.1　〈見〉〈群〉両母の混同を示す例がある

		〈見〉	〈群〉	
123.	腱	居言	巨言	66・21

		〈群〉	〈見〉	
124.	懼①	共遇	音[句]	85上・6

①『広韻』に於いて「音句」と同音字に「怐、恐怐」があり、「懼」字をこの仮借字として使用したとも考え得るが、この字の使用例は見あたらない。

- 197 -

さて、例は少ないが、或いは牙音全濁〈群〉母の無声化を反映する音注といえようか（大島1981, pp. 95-99を参照）。

Ⅱ.1.4.2 　〈疑〉〈影〉両母の混同を示す例がある

		〈影〉	〈疑〉	
125.	磈	於鬼	魚鬼	66・37

　これも個別的な字音の相違であろう。

Ⅱ.1.4.3 　〈見〉〈渓〉両母の混同を示す例がある

		〈渓〉	〈見〉	
126.	麹	驅匊	居六	93・34

　これも個別的な字音の相違であろう。

Ⅱ.1.4.4 　〈影〉〈暁〉両母の混同を示す例がある

		〈影〉	〈暁〉	
127.	蒀	憶俱	許于	8・21

　これも個別的な字音の相違であろう。

Ⅱ.1.4.5 　〈匣〉母と〈于〉母とは『音決』では分かれている

　下文「Ⅱ.5　反切論」に掲げる「反切上字韻類別一覧表」を参照すると、以下のようになる。

声母	番号上字	摂	韻類	帰字類							計
				I	II	IV	A	B	AB	C	
匣	45何―歌開平	果	I	33	14	13				<u>1</u>	61
匣	46胡―模合平	遇	I	46	26	9				<u>1</u>	82
匣	47戸―模合上	遇	I	11	10	4					25
匣	50下―麻開上	仮	II	7	30						37
匣	75榮―庚合平	梗	B					2			2
匣	74為―支合平	止	B					1			1
匣	161矣―之開上	止	C					1			1
匣	162于―虞合平	遇	C					44		17	61

　これを見ると匣母一等上字「何」・「胡」・「戸」、匣母二等上字「下」は、殆どが直音帰字を表す反切に用いられている。例外は上表下線部の次の2個のみである。

		〈于〉	〈匣〉	
128.	葦	于鬼[微合匣]	何鬼[微合匣]	88・31
129.	曄①	筠輒[葉　匣B]	胡劫[業　匣]	8・10
130.			＝于輒[葉　匣B]	8・38, 9・26

①曄には『広韻』に入声緝韻の「爲立切」という一音もあり、「曄曄」というが、今は取らない。『広韻』では『音決』の「胡劫反」に該当する仮借字も求められず（『集韻』も同じ）、『音決』が「于輒反」とする箇所との意味上の相違も見られない。或いは下字「劫」は他の字の誤写なのかもしれないが、今はこの字のままに取る。

　これらの2個の例は帰字が于母（＝匣三＝云）でありながら、匣一母を用いている数少ない例外である。一方、于母に相当する「榮」・「為」・「矣」・「于」は拗音帰字を表す反切に用いられ、例外は全くない。このように匣母

と干母とは截然と使い分けられているのであるから、〈匣〉母と〈干〉母とは『音決』において分かれていることは疑問の余地がない。

　大島1981, p.101によれば、〈干〉母は〈匣〉母が一定の音韻的条件の下で変化したものである。それらがもと一類であったことは、(1)両声母が結合する韻類に関して補い合う分布を示すこと。(2)『玉篇』などで〈干〉母帰字の多くが〈匣〉母上字で示されていることから推測されるという。

　丁鋒1995, p.20は『博雅音』には〈匣〉母と〈干〉母とが混ずる例は1個もないという。

　その他、

	〈匣〉	〈見〉	
溷	胡困	故困[見]	63・35, 93・7オ

という例もあるが、これも個別的な相違であろう。

Ⅱ.2　韻類

Ⅱ.2.1　Ⅰ類

Ⅱ.2.1.1　〈東一〉〈冬〉両韻通用の例がある

		〈冬入〉	〈東入〉	
1.	酷	苦沃	苦谷	68・15オ
2.	沃	烏酷	烏谷	59上・14
3.			＝烏酷	8・22オ
4.			＝於篤	9・5

　入声の牙喉音に限られる。例数が少ないので、個別的な字音の相違であろ

- 200 -

うか。とはいえ、例数が少なくても、その音韻体系に関わる一部の、偶然なる表出であるかもしれないし、韻書と異なって音注であるから、それら当該韻に含まれる全部の音節を網羅している訳でもないが。

Ⅱ.2.1.2 〈泰〉〈灰〉両韻通用の例がある

		〈泰〉	〈灰去〉	
5.	沬	莫貝	亡背	66・1
6.			音[妹]	8・18
7.			＝亡貝	88・62

		広韻〈灰去〉	音決〈泰〉	
8.	佩	蒲昧	歩外	63・4

個別的な字音の相違であろうか。なお大島1981, p.157にこれらの音注を記載するが、論評はない。

Ⅱ.2.1.3 〈覃〉〈談〉両韻通用の例がある

		〈談入〉	〈覃入〉	
9.	闒	胡臘	音[合]	63・35オ
10.			＝何臘	9・50オ

個別的な字音の相違であろうか。

Ⅱ.2.2　Ⅰ／Ⅱ類

Ⅱ.2.2.1 〈肴〉〈侯〉両韻通用の例がある

- 201 -

		〈肴〉	〈侯〉	
11.	茅	莫交	莫侯	9・27

Ⅱ.2.2.2 〈覃〉〈咸〉両韻通用の例がある

		〈咸〉	〈覃〉	
12.	闞	火斬	許感	68・25

Ⅱ.2.2.3 〈咸〉〈銜〉両韻通用の例がある

		〈咸〉	〈銜〉	
13.	闞	火斬	許艦	113下・4

これらも個別的な字音の相違と考えたい。

Ⅱ.2.3 Ⅰ／B類

Ⅱ.2.3.1 〈侯〉〈幽B〉両韻通用の例がある

		〈幽B〉	〈侯〉	
14.	繆	武彪	莫侯	9・32, 94下・12オ
			亡侯	68・19

これらも個別的な字音の相違と考えたい。

Ⅱ.2.4 Ⅰ／C類

Ⅱ.2.4.1 〈東一〉〈東三〉両韻通用の例がある

		〈東三〉	〈東一〉	
15.	楓	方戎	方工	9・31オ
16.	牧	莫六[東三入]	音[木][東一入]	71・9オ

		〈東一〉	〈東三〉	
17.	黷	徒谷	大目	116・5オ
18.			＝大禄	98・136上
19.			＝音[讀]	9・42, 93・39オ

　軽唇音化は東三の明母字では起こらなかった。16が音注字に東韻一等の「木」字を用いているのは、被注字「牧」の直音化を示している。平山1969, p.123は、唐代では「牧」と全く同音の「目」が拗音/miuk/から直音/muk/へと直音化しているという。17も下字「目」は直音化しているので、東韻一等帰字「黷」を切し得るのである。

Ⅱ．2．4．2　〈魂〉〈文〉両韻通用の例がある

		〈文〉	〈魂〉	
20.	欝	紆物	於忽	59下・38オ

Ⅱ．2．4．3　〈唐〉〈陽〉両韻通用の例がある

		〈陽〉	〈唐〉	
21.	瀁	餘兩	以朗	9・15
22.			＝音[養]	71・17

Ⅱ．2．4．4　〈侯〉〈尤〉両韻通用の例がある

		〈尤〉	〈侯〉	
23.	侔	莫浮	亡侯	59下・33オ
24.			莫侯	66・28オ, 71・3オ, 93・89オ

　尤韻明母字は軽唇音化が起こらなかった。大島1981, p. 165によれば、唇音声母明母下での通用であり、尤韻明母字の直音化を示すと解される。河野六郎1954, p. 253は、慧琳『一切経音義』の反切では、『広韻』平声尤韻に属する文字も侯韻に帰属しているという。またp. 254でも「尤韻明母の字は侯韻に移ってゐること」をいい、それは「江南音の体系に依るものであらう」という。また「尤韻明母の字は他の唇音字と異なり夙に介音を失って侯韻となり、秦音では更に模韻となってゐることを知った」と述べる。

Ⅱ.2.5　Ⅱ類

Ⅱ.2.5.1　〈皆〉〈夬〉両韻通用の例がある

		〈夬〉	〈皆去〉	
25.	蠆	丑犗	丑芥	113上・19

　僅か1個に過ぎないが、以下の諸例と考え併せるならば、「二等重韻」の先流であると見なし得ようか。

Ⅱ.2.5.2　〈刪〉〈山〉両韻通用の例がある

		〈刪〉	〈山〉	
26.	澗	古晏	[間]去聲	71・36
27.	慢	謨晏	亡間	73上・15オ
28.			＝莫患	73上・4

- 204 -

26の「澗」字は礉音澗(59下・23)、晏一澗反(61上・12)の如く諫韻(刪去韻)字として使われている。〈皆〉〈夬〉両韻通用の例と考え併せれば、所謂「二等重韻」の先流であると見なし得よう。或いは個別的な字音の相違であろうか。大島1981, pp. 171-173によれば、唐代資料では慧琳『一切経音義』が刪(開合)・山(開合)両韻が通用している。また、両韻通用(相配する上声・去声・入声韻を含む)の例が20個余り列挙され、所謂「二等重韻」の合流であるという。

Ⅱ.2.5.3 〈耕〉(開口)〈庚二〉(開口)両韻通用の例がある

		〈耕〉	〈庚〉	
29.	耕	古莖	吉行	59上・10オ
30.	莖	戸耕	戸庚	61下・2オ
31.	擿	陟革	丁格	61上・31
32.			＝竹格	59上・16, 20オ
33.			＝知革	62・16オ

　上記25〜28までの諸例と考え併せれば、「二等重韻」の先流であろうか。唐代資料では耕(開口)・庚(開口)両韻通用の例が35個近くあり、「二等重韻」の合流であるという(大島1981, p.173)。

Ⅱ.2.6 Ⅱ／A・B・AB類

Ⅱ.2.6.1 〈肴〉〈宵〉両韻通用の例がある

		〈宵〉	〈肴〉	
34.	約	於笑	烏孝	66・10オ

個別的な字音の相違であろう。

Ⅱ.2.7　Ⅳ／A・B・AB類

Ⅱ.2.7.1　〈蕭〉〈宵〉両韻通用の例がある

		広韻〈宵〉	〈蕭〉	
35.	焦	即消	子遼	56・14オ
36.	翹	渠遥	巨尭	66・14
37.			＝巨遥	9・57オ，68・37オ

　所謂「直音四等韻」が、唐代に入って拗音化し、同摂内の拗音韻に合流する現象を反映する音注である（大島1981, p. 204）。
　切韻の所謂「直音四等韻」は、例えば『広韻』の反切では、一・二等の直音韻と同じく直音上字を取るので、拗介音を含まなかったというのが定論である。その後、韻図では四等欄に配されて拗音韻の位置にあるが、それは『韻鏡』の時代には既に拗音化していたからである（平山1969, p. 148、p. 159）。
　唐代資料では、慧琳『一切経音義』が反切下字の通用により、直音四等韻は拗音化を起こし、同摂内の拗音韻に合流したと認められる。『干禄字書』では蕭・宵の両韻が通用する（大島1981, p. 201、p. 207、p. 221）。

Ⅱ.2.7.2　〈青〉〈清〉両韻通用の例がある

		〈青開〉	〈清開〉	
38.	馨	呼刑	許征	68・15オ
39.	鼉	北激[錫　入]	必亦[昔　入]	9・17
40.	戚	倉歴	七亦	56・42

		〈清開〉	〈青開〉	
41.	娉	匹正	妙侫	79・32
42.			＝匹政	59下・29, 43

- 206 -

			＝音[聘]	98・152
43.				
44.	磧	七迹	七歷	9・8オ

		〈青合〉	〈清合〉	
45.	坰	古螢	古營	8・16, 113下・26
46.			＝古螢	9・11

　これも上記、Ⅱ．2．7．1　〈蕭〉〈宵〉両韻通用の例と同じく、「直音四等韻」が拗音化する現象である（大島1981, p.208、p.211）。

Ⅱ．2．8　Ａ・Ｂ・ＡＢ類

Ⅱ．2．8．1　〈庚三〉〈清〉両韻通用の例がある

		〈清〉	〈庚三〉	
47.	碧	彼役	彼逆	8・37
48.			兵逆	61上・27オ

		〈庚三〉	〈清〉	
49.	戟	几劇	居亦	59上・25
50.			＝居劇	8・34オ

　これも個別的字音の相違によるものであろうか。或いは大島1981, p.188が指摘する「南方字音の一特徴」であろうか。

Ⅱ．2．9　Ａ・Ｂ・ＡＢ／Ｃ類

Ⅱ．2．9．1　〈脂〉〈之〉両韻通用の例がある。重紐Ａ・Ｂの対立に混乱はない

		〈脂〉	〈之〉	
51.	毗A	房脂	避時	48下・33才
52.	絺	丑飢	勅釐	9・59
53.			＝丑犁	68・29
54.			＝丑夷	93・10才
55.	坻	直尼	音[持]	59下・22
56.	茨	疾資	在茲	93・3才
57.	砥	旨夷[脂開平]	音[之][之 平]	66・14
58.		職雉[脂開上]	＝音[旨][脂 上]	9・52, 91下・18, 93・5, 102上・10才
59.	祇	旨夷	音[之]	48上・13才, 63・27才, 116.27才
60.	鴟	處脂	尺之	8・16
61.			尺詩	9・5
62.	肌B	居夷	居疑	56・3
63.			＝音[飢]	56・38, 68・10 73下・4才,
64.	兕	徐姊[脂開上]	音[似]	9・35才, 66・32才, 102下・14才
65.	遟	直利[脂開去]	音[値]	59上・18, 19才, 35
66.	膩	女利	女吏	66・18才
67.	曁B	其冀	音[忌]	9・58才
68.			＝其冀	79・50
69.			＝其器	91上・12
70.	洎B	其冀	音[忌]	93・65才
71.	懿B	乙冀	音[意]	73下・17

		〈之〉	〈脂〉	
72.	圯	與之	音[夷]	71・17オ
73.	思	相吏[之　去]	先自	8・38, 48下・1など計21個
74.			音[四]	68・21オ, 113上・17, 113下・10, 116・41
75.	笥	相吏	音[四]	59上・17
76.	熾	昌志	尺至	113下・4
77.			＝赤志	8・15
78.	珥	仍吏	音[二]	48下・20, 73下・25オ, 91下・15
79.	餌	仍吏	音[二]	66・23オ, 68・32オ, 85上・9オ
80.	亟B	去吏[之　去]	音[器]	79・3
81.	忌B	渠記[之　去]	其器	93・48

　舌・歯・牙喉音声母(之韻には唇音声母字がない)並びに平声・上声・去声の各声調全般にわたって混同が見られるので、この両韻の混同は確実である。『音決』ではこの両韻が一韻となっていたと断定してよいと思う。

　平山1969は『玉篇』では脂韻と之韻の区別がないという(p.157)。大島1981も『玉篇』では脂・之両韻は合して一韻となるのに対し、支韻と混ずることはないことや唐代資料では『干禄字書』が両韻通用すること及び慧琳『一切経音義』では支・脂・之韻が一韻となっていることを指摘する(p.181、p.184)。

　なお、序論篇の「Ⅰ.3.9　協韻・方言」で挙げた

　　3　司　息茲[之開平]　音四[脂開去]113下・4　　下文考証を参照

の説明に、

「司」は平声之韻であり、「音四」は去声至韻、つまり脂去声韻に相当し、韻は不一致(声母はともに心母で一致)であるが、『音決』では両韻が通用している(本論篇「Ⅱ．2．9．1　〈脂〉〈之〉両韻通用」の例を参照)ので、この(A)類に入れた。なお本文の押韻字は『音決』の音注に従えば、睢(去声至韻)・寺(去声志韻)・司(協韻、去声至韻)・燨(去声至韻)・植(去声志韻)である。このうち「燨、尺至反」で帰字「燨」は去声志韻(之韻去声)、下字「至」は去声至韻であり、脂・之両韻通用例である。唐代の音韻資料に見えるこの両韻通用例は、大島正二1981, pp.184-187を参照。

また、同じく、

44　來　落哀[哈開平]　力而[之開平]56・34　　下文考証を参照
45　臺　徒哀[哈開平]　狄夷[脂開平]56・35オ　下文考証を参照
59　能　奴登[登開平]　女夷[脂開平]56・35　　下文考証を参照

の説明に、

　　陸士衡「挽歌詩三首」(其一)の押韻字である。この詩の押韻字を列挙すると、茲・基・旗(以上、平声之韻)・闈(平声微韻)・詩・時・輀・期・辭・來・騏(以上、平声之韻)・臺(平声脂韻)・知(平声支韻)・時・思(以上、平声之韻)・能(平声脂韻)・離(平声支韻)である。來を協韻して之韻にするに対し、臺・能は協韻して脂韻とする。これも上述した(3　司)ように、『音決』の脂・之両韻通用の補助資料と見なし得よう。

と述べた。これらの諸例も〈脂〉〈之〉両韻通用の補助資料としてよかろう。

Ⅱ．2．9．2　〈脂合〉〈微合〉両韻通用の例がある

- 210 -

		〈脂合〉	〈微合〉	
82.	出	尺類	昌畏	9・68
83.			昌貴	93・30

　『広韻』の入声術韻「赤律切」の通常の音に読まない。『経典釈文』では、これを「如字」とし、一方例えば「尺遂反」のように去声至韻合口（脂合去）に読む説と両方あったことが分かる（潘重規『経典釈文韻編』参照）。『音決』ではこのようにずれがある。

Ⅱ．2．9．3　〈祭〉〈廃〉　両韻通用の例がある

		〈廃〉	〈祭〉	
84.	刈B	魚肺[廃開去]	五制[祭開去]	56・4オ
85.			＝音[艾]	102下・20オ

　わずか1例のみであるが、この「Ⅱ．2．9　A・B・AB／C類」の諸例と考え併せれば、この2韻の通用を示すか。

Ⅱ．2．9．4　〈真開B〉〈欣〉両韻通用の例がある
　　　　　重紐A・Bの対立に混乱はない

		〈真開B〉	〈欣〉	
86.	憖	魚覲	魚靳	116・9
87.	齦	覲	許靳	48上・6, 79・19
				85上・4オ, 85下・2,
				113下・18オ
88.			＝許覲	98・138上, 154上
89.	櫛	阻瑟	側訖	98・135上

- 211 -

90.			＝阻栗	9・53オ
91.			＝側乙	102下・16オ

		〈欣〉	〈真開B〉	
92.	靳	居焮	古覡	93・38オ

　この両韻通用は89の例を除いて、いずれも反切下字が牙喉音での通用例である(大島1981, pp. 195-196を参照)。大島1981, p. 199は、奥舌主母音を含む拗音韻母(欣韻)と前舌主母音を含み且つ重紐乙(即ちB類)の特徴を有する拗音韻母(真韻)との合流として説かれるものであり、慧琳『一切経音義』に於いて徹底化を見るという。なお、89の櫛は牙喉音ではなく、歯音の荘母であるが、これもB類と見なし得るので、この通用例に入れた。

Ⅱ.2.9.5　〈幽B〉〈尤〉両韻通用の例がある
　　　　重紐A・Bの対立に混乱はない

		〈幽B〉	〈尤〉	
93.	彪	甫烋	彼尤	8・11
94.	滮	彼彪	歩尤	8・19オ, 9・12
95.	聱①	語虬	宜休	9・20
96.	繆	靡幼	亡又	56・30オ
97.	謬	靡幼	亡又	59下・33, 85下・25, 98・155上

		〈尤〉	〈幽B〉	
98.	宿	息救	思幼	9・2
99.			＝音[秀]	91下・33オ
100.	猶	余救	以幼	63・4オ

①聱の牙喉音声母(疑母)のみはA類である(平山1969, p. 151、平山1980, pp.

63-65，大島1981, p.199注96を参照)。

Ⅱ.2.9.6　〈塩Ｂ〉〈厳〉両韻通用の例がある

		〈塩Ｂ〉	〈厳〉	
101.	崦	央炎	於厳	62・14オ
102.			＝音[淹]	63・32オ

　以上、二韻通用の例を列挙した。その場合、その二韻通用が唇・舌・歯・牙喉音声母全部にわたって見られるのか、或いは唇音・牙喉音だけなのか。更には唇音でも、並・明両母字なのか、それとも明母字のみか。また、平・仄声の部分的な合流なのかどうか。開合はどうか等々、細かく観察・分類する必要がある。

Ⅱ.2.10　声調

Ⅱ.2.10.1　上声全濁音声母字の去声化

　上声全濁音声母を持つ字の去声化が唐代音韻史の一大事象であるが、そのような音注は『音決』にないので、それは未だ発生していないと思われる。そのことは次のような３種、延べ４個の反切(下文「反切論」で論じる所謂「慧琳型反切」である)からも窺われる。

上字	下字	帰字	
歩[模並去]	古(上)	簿[模並上]	59下・29オ
下[麻匣上]	嫁(去)	夏[麻匣去]	59上・9, 71・35オ
下[麻匣上]	駕(去)	夏[麻匣去]	68・29

帰字「簿」(並上)と同じ模韻の上字「歩」(並去)を用いているので、

- 213 -

「簿」・「歩」の両字は同音ではない。もし「簿」（模並上）が去声化して「歩」と同音になっているのであるならば、このような反切を作る意味はなく、「簿音歩」と直音方式に切り替えた音注の方が直截明快だからである。

「下」（匣上）の方もこれがもし去声化しておれば、「夏」（匣去）と同音になっているのであるから、やはり反切を作る意味はなく、「夏」の音注としては「夏音下」という直音方式で済むからである。

以下に見るように、『音決』には『切韻』との間に見られる声調不一致の個別的な例が少数見えるに過ぎない。即ち１．平声と上声・去声との混同、２．上声と去声との混同である。後者については、全清音・次濁音のそれであって、全濁音のそれではない。

次に『切韻』との間に見られる声調不一致の例を列挙する。

Ⅱ．２．10．2　平声と上声との混同

		広韻	音決	
１．	把①	蒲巴［麻開平］	歩也［麻開上］	85上・5オ

①集注本の正文は「性復多蝨、把搔無已」で、「把搔」は虱が多いので、かゆくて頭を「かく」の意味である。『広韻』は平声麻韻蒲巴切下に「爬、搔也、或作把」という。即ち、「把」字は「爬」字の或体と考える。

なお、『音決』には「百馬反」（94下・3）、「布馬反」（94下・20, 102上・16オ）に読む音もある。これらは『広韻』馬韻博下切（「持也。執也」）と同音・同義で、問題はない

Ⅱ．２．10．3　平声と去声との混同

		広韻	音決	
２．	烝①	煮仍［蒸開平］	之剰［蒸開去］	9・15オ, 66・31オ
３．	争②	側莖［耕開平］	音［諍］［耕開去］	79・21オ, 91下・18オ, 93・13

- 214 -

Ⅱ．本論篇

① 「烝」は音決の「之剰反」と全く同じ音である去声証韻「諸應切」の音が『広韻』にあり、「熱、亦音蒸」という。今、又音の該当箇所の平声蒸韻の「蒸」字を見ると、「蒸……經典亦作烝。莁、説文同上。烝、説文曰、火氣上行也」という。『文選』正文の「縣火延起兮玄顏烝（胡刻本は「蒸」に作る）」の王逸注に「煙上烝（胡刻本は「蒸」に作る）天（胡刻本「天」字の上に「于」字有り）」といい、陸善経注に「蒸、升也」という。すると、『文選』のこの字は平声に読まれていたものに該当すると考えられる。

とはいえ、『音決』では『広韻』の平声に読むべきものを去声に読んだのかもしれない。

② 『広韻』は「爭、競也、引也」としかいわず、「諍」では「諫諍也、止也、亦作爭」という。93・13は集注本正文は「諫諍」に作り、『音決』もこの意味であると思われる。つまり、「爭」は「諍」の仮借であると思われる。他の２例はいずれも「爭訟」という意味であって、「諫諍也、止也」の「いさめる」の義とはずれがある。しかし、『音決』では「諍」に「爭訟」の意味を認めているのかもしれない。そうすると、これらは声調のずれの例にはならないかもしれない。

Ⅱ．2．10．4　上声と去声との混同

		広韻	音決	
4．	幹①	古案［寒開去］	古旱［寒開上］	66・4オ
5．	衽②	汝鴆［侵　去］	而甚［侵　上］	56・34オ，63・30オ など計７個
6．	妙③	彌笑［宵　去］	亡小［宵　上］	73上・15
7．	欖	盧敢［談　上］	力暫［談　去］	9・38

① 幹は『広韻』の同音字に稈（禾莖）・秆（稈と同じ）・藖（衆草莖也）があり、それらの仮借とも見なし得るか。

② ７個の例の内、56・34オ，63・30オ，98・150の３例は「しきもの」の

- 215 -

意味で使われている。これは「而甚反」と『広韻』で同音字の袵（文字音義云、臥席也）、或いは衽（字書云、單席）の仮借字であると考えられる。66・25, 68・41, 73下・4, 79・51オは「えり、たもと」の意味で使われている。すると、これは「袵」を『広韻』去声沁韻「汝鴆切」に読んで「衣衿」の意味であるとするものと声調にずれがあることになる。或いは、『音決』はそのような意味の区別にかかわらず、全て「而甚反」に読むのであろうか。
③妙は正文「妙年」（集注本この部分残缺につき、胡刻本に拠る）で、仮借字は求められない。個別的な字音の相違であろう。

7の例も個別的な相違であろう。これは全清音・次濁音の上声と去声との混同であって、全濁のそれではない。

以上より、『音決』にあっては上声全濁声母字の去声化の事象はまだ起こっておらず、『切韻』の調類が保持されていたと考える。1～7の例についていえば、ある字の仮借であるとも考えられ、個別的な音の相違であると考えられもする。声調のずれを示すにしては例が少なすぎる。やはり、『音決』にあっても、『切韻』の調類と同一の体系であって、それがそのまま依然として保持されていたと考える。

以上に掲げた声調の問題については、平山1969, p.160や大島1981, pp.217-220を参照。

Ⅱ.3 『音決』固有の音

『切韻』系韻書に見えない、『音決』固有の音を表すと思われる音注が、次のように見られる。その一部を挙げる。

1.　屯、知論反　　56・24
2.　漸、音疾　　　56・43
3.　沫、亡背反　　66・1

4.	薐、力而反	66・24オ
5.	下、音戸	66・25
6.	瑱、音殿	66・26オ
7.	憀、音留	66・37オ
8.	岪、皮筆反	66・37オ
9.	沕、亡八反	66・37オ
10.	華、故化反	71・25オ，85上・11オ
11.	炎、音艶	79・54
12.	拂、歩筆反	91下・23

　当時その音があったにもかかわらず、韻書に記載されなかった可能性もあるし、中には誤写も考えられる。一見して巻66（宋玉「招魂」）に多いことに気がつく。或いは『楚辞』系の作品（楚方言音）との関連があるかもしれない。詳細な検討は今後に待ちたい。なお、「文選音決被注字索引」で「区ナシ」というのがこの『音決』固有の音に当たる。

Ⅱ．4　『音決』の音韻体系のまとめ

　以上、『音決』の声類、韻類、声調にわたって見てきた。その特徴を簡単にまとめるならば、以下のようになる。
　声類にあっては、唇音字では重唇音・軽唇音との反切上字の使い分けがあること、舌頭音と舌上音との類隔切が多いこと、歯音の濁音にはかなりの混乱が見られることなどが『音決』の『切韻』とは異なる特徴といえよう。韻類では、2等重韻の合流、拗音韻の直音化、脂・之韻の混淆、C類韻母＞B類韻母への合流が見られるなどがその特徴である。これらは六朝末から唐代にかけての南方方言音の特徴と一致する。声調は『切韻』のそれと異なる風には考えられない。

Ⅱ．5　反切論

これ以下、反切上字・反切下字或いはそれらの配合について考察する。

II.5.1 反切上字

先ず、以下に反切上字を韻類ごとに分類した「反切上字韻類別一覧表」(全反切)を掲げる。

「反切上字韻類別一覧表」(全反切)

I 類上字
①唇音

声母		番号	上字・韻母	摂	韻類	帰字類						計
						I	II	IV	A	B	AB	C	
幫	陰	1	布－模　去	遇	I	8	5	1		14			28
滂	陰	2	普－模　上	遇	I	16	10	2		4			32
並	入	3	薄－鐸　入	宕	I	1							1
並	陰	4	蒲－模　平	遇	I		2			1			3
並	陰	5	歩－模　去	遇	I	43	9	14		7		2	75
明	入	6	莫－鐸　入	宕	I	24	2	3					29
合計						92	28	20		26		2	168

②舌音

声母		番号	上字・韻母	摂	韻類	帰字類						計
						I	II	IV	A	B	AB	C	
端	陽	8	東－東　平	通	I	1							1
端	陰	7	多－歌開平	果	I	21		2					23
端	陰	9	都－模合平	遇	I	6							6
透	陰	10	他－歌開平	果	I	31		12					43

声母		番号	上字・韻母	摂	韻類	I	II	IV	A	B	AB	C	計
透	陰	11	土ー模合上	遇	I	2		1					3
透	陰	12	吐ー模合上	遇	I	9	2	3					14
定	陰	13	大ー泰開去	蟹	I	38	1	35			2	1	77
定	陰	14	徒ー模合平	遇	I	25		16					41
定	陰	15	途ー模合平	遇	I	4		2					6
定	陰	16	度ー模合去	遇	I	2		1					3
泥	陽	18	難ー寒開平	山	I	1							1
泥	陽	20	南ー覃　平	咸	I	1							1
泥	陰	17	乃ー哈開上	蟹	I	4		4				1	9
泥	陰	19	那ー歌開平	果	I	13		3					16
泥	陰	21	奴ー模合平	遇	I	9		2					11
来	陰	22	路ー模合去	遇	I	2							2
合計						169	3	81			2	2	257

③歯音

声母		番号	上字・韻母	摂	韻類	帰字類							計
						I	II	IV	A	B	AB	C	
精	陰	23	走ー侯　上	流	I	4							4
精	陰	24	祖ー模合上	遇	I	6							6
精	陰	25	組ー模合上	遇	I	1							1
従	入	28	昨ー鐸開入	宕	I	1							1
従	陰	26	才ー哈開平	蟹	I	6		1			11	6	24
従	陰	27	在ー哈開上	蟹	I	43		5			15	4	67
従	陰	29	徂ー模合平	遇	I	5							5
心	陰	30	蘇ー模合平	遇	I	3							3
心	陰	31	素ー模合去	遇	I	24		2			1		27
合計						93		8			27	10	138

④牙喉音

声母	番号	上字・韻母	摂	韻類	帰字類 I	II	IV	A	B	A B	C	計
見 陽	32	公－東　平	通	I		1						1
見 陰	33	古－模合上	遇	I	120	27	20	2	4		2	175
見 陰	34	故－模合去	遇	I	3	1						4
渓 陰	35	可－歌開上	果	I	9							9
渓 陰	36	口－侯　上	流	I	17	1	4					22
渓 陰	37	苦－模合上	遇	I	36	17	9					62
疑 陰	38	吾－模合平	遇	I	1							1
疑 陰	39	五－模合上	遇	I	34	3	4		1		1	43
影 入	41	惡－鐸開入	宕	I	1							1
影 陰	40	阿－歌開平	果	I	2	1						3
影 陰	42	烏－模合平	遇	I	46	8	1					55
暁 陰	43	呼－模合平	遇	I	16	4		1				21
暁 陰	44	火－歌合上	果	I	19	3	3		2	4	1	32
匣 陰	45	何－歌開平	果	I	33	14	13				1	61
匣 陰	46	胡－模合平	遇	I	46	26	9				1	82
匣 陰	47	戸－模合上	遇	I	11	10	4					25
合計					394	116	67	3	7	4	6	597

II類上字

②舌音

声母	番号	上字・韻母	摂	韻類	帰字類 I	II	IV	A	B	A B	C	計
幇 入	48	百－陌　入	梗	II		2						2
並 入	49	白－陌　入	梗	II	2	3						5
匣 陰	50	下－麻開上	仮	II	7	30						37
合計					9	35						44

IV類上字

声母	番号	上字・韻母	摂	韻類	帰字類 I	II	IV	A	B	A B	C	計
明 入	51	覓－錫　入	梗	IV		3						3
端 陽	52	丁－青開平	梗	IV	15	10	14			6	45	90
定 陽	53	定－青開去	梗	IV		1						1
心 陽	54	先－先開平	山	IV	15	1	9			21		46
合計					30	11	27			27	45	140

A類上字

声母	番号	上字・韻母	摂	韻類	帰字類 I	II	IV	A	B	A B	C	計
幫 入	56	必－質　入	臻	A	1			33	1			35
幫 陰	55	卑－支　平	止	A				1				1
滂 入	57	匹－質　入	臻	A				22	1			23
並 陰	58	婢－支　上	止	A				11				11
並 陰	59	避－支　去	止	A							1	1
並 陰	60	毗－脂　平	止	A				1				1
明 陽	62	民－真　平	臻	A				1				1
明 陰	61	弥－支　平	止	A				3				3
見 入	63	吉－質開入	臻	A	3	2	6	5				16
影 入	65	一－質開入	臻	A	2	4	13	32			5	56
影 入	66	壹－質開入	臻	A							1	1
影 陰	64	伊－脂開平	止	A			1					1
合計					6	6	20	109	2		7	150

Ｂ類上字

声母	番号	上字・韻母	摂	韻類	帰字類 I	II	IV	A	B	AB	C	計
幫 陽	68	兵－庚　平	梗	Ｂ					1			1
幫 陰	67	彼－支　上	止	Ｂ					4			4
並 陰	69	皮－支　平	止	Ｂ	2				26			28
荘 入	70	側－職開入	曾	Ｂ		7			11		11	29
生 入	71	色－職開入	曾	Ｂ					2		1	3
見 陽	72	京－庚開平	梗	Ｂ					1			1
疑 陰	73	宜－支開平	止	Ｂ							1	1
匣 陽	75	榮－庚合平	梗	Ｂ					2			2
匣 陰	74	為－支合平	止	Ｂ					1			1
合計					2	7			48		13	70

ＡＢ類上字

声母	番号	上字・韻母	摂	韻類	帰字類 I	II	IV	A	B	AB	C	計
知 陰	76	知－支開平	止	ＡＢ	1	1				6		8
澄 陰	77	馳－支開平	止	ＡＢ						1		1
清 入	78	七－質開入	臻	ＡＢ	41		7			17	12	77
心 陰	79	四－脂開去	止	ＡＢ	9		5			1	3	18
生 陰	80	師－脂開平	止	ＡＢ						1		1
昌 入	81	尺－昔開入	梗	ＡＢ						1	15	16
昌 入	82	赤－昔開入	梗	ＡＢ							1	1
書 入	84	失－質開入	臻	ＡＢ						17		17
書 陰	83	尸－脂開平	止	ＡＢ						8		8
常 入	85	石－昔開入	梗	ＡＢ							1	1
合計					51	1	12			52	32	148

C類上字

①唇音

声母		番号	上字・韻母			摂	韻類	帰字類							計
								I	II	IV	A	B	AB	C	
幫	陽	86	方	陽	平	宕	C	1						12	13
幫	陰	87	付	虞	去	遇	C							7	7
滂	陽	88	芳	陽	平	宕	C							62	62
滂	陽	89	妨	陽	平	宕	C		1						1
滂	陰	90	孚	虞	平	遇	C							2	2
並	陽	91	房	陽	平	宕	C							1	1
並	陰	92	婦	尤	上	流	C				1				1
並	陰	93	扶	虞	平	遇	C							32	32
明	陽	94	亡	陽	平	宕	C	15	3	11	21	5		10	65
明	陰	95	武	虞	上	遇	C		3					1	4
合計								16	6	12	22	5		127	188

②舌音

声母		番号	上字・韻母			摂	韻類	帰字類							計
								I	II	IV	A	B	AB	C	
知	陽	96	張	陽開	平	宕	C		1				1	4	6
知	入	97	陟	職開	入	曽	C							2	2
知	入	98	竹	屋	入	通	C		4				2	2	8
徹	入	101	勅	職開	入	曽	C						2	6	8
徹	陰	99	恥	之開	上	止	C						1		1
徹	陰	100	楮	魚開	平	遇	C						1		1
徹	陰	102	丑	尤	上	流	C		2				16	16	34
澄	陽	103	丈	陽開	上	宕	C	1						2	3
澄	入	104	直	職開	入	曽	C	1	18				67	50	136
澄	入	105	逐	屋	入	通	C							23	23

声母		番号	上字・韻母	摂	韻類	I	II	IV	A	B	AB	C	計
娘	陰	106	女－魚開上	遇	C		9	3			12	13	37
来	入	107	力－職開入	曽	C	67	3	44			57	19	190
合計						69	37	47			159	137	449

③歯音

声母		番号	上字・韻母	摂	韻類	I	II	IV	A	B	AB	C	計
精	入	109	即－職開入	曽	C	1					3		4
精	陰	108	子－之開上	止	C	23		10			26	31	90
従	陰	110	慈－之開平	止	C						2		2
心	入	112	息－職開入	曽	C	17					4	18	39
心	陰	111	思－之開平	止	C	2		1			34	8	45
邪	陰	113	辞－之開平	止	C						4		4
邪	陰	114	似－之開上	止	C						1		1
荘	陰	115	阻－魚開上	遇	C						1		1
初	陰	116	初－魚開平	遇	C		5				8	1	14
初	陰	117	楚－魚開上	遇	C		5				9	3	17
崇	陰	118	士－之開上	止	C		9			1	8	2	20
崇	陰	119	仕－之開上	止	C		3				1		4
崇	陰	120	助－魚開去	遇	C						1		1
生	陰	121	史－之開上	止	C						17		17
生	陰	122	所－魚開上	遇	C		15				26	11	52
章	陽	124	章－陽開平	宕	C						1	1	2
章	陰	123	之－之開平	止	C						42	50	92
昌	陽	125	充－東　平	通	C						1		1
昌	陽	126	昌－陽開平	宕	C	2					18	29	49
船	入	127	食－職開入	曽	C						1	1	2
書	入	130	式－職開入	曽	C						11	4	15
書	陰	128	詩－之開平	止	C						4	5	9

- 224 -

Ⅱ．本論篇

声母		番号	上字・韻母	摂	韻類								計
書	陰	129	舒－魚開平	遇	C					4	2		6
常	陽	131	常－陽開平	宕	C					1	1		2
常	陽	132	上－陽開去	宕	C					1			1
常	陰	133	時－之開平	止	C					16	22		38
常	陰	134	市－之開上	止	C					29	2		31
日	陰	135	而－之開平	止	C					48	17		65
日	陰	136	耳－之開上	止	C					1			1
日	陰	137	如－魚開平	遇	C					5			5
羊	陽	140	羊－陽開平	宕	C					2			2
羊	陰	138	以－之開上	止	C	1				66	49		116
羊	陰	139	余－魚開平	遇	C					1			1
合計						46	37	11	1	378	276		749

④牙喉音

声母		番号	上字・韻母	摂	韻類	帰字類							計
						Ⅰ	Ⅱ	Ⅳ	A	B	AB	C	
見	陰	141	居－魚開平	遇	C	2	24	6	2	29		26	89
見	陰	142	九－尤　上	流	C					1		6	7
見	陰	143	俱－虞合平	遇	C					1			1
渓	陽	147	羌－陽開平	宕	C							3	3
渓	陰	144	欺－之開平	止	C					1		1	2
渓	陰	145	起－之開上	止	C					1			1
渓	陰	146	去－魚開去	遇	C		4	9	1	20		4	38
渓	陰	148	丘－尤　平	流	C	1	1	1	1	1		8	13
群	陰	149	其－之開平	止	C					32		26	58
群	陰	150	渠－魚開平	遇	C							1	1
群	陰	151	巨－魚開上	遇	C		1	1	10	10		7	29
群	陰	152	求－尤　平	流	C					1		1	2
疑	陰	153	魚－魚開平	遇	C	9	1	8		14		11	43

- 225 -

疑	陰	154	牛ー尤 平	流	C				1	2	3
影	陰	155	於ー魚開平	遇	C	6	19	3	10	32	67	137
影	陰	156	紆ー虞合平	遇	C						4	4
暁	陽	159	香ー陽開平	宕	C				2		5	7
暁	陽	160	況ー陽合去	宕	C						3	3
暁	陰	157	虚ー魚開平	遇	C					3	16	19
暁	陰	158	許ー魚開上	遇	C	3	4	1	2	15	42	67
匣	陰	161	矣ー之開上	止	C					1		1
匣	陰	162	于ー虞合平	遇	C					44	17	61
合計						21	54	29	28	207	250	589

Ⅱ.5.1.1 陽声上字・入声上字

声母	牙音韻尾 −ng.−k	舌音韻尾 −n.−t	唇音韻尾 −m.−p	計
個数	837	273	1	1111
割合(%)	75.3%	24.6%	0.1%	100%

数字は延べ数(個。以下同じ)　これを詳細に見ると以下のようになる。

①牙音韻尾

−ng		−k	
唇音			
兵	1	百	2
方	13	薄	1
芳	62	白	5
妨	1	莫	29
房	1	覓	3
亡	65		
計	143		40

舌音			
東	1	陟	2
丁	90	竹	8
定	1	勅	8
張	6	直	136
丈	3	逐	23
		力	190
計	101		367
歯音			
章	2	即	4
昌	49	昨	1
充	1	息	39
常	2	側	29
上	1	色	3
羊	2	尺	16
		赤	1
		食	2
		式	15
		石	1
計	57		111
牙喉音			
公	1	悪	1
京	1		
羌	3		
況	3		
香	7		
榮	2		
計	17		1
合計	322		519

② 舌音韻尾

－n		－t	
唇音			
民	1	必	35
		匹	23
計	1		58
舌音			
難	1		
計	1		
歯音			
先	46	七	77
		失	17
計	46		94
牙喉音			
		吉	16
		一	56
		壹	1
計			73
合計	48		225

③唇音韻尾

－m		－p	
舌音			
南	1		
計	1		

総計	371		744

（１）『音決』では「牙音韻尾」-ng・-kを持つ陽声上字・入声上字の使用

- 228 -

は、全上字1111個の内837個、75.3%で最も多く、「舌音韻尾」-n・-tの上字使用は237個、24.6%でその3分の1と少なく、「唇音韻尾」-m・-pのそれに至っては、僅か1個、約0.1%で極めて罕というか、皆無に近い。他の反切資料の調査結果としては、『王三』では「牙音韻尾」-ng・-kの字に比べ、「舌音韻尾」-n・-tの上字使用は遥かに少なく、「唇音韻尾」-m・-pは罕である（陸志韋1963, pp. 356-358）。唐代資料も同様の傾向を示す（大島1981, pp. 227-229）。『音決』もこれらと同じ傾向を示し、反切作成の伝統が守られているといえよう。

（2）「牙音韻尾」の陽声韻-ng(延べ318個)・入声韻-k(延べ519個)の字(延べ837個)の中でも宕摂(陽・唐韻)・曽摂(蒸・登韻)の二摂所属上字が多い。内訳は次の通りである。

宕摂(陽・唐韻。相配する入声韻を含む。以下同じ)

	-ng	計	-k	計
唇音	方.芳.妨.房.亡 13.62.1.1.65	142	薄.莫 1.29	30
舌音	張.丈 6.3	9		0
歯音	章.昌.常.上.羊 2.49.2.1.2	56	昔 1	1
牙喉音	羌.況.香 3.3.7	13	惡 1	1
計		220		32

曽摂(蒸韻)

	-ng	計	-k	計
唇音		0		0
舌音			陟.勅.直.力	

		0	2．8．136．190	336
歯音			即．息．側．色．食．式	
		0	4．39．29．3．2．15	92
牙喉音		0		0
計		0		428

梗摂(庚・遣・青韻)

	-ng	計	-k	計
唇音	兵 1	1	百．白．麦 2．5．3	10
舌音	丁．定 90．1	91		0
歯音		0	尺．赤．石 16．1．1	18
牙喉音	京．榮 1．2	3		0
計		95		28

通摂(東韻)

	-ng	計	-k	計
唇音		0		0
舌音	東 1	1	竹．逐 8．23	31
歯音	充 1	1		0
牙喉音	公 1	1		0
計		3		31

- 230 -

宕摂（陽・唐韻）	$252 \div 837 \times 100 = 30.1\%$
曾摂（蒸・登韻）	$428 \div 837 \times 100 = 51.1\%$
梗摂（庚・清・青韻）	$123 \div 837 \times 100 = 14.7\%$
通摂（東・冬・鍾韻）	$34 \div 837 \times 100 = 4.1\%$

　こうしてみると、曾摂が428個で51.1％と約半数を占め、次に宕摂が256個で30.1％とその6割を占め、この両摂で80％余りと使用数が多いことが分かる。他に梗摂が123個で14.7％、通摂はかなり少なく33個で4.1％を占めるに過ぎない。

　（3）宕摂（陽・唐韻）・曾摂（蒸・登韻）所属韻上字でも、以下に見るように舒声字（平・上・去声字）と入声字及び唇音・舌音・歯音・牙音・喉音といった五音各内部での使用の多寡の偏りも目につく。即ち、陽韻の舒声上字が224個用いられるのに対して、その入声薬韻上字は皆無である。ところが唐韻になると、その舒声上字は皆無であるのに対し、入声に相当する鐸韻上字は32個と多い。曾摂ではすべて蒸韻の入声に相当する職韻上字ばかりで428個を使用するが、登韻上字は皆無である。このような偏りの原因について、陸志韋は専ら音声的な観点から説明するが（陸志韋1963, p. 357）、平山はそれに反駁して「音声的適性」・「非音声的適性」（上字が易識・易読・易写の性質を持つこと）の両面から説明する（平山1964, pp. 25-26）。

宕摂（陽・唐韻）

舒声字と入声字

宕摂(<u>陽</u>・<u>唐</u>韻。相配する入声韻を含む。以下同じ）

	-ng	計	-k	計
唇音	<u>方</u>.<u>芳</u>.<u>妨</u>.<u>房</u>.<u>亡</u> 13. 62. 1 . 1 . 65	142	薄.莫 1 . 29	30

舌音	張.丈 6. 3	9		0
歯音	章.昌.常.上.羊 2. 49. 2. 1. 2	56	眣 1	1
牙喉音	羌.況.香 3. 3. 7	13	惡 1	1
計		220		32

曽摂(蒸・登韻)

	-ng	計	-k	計
唇音		0		0
舌音		0	陟.勅.直.力 2. 8. 136. 190	336
歯音		0	即.息.側.色.食.式 4. 39. 29. 3. 2. 15	92
牙喉音		0		0
計		0		428

　なお、『王三』では「牙音韻尾」-ng・-kの字の中でも宕摂(陽・唐韻)・曽摂(蒸・登韻)の二摂所属上字が多い(陸志韋1963, p. 357)。唐代資料(大島1981, pp. 228-229)も同じである(『毛詩』[梗摂の庚・耕・清・青韻上字が多い]を除く)。

Ⅱ.5.1.2　陰声字

(1)遇摂所属韻字の多用

　『音決』では全陰声上字使用数2576個の内、1396個が遇摂所属韻上字であ

って、54.4%を占めて半数をやや上回る。これは『王三』や唐代資料と同じ傾向である。即ち、『王三』では遇摂所属韻上字が多用される（陸志韋1963, p. 358）。唐代資料でも同じである（大島1981, pp. 230-231）。

唇音	舌音	歯音	牙喉音	計
182	122	139	953	1396

全陰声上字一覧表

①唇音

声母	番号	上字・韻母	摂	韻類	帰字類 I	II	IV	A	B	AB	C	計
幫陰	1	布—模 去	遇	I	8	5	1		14			28
滂陰	2	普—模 上	遇	I	16	10	2		4			32
並陰	4	蒲—模 平	遇	I		2			1			3
並陰	5	歩—模 去	遇	I	43	9	14		7		2	75
合計												138

幫陰	87	付—虞 去	遇	C							7	7
滂陰	90	孚—虞 平	遇	C							2	2
並陰	93	扶—虞 平	遇	C							32	32
明陰	95	武—虞 上	遇	C		3					1	4
合計												45

幫陰	55	卑—支 平	止	A				1				1
幫陰	67	彼—支 上	止	B					4			4
並陰	58	婢—支 上	止	A		11						11
並陰	59	避—支 去	止	A							1	1
並陰	60	毗—脂 平	止	A				1				1

声母	番号	上字・韻母	摂	韻類					計
並 陰	69	皮ー支 平	止	B	2			26	28
並 陰	92	婦ー尤 上	流	C			1		1
明 陰	61	弥ー支 平	止	A			3		3
合計									50

②舌音

声母	番号	上字・韻母	摂	韻類	帰字類							計
					I	II	IV	A	B	AB	C	
端 陰	9	都ー模合平	遇	I	6							6
透 陰	11	土ー模合上	遇	I	2		1					3
透 陰	12	吐ー模合上	遇	I	9	2	3					14
定 陰	14	徒ー模合平	遇	I	25		16					41
定 陰	15	途ー模合平	遇	I	4		2					6
定 陰	16	度ー模合去	遇	I	2		1					3
泥 陰	21	奴ー模合平	遇	I	9		2					11
来 陰	22	路ー模合去	遇	I	2							2
合計												86

声母	番号	上字・韻母	摂	韻類	帰字類							計
					I	II	IV	A	B	AB	C	
徹 陰	100	樗ー魚開平	遇	C							1	1
娘 陰	106	女ー魚開上	遇	C		9	3			12	13	37
合計												38

声母	番号	上字・韻母	摂	韻類	帰字類							計
					I	II	IV	A	B	AB	C	
端 陰	7	多ー歌開平	果	I	21		2					23
透 陰	10	他ー歌開平	果	I	31		12					43
定 陰	13	大ー泰開去	蟹	I	38	1	35			2	1	77

声母		番号	上字・韻母	摂	韻類							計
泥	陰	17	乃－咍開上	蟹	I	4		4			1	9
泥	陰	19	那－歌開平	果	I	13		3				16
知	陰	76	知－支開平	止	AB	1	1			6		8
徹	陰	99	恥－之開上	止	C					1		1
徹	陰	102	丑－尤　上	流	C		2			16	16	34
澄	陰	77	馳－支開平	止	AB					1		1
合計												212

③歯音

声母		番号	上字・韻母	摂	韻類	帰字類						計
						I	II	IV	A	B	AB	C
精	陰	24	祖－模合上	遇	I	6						6
精	陰	25	組－模合上	遇	I	1						1
従	陰	29	徂－模合平	遇	I	5						5
心	陰	30	蘇－模合平	遇	I	3						3
心	陰	31	素－模合去	遇	I	24		2			1	27
合計												42

声母		番号	上字・韻母	摂	韻類	帰字類						計
						I	II	IV	A	B	AB	C
荘	陰	115	阻－魚開上	遇	C						1	1
初	陰	116	初－魚開平	遇	C		5				8	1	14
初	陰	117	楚－魚開上	遇	C		5				9	3	17
崇	陰	120	助－魚開去	遇	C							1	1
生	陰	122	所－魚開上	遇	C		15				26	11	52
書	陰	129	舒－魚開平	遇	C						4	2	6
日	陰	137	如－魚開平	遇	C						5		5
羊	陰	139	余－魚開平	遇	C						1		1
合計												97

声母	番号	上字・韻母	摂	韻類	帰字類 I	II	IV	A	B	AB	C	計
精 陰	23	走一侯 上	流	I	4							4
精 陰	108	子一之開上	止	C	23		10			26	31	90
従 陰	26	才一咍開平	蟹	I	6		1			11	6	24
従 陰	27	在一咍開上	蟹	I	43		5			15	4	67
従 陰	110	慈一之開平	止	C						2		2
心 陰	79	四一脂開去	止	AB	9		5			1	3	18
心 陰	111	思一之開平	止	C	2		1			34	8	45
邪 陰	113	辞一之開平	止	C						4		4
邪 陰	114	似一之開上	止	C						1		1
崇 陰	118	士一之開上	止	C		9			1	8	2	20
崇 陰	119	仕一之開上	止	C		3					1	4
生 陰	80	師一脂開平	止	AB						1		1
生 陰	121	史一之開上	止	C							17	17
章 陰	123	之一之開平	止	C						42	50	92
書 陰	83	尸一脂開平	止	AB						8		8
書 陰	128	詩一之開平	止	C						4	5	9
常 陰	133	時一之開平	止	C						16	22	38
常 陰	134	市一之開上	止	C						29	2	31
日 陰	135	而一之開平	止	C						48	17	65
日 陰	136	耳一之開上	止	C						1		1
羊 陰	138	以一之開上	止	C	1					66	49	116
合計												657

④牙喉音

声母	番号	上字・韻母	摂	韻類	帰字類 I	II	IV	A	B	AB	C	計
見 陰	33	古－模合上	遇	I	120	27	20	2	4		2	175
見 陰	34	故－模合去	遇	I	3	1						4
見 陰	141	居－魚開平	遇	C	2	24	6	2	29		26	89
見 陰	143	倶－虞合平	遇	C					1			1
渓 陰	37	苦－模合上	遇	I	36	17	9					62
渓 陰	146	去－魚開去	遇	C		4	9	1	20		4	38
群 陰	150	渠－魚開平	遇	C							1	1
群 陰	151	巨－魚開上	遇	C		1	1	10	10		7	29
疑 陰	38	吾－模合平	遇	I	1							1
疑 陰	39	五－模合上	遇	I	34	3	4		1		1	43
疑 陰	153	魚－魚開平	遇	C	9	1	8		14		11	43
影 陰	42	烏－模合平	遇	I	46	8	1					55
影 陰	155	於－魚開平	遇	C	6	19	3	10	32		67	137
影 陰	156	紆－虞合平	遇	C							4	4
暁 陰	43	呼－模合平	遇	I	16	4		1				21
暁 陰	158	許－魚開上	遇	C	3	4	1	2	15		42	67
暁 陰	157	虚－魚開平	遇	C					3		16	19
匣 陰	46	胡－模合平	遇	I	46	26	9				1	82
匣 陰	47	戸－模合上	遇	I	11	10	4					25
匣 陰	162	于－虞合平	遇	C					44		17	61
合計												957

声母	番号	上字・韻母	摂	韻類	帰字類 I	II	IV	A	B	AB	C	計
見 陰	142	九－尤 上	流	C					1		6	7
渓 陰	144	欺－之開平	止	C					1		1	2

渓	陰	145	起ー之開上	止	C				1				1
渓	陰	35	可ー歌開上	果	I	9							9
渓	陰	36	口ー侯　上	流	I	17	1	4					22
渓	陰	148	丘ー尤　平	流	C	1	1	1	1	1		8	13
群	陰	149	其ー之開平	止	C					32		26	58
群	陰	152	求ー尤　平	流	C					1		1	2
疑	陰	73	宜ー支開平	止	B							1	1
疑	陰	154	牛ー尤　平	流	C					1		2	3
影	陰	64	伊ー脂開平	止	A			1					1
影	陰	40	阿ー歌開平	果	I	2	1						3
暁	陰	44	火ー歌合上	果	I	19	3	3		2	4	1	32
匣	陰	74	為ー支合平	止	B					1			1
匣	陰	161	矣ー之開上	止	C					1			1
匣	陰	45	何ー歌開平	果	I	3	14	13				1	61
匣	陰	50	下ー麻開上	仮	II	7	30						37
合計													254

合計													2576

（2）遇摂所属韻字の内訳

	唇音	舌音	歯音	牙喉音	計
魚		38	97	423	558
虞	45			66	111
模	138	86	42	468	734
計	183	124	139	957	1403

　『音決』の全反切数3687個の内、魚韻は558個で15.1％を占め、虞韻は111個で3.1％を占め、模韻は734個で19.9％を占める。遇摂全部では1403個あるから、38.1％を占めることになる。

『王三』では反切総数3591個の内、魚702(19.5%)・虞168(4.7%)・模912(25.3%)である(陸志韋1963, p. 358)。『音決』は『王三』ほど百分比は高くないが、模＞魚＞虞韻の順に使用数が少なくなるのは同じである。『音決』の遇摂上字としては、全1403個の内、虞韻上字は111個、約8％と、魚韻の40％、模韻の52％に比べて少ない。魚韻にない唇音字として「付」(幫母、7個)「孚」(滂母、2個)「扶」(並母、32個)「武」(明母、4個)が合計45個、また、魚韻に缺ける匣母字として「于」字が61個用いられている。唐代資料(大島1981, pp. 231-232)も同じである。『王三』で更に虞韻字の内訳を見ると、魚韻にない唇音・于母(匣母三等)字の場合に限って多用され、それ以外は少ない。この少数の使用例は合口帰字を切するものである(平山1964, p. 27)。『音決』では見母合口帰字反切(㞜、倶永反、62・20オ)に「倶」字が僅かに1個、影母のそれ(蕰、紆粉反、62・29など)に「紆」字が僅かに4個用いられているに過ぎない。

　(3) 遇摂所属韻字に次いで多用されるのは止摂である。止摂所属韻上字全686個の内、之韻字が598個で、87.2％を占めて圧倒的に多く、次に支韻が59個で8.6％、脂韻は29個で4.2％と少なくなる。また微韻に至っては1個もない。これは『王三』(陸志韋1963, p. 359)、唐代資料(大島1981, pp. 232-233)と同じであるから、『音決』はここでもオーソドックスな反切上字を取ることが分かる。

　(4) 効摂上字は皆無である。流摂上字全86個の内、尤韻字が60個で69.8％を占め、侯韻は26個で30.2％を占める。幽韻は皆無である。これは『王三』(陸志韋1963, p. 358)、唐代資料(大島1981, pp. 233-234)と同じである。

　(5) 果摂歌韻字は全部で187個用いられ、舌音字として「他」(43個)「多」(23個)「那」(16個)が、牙喉音字としては「何」(61個)「火」(32個)などが用いられる。これら以外は少ない(「反切上字類別一覧表」を参照)。これは『王三』(陸志韋1963, p. 358)、唐代資料(大島1981, pp. 233-234)と同じである。なお

『王三』(陸志韋1963, p.358)で多用される「多」字は、唐代資料では7個に過ぎない(大島1981, pp.233-234)。

(6)蟹摂上字は全部で177個用いられ、咍韻上字が100個、泰韻上字が77個である。

(7)他に仮摂の「下」字が匣母上字として37個用いられている。

(8)声調別上字数についてみると、多い順に平声上字が全反切数3687個の内1566個で42.4%を占めて最も多く、次いで上声が1091個で29.6%を占め、入声が744個で20.2%と続き、去声上字は「大」(77)「歩」(75)「去」(38)など15字種延べ286個で7.7%を占めるに過ぎない。これは『王三』の去声上字が131個、両読上字を入れても216個で、せいぜい4～6％に過ぎないのと同じ傾向であり(陸志韋1963, p.360)、ただ『音決』はその百分比が少し高いに過ぎない。大島の唐代資料は言及しない。

II.5.2　反切下字

反切下字は、清濁についていかなる字が多用されるかという問題について考察する。

下字清濁表

			上字				計
			唇音	舌音	歯音	牙喉音	
全清	下字声母	幫	60	1	7	63	131
		端	16	143	46	28	233
		知	1	37	20	2	60
		精	1	1	44	1	47
		心	6	3	23	1	33

Ⅱ．本論篇

		荘					
		生					
		章	7	19	121	40	187
		書	1	2	4	1	8
		見	62	115	120	299	596
		影	4	4	13	25	46
		暁	5	14	8	40	67
	計		163	339	406	500	1408
次清	下字声母	滂	1		3		4
		透			2		2
		徹					
		清	2		2		4
		初					
		昌		1	2		3
		渓	1	7	4	62	74
	計		4	8	13	62	87
全濁	下字声母	並	35			6	41
		定	3	30	19	40	92
		澄		26	53	1	80
		従	6	12	37	9	64
		邪			2		2
		崇			1		1
		船			13		13
		常	6	17	44	2	69
		群			11	29	40
		匣	79	72	61	218	430
	計		129	157	241	305	832

- 241 -

次濁	下字声母	明	68	1	5	72	146
		泥	1	12	5	1	19
		来	24	210	220	143	597
		娘					
		日	25	11	58	10	104
		羊	31	58	129	30	248
		疑	30	10	27	179	246
	計		179	302	444	435	1360

総計	475	806	1104	1302	3687

（1）次清音字（滂・透・徹・清・初・昌・渓母の上字）の使用は極めて少なく、全反切3687個の内でも僅か87個、2.4％に過ぎない。

（2）全清音字の使用が最も多く、1408個で38.2％を占める。この内、見母下字が延べ596個で最多である。

（3）全濁音字の使用は、次清字と全清音字の中間にあって832個、22.6％である。内、匣母（大島の于母、即ち匣三等母を含む）が432個で最多である。

以上は『王三』（陸志韋1963, p.362）、唐代資料（大島1981, pp.234-245）と同じである。

（4）次濁音字について、『音決』では全清音字に次いで多く、1360個、36.9％を占める。内、来母が597個で最多である（陸志韋、大島は次濁音下字に言及しない）。

Ⅱ．5．3．反切上字・下字の相関関係

　反切上字と反切下字との配合はどのようになっているのかということを、声母・清濁・開合・等位の各点について考察する。

Ⅱ．5．3．1　声母

　Ⅰ韻類字反切(帰字がⅠ韻類に属する反切。Ⅰ類と略称する。以下の例も同じ)、Ⅱ、Ⅳ、Ａ、Ｂ、ＡＢ、Ｃ韻類字反切ごとに分けて考察する。
　どのような声母を持つ反切下字が、どのような頻度である反切上字のもとで用いられるかを声母の組ごとにまとめると、以下の表のようである。

Ⅰ類

		下字					計
		幇組	端組	精組	見組	来組	
上字	幇組	30	8	5	60	10	113
	端組	2	70	6	64	40	182
	知組		1			2	3
	精組	5	60	16	83	37	201
	章組				2		2
	羊母					1	1
	見組	26	46	9	301	45	427
	来組		36	5	27	1	69
計							998

Ⅱ類

		下字								計
		幇組	端組	精組	見組	来組	知組	荘組	章組	羊母	
上	幇組	10			28					1	39

字	端組			13					13
	精組					1			1
	見組	44		161		1			206
	来組			3					3
	知組			35					35
	荘組	4		40					40
	章組								
	羊母								
	計								341

IV類

		下字					計
		幇組	端組	精組	見組	来組	
上字	幇組	8	11		11	4	34
	端組		38	1	45	13	97
	知組		1			2	3
	精組		12	3	15	10	40
	見組	2	23		86	5	116
	来組		35			9	44
	計						334

A類

		下字								計
		幇組	端組	精組	見組	来組	知組	荘組	章組	羊母	
上字	幇組	11		10	1	5	1		38	28	94
	見組	2			11	2			30	23	68
	計										162

B類

		下字									計
		幇組	端組	精組	見組	来組	知組	荘組	章組	羊母	
上	幇組	27			35	2					64
字	荘組	1			10	2			1		14
	見組	37		1	150	24	2		2	2	218
	計										296

AB類

		下字									計
		幇組	端組	精組	見組	来組	知組	荘組	章組	羊母	
上	端組			1	1	6					8
字	精組	1		68	7	31	8		10	14	139
	来組			4		1	18		30	4	57
	知組			3	6	36	17		6	41	109
	荘組	1			41	8	1		2		53
	章組			7	5	7	22		117	51	209
	羊母			12	8	14	10		25		69
	計										644

C類

		下字									計
		幇組	端組	精組	見組	来組	知組	荘組	章組	羊母	
上	幇組	78			46	3			1	2	130
字	端組			1	22	24					47
	精組			2		51			2	28	83
	見組	30		1	143	67			21	5	267
	来組				7	1			10	1	19
	知組				12	88	3		3	12	118

			32	7	6	1		2	48
荘組									
章組			6	38	21		54	32	151
羊母				15	4		30		49
計									912

（1）上字の声母に関わりなく、下字としては牙喉音（特に見母・匣母）及び来母字が多用される傾向がある。上述Ⅱ．5．2　反切下字の表を参照すると、見母下字が596個、匣母下字が430個、来母下字が597個と他の声母下字に比べてひときわ多いのに気がつく。おおむね唇音・舌音・歯音・牙喉音のどの声母とも結びついている。

（2）上字の声母と同じ組、或いは調音の近い組の字が下字として用いられる傾向も一部認められる。例えば、Ⅰ韻類反切では端組、見組が、Ⅱ類、Ⅳ類、Ｂ類ではいずれも見組が、ＡＢ類では精組・章組が、Ｃ類では幇組・見組・章組などがそれである（なお、大島1981, p. 308の注130も参照）。

これは『王三』（陸志韋1963, pp. 361-364）、唐代資料（大島1981, pp. 245-260）と同じである。

Ⅱ．5．3．2　清濁

反切上字と反切下字との清濁の配合に関して考察する。以下に各韻類字反切ごとに延べ数と百分比を挙げる。

Ⅰ類

上字	清（全清・次清）	清（全清・次清）	濁（全濁・次濁）	濁（全濁・次濁）
下字	清（全清・次清）	濁（全濁・次濁）	濁（全濁・次濁）	清（全清・次清）
延べ数	194	353	197	255
％	35.5	64.5	43.6	56.4

Ⅱ類

上字 下字	清(全清・次清) 清(全清・次清)	清(全清・次清) 濁(全濁・次濁)	濁(全濁・次濁) 濁(全濁・次濁)	濁(全濁・次濁) 清(全清・次清)
延べ数	122	69	10	140
%	63.9	36.1	6.7	93.3

Ⅳ類

上字 下字	清(全清・次清) 清(全清・次清)	清(全清・次清) 濁(全濁・次濁)	濁(全濁・次濁) 濁(全濁・次濁)	濁(全濁・次濁) 清(全清・次清)
延べ数	53	93	59	128
%	36.3	63.7	31.6	68.4

A類

上字 下字	清(全清・次清) 清(全清・次清)	清(全清・次清) 濁(全濁・次濁)	濁(全濁・次濁) 濁(全濁・次濁)	濁(全濁・次濁) 清(全清・次清)
延べ数	29	85	35	13
%	25.4	74.6	72.9	27.1

B類

上字 下字	清(全清・次清) 清(全清・次清)	清(全清・次清) 濁(全濁・次濁)	濁(全濁・次濁) 濁(全濁・次濁)	濁(全濁・次濁) 清(全清・次清)
延べ数	47	102	91	56
%	31.5	68.5	61.9	38.1

AB類

上字 下字	清(全清・次清) 清(全清・次清)	清(全清・次清) 濁(全濁・次濁)	濁(全濁・次濁) 濁(全濁・次濁)	濁(全濁・次濁) 清(全清・次清)
延べ数	80	213	185	166
%	27.3	72.7	52.7	47.3

C類（唇牙喉音）

上字	清（全清・次清）	清（全清・次清）	濁（全濁・次濁）	濁（全濁・次濁）
下字	清（全清・次清）	濁（全濁・次濁）	濁（全濁・次濁）	清（全清・次清）
延べ数	64	217	65	51
％	22.8	77.2	56.0	44.0

C類（舌歯音）

上字	清（全清・次清）	清（全清・次清）	濁（全濁・次濁）	濁（全濁・次濁）
下字	清（全清・次清）	濁（全濁・次濁）	濁（全濁・次濁）	清（全清・次清）
延べ数	35	264	163	53
％	11.7	88.3	75.5	24.5

（1）直音反切（Ⅰ、Ⅱ、Ⅳ類）

Ⅱ類反切において濁濁の組み合わせが僅か6.7％と極めて少なく、逆に濁清のそれが93.3％と極めて多いのが一見して目につく特徴である。これは『王三』（陸志韋1963, pp. 364－365）、唐代資料でも同じである（大島1981, pp. 260－290）が、この『音決』ほどには極端でない。次に清清の組み合わせがⅡ類においてのみ多く、Ⅰ、Ⅳ類では逆に少ない。これは『王三』が清清・清濁がほぼ同率であるのと異なり（陸志韋1963, pp. 364－365）、唐代資料と同じである（大島1981, p. 289）。また濁濁・濁清の組み合わせでは、いずれも後者の方が多く、Ⅰ、Ⅳ、Ⅱの順で多くなり、Ⅱ類のそれの著しい不均衡は上述の通りである。

（2）拗音反切（A、B、AB、C類）

　清清の組み合わせが比較的少ない。これは『王三』（陸志韋1963, p. 375）や唐代資料（大島1981, p. 289）と同じである。『音決』では特にC類の舌歯音反切において清清が11.7％、清濁が88.3％と著しい偏りのあることに特徴がある。

　濁濁・濁清の組み合わせでは、A、B、AB、C（唇牙喉音）、C（舌歯音）

いずれも、濁濁の組み合わせが多く、濁清は少ない。これはいわば清清・清濁の場合と真反対である。

　唐代資料では、濁濁・濁清の組み合わせは各資料により、また声母の別によって様々であり、両者の比率にそれほど差のない『王三』（と大島はいうが、A類唇・牙喉音字、C類唇・牙喉音B類字では差は大きい——筆者注）とは必ずしも同じではなく、上字・下字の清濁一致（清清・濁濁）を避ける反切は比較的多く、『切韻』（以前から）の反切用字上の伝統は唐代を通じて継承されていたという（大島1981, pp.289-290）。

　以上の諸事象は、反切の数量上の問題も加味して考察することも必要であると思うが、一応あるがままの数値として示した。

II.5.3.3　開合

開合に関して上字・下字の配合関係を考察する。

反切上字下字開口合口一覧表＝表（あ）

I類上字

①唇音

声母	番号	上字・韻母	摂	韻類	下字 開口	唇尾属	開口計	合口	計
幫陰	1	布一模　去	遇	I	9	12	21	7	28
滂陰	2	普一模　上	遇	I	18	6	24	8	32
並入	3	薄一鐸　入	宕	I	1		1		1
並陰	4	蒲一模　平	遇	I	1		1	2	3
並陰	5	歩一模　去	遇	I	36	10	46	29	75
明入	6	莫一鐸　入	宕	I	13	8	21	8	29
合計					78	36	114	54	168

- 249 -

②舌音

声母	番号	上字・韻母	摂	韻類	下字 開口	唇尾属	開口計	合口	計
端 陽	8	東－東　平	通	I				1	1
端 陰	7	多－歌開平	果	I	5	7	12	11	23
端 陰	9	都－模合平	遇	I		3	3	3	6
透 陰	10	他－歌開平	果	I	32	5	37	6	43
透 陰	11	土－模合上	遇	I	2		2	1	3
透 陰	12	吐－模合上	遇	I	3	9	12	2	14
定 陰	13	大－泰開去	蟹	I	45	25	70	7	77
定 陰	14	徒－模合平	遇	I	17	12	29	12	41
定 陰	15	途－模合平	遇	I		3	3	3	6
定 陰	16	度－模合去	遇	I	1		1	2	3
泥 陽	18	難－寒開平	山	I	1		1		1
泥 陽	20	南－覃　平	咸	I		1	1		1
泥 陰	17	乃－咍開上	蟹	I	8	1	9		9
泥 陰	19	那－歌開平	果	I	16		16		16
泥 陰	21	奴－模合平	遇	I	5	1	6	5	11
来 陰	22	路－模合去	遇	I				2	2
合計					135	67	202	55	257

③歯音

声母	番号	上字・韻母	摂	韻類	下字 開口	唇尾属	開口計	合口	計
精 陰	23	走－侯　上	流	I		2	2	2	4
精 陰	24	祖－模合上	遇	I	1		1	5	6
精 陰	25	組－模合上	遇	I				1	1
従 入	28	昨－鐸開入	宕	I	1		1		1
従 陰	26	才－咍開平	蟹	I	8	12	20	4	24

従	陰	27	在－咍開上	蟹	I	33	12	45	22	67
従	陰	29	徂－模合平	遇	I	2		2	3	5
心	陰	30	蘇－模合平	遇	I		3	3		3
心	陰	31	素－模合去	遇	I	4	9	13	14	27
合計						49	38	87	51	138

④牙喉音

声母	番号	上字・韻母	摂	韻類	下字 開口	唇尾属	開口計	合口	計
見 陽	32	公－東　平	通	I				1	1
見 陰	33	古－模合上	遇	I	20	52	72	103	175
見 陰	34	故－模合去	遇	I		1	1	3	4
渓 陰	35	可－歌開上	果	I	8		8	1	9
渓 陰	36	口－侯　上	流	I	17	4	21	1	22
渓 陰	37	苦－模合上	遇	I	12	13	25	37	62
疑 陰	38	吾－模合平	遇	I		1	1		1
疑 陰	39	五－模合上	遇	I	11	19	30	13	43
影 入	41	悪－鐸開入	宕	I	1		1		1
影 陰	40	阿－歌開平	果	I	3		3		3
影 陰	42	烏－模合平	遇	I	1	21	22	33	55
暁 陰	43	呼－模合平	遇	I	6	3	9	12	21
暁 陰	44	火－歌合上	果	I	1	2	3	29	32
匣 陰	45	何－歌開平	果	I	54	6	60	1	61
匣 陰	46	胡－模合平	遇	I	8	29	37	45	82
匣 陰	47	戸－模合上	遇	I	4	13	17	8	25
合計					146	164	310	287	597

II類

声母	番号	上字・韻母	摂	韻類	下字 開口	下字 唇尾属	下字 開口計	下字 合口	計
幇 入	48	百ー陌　入	梗	II	1	1	2		2
並 入	49	白ー陌　入	梗	II		3	3	2	5
匣 陰	50	下ー麻開上	仮	II	26	11	37		37
合計					27	15	42	2	44

IV類

声母	番号	上字・韻母	摂	韻類	下字 開口	下字 唇尾属	下字 開口計	下字 合口	計
明 入	51	覓ー錫　入	梗	IV	3		3		3
端 陽	52	丁ー青開平	梗	IV	52	25	77	13	90
定 陽	53	定ー青開去	梗	IV	1		1		1
心 陽	54	先ー先開平	山	IV	44	2	45		46
合計					100	27	126	13	140

A類

声母	番号	上字・韻母	摂	韻類	下字 開口	下字 唇尾属	下字 開口計	下字 合口	計
幇 入	56	必ー質　入	臻	A	24	11	35		35
幇 陰	55	卑ー支　平	止	A	1		1		1
滂 入	57	匹ー質　入	臻	A	13	10	23		23
並 陰	58	婢ー支　上	止	A	10	1	11		11
並 陰	59	避ー支　去	止	A	1		1		1
並 陰	60	毗ー脂　平	止	A	1		1		1
明 陽	62	民ー真　平	臻	A		1	1		1
明 陰	61	弥ー支　平	止	A	2	1	3		3
見 入	63	吉ー質開入	臻	A	13		13	3	16

声母	番号	上字・韻母	摂	韻類	下字 開口	下字 唇尾属	下字 開口計	下字 合口	計
影 入	65	一－質開入	臻	A	21	31	52	4	56
影 入	66	壹－質開入	臻	A				1	1
影 陰	64	伊－脂開平	止	A	1		1		1
合計					87	55	142	8	150

B類

声母	番号	上字・韻母	摂	韻類	下字 開口	下字 唇尾属	下字 開口計	下字 合口	計
幫 陽	68	兵－庚平	梗	B	1		1		1
幫 陰	67	彼－支上	止	B	3	1	4		4
並 陰	69	皮－支平	止	B	28		28		28
荘 入	70	側－職開入	曾	B	20	8	28	1	29
生 入	71	色－職開入	曾	B	1	1	2	1	3
見 陽	72	京－庚開平	梗	B		1	1		1
疑 陰	73	宜－支開平	止	B		1	1		1
匣 陽	75	榮－庚合平	梗	B				2	2
匣 陰	74	為－支合平	止	B				1	1
合計					53	12	65	5	70

AB類

声母	番号	上字・韻母	摂	韻類	下字 開口	下字 唇尾属	下字 開口計	下字 合口	計
知 陰	76	知－支開平	止	AB	2		2	6	8
澄 陰	77	馳－支開平	止	AB	1		1		1
清 入	78	七－質開入	臻	AB	21	36	57	20	77
心 陰	79	四－脂開去	止	AB	13	4	17	1	18
生 陰	80	師－脂開平	止	AB				1	1
昌 入	81	尺－昔開入	梗	AB	15		15	1	16
昌 入	82	赤－昔開入	梗	AB	1		1		1

声母	番号	上字・韻母	摂	韻類					計
書 入	84	失－質開入	臻	ＡＢ		17	17		17
書 陰	83	尸－脂開平	止	ＡＢ	6	1	7	1	8
常 入	85	石－昔開入	梗	ＡＢ	1		1		1
合計					60	58	118	30	148

Ｃ類

①唇音

声母	番号	上字・韻母	摂	韻類	下字				計
					開口	唇尾属	開口計	合口	
幫 陽	86	方－陽平	宕	Ｃ	1	6	7	6	13
幫 陰	87	付－虞去	遇	Ｃ				7	7
滂 陽	88	芳－陽平	宕	Ｃ	1	29	30	32	62
滂 陽	89	妨－陽平	宕	Ｃ	1		1		1
滂 陰	90	孚－虞平	遇	Ｃ	2		2		2
並 陽	91	房－陽平	宕	Ｃ		1	1		1
並 陰	92	婦－尤上	流	Ｃ	1		1		1
並 陰	93	扶－虞平	遇	Ｃ	2	1	3	29	32
明 陽	94	亡－陽平	宕	Ｃ	43	12	55	10	65
明 陰	95	武－虞上	遇	Ｃ		3	3	1	4
合計					51	52	103	85	188

②舌音

声母	番号	上字・韻母	摂	韻類	下字				計
					開口	唇尾属	開口計	合口	
知 陽	96	張－陽開平	宕	Ｃ	4	2	6		6
知 入	97	陟－職開入	曽	Ｃ	1	1	2		2
知 入	98	竹－屋入	通	Ｃ	4	2	6	2	8
徹 入	101	勅－職開入	曽	Ｃ	6	2	8		8
徹 陰	99	恥－之開上	止	Ｃ	1		1		1

声母		番号	上字・韻母	摂	韻類				計
徹	陰	100	樗-魚開平	遇	C	1	1		1
徹	陰	102	丑-尤上	流	C	16	13	29	5	34
澄	陽	103	丈-陽開上	宕	C	1	2	3		3
澄	入	104	直-職開入	曽	C	43	84	127	9	136
澄	入	105	逐-屋入	通	C		23	23		23
娘	陰	106	女-魚開上	遇	C	12	25	37		37
来	入	107	力-職開入	曽	C	85	56	141	49	190
合計						174	210	384	65	449

③歯音

声母		番号	上字・韻母	摂	韻類	下字				計
						開口	唇尾属	開口計	合口	
精	入	109	即-職開入	曽	C	3		3	1	4
精	陰	108	子-之開上	止	C	51	29	80	10	90
従	陰	110	慈-之開平	止	C	2		2		2
心	入	112	息-職開入	曽	C	33	6	39		39
心	陰	111	思-之開平	止	C	23	6	29	16	45
邪	陰	113	辞-之開平	止	C				4	4
邪	陰	114	似-之開上	止	C		1	1		1
荘	陰	115	阻-魚開上	遇	C	1		1		1
初	陰	116	初-魚開平	遇	C	5	8	13	1	14
初	陰	117	楚-魚開上	遇	C	6	8	14	3	17
崇	陰	118	士-之開上	止	C	11	5	16	4	20
崇	陰	119	仕-之開上	止	C	2	1	3	1	4
崇	陰	120	助-魚開去	遇	C		1	1		1
生	陰	121	史-之開上	止	C				17	17
生	陰	122	所-魚開上	遇	C	33	13	46	6	52
章	陽	124	章-陽開平	宕	C	1	1	2		2
章	陰	123	之-之開平	止	C	40	44	84	8	92

声母		番号	上字－韻母	摂	韻類	開口	唇尾属	開口計	合口	計
昌	陽	125	充－東 平	通	C				1	1
昌	陽	126	昌－陽開平	宕	C	27	5	32	17	49
船	入	127	食－職開入	曽	C				2	2
書	入	130	式－職開入	曽	C	9	2	11	4	15
書	陰	128	詩－之開平	止	C	8		8	1	9
書	陰	129	舒－魚開平	遇	C	6		6		6
常	陽	131	常－陽開平	宕	C	2		2		2
常	陽	132	上－陽開去	宕	C	1		1		1
常	陰	133	時－之開平	止	C	32	4	36	2	38
常	陰	134	市－之開上	止	C	24	6	30	1	31
日	陰	135	而－之開平	止	C	14	42	56	9	65
日	陰	136	耳－之開上	止	C				1	1
日	陰	137	如－魚開平	遇	C	2		2	3	5
羊	陽	140	羊－陽開平	宕	C	1		1	1	2
羊	陰	138	以－之開上	止	C	52	30	82	34	116
羊	陰	139	余－魚開平	遇	C		1	1		1
合	計					389	213	602	147	749

④牙喉音

声母		番号	上字・韻母	摂	韻類	下字				計
						開口	唇尾属	開口計	合口	
見	陰	141	居－魚開平	遇	C	58	18	76	13	89
見	陰	142	九－尤 上	流	C	1	2	3	4	7
見	陰	143	俱－虞合平	遇	C				1	1
渓	陽	147	羌－陽開平	宕	C	2		2	1	3
渓	陰	144	欺－之開平	止	C	2		2		2
渓	陰	145	起－之開上	止	C	1		1		1
渓	陰	146	去－魚開去	遇	C	30	6	36	2	38
渓	陰	148	丘－尤 平	流	C	7	1	8	5	13

II. 本論篇

群	陰	149	其一之開平	止	C	34	4	38	20	58
群	陰	150	渠一魚開平	遇	C		1	1		1
群	陰	151	巨一魚開上	遇	C	13	10	23	6	29
群	陰	152	求一尤平	流	C				2	2
疑	陰	153	魚一魚開平	遇	C	36	3	39	4	43
疑	陰	154	牛一尤平	流	C		3	3		3
影	陰	155	於一魚開平	遇	C	64	40	104	33	137
影	陰	156	紆一虞合平	遇	C				4	4
暁	陽	159	香一陽開平	宕	C		3	3	4	7
暁	陽	160	況一陽合去	宕	C				3	3
暁	陰	157	虚一魚開平	遇	C	8	4	12	7	19
暁	陰	158	許一魚開上	遇	C	35	19	54	13	67
匣	陰	161	矣一之開上	止	C	1		1		1
匣	陰	162	于一虞合平	遇	C		2	2	59	61
合計						292	116	408	181	589

表(い)

開口上字

下字 上字		開								合								総計
	幇 %	端	知	精	荘	章	見	来	羊	小計 %	端	知	精	荘	章	見	来	羊	小計 %	
開 幇 %	164 34.5	17	1	6		39	100	24	29	216 45.5	3		9			81	2		95 20.0	475
端 %	1 0.4	68	23	4			59	69		223 85.1	6	1	1			25	5		38 14.5	262
知 %			2	18	2		6	50	116	52	246 91.8		2	1		3	3	12	1	22 8.2	268
精 %	6 1.4	63	7	68		12	33	118	39	340 80.6	2	18			45	9	2		76 18.0	422
荘	6		1	1		3	99	14	2	120	6				24	3			33	159

- 257 -

%	3.8							75.5								20.7	
章		42	3	148	11	43	65	312	1	4	1	22	2	2	18	50	362
%								86.2								13.8	
見	78	43	2		51	318	125	22	561				1	82	2	6	91	730
%	10.7								76.8								12.5	
来		61	16	2	28	31		3	141	12	5	3	12	14	1	2	49	190
%									74.2								25.8	
羊			14	7	35	2	26		84		5		20	7	3		35	119
%									70.6								29.4	
計	255								2243								489	2987
%	8.5								75.1								16.4	

合口上字

上字＼下字		幫 %	開								合							総計
			端	知	精	莊	章	見	来	羊	小計 %	端	知	精	莊	章	見	来	羊	小計 %	
合	端	1	27		3			19	7		56	7					20			27	84
	%	1.2									66.7									32.1	
	知																				
	%																				
	精		7		3			6	2		18	2	1				20		1	24	42
	%										42.9									57.1	
	莊																				
	%																				
	章																				
	%																				
	見	63	17		3	4		1	176	13	214	9		3			276	3	4	295	572
	%	11.1									37.5									51.4	
	来																	2			2	2
	%																			100	
	羊																				

	％							
計	64			288			348	700
％	9.2			41.1			49.7	

以上の表(あ)・(い)から、以下のことが窺われる。

(1)概ね開合一致の組み合わせが多いといえる。

(表い)を見ると分かるように、開口上字全体では、下字も開口字を取る割合である開合一致率は75.0％である。羊母上字70.6％～知組上字91.8％の如く個々に見ると出入りはある。合口上字全体では、下字も合口字を取る開合一致率は49.7％と約半数に過ぎず、開合に関して中立的な唇音の下字を取るものが9.2％、開口下字を取るものは41.1％とかなり多い。もう少し仔細に見れば、端組合口上字で開口下字を取るものは、合口下字のそれよりも多く66.7％に達していることが分かる。

(2)Ⅰ、Ⅱ、C類の唇音開口字には、合口下字と結合して合口帰字を切する例が見られる。ただし、A、B類唇音開口上字は開口下字とのみ結合して、開口帰字を切する。表(あ)の該当個所を見れば、そのことが分かる。Ⅰ類は莫、Ⅱ類は白、C類は方・芳・亡がそれである。ただし、Ⅳ類、A、B類の唇音開口上字は開口下字とのみ結合して、開口帰字を切する。Ⅳ類は覓、A類は必・卑・匹・婢・避・毗・民・弥、B類は兵・彼・皮がそれである。

Ⅰ類では、唇音開口上字の明母「莫」は、表(あ)に以下のようにある。

声母	番号	上字・韻母	摂	韻類	下字				計
					開口	唇尾属	開口計	合口	
明	入	6	莫一鐸　入	宕	Ⅰ	13	8	21	8	29

全8個の合口帰字を切しても、唇音以外の合口下字を取る例は、摸、莫胡反(8・4)、慢、莫患反(73上・4)の2個に過ぎない。

Ⅱ類では、唇音開口上字の「白」は、表(あ)に以下のようにある。

声母	番号	上字・韻母	摂	韻類	下字				計
					開口	唇尾属	開口計	合口	
並 入	49	白-陌 入	梗	II		3	3	<u>2</u>	5

合口下字2個と結合して合口帰字「簿」を切する。簿、白古反(79・31)、簿、白戸反(79・48オ)がこれである。

C類では、唇音開口上字の幇母「方」は、表(あ)に以下のようにある。

声母	番号	上字・韻母	摂	韻類	下字				計
					開口	唇尾属	開口計	合口	
幇 陽	86	方-陽 平	宕	C	1	6	7	<u>6</u>	13

全6個の合口帰字を切するが、唇音以外の合口下字を取る例は、䰇、方宇反(102下・19)、蕃、方袁反(48下・7)、藩、方袁反(48上・13オ)、廢、方穢反(8・34)の4個がある。

次に滂母「芳」は、表(あ)に以下のようにある。

声母	番号	上字・韻母	摂	韻類	下字				計
					開口	唇尾属	開口計	合口	
滂 陽	88	芳-陽 平	宕	C	1	29	30	<u>32</u>	62

全32個の合口帰字を切するが、唇音以外の合口下字を取る例は䓀［䣪・敷・桴・俘］、芳于反(63・30オなど計5個)、拊、芳宇反(73下・6など計2個)、紛、芳紜反(8・32オ)、氛［紛・雰］、芳云反(59下・35オなど3個)、髣、芳往反(61成・10)の12個の例がこれである。

IV類、A、B類の唇音開口上字は開口下字とのみ結合して、開口帰字を切する。IV類は覓、A類は必・卑・匹・婢・避・毗・民・弥、B類は兵・彼・皮がそれである。

Ⅳ類は覓がそれであり、表(あ)に以下のようにある。

声母	番号	上字・韻母	摂	韻類	下字 開口	下字 唇尾属	下字 開口計	下字 合口	計
明 入	51	覓ー錫　入	梗	Ⅳ	3		<u>3</u>		3

1例のみ挙げる。眳、覓見反(61下・8オ)。

　A類唇音開口上字が開口下字とのみ結合して開口帰字を切することは、既に上掲した次の表の唇音開口上字56必〜61弥の諸例を見れば歴然としている。

　表(あ)に以下のようにある。

声母	番号	上字・韻母	摂	韻類	下字 開口	下字 唇尾属	下字 開口計	下字 合口	計
幫 入	56	必ー質　入	臻	A	24	11	<u>35</u>		35
幫 陰	55	卑ー支　平	止	A	1		<u>1</u>		1
滂 入	57	匹ー質　入	臻	A	13	10	<u>23</u>		23
並 陰	58	婢ー支　上	止	A	10	1	<u>11</u>		11
並 陰	59	避ー支　去	止	A	1		<u>1</u>		1
並 陰	60	毗ー脂　平	止	A	1		<u>1</u>		1
明 陽	62	民ー真　平	臻	A		1	<u>1</u>		1
明 陰	61	弥ー支　平	止	A	2	1	<u>3</u>		3

1例のみ挙げる。俾、必尓反(113上・19)。

　B類唇音開口上字が開口下字とのみ結合して開口帰字を切することは、既に上掲した次の表の唇音開口上字67彼・68兵・69皮の諸例を見れば歴然としている。

声母	番号	上字・韻母	摂	韻類	下字 開口	唇尾属	開口計	合口	計
幫 陽	68	兵ー庚　平	梗	B	1		<u>1</u>		1
幫 陰	67	彼ー支　上	止	B	3	1	<u>4</u>		4
並 陰	69	皮ー支　平	止	B	28		<u>28</u>		28

1例のみ挙げる。別、彼列反（9・13、59下・22オ）。

　（3）唇音合口上字は開合両方の下字と結合して、開合両方の帰字を切する。これには模韻（Ⅰ類）や虞韻（C類）の合口上字が用いられる。

　模韻（Ⅰ類）合口上字の例では、下表の1布～5歩の諸例は、同一上字が開合両方の下字と結合して、開合両方の帰字を切する。

声母	番号	上字・韻母	摂	韻類	下字 開口	唇尾属	開口計	合口	計
幫 陰	1	布ー模　去	遇	Ⅰ	9	12	21	7	28
滂 陰	2	普ー模　上	遇	Ⅰ	18	6	24	8	32
並 陰	4	蒲ー模　平	遇	Ⅰ	1		1	2	3
並 陰	5	歩ー模　去	遇	Ⅰ	36	10	46	2	75

例は略する。

　虞韻（C類）の合口上字の例では、下表の87付は合口下字とのみ結合して合口の帰字を切する。90孚は開口下字とのみ結合して開口の帰字を切する。93扶・95武は、同一上字が開合両方の下字と結合して、開合両方の帰字を切する。

声母	番号	上字・韻母	摂	韻類	下字				計
					開口	唇尾属	開口計	合口	
幫 陰	87	付ー虞 去	遇	C				7	7
滂 陰	90	孚ー虞 平	遇	C	2		2		2
並 陰	93	扶ー虞 平	遇	C	2	1	3	2	32
明 陰	95	武ー虞 上	遇	C		3	3	1	4

例は略する。

（4）合口の模韻字が合口帰字反切は無論のこと、開口帰字反切にも多用される。模韻の唇音字は(3)に述べた通りであるが、Ⅰ類の都・徒・途・奴、徂・素、古・苦・五・烏・呼・胡・戸などがそれである。

表（あ）を参照。

帰字 上字	開口	合口	計
唇音	92	46	138
舌音	56	30	86
歯音	19	23	42
牙喉音	214(45.7％)	254(54.3％)	468
計	381(51.9％)	353(48.1％)	734

全反切734個の内、開口帰字に用いられる方が381個、51.9％を占めて、合口帰字のそれよりも多い。開合に中立的な唇音上字を除いても、全596個の内、開口は289個、48.5％であり、合口は307個、51.5％で合口字が僅かに半数を越えている。個別に見ると、特に舌音の模韻上字の場合は、合口帰字反切30個に対し、開口帰字反切56個と開口帰字反切に用いられることの方が多い。歯音については、数量こそ多くはないが開口帰字と合口上帰字との差は4個で少なく、牙喉音の場合、開口帰字の百分比は45.7％で半

数には足らないが、絶対数は214個とかなり多い。

（5）牙喉音合口上字は、唇音下字と63個、舌音下字と29個、歯音下字と8個、牙喉音下字と452個の結合があり、他に来母下字16個、羊母下字時4個と結合する。結合する全下字572個の内、牙喉音下字は79.0％と最も多い。牙喉音合口上字はこのように概ね牙喉音下字と結合するものが70〜90％を占めるが、影母合口上字の「紆」の4個のみは、皆唇音下字と結合するのが唯一の例外である。資料篇（2）「反切上字表」の紆上字は、以下のようである。

	紆ー虞合平	粉・幫 物・明 勿・明	蘊 蔚 〃	文合 上 物合 入 〃		2

「音注総表」では以下の諸例である。
　上声吻韻（合口）＝紆粉・蘊：62・29
　入声物韻（合口）＝紆物・蔚：9・12才，79・39才
　　　　　　　　　　紆勿・蔚：71・16才

以上は『王三』（陸志韋1963, pp.358-359）や唐代資料（大島1981, pp.290-304）と同じである。

なお、上字・下字の開合一致の反切（特に上字・下字が合合の組み合わせの反切）は、『毛詩』に多く、次には慧苑『一切経音義』に多く、他の資料には見えない（大島1981, pp.298-303）。

Ⅱ.5.3.4　等位

上字・下字の等位面の配合関係について考察する。その反切数と同一等位の上字の反切全体に占める比率を表示する。

Ⅱ．本論篇

上段（延べ数） 下段（%）		Ⅰ等 (%)	Ⅱ (%)	Ⅳ (%)	Ⅲ (%)	計
上字	Ⅰ等	748 64.5	147 12.7	176 15.2	89 7.6	1160
	Ⅱ	9 20.5	35 79.5			44
	Ⅳ	30 21.4	11 7.9	27 19.3	72 51.4	140
	Ⅲ	211 9.0	148 6.3	131 5.6	1853 79.1	2343
計		998	341	334	2014	3687

　上字・下字間の等位一致は1等反切が64.5%であり、2等反切が79.5%、3等反切が79.1%である。2等反切・3等反切では約80%の等位一致率であるのに対し、1等反切は64.5%で15%ほど少ないものの、等位一致の傾向は指摘し得よう。しかし、4等反切のみは上字も下字も4等という反切は19.3%と少なく、等位一致の傾向は少ない。3等下字と結合する反切が51.4%と最多である。また、これは1等下字と結合する反切が21.4%を占めるよりも少なく、『王三』や唐代資料と同じ傾向を示す。『王三』では4等上字が1等下字と結合する反切が45.8%と最多であり、次いで4等下字と結合する反切が29.2%となっている。1等、2等、3等については等位一致が見られる（陸志韋1963, p.354。%は大島1981, p.307の注127に依る）。唐代資料では『漢書』・『急就篇』・『文選』・『後漢書』・『史記索隠』が、『音決』と同じく1等下字と結合する反切が4等のそれを上回っている。なお、等位一致の徹底した反切は、慧苑『一切経音義』や『敦煌毛詩音』（S.2729、P.3383、S.10ｖ）に見られる（大島1981, pp.304-307）。

Ⅱ.5.3.5 慧琳型反切

河野六郎「慧琳衆経音義の反切の特色」(今『河野六郎著作集』第2巻、平凡社、1979に所収)によれば、唐、慧琳『一切経音義』(788〜810)の反切では、上字が帰字のＩＭ(m)ＶＦないしはＩＭ(m)Ｖ(漢語の音節構造をＩは声母、Ｍ開合・ｍ直拗は韻頭の介音、Ｖは韻腹の主母音、Ｆは韻尾、更にＴ声調によって示す)をも表す反切が『広韻』の平声唐韻に関してみる限り、全体の約77%を占める。これを「慧琳型反切」と呼ぶ。その内訳は、

(Ａ)上字が帰字と声調のみを異にし、主母音・韻尾まで同じくする反切。25.3%
(Ｂ)上字が帰字とhomorganic [同一音声器官] な韻尾(-ngと-k)を異にし、他は同じくする反切。36.4%
(Ｃ)上字が帰字と主母音までを同じくし、韻尾を異にする反切。15.0%

の如くである。以上の如き口唱しやすく工夫された反切が、合計76.7%を占める(大島1981, p.308の注130及びpp.47-48を参照)。

大島1981が唐代資料について取り上げた(Ａ)・(Ｂ)型について、『音決』の例を少し挙げる。

(Ａ)型(91個)
　　上字　　　　下字　　　　・帰字
　　布(模去)　　古(模上)　　・圃, 補
　　婢(支上)　　支(支平)　　・脾
　　于(虞平)　　俳(虞去)　　・羽
(Ｂ)型(23個)
　　上字　　　　下字　　　　・帰字
　　莫(鐸入)　　郎(唐平)　　・芒(5個), 茫(2個)
　　悪(鐸入)　　朗(唐上)　　・泱

- 266 -

兵(庚平)　　逆(陌入)　・碧

　(A)型は91個で全反切3687個の2.5%、(B)型は23個で全反切3687個の0.6%である。両者併せても114個、3.1%に過ぎず、慧琳型反切は極めて少ないといえる。この(A)・(B)型について唐代資料を少しく見てみると、以下のようである(大島1981, pp.309-311)。

　　『漢書』 2.8%(A)2.3%(ママ)　　43／2004個
　　　　　　　(B)0.7%　　　　　 13／2004個
　　『文選』 4.5%(A)3.2%　　　　 58／1791個
　　　　　　　(B)1.3%　　　　　 22／1791個

で、極めて少なく、他に『史記正義』・『慧苑一切経音義』が僅かに10%台であるのが、目立つという。

Ⅱ.6　反切論のまとめ

(1)反切上字では陽声韻字は「牙音韻尾」字が最多で、「舌音韻尾」字がその3分の1であり、「唇音韻尾」字は皆無に近い。「牙音韻尾」字でも更に宕摂・曽摂所属韻上字が多く、その中でも職韻上字が多い。
(2)陰声韻字では遇摂所属韻字が多用され、模韻字が最多である。次に止摂の之韻字が圧倒的に多い。
(3)声調別にみると、平声＞上声＞入声＞去声と少なくなる。
(4)反切下字は、全清音字＞次濁音字＞全濁音字＞次清音字の順に少なくなり、次清字は極めて少ない。
(5)反切上字・下字の相関関係では、上字の声母に関わりなく、下字としては牙喉音(特に見母・匣母)及び来母字が多い。
(6)清濁では、Ⅱ類を除いて清清を避ける。直音反切では濁濁を避けるが、拗音反切では逆に濁清を避ける。『音決』では清濁の組み合わせの百

- 267 -

分比の差が概して大きい。
（7）開合では、概ね開合一致の組み合わせが多い。合口の模韻字は開口帰字反切にも多用される。牙喉音合口上字は、牙喉音下字との組み合わせが最多である。
（8）等位では、1等、2等、3等反切に上字・下字間の等位一致の傾向がある。
（9）慧琳型反切は3％に過ぎず、極めて少ない。

以上の諸点からみて、『音決』の反切は、唐代資料の反切とほぼ同じ構造を持つといってよい。

Ⅲ．結論篇

III. 結論篇

　これまで述べて来た『音決』の音注の整理の結果として明らかになった音韻・反切の特徴について、以下主要な点を総括する。

1．声類
（1）唐代音韻史において最も重要な問題の一つである軽唇音化について、『音決』の音注を見ると、反切でいえば重唇音上字・軽唇音上字の使い分けがなされており、直音注でも使い分けがあるので、軽唇音化が進んでいたと見られる。
（2）軽唇音化と共に唐代音韻史上の重要な事象の一つである、中古音で有声音であったと推定される全濁声母の無声化を反映すると解される音注がある。
（3）舌頭音〈端透定泥〉母と舌上音〈知徹澄娘〉母とは、一応分かれていたと考えられるが、「類隔切」が多い。
（4）歯頭音の全濁破擦音〈從〉母と全濁摩擦音〈邪〉母とが混同を示す。
（5）正歯音三等（章組）の全濁破擦音〈船〉母と全濁摩擦音〈常〉母とが混同を示す。
（6）〈匣〉母と〈于〉母とは分かれている。

　この（4）・（5）・（6）は六朝末から唐代にかけての、南方音の一大特徴である。

2．韻類
（1）「二等重韻」の合流が見られる。
（2）侯・尤両韻通用の例があり、尤韻明母字の直音化を示すと解される。

（3）東一・東三両韻通用があり、東三明母字の直音化を示すと解される。
（4）「直音四等韻」の拗音化を示すと解される音注がある。
（5）之・脂両韻通用の例がある。
（6）C類韻母＞B類韻母の合流を示す音注がある。

　　（5）の例を除いては、数量的に少ないものの、これらは後の慧琳『一切経音義』に徹底して見られる諸特徴の先流といえよう。

3．調類
　　上声全濁音の去声化が唐代音韻史の一大事象であるが、その音注例は『音決』には見えない。ただ、『切韻』との間に見られる声調不一致の個別的な例が少数見えるに過ぎず、ほぼ『切韻』と同じ調類であると考えられる。

4．以上の外に、『音決』のみに見えて『切韻』系韻書に見えない音注も存するが、それほど多くはない。

　　要するに、『音決』の声類・韻類・調類の音韻体系は、極く大ざっぱにいって、『切韻』のそれと概ね一致するといえよう。ただ声母にあっては、唇音字では重唇音・軽唇音との反切上字（また直音も）の使い分けがあること、舌頭音と舌上音との類隔切が多いこと、歯音の濁音〈従〉・〈邪〉、〈船〉・〈常〉などには、かなりの混同が見られることなどが『音決』の『切韻』とは異なる特徴といえよう。韻類では、拗音韻の直音化、脂・之韻の混淆などがその特徴である。これらは『玉篇』や唐代南方字音資料に見られる諸特徴と軌を一にする。調類は『切韻』のそれと同じである。また、少数ながら『切韻』系韻書に見えない音注、いわば固有の音も存する。

5．反切
（1）反切上字では「牙音韻尾」字が最も多く、「舌音韻尾」字はその3分の1と少なく、「唇音韻尾」字は皆無に近い。

（２）「牙音韻尾」の中でも宕摂・曽摂の二摂所属上字が多い。
（３）宕摂・曽摂所属韻上字でも偏りがあり、登韻・薬韻上字は皆無である。職韻上字は多い。
（４）遇摂所属韻字が多用され、模韻字が最多である。次いで止摂であり、中でも之韻字が圧倒的に多い。
（５）効摂上字は皆無である。流摂上字もそれほど多くない。
（６）声調別にみると、平声＞上声＞入声＞去声と少なくなり、特に去声上字は少ない。
（７）反切下字は、全清音字＞次濁音字＞全濁音字＞次清字の順に少なくなり、特に次清字は極めて少ない。
（８）反切上字・下字の相関関係では、上字の声母に関わりなく、下字としては牙喉音（特に見母・匣母）及び来母字が多用される。
（９）清濁では、直音反切（Ⅱ類を除く）・拗音反切共に清清を避ける。次に直音反切では濁濁を避けるが、拗音反切では逆に濁清を避ける。いずれにせよ、『音決』では清濁の組み合わせの百分比の差が概して大きいことに特徴がある。
（10）開合に関しては、概ね開合一致の組み合わせが多い。合口の模韻字が合口帰字反切は勿論、開口帰字反切にも多用される。牙喉音合口上字は、牙喉音下字との組み合わせが最も多い。
（11）等位では、１等、２等、３等反切に上字・下字間の等位一致の傾向がある。しかし、４等反切では等位一致の関係は稀薄である。
（12）慧琳型反切は３％に過ぎず、極めて少ない。

この稿を終るに当たって、拙論では必ずしも十分には論じきれなかった問題がある。即ち、

（１）端知などの類隔切
（２）開合の問題。重唇音帰字の内、『広韻』の反切で合口下字のものは開口下字に改められる（慧苑『一切経音義』・慧琳『一切経音義』がこ

れ）問題。脂・之韻開口（夷・怡など）と脂韻合口（惟など）の弁別困難から、脂韻合口の合口的調音の弱化を推測し、牙喉音四等の下で合口性が弱化する問題。
（3）直拗の対立
（4）重紐ＡＢの対立
（5）Ｃ類＞Ｂ類に合流する問題
（6）「直音」の分析
（7）『音決』のみに見えて切韻系韻書に見えない音注の問題

等である。これらについて声類・韻類或いは調類と相互に関連づけて、有機的に考察する必要があろう。

　今後はこれらを中心とする諸問題について、各家の諸論考をより広く読み進めつつ、多くの資料との比較を試んで、『文選音決』の音韻・反切上の特徴をより精確に把握し、唐代音韻史に於ける『音決』の価値を確認したいと思う。

〈参考文献〉

邱榮錫	1976.	「文選集注所引文選鈔について」（『小尾博士退休記念中国文学論集』第一学習社）
	1978.	『文選集注研究（一）』（文選学研究会）
黄淬伯	1931.	『慧琳一切経音義反切攷』（歴史語言研究所専刊之六）
周祖謨	1936.	「万象名義中之原本玉篇音系」（『問学集』上. 中華書局. 1966）
周法高	1948.	『玄応反切考』（『歴史語言研究所集刊』20-1）
	1952.	「三等韻重唇音反切上字研究」（「史語研集刊」23下）
丁鋒	1995.	『博雅音系研究』（北京大学出版社）
李栄	1952.	『切韻音系』語言学専刊第4種（中国科学院. 1952. 1956

                                                                    Ⅲ．結論篇

                    重印)
陸志韋　　1963.　「古反切是怎樣構造的」(「中国語文」1963-5)
施文濤　　1964.　「関于漢語音韻研究的幾個問題—与陸志韋先生商榷—」
                    (「中国語文」1964-1)
馮蒸　　　1988.　「魏晋時期的『類隔』反切研究」(『六朝漢語研究』山東教
                    育出版社)
羅常培　　1933.　『唐五代西北方音』(歴史語言研究所専刊甲種12)
有坂秀世　1940.　「唇牙喉音四等に於ける合口性弱化の傾向について」
                    (『国語音韻史の研究』三省堂. 1968)
大島正二　1977.　「唐代南方音の一様相——李善『文選』音注に反映せる江
                    都字音について——」(「北海道大学文学部紀要」26-1)
　　　　　1981.　『唐代字音の研究』(汲古書院)
　　　　　1984.　「曹憲『博雅音』考——隋代南方字音の一様相(上)——」
                    (「北海道大学文学部紀要」32-2)
　　　　　1984.　「同〔補稿〕」(「北海道大学文学部紀要」33-1)
　　　　　1985.　「同（下)」(「北海道大学文学部紀要」34-1)
河野六郎　1937.　「玉篇に現れたる反切の音韻的研究」(『河野六郎著作集』
                    第Ⅱ巻. 平凡社. 1979所収。もと東京帝大文学部言語学
                    科の卒業論文)
　　　　　1939.　「朝鮮漢字音の一特質」(「言語研究」3)
　　　　　1954.　「唐代長安音に於ける微母について」(「東京教育大学中国
                    文化研究会会報」4-1. 1954。また『河野六郎著作集』
                    第Ⅱ巻)
　　　　　1955.　「慧琳衆経経音義の反切の特徴」(「中国文化研究会会報」
                    5-1. 1955。後『河野六郎著作集』第Ⅱ巻)
斯波六郎　1957.　「文選諸本の研究」(斯波博士退官記念事業会. 1957)
東野治之　1986.　「『文選集注』所引の『文選鈔』」(『神田喜一郎先生追悼中
                    国学論集』二玄社)
富永一登　1989.　「『文選集注』所引「鈔」の撰者について——東野治之氏

		に答う——」(「中国研究集刊」洪号1989。大阪大学文学部中国哲学研究室編輯)
	1999.	『文選李善注の研究』(研文出版)
平山久雄	1964.	「陸志韋教授『古反切是怎様構造的』を読む」(「中国語学」140)
	1966a.	「切韻における蒸職韻と之韻の音価」(「東洋学報」49-1)
	1966b.	「敦煌毛詩音残巻反切の研究(上)」(「北海道大学文学部紀要」15-2)
	1967.	「唐代音韻史における軽唇音化の問題」(「北海道大学文学部紀要」15-2)
	1968.	「中古音における舌頭音・舌上音の対立語例の成因について」(「日本中国学会報」20)
	1969.	「中古漢語の音韻」(『中国文化叢書1.言語』)
	1972.	「切韻における蒸職韻開口牙喉音の音価」(「東洋学報」55-2)
	1975.	「『史記正義』論音例の「清濁」について」(「東洋学報」56-2・3・4)
	1977.	「中古音重紐の音声的表現と声調との関係」(「東京大学東洋文化研究所紀要」73)
	1979.	「敦煌毛詩音残巻反切の研究(中の1)」(「東京大学東洋文化研究所紀要」78)
	1980.	「敦煌毛詩音残巻反切の研究(中の2)」(「東京大学東洋文化研究所紀要」80)
	1982.	「敦煌毛詩音残巻反切の研究(中の3)」(「東京大学東洋文化研究所紀要」90)
	1985.	「敦煌毛詩音残巻反切の研究(中の4)」(「東京大学東洋文化研究所紀要」97)
	1986.	「敦煌毛詩音残巻反切の研究(中の5)」(「東京大学東洋文化研究所紀要」100)

　　　　1988.　　「敦煌毛詩音残巻反切の研究(中の６)」(「東京大学東洋文
　　　　　　　　　化研究所紀要」105)
　　　　1990.　　「敦煌毛詩音残巻反切的結構特点」(「古漢語研究」第３期)
三根谷徹1972.　　『越南漢字音の研究』(東洋文庫．1972)
　　　　1976.　　「唐代の標準語音について」(「東洋学報」57-1・2)
　　　　1953.　　「韻鏡の三・四等について」(「言語研究」22・23)
森野繁夫・富永一登
　　　　1977.　　「文選集注所引『鈔』について」(「日本中国学会報」29)

資料篇

資料（１）音注総評

〈目次〉

直音類

Ⅰ類

 通摂
  東・屋 …… 8
  冬・沃 …… 11
 遇摂
  模 …… 12
 蟹摂
  咍（開） …… 18
  泰（開） …… 21
  灰（合） …… 22
  泰（合） …… 26
 臻摂
  痕（開）・没（開） …… 26
  魂（合）・没（合） …… 26
 山摂
  寒（開）・曷（開） …… 30
  桓（合）・末（合） …… 34
 効摂
  豪 …… 40
 果摂
  歌（開） …… 45
  戈（合） …… 47
 宕摂
  唐（開）・鐸（開） …… 50
  唐（合）・鐸（合） …… 58
 曾摂
  登（開）・徳（開） …… 59
 流摂
  侯 …… 61
 咸摂
  覃・合 …… 66
  談・盍 …… 69

Ⅱ類

 江摂
  江・覚 …… 71
 蟹摂
  佳（開） …… 75
  皆（開） …… 77
  佳（合） …… 78
  皆（合） …… 79
  夬（合） …… 79
 山摂
  刪（開）・鎋（開） …… 79
  山（開）・黠（開） …… 80

資料（1）

删（合）・鎋（合） …… 81	添・怗 …… 117
山（合）・黠（合） …… 82	
効摂	拗音類
肴 …… 83	
仮摂	A・B・AB類
麻（開） …… 86	止摂
麻（合） …… 88	支（開） …… 120
梗摂	脂（開） …… 126
庚（開）・陌（開） …… 90	支（合） …… 132
耕（開）・麦（開） …… 92	脂（合） …… 136
庚（合）・陌（合） …… 94	蟹摂
耕（合）・麦（合） …… 94	祭（開） …… 140
咸摂	祭（合） …… 142
咸・洽 …… 95	臻摂
銜・狎 …… 96	真（開）臻（開）・質（開）櫛（開） …… 144
Ⅳ類	真（合）諄（合）・質（合）術（合） …… 151
蟹摂	山摂
斉（開） …… 98	仙（開）・薛（開） …… 154
斉（合） …… 103	仙（合）・薛（合） …… 161
山摂	効摂
先（開）・屑（開） …… 104	宵 …… 165
先（合）・屑（合） …… 108	仮摂
効摂	麻（開） …… 173
蕭 …… 109	梗摂
梗摂	庚（開）・陌（開） …… 175
青（開）・錫（開） …… 112	清（開）・昔（開） …… 177
青（合）・錫（合） …… 117	
咸摂	

庚（合）・陌（合）　……　183
　清（合）・昔（合）　……　183
流摂
　幽　　　　　　　　……　184
深摂
　侵・緝　　　　　　……　184
咸摂
　塩・葉　　　　　　……　191
曽摂
　蒸（開）・職（開）　……　195
　職（合）　　　　　　……　199

C類
通摂
　東・屋　　　　　　……　200
　鍾・燭　　　　　　……　206
止摂
　之（開）　　　　　　……　212
　微（開）　　　　　　……　218
　微（合）　　　　　　……　219
遇摂
　魚（開）　　　　　　……　222
　虞（合）　　　　　　……　229
蟹摂
　廃（開）　　　　　　……　236
　廃（合）　　　　　　……　236
臻摂
　欣（開）・迄（開）　……　237

　文（合）・物（合）　……　238
山摂
　元（開）・月（開）　……　241
　元（合）・月（合）　……　241
宕摂
　陽（開）・薬（開）　……　246
　陽（合）・薬（合）　……　255
流摂
　尤　　　　　　　　……　255
咸摂
　厳・業　　　　　　……　261
　凡・乏　　　　　　……　262

〈凡例〉

1　『文選音決』(以下、『音決』と略称する)に見える音注(反切・直音・声調注)を『切韻』の音韻体系に従って作成した表の中に排列する。『切韻』の音韻体系は、推定音価を含めて平山久雄「敦煌毛詩音残巻反切の研究(上)」とそれを修正した「敦煌毛詩音残巻反切の研究(中の1)」に示された『切韻』の音韻体系(平山〈中の1〉p.35は「中古音の音韻体系」と称している)に依る。

2　排列の方法・順序は次の通りである。
2.1　韻類を直音類のⅠ、Ⅱ、Ⅳと拗音類のA・B・AB、Cの5類に分ける。
2.2　各韻類は摂・開合・韻目の順による。蒸・職韻はB類とC類に属するが、本書では一表にまとめてA・B・AB類の終りに置く。
2.3　横欄に『切韻』の韻母(韻目)を四声の相配関係によって、平・上・去・入声の順に並べる。
2.4　縦欄に『切韻』の声母を並べる。重紐A・Bの区別は、声母にA・Bを付けて示す。

3　表注に音注を排列する位置は、音注字(反切の場合には反切上・下字)によって示される音が『切韻』の音韻体系において占める位置による。それが被注字(反切の場合には反切帰字)の音の『切韻』の音韻体系において占める位置と一致しない場合もある。それら不一致の原因としては、(1)音韻体系上のずれ、(2)(体系的ではなく)個別的な読音の相違、(3)仮借、(4)『切韻』に見えない「又音」、(5)誤写、などが考えられる。拙著ではその旨一一注記はしなかった。なお、『音決』は写本としての性格上、誤写・誤脱・残缺などを免れないが、それらについては欄外に「校記」を付けた。校記に該当する音注の箇所は、表中の出所箇所に下線を付けて示した。原則として字体に関するものは除い

ている。反切帰字・反切上字・反切下字は、それぞれ「反切」の二字を省略して帰字・上字・下字と称する。

4 音注はまず反切を取り上げ、上字・下字、「・」を付けて帰字の順に記す。その際、「Ａ、ＢＣ反」の「反」字は省略する。その後に「：」を付けて、その反切が見える集注本の巻数・葉数・表（オと記す）裏（何も記さず）を記す。「下（皆）同」・「避諱」なども参考のために記す。それは巻数の小（巻８）より大（巻116）へと並べ、同じ巻数が続く場合は、巻数を記さない。ただ、「京大影印本」には重複する巻数がある。それらは、以下のように表記する。即ち巻48下（第９集）の１オは２枚あり、両方に音注がある。初めの１オを48下・甲１オと表記し、次の１オを48下・１オと表記する。巻61は、第３集と第９集の両方に収められている。第９集の巻61の方は、初めの１オ～２オ（「胡刻本」巻31、12～13オ）、次の１オ～２（同13～14）、終りの１オ～２オ（同15オ～15）をそれぞれ61甲・61乙・61丙と巻数表記する。つまり、61甲（１オ～２オ）・61乙（１オ～２）・61丙（１オ～２オ）となる。第３集の巻61上下はそのまま表記する。巻94上（第５集）は、最初の１オ～２オ（「胡刻本」巻47、20オ）を94上・甲と表記する（「畫、胡挂反」の音注１個のみ）。次の１オ～39オは単に94上とする。巻116は第８集と第９集とに収められる。第９集のそれを116・甲と表記する。これは僅か１葉しかなく、その１オに「量音亮」という音注が１個見られるにすぎない。第８集のそれ（全51葉）は、そのまま116と表示する。また巻98は邱氏の著書の頁数（著書全体の算用数字による頁数）とその上下段（上段は「上」と記し、下段は何も記さず）により示す。巻24（胡刻本の巻数）は上海古籍出版社から1997年に出版された『天津市芸術博物館蔵敦煌文献②』に登載された残巻本である。ここには18個の音注があり、12個が反切であり、４個は直音である。他に「南、協韻女林反。案呉俗音也。下篇同」と「伐、避聲。音撃」の音注もあるが、これら２個の音注は「総表」には記入しないし、反切構造の分析の対象からも外す。この巻24は他の集注本残巻の巻数に併せて巻48とし、

48天・頁数で表す。例えば、「48天・284」の「婉、於遠反」は、『天津市芸術博物館蔵敦煌文献②』の第284ページにこの反切が見えることを意味する。巻61は成簣堂文庫に所蔵する残巻本である。それを花園大学の衣川賢次氏が筆写したものに依って「総表」中に記入する。ここには9個の音注があり、8個が反切である。他の1個は、被注字「瘵」の「協韻」であり、「如字」であって、「総表」には記入しないし、反切構造の分析の対象からも外す。この巻61は、61成・行数で表す。例えば、「61成・3」の「弭、亡尓反」は成簣堂文庫本巻61の第3行にこの反切が見えることを意味する。なお、富永一登・衣川賢次「新出『文選』集注本残巻校記」(「中国中世文学研究」36号、平成11年7月)にこの両テキストの解題並びに校勘記があるので、参照されたい。

4．1　反切の次には直音・声調注の順に取り上げ、[　]でくくって音注字、「・」を付けて被注字、「：」を付けてその出所の順に記す。出所の巻数表示は反切の場合と同じである。ただ声調注の場合、「泯、平聲」(48上・4オ)の如く単にその声調を示すもの、「任、任之去聲」(8・5)の如く再度被注字を繰り返すもの、「澗、間之去聲」(71・36)の如く被注字とは別の字の声調で示すものとの三種があるが、いずれも同じく[泯]平聲・泯の如く示した。

4．2　音注のうち、反切の場合、その上字・下字のいずれか一方、あるいは双方が缺落・誤脱などにより不明のものは、表中に記入しない。帰字不明なものは、「集注本」の正文や諸注、「胡刻本」のそれにより推知しうるので、この限りではない。直音の場合も、その音注字(音某の某)が不明のものは、表中に記入しない。被注字が不明のものは、上記の理由によりこの限りではない。また、音注字の一部が缺けてはいるものの、同一被注字が他の箇所にも現れ、それを参考にして推知しうる場合は、主観的判断に陥る危険性もあろうが、それを記入する。

4．3　反切の場合、「○、A反、或B反、通」のような形式のものがある。それはAの音をBの音に読んでも意味は通じることをいうのである。

「通」字のない例もあるが、その場合も『音決』の撰者は、それを一音として認めている(必ずしも解釈が異なるのではない)と考えられる。例えば、「繆、莫侯反、或亡尤反、通也」(9・32)、「抄、楚交反、又爲士交、亡小二反」(9・58オ)など、全部で4個の例があり、これも採って「音注総表」に記入する。しかし、「○、A反、或B反、非」のように、Bの音に読む(解釈が異なることが多い)のは、正しくないことをいう反切は採らない。例えば、「王、于方反、或于放反、非」(8・6)、「弇音奄、或古含反、非」(73上・14オ)など、全部で10個の例がある。なお、「蟻、魚綺反、或作蟥、同」(66・7オ)は異体字の指摘、「歈、以朱反、或爲謠、通」(66・26)はあるテキストでは別字に作り、意味が通じることの指摘、「琦音奇、或爲奇、非也」(66・15)はあるテキストでは別字に作るが正しくないことの指摘といった音注もあるが、その反切や直音は採る。

5 字体は原則として『音決』の字体によるが、『広韻』に従った場合もある。『音決』は写本であり、巻数によって抄者が異なり、種々の筆写体が見られるが、本稿では印刷の都合上、それらに従わない場合もある。なお、字体については『干禄字書』、『五経文字』、『九経字様』、『切韻』系韻書残巻(『十韻彙編』、『瀛涯敦煌韻輯』所収)、『完本王韻』、『広韻』、『集韻』、『類聚名義抄』などを参照されたい。

I 類頁

通摂

	平声	上声	去声	入声
	東	董	送	屋
幫	方工・楓： 9・31オ			[卜]・濮： 8・14オ 113下・17オ
並	歩公・逢： 9・14			歩卜・曝： 59下・11オ 25オ
明	[蒙]・濛： 59下・10オ ・雺： 94下・10オ ・矇： 113下・22			[木]・霂： 9・62オ ・沐： 59上・33 73上・9オ ・牧： 71・9オ
端			多貢・棟： 56・34オ 71・19オ [棟]・凍： 66・23オ	
定	[同]・橦： 8・27オ ・筩： 8・28 9・36		徒貢・洞： <u>102下・15</u> 大棟・𢈴： 113・16オ	大禄・牘： 71・37オ ・櫝： 79・56オ ・黷：

- 8 -

	61才 ·偅： 71·10才 ·峒： <u>71·25才</u>			98·136上 大目·齉： 116·5才 [讀]·齉： 9·42 93·39才 ·牘： 79·42 ·瀆： <u>91上·12</u>
来	力東·瓏： 9·24才 <u>59下·8才</u> ·櫳： 9·51才 59上·12才 36	力孔·龏： 66·35才	力貢·哢： 79·50	[禄]·睩： 66·17
精	子公·椶： 8·13才	走孔·摠： 8·22 子孔·總： 63·34 ·嵕： 66·35才		走木·鏃： 102下·19才 子木·鏃： 113下·20才
清	[念]·聰： 56·8			
從	在東·叢： 66·7			
心				[速]·蔌： 91上·24才

見				[谷]・穀： 71・9 91下・23才
渓			苦貢・控： 85下・7 94上・27 [控]・鞚： 61上・10	苦谷・酷： 68・15才
影		烏孔・翁： 8・13才 9・37才		烏谷・沃： 59上・14
匣	戸公・虹： 9・47 [紅]・虹： 59下・3才 68・21 91下・31才 [洪]・澒： 9・12	胡孔・澒： 9・15	胡貢・洪： 102下・15	胡谷・穀： 68・11 ・斛： 98・152 胡穀・穀： 68・36 胡卜・斛： 113上・26

102下・15：「反」字の下にもと「洞」字を衍し、見せ消ちにす。

71・25才：「音同」の「同」字は補写。

91上・12：「音讀」の二字は補写。

59下・8才：帰字「瓏」一部残缺す。

68・15才：下字「谷」は補写。「反」字一部残缺す。

102下・15：上字「胡」もと「朝」字に誤り、見せ消ちにす。

	冬		宋	沃
定	大冬・彤： 59下・7 68・29才 35 91下・15 93・41 98・146 徒冬・彤： 113下・5才			
精			祖統・綜： 68・48	
従	在冬・實： 8・16才 ・悰： 59上・14才		祖統・實： 88・15才	
見				故毒・告： 48上・6 古毒・告： 63・39 古酷・告： 66・2
影				烏酷・沃： 8・22才 於篤・沃： 9・5
匣				胡酷・鵠： 8・35才

				66・22オ
				胡毒・鵠：
				9・18

<u>59下・7</u>：下字「冬」の下に「反」字を脱す。

　　遇摂

	模	姥	暮	
幫		布古・圃： 8・14 ・補： <u>73下・14オ</u>		
滂	普胡・鋪： 8・25オ			
並	薄胡・匍： 102下・10オ	歩古・簿： 59下・29オ 白古・簿： 79・31 下同 白戸・簿： 79・48オ		
明	莫胡・摹： 8・4 亡胡・謨： 93・50 ［模］・嫫： <u>102上・4オ</u> 　・暮：		亡故・募： 56・2 ［慕］・募： 88・34	

- 12 -

	113下・10 116・30			
端		丁戸・睹： 　102上・8才	都故・妒： 　63・12才 東路・蠹： 　79・29才 丁故・蠹： 　98・154上 　102下・14 ・妒： 　98・136上 　113上・29	
透			他故・兔： 　61上・14才 吐故・兔： 　73下・10	
定	大奴・茶： 　56・39 [徒]・屠： 　8・33才 　9・67 　73下・6 　85下・23 　88・18 ・茶： 　59下・3 　71・35才 　91上・6 　93・77才		大路・度： 　102上・15	

	・塗： 94上・31 [塗]・艃： 9・35才			
泥	[奴]・𢇃： 8・17 <u>91下・21才</u> ・駑： 79・55才 93・7	[努]・弩： 113下・18		
来	力胡・鸕： 9・19才 [盧]・櫨： 9・31才 ・濾： 56・16才	路古・鹵： <u>71・32</u> [魯]・虜： 61上・11才 ・櫓： <u>88・11才</u>	力故・輅： 68・21才 [路]・鷺： 8・23才 9・18 68・24才 ・賂： 9・40 98・138 ・輅： 93・31才 113上・15才	
精		[祖]・藉： 8・14 ・組： 59上・34 59下・17才 61下・8才 68・18才		

		73下・24		
清	七胡・麤： 85上・15		七故・錯： 63・17才 28才 ・措： 68・30 71・35才 88・48 ・厝： 102下・1	
從		在古・粗： 85下・2才 88・55	在故・祚： 48上・6 71・21才 ・胙： 93・67才 下同	
心			[訴]・泝： 9・18才 [素]・泝： 48天・291	
見	古胡・鴣： 9・40才 [孤]・苽： 9・46才 68・10才 ・觚： 93・33才 [姑]・蛄： 66・36	[古]・賈： 8・26 9・59才 79・26才 ・蠱： 56・15才 ・羖： 102下・6才	[固]・錮： 73下・20 116・5才	

渓	苦孤・刳： 85下・19オ		丘故・苦： 56・13オ 可路・袴： 79・19オ	
疑	[吾]・梧： 8・4 ・齬： 9・34オ		五故・迕： 48天・288 ・悟： 61甲・1オ 62・33オ ・寤： 71・26 98・138上	
影	[烏]・惡： 88・65オ 102下・2 ・於： 116・13オ		烏故・惡： 56・11 下同 61上・22オ 63・40オ 88・46オ 55オ 98・116 118 102上・9 下同 102下・13オ 113上・10オ 113下・12オ 一故・惡： 73上・15オ 94中・22オ	

曉		呼古・滸： 9・67 <u>98・123上</u>	火故・呼： 98・119	
匣	戸孤・狐： 　59上・31 　[胡]・鶘： 　8・23才 　・瑚： 　9・24才 　・壺： 　9・57才 　<u>59上・6</u> 　39才 　61上・20才 　66・7才 　93・33才 　・弧： 　61上・10才 　・狐： 　102下・3	胡古・酤： 　8・36才 [戸]・扈： 　9・63 　63・4才 　・祜： 　48上・8 　98・106 　113下・23才 　・下： 　66・25 　・楛： 　85下・9才	胡故・護： 　88・15才 [護]・濩： 　8・17 　93・96才 　・柘： 　<u>91上・21</u>	

<u>73下・14才</u>：上字「布」及び「反」字一部残缺す。
<u>102上・4才</u>：此の「音決」の「決」字及び「嬊音」の二字は補写。
<u>98・136上</u>：帰字「妱」もと「姑」字に誤る。今集注本正文に依る。
<u>73下・10</u>：「反」字は補写。
<u>91下・21才</u>：被注字「䇘」もと缺。今集注本正文に依る。
<u>71・32</u>：下字「古」一部残缺す。
<u>88・11才</u>：「音魯」の下にもと「也」字を衍す。
<u>85上・15</u>：「麤七胡反」の四字は補写。
<u>102下・1</u>：帰字「厝」もと一部残缺し、「厝」字の如く作る。今集注本正文に

<u>71・21オ</u>：帰字「祚」もと「社」の如くに誤る。今集注本正文に依る。
<u>9・40オ</u>：下字「胡」は補写。
<u>93・33オ</u>：「音孤」の下にもと更に「音孤」の二字を衍す。
<u>66・36</u>：音注字「姑」一部残缺す。
<u>62・33オ</u>：上字「五」一部残缺す。
<u>71・26</u>：下字「故」一部残缺す。
<u>98・123上</u>：帰字「澕」漫漶たり。今集注本正文に依る。
<u>91上・21</u>：「桓音」の二字は補写。音注字「護」の言偏缺くも、『広韻』の同音字に此の字有れば、此の字と定む。
<u>59上・6</u>：被注字「壷」一部残缺す。

蟹摂

	咍（開）	海（開）	代（開）	
透	他来・胎： 　9・20 　102下・12 ・邰： 　<u>98・122上</u> 　下同 ・台： 　116・22		他代・態： 　61上・25オ 　63・18オ	
定	徒来・䈚： 　9・27オ 大来・跆： 　94上・8オ [臺]・苔：	[待]・駘： 　59下・9オ ・殆： 　71・15 ・悌：		

- 18 -

	59上・26 59下・36オ 38オ	102下・12		
泥	乃来・能： 48下・32オ		奴代・能： 63・4オ 那代・耐： 85上・7	
来	[来]・莱： 56・23オ		力代・来： 98・123 102上・14オ	
清	七才・猜： 56・18オ 22 七来・猜： 113下・13オ			
従	[才]・材： 102下・3		才載・裁： 79・34オ 116・20	
心	先来・鰓： 59下・11オ		四代・塞： 8・39オ 56・7 73下・5オ 98・108上	
昌		昌改・苣： 63・7オ 15		
見	[該]・垓： 93・62オ		古代・槩： <u>62・9オ</u> 94中・14	

- 19 -

		吉代・檗：	
		113下・22オ	
渓	可待・凱：	可代・慨：	
	102下・12	56・47オ	
	［凱］・塏：	<u>61下・6</u>	
	8・24	71・21	
疑		魚代・礙：	
		<u>73下・21</u>	
影	［哀］・埃：	於代・噯：	
	59下・10オ	8・38	
	35オ	［愛］・曖：	
	63・31オ	59上・7	
		63・35	
		116・39	
暁	呼来・哈：	［海］・醢：	
	9・2オ	63・27オ	
		下同	
		66・5	
匣	何来・孩：	何代・慨：	
	88・17オ	9・44	
	98・155	・劾：	
		113上・27	
		下代・劾：	
		79・13	

<u>98・122上</u>：「他来反」の「反」字もと「及」字に誤る。

62・9オ：被注字「檗」の上の「決」字一部残缺す。

<u>61下・6</u>：下字「代」一部残缺す。

<u>73下・21</u>：帰字「礙」の石偏残缺す。

- 20 -

			泰（開）	
幫			[貝]・沛： 56・44才 下同	
滂			普大・沛： 8・9 普外・沛： 9・14 73下・22 93・18 102上・14	
並			步會・旆： 48下・甲1才 步外・旆： 56・40 ・佩： 63・4 步貝・旆： 68・27才	
明			亡貝・沫： 88・62	
定			[大]・軑： 59下・4	
溪			可蓋・磕： 9・14才	
影			於蓋・譪： 8・8才 ・壒：	

			8・28オ	

<u>73下・22</u>：「沛普外反」の帰字「沛」及び下字「外」一部残缺す。
<u>102上・14</u>：「普外反」の「反」字の下にもと更に「反」字を衍す。

	灰（合）	賄（合）	隊（合）	
並	步回・陪： 8・16オ 56・49 59下・5 61上・20 <u>73下・12</u> 116：38オ ・裵： <u>116・36オ</u>	步罪・倍： <u>9・45オ</u> 98・123 ・琲： 9・61オ	步對・背： 8・12オ 68・4 下同 102下・13オ 步妹・哱： 9・32	
明	莫杯・梅： 56・12 61下・7オ 亡回・胈： <u>66・10オ</u>		亡背・昧： 63・8オ ・沬： 66・1 ［妹］・沬： 8・18	
端	多回・堆： 85上・6オ			
定	大回・頽： 59上・19オ		徒對・䨽： 9・32 ・隊： <u>73下・1</u> ・憝： 88・20オ	

- 22 -

来	力回・鑪： __113上・24__ ［雷］・礨： 8・30	力罪・硪： 9・12 ・磊： 9・61才 ・磓： 113下・9才	力對・耒： 71・31才 98・115上 102下・19 ・磓： 113下・9才	
精			祖對・綷： 9・40才	
清	七回・催： 59上・15 ・縩： 102下・11			
從	徂迴・崔： 9・50才 在回・崔： 56・36才 ・摧： 56・47才 94上・38才 徂回・摧： 61上・15 68・26 在迴・摧： 93・52才 下同			
心			素對・碎： 68・26	
見	古回・瓊： 94上・1			

- 23 -

渓	古迴・傀： 　102上・4オ 苦回・魁： 　8・4 ・恢： 　<u>85下・36</u> 　88・37オ 　93・80 　94中・23オ 　<u>113下・25</u> ・詼： 　94上・3オ 苦迴・魁： 　9・54 　113上・21		苦對・塊： 　<u>73下・27オ</u> 　93・9オ	
疑	五迴・嵬： 　9・12オ ・巍： 　9・50オ 五回・嵬： 　56・36オ	五罪・隗： 　102下・8オ		
影	烏回・隈： 　8・9 　<u>62・26</u>	烏罪・磈： 　9・12 ・猥： 　<u>79・44オ</u>		
暁	火回・灰： 　<u>56・38オ</u>	呼罪・賄： 　8・26オ	[悔]・晦： 　8・32オ	

			85下・6	
匚			胡對・潰： 　8・9 　9・12 　85下・14 　113下・18 ・闠： 　8・28 　9・59オ ・續： 　113上・5	

9・45オ：帰字「倍」もと「陪」字に誤る。今集注本正文に依る。

73下・12：「歩回反」の「反」字もと「也」に誤る。

116・36オ：下字「回」もと「同」字に誤り、見せ消ちにす。今集注本正文に
　　　　依る。

66・10オ：上字「亡」一部残缺し、「三」字の如く見ゆ。

73下・1：「徒對反」の「反」字一部残缺す。

113上・24：帰字「鐳」もと残缺す。

73下・27オ：被注字「塊」の上の「音決」の「音」字殆ど残缺す。

85下・36：帰字「恢」もと「怃」字の如く作る。今集注本正文に依る。

113下・25：帰字「恢」は補写。もと脱す。

79・44オ：下字「罪」は補写。

62・26：帰字「隈」の下、上字「烏」の上にもと「決隈」の二字を衍し、「決」
　　　字を見せ消ちにす。

56・38オ：「火回反」の「反」字の下にもと「也」字を衍す。

			泰（合）	
透			他外・蛻： 　　85下・16	
見			古外・膾： 　　68・12 　・會： 　　73下・4 　　85下・6 　　<u>88・5</u> 　　102下・6	
影			烏外・濊： 　　88・51オ	

<u>88・5</u>：上字「古」一部残缺す。

臻摂

	痕（開）	很（開）	恨（開）	没（開）
透	吐根・呑： 　　56・27オ			

	魂（合）	混（合）	慁（合）	没（合）
幫	布門・賁： 　　113下・31オ ［奔］・賁： 　　113下・1		布悶・奔： 　　63・8	
滂		普混・湓： 	普寸・濆： 	

- 26 -

			88・56	8・9	
並			步寸・溢： 88・56		步没・浡： 9・15才 ・渤： 59下・34才 61上・20才 ・勃： 93・37 102上・13才
明	[門]・押： 59上・26				
端	多昆・敦： 59上・27才 66・10才				都忽・怢： 102上・10才
透	土昆・暾： 59上・28				他忽・怢： 102上・10才
定	大敦・犺： 56・4才 途昆・屯： 63・34才 [屯]・忳： 63・17	途本・沌： 68・7才		徒頓・遯： 63・9 ・鈍： 88・15 93・5才 大頓・鈍： 73上・3 途頓・遯： 113上・20才	徒忽・腯： 9・66才 ・突： 68・25
来				力頓・論： 8・4才 30才 61上・15才	

- 27 -

				26才
				88・59才
				94上・5
				98・138
				102上・18才
知	知論・屯： 56・24			
精	子門・樽： 8・31 [尊]・樽： 59上・27			子忽・卒： 73下・1才 2 85上・5才 88・6才 113下・19才 29 走忽・卒： 98・116上
清				七忽・卒： 102上・3
從	在尊・蹲： 8・16 9・5	在本・鱒： 8・23		
心	[孫]・蓀： 59下・33才			
見	[昆]・琨： 9・40 ・崑： 59下・33 ・菎： 66・27	古本・袞： 48上・11才 59下・4才 24 93・96才 116・7	故困・涃： 63・35 93・7才	古沒・汩： 9・14

- 28 -

		·鉉： 63·22 ·緄： 68·19				
渓		苦本·悃： 93·12 ·闇： 98·153上		苦没·砎： 93·5才 ·窟： 113下·8才		
疑				五骨·兀： 9·12才 [兀]·抗： 9·29才 ·杌： 98·132上		
影				於忽·欝： 59下·38才		
暁	[昏]·闇： 9·51才 63·35才			[忽]·惚： 56·24 94上·10 ·智： 88·64才 ·笏： 91下·15 94上·36		
匣	胡昆·渾： 9·33	胡本·混： 8·27 9·13 59才 73上·11				

	98・112上 ・渾： 68・7オ 93・28		

<u>59上・28</u>：上字「土」もと「士」字に誤る。

<u>63・9</u>：「音決」の上に「音決」の二字を見せ消ちにす。又「徒頓反」の「反」字の下にもと「也」字を衍し、見せ消ちにす。

<u>73上・3</u>：下字「頓」一部残欠す。

<u>73下・1オ</u>：上字「子」一部残欠す。

<u>88・6オ</u>：下字「忽」及び「反」字一部残欠す。

<u>59下・33</u>：被注字「崏」もと日に従って「睯」字に作るも、此の字『切韻』系韻書並びに『集韻』に無し。又「今案」も無し。今集注本正文に従って山偏に作る。

<u>66・27</u>：被注字「萈」、音決・集注本もと共に音注字と同じき「昆」字に作る。「今案」無し。今胡刻本に従う。

<u>63・22</u>：帰字「觬」、音決・集注本もと共に角偏に従う。今胡刻本に従う。

<u>93・5オ</u>：帰字「砳」もと言偏に従って誤る。今集注本正文に依って訂す。

山摂

	寒（開）	旱（開）	翰（開）	曷（開）
並	歩寒・蟠： 　　9・8オ 歩干・蟠： 　　9・32オ 皮寒・般： 　　68・37			
端	[單]・鄲：			丁達・憚：

- 30 -

	61上・26 [丹]・彈： 　102下・3才 　23才			66・32才
透		土但・坦： 　116・36		他達・獺： 　8・23 ・闥： 　9・51才 　48下・20
定	大丹・壇： 　8・25 ・檀： 　59下・23才	[但]・誕： 　48上・9 ・袒： 　102下・22才	大旦・彈： 　8・34才 徒旦・憚： 　63・8才	
泥			那旦・難： 　48上・5才 　62・28 　63・25才 　66・3才 　73下・5 　下皆同 　85上・9才 　85下・36才 　93・59 　94下・15才 　下同 　98・129上 　141上 奴旦・難： 　63・10才	

			113下・19才	
			乃旦・難：	
			88・24	
			113下・27	
			難旦・難：	
			93・44才	
			下同	
来	[蘭]・瀾：		力旦・瀾：	
	59上・27		9・20才	
			・爛：	
			66・7	
			・爛：	
			66・15才	
			68・18	
			41才	
			98・156上	
澄	直單・彈：			
	91下・5才			
清	七干・凔：			
	56・25			
	116・38			
従		在但・瓚：		
		113下・17		
心	素丹・珊：	四但・散：		
	9・24才	61下・3		
	素干・凔：	先但・散：		
	59下・3	88・14才		
		98・114		
見	[干]・乾：	古旱・竿：	古旦・泹：	[葛]・轕：

	59上・39才　<u>73下・9才</u>　98・109　・玕：　61下・4　・竿：　<u>66・25</u>　　26才　・肝：　79・50	<u>56・6</u>　・幹：　66・4才　古但・稈：　113下・8	9・12	9・51才
渓	苦干・刊：　71・19才　79・44才　[看]・刊：　88・18才　116・11		可旦・衎：　9・58才	
疑			[岸]・犴：　98・155	
影	[安]・䅣：　56・46才		烏旦・按：　66・24才	於葛・閼：　98・110
暁			[漢]・罕：　93・23	
匣	[寒]・邯：　61上・26	何但・扞：　102下・19	何旦・悍：　8・16才　9・63才　・汗：　9・12　59上・17才　・肝：	何葛・褐：　47・4才　94下・11才　116・22才　何達・褐：　68・20　93・84才

- 33 -

| | | | | 68・23
28
・捍：
85下・12
・扞：
88・9才
98・117
［汗］・翰：
61上・14才
62・19 | 113下・30才
・鶡：
79・43才 |

102下・3才：音注字「丹」一部残缺す。
59下・23才：帰字「檀」の木偏一部残缺す。
73下・5：「下皆同」の「皆」字もと缺。今補う。「同」字漫漶たり。
63・10才：「奴旦反」の「反」の下にもと「也」字を衍し、見せ消ちにす。
56・6：下字「旱」もと「早」に作る。
73下・9才：被注字「乾」もと漫漶たるも、今集注本正文に依る。
66・25：「音干」の「干」字もと「千」字に作る。

	桓（合）	緩（合）	換（合）	末（合）
幫				布末・撥： 88・36
滂	普丸・番： 8・27才		普半・泮： 9・12 ［判］・泮： 8・23才 88・7才	
並	步丸・蟠： 8・15才			步末・拔： 66・38才

- 34 -

		·繁： 68·21		·胦： 88·58才
明		亡管·滿： 102下·23	莫半·漫： 9·12 莫旦·漫： 9·47 59上·19才 59下·10才	[末]·秣： 61下·1才
端		丁管·斷： 68·17 多管·斷： 85下·40才 93·6才 都管·挃： 102下·13 [短]·斷： 88·33 91下·16才	多靽·斷： 56·22 98·102上 下同 102上·4 多段·斷： 68·43才， 79·54才 98·154上	
透				吐活·脫： 88·11才 他活·脫： 91下·24 98·115上
定	度丸·團： 59上·12才 61上·28才			徒活·脫： 61下·10才 徒括·脫： 66·7才
泥		奴管·煖： 73上·9	奴靽·懊： 79·28	

		93・10才	113下・6才 奴喚・㦜： 94下・35才	
来	力丸・欒： 8・8 ・樂： 9・51 59下・23才 79・26 ・鑾： 68・27 91下・34才 路丸・鷥： 63・33			
精	即丸・鑽： 79・54才 走丸・鑽： 94中・13	祖管・纂： 48上・9 ・纘： 98・157 組管・纂： 66・15才		
清			七瓞・夔： 88・3 七半・夔： 113上・23 七乱・夔： 113下・5	
從	在官・攅： 8・12 22才			

	9・31 在丸・橫： <u>59下・22</u> ・攢： 91上・21オ 才官・攢： 113下・29オ			
心	素丸・酸： 66・21オ 68・13オ	素管・筭： 9・6オ	素瓾・算： 98・152	
見	古丸・觀： 8・36 9・66オ 59上・10 63・21 39オ 66・19オ 68・28オ 下同 30オ 33オ 50オ 93・35 吉丸・觀： <u>63・28</u> [官]・觀： 8・2オ		古瓾・觀： 8・24 59下・10オ 66・15 68・9オ 29オ 35オ 47 71・4 85下・5オ 91下・30オ 93・3オ 102下・10オ 下同 ・冠： 8・27 9・21 <u>48下・30オ</u> 56・26オ	古活・觝： 85上・7 [括]・觝： 8・28オ

- 37 -

61上・14
62・33才
68・4
71・6才
　　16
73上・15
91上・5才
91下・4
93・54才
下同
94中・19才
102下・9才
113上・2才
下同
116・18才
　　24
・鸛：
9・19才
61下・2
　　9
・貫：
66・30
・灌：
93・37
古半・觀：
9・6才
・灌：
9・13才
［貫］・槇：

渓		苦管・欸： 48下・5 苦緩・欸： <u>59上・14才</u>	8・17才	
疑	五丸・屹： 59下・22 ・抗： <u>102下・20</u>			
影			烏翫・捥： 8・30才	烏活・斡： 59上・14才
暁	火丸・謹： 56・33才		呼乱・煥： 68・18 79・54 火翫・煥： 68・37 91上・26才 93・88才 94中・9才 ・奐： 88・22	火活・豁： 8・39才 94上・7
匣	[丸]・紈： 79・19才 91下・21 ・完： 88・18 [桓]・完： 113下・14才	戸管・澣： 59上・38才 98・125		

<u>66・38才</u>：「歩末反」の「反」字一部残缺す。

- 39 -

59上・12オ：帰字「團」一部残缺す。
73上・9：下字「管」一部残缺す。
94下・35オ：帰字「偄」の上の「音決」の「決」字もと缺。
48上・9：下字「管」一部残缺す。
59下・22：下字「丸」もと「九」に誤る。
63・28：帰字「觀」一部残缺す。
48下・30オ：下字「甑」一部残缺す。
102下・9オ：帰字「冠」一部残缺す。今集注本正文に依る。
59上・14オ：「欸苦緩反」の下に「惊樂也音決易以智反斡烏活反欸苦緩反」の十七字を衍し、見せ消ちにす。
102下・20：上字「五」一部残缺す。

効摂

	豪	晧	号	
幫	必毛・衺： 56・20オ 布毛・褒： 71・20オ	[保]・葆： 91下・37 116・44		
明	[毛]・髦： 62・8オ ・旄： 71・9オ		莫報・冒： 9・36 ・耄： 102下・11	
端		丁老・屳： 9・22 ・擣： 59上・15オ ・倒：		

- 40 -

		102下・20才 多老・倒： <u>85上・15</u>		
透	吐刀・韜： 9・61才 <u>91下・10才</u> ・叨： 79・30才 ・弢： 93・58			
定	徒勞・陶： 93・35才 [桃]・檮： 8・23 [陶]・樗： 98・132上	[道]・稻： 8・19才	大到・蹈： 8・32 68・38才 徒到・悼： 61成・6 ・道： 63・6	
来	力刀・酵： 48下・26才 ・窂： 73下・4才 91下・5才 [勞]・醪： 8・36才 93・34 ・笯： 9・36	力道・潦： 102上・16 [老]・潦： 71・19才 85上・15	力到・勞： 98・123 102上・14才	
精	[遭]・糟： 93・34	[早]・藻： 8・3		

- 41 -

		9・19 59上・13 61上・27 68・16 91下・39才 ・瑤： 91下・35		
清	七刀・操： <u>62・28才</u> 93・17 33才		七到・造： 9・18 79・34才 85下・29 88・52 113下・11 ・操： 94中・20	
從	[曹]・嘈： <u>56・32</u> ・糟： 66・23才 ・槽： 93・34	才藻・造： <u>56・30</u> 在早・皁： 79・27才	在到・鑿： 63・29才 98・136	
心	素刀・搔： 59上・20 85上・5才 ・艘： 85下・19才	素老・嫂： 79・15才 先老・掃： 98・104	先到・掃： 71・22	
見	[高]・膏： 71・29	古老・縞： 66・15才 古考・藁：	古号・縞： <u>93・91才</u>	

- 42 -

		71・6才		
疑	五高・鼇：		五詰・傲：	
	9・21		59上・7才	
	・遨：		62・16才	
	59下・27		63・38	
	・翱：		68・3才	
	93・19		・澆：	
	116・19		63・26才	
	・嗷：		・傲：	
	102下・14		85下・6	
	113下・29才		<u>94上・2</u>	
			五報・傲：	
			79・50才	
			五号・傲：	
			113下・8	
影		烏老・鴖：	烏詰・奥：	
		9・26才	9・46	
		・媼：	66・14才	
		93・94	烏報・隩：	
			<u>91上・12</u>	
			・奥：	
			91下・28	
			93・50	
曉	呼高・藃：		［秏］・好：	
	<u>61下・9才</u>		48上・16	
	許高・藃：		61上・7	
	113下・26才		9	
			25	
			下同	

			63・15才	
			下皆同	
			68・3才	
			20	
			34才	
			73上・16才	
			79・31才	
			52	
			85上・3	
			下同	
			85下・29	
			88・29才	
			42才	
			下同	
			91下・19才	
			93・50才	
			94下・32才	
			98・118	
			154上	
			102上・9	
			下同	
匜	胡高・嘷：	胡老・晧：		
	66・35	59上・16		
	戸高・號：	68・23		
	73下・10才	28		
	88・61才	・浩：		
	93・18才	59下・26才		
	113下・5才	・鎬：		
	15	93・84		

	[豪]・濠： 62・5	胡考・浩： 63・16オ 71・17		

<u>91下・37</u>：此の「音決」の「音」字もと「〃」（踊り字）に作る。此の上に鈔の注有りて『漢書』礼楽志「文始舞者、本舜韶舞」及び『漢書音義』「韶為翹音」を引く。此の「音」字の繰り返しなり。

<u>85上・15</u>：「倒多老反」の四字は補写。

<u>91下・10オ</u>：帰字「韜」もと缺。今集注本正文に依る。

<u>62・28オ</u>：下字「刀」一部残缺す。

<u>56・32</u>：被注字「嘈」一部残缺す。今集注本正文に依る。

<u>56・30</u>：上字「才」一部残缺す。

<u>93・91オ</u>：下字「号」もと「吴」（呉）字に誤る。

<u>94上・2</u>：下字「詁」もと「詰」字に誤る。

<u>91上・12</u>：隩於六反の又切なり。此の「又」字は補写。

<u>61下・9オ</u>：上下字の「呼高」は補写。

<u>63・16オ</u>：帰字「浩」の下にもと「音決」の二字を衍し、見せ消ちにす。

<u>62・5</u>：被注字「濠」一部残缺す。今集注本正文に依る。音注字「豪」も一部残缺す。

果摂

	歌（開）	哿（開）	箇（開）	
定	大何・沱： 8・19オ ・蛇： <u>48上・11オ</u> ・酏： <u>66・24</u>	大可・拖： <u>48天・290</u> 113上・21オ		

- 45 -

	・鼉： 68・12 徒何・陁： 66・20才			
来		力可・砢： 9・61才		
従	徂何・嵯： 66・35 在何・鄼： 93・36			
心	四何・娑： 48下・21 先何・娑： 102下・22才		先箇・些： 66・4才 下皆同	
見	古何・柯： 61下・3 [哥]・柯： 88・63才			
渓	苦歌・珂： 9・60才 口何・軻： 56・42		苦賀・軻： 116・32才	
疑	魚何・蛾： 59上・36 ・莪： 73下・26 五何・蛾： 61上・25 ・峨：		魚賀・餓： 102上・17	

	66・35			
	五歌・娥：			
	66・17			
	［俄］・峨：			
	66・8			
影	［阿］・疴：			
	59上・21			
匣	［何］・荷：	何可・荷：		
	63・20オ	61上・12		
	66・19	62・3		
	24オ	73下・4オ		
	・苛：	93・2オ		
	93・38	77		
	92	94下・14オ		
	102下・10	下同		

<u>48天・290</u>：帰字「拖」もと「施」字に誤る。今集注本正文に依る。
<u>48上・11オ</u>：上字「大」一部残缺す。
<u>66・24</u>：帰字「醜」もと「酔」字に誤り、見せ消ちにす。
<u>66・20オ</u>：「徒何反」の「反」字の下に「也」字を衍し、見せ消ちにす。
<u>61下・3</u>：帰字「柯」上の「音決」の「音」字一部残缺す。又、上字「古」一部残缺す。

	戈（合）	果（合）	過（合）	
幫	布和・陂：			
	66・20オ			
滂	普和・頗：	普我・頗：		
	63・27	98・153上		

- 47 -

並	步和・鄒： 9・57才 ・繁： 79・47 48才 [婆]・皤： 93・91才			
明	[摩]・劘： 113下・18才			
透			他臥・褃： 68・40才	
定		大果・堕： 56・13 31才	徒臥・惰： 59下・33 71・28才	
来	力和・覵： 9・25	力果・裸： 85下・33才 102下・22才 ・羸： 93・36才		
精			祖臥・挫： 66・23才 94下・28	
従			才臥・坐： 8・30 59上・34 在臥・坐： 56・12 <u>79・51才</u> 85上・7	

心	素戈・莎： __66・38__才	素果・鏁： 9・51 ・璙： 59上・36 63・31 79・47才 88・58 98・101上 ・瑣： 113上・23才		
見	[戈]・過： 8・28 9・59 56・44才 59上・27才 85上・1 15才 94上・7	古火・猓： 9・34才 [果]・裹： 85上・5才 98・122 ・螺： 93・36才	古臥・過： 71・18 79・39 下同 85上・1 88・14 93・9才 95才 94下・32 98・136上 146 152 __102下・1__ 116・8 23	
渓	苦和・窠： 8・13 苦戈・藄： 91下・13			

- 49 -

			烏臥・汙： 79・37オ 88・2 ・洿： 94下・4オ	
影				
匣		胡果・夥： 8・17オ	胡臥・和： 56・43 71・27 79・49 85下・12オ	

<u>79・51オ</u>：帰字「坐」一部残缺す。
<u>66・38オ</u>：上字「素」一部残缺す。
<u>102下・1</u>：「反」字残缺す。

宕摂

	唐（開）	蕩（開）	宕（開）	鐸（開）
幫		布廣・榜： 94下・8		［博］・簙： 66・27 ・搏： <u>73下・10</u>
滂	普黄・滂： 8・19オ 9・14			普各・泊： 8・33オ
並	歩光・旁： 9・6オ 歩郎・旁： 56・36		皮浪・傍： 8・19	歩博・魄： 9・6オ ［薄］・毫： <u>98・129</u>

明	莫郎·茫： 9·20 56·41 ·芒： 48下·10才 **68·7** 88·67才 93·26 39才	莫朗·莽： 9·29 [莽]·漭： 68·4才		[莫]·幕： 8·32 61上·23 66·18才 91下·33才 94上·34才 ·漠： 59上·4才 24 62·5 ·幞： 59上·16 68·41才 93·33才
端	多郎·簹： 9·36	多朗·讜： 94下·3才 113上·12	丁浪·當： 8·3 59上·22才 59下·8	
透		他朗·儻： 8·36 59下·21 73下·32才		他洛·祐： 9·11才 88·37才 91上·10才 ·橐： 98·122 ·柝： 113下·27
定	[唐]·塘： 9·53 ·棠：	[蕩]·盪： 68·21才	大浪·宕： 8·14	大洛·度： 73下·11才 24才

	71・22才			
	102上・18			
泥	奴當・囊：			
	98・122			
	那郎・曩：			
	102上・7才			
来	力當・榔：		[浪]・閬：	力各・樂：
	9・38		63・36才	102上・9才
	[郎]・桹：			113上・8
	8・27才			[洛]・絡：
	9・31才			8・32
	・狼：			56・8
	9・67			66・11
	66・9才			・樂：
	・瑯：			8・36
	59下・23才			9・58才
	61下・4			48天・286
	・廊：			59上・11才
	62・7			25
	・浪：			63・7
	63・30才			22才
	・琅：			66・4
	94中・22			29
	98・143上			68・35才
	・硠：			42才
	113下・13才			73下・9
				下同
				79・52
				85上・9

- 52 -

				下同
				<u>85下・38</u>
				88・33
				48
				65才
				<u>91上・5</u>
				91下・12
				27
				39才
				93・35才
				45
				94上・1才
				14才
				27才
				98・109上
				119上
				126
				102下・9
				15才
				22
				116・5才
				［落］・樂：
				8・31
				［絡］・樂：
				68・28
澄				丈洛・鐸：
				9・67才
精	子郎・牪：	子朗・駔：		子洛・作：
	8・8	91下・35		73上・7

		88・62		88・60
清	七郎・滄： 85下・6 [倉]・鶬： 9・19オ 66・22			七洛・錯： 8・6 七各・錯： 66・29オ [錯]・鰭： 9・17
従				在洛・筰： 88・54オ [昨]・筰： 88・52オ
心			息浪・喪： 62・19オ 26オ 71・10 79・13オ 16オ 32 85下・2オ 88・67オ 93・49オ 94上・30 94下・9 113上・20オ 113下・9 25 116・13オ 23	先各・索： 48上・14オ 48下・4 素洛・索： 63・14オ 先洛・索： 68・24

羊		以朗・瀁： 9・15		
見	吉郎・綱： 68・27オ [剛]・綱： 98・112上			
渓		可朗・慷： 56・47オ [慷]・忼： 47・4オ	口浪・抗： 8・7 61上・26オ 68・21 26 33 44オ 85下・2 91下・30 113上・26 ・閌： 9・52 ・忼： 79・25オ 可浪・抗： 9・24オ	口各・恪： 98・131
疑	魚郎・昂： 94下・24			五各・鶚： 8・14オ ・鱷： 9・17 ・諤： 94中・5 魚各・崿：

				59上·3
				·鄂：
				59下·21
				·蕚：
				62·30才
				·鍔：
				93·5
影		阿朗·坱：		
		9·26才		
		<u>66·36</u>		
		惡朗·泱：		
		68·4才		
暁				呼各·墾：
				59上·24才
				62·35才
				<u>68·4</u>
				·臞：
				66·22
				68·12
匣	何郎·航：	何朗·吭：		胡各·觳：
	9·16才	8·23才		9·19才
	·行：	·沆：		·狢：
	9·40才	9·15		93·10才
	·頏：			
	<u>94上·2</u>			
	下郎·行：			
	56·7才			
	79·8才			
	85下·18			

	88・10			
	113下・23			
	・航：			
	<u>91上・15</u>			
	戸郎・行：			
	116・26オ			

<u>73下</u>・10：帰字「搏」の手偏残缺す。

<u>98</u>・129：被注字「亳」もと「毫」字に誤る。

<u>68</u>・7：帰字「芒」もと缺。今集注本正文に依る。

<u>8</u>・32：被注字「絡」もと「洛」の如く作り、三水に従う。今集注本正文に依る。

<u>56</u>・8：音注字「洛」もと被注字「絡」に誤る。今他の例に従って「洛」に改む。

<u>9</u>・58オ：「樂音」の下、「洛」の上に「決樂音」の三字を衍す。

<u>48天</u>・286：「音決樂」の三字は補写。

<u>79</u>・52：音注字「洛」一部残缺す。

<u>85上</u>・9：「音洛」の下に踊り字「〃〃」有りて、見せ消ちにす。

<u>85下</u>・38：「音洛」の「洛」字一部残缺す。

<u>91上</u>・5：「音決」の「決」字及び「樂音洛」の「樂音」の二字は補写。

<u>79</u>・16オ：上字「息」もと「自」に誤る。今他の例に従って「息」に改む。

<u>66</u>・36：上字「阿」一部残缺す。

<u>68</u>・4：帰字「墾」の「土」もと「口」に作る。

<u>94上</u>・2：帰字「頏」上字「何」の両字は補写。

<u>91上</u>・15：帰字「航」及び「反」字一部残缺す。

	唐（合）	蕩（合）	宕（合）	鐸（合）
見	[光]・桄： 8・27才			[郭]・埻： 8・24才 ・槨： 116・8
溪			[曠]・纊： 113下・6	苦郭・廓： 9・47
影	烏黃・汪： 9・22才 88・51才 94中・19才			烏郭・蠖： 48下・33才 ・擭： 61上・32才
曉	[荒]・肮： 9・67 ・肮： 56・32 ・肓： 85下・24才	呼廣・慌： 9・20 ・荒： 66・37才		火郭・霍： 8・33才 79・24才 ・藿： 9・27才 56・4才 59上・2 61上・32 73下・29才 下同 許郭・矐： 68・16才
匣	[皇]・篁： 9・36 ・餭： 66・23才 ・湟：	胡廣・晃： 9・29 [晃]・榥： 9・51才		胡郭・穫： 71・30才 102下・20才 ・鑊： 88・3

- 58 -

	<u>88・18</u> [黄]・璜： 66・15			

<u>102下・20</u>才：上字「胡」一部残缺するも、巻七十一の例を考え併せて今此の字と定む。

<u>88・3</u>：上字「胡」一部残缺す。

<u>88・18</u>：音注字「皇」は補写。

曽摂

	登（開）	等（開）	嶝（開）	德（開）
並	[朋]・鵬： 9・22才			步北・僰： <u>88・18</u> ・匐： 102下・10才
明			莫鄧・甿： 9・62	亡北・冒： 62・5才 [黙]・冒： 73下・31
端	[登]・鐙： 66・29才			
透				他得・忑： 79・34才 98・133上 他勒・慝： 91下・17才
来	力登・稜： 85下・13			

	93・59才			
精	子登・䁪： 　102上・4 　・憎： 　102下・13才 [曽]・層： 　61上・19才 　61下・9 　91下・30 [増]・層： 　66・12才 　・䁪： 　68・24			
從	在登・曽： 　8・7才 　9・3才 　51 　48上・4 　63・29 　79・26才 　42 　88・44才 　<u>113上・13</u> 　113下・12 　116・25 　・層： 　66・12 　93・7才 昨曽・曽：			

心	<u>62・34</u>才			先得・塞： 　　61上・12 　　71・12才 　　93・3 四得・塞： 　　68・23才 　　73下・21才 先勒・塞： 　　93・19 　　94下・15才
見			居鄧・亘： 　　8・8 ・緁： 　　66・17 古鄧・亘： 　　9・52	

<u>88・18</u>：上字「歩」一部残缺す。
<u>113上・13</u>：「在登反」の「反」字の下に「也」字を見せ消ちにす。
<u>62・34</u>才：上字「昨」もと「胙」の如く作るも、今「昨」字とす。

　　流摂

	侯	厚	候	
滂		普厚・剖： 　　93・14		
並	歩侯・捨： 　　113下・8才			

- 61 -

明	莫侯・茅： 9・27 ・繆： 9・32 94下・12才 ・侔： 66・28才 71・3才 93・89才 亡侯・侔： 59下・33才 ・繆： 68・19	[母]・牡： 59上・34才 ・拇： 66・10才 ・姆： 102上・4才	[茂]・貿： 8・26 9・61 113上・29 ・懋： 71・27 ・袤： 93・7才	
透	他侯・偷： 63・7		他豆・透： 9・34才	
定	[投]・揄： 9・63		[豆]・荳： 9・27才 ・逗： <u>61上・24才</u>	
来	力侯・婁： 68・31才 ・樓： 73下・31 [樓]・螻： 56・38 ・婁： 93・7才		力豆・鏤： 9・18才	
精	子侯・阪： 9・43才		[奏]・走： 63・8	

- 62 -

	63·3才			
清		七后·走： 98·123上	七奏·湊： 8·8才 91下·28 七豆·鞣： 9·60才 ·湊： 56·34才 61上·1才 ·腠： 88·58才	
心		蘇走·藪： 9·5才, 68·23才 ·叟： 85下·28 四走·藪： 61上·8才 素后·瞍： 79·46 ·叟： 93·91才		
見	古侯·句： 9·17 35 102下·6 ·鉤： 56·8 ·溝：	古口·狗： 73下·11	古候·雖： 8·11才 ·遘： 62·2 94中·16才 98·148 ·媾：	

- 63 -

	56・28		62・8	
	36		<u>73下・21才</u>	
	・篝:		79・37才	
	66・11		・構:	
	[鉤]・枸:		71・7	
	9・31才		19才	
	[溝]・韝:		93・27	
	56・4		<u>94下・7才</u>	
			下同	
			98・103上	
			下同	
			・購:	
			88・34	
			・覯:	
			88・55才	
			102上・3	
渓		[口]・叩:	苦候・觳:	
		68・15才	88・3才	
		扣:		
		8・26才		
		62・4		
疑		五口・偶:		
		79・24才		
		吾后・偶:		
		102下・3才		
影	烏侯・謳:			
	8・35			
	66・26			
	・鷗:			

- 64 -

	9・19オ <u>62・23</u> ・嘔： 102下・22オ		
暁		呼豆・蔻： 9・27オ 火候・詬： 63・18 98・133上	
匣	[侯]・鯸： 9・17 ・猴： 56・47オ 66：39オ ・喉： 79・48 49 ・猴： 98・122	[候]・後： 63・8	

<u>61上・24オ</u>：音決は「逗音豆。又音遅」と云うも、『切韻』系韻書は「逗」に
「遅」なる音（平声脂韻開口澄母）無し。此の李善注に「遅或作
逗、音豆」と云うが如く、「逗」字を「遅」字に作る本有るの意
なり。故に此の「又音遅」は取らず。

<u>91下・28</u>：帰字もと「溱」字に誤り、此の下に「湊」字を書す。

<u>61上・1オ</u>：帰字「湊七豆反」の「湊七豆」の三字一部残缺し、漫漶たり。

<u>68・23オ</u>：下字「走」もと「麦」字の如く作る。今他の例に従って「走」字に
作る。

<u>73下・21オ</u>：上字「古」もと左半缺。今他の例に従って「古」字に作る。帰字
「媾」もと左半缺。集注本全缺。今胡刻本に従って「媾」に作る。

- 65 -

　　　　又、此の上の「音決」の「音」字は全缺、「決」字も殆ど残缺す。
<u>94下・7オ</u>：上字「古」もと一部残缺す。
<u>62・23</u>：下字「侯」は補写。

　　咸摂

	覃	感	勘	合
端	都南・眈： 　　9・52 　　93・60オ 丁南・躭： 　　68・3オ 丁男・躭： 　　68・35オ 多含・媅： 　　79・56オ			
透	他含・探： 　　68・9 　　24 　　94中・13オ			
定	大南・潭： 　　56・14オ 　　59上・28 ・潭： 　　88・23 徒南・潭： 　　85下・1			徒合・嘗： 　　9・67 ・遝： 　　91上・12 [沓]・襲： 　　102下・9
泥	乃堪・柟：		南紺・妠：	[納]・蒳：

	9・31オ [南]・枏： 8・13オ		79・51	9・27オ ・妠： 79・51
来	力男・婪： <u>63・11</u> 力含・婪： <u>113下・3</u>	力感・壖： 56・10		力合・拉： 68・26
精				子合・匜： <u>8・24オ</u> 61上・20オ
清	七男・驂： 56・39 ・參： 66・10 68・46オ 88・59オ [參]・驂： 59下・17オ			
從	在男・蠶： 9・46オ			
心	素含・心： 66・33 楚本音			素合・毁： 9・67
見				古合・合： 8・31 85下・12オ <u>88・9</u> ・蛤： 9・20

渓	[堿]・龕： 59下・17オ	苦感・塪： 56・10 口感・顲： 63・13		口合・澾： 63・17 31オ 苦合・澾： 63・36
影		烏感・罨： 8・35オ ・唵： 9・32		烏合・䤴： 88・22
暁		許感・闞： 68・25		
匣	[含]・函： 8・14 20オ 9・20 63 91下・35 ・涵： 9・17	胡感・頷： 63・13		[合]・䦔： 63・35オ

<u>63・11</u>：下字「男」は補写。

<u>113下・3</u>：下字「含」の右下に「貪」の字を傍記す。此の字も覃韻字にして同韻なり。或いは帰字「婪」の意味を傍記せるか。今下字として取らず。

<u>8・24オ</u>：下字「合」の下に「反」字を脱す。

<u>88・9</u>：此の「音決」の「音」字半缺し、「決」字は全缺す。又、帰字「合」一部残缺す。

- 68 -

	談	敢	闞	盍
端	都甘·瞻： 9·67	多敢·膽： 85下·14才	多暫·擔： <u>79·9才</u> 94下·24	
透				吐臘·榻： 59下·33才 ·闒： 79·18
定			大暫·澹： 59上·4才 徒暫·澹： 88·57才 ·惏： 93·20才 途暫·澹： 116·5才	大臘·蹋： 85下·36
来	力甘·藍： 61上·25才	力敢·覽： 59上·10 ·攬： 56·47 [覽]·擥： 63·5才 ·摼： <u>63·13</u>	力暫·欖： 9·38 ·灆： 62·12才	
心	[三]·參： 98·127上		思灆·三： 94上·24 102上·8才	息臘·燮： 98·139

- 69 -

見		古暫・橄： 9・38	
渓		苦暫・瞰： 8・24 59下・28オ 苦蹔・瞰： 59上・22	苦盍・榼： 93・33オ
匣	戸甘・酣： 8・36オ 何甘・酣： 56・44		何臘・闔： 9・50オ

<u>79・9オ</u>：帰字「擔」一部残缺す。

<u>63・13</u>：「音覽」の下にもと「也」字を衍す。

II 類

江摂

	江	講	絳	覚
幫				布角・剥： 113下・15 18才
滂				普角・朴： 9・41才 98・151 102上・10 ・樸： <u>85下・40才</u> ・璞： 93・5
並		步講・蚌： 9・20 68・33才		步角・瀑： 8・9
明	武江・厖： 8・28才 ・嵝： 8・33 ・痝： 102上・14才 [尨]・駹： 88・52才			
端				丁角・卓： 8・29才

- 71 -

				62・19
				・啄：
				56・27才
				66・8
				・諑：
				63・16
				・琢：
				91下・8才
				・斮：
				98・151
				113下・12才
透				吐角・趣：
				9・34才
来				力角・挙：
				8・36
				9・11才
				79・44才
知				張角・啄：
				9・19
澄	直江・幢：			直角・擢：
	113上・26才			8・13才
				9・31
				48下・19
				68・32
				・濯：
				8・28
				59上・28
				63・38才
				<u>94上・12</u>

				98・125
娘				女角・嬢： 9・25オ
荘				側角・稱： 9・46オ [捉]・稱： 66・21オ
初				楚角・齔： 9・5 初角・齔： 56・21 88・58
崇				仕角・驚： 9・37 士角・泍： 63・26オ
生				[朔]・數： 63・10オ 98・135上
見	[江]・扛： 9・57オ 91下・16			古學・推： 8・7オ 61上・27 [角]・梡： 66・19オ 85上・11 113上・23 ・較： 68・28オ
渓				苦角・確：

				94下・9才
疑				魚角・鷖:
				9・37
				[岳]・樂:
				66・29
				68・40才
				49才
影				於角・踶:
				9・5
				・幄:
				59上・14
				79・30才
				91上・23
				116・27才
				・握:
				79・42
				102上・16才
				・渥:
				91下・39才
				93・42才
				一角・幄:
				56・5
				62・11才
				[握]・幄:
				9・25才
曉				許角・濕:
				8・9
匣	下江・降:		戸降・衖:	
	79・4才		9・57才	

	下同			
	88・14			
	20			
	下同			
	47			

<u>85下・40才</u>:「反」字一部残缺す。
<u>94上・12</u>:上字の「直」、一部残缺す。
<u>88・58</u>:「反」字の下にもと「也」字を衍す。
<u>98・135上</u>:「音朔」の字一部残缺す。又「朔」字の下にもと「也」字を衍す。
<u>94下・9才</u>:下字「角」もと「逈」字に誤る。此の字の下に「角」字を書す。
<u>91上・23</u>:「反」字残缺す。

蟹攝

	佳（開）	蟹（開）	卦（開）	
生		所蟹・躠: 9・10才 ・觀: 9・49才 ・灑: 59下・10才 所買・觀: 59上・12 ・灑: 62・28		
見		居蟹・嶰: 9・37 ・解:	[懈]・解: 9・53才 <u>59上・36才</u>	

- 75 -

		56・12		
		61上・16		
		68・20		
		居買・解:		
		56・26才		
		63・22才		
		73下・24		
		85上・18才		
		85下・3才		
		94下・10		
		下同		
		98・112上		
		113上・27		
		・懈:		
		91下・38才		
疑	[厓]・涯: 59上・3			
影	於佳・娃: <u>59下・26</u>		於懈・隘: 8・39 <u>63・8才</u> 68・5才	
匣		[蟹]・解: 9・66才 48天・291 ・澥: 59下・34才		

<u>59上・36才</u>:音注字「懈」一部残欠す。

<u>59下・26</u>:帰字「娃」もと「姓」字に誤る。今集注本正文に依る。

<u>63・8才</u>:帰字「隘」一部残欠す。今集注本正文に依る。

	皆（開）	駭（開）	怪（開）	
並	歩皆・排： 　91上・27 歩懷・排： 　98・107上			
明	莫皆・埋： 　79・29才			
徹			丑芥・蠆： 　113上・19	
荘	側階・齊： 　59上・33			
崇	仕皆・廨： 　9・35才 士皆・犲： 　66・9才 　<u>85下・2</u> 　102下・14			
見	［皆］・偕： 　93・93才		［界］・介： 　59上・31 ［介］・届： 　68・4才 ［戒］・介： 　93・31才 　　33 　<u>98・107</u>	
渓		去駭・錯： 　9・40 丘駭・楷：		

	佳（合）	蟹（合）	卦（合）	
		93・28		
		苦駭・楷： 116・25オ		
匣	何階・諧： 94上・3オ 戸皆・骸： 113下・26オ	何楷・駭： 59下・15 胡楷・駭： 66・39	何戒・械： 9・64 何介・薤： 56・33オ 何界・械： 113下・9オ	

<u>85下・2</u>：鈔注の「墜火」の下に「也言百姓」の四字を誤衍して見せ消ちにし、「火」字の下に「之艱音決」四字を補写す。

<u>98・107</u>：「戒」字の下に「也」字を衍す。

	佳（合）	蟹（合）	卦（合）	
滂			普賣・派： 9・13 蒲賣・粺： <u>68・10オ</u>	
見			［卦］・挂： 68・24	
匣			胡卦・畫： 66・19オ 71・35オ ・絓： 79・13 胡挂・畫： 94上・甲1	

<u>68・10オ</u>：上字「蒲」もと「蒱」字の如く作る。今訂す。

- 78 -

	皆（合）	駭（合）	怪（合）	
見			古拜・壞： 102下・13オ	
影	烏乖・崴： 9・41			
匣	戸乖・褭： 9・41			

102下・13オ：下字「拜」もと残缺す。今此の字と定む。

			夬（合）	
溪			苦邁・快： 85上・15 ［快］・噲： 93・37	
匣			胡邁・話： 88・41オ 戸快・話： 102上・2オ	

102上・2オ：下字の「快」もと一部残缺す。

　　山摂

	刪（開）	潸（開）	諫（開）	鎋（開）
崇		士板・橯： 8・21オ		
生	所顔・刪：			

- 79 -

		68・48		[潤]・礵：	
見	古顔・薐：			59下・23	
	66・7				
影				一潤・晏：	
				61上・12	
				一諫・晏：	
				98・147	
				[晏]・鴳：	
				68・11	

68・48：帰字「刪」の刂もとßに誤る。集注本は「正」字に作る。「今案」に「音決正為刪」と云うに従う。

59下・23：被注字「礵」一部残缺す。集注本正文は「潤」字に作るも、「今案」に「音決潤為礵也」と云うに依る。

	山（開）	産（開）	襇（開）	點（開）
明	亡間・慢：			
	73上・15オ			
荘				側八・札：
				98・139上
見			居莧・間：	居八・楔：
			59上・24	8・13オ
			91上・16	66・28
			91下・30	
			116・19オ	
			古莧・間：	
			113下・18オ	
			116・39オ	
			[間]去聲・潤：	

- 80 -

				71・36
影				阿點・圠： 9・26才 於八・猰： 9・35才 ・軋： 66・36
匣	[閑]・間： 66・12才 18 ・瞷： 102下・22才	下簡・瞷： 113下・8		

<u>73上・15才</u>：「亡間反」の「反」字全缺す。
<u>91上・16</u>：帰字「間」及び下字「莧」一部残缺す。

	刪（合）	潸（合）	諫（合）	鎋（合）
幫	[班]・頒： 98・146上 113下・15	布綰・版： 8・2才 [板]・版： 8・2才 66・18		
明			莫患・慢： 73上・4	
端				丁刮・鵽： 68・11
影	烏還・彎： 56・46才	烏板・綰： 93・37才		
匣	胡關・闤：		[患]・宦：	

	8・28		59上・35	
	[還]・闌：		・豢：	
	9・59オ		68・10	
	・環：		73下・4オ	
	98・146			
	[環]・鍰：			
	71・35			

	山（合）	産（合）	襇（合）	黠（合）
並				歩八・扱： 8・34 蒲八・扱： 66・9オ
明				亡八・汃： 66・37オ
見	古頑・綸： 9・27			
疑	五鰻・頑： 68・52オ			
匣				胡八・滑： 59上・26 113下・17 ・猾： 88・6 113下・3オ 12オ

68・52オ：帰字「頑」の上の「音決」の「音」字一部残缺す。
113下・3オ：上字「胡」もと「故」字に誤り、見せ消ちにす。

効摂

	肴	巧	効	
幫			百貌・豹： 66・35	
並	步交・咆： 8・14才 白交・炮： 66・22才 ・咆： 66・39 ・皰： 91下・37			
明		亡巧・昴： 71・12		
透			吐孝・䞐： 9・34才	
知	竹交・嘲： 94上・8才		竹孝・罩： 94上・8才	
澄			直孝・櫂： 8・35 9・58才 ・棹： 61下・2才	
娘		女巧・獶： 9・61 ・撓： 98・113上 女絞・撓：	女孝・撓： 93・91 94上・36才 94下・6才 113下・21才	

- 83 -

		116・20才	
荘		側巧・爪： 9・35 [爪]・瑾： 91下・35	
初	楚交・訬： 9・56才		
崇	士交・訬： 9・56才		
生	所交・梢： 9・37 ・捎： 68・24才		
見	[交]・鮫： 9・17才 63 68・33才 ・膠： 9・51才 98・120上	古巧・姣： 68・9才 36 ・狡： 68・23 73下・10 79・2 ・攪： 68・52才 居巧・狡： 71・10才	古孝・校： 8・3才
渓			苦孝・巧： 63・17才
疑			五孝・樂： 63・22才
影			烏孝・約：

			66・10オ	
暁	許交・哮： 68・25 ・虓： 113下・4			
匣	下交・崤： 8・6 59下・22オ 61下・1 ・肴： 59上・35オ 91上・24オ 91下・37オ ・淆： 98・112上 戸交・肴： 66・24オ	胡巧・窌： 9・61	胡孝・校： 8・32オ 56・2 73下・1 85下・22 ・斆： 61上・27 ・效： 98・115 何孝・校： 61上・4 戸教・斆： 79・21 何教・効： 93・12	

66・35：下字「貌」もと「銀」字に誤る。

66・22オ：帰字「炮」もと「灼」字に誤る。今集注本正文に依って訂す。

98・113上：「女巧反」字の「反」字の下に「也」字を衍す。

68・23：下字「巧」一部残缺す。

73下・10：下字「巧」右旁些か漫漶たるも、此の字と定む。

63・22オ：「五孝反」の「反」の下にもと「也」字を衍し、見せ消ちにす。

113下・4：上字「許」の下、「闞」の下字「艦」の上にもと「交反闞許」の四字を脱するも、補写す。

8・32オ：上字「胡」の上にもと[音]字を衍す。

- 85 -

<u>85下・22</u>：上字「胡」一部残缺して漫漶たるも此の字と定む。
<u>98・115</u>：帰字「效」の下にもと「故」字を衍し、見せ消ちにす。

仮摂

	麻（開）	馬（開）	禡（開）	
幫		百馬・把： 　94下・3 布馬・把： 　94下・20 　102上・16オ	［覇］・靶： 　93・8 ・伯： 　93・10 　102下・4 　下同	
滂	普花・葩： 　8・17 　9・62オ 　62・26 　68・29			
並	歩巴・爬： 　9・17オ	歩也・把： 　85上・5オ		
徹	丑加・侘： 　<u>63・17</u>			
澄	直加・茶： 　93・77オ			
娘	女加・拏： 　9・31			
荘	側加・查： 　9・53		側嫁・詐： 　102下・13オ	
生	［沙］・魦：			

	8・23 ・紗： 66・18 68・19才			
見	居牙・齻： 66・38 [加]・笳： 56・28 79・48 ・葭： 91下・34	古雅・假： 48下・1才 ・賈： 98・137 下同 居雅・假： 85上・10 古疋・檟： 113上・26	[嫁]・稼： 59上・25 71・29才	
疑			[訝]・御： 63・34	
影			[亞]・婭： 79・25	
曉			火嫁・罅： 8・21才	
匣	[遐]・瑕： 8・11 56・50 [霞]・瑕： 56・18 ・椴： 62・15	何雅・夏： 66・13才 [下]・夏： 8・27才 48下・11才 31才 62・7 63・25才 73上・12才 79・12才	何嫁・夏： 9・26 66・13才 下嫁・夏： 59上・9 71・35才 戸嫁・下： 63・35 下駕・夏： 68・29	

		85上・10	胡駕・夏：	
		85下・3		
		88・18才	116・42才	
		下同		
		91上・10		
		93・61		
		98・122		
		102下・3		
		下同		
		113下・3才		

63・17：上字「丑」もと「刃」字に作る。
68・19才：「音沙」の「沙」字の下にもと「音」字を衍し、見せ消ちにす。
66・38：「居牙反」の「反」字一部残缺す。
66・13才：「何嫁反」の「反」字の下にもと「也」字を衍す。
48下・31才：「音下」の「音」字一部残缺す。
73上・12才：被注字「夏」もと缺。今集注本正文に依る。「音」字も殆ど残缺
　　　　　す。
85上・10：「音下」の「音」字は補写。
85下・3：音注字「下」一部残缺す。
91上・10：「夏音」の二字は補写。

	麻（合）	馬（合）	禡（合）	
見			故化・華：	
			71・25才	
			85上・11才	
渓	苦花・夸：		苦化・跨：	
	9・51		8・8	
	73上・16才		9・47	

	85下・2オ		48上・12	
	・姱：		91上・20	
	66・17		91下・10オ	
	口花・姱：		94上・14オ	
	63・13オ			
	苦華・姱：			
	63・15オ			
	23オ			
影	烏瓜・窊：			
	9・45オ			
	烏花・窪：			
	79・25オ			
暁	呼華・譁：			
	9・61			
	火瓜・化：			
	63・10オ			
	[花]・譁：			
	8・27			
匣			胡化・華：	
			88・10	

<u>48上・12</u>：帰字「跨」一部残缺す。

<u>94上・14オ</u>：上字「苦」一部残缺す。

梗摂

	庚（開）	梗（開）	映（開）	陌（開）
幫				[伯]・迫： 59上・19才 62・16
並				[白]・魄： 61上・25 62・14
明				亡白・狛： 98・124上
端				丁格・摘： 61上・31
心				先宅・索： 66・4
莊				側格・迮： 88・30才
生				所格・索： 63・32 79・31 93・10 102上・6才
見	吉行・耕： 59上・10才 ・更： 61下・5才 [庚]・秔： 8・19才 ・更：	居杏・哽： 56・36才 古杏・哽： 56・46		居額・假： 66・29才

		48下・10		
		79・44		
		113上・21		
		113下・4オ		
渓	去行・繨：			
	48下・20			
群				巨百・黥：
				93・37オ
				下同
影				一佰・握：
				56・21
匣	戸庚・莖：		下孟・行：	何格・鞈：
	61下・2オ		61上・3オ	93・84オ
			63・28オ	
			73下・13オ	
			79・34オ	
			88・29オ	
			60	
			91下・14オ	
			94中・20オ	
			94下・30	
			98・137上	
			102上・6オ	
			102下・10	
			116・2オ	
			12	
			16	

48下・10：音注字「庚」もと「唐」字の如くに誤る。
113下・4オ：音注字「庚」もと「康」字に誤る。

93・84オ：帰字「輅」もと「斬」字に誤る。今集注本正文に従う。
63・28オ：「下孟反」の「反」字の下にもと「反也」の二字を衍し、見せ消ちにす。
73下・13オ：下字「孟」もと「盖」字に誤る。

	耕（開）	耿（開）	諍（開）	麦（開）
明	亡耕・甍： 　8・25 　61上・19 ・氓： 　8・34オ 　71・33 ［萌］・甿： 　9・62			［脉］・霢： 　9・62オ
知				竹革・摘： 　59上・10 　　20オ 知革・摘： 　62・16オ
澄	直耕・橙： 　8・20オ			
荘			［諍］・争： 　79・21オ 　91下・18オ 　93・13 ［争］去聲・諍： 　59上・24	
初				初革・筴：

					93・7
					[策]・冊：
					9・4オ
					・筴：
					56・41オ
					・策：
					98・106
崇	士耕・崢： 8・33 仕耕・崢： 9・51オ				士革・賾： 94中・13オ
生					所革・搣： 59上・3オ ・索： 93・55オ
溪	去耕・砌： <u>9・51オ</u> ・鏗： 102下・1 苦莖・鏗： <u>66・28</u>				
影	於耕・櫻： 8・20 ・罌： <u>93・34</u>				於革・扼： 8・30オ ・搤： 88・19オ
匣			[幸]・倖： 98・151上		胡革・楀： 8・30 ・翮： 59上・8オ

- 93 -

				102上・2オ
				何革・核：
				98・138
				・覈：
				116・20

<u>9・51</u>オ：帰字もと「砅」の如く作り三旁（さんづくり）に従うも、今集注本正文に従う。

<u>66・28</u>：下字もと「茊」の如く作る。今訂す。

<u>93・34</u>：下字「耕」の耒偏もと米偏に作る。今訂す。

	庚（合）	梗（合）	映（合）	陌（合）
見		古猛・鑛： 102上・10 ・穬： 113上・25オ		古百・虢： 71・28オ 公白・虢： 73上・8オ
暁	呼横・諻： 9・61			
匣			胡孟・横： 88・60	

	耕（合）	耿（合）	諍（合）	麦（合）
見				古獲・馘： 73下・2
影	烏宏・泓： 9・15			
暁	火宏・轟： 8・36オ			呼麦・繣： 63・38オ

| 匣 | [宏]・嵊：
8・33
9・51才
・紘：
9・3才
71・29 | | | | [獲]・畫：
8・24
9・11才
48下・10
88・24才
93・6
94上・32
98・100上 |

咸摂

	咸	鎌	陷	洽
定		大減・湛： 9・65		
澄		直減・湛： 9・19 61乙・1 66・33才		
初				楚洽・插： 9・41 61上・10才 初洽・插： 59上・22才 ・霅： 113下・8才
崇	士咸・巉： 59下・13才 [讒]・毚：			

	61上・14オ ・嶄： <u>66・35</u>			
見	古咸・緘： 59上・17	古湛・減： 88・65		古洽・夾： 56・9 28 ・侠： 9・53オ
疑	五咸・啽： 59下・13オ			
匚	[咸]・函： 8・6 61上・4オ 61下・1 <u>91上・10</u> 113下・26オ ・醎： 66・21オ			戸夾・郟： 88・22 [洽]・陜： 8・33 ・狭： 68・4 71・13オ 98・131上 ・峽： 98・107

<u>66・35</u>：被注字「嶄」もと草冠に従って「蔪」字に作るも、今集注本正文に従う。

<u>91上・10</u>：「音咸」の「咸」字は補写。

	銜	檻	鑑	狎
初				楚甲・挿： 9・32
生	所銜・芰：			

- 96 -

	88・24オ		
見			[甲]・柙：
			9・31オ
影			烏甲・厭：
			91下・5オ
曉		許艦・闞：	呼甲・呷：
		<u>113下・4</u>	9・62オ
匣	戸監・醎：	[檻]・窞：	何甲・狎：
	68・13オ	9・68	62・23
		[艦]・檻：	
		56・4	
		<u>66・19オ</u>	
		[衘]上聲・檻：	
		66・12オ	

<u>113下・4</u>：下字「艦」の上にもと帰字・上字「闞許」の二字を脱するも、補
　　　記す。上述せる効摂肴韻虓字（113下・4）の校記を参照。

<u>66・19オ</u>：「音艦」の下にもと更に「音艦」の二字を衍し見せ消ちにす。

Ⅳ類

蟹摂

	斉（開）	薺（開）	霽（開）	
滂	普分・批： __68・26__			
並	步迷・鞞： 48下・21オ	步礼・陛： 59下・1 68・30オ	步計・薜： 63・13	
明	莫分・迷： 68・52			
端	丁分・隄： 8・32オ ・低： 66・20オ ・氐： 88・14オ 42 113上・19オ 22 多分・題： 61上・19 ［低］・隄： 98・136	丁礼・诋： 8・4オ ・邸： 59下・4 91下・22オ	丁戾・蔕： 9・29オ ［帝］・柢： 9・46 ・蔕： 85下・33オ	
透	他分・梯： 85下・36オ		他帝・替： 48上・2オ 土計・替： 113上・12オ	

- 98 -

			他計·替：	
			116·18才	
定	大分·蜹：	徒礼·遞：	大帝·遰：	
	8·15才	66·16才	9·23才	
	·萓：		·杕：	
	8·17		61下·1	
	91下·32才		·遞：	
	·鶙：		73下·19	
	8·23才		98·112	
	·題		·睇：	
	8·25才		85下·35才	
	·提：		徒帝·締：	
	79·12才		9·56才	
	·緹：		71·7	
	91下·33才		·㠘：	
	徒分·鯑：		56·28才	
	8·23		·棣：	
	定分·題：		73下·26才	
	59上·17才		大計·睇：	
	度分·題：		68·40	
	66·5		[第]·㠘：	
	[啼]·提：		59上·22	
	63·3才		·遞：	
	93·33才		66·16才	
泥		那礼·泥：		
		59下·6才		
来	力分·藜：	[礼]·鱧：	力計·戾：	
	68·16才	8·23	8·34	
	93·2	·醴：	·荔：	

	·黎： 68·18 46	59下·2才 91下·37才 ·蠡： 102下·6	63·13 ·隸： 61上·5 ·剠： 113下·7 力帝·荔： 9·38 ·儷： 59下·34才 ·隸： 79·27才 ·戾： 88·62才 [麗]·荔： 8·10 ·儷： 79·25才	
娘		女弟·抯： 8·22		
精	子兮·臍： 9·35才 ·臍： 59上·26 116·7	子礼·濟： 59下·3才 93·21 ·洒： 59下·5才	子計·擠： 93·50	
清	[妻]·悽： 59上·19 ·萋： 59上·27才 66·36才	七礼·泚： 59下·6才	七帝·砌： 59下·8 七計·砌： 91下·31才	

	・凄： 62・33オ			
従		在礼・齊： 59下・3	在細・齊： 9・40 ・皆： 102上・13オ 才細・齊： 63・9オ	
心	[西]・犀： 8・11オ 34 9・64 61上・16 66・28オ 68・17オ ・棲： 48上・12オ 94下・29	先礼・洗： 68・47	[細]・些： 66・4オ 下皆同	
見	古分・稽： 8・4 吉分・稽： **88・5** 91下・12 102下・6		古帝・係： 98・157 [計]・薊： 56・5 ・繋： 56・46オ ・係： 73上・15 ・結： 102下・22オ	
渓	去分・渓：	去弟・桨：	口計・契：	

	59下・12 ・谿： 68・23才 79・51才 113上・20才 [渓]・谿： 8・8	59下・5 [啓]・稽： 48上・8才 85下・15才	68・46才 71・17才 79・22才 94上・20 下同 去計・契： 93・54 苦計・契： 98・136 113上・25	
疑	魚雞・鯢： 9・16才 五分・蜺： 9・47 魚分・霓： 63・34 91下・34 ・輗： 102上・6才		魚計・睨： 62・16才 五計・羿： 63・25	
影	一分・翳： <u>68・32</u>		一計・翳： <u>63・31才</u> ・殪： 102下・20才	
匣	[分]・蹊： 59下・28 <u>85下・31才</u>		何計・系： 9・39 ・禊： 91下・27	

<u>68・26</u>：「普分反」の「反」字は補写。

<u>91下・37才</u>：帰字「醴」の酒偏もと漫漶。今集注本正文に依る。

88・62オ：帰字もと「庝」字の如く作り、集注本正文も「庝」字に作る。今胡
　　　　刻本に依る。
93・50：「子計反」の又切として「又分反」と云うも、上字脱して不明なり。
88・5：「反」字全缺す。
68・32：帰字「翳」の上に「音決」を「音下音決」に作り、「下音決」三字を
　　　　見せ消ちにするは誤りなり。
63・31オ：帰字「翳」一部残缺す。又、此の帰字の下、「一計反」の上にもと
　　　　「一翳」を衍し、見せ消ちにす。
85下・31オ：音注字「兮」一部残缺す。

	斉（合）	薺（合）	霽（合）	
見	古携・桂： 　　68・36 ［圭］・闑： 　　56・32			
渓	苦携・睽： 　　59上・19			
匣	戸圭・携： 　　59上・16 戸珪・畦： 　　63・10 胡圭・畦： 　　<u>66・30</u>		［恵］・蕙： 　　<u>61上・28オ</u> <u>63・7オ</u> 　　<u>10</u> 　　66・13 　　91下・37オ ・螇： 　　<u>66・36</u>	

61上・28オ：音注字「恵」は補写。
63・10：「音恵」の「恵」字の下にもと「也」字を衍し、見せ消ちにす。
66・30：下字「圭」一部残缺す。

66・36：被注字「蟪」一部残缺す。

山摂

	先（開）	銑（開）	霰（開）	屑（開）
幫			布見・徧： 93・19才	
並	歩田・骿： 9・59才	歩典・扁： 85下・25		
明	亡邊・瞑： 66・9		亡見・眄： 59下・17 68・40 覓見・眄： 61下・8才 [眄]・麵： 8・27才 ・洒： 9・12	
端	多田・瘨： 8・35才 丁年・顛： 98・111上 丁田・傎： 98・137上 [顛]・驥： 79・51			
透		吐典・靦： 79・10	他見・瘨： 9・12	

		他典・腆： 79・26オ		
定	大年・闐： 8・36オ 大先・塡： 66・26オ 大絃・寶： 102下・9 [田]・闐： 9・55 ・塡： 68・23オ <u>73下・9オ</u>		徒見・塡： 8・18 大見・奠： <u>59下・22</u> [殿]・塡： 66・26オ ・電： 98・104	徒結・堞： 8・26 ・迭： 94下・9 ・絰： 102下・11 ・軼： 113下・28 大結・迭： 48上・1 下同 79・49 下同 94上・19オ <u>98・141上</u> ・瓞： <u>48下・11</u> 71・22 ・軼： 79・1 ・姪： 79・21
泥				那結・涅： <u>48下・13オ</u> 乃結・涅： 94上・13オ 奴結・涅：

				113上・11
来	力田・零： 93・22オ 下同		[練]・錬： 85下・18オ 102上・10	力結・戻： 8・34
精			子見・薦： 59下・19オ	[節]・㠮： 9・28 ・㮣： 9・51
清	[千]・阡： 59下・23オ		七見・蒨： 9・26 59下・18	七結・切： 59下・13オ
従			在見・荐： 113下・18	在結・截： 68・17
心		四典・洗： 48下・19オ 先典・洗： 113上・10 116・22	先見・霰 61上・29 ・先： 63・8 素見・先： 63・40 思見・先： 98・136上	
渓	苦弦・洴： 113上・19オ 113下・3 去弦・洴： 113上・21			去結・契： 48下・7 62・8 苦結・契： 61下・6オ <u>91下・15オ</u> 丘結・挈： 93・33オ

疑	魚賢・研： 94上・7オ ［研］・妍： 61上・18オ			魚結・齧： 93・8オ
影	一賢・煙： 59下・13 ［煙］・燕： 68・43オ	於典・嬿： 68・34	一見・宴： 56・49 ・讌： 59下・6 18 61上・20 ・燕： 59下・30オ 98・146上	伊結・噎： 9・55 一結・咽： 56・36オ 46
匣			何殿・見： 59上・36オ 79・13 23オ 37 48 93・12 94下・17オ 113下・8オ	何結・頡： 94上・2

66・9：上字「亡」もと「壬」字の如く作る。今訂す。

98・137上：帰字は「値」の如く作る。今訂す。集注本は「䪿」に作る。

59下・22：上字「大」一部残缺す。

73下・9オ：被注字「塡」右半分を缺くも、集注本正文に依る。音注字「田」一部缺くも、他例に依り、此の字と定む。「音」字全缺す。

98・141上：下字「結」の下にもと更に「結」字を衍す。

- 107 -

<u>48下・11</u>：帰字「䓡」もと集注本正文と同じく草冠に従うも、『広韻』・『集韻』其の字体無し。今、鈔・陸善経注及び胡刻本の字体に従う。
<u>48下・13オ</u>：帰字「涅」の下に「泥也」の二字を衍し、見せ消ちにす。
<u>91下・15オ</u>：帰字「契」もと残缺す。今集注本正文に依る。
<u>94上・2</u>：「結反」の二字は補写。
<u>79・37</u>：帰字「見」を重複して衍す。

	先（合）	銑（合）	霰（合）	屑（合）
見	古玄・鋗： 8・18オ 71・22 102下・10	吉犬・畎： 71・30		古穴・譎： 8・26 36 [決]・觖： 9・10 ・訣： 56・11 <u>113上・15</u> ・鴂： 88・31
渓				苦穴・関： 91下・38 116・23
暁	火玄・鋗： 93・68		火縣・絢： 8・38 59下・21オ 許縣・絢： 113上・5	
匣	[玄]・縣： 56・30	胡犬・鉉： 48下・30オ	[縣]・衒： 8・26	戸穴・鴂： 8・14オ

36 63・31 66・9 31才 113下・1 ・懸： 61上・4才 68・18	91下・10 116・37才 ・泫： 79・51才	・炫： 9・29 ・衒： 73下・13才 ・眩： 85下・38才	

<u>113上・15</u>：音注字「決」もと「失」字に作り、見せ消ちとし、「決」を補写す。

効摂

	蕭	篠	嘯	
端	[彫]・鵰： 　8・14才 ・貂： 　61下・2 　　8 　85下・6 ・雕： 　66・5 ・琱： 　<u>68・15才</u> 　　17才			
透	吐彫・佻： 　63・40才			
定	大彫・迢：	途鳥・佻：	途弔・掉：	

	9・23才 [條]・峈: 56・28才 59上・22 ・苕: 59上・20才 62・27才 88・31	113下・20才	68・8才 大弔・調: 79・52 徒弔・調: 91上・25才	
泥		奴了・嫋: 59上・27才		
来	力彫・飆: 8・31才 ・寥: 9・13 59上・14 62・33才 ・廖: 56・37才 ・寮: 85下・17 94上・8 116・7 ・料: 8・18才 9・2 79・11 93・24才 94中・3 113下・27	[了]・蓼: 56・21才	力弔・獠: 8・36才 68・23才 下同 ・料: 73下・24才 94中・3	

- 110 -

娘	女了・嬣： 9・25才 ・嬲： 85上・15才		
精	子遼・焦： 56・14才		
心	四條・蕭： <u>56・43</u> ［簫］・櫹： 8・13才		
見	古尭・梟： 9・35才 ・澆： 71・33 ・徼： 116・3 ・驍： 116・27才 居尭・梟： 66・28才 93・61 102下・22才 ・驍： 85下・19	居弔・徼： 88・62 ［叫］・徼： 91上・21才	
群	巨尭・翹： 66・14		
疑	［尭］・嶢： 9・12才 56・41	五叫・澆： 63・26才	

- 111 -

	68・4			
影		於了・杳： 　　59上・19オ 一了・杳： 　　71・17	於弔・窦： 　　66・13オ	

<u>68・15オ</u>：被注字「琱」もと「酮」に作り、見せ消ちにす。
<u>56・43</u>：下字「條」及び「反」字一部残缺す。

　　梗攝

	青（開）	迥（開）	徑（開）	錫（開）
滂			妨佞・娉： 　　79・32	普歷・鈚： 　　8・29オ
並	步經・屏： 　　48天・288 步銘・荓： 　　61上・29オ 　　61下・3オ 　　<u>79・53</u> ・屏： 　　66・19 ・萍： 　　91下・39オ ・瓶： 　　<u>113上・24</u> 步螢・荓： 　　93・35	[洴]上聲・迸： 　　88・11オ		
明	覓丁・冥：	覓泠・溟：		[覓]・羃：

	9・23才 亡丁・溟： 　61上・20才 　94中・10 ・冥： 　61成・17 　62・6 　　25才 　68・13才 　91下・13 ・螟： 　93・36才 莫經・銘： 　<u>61丙・1才</u> 莫螢・冥： 　94上・20	9・12才		9・28
端		[鼎]・頂： 　79・9		丁狄・勺： 　66・23才 ・鏑： 　85下・23 [的]・罗： 　113上・23才 　113下・9才 ・鏑： 　113下・28
透	他丁・聽： 　63・24才			他的・倜： 　8・36 他狄・惕： 　<u>85下・32才</u>

- 113 -

				・逖： __91下・17才__ ・偶： 94上・4 ・剔： 113下・15才 吐狄・逖： 88・64才 他夵・遏： 113下・28才
定	大丁・霆： 9・35 __102下・1__ [亭]・桯： 8・20才	徒冷・挺： 8・38		大歷・覿： 9・8才 59上・20 ・滌： 93・73 ・翟： 116・16才 徒的・覿： 61・成17 [狄]・滌： 68・9 85下・36 ・迪： 102上・12才 ・翟： 98・123上 102下・7才 [夵]・翟： 113下・27才

泥	[寧]・鸋： 88・31		乃定・濘： 9・62 那定・寗： 62・4	乃歷・惄： 48下・6 乃的・溺： 59上・25
来	力丁・玲： 9・24才 59下・8才 ・欞： 47・3才 62・27才 ・齡： 56・26 ・泠： 56・46 62・25 **71・30** ・聆： 68・50才 ・令： 88・18 ・軨： 91下・33 ・伶： 91下・38才 ・蛉： 93・36才 [零]・鴒： 94下・26才			力的・櫪： 113上・24才 [歷]・礫： 8・11 9・8才 56・7 ・歷： 9・28 ・轣： 68・44 85下・7 94上・8才 ・酈： 93・37 下同
清	[青]・鯖：			七歷・磧：

	9・17 ・鵾： 9・19オ			9・8オ
心	[星]・腥： 56・27オ	先冷・醒： 94中・24オ		先歴・析： 9・2 四狄・析： 59上・12オ 　　　・20 先狄・析： 68・11オ 先的・析： 88・29
見	[經]・徑： <u>66・14オ</u> ・湮： 79・25		古定・徑： 66・13 居定・徑： 66・14オ 吉定・徑： 66・32	
疑				魚歴・鶺： 9・19オ 五的・鶺： <u>61下・2</u>
影		一冷・嚶： 9・12オ		
匣		胡冷・姪： 63・22		何的・橃： 56・6オ

<u>79・53</u>：下字「銘」もと「鋸」に誤る。
<u>113上・24</u>：上字「歩」の下に「鈔」字を見せ消ちにし「銘」字を補写す。
<u>61丙・1オ</u>：下字「經」一部残缺す。

85下・32オ：上字「他」一部残缺す。
91下・17オ：帰字「逖」一部残缺す。今集注本正文に依る。
102下・1：帰字「霆」一部残缺す。今集注本正文に依る。
71・30：下字「丁」一部残缺す。
66・14オ：「音經」の「音」字もと「普」に誤り、その横に「音」字を傍書す。
61下・2：「五的反」の「反」字一部残缺す。

	青（合）	迥（合）	徑（合）	錫（合）
見	古螢・坰： 　　9・11 　・扃： 　　113下・27 吉螢・扃： 　　93・32	古迥・熲： 　　9・41 　・耿： 　　63・7オ 　　・30 古並・鑛： 　　102上・10		
影			烏暝・鎣： 　　62・30	
匣		［迥］・熒： 　　8・11オ		

62・30：被注字「鎣」の上に「音決」と云うべきを「決」字を脱す。

咸摂

	添	忝	㮇	怗
端		［點］・玷： 　　79・31オ		
定	徒兼・恬：	大點・簟：		［牒］・疊：

- 117 -

	59上・4オ 93・20オ 大兼・恬： 68・28 [恬]・湉： 9・15	9・61オ		8・27 68・11 ・諜： 9・4オ ・睸： 59上・12 ・蝶： 59下・30オ
精				子牒・浹： 88・58オ
心				四牒・燮： 61下・10オ 素牒・燮： 98・139
見			古念・兼： 79・24オ	
渓				苦協・篋： 59上・17 口挟・愜： 113下・7オ
匪	戸兼・嫌： 56・22			胡牒・俠： 9・56オ 61上・7 68・44オ 何牒・挾： 93・74オ [協]・夾： 8・19 ・俠：

- 118 -

				9・53オ
				[叶]・挟：
				<u>113下・6</u>

<u>113下・6</u>：被注字「挟」もと脱し、補写す。

Ａ・Ｂ・ＡＢ類

止摂

	支（開）	紙（開）	寘（開）	
幇Ａ		必尔・俾： 113上・19	必智・臂： 93・54	
Ｂ	［碑］・羆： 66・39オ			
滂Ｂ	匹皮・被： 63・7	普蟻・披： 88・51		
並Ａ	婢支・脾： 79・50 婢移・裨： 113上・20			
Ｂ	［皮］・疲： 59上・25 ・罷： 63・35 79・55 88・53 113下・19オ		皮義・被： 8・15 9・68 56・7オ 32 61丙・1 66・25オ 32 68・4 33 36 73上・9 73下・31 79・37オ	

			88・51	
			91上・23才	
			93・2才	
			19才	
			84才	
			98・108	
			102下・9才	
明A	[弥]・獮：	亡尔・弭：		
	66・39才	<u>61成・3</u>		
		93・49		
		113上・17		
		亡氏・芈：		
		98・154		
B	亡皮・麋：			
	66・7才			
来	力知・驪：		力彶・荔：	
	9・8才		8・10	
	66・31才		9・38	
	68・17才		力智・離：	
	73下・2才		<u>56・31才</u>	
	[離]・籬：		68・2	
	59上・5才		<u>73上・5</u>	
	・禰：		73下・26才	
	79・27		85上・15	
			93・14	
			21才	
			94上・4才	
			・詈：	
			63・22	

徹	丑知・螭： 　　8・12 　・摛： 　　113上・5才 丑離・摛： 　　8・38 勑知・螭： 　　56・39才			
澄	直知・踟： 　　61上・29才 　・馳： 　　68・21才 　・篪： 　　68・36才	直氏・陊： 　　9・42才		
精	子斯・訾： 　　79・27才 　・訾： 　　88・24		子潰・績： 　　63・8才 子智・積： 　　113上・25	
從	在斯・疕： 　　85上・4才 　　102下・14才 　　113上・10才 才移・疕： 　　113上・27才			
心	［斯］・橰： 　　8・20才 　・廝： 　　79・26才	［徙］・璽： 　　59下・15 　　94上・37才		
初	楚宜・差：			

	8・23 9・19 <u>59下・19</u> 初宜・差： 68・19 91下・38才			
生	所宜・澌： 88・57才	所綺・覴： 9・49才 ・纆： 63・14才 ・澁： 66・39才		
章	［支］・卮： 8・3 <u>59下・20</u> 93・33才 ・衹： 68・52才	之氏・抵： 8・30才 ［紙］・只： 9・58才 73下・30 ・枳： 88・18才	之智・寘： 79・7 113上・24	
昌		昌氏・侈： 8・29才		
書	尸支・鉇： 9・64 ［施］・葹： 63・23才	尸氏・弛： 68・27才 式氏・弛： 68・40才 71・33 79・9才 94上・4才 <u>98</u>・106上	舒癹・瘖： 8・3才 式智・施： 71・3才 舒智・施： 88・63 93・4	

- 123 -

		<u>149</u> ・施： 79・33		
常	市支・禔： 88・64 市移・禔： 91上・26			
羊	［移］・迻： 113下・12才	以尔・迻： 59上・22 以是・徙： 88・67	以鼓・鼛： 8・3 以智・易： 48上・14才 56・20 35 59上・14才 29才 61下・6 93・10才 下同， 94下・4 102下・15才 <u>113下・2</u> 下同	
渓B	去宜・敧： <u>61上・22才</u> ・崎： 88・56	［綺］・碕： 66・37		
群A	巨支・岐： 9・55才 ・祇：			

	91上・18 116・46オ			
B	[㟴]・琦： 66・15	其綺・伎： 8・28 ・倚： 66・38 ・技： 68・35オ 85上・7 ・妓： 79・48オ	其義・輢： 8・8 其寄・芰： 63・20オ 66・19	
疑B		魚綺・錡： 9・55 ・蟻： 56・38 61上・21 66・7オ 79・5 ・礒： 66・37 [蟻]・檥： 8・35オ		
影B	於宜・猗： 8・2オ 10 93・77 ・椅： 8・13オ ・漪：	於綺・倚： 56・4オ 59上・22オ 61下・2オ 63・35オ 66・8オ 30		

- 125 -

		9・20オ	68・4		
			28オ		
			94中・2		
			98・132		
			102上・6オ		
暁B	許宜・熙：		許義・戲：		
	68・31オ		8・29		

<u>113上・19</u>：「必尓反」の「反」字の下にもと「也」字を衍す。

<u>63・7</u>：「匹皮反」の「反」字補写にして一部残缺す。

<u>68・33</u>：下字「義」の下の「反」字もと「也」字に誤る。

<u>61成・3</u>：「亡尓反」の「反」字もと「及」字に誤る。

<u>56・31オ</u>：帰字「離」もと「雜」字に誤る。今集注本正文に依る。

<u>73上・5</u>：下字「智」の「日」字缺くるも、他例に依り、此の字と定む。

<u>56・39オ</u>：帰字「螭」もと「蜹」字に誤る。今集注本正文に依る。

<u>113上・25</u>：帰字「積」もと一部残缺す。

<u>59下・19</u>：帰字「差」一部残缺す。

<u>59下・20</u>：被注字「卮」一部残缺す。

<u>98・149</u>：上字「式」もと「戒」の如くに作る。今訂す。

<u>113下・2</u>：帰字「易」の下、上字「以」の上に「也音決易」の四字を衍し、見せ消ちにす。

<u>61上・22オ</u>：下字「宜」一部残缺す。

	脂（開）	旨（開）	至（開）	
幫A			必二・比：	
			8・28	
			・庇：	
			<u>61甲・1オ</u>	
			94上・28	

			・痹： 85上・5オ	
B			布媚・秘： 48上・13	
滂B	[不]・駈： <u>66・10</u>		普媚・濞： 9・14オ 88・6	
並A	[毗]・琵： 9・17オ ・阰： <u>63・5オ</u> ・比： 116・11		[鼻]・比： 9・53オ 48上・12 <u>66・17オ</u> 28オ 94上・31オ 102下・16オ 116・16	
B		歩美・否： 73下・29 94上・12オ 113下・18オ ・圮： 116・13オ	蒲媚・鼠： 9・21	
明A	[眉]・麋： 56・47オ		亡二・寐： <u>61上・6</u>	
B	・麋： <u>59下・29</u> ・湄： 61上・14オ		[媚]・魅： 56・39オ	
端			丁利・質： 79・22オ	

来				[利]・莅： 68・52才 102下・14才	
知	竹夷・胝： 88・58才			竹利・躓： 88・42才	
徹	丑犁・絺： 68・29 丑夷・絺： 93・10才				
澄	直犁・墀： 68・29 [遅]・墀： 59上・36				
精	[咨]・粢： 66・21才 ・齊： 88・2 93・92			即次・恣： 56・25 即自・恣： 59下・9	
従	在咨・薋： 63・23才			[自]・嫉： 63・12才	
心			[死]・葇： 98・135	先自・思： 8・38 48下・1 48天・284 56・3 7才 39 59上・31才 59下・35	

<u>61下·6</u>

62·22

66·29才

68·3才

71·24才

79·41

下同

50

85下·30才

下同

39

93·54

94上·1

94中·15

102下·10才

[四]·馴：

9·58才

56·30

39

63·31才

66·31才

68·3

·笥：

59上·17

·泗：

61丙·2才

·思：

<u>68·21才</u>

113上·17

			113下・10	
			116・41	
章	章夷・衹：	之視・指：	［至］・鷙：	
	71・26才	<u>63・9才</u>	63・18才	
		［旨］・氐：	・摯：	
		8・4才	88・28才	
		・砥：	102下・13	
		9・52		
		91下・18		
		93・5		
		102上・10才		
		・底：		
		<u>71・11才</u>		
昌			尺至・熾：	
			113下・4	
船			［示］・嗜：	
			85上・12	
			102下・19	
			・眂：	
			113下・13	
書	［尸］・著：			
	94中・15			
	・屍：			
	113下・8才			
常		［視］・眂：		
		<u>91上・14才</u>		
日			［二］・珥：	
			48下・20	
			<u>73下・25才</u>	

			91下・15	
			・餌：	
			66・23才	
			68・32才	
			85上・9才	
羊	[夷]・黃：		以二・肄：	
	8・17		93・65	
	・圯：			
	71・17才			
	・痍：			
	<u>113下・30</u>			
見B	[飢]・肌：	[几]・机：	[冀]・驥：	
	56・38	85上・6才	8・32才	
	68・10		<u>63・6才</u>	
	73下・4才		79・55才	
	102下・14才			
渓B			[器]・亟：	
			79・3	
群B	巨伊・祁：		其冀・曁：	
	<u>48下・24才</u>		79・50	
			其器・曁：	
			<u>91上・12</u>	
			・惎：	
			<u>93・48</u>	
暁B			許媚・眞：	
			9・21	

<u>61甲・1才</u>：「庀」字の麻垂もと病垂に誤る。今訂す。
<u>66・10</u>：音注字「丕」一部残缺す。

63・5オ：被注字「阯」もと「仳」に誤る。今集注本正文に依る。又「音毗」
　　　　の下にもと「也」字を衍し、見せ消ちにす。
66・17オ：被注字「比」の「音決」、「音」字を「意」字に誤る。
61上・6：「亡二反」の「反」字一部残缺す。
59下・29：被注字「藦」集注本は「蘪」字に作る。胡刻本の正文は「糜」字
　　　　に作り、注は「蘪」字に作る。今『広韻』に依る。又、胡氏考異
　　　　も参照せよ。
66・21オ：「音咨」の「音」字もと「者」字に誤る。
63・12オ：音注字「自」一部残缺す。
61下・6：上字「先」一部残缺す。
68・21オ：「音四」の二字の間にもと「蕩思音」の三字を衍す。
63・9オ：「之視反」の「反」字の下にもと「也」字を衍し、見せ消ちにす。
71・11オ：「音旨」の「旨」字は補写。
91上・14オ：此の「音決」の「音」字全缺す。又、「音視」の「視」一部残缺
　　　　す。
73下・25オ：「珥音二」の三字皆右半分を缺く。「珥」字は集注本正文に依る。
　　　　又此の上の「音決」の二字全缺す。
113下・30：「音夷」の「夷」字は補写。
63・6オ：被注字「驪」一部残缺す。
48下・24オ：帰字「祁」一部残缺す。
91上・12：帰字「曁」及び下字「器」一部残缺す。
93・48：上字「其」一部残缺。

	支（合）	紙（合）	寘　（合）	
来			力瑞・累： 　61下・5オ 　68・7	

- 132 -

			45才	
			85上・3	
			88・53	
			93・3才	
			94下・4	
			102上・14才	
			102下・12才	
心	素随・睢： 88・22才	思累・靁： 66・38		
初	楚危・衺： 102下・5才	初委・揣： 93・47才		
章		之累・搥： 62・20才	之瑞・惴： 113下・5才	
昌	［吹］・炊： 113下・5		昌瑞・吹： 62・12才 17 79・48才 下同 85下・22 116・44	
日		而髓・藥： 9・24才 63・13 而累・槃： 59上・3才		
羊	以規・蠣： 66・22			
見Ａ	［規］・槻： 8・29才			

- 133 -

B		居毀・詭： 8・26 古毀・詭： 68・31才 79・51 ・塊： 91上・21才		
渓A			丘瑞・觖： 9・10	
群B		其委・跪： 63・30才		
疑B		魚委・確： 66・37		
影B	於危・委： 48上・11才 ・萎： 63・11才 116・9 於為・倭： 102上・4才 [萎]・逶： 113下・12才	[委]・飢： 66・38才		
暁B	許為・麾： 71・11才 火為・麾： 93・28			
匣B			于偽・為： 8・7才 9・42	

- 134 -

下同
48下・4才
32才
56・10
39
40
42才
下同
46
下同
59上・15才
19才
30才
61上・2
下同
63・33
68・9才
20
下同
21才
31才
34
73下・29才
79・27
85上・15才
18
88・53
下同
62才

			98・129上	
			133上	
			下同	
			139	
			下同	
			113上・16オ	
			116・33オ	

68・7：帰字「累」の上の「音決」の「音」字もと全缺す。
66・38：帰字「靋」及び上字「思」一部残缺す。
93・47オ：上字「初」は補写。
85下・22：下字「瑞」一部残缺す。
59上・3オ：「而累反」の「反」字一部残缺す。
66・37：帰字「磑」一部残缺す。今集注本正文に依る。
56・42オ：下字「偽」一部残缺す。
63・33：下字「偽」もと「為」字（一部残缺す）に誤る。今訂す。
98・139：「下同」の下に「也」字を衍す。

	脂（合）	旨（合）	至（合）	
来	力追・烝：	力水・壘：		
	88・61オ	8・7		
	・縲：	［誄］・藟：		
	98・155	68・5オ		
		・壘：		
		88・4		
		98・108上		
		113下・29オ		
澄			直類・墜：	
			63・13オ	

- 136 -

				98・111上	
從				[悴]・萃： 9・37才 59 ・瘁： 93・65	
心	[雖]・睢： 93・37			思遂・遂： 9・47 ・珹： 9・60才 [遂]・粹： 63・6	
邪				[遂]・穗： 9・46才 ・隧： 8・26才 9・59 91下・17 113下・7才 ・燧： 91上・16才 ・萃： 91上・21才 91下・34才 94上・9才 ・睟： 91下・36	
生	[衰]・榱： 94上・16			師位・師： 9・67才	

- 137 -

			所位・眲： 73下・2 98・137 113上・20 色愧・眲： 79・13	
章	［隹］錐： 73下・1			
日	如維・蒾： 9・29才 ・綏： 91下・23才 耳隹・蒾： 59下・18 如唯・綏： 68・21			
羊		羊誅・唯： 102上・6才	以季・遺： 66・8才 下同 73上・14才 73下・23才	
見B		［軌］・甀： 9・29 91下・22才 ・昬： 48下・27才 59上・15 91上・12 91下・6才		

- 138 -

渓B			去位・喟： 63・24オ	
群B	巨惟・遼： 9・62オ		求媚・匱： 9・58オ 其塊・櫃： 56・25 ・匱： 79・50オ <u>91上・6</u> 98・108 ・饋： 98・135 其位・匱： 113上・24オ	
暁A	榮龜・帷： <u>68・41オ</u> 98・155		許季・睢： 113下・4オ	
匣B			于美・鮪： 8・23 9・17 ・洧： 63・38オ	

<u>88・4</u>：「音誅」の「誅」字もと「諌」字に誤り、横に小字で「誅」と訂す。

<u>93・37</u>：被注字「睢」もと直上の集注本の「侯」字に牽かれ「睺」に誤る。今胡刻本に従う。

<u>8・26オ</u>：被注字「隧」もと「隊」字に誤る。今集注本正文に依る。

<u>113下・7オ</u>：「音遂」の「遂」字の下にもと「也」字を衍し、見せ消ちにす。

<u>91上・21</u>：被注字「萃」をもと「華」字に誤り、其の下に「萃」字を記す。

<u>9・67オ</u>：下字「位」の下に「反」字を脱す。

- 139 -

113上・20：帰字「帥」の下にもと「帥」字を衍し、見せ消ちにす。
73下・1：被注字「錐」一部残缺す。
91下・23オ：帰字「綾」もと「綏」字に誤る。今集注本正文に依る。
73下・23オ：帰字「遺」及び下字「季」一部残缺す。又此の上の「音決」の「音」
　　　　　字殆ど残缺す。
91上・6：「其媿反」の「反」字残缺。
68・41オ：下字「龜」一部残缺す。

蟹攝

			祭（開）	
幫A			必袂・蔽： 66・27 卑例・蔽： 102上・6オ	
並A			婢例・弊： 9・8オ 婢袂・幣： 61上・2 ・斃： 93・73 113下・20オ	
明A			亡世・袂： 62・6オ 弥例・袂： 68・44	
徹			丑例・僁： 63・17	

- 140 -

澄			直例・滯： 61上・25	
生			所例・鎊： 8・34	
章			[制]・剚： 113上・26オ	
常			市制・噬： 8・34オ <u>73下・10</u> 93・54 [逝]・瀡： 61丙・2オ ・篬： 66・3オ	
羊			以世・裔： <u>63・3オ</u> 以例・斯： 88・52オ	
渓Ｂ			去例・揭： 8・35オ ・憩： 48天・285 ・揭： 63・10	
疑Ｂ			五制・刈： 56・4オ	

<u>62・6オ</u>：下字「世」は補写。

<u>63・17</u>：上字「丑」をもと「刃」字に作る。

<u>73下・10</u>：下字「制」漫漶たるも、他例を参照して此の字と定む。

- 141 -

63・3オ：「以世反」の「反」の下にもと「也」字を衍し、見せ消ちにす。

			祭（合）	
端			丁歳・綴： 66・12 丁衛・綴： 68・17オ	
知			知歳・綴： 59下・36オ	
清			七歳・脆： 93・54	
從			在歳・籗： 93・6	
章			之芮・贅： 79・34オ	
昌			昌芮・毳： 91上・15 充芮・毳： 93・2オ	
書			尸芮・税： 9・46オ 詩芮・蛻： 93・60 ［税］・説： 68・3 93・82オ ・蛻： 93・77オ	

			94上・10オ	
日			而歳・汭： 48下・4オ ・柄： 63・29オ 而鋭・芮： 93・37オ	
羊			以歳・鋭： 8・16オ 85下・7 88・19オ 94下・28 102下・10オ 以芮・睿： 91下・7	
匪 B			［衛］・轛： 113下・26オ	

91上・15：帰字「毚」及び上字「昌」字一部残缺す。又、下字「芮」の下の「反」字缺。

93・2オ：下字「芮」もと「雨」字或いは「兩」字の如きに従って「㒼」字に作る。

68・3：もと「説如字音税」に作り「音」字の上に「或」字を補写。

93・77オ：もと「蛻詩芮反又税」に作り、「又」字の下に「音」字を脱す。

94上・10オ：もと「蛻音□（不明）又税」に作り、「又」字の下に「音」字を脱す。

85下・7：下字「歳」一部残缺す。

臻摂

	真（開）臻（開）	軫（開）	震（開）	質（開）櫛（開）
幫A	[賓]・濱： 62・14才 68・47		必刃・殯： 56・32 61乙・2	
B	布貧・邠： 91下・37 ・豳： 98・122 ・斌： 116・2			
滂A	匹仁・繽： 8・32才 9・22才 68・37 匹人・繽： 63・21			
並A	婦民・嬪： 98・146上 [頻]・蘋： 8・22才 66・38才 68・32 71・19才			婢日・坒： 9・59才
B				皮筆・岎： 66・37才 步筆・拂： 91下・23

- 144 -

				[弼]·拂： 91下·31
明A	[泯]平聲·泯： 48上·4才	亡忍·偭： 63·17才 ·泯： 71·10 15才 22才	[泯]去聲·泯： 56·38	弥逸·蜜： 8·15 亡必·謐： 62·10才 116·4 亡一·蜜： 66·23才
B	亡巾·岷： 8·16才 ·泯： 56·38 避諱 ·嵋： 85下·11才 亡貧·岷： 8·37才 [旻]·汶： 88·19才 ·緡： 102上·18才 ·閔： 102下·8才	[閔]·愍： 79·12 88·39才 98·140 下同		亡筆·汩： 66·37才
来	力人·轔： 91下·23才 ·磷： 113上·11 [隣]·瞵：		力刃·悋： 61上·30 113下·14	[栗]·慄： 66·37才

- 145 -

徹	<u>59上・12</u>	勅忍・韃： 9・2才		
澄			直刃・陳： 61上・23	直栗・秩： <u>48上・8</u> ・秩： 116・27才 馳栗・袞： 61上・16
娘	女珎・紉： <u>63・4</u> 下同 <u>14才</u>		女刃・紉： 98・112上	女乙・昵： <u>59上・13才</u>
精		即忍・盡： <u>73上・4才</u> 子忍・盡： 91下・9才 94下・7 98・127	［晉］・揩： 93・33	
從				［疾］・漸： 56・43 ・嫉： 63・12才 113下・14
心			［信］・訊： 61上・5才 7 ・諱： <u>63・15才</u>	思栗・膝： 9・64 ［悉］・蟋： 61下・2才 93・16才

荘	側巾・榛： 　8・21才 ・蓁： 　8・22 　66・6才 ・臻： 　68・49才			阻栗・櫛： 　9・53才 側乙・櫛： 　102下・16才
初			楚刃・櫬： 　48下・12 初刃・櫬： 　<u>56・35才</u> 楚陣・櫬： 　116・8	
崇	士巾・榛： 　68・23才 　85下・31才 　93・65才			
生	所巾・莘： 　66・9才 ・詵： 　94下・33才			所乙・蝨： 　85上・5才
章		之忍・賑： 　8・19 　9・41 ・畛： 　9・45才 ・軫： 　48下・4才 　59下・28才	之刃・賑： 　113下・21才 ［振］・震： 　8・23才	

- 147 -

		98・100下		
書	[申]・眒： 　8・32 ・紳： 　79・22 　93・33 ・信： 　93・21才	尸忍・矧： 　59上・24 ・哂： 　59上・25 詩引・哂： 　94上・8才 　94中・17才 [哂]・矧： 　113下・11	舒慎・眒： 　8・32	
常	[辰]・宸： 　59下・2 　91上・30			
日			[刃]・軔： 　63・31才 ・仞： 　66・4 ・牣： 　91下・22才	如一・日： 　63・26 　　38 而一・日： 　63・31 而逸・日： 　102下・21才
羊	以仁・貪： 　9・28 以人・寅： 　63・3			以日・佚： 　63・25 　88・1 ・軼： 　91上・15 以一・佚： 　63・39 [逸]・軼： 　79・1

- 148 -

				91下・10才
				113下・28
				・佚：
				<u>88・65才</u>
見B			古觀・靳：	
			93・38才	
疑B	[銀]・垠：		[覲]・瑾：	魚乙・耿：
	9・40		94中・3	9・20
	・嚚：			
	102上・2才			
影A	一人・湮：		一刃・印：	
	<u>48天・291</u>		62・10	
	於人・堙：		98・152	
	88・57才		[印]・卿：	
	[因]・煙：		9・17	
	48下・8			
	・禋：			
	<u>59下・18才</u>			
	・姻：			
	<u>62・8</u>			
	79・25			
	・湮：			
	88・29才			
	98・156上			
	・煙：			
	<u>91上・6才</u>			
	113下・26才			
曉B			許覲・疊：	虛乙・肦：
			98・138上	8・37才

- 149 -

| | | | | | 154上 | 許乙・朌：9・29 |

<u>71・19才</u>：音注字「頻」もと被注字と同じく「顭」字に誤る。今訂す。

<u>91下・23</u>：「拂扶弗反又步筆反」の「又」字もと残缺す。

<u>91下・31</u>：被注字「拂」の手偏、もと残損す。今集注本正文に依る。

<u>48上・4才</u>：被注字「泯」は補写。

<u>88・39才</u>：此の「音決」の「決」字は補写。

<u>98・140</u>：音注字「閔」もと「問」に誤る。今訂す。

<u>66・37才</u>：被注字「慄」もと「慓」に誤る。今胡刻本に依って訂す。

<u>59上・12</u>：被注字「瞵」もと「瞬」に誤る。今『広韻』に依って訂す。

<u>48上・8</u>：下字「栗」もと「粟」に誤って、見せ消ちにす。

<u>63・4</u>：下字「珎」一部残缺す。

<u>59上・13才</u>：帰字「昵」一部残缺す。

<u>63・14才</u>：帰字「紉」を「細」に誤る。今集注本正文に依る。

<u>73上・4才</u>：下字「忍」一部残缺す。「反」字全缺す。

<u>63・15才</u>：音注字「信」一部残缺す。

<u>56・35才</u>：下字「刃」を「丑」字に作る。

<u>63・31才, 66・4</u>：音注字「刃」もと「丑」字に誤る。今訂す。又被注字「伋」(66・4)の旁の「刃」字もと「丑」字に誤る。今集注本正文に依って訂す。

<u>91下・22才</u>：被注字「牣」の牛偏、もと残損。今鈔に依る。

<u>102下・21才</u>：下字「逸」の下に「反」字を補写。

<u>63・25</u>：下字「日」一部残缺す。

<u>63・3</u>：もと「寅以降協韻人反下江反」に誤る。今「寅以人反。降協韻、下江反」と訂す。

<u>88・65才</u>：「音決」の二字及び被注字「佚」は補写。

<u>48天・291</u>：「湮」字「漂」の如くに見ゆるも、今集注本正文に依って「湮」に作る。

<u>59下・18才</u>：「禋音因」の三字は補写。

- 150 -

<u>62・8</u>：帰字「姻」もと「烟」字に誤る。今集注本正文に依って訂す。又、此の帰字の上の「音決」の「音」字一部残缺す。
<u>91上・6才</u>：被注字「埕」の土偏一部残缺す。

	真（合）諄（合）	軫（合）準（合）	震（合）稕（合）	質（合）術（合）
来	[倫]・綸： 68・51才			
知	知倫・屯： 98・148			
徹	丑春・杻： 9・31才			丑律・怵： 85下・32才
澄				直律・朮： 85上・9
精			[俊]・儁： 8・38 68・17 42 下同 47 113上・10才 ・峻： 63・11才 ・駿： 68・27 <u>98・110上</u>	子律・卒： 98・142上
従			才俊・殉： 73下・6才	
心	[荀]・恂：	[笋]・筍：	思俊・濬：	思律・恤：

	116・2	9・36 ・隼： 9・66才 91下・17	9・48 85下・19才 ・峻： 102下・13才	8・26才 71・33才 ・卹： 113下・21才
邪	[旬]・馴： 85上・1才 ・恂： 94中・19才 116・2 [巡]・循： 88・58		辭俊・殉： 9・5 62・3 113下・20 下同	
生				所筆・帥： 73上・3才 所律・率： 116・27才 [率]・蟀： 61下・2才 93・16才 ・帥： 63・34
章		之尹・准： 8・5才		
昌		昌允・蠹： 9・20 113下・6		
船		食准・楯： 9・50才		
書			[舜]・瞬： 59上・12	

常	[純]・鶉： 　　68・13才 　・醇： 　　68・13才 　　98・130 　・淳： 　　98・143 [淳]・醇： 　　116・11才	時尹・楯： 　　68・29才		
羊		[允]・犹： 　　93・29		以律・喬： 　　9・67 [聿]・鳩： 　　8・14才
見A				居律・橘： 　　8・2
見B	居貧・廖： 　　<u>66・38</u>			
群B	巨旻・菌： 　　9・32才	其敏・菌： 　　8・10 　　63・7才 　　　14才 　・窨： 　　63・7 　　93・53才		
影B	於筠・龕： 　　9・15			
曉A				呼橘・盼： 　　9・67

- 153 -

| 匣B | 于敏・殞：
56・35
63・26 | | 于筆・汩：
<u>63・4</u>
66・30才 |

<u>98・110上</u>：「音俊」の二字は補写。
<u>116・2</u>：「音旬」の「旬」字は補写。
<u>93・16</u>オ：「音率」の「音」字もと被注字の「蟀」と乙倒す。
<u>113下・6</u>：上字「昌」は、もと脱し補写す。
<u>66・38</u>：帰字「䴷」もと「䴇」字に誤る。今集注本正文に依って訂す。
<u>63・4</u>：「于筆反」の「反」の下にもと「也」字を衍し、見せ消ちにす。

　　山摂

	仙（開）	獼（開）	線（開）	薛（開）
幇A	必然・編： <u>91上・6</u> 98・153上 <u>102下・22才</u> 113上・19才			必列・鷩： 8・15才 ・鷩： 66・22才
B				彼列・別： 9・13 <u>59下・22才</u>
滂A	匹延・翩： 9・56才 匹綿・偏： 59上・4 ［篇］・偏： <u>73下・2才</u>			
並A	婢然・便：	毗善・楩：	婢面・便：	

- 154 -

	<u>85上・6才</u>	8・13才	98・129上	
並B			皮變・抙： 　73下・11 ［卞］・抙： 　9・22才 　57才 ・汻： 　113下・2	
明A	［綿］・樧： 　9・31才 ・縣： 　66・18才	亡善・緬： 　61下・1 　62・30 　71・35才 亡演・価： 　63・17才	［面］・価： 　63・17才	
B		［勉］・俛： 　59上・11才 ・冕： 　61下・8 　68・18才 　73上・11才 　85上・12才 　116・18才 ［免］・冕： 　<u>59下・18才</u> 　79・23才		
定				大列・轍： 　91下・23才
来	［連］・聯： 　9・28才		［列］・洌： 　93・15	

知	知連·鱣： 8·23 陟連·邅： 91下·31		
徹			恥列·硈： 9·42才
澄	直連·廛： 8·26才 9·59才 ·躔： 9·8 91上·18才 ·鄟： 61上·2才 ·壥： 91上·20 ·邅： 91下·31 ·湹： 113下·26才 [纏]·邅： 9·15		直列·轍： 9·55才 59上·8
娘		女展·跈： 91下·10才	
精		子踐·翦： 59下·11 ·剪： 66·16 子葊·翦：	

- 156 -

		71・22才		
		[剪]・髯：		
		66・25		
清	七延・櫨：			
	9・31才			
從		慈藿・餞：	才箭・湊：	
		93・31才	9・26	
心	息延・鮮：	思藿・鮮：		思列・繼：
	59下・14才	63・25		63・36才
	[仙]・偓：	85下・32		98・155
	8・31才	116・12		・漯：
	・鮮：	・勦：		68・39
	68・19	102上・7才		93・14才
		113下・11		・契：
				93・17才
				116・36才
				・洩：
				102下・6
崇	士連・潯：			
	<u>91下・31</u>			
章	之然・甄：			之舌・折：
	61上・10才			8・33
	・鸛：			59上・20才
	88・9才			63・33才
	・旃：			71・5
	93・2才			79・49
				85下・7
				94上・36才
				102上・6

				102下・7才 ・浙： 48下・1才
昌		昌善・闍： 9・50才 48下・9 [闍]・嘽： 102上・6		
船				[舌]・折： 79・22才 85下・8才 88・31 下同 94下・32才
書			[扇]・煽： 8・11才 113下・4	
常	市然・嬋： 63・22 市延・單： 73上・15 79・4 102下・21才	市展・蟬： 68・38 [善]・單： 48下・28 62・24 ・鱓： 102上・17才	市戰・擅： 8・29才 38 71・6才 31才 79・40才 94下・19才 ・禪： 98・104	
羊		以輦・演： 8・18 68・9才	以戰・延： 8・17 ・衍：	

- 158 -

			8・18	
見A	吉然・甄： 　　71・22オ 　　91下・35 　　113下・23オ			
B		居輦・蹇： 　　62・14 　　66・35オ 　　94中・5 ・謇： 　　63・5オ ・謇： 　　63・9オ 　　下同 　　15オ 　　23オ 　　66・17 　　79・51 居勉・謇： 　　88・24オ		
渓B	去乾・愆： 　　71・30オ ・愆： 　　93・12 ・褰： 　　93・30オ ・謇： 　　<u>98・147</u> 去連・褰：			起列・揭： 　　63・10

- 159 -

		91下・16オ			
群B	巨連・揵： 8・8				其列・傑： 68・42 94上・27 113上・15オ ・掲： 91下・16
疑B		魚菫・巚： 98・122 113下・27	［彦］・諺： 98・109上		魚列・孽： 93・66オ
影B	於乾・焉： 8・36 56・51オ 93・33				
匣B	矣連・焉： 9・63オ				

<u>91上・6</u>：帰字「編」殆ど残缺す。今集注本正文に依る。

<u>102下・22オ</u>：上字「必」一部残缺す。

<u>59下・22オ</u>：下字「列」一部残缺す。

<u>73下・2オ</u>：「偏音篇」の三字は補写。

<u>85上・6オ</u>：帰字「便」もと「使」字に作るも、見せ消ちにして「便」字を右
　　　　　辺に傍写す。

<u>59下・18オ</u>：「音免」の二字は補写。

<u>91上・18オ</u>：帰字「躪」一部残缺す。今集注本正文に依る。

<u>91下・31</u>：「陟連反」の「反」字もと残缺す。

<u>91下・10オ</u>：「女展反」の「反」字もと残缺す。

<u>66・16</u>：「子踐反」の「反」の下にもと「也」字を衍し、見せ消ちにす。

<u>91下・31</u>：「潺士連反」の四字は補写。

<u>98・147</u>：下字「乾」の下にもと「徳」字を衍す。

- 160 -

<u>113下・27</u>：被注字「巇」の上の「音決」の「決」字一部残缺す。

	仙（合）	獮（合）	線（合）	薛（合）
端			丁戀・囀： 　59下・20オ ・囀： 　79・48	丁劣・輟： 　<u>73下・4</u>
来		力轉・變： 　48天・285 　93・66		力悦・埒： 　8・29オ 　39オ
知				知劣・掇： 　59上・5 　94中・8 ・輟： 　94中・5 ［輟］・畷： 　9・45オ
澄	直縁・傳： 　62・22オ	直轉・篆： 　9・4オ	直戀・傳： 　59上・10 　79・41 　98・157	
精		子轉・騰： 　66・22オ 　68・12		
清	七全・荃： 　62・25オ ・荃： 　<u>63・8</u>			

- 161 -

	71・3 ・銓： 　93・84オ 　116・24			
從	［全］・璿： 　116・48		在絹・旋： 　66・6	
心			思變・選： 　9・62 思戀・選： 　48下・16 　61上・20オ 　91上・13オ 四巻・選： 　59下・16 思絹・選： 　71・27オ 　98・133上 　151上	
邪	辤緣・旋： 　59上・14 ［旋］・琁： 　61上・19 ・還： 　66・31 　93・24 ・璿： 　79・30オ 　91上・32			
崇			士眷・環：	

- 162 -

			9・62 士戀・撰： 66・29才 士卷・饌： 68・15		
生					所劣・刷： <u>59下・34才</u>
章		之兗・剦： 93・6才			
昌		昌轉・舛： 8・26 昌兗・舛： 9・18才 54才 <u>48上・12</u> 79・25 ・喘： 93・7			
常	市縁・遄： 85下・34才				
羊	以舩・縁： 66・19 ［縁］・捐： 61上・3 ・鉛： 68・40才 ・沿： 71・31才			以戀・掾： 113上・2才 以絹・掾： 116・11 下同	以劣・蛻： 85下・16 ［悦］・莅： 9・29才 ・閲： 59下・18 91上・21 93・28才 98・152

				・説： 　　88・25オ 　　　58 　　93・14 ・蜕： 　　93・60 　　77オ
見A			[絹]・狷： 　　48上・16	
B		居勉・巻： 　　9・44 　　61上・16 　　88・19オ 　　91下・23オ 　　94上・24 居免・巻： 　　61上・8 　　62・33	[巻]・睠： 　　59下・20オ 　　91下・28	
渓A				去悦・缺： 　　<u>71・28オ</u>
群B	巨員・巻： 　　66・35オ 　・撐： 　　68・26 其員・拳： 　　113下・24	其勉・圈： 　　73下・4オ	其巻・勧： 　　<u>59上・38オ</u>	
影A	於員・濛： 　　9・15 於縁・蜎：			

	9・37オ 一縁・娟： 59上・36		
匣B	為連・湲： 91下・31 [員]・圜： 63・18		于巻・援： 79・4 15オ 85下・16 于變・援： 113下・29オ

<u>73下・4</u>：上字「丁」もと「可」字に誤る。今訂す。
<u>63・8</u>：上字「七」一部残缺す。又、「七全反」の「反」字の下に「也」字を衍し、見せ消ちにす。
<u>116・48</u>：「全」字もと「金」字に誤り、見せ消ちにす。
<u>61上・20オ</u>：帰字「選」の上の「音決」の「音」字は補写。
<u>91上・13オ</u>：「反」字一部残缺す。
<u>66・31</u>：「音旋」の「旋」字もと「施」に作る。今訂す。
<u>59下・34オ</u>：上字「所」一部残缺す。
<u>48上・12</u>：帰字「舛」もと「殊」字に誤るも、其の下に「舛」字を記す。
<u>71・28オ</u>：下字「悦」一部残缺す。
<u>59上・38オ</u>：帰字「勸」一部残缺す。

効摂

	宵	小	笑	
幫A	必遥・飈： 56・22オ 50オ 59上・28			

	62・27オ ・焱： 68・25オ ・標： 94上・32オ 94下・4オ 8 下同 98・132上		
B	布苗・鑣： <u>59下・17オ</u> <u>85上・1オ</u> 91下・34		
滂A	匹遥・髟： 8・16オ 91下・16 ・漂： 61上・23 ・**飄**： 68・4	匹沼・縹： 8・30 9・41オ ・簞： 9・36 匹眇・縹： 68・14オ	匹照・髟： <u>61上・4オ</u> 匹妙・漂： 88・11オ
並A	婢遥・**飄**： 63・34オ		
明A		弥小・焱： 9・12 亡小・眇： 9・56オ ・眇： 62・16 113上・22オ	

		・妙： 　　73上・15 民小・眇： 　　93・21才			
来			力召・獠： 　　8・36才 ・燎： 　　93・11 　　98・117上		
澄	直遥・朝： 　　8・36 　　48上・10才 　　下同 　　48下・20 　　<u>56・10才</u> 　　59下・1 　　　　19 　　　　32 　　61上・12 　　68・47才 　　71・6 　　73下・3才 　　79・12才 　　　　32 　　85下・17 　　88・4 　　　　15 　　　　46才 　　　　52才				

- 167 -

	93・14				
	87オ				
	94上・15オ				
	21				
	32オ				
	下同				
	<u>98</u>・110				
	<u>130</u>				
	147				
	<u>155上</u>				
	<u>102上</u>・2オ				
	102下・15オ				
	下同				
	113上・12				
	26オ				
	<u>113下</u>・10				
	17				
	下同				
	116・21オ				
	下同				
	33オ				
	42オ				
	下同				
精	[焦]・蕉：				
	9・61オ				
	・椒：				
	68・13				
	・鷦：				
	88・66オ				

	・燋： 98・156上 102下・22オ			
清			七笑・峭： 102下・13オ	
従	在焦・蟭： 56・41 ・樵： 59上・21 在遥・譙： 113上・2オ			
心	[消]・痟： 8・18オ ・綃： 9・44 ・銷： 56・31オ <u>91下・24オ</u> [逍]・銷： 93・48			
章	之遥・招： 68・21	之紹・沼： <u>66・30</u>		
書			失照・少： 8・26オ <u>56・4オ</u> 61上・1 　　　7 　　　9 63・41オ	

			79・30才 41才 45才 91上・12才 93・36 98・142 113上・2才 　　　6 113下・17 116・2	
常	市遥・韶： 　<u>48下・21才</u> 　93・96才		市召・邵： 　<u>73上・13才</u>	
日	而遥・饒： 　62・14才 ・蕘： 　102下・20	而沼・擾： 　9・37 　59下・10 　71・32才 　79・1 　85下・10 　94下・19才 　98・103 　116・45才 ・繞： 　59上・9 而小・繞： 　59上・38 ・擾： 　93・35 　<u>113下・19</u>		

- 170 -

羊	以昭・迀： 　　68・45 ［遥］・瑶： 　　9・40 　　59上・20オ 　　　　　27 　　61上・17 　　91上・32 ・姚： 　　61上・23 　　63・41オ 　　116・21オ ・謡： 　　61上・25オ 　　63・16 　　98・111上 ・揺： 　　68・21 ・陶： 　　93・17オ ・韜： 　　93・92 ・繇： 　　102下・11オ		以照・揺： 　　68・37オ	
見B	居要・憍： 　　102下・19オ	居表・矯： 　　56・32 　　93・62オ 京少・矯： 　　61上・26オ		

- 171 -

		九小・矯：		
		<u>63・14オ</u>		
渓B	去苗・蹻： 　　8・16オ 　　68・38オ 　・趫： 　　9・63オ			
群A	巨遥・翹： 　　9・57オ 　　68・37オ			
影A	於遥・蔈： 　　8・34オ 一招・要： 　　56・4オ 　　63・13オ 　　<u>88・2 　　9</u> 一遥・要： 　　59上・18オ 　　59下・14オ 　　94上・32		一照・要： 　　8・14 　　71・3 　　27 　　93・4オ 　　98・133 一詔・要： 　　88・41オ 　　94中・13オ 於照・要： 　　116・25オ	
B	於苗・妖： 　　68・9オ	於表・殀： 　　63・22		
暁B	許橋・歊： 　　9・14			

<u>59下・17オ</u>：帰字「钀」一部残缺す。

<u>85上・1オ</u>：帰字「钀」一部残缺す。

<u>61上・4オ</u>：帰字「影」一部残缺す。

<u>56・10オ</u>：「直遥反」の「反」字の下に「也」字を衍す。

- 172 -

98・130, 155上：上字「直」一部残缺す。
102上・2才：帰字「朝」をもと「胡」に誤る。今集注本正文に依りて訂す。
113下・10：下字「遥」一部残缺す。
91下・24才：此の「音決」の「音」字殆ど残缺す。「音消」の「音」字もと「言」
　　　　　字に誤る。今訂す。
66・30：「之紹反」の「紹反」二字は補写。
56・4才：「失照反」の「反」字の下に「也」字を衍す。
48下・21才：下字「遥」一部残缺す。
73上・13才：帰字「邵」は補写。上字「市」一部残缺す。
113下・19：「而小反」の「反」字の下に「也」字を衍し、見せ消ちにす。
63・14才：上字「九」一部残缺す。
88・2：帰字「要」もと缺。今集注本正文に依る。

仮摂

	麻（開）	馬（開）	禡（開）	
精	［嗟］・罝： 　61上・14才 　68・23才		子夜・績： 　63・8才 ・借： 　91上・5才	
従	在嗟・邪： 　8・18才 　98・119 　　132上 　　下同 　102上・18才 ・耶： 　88・60		慈夜・藉： 　68・24才 才夜・藉： 　93・34	

- 173 -

		94上・4オ		
邪	[斜]・耶： 88・24			
章			之夜・蔗： 8・21 ・鷓： 9・40オ ・柘： 66・22オ	
船	[蛇]・鉈： 9・64			
書	式耶・賖： 59下・30オ	[捨]・舍： 56・33 <u>63・9オ</u> 66・4 93・4 94上・34オ 94中・7オ 116・3オ 47オ		
常			市夜・射： 9・36 常夜・射： 9・57オ 時夜・射： 61上・9 73上・13 <u>94上・7オ</u> 102上・4	

- 174 -

			102下・19オ	
羊	以嗟・枒： 　　8・13オ ・椰： 　　9・38 ・䣐： 　　59下・23オ 羊嗟・䣐： 　　98・143上		［夜］・射： 　　62・31 91上・31オ 116・30	

<u>63・8オ</u>：「績子漬反、又子夜反也」の「又」字は補写。「也」字は衍字として見せ消ちにす。

<u>63・9オ</u>：「音捨」の下に「也」字を衍し、見せ消ちにす。

<u>94上・7オ</u>：上字「時」は補写。

<u>91上・31オ</u>：「音夜」の「音」字一部残缺す。

<u>98・143上</u>：帰字「䣐」もと脱す。今集注本正文に依る。「反」字の下に「也」字を衍す。

　梗摂

	庚（開）	梗（開）	映（開）	陌（開）
幫B		布永・炳： 　　8・38 ［丙］・炳： 　　79・54		彼逆・碧： 　　8・37 兵逆・碧： 　　61上・27オ
並B			皮柄・評： 　　61上・26オ	
明B	［明］・䳧： 　　88・66オ			

- 175 -

生	[生]・猩： 8・11オ	所景・省： 48下・20 59下・1オ 7オ 62・32 93・4 102下・11オ		
見B	[京]・麝： 8・33オ	[景]・警： **56・31** 91上・1		居劇・戟： 8・34オ
渓B				去戟・郄： 8・32オ 98・110 丘逆・隙： 9・23オ 去逆・隙： 59下・35オ ・郄： 79・26 ・縘： 93・10オ 去碧・縘： 68・29
群B	巨京・黥： 102下・22オ ・勅： 113下・19			其戟・劇： 8・29
疑B			魚敬・迎： 93・75オ	

- 176 -

影B		[影]・景： 59上・28オ 85下・35オ		

<u>56・31</u>：被注字「警」もと「驚」字に誤る。今集注本正文に依って訂す。

	清（開）	静（開）	勁（開）	昔（開）
幫A	[并]・栟： 9・31オ	必静・屏： 59上・21 73下・17 91下・12 必井・屏： <u>116・9</u>		必亦・**鼊**： 9・17 ・辟： 68・48オ 71・13 98・130上 116・3 下同
滂A			匹正・聘： <u>8・35オ</u> 匹政・娉： 59下・29 [聘]・娉： <u>98・152</u>	匹亦・辟： 63・4オ ・僻： 93・3オ <u>98・119</u> 下同 <u>130</u>
並A				婢亦・闢： <u>8・24</u>
来			力政・令： 59下・26オ 61上・12 <u>61下・3</u> 71・1	

- 177 -

			33	
			79・41	
			91上・14才	
			<u>91下・8才</u>	
			下皆同	
			93・18	
			31	
			80	
			98・153上	
			下同	
			113上・2	
			<u>116・10</u>	
			<u>41才</u>	
知	[貞]・楨： 9・31才			
徹	丑貞・楨： 9・41才 <u>91上・15</u>	勅整・騁： 63・6才 樗郢・騁： 68・21才 丑静・逞： 73上・16才 丑井・逞： 73下・10才 [逞]・騁： 66・31	丑政・偵： 113上・24 下同	
澄	[呈]・程： 8・29才			直亦・躑： 61下・6

精	[精]・旌： 　59下・5 　71・6才 　113下・11才 ・旍： 　68・21 　71・25才			子亦・借： 　79・42 [積]・鵲： 　94下・26才
清				七亦・戚： 　56・42
從		[静]・靖： 　68・33 　98・128上	才性・靚： 　91上・25 [浄]・靚： 　8・26	
心		思静・省： 　73下・23 　79・40 　94上・11才 　98・134		[昔]・舄： 　59下・32才 　68・19才 ・潟： 　71・32
章	[征]・鉦： 　88・15			之亦・蹟： 　68・38才 ・炙： 　85上・17 之石・跖： 　98・111
昌				[赤]・潟： 　71・32
書				詩亦・適：

- 179 -

					8・3才
					[釋]・夷：
					<u>73上・8</u>
					・螢：
					102下・14才
常	[成]・盛：				市亦・射：
	68・15才				8・34才
					56・15才
					時亦・射：
					9・62
					68・14才
					上亦・射：
					63・25
					[石]・射：
					88・22
					91下・17才
					113上・22
羊	以征・瀛：	以井・桿：			以尺・繹：
	8・22才	8・20才			102上・6
	[盈]・籝：	・郢：			102下・2才
	8・28	59上・38			[亦]・帝：
	・楹：	62・35才			8・36才
	56・33	以整・郢：			91下・33才
	59上・12才	79・4			98・155
	61上・17				・易：
	・瀛：				56・43才
	66・30				71・4才
	・嬴：				88・32
	98・154				48

				61才 93・27 94上・37才 98・111上 　　136上 102上・9才 113上・10 113下・9 ・掖： 　<u>59下・29</u> 　98・151上 　　下同 　102下・22才 ・場： 　62・10才 　79・7才 　85下・8 ・液： 　62・15 　91上・20 　102下・16才 ・射： 　<u>66・16才</u> ・弈： 　88・37才 ・醒： 　91上・24才 ・譯： 　<u>91下・22才</u>

				・腋： 102下・3
				・懌： 102下・23オ
見A			吉政・勁： 56・6 61上・11オ	居亦・戟： 59上・25
影A	一成・纓： 68・18オ			
暁A	許征・馨： 68・15オ			

116・9：「必井反」の「反」字は補写。

8・35オ：帰字「聘」もと身偏に従う。集注本正文は女偏に従う。

98・152：音注字「聘」一部残缺す。

98・130：上字「匹」もと「疋」字に作る。「疋」字は『広韻』に「匹」字の俗体と云う。故に此に合す。

8・24：下字「亦」一部残缺す。

61下・3：上字「力」一部残缺す。

91下・8オ：「力政反」の「反」字は補写。

116・41オ：「力政反」の「反」字の下に「也矣」二字を見せ消ちにす。

91上・15：上字「丑」もと「刃」字に作る。

73上・8：被注字「奭」一部残缺す。

59下・29：被注字「掖」一部残缺す。

66・16オ：もと「射音決亦通」に作り、「決通」二字を見せ消ちにす。

91下・22オ：被注字「譯」もと一部残缺。今集注本正文に依る。

102下・23オ：被注字「懌」もと一部残缺。今集注本正文に依る。

	庚（合）	梗（合）	映（合）	陌（合）
羊		以永・穎： 98・122上		
見B		倶永・冏： 62・20オ 居永・憬： 91下・19オ 113下・26		
匣B			［詠］・泳： 9・17 ・咏： 102上・8オ	

	清（合）	静（合）	勁（合）	昔（合）
羊	［營］・巠： 71・21			
見A	古營・坰： 8・16 <u>113下・26</u>			
群A	巨營・瓊： 59下・2オ <u>66・14</u>			

<u>113下・26</u>：上字「古」は補写。

<u>66・14</u>：下字「營」は補写。

流摂

	幽	黝	幼	
幫B	必幽·飍： 9·67			
心			思幼·宿： 9·2	
羊			以幼·猶： 63·40才	
見A	居虬·繚： 66·35才	［紏］·赳： 93·25才		
群A	巨幽·虬： 8·35才 63·31才 94中·10			
影A		於紏·黝： 8·16		
曉A	香幽·飍： 9·67 香彪·休： 98·153上			

深摂

	侵	寢	沁	緝
幫B		布錦·稟： 79·54才 91上·16才		

- 184 -

		26 113下・17 <u>116・18才</u> 40		
定				大立・**聶**： 9・61
来	[林]・琳： 85下・15	力錦・槀： 94下・8		[立]・粒： 93・49
知	張林・砧： 59上・17才			
徹	丑今・琛： 9・40 91下・21才			丑立・埨： 9・32才
澄	[沈]・湛： 88・51才		直禁・鴆： 63・39 88・45	直立・堁： 9・32
娘	女林・南： <u>48下・3</u> 女吟・紸： 98・135上			
精			子鴆・浸： 8・18 48天・290 71・31 91下・31才 ・潜： 73上・9才	子入・葺： 9・18才
清	七林・侵： 79・1	七荏・寢： 85下・30才		七入・緝： 73下・31

		［寢］・椶： 8・13オ		94上・20オ 113下・19オ 116・26オ
從				［集］・襲： 48下・11オ 98・102上 113上・16 ・輯： 93・61 98・106上 116・34
邪				［習］・襲： 9・5オ 61上・12オ
莊	側今・簪： 59上・17オ			側及・戢： 59下・11オ 94上・16オ 側立・戢： 61下・4 71・4 側入・戢： 93・49
初	楚吟・參： 9・19 ・駿： 56・34 楚今・參： 59下・19 初今・參：	初錦・墋： 93・39オ	初蔭・識： 98・142	

	68・19 91下・38才			
崇				士及・瀐： 68・38
生	所吟・森： 8・34才 所林・森： 9・37才 所今・參： 48下・2 113上・6 色金・參： 71・4			所立・儠： 9・61 所及・戭： 48上・6才
章			之鳩・枕： 8・8 73上・11 93・34	
常				[十]・拾： 93・56才 98・115
日	而林・任： 68・32才	而甚・衽： 56・34才 63・30才 66・25 68・41 73下・4 79・51才 98・150 ・荏：	而鳩・任： 8・22才 9・56才 73上・8才 73下・2才 10才 79・32才 91下・37才 93・4	

- 187 -

			61下・7	下同	
			・稔：	94下・4	
			79・19	下同	
				<u>98・100</u>	
				136上	
				<u>149上</u>	
				下同	
				102下・13才	
				下同	
				而禁・任：	
				62・26才	
				而蔭・任：	
				116・33	
				下同	
				[任]去聲・任：	
				8・5	
				62・29	
				73上・2才	
羊					以入・熠：
					68・37才
見B	[今]・襟：				居及・汲：
	63・30才				<u>113上・22</u>
	[金]・襟：				[急]・汲：
	93・34才				59上・22才
					113下・5
					・級：
					98・151上
渓B	[欽]・礉：				
	9・13才				

	・衾： 48天・289 ・嶔： 66・37				
群B	[禽]・檎： 8・20才 ・擒： 73下・2 93・72		其禁・噤： 113上・29		
疑B	魚今・崟： 66・37 [吟]・砛： 9・13才 ・崯： 66・38			魚及・岌： 63・20	
影A	一林・愔： 94中・16			一入・揖： 48下・22 71・11 ・挹： 94下・33 下同	
B			於禁・蔭： 9・52 ・飲： 62・5 63・32 68・25才 ・癊： 85下・38才	於及・裛： 8・22 [邑]・裛： 59上・5 ・悒： 73下・11才	

- 189 -

				[蔭]・飲： 85下・18オ	
暁B					許急・翕： 8・29オ 許及・翕： 8・33オ 9・20 ・歔： 93・38オ 虛及・吸： 93・21オ 94上・9

<u>116・18オ</u>：「音決槖布錦反」の六字は補写。

<u>48下・3</u>：下字「林」一部残缺す。

<u>98・102上</u>：「音襲」の下に「也」字を衍す。

<u>98・106上</u>：もと「輯音決輯音集」に作り、「決輯音」三字を誤衍す。

<u>61下・4</u>：「側立反」の「反」字一部残缺す。

<u>71・4</u>：帰字「戡」一部残缺す。今集注本正文に依る。

<u>93・49</u>：「反」字は補写。

<u>91下・38オ</u>：帰字「參」もと缺。今集注本正文に依る。

<u>68・38</u>：もと「濈士士及反」に作り、下の「士」字を見せ消ちにす。

<u>73上・8オ</u>：帰字「任」一部残缺す。今集注本正文に依る。

<u>73下・2オ</u>：「任而鴆反」の四字は補写。

<u>73下・4</u>：帰字「衽」一部残缺す。

<u>98・100</u>：帰字「任」及びこの上の「音決」の「決」字もと缺。帰字は集注本正文に依る。

<u>98・149上</u>：帰字「鴆」もと漫漶たり。今集注本正文に依る。

<u>113上・22</u>：下字「及」もと脱し、補写す。

<u>48天・289</u>：注字「欽」漫漶たるも、今此の字と定む。

<u>63・20</u>：「魚及反」の「反」字の下に「也」字を衍し、見せ消ちにす。
<u>94上・9</u>：上字「虛」の上に「音」字を衍す。

咸摂

	塩	琰	豔	葉
来	[廉]・鎌： 　56・4オ 　・簾： 　59上・12オ 　59下・30オ		力艷・斂： 　113上・14 　113下・8オ	[獵]・鬣： 　68・25
知	陟廉・霑： 　93・30オ			
娘				女輒・躡： 　8・8 　　33 　9・11オ 　68・22 　85下・36オ
精	子廉・漸： 　66・33オ 　68・17 　・殱： 　<u>73下・2</u> 　113上・25オ			[接]・婕： 　56・49 　・捷： 　68・22オ 　・檝： 　85下・18 　88・3
清			七艷・壍： 　113上・24	

			・塹： 113下・7	
從				才接・捷： 8・14才 63・7 68・38才 73下・10 79・2才 98・129上
心	息廉・纖： 59上・36才 <u>66・25才</u> 68・11才			
邪		似琰・漸： 8・17		
章	之瞻・占： 56・2			之葉・憎： 68・25 43 102下・14才
昌			昌占・襜： 79・22才	
書		式冉・陝： 91下・11才 失冉・陝： 113下・26才	尸占・苫： 113下・23	式葉・擂： 63・3才
常	市廉・槊： 9・38			
日	而廉・髯： 93・34	[冉]・苒： 61下・7		

- 192 -

羊	以廉・閻： 9・55 ・欄： 59上・12オ 　　17オ ・簷： <u>61上・28オ</u> ・阽： 63・29オ [塩]・阽： 59下・24 余瞻・艷： 61上・18オ	以斂・淡： 9・19 ・琰： 94中・9オ	以占・鹽： <u>71・27</u> [艷]・燗： 8・11オ 113下・8オ ・掞： 8・38 ・豔： <u>66・25</u> ・炎： 79・54	
見B		居儉・檢： 94下・29 98・131上		
群B	巨炎・鉗： 79・44オ ・拑： 113下・29			
疑B		牛儉・唫： 9・18オ		
影A			於艷・厭： 48上・6 一艷・厭： 48下・32 <u>59下・2</u> <u>19オ</u> 63・12オ	於葉・厭： 113下・27 ・裛： 8・22 59上・5

- 193 -

			73上·9 ·猷： 59上·38才 <u>91上·6</u> <u>102上·15才</u>	
B	[淹]·崦： 63·32才	[奄]·菴： 8·8才 ·罨： 8·35才 ·渰： 61下·10才 ·弇： <u>73上·14才</u> 91下·38才 ·揜： 91下·18才 [掩]·唵： 9·32 ·揞： 68·23		
曉B		許儉·獫： 79·1 ·嶮： 91下·7才 ·險： 98·108上 [險]·獫： 93·29		
匣B				于輒·曄：

- 194 -

					8・38
					9・26

<u>73下・2</u>：「子廉反」の「反」字殆ど残缺す。
<u>66・25オ</u>：「反」字の下に「也」字を見せ消ちにす。
<u>71・27</u>：下字「占」一部残缺す。
<u>61上・28オ</u>：帰字「簷」もと「燗」字に誤る。今集注本正文に依る。
<u>66・25</u>：音注字「艶」もと被注字と同じき「豔」字に作る。今訂す。
<u>59下・19オ</u>：帰字「厭」もと缺。今集注本正文に依る。
<u>91上・6</u>：帰字「猒」もと缺。今集注本正文に依る。
<u>102上・15オ</u>：「反」字の下に「矣」字を見せ消ちにす。
<u>73上・14オ</u>：「音奄」の「音」字は補写か。漫漶たり。

曽摂

	蒸（開）	拯（開）	証（開）	職（開）
滂B				普逼・愊： 113上・16オ
並B	皮氷・凭： 9・22 ・憑： 63・12オ 皮膺・憑： 63・24オ			歩逼・鵩： 9・29 48下・30オ
来	［陵］・鯪： 9・43オ			
徹				［勑］・鷔： 9・19オ
澄	［澄］・懲：			

	63・22才 93・80 下同			
娘				女力・匿： 48上・3才 93・58 102上・17才
崇B	士氷・磴： 66・37			
生B				[薔]・穡： 71・29才
章	之仍・蒸： 9・43才 48上・1才 98・121 113上・8才	[證]上聲・拯： 68・9 71・16才 88・36 94中・17	之剩・烝： 9・15才 66・31才 [證]・蒸： 9・43才	
昌			尺證・稱： 73下・6 79・15 24才 88・58才 91下・12 98・132上 152	
船				[食]・植： 9・26才 62・33 ・蝕： 62・3才

- 196 -

					・殖： 68・31才
書	[升]・勝： 9・22才 56・18 24才 88・9才 98・149			詩證・勝： 59下・11 94上・27 94下・12才 113上・6才 下同 尸證・勝： 62・27才 116・26	[識]・飾： 8・3 [式]・軾： 93・94
常	市仍・腔： 8・39才 ・乗： 9・10才			時證・乗： 66・31才 68・43 91下・21 93・8才 31才 94上・8 113下・1 ・勝： 85下・13才	市力・植： 8・16 ・殖： 8・29才
羊				以證・朦： 79・33才 98・136上	
見C	九陵・秒： 9・5才				居力・亟： 61上・2 73上・14才 古力・亟： 116・43才

- 197 -

渓B	欺氷・砠:			
	66・37			
疑C				魚力・疑:
				9・12才
				55才
				94中・21
影C	一陵・鷹:		於證・應:	於極・抑:
	56・4		8・15才	9・6才
	・應:		48下・12	
	<u>59下・36才</u>		下皆同	
	於陵・膺:		59下・34	
	102上・5才		68・6	
			14	
			49才	
			71・6才	
			<u>79・49</u>	
			54才	
			85下・3	
			下同	
			88・21才	
			37才	
			91上・12	
			93・3	
			40	
			94中・13才	
			<u>98・99</u>	
			118上	
			下同	
			102上・8才	

				下同	
				102下・3オ	
				116・2オ	
				[䁖]・應：	
				102下・17オ	
				下同	
暁C				虚應・興：	虚力・䋄：
				59上・1	8・15

<u>48上・3オ</u>：下字「力」一部残缺す。
<u>102上・17オ</u>：上字「女」一部残す。
<u>79・24オ</u>：帰字「稱」一部残缺す。
<u>91下・12</u>：もと「稱尺稱尺證反」に作る。今上の「稱尺」二字を衍すと考う。
<u>59下・36オ</u>：帰字「應」一部残缺す。
<u>79・49</u>：「於證反」の下にもと「矣也焉」三字を衍す。
<u>98・99</u>：帰字「應」もと缺。今集注本正文に依る。上字「於」及び下字「證」一部残缺す。
<u>102下・17オ</u>：「下同」の下にもと「也」字を衍し、見せ消ちにす。

				職（合）
暁B				火逼・洫：
				8・19オ
匣B				于逼・罭：
				102上・17オ

C 類

通攝

	東	董	送	屋
幫			方鳳・諷: 94上・7 98・147	方伏・幅: 48上・2 ・復: 71・22 [福]・輻: 9・60才
滂	[豐]・鄷: 93・84			芳伏・複: 59下・23 ・覆: 61上・11才 79・39 85下・23 36 88・6才 94上・6 37 98・142上 ・覆: 88・17才 113下・9 ・蝮: 88・33 芳福・蝮: 66・5

- 200 -

並				[伏]・馥：	
				8・17才	
				9・29	
				48下・30才	
				59下・33才	
				・溴：	
				9・14	
				・復：	
				59上・29才	
				63・19	
				66・13	
				71・13	
				73上・3	
				下同	
				88・33	
				91下・31	
				98・122	
				130上	
				102上・8才	
端				丁仲・中：	
				63・24才	
				68・5才	
				25才	
				93・25才	
				27	
				<u>98・100上</u>	
				143	
				151	
				102上・6	

			下同 113下・18オ	
来				[六]・蓼： 73下・26 ・戮： 98・136上
知				[竹]・筑： 56・43 　　44 ・築： 59上・26 59下・27オ 61上・20オ
徹				丑六・矗： 9・36 ・蓄： 9・64 68・10オ 85下・19 88・43オ 91上・1 ・畜： 79・46 98・116 　　136
澄	直中・沖： 98・130上 ・种： 116・12オ			直六・軸： 98・133 [逐]・軸： 91下・13

				94中・11
娘				女六・恋： 71・13オ ・蚓： 73下・4 79・7オ
精				子六・踧： <u>88・48オ</u>
清				七六・蹴： 8・32 85下・36
心	息戎・娀： <u>63・39</u>			思六・櫗： 9・36 ・宿： 56・25 ［肅］・鷫： 68・24オ
生				所六・縮： 56・7
章	［終］・衆： 66・16		之仲・衆： 48下・10 31オ 59上・22 30オ 63・11 下皆同 93・5オ 94上・5 98・106	之六・祝： 66・11オ

					115上
					102上・4
昌					昌六・俶：
					59下・28
書					[叔]・儵：
					8・16
					・倏：
					8・32
					・悠：
					59上・15
					66・6才
					・菽：
					113下・29
常					時六・淑：
					<u>66・16</u>
					98・152
羊					以六・鬻：
					8・26
					79・26才
					93・13
					・藆：
					9・26
					・毓：
					<u>91上・12才</u>
					[育]・毓：
					8・15
見					居六・菊：
					59上・5才
					・麹：

- 204 -

					93・34
渓	去弓・穹： 　　56・36 　　91上・16才 丘弓・穹： 　　59上・12				
影					於六・澳： 　　8・2才 　　59下・22才 ・郁： 　　8・15 ・隩： 　　85下・5才 　　91上・12 ・燠： 　　61上・6才 　　93・10才 ・彧： 　　94中・8 [郁]・奥： 　　93・14才
暁					許六・畜： 　　73上・6 虚六・畜： 　　102下・14
匣	[雄]・熊： 　　66・39才 　　<u>68・10</u>				

26

88・6オ：上字「芳」一部残缺す。
98・142上：下字「伏」もと「休」字に誤るも、其の下に「伏」字を補写す。
98・100上：もと下字「仲」と「反」字とを誤倒す。今訂す。
88・48オ：もと「音決」の「音」字の下に帰字「踘」を誤って記し、その後に「決」字を記す。
63・39：帰字「娍」殆ど残缺す。今集注本正文に依る。
66・16：「時六反」の「反」の下にもと「也」字を衍し、見せ消ちにす。
91上・12オ：上字「以」重複して誤る。今訂す。
93・34：帰字「麹」の旁の「匊」をもと「曲」字に作る。今集注本正文に依って訂す。
68・10：被注字「熊」もと「能」字に誤る。今集注本正文に依る。

	鍾	腫	用	燭
幫	方逢・封： 　　73上・8			
滂	芳逢・烽： 　　56・6オ 　・鋒： 　　61上・15 　　68・24 　　93・5 　　　34オ 　・鑫： 　　66・7オ 　[烽]・鋒： 　　9・35 　[蜂]・鋒： 　　85下・37オ	芳奉・捧： 　　93・34		

- 206 -

並			房用・俸： 　　98・152 扶用・奉： 　　102下・10	
定				大録・躅： 　　8・25
来				［緑］・醸： 　　59下・33才 ・菉： 　　66・30才 ・騄： 　　68・27 ［録］・菉： 　　63・23才 ・籙： 　　93・40才
澄	逐龍・重： 　　8・7 　　25才 　　26才 　　9・22才 　　24 　　40才 　　47才 　　48天・288 　　下同 　　56・31 　　下同 　　36才		直用・重： 　　56・48 　　63・4才 　　15 　　98・143 　　116・12 逐用・重： 　　116・28 丈用・重： 　　116・37 　　下同	直録・躅： 　　61下・6 直欲・躅： 　　116・38

- 207 -

	<u>59上・15才</u>			
	59下・10			
	61乙・2			
	62・28才			
	85下・4			
	30			
	88・37才			
	91下・35			
	93・50			
	<u>94下・7才</u>			
	113上・22才			
	丈恭・重：			
	9・31			
	直龍・重：			
	59上・35才			
	63・24			
	94上・23才			
	逐恭・重：			
	113上・14才			
	直恭・重：			
	116・16			
娘	女龍・膿：			
	68・10			
精	子容・縱：			
	8・26			
	・從：			
	56・22才			
	61上・6才			
	61下・1			

	66・9才 85下・12才 88・8			
清	七容・樅： 　8・13才 ・從： 　61上・31才 　85下・38 　94上・15才 　102上・8才			[促]・趣： 　85上・17才
從			才用・從： 　8・30才 　9・56才 　59上・33 　<u>73下・5</u>才 　<u>25</u>	
心		四踊・縱： 　9・59 息勇・聳： 　59上・13 素勇・聳： 　93・75 思勇・竦： 　102下・1		
章		之重・踵： 　63・8 　68・46 　79・9 　88・61	之用・種： 　59上・10才 　102下・19	之欲・屬： 　8・8 　9・41 　54才 　63

- 209 -

		91下・10		59上・28才
		98・156上		71・27
		116・48		73下・1
		・種：		下同
		88・15才		91上・11才
		<u>102下・6</u>		17
		<u>113下・4</u>		113上・19才
				116・33
				・鸎：
				9・18
				・矚：
				91下・28才
昌	昌容・衝：			
	56・7			
	102上・5才			
常				時燭・贖：
				116・13
日		而勇・茸：		[辱]・蓐：
		9・37才		68・13才
		79・19才		・縟：
				68・16
				91上・26才
				98・125
羊	以龍・墉：	以隴・涌：		以属・浴：
	59上・22才	9・12		73上・9才
	[容]・鸘：	56・36		[欲]・慾：
	9・19才	・溶：		98・133上
	・墉：	9・15		・浴：
	113下・3	以重・涌：		113下・1

- 210 -

		61下・9 ・踊： 85下・35オ		
見	[恭]・共： 93・4オ	九隴・拱： 71・11 居勇・鞏： 113上・21 [拱]・鞏： 113下・4オ 18		
群	巨恭・邛： 8・10 61上・20オ 其容・邛： 8・27オ 其龍・邛： 88・52オ			
疑	牛容・喁： 9・18オ			[玉]・瑀： 9・18
影	一恭・雍： 68・48オ	於勇・擁： 9・17 一勇・擁： 71・9オ		
曉	[凶]・洶： 9・14オ			許玉・旭： 9・32

<u>61上・15</u>：上字「芳」一部残缺す。

<u>93・40オ</u>：「音録」の二字は補写。

<u>48天・288</u>：上字「逐」もと「遂」に誤る。今訂す。

<u>59上・15オ</u>：上字「逐」もと「遂」字に誤る。今訂す。

94下・7オ：上字「逐」もと一部残缺す。
73下・5オ：帰字「從」もと缺。今集注本正文に依る。
73下・25：上字「才」及び下字「用」一部残缺す。
102下・6：上字「之」は補写。
113下・4：帰字「種」の上の「音决」の下にもと「音决」の二字を衍し、見せ消ちにす。

止撮

	之（開）	止（開）	志（開）	
並	避時・毗： 48下・33オ			
来	力而・薐： 66・24オ ・釐： 98・150上 ・狸： 102下・14	[里]・俚： 102上・7オ		
知		張里・徵： 68・15オ		
徹	勅釐・締： 9・59	[耻]・祉： 88・60オ	勅吏・眙： 9・59オ	
澄	[持]・坻： 59下・22オ	直里・跱： 9・47 直理・峙： 48下・11	直吏・植： 66・17オ ・治： 98・132上 [値]・遅： 59上・18	

- 212 -

			19才	
			35	
			・植：	
			113下・5才	
			[治]去聲・治：	
			48下・32才	
娘			女吏・膩：	
			66・18才	
精	[茲]・滋：	[子]・梓：		
	61上・29	<u>62・11</u>		
	63・10才	66・28		
	・嵫：			
	62・14才			
	<u>63・32才</u>			
	・孳：			
	91下・24			
從	在茲・茨：	[字]・自：		
	93・3才	<u>73上・1才</u>		
心	[思]・緦：			
	116・11			
邪		[似]・汜：		
		8・9		
		48下・1才		
		59下・33		
		62・16		
		・兕：		
		9・35才		
		66・32才		
		・巳：		

- 213 -

		<u>91上・19</u> 91下・27オ ・耜： 102下・19		
荘	側疑・鯔： 9・17オ ・鎦： 79・11オ ・緇： 98・154上 ・淄： 113上・11	側擬・滓： 62・30 94上・13オ 下同 ［滓］・第： 79・33		
初	楚疑・颾： 61下・10オ		初事・廁： 98・140	
崇		［士］・柿： 8・20オ ・俟： 59上・17 <u>73上・14オ</u> ・竢： 63・11オ		
生			所吏・使： <u>56・6</u> 73上・15 <u>85下・20</u> 88・51 下同 62 91上・15オ	

章	[之]・祇： 　<u>48上・13才</u> 　63・27才 　116・27才 ・砥： 　66・14	[止]・趾： 　8・8 　9・46 ・芷： 　63・4才 　66・30 ・趾： 　68・19才 ・沚： 　68・33 ・時： 　113上・20才		
昌	尺之・鴎： 　8・16 ・螢： 　62・20 　98・133上 尺詩・鴎： 　9・5 ・嗤： 　94上・8才		赤志・熾： 　8・15	
書			[試]・弒： 　<u>88・60</u>	
日	[而]・轜： 　56・33 　後同 ・胹： 　<u>66・21</u> 　下同			

- 215 -

羊	以而・詒： 　　63・40 ・怡： 　73下・23オ 　93・49 　<u>102下・23オ</u> ・貽： 　98・153上 　116・30オ [怡]・飴： 　9・17	[以]・已： 　8・36	[異]・食： 　93・38オ	
見	居疑・肌： 　56・3 ・箕： 　59上・31 　79・27 ・踑： 　93・34 [箕]・其： 　93・38オ	[紀]・己： 　88・61		
渓		[起]・杞： 　8・13オ 　62・11		
群	[其]・萁： 　9・53オ ・騏： 　56・34 　63・6オ ・旗：		[忌]・臮： 　9・58オ ・洎： 　93・65オ	

- 216 -

	59下・4			
	93・30オ			
	・萁：			
	113下・8			
疑	[疑]・齹：			
	66・10オ			
影			[意]・懿：	
			73下・17	
暁	許疑・嬉：		許意・喜：	
	<u>48下・21オ</u>		<u>85上・4</u>	
	68・4		下同	
	・嘻：			
	68・6			
	・熙：			
	<u>56・30オ</u>			
	73下・31			
	94上・20オ			
	・娭：			
	66・24			
	[熙]・娭：			
	66・9			

<u>98・150上</u>：「力而反」の下にもと「力而反也」の四字を衍す。

<u>66・17オ</u>：「音決」の「決」字もと「次」字に誤る。

<u>59上・18</u>：もと「音遅」に作って「遅」字を見せ消ちにし、其の下に「値」字を書す。

<u>62・11</u>：もと「梓音起梓音子」に作って、「起梓音」三字を衍し、見せ消ちにす。

<u>63・32オ</u>：「音茲」の「音」字一部残缺す。

<u>73上・1オ</u>：被注字「自」及び「音」の二字もと缺。集注本正文も同じ。今胡

刻本に従う。
91上・19：「巳音似」の「音」字の下に更に「音」字を衍し、見せ消ちにす。
102下・19：被注字「粍」音決、集注本正文並びにもと「秬」字に作るも、今胡刻本及び『広韻』に従う。
73上・14オ：被注字「俟」もと「俊」字に誤る。今集注本正文に依って訂す。
56・6：「所吏反」の「反」の下にもと「也」字を衍す。
85下・20：帰字「使」の上の「音決」の「音」字、もと「言」字に誤って見せ消ちにし、「音」字を傍写す。
48上・13オ：「音之」の下にもと「也」字を衍す。
88・60：被注字「弑」もと「殺」字に作る。集注本正文も同じ。今訂す。
66・21：もと「脯下音下同」に作り、上の「下」字は見せ消ちにし、「音」字の下に「而」字を補写す。
102下・23オ：帰字「怡」の立心偏（忄）一部残す。
48下・21：帰字「嬉」もと「嬹」字の如く作るも、今集注本正文に依る。又、「許疑反」の「反」字は補写。
85上・4：帰字「喜」もと「嘉」字に誤る。集注本正文は「憙」字に作る。今胡刻本に依る。
56・30オ：「許疑反」の「反」字の下に一空格を置いて「也」字を衍す。

	微（開）	尾（開）	未（開）	
見	[機]・璣： 9・41オ ・蟣： 63・15オ	居狶・蟣： 68・15オ		
群	巨衣・碕： 9・42 ・埼： 9・51オ			

- 218 -

	・圻： 　<u>56・14</u>オ ・幾： 　88・36オ ［祈］・幾： 　116・23			
疑			魚既・毅： 　91下・6オ 　98・138	
影		於豨・辰： 　79・2	於既・衣： 　56・12	
暁		虛辰・豨： 　<u>93・72</u>	許既・氣： 　9・20 許氣・欹： 　63・29	

<u>56・14</u>オ：帰字「圻」もと「折」字に誤るを加筆して「圻」字に訂す。
<u>93・72</u>：帰字「豨」もと「絺」字に誤る。今集注本正文に依って訂す。

	微（合）	尾（合）	未（合）	
幫	［非］・扉： 　59上・22オ			
滂	芳非・菲： 　9・29オ 　63・21 ［妃］・斐： 　8・35オ 　9・25 ・騑：	芳匪・菲： 　8・22オ 芳尾・斐： 　8・28 　9・39 ・菲： 　59下・34オ	芳味・靅： 　61成・10 ・費： 　66・28オ 　79・33 　98・151上 ・佛：	

- 219 -

	48下・7	**63・21**	94上・17オ
			芳未・費：
			79・2
並	[肥]・腓：		
	56・16オ		
明	[微]・薇：	亡匪・微：	
	56・47	8・22オ	
	98・126	亡斐・亹：	
		9・52	
		[尾]・亹：	
		62・22	
		94中・17オ	
昌			昌畏・出：
			9・68
			昌貴・出：
			93・30
疑	魚違・巍：	魚鬼・磈：	
	8・9オ	66・37	
影			[尉]・蔚：
			8・8オ
			61下・9オ
			・蔚：
			8・32
			88・31オ
曉	許歸・揮：	虛鬼・虺：	
	68・36オ	66・6オ	
	・煇：		
	102下・15		
	[輝]・揮：		

- 220 -

	8・33オ ・徽： 　59上・35 ［揮］・翬： 　9・34オ 　113下・28 ・緯： 　63・38オ			
匪	［違］・闈： 　98・146上	于鬼・偉： 　8・37 　9・5オ 　68・51 ・韡： 　8・38 ・瑋： 　94上・1 何鬼・葦： 　88・31	于貴・緯： 　93・64 ［謂］・緯： 　8・36 　61上・27オ 　116・18 ・彙： 　9・27オ ・蝟： 　56・7 　79・5 　113上・22 ・渭： 　61下・2オ 　79・25 　93・31オ	

<u>63・21</u>：「芳尾反」の「反」字の下にもと「也」字を衍し、見せ消ちにす。

- 221 -

遇摂

	魚（開）	語（開）	御（開）	
端			丁慮・著： 9・7 59下・22才 62・8才 17 <u>71・7才</u> 73上・12才 73下・6 79・24才 45才 55 85下・1 88・29才 98・127 134 153上 113上・8才 116・22才 下同 35	
泥	乃居・挐： 66・21才			
来	力如・廬： 8・24 力於・廬： 56・36才	[呂]・旅： 113上・19 ・梠： 113上・23		

- 222 -

	59上・4 [間]・欄： 　9・31オ ・廬： 　73上・1オ			
知			張慮・著： 　　8・5	
徹	丑於・攄： 　<u>93・77オ</u> 丑余・攄： 　<u>102上・12</u>			
澄	[除]・儲： 　8・22オ 　9・43オ 　61丙・1 　79・30オ 　93・78オ 　116・30オ ・屠： 　61上・23	直与・杼： 　8・28 直旅・佇： 　9・59オ 直呂・紵： 　9・59 ・佇： 　56・39 　63・19 　<u>71・26</u> 　73下・31 ・杼： 　59上・13 ・竚： 　61乙・1		
娘	女居・挈： 　9・31	[女]・籹： 　66・23オ		
精	子余・且：		子慮・沮：	

	93・57才 102上・4		8・15才	
清	七余・沮： 59上・25			
心		思呂・醋： 59上・27		
邪		[叙]・嶼： 9・22 ・沮： 88・43 102上・19才		
荘	側余・葅： 63・27才	側与・阻： 9・24 側語・俎： 48上・6才 [阻]・俎： 59上・35才		
初		[楚]・礎： 61下・9		
生	色於・蔬： 59上・10 所居・蔬： 93・14			
章			之慮・蓊： 9・40才 之庶・蓊： 68・38	
昌		昌呂・處： 8・15才		

- 224 -

		59上・31			
		<u>61上・32</u>			
		<u>61下・5</u>オ			
		62・8			
		73下・27オ			
		91下・30オ			
		93・33			
		94上・14オ			
		<u>94中・2</u>オ			
		16			
		94下・4			
		<u>98・122</u>			
		102上・4			
		16オ			
		102下・13			
		113上・22			
		113下・23オ			
		116・44			
		昌汝・處：			
		66・31			
書	[舒]・紓：		[庶]・恕：		
	93・90		61上・25		
			63・12オ		
			<u>　　73下・20</u>オ		
			85上・6オ		
常		常与・野：			
		63・22			

		時与・抒： 71・19才 **93・3**		
日	[如]・茹： 63・30才	而与・女： 63・23才 [汝]・女： 66・3才		
羊	[余]・輿： 8・27 61上・12 63・8才 68・3 79・36才 ・璵： 47・6才 48下・27才 59下・34才 ・與： 61上・25 102上・13才 102下・2才 ・譽： 98・112上	以汝・予： 48天・285 [与]・予： **63・35才** 66・3才 下同	以慮・與： 79・52	
見	[居]・鴎： 9・18 ・裾： 68・38才 ・車： 71・11才	[擧]・苢： 102下・8才	居慮・鋸： 9・35 ・踞： 93・34 [據]・擧： 88・24才	

- 226 -

	91上・17			
渓	去居・墟： 68・3 丘居・墟： 71・22オ 94上・15 [墟]・虚： 88・4 98・113	丘呂・去： 9・64 羌呂・去： 85上・13オ 102下・10 欺呂・去： 98・136		
群	[渠]・鶏： 9・19オ ・藁： 56・50オ ・蘧： 94上・24	其呂・虞： 71・25オ ・粔： 102下・17 [巨]・距： 59下・13オ 59下・23オ 85下・12 93・81 ・粔： 66・23オ ・虞： 66・28 ・岠： 68・5オ	其據・遽： 79・9オ 其慮・遽： 91上・26 [詎]・遽： 113上・27	
疑		[語]・禦： 9・39オ 98・117 ・圉： 63・26オ	魚慮・御： 8・30オ 36オ 五慮・語： 113上・10オ	

- 227 -

		113下・1		
		・圉：		
		93・11オ		
		98・155		
影			於慮・飫：	
			9・58オ	
暁	[虚]・歔：			
	63・29			
	・嘘：			
	93・21オ			
	94上・9			

71・7オ：上字「丁」一部残缺す。

93・77オ，102上・12：上字「丑」もと「刃」字に誤る。今訂す。

71・26：帰字「佇」は補写。

61上・32：上字「昌」一部残缺す。

61下・5オ：「昌呂反」の「反」字一部残缺す。

94中・2オ：「處昌呂反」の四字は補写。

98・122：「昌呂反」の下にもと「也」字を衍す。

73下・20オ：音注字「庶」一部残缺す。

93・3：下字「与」（与）もと「與」字に作る。「与」（与）字は『広韻』に「與」字の俗体と云う。此の韻の他例は「与」字に作るを以ての故に此に合す。

63・35オ：「音与」の下にもと「也」字を衍し、見せ消ちにす。

85上・13オ：上字「羌」もと「耄」（差）字に誤る。今訂す。

88・4：音注字「墟]一部残缺す。

98・136：下字「呂」の下にもと「一」字を衍し、見せ消ちにす。

59下・13オ：被注字「距」もと「拒」字に作る。「今案」無し。今集注本正文に依る。

85下・12：被注字「距」もと「捍」字に誤る。今集注本正文に依って訂す。

<u>63・26オ</u>：被注字「圊」もと「園」字に誤る。今集注本正文に依って訂す。又「音語」の「語」字の下にもと「也」字を衍し、見せ消ちにす。

	虞（合）	廙（合）	遇（合）	
幫	[夫]・膚： 9・66オ 68・10 88・58オ 93・7 ・鈇： 88・9 ・砆： 102上・10オ	方宇・跗： 102下・19 [府]・父： 48下・28 ・黼： 68・19オ ・頫： 68・30オ ・斧： 68・30 [甫]・父： 88・65 91下・10 93・28 113上・5オ 113下・1 23オ		
滂	芳于・鋛： 9・26 ・郛： 9・47オ ・敷： 63・30オ ・桴：	芳宇・拊： 73下・6 113下・30 ・腐： 85上・12 避聲 102下・12オ	[赴]・仆： 91上・3オ 102下・18オ	

- 229 -

	85下・6	芳府・拊：		
	・俘：	73下・27オ		
	<u>113下・28</u>	[撫]・拊：		
	芳符・桴：	8・26オ		
	9・43オ	48下・3		
		56・39		
並	[扶]・夫：	[父]・腐：	[附]・駙：	
	8・3	56・27オ	73下・24	
	7		<u>116・21オ</u>	
	32オ			
	9・2			
	28オ			
	南方人			
	50オ			
	67			
	61上・25オ			
	<u>63・6</u>			
	下皆同			
	68・7オ			
	下同			
	44オ			
	71・2			
	15オ			
	20オ			
	下同			
	73上・7オ			
	下同			
	<u>73下・11</u>			
	下同			

	16才			
	<u>79・26</u>			
	42才			
	55			
	85上・10才			
	85下・16才			
	29才			
	下同			
	93・2才			
	102上・9才			
	・樽：			
	63・32			
	・梟：			
	66・22才			
明	[無]・蕪：	[武]・廡：	[務]・婺：	
	<u>59下・6才</u>	8・25	9・11	
	29	・膴：	・鶩：	
	63・11	91下・29	56・39	
		・碔：	63・12	
		102上・10才	<u>68・22</u>	
		・鵡：		
		113上・24		
端			丁住・駐：	
			91下・36才	
来	力倶・鏤：	力主・縷：	力住・屨：	
	9・63	9・25	98・102	
		・僂：		
		48下・25才		
		力禹・縷：		

		66・11		
知			竹樹・駐：	
			59上・39	
			62・14	
徹	丑俱・貙：			
	8・34才			
	68・26			
	丑于・貙：			
	9・35才			
澄	直誅・躅：			
	61上・29才			
清			七喩・趣：	
			102上・9	
心	[須]・夓：			
	63・22才			
荘	側于・蒭：			
	56・19			
初	楚俱・蒭：			
	102上・3才			
	楚于・蒭：			
	102下・20			
崇	仕于・鶵：			
	9・37			
	士俱・鶵：			
	85上・12			
生		史宇・數：	史住・數：	
		8・36才	59上・32	
		9・13才	73下・4才	
		45才	94上・6	

		59下・30才 113上・25 下同 史柱・數： 79・39才 下同 88・9才 98・149 史雨・數： 98・152	史具・數： 85下・2才 98・100 133 113上・20 116・2才	
章		[主]・塵： 8・33才	之樹・鑄： 9・46才 93・5 102上・10	
昌	尺朱・樞： 61上・1才 昌朱・樞： 102上・16才			
船			食注・樹： 9・52	
書	式朱・輸： 68・30 73上・16才 93・7才 102上・4			
常	[殊]・銖： 79・11才	時主・堅： 91下・9才		
日	而朱・濡： 102上・14才		而喩・孺： 56・49才	

		而注·孺：	
		<u>79·50</u>	
羊	以朱·渝：	以主·猶：	[諭]·裕：
	8·16才	9·35才	85下·38
	<u>48下·13</u>	·愈：	[喻]·裕：
	98·143	71·8才	93·10
	149上		
	·俞：		
	9·68		
	85下·25		
	·瑜：		
	48下·22才		
	94中·8		
	·榆：		
	59下·28		
	62·34才		
	88·52才		
	91下·39才		
	·歈：		
	66·26		
	·腴：		
	71·32		
	·喻：		
	93·10才		
	以殊·蘛：		
	9·26		
	[臾]·腴：		
	8·14		
見	[俱]·拘：	九宇·蒟：	[句]·懼：

	88・58 98・134上 下同	8・27才 [矩]・蒟: 8・21	85上・6	
渓	丘于・嶇: 88・56		羗遇・驅: 63・33才 丘具・駈: 91上・32	
群	求于・衢: 61上・12			
疑	[愚]・禺: 8・27才 9・5才		[遇]・寓: 9・11	
影	一于・紆: 8・31才			
暁	許于・虗: 8・21 況于・吁: 85下・35才 ・嘔: 93・10才 ・煦: 93・21才			
匣	[于]・雩: 116・27才	[宇]・寓: 59下・16才 116・18	于附・芋: 8・21 于句・羽: 61上・11	

<u>113下・28</u>：上字「芳」もと「芋」字に誤るも、見せ消ちにして「芳于」の二字を補写す。

<u>116・21才</u>：「音附」の下に「也矣〃〃」の四字を衍し、「也矣」の二字を見せ

- 235 -

　　　　　消ちにす。
63・6：被注字「夫」一部残缺す。
73下・11：被注字「夫」もと缺。今集注本正文に依る。
73下・16オ：被注字「夫」一部残缺す。
79・42オ：「音扶」の「音」字重複するも、下の「音」字を見せ消ちにす。
59下・29：被注字「蕪」もと音注字と同じき「無」字に誤る。今集注本正文
　　　　　に依って訂す。
68・22：被注字「鷔」もと「驚」字に誤る。今集注本正文に依って訂す。
66・11：もと「縷音力禹力禹反」に誤り、下の「禹反」二字を見せ消ちにす。
　　　　　今案ずるに当に下の「力禹」二字を見せ消ちにすべきにして、「反」
　　　　　字は見せ消ちにすべからず。
113上・25：「同」字もと一部残缺す。
61上・1オ：上字「尺」一部残缺す。
102上・4：帰字「輸」もと「翰」字に誤る。今集注本正文に依って訂す。
79・11オ：被注字「鉄」もと「銇」字の如く作る。今集注本正文に従う。
79・50：帰字「孺」の上の「音決」、更に「決」字を衍す。
48下・13：「以朱反」の「反」字の下に「矣」字を衍す。

蟹摂

		廃（開）	
疑		［乂］・刈： 102下・20オ	

		廃（合）	
幫		方穢・廢： 8・34	

- 236 -

			芳廢・肺：	
滂			71・34才	
			芳吠・柿：	
			113上・23	
			下同	
並			扶廢・吠： 88・3 11	

臻摂

	欣（開）	隱（開）	焮（開）	迄（開）
莊				側訖・櫛： 98・135上
見	[斤]・筋： 56・6 93・5才	[謹]・菫： 56・21才 ・槿： 59上・22才		
群	其斤・芹： 85上・17		其靳・近： 85上・16才	
疑			魚靳・憖： 116・9	
影		[隠]・殷： 9・22才		
曉	許斤・忻： 102下・22才		許靳・衅： 48上・6 79・19 85上・4才	

- 237 -

| | | | | 85下·2 | |
| | | | | 113下·18オ | |

<u>56·21オ</u>:「音謹」の「謹」字の下にもと「也」字を衍す。
<u>102下·22オ</u>:下字「斤」もと一部残缺す。
<u>85下·2</u>:上字「許」の下にもと「仁」の如き字を見せ消ちにす。

	文（合）	吻（合）	問（合）	物（合）
幫				[弗]·皸： 　61下·5 　68·19オ ·紱： 　73上·11オ 　73下·24 ·茀： 　91下·12オ
滂	芳紜·紛： 　8·32オ 芳云·氛： 　<u>59下·35オ</u> ·紛： 　68·18オ ·雰： 　94下·10オ [紛]·菜： 　9·62オ ·氛： 　62·2	芳粉·忿： 　73上·15オ		芳勿·刜： 　79·54オ
並	扶云·葐：	扶粉·憤：	扶問·分：	扶弗·韍：

- 238 -

	8・9才	8・9	61上・3才	9・12才
	・賁：	9・13	68・42	・岬：
	8・22	・憤：	73上・3	66・37才
	・墳：	85下・37	79・16才	・拂：
	56・41	93・71才	88・17才	<u>91下・23</u>
	71・21	113上・27	24	
	・汾：		<u>91上・4才</u>	
	61上・3才		94上・20	
	・濆：		113下・10	
	<u>93・69</u>		116・28才	
明		亡粉・刎：	[問]・聞：	[勿]・沕：
		73上・14	48上・10才	66・37才
		・吻：	<u>91下・12才</u>	
		93・7	93・31	
			・文：	
			88・47	
溪				[屈]・詘：
				93・21才
群				其勿・屈：
				88・6
				53
				113下・19才
疑				魚勿・崛：
				<u>8・9才</u>
影	於云・葷：	於粉・蘊：	於問・慍：	紆物・蔚：
	8・9才	8・22才	116・19	9・12才
	壹云・熅：	102上・10才		79・39才
	48下・8	・韞：		於屈・蔚：
		79・56才		48上・15才

		紆粉・蘊：		紆勿・蔚：
		62・29		71・16オ
				［藯］・蔚：
				8・38
暁	火云・燻：			虛勿・欻：
	56・15			9・20
	・薫：			許勿・欻：
	79・35オ			68・22
	香云・薫：			
	<u>68・20オ</u>			
	・獯：			
	79・1			
	・勳：			
	<u>93・74</u>			
	許云・薫：			
	113下・8オ			
	・獯：			
	113下・18オ			
	28オ			
匣	于分・賁：			
	9・36			
	［云］・耘：			
	9・46オ			
	・紜：			
	<u>68・18オ</u>			

<u>59下・35オ</u>：「芳云反」の「反」字一部残缺す。

<u>91下・23</u>：「扶弗」の二字は補写。

<u>91上・4オ</u>：「音決」の二字及び帰字「分」もと缺。今集注本正文に依る。

<u>93・69</u>：上字「扶」もと「状」の如く作る。今訂す。

91下・12オ：もと被注字「聞」及び「音」の二字残損す。被注字は集注本正文に依る。
8・9オ：帰字「崛」もと「崑」に作る。今『集韻』の注記に従い「崛」に作る。
68・20オ：帰字「薫」もと「菫」に作る。集注本も同じく「菫」に作る。
93・74：帰字「勲」もと「動」に誤る。今集注本正文に依って訂す。
68・18オ：「音云」の「云」字の下に「也」字を衍す。

山攝

	元（開）	阮（開）	願（開）	月（開）
見	居言・鞬： 61上・19オ	居偃・蹇： 8・33		居歇・羯： 98・113 ・訐： 116・3
群	巨言・腱： 66・21			
影				於歇・謁： 98・147
暁	許言・軒： 59下・37 66・20オ 68・29オ 71・13オ			許謁・歇： 56・31オ 61上・20

	元（合）	阮（合）	願（合）	月（合）
幫	付袁・璠： <u>47・6オ</u>	[反]・阪： 8・15	方万・販： 79・26オ	

	48下・27才	56・13		
	・藩：			
	48下・17			
	71・20			
	・蕃：			
	73下・17			
	方袁・蕃：			
	48上・7			
	・藩：			
	48上・13才			
	付爰・璠：			
	59下・34才			
	・蕃：			
	93・74			
	方煩・蕃：			
	116・33			
滂	芳煩・翻：			
	59下・8			
並	扶袁・繁：	扶遠・飯：		[伐]・皷：
	56・46才	93・13		9・64
	[煩]・蕃：			・閥：
	8・17			79・31
	・繋：			
	8・22才			
	71・19才			
	・璠：			
	47・6才			
	48下・27才			
	・蘋：			

- 242 -

	66・30才			
	・繁：			
	68・16			
	・蹯：			
	88・33才			
	[番]・鱕：			
	9・17			
明		[晚]・挽：	[万]・蔓：	
		56・29	8・17	
			9・19	
			59上・2	
			61下・1	
			・挽：	
			56・29	
			・曼：	
			61上・25才	
			63・32才	
			66・17	
			25	
			102上・4	
見				居月・蕨：
				56・47
				・蹶：
				91下・20
				古月・蹶：
				93・9才
				[厥]・蹶：
				85下・20
渓		丘遠・綣：		

		48下・20		
群		其遠・圈： 73下・4才		其月・闕： 113上・24
疑	[元]・杭： 9・31才 ・沅： 63・24才 ・嫄： 98・121上			
影	於元・鴛： 9・37 85上・12 ・怨： <u>56・4</u> 39才 59上・32 85上・17才 ・宛： 59下・27 61上・1 ・寃： 68・21 71・34才 85上・14才 113下・16才	於阮・婉： 48下・15才 68・34 93・66 116・17 ・蜿： 68・38 ・琬： 94中・9才 於遠・婉： 48天・284 [苑]・畹： 63・10才	於願・怨： 85上・17才	
曉	虛袁・誼： 8・27 ・諠： 9・61			

- 244 -

香袁・誼： 　　56・2オ 許袁・誼： 　　<u>59上・4</u> 火爰・謢： 　　59上・28オ 火袁・喧： 　　59下・32オ ・萱： 　　61成・13					
匣	[爰]・鷄： 　　9・18 ・獲： 　　<u>56・4</u> 　　　<u>15</u> 　　　<u>47オ</u> 　　59上・28 ・媛： 　　<u>63・22</u> ・援： 　　66・36オ 　　68・32 [袁]・猨： 　　<u>66・35</u> ・垣： 　　98・108上		于願・遠： 　　59下・26 　　88・1オ 　　31オ		[越]・曰： 　　61下・4オ 　　63・22 ・鉞： 　　88・9 　　91下・21オ

<u>47・6オ</u>，<u>48下・27オ</u>，<u>48下・17</u>，<u>48上・7</u>，<u>48上・13オ</u>：下字「袁」もと「表」の如く作る。

<u>59下・34オ</u>：帰字「璠」一部残缺す。

93・13：帰字「飯」もと脱す。今集注本正文に依り補う。
56・29：被注字「挽」一部残欠す。
8・17：被注字「蔓」もと「夢」に誤る。今集注本正文に依って訂す。
91下・20：上字「居」は残損するも、今此の字と定む。
56・4：「於元反」の「反」字一部残欠す。
59上・4：下字「袁」一部残欠す。
56・15：「猨音爰」の上に「音決」の二字を補写す。
56・47オ：被注字「猨」もと「猿」に作る。『広韻』は「猿」を「猨」の俗字体とすれば、今此に合す。
63・22：もと「音爰」の「爰」の下に「也」字を衍し、見せ消ちにす。
66・35：もと「狭音表」の如く作る。今集注本正文に依り被注字を「猨」に訂し、音注字も「袁」とす。

宕摂

	陽（開）	養（開）	漾（開）	薬（開）
幫		方往・放： 56・36		
滂	孚方・妨： 66・23	芳往・髣： 61成・10 芳兩・仿： 94上・17オ		
並	扶方・防： 98・117上 [房]・魴： 8・23 61上・29 79・36オ		扶放・防： 8・39オ	

- 246 -

	・防： 59下・3 98・136 149			
明		亡兩・茵： 56・15	武亮・妄： 8・37	
端		丁丈・長： 59上・9 79・41才 88・6才 <u>91下・20</u> 93・3才 94中・9 <u>94下・1</u> 　　11才 　下同 98・124 　　135上 <u>113上・6</u> 116・2 　　24	丁亮・張： 8・28才	
来	力羊・鞣： 66・20才 [良]・粮： 56・47 ・量： <u>59上・8</u> 63・12才 　　29才		力上・量： 79・46 　　52 ・涼： 88・11才 [亮]・量： 68・45 88・2才	

	73上·7才 73下·1才 94中·4		94下·4才 116·1才 ·悢： 85上·14 85下·29才 [諒]·量： 91上·3 10才	
知	[張]·餦： 66·23才	張兩·長： 8·4 9·15		
徹			勅亮·悢： 56·39 丑亮·悜： 102下·17	
澄	直良·長： 63·20 85上·1才 ·膓： 68·15 ·場： 93·20才 [長]·萇： 8·37		直亮·杖： 94中·22 98·123上 132	
精	子良·漿： 66·22才 [將]·蔣： 8·22才 ·螿：	子兩·蔣： 59上·23才 ·獎： 62·27 113上·27	子亮·醬： 8·27才 ·將： 56·9 61下·7	

	59上・16オ		62・10オ 73下・1オ 7 79・10 85下・17 88・24 46 93・27 下同 98・116上 137 113上・20 113下・9 19オ	
清	七良・鏘： 9・68 102下・1			七略・鵲： 59下・16オ
從	在良・嬙： 102上・3			才略・嬶： 8・38
心	四良・驤： 59下・11オ 68・27 息羊・纕： 63・37 [襄]・欀： 9・31オ 68・29オ ・纕： 63・15		思亮・相： 56・9 102下・13 息亮・相： 63・19オ 28 39オ 85上・11オ 85下・12 下同	息若・削： 71・6オ 思略・削： 93・7オ 31オ

	[相]·湘：		93·36	
	63·24才		下同	
	79·8才		89才	
	·廂：		94上·8才	
	68·29		94中·2才	
	·驤：		98·116上	
	94下·33		143上	
			152	
			下同	
			113上·2	
			下同	
			116·8才	
生	[霜]·鸘：			
	9·18			
	·鵝：			
	68·24才			
章	[昌]·猖：		之上·障：	[酌]·勺：
	63·7		56·15	66·23才
	88·6		61上·16	[灼]·繳：
	93·22才			68·32才
				91下·17
昌	·閶：	昌兩·敞：		
	63·35才	8·25		
	·倡：	尺掌·敞：		
	79·51	59下·7		
		·憞：		
		59下·13		
		昌掌·敞：		
		68·28		

- 250 -

書	舒羊·湯： 　　8·12才 [傷]·觴： 　　68·15才			舒灼·鑠： 　　8·11 詩灼·鑠： 　　66·5才
常	[常]·鱨： 　　8·23 ·尚： 　　48上·1才	時兩·上： 　　8·23 　　66·8 　　102下·4 　　116·12才 時掌·上： 　　8·37才 　　59下·8 　　61上·19才 　　62·27才 　　63·31才 　　下同 　　66·37 　　79·48 　　98·115 　　　126 　　　146上 　　　152 石丈·上： 　　63·35才		
日	而良·攘： 　　63·18 　　73下·4 　　91下·18才 　　93·34才	而兩·攘： 　　85下·10 ·壤： 　　93·46才		[若]·蒻： 　　8·21 [弱]·蒻： 　　66·15才

	94上・38オ		
	102下・6オ		
	下同		
	・穰：		
	98・154		
	而羊・攘：		
	68・51		
	88・51		
羊	[羊]・徉：	[養]・瀁：	以尚・樣：	以灼・爍：
	63・33オ	71・17	8・35オ	68・37オ
	・洋：		以亮・颺：	・籥
	102上・11オ		9・33オ	91下・37
			・養：	[藥]・躍：
			113上・14	8・23
				・籥
				56・25
見	居良・壃：	居兩・繈：		居略・蹻：
	48下・10	8・29オ		93・14
	下同			
	85下・8			
	98・124上			
	・疆：			
	93・20オ			
	30			
	[姜]・壃：			
	8・19オ			
	79・1			
	下同			
	[薑]・櫃：			

	9・31オ			
渓	丘良・羌： 8・37			
群	其良・強： 48下・12オ 63・26オ 85下・17オ 下同 88・54オ 62 98・140 102下・6 下同	其兩・強： 71・3 79・45オ 85上・6オ 下皆同 88・6 18		
影	於良・泱： 113上・8 [央]・殃： 63・8オ	於兩・鞅： 85上・7		
暁		許兩・饗： 91上・32 ・享： 93・14 98・105上 下	許亮・嚮： 88・52 91上・16	虚略・謔： 9・57オ 虚約・謔： 59上・25オ

<u>91下・20</u>：此の「音決」の「決」字殆ど残缺す。
<u>94下・1</u>：「丁反」の二字は補写。
<u>113上・6</u>：「丁丈反」の「反」字の下にもと「也矣」の二字を衍し、見せ消ちにす。
<u>59上・8</u>：被注字「量」の上の「音決」の「音」字全缺す。

73上・7オ：被注字「量」一部残缺す。集注本も同じ。今胡刻本に依る。
94中・4：「音良」の「音」字もと脱す。
85下・29オ：被注字もと「恨」字に誤る。集注本・胡刻本も「恨」字に作る。
　　　　　今集注本の案語「今案」に依って訂す。
91上・3, 10オ：被注字「量」一部残缺す。10オは集注本正文に依る。
63・37：上字「息」一部残缺し、漫漶たり。
63・19オ：下字「亮」もと「高」字に誤る。
63・15：被注字「纕」もと「襄」字に誤る。今集注本正文に依る。
66・5オ：「詩灼反」の「反」字の下に「也」字を衍し、見せ消ちにす。
48上・1オ：「音常」の下にもと「也」字を衍し、見せ消ちにす。
63・31オ：下字「掌」一部残缺す。
66・37：上字「時」一部残缺す。下字「掌」の下の「反」字、殆ど残缺して
　　　　見難し。
73下・4：下字「良」の下にもと「反」字を缺く。
91下・18オ：帰字「攘」及び上字「而」もと残缺す。帰字は鈔及び五臣注に依
　　　　　る。上字は他例に依る。
8・35オ：音決もと「橃音蟻、又以尚反」に作る。『広韻』は橃に「以尚反」の
　　　　音無し。此の「今案」に「五家本橃作㨾」と有り。「以尚反」は此の
　　　　「㨾」と音一致す。『広韻』は同音字に尚お「揉」字有り。
93・14：帰字「躇」もと「屬」字の如く作る。今集注本正文に依る。
93・20オ：下字「良」の下の「反」字もと「也」字に誤る。
71・3：帰字「強」一部残缺す。
102下・18：上字の「其」一部残す。
63・8オ：「音央]の下にもと「也」字を衍し、見せ消ちにす。
88・52：下字「亮」もと「高」字に誤る。
91上・16：下字「亮」一部残缺す。

	陽（合）	養（合）	漾（合）	薬（合）
見			九望・誆： 93・92	九縛・攫： 88・17 <u>102下・13</u>
渓	[匡]・恇： 116・44オ			
暁		虛往・怳： 56・24 59下・13 94上・10 許往・怳： 61成・6	[況]・貺： 56・23 61上・16オ <u>93・89オ</u>	
匣	于方・王： 8・6		于放・王： 8・39 9・46 48下・10 56・28オ	

<u>102下・13</u>：帰字「攫」の手偏（扌）を獣偏（犭）の如く作る。
<u>93・89オ</u>：「音況」の「音」字もと「意」字に誤る。

流摂

	尤	有	宥	
幫	彼尤・彪： 8・11	[不]・否： 88・24 98・152 102下・1	方富・復： <u>56・43</u>	

滂			芳富・覆：	
			<u>73下・15</u>	
			<u>88・46才</u>	
			102下・21才	
			・覆：	
			102上・11才	
並	步尤・澎：			
	8・19才			
	9・12			
	[浮]・罘：			
	68・23才			
	・桴：			
	91下・18			
	・蜉：			
	93・16才			
	102下・2			
	・枹：			
	102下・1			
明	亡尤・繆：		亡又・繆：	
	9・32		56・30才	
			・謬：	
			59下・33	
			85下・25	
			98・155上	
端	丁留・輈：			
	56・28			
	98・156上			
来	力尤・飀：	[柳]・瀏：	力又・雷：	
	9・33才	9・33才	9・24	

	力周・摎： 　　88・22才 [留]・榴： 　　9・31才 ・憭： 　　66・37才 [流]・旒： 　　68・18才 ・斿： 　　91下・34			48天・290	
徹	勅留・惆： 　　56・39 勅由・抽： 　　59上・38 丑留・抽： 　　68・26				
澄	直留・儔： 　　8・29 　　68・26才 ・魡： 　　8・35才 ・疇： 　　59上・18才 ・幬： 　　66・15才 　　下同 ・綢： 　　68・19 　　94下・12才			直溜・酎： 　　66・23 ・胄： 　　79・29 [宙]・胄： 　　48上・9	

- 257 -

	・稠： 　　68・25 ・籌： 　　93・13 　　　49オ 　　94上・32 　　<u>98・100上</u> 直由・稠： 　　<u>48上・12</u>		
娘			女又・糅： 　　8・22オ 　　9・32 　　63・21オ 　　68・13オ
精	子由・啾： 　　66・36		
清	[秋]・鶿： 　　9・19オ ・鮹 　　<u>102上・17オ</u>		
從	在秋・酉： 　　9・67 在由・遒： 　　66・27		
心			[秀]・宿： 　　91下・33オ
邪	[囚]・酉： 　　91上・16		[袖]・岫： 　　68・4
祟			助又・騾：

- 258 -

			56・24 士又・驟： 66・31	
生	所求・颾： 9・33才 所尤・搜： 68・24		所又・漱： <u>93・34</u>	
章	[州]・洲： 63・5才	之受・箒： 59上・31 章酉・帚： 79・27		
昌			昌又・臭： <u>85上・7</u>	
書			[獸]・守： 59下・33才 93・23才 94上・11才 113上・5才 113下・3 ・首： 91上・16才 [狩]・首： 88・13 ・守： 88・26才 91下・12 116・29	
常		[受]・綏： 98・152	時又・壽： 56・39才	

- 259 -

			市又·壽：	
			85上·9	
			91下·38	
羊	以留·輶：	以受·輶：	以宙·狖：	
	91上·15才	91上·15才	8·14才	
	[由]·油：	[酉]·脯：	66·35	
	8·19才	62·15	以溜·櫾：	
	·輶：	·誘：	8·19	
	71·13才	66·31	·狖：	
	93·82才	88·25才	9·34才	
	·游：	·輶：		
	88·23才	71·13才		
	[猶]·蕕：	93·82才		
	79·35才	·莠：		
	[遊]·蝣：	91下·18才		
	93·16才			
	102下·2			
見	居尤·鳩：		居又·疚：	
	63·39		116·32	
溪		去久·㮯：		
		93·2		
群	[求]·裘：	渠久·舅：	其又·柩：	
	59下·18才	93·31才	113上·15才	
	·仇：			
	102下·3才			
	·球：			
	85下·15			
疑	宜休·聱：			
	9·20			

		於酒・颵： 9・33オ		
影				
暁	香留・休： 56・31	虚久・朽： 68・7	許又・畜： 113上・24オ	
匣			［又］・宥： 116・5	

<u>56・43, 88・46オ</u>：「富」はもと「冨」字に作るも、此の字に統一す。

<u>73下・15</u>：帰字「覆」一部残缺す。今集注本正文に依る。又、上字「芳」下字「富」一部残缺す。

<u>9・31オ</u>：被注字「榴」の下に「反榴」の二字を衍す。

<u>98・100上</u>：帰字「籌」一部残缺す。又、上字「直」一部残缺す。

<u>48上・12</u>：下字「由」もと「田」字に誤る。今訂す。

<u>102上・17オ</u>：被注字「鮪」を「鱒」字に誤る。今集注本正文に依る。

<u>93・34</u>：下字「又」の下の「反」字は補写。

<u>85上・7</u>：帰字「臭」は補写。

咸摂

	厳	儼	釅	業
疑				［業］・鄴： 61上・26 61下・3オ 98・143上
影	於巌・崦： 62・14オ			於業・罨： 9・31
暁				許刧・脅： 68・25

				許業·脅：98·112上
匣				胡刼·曄：8·10

	凡	范	梵	乏
幫	方凡·楓：66·33才 楚本音			
滂			芳劒·汎：9·19才 ·氾：59上·10 93·6 ·泛：61下·2才 98·107 芳梵·汎：59上·6才 孚劒·氾：66·14才	
並	[凡]·帆：9·28才 ·汎：79·15才		[凡]去聲·帆：9·59	
疑			牛劒·唫：9·18才	

資料（2）反切上字表

<目次>

　Ⅰ類・・・・・・・・・265
　Ⅱ類・・・・・・・・・290
　Ⅳ類・・・・・・・・・291
　Ａ類・・・・・・・・・293
　Ｂ類・・・・・・・・・297
　ＡＢ類・・・・・・・・299
　Ｃ類　・・・・・・・・302

<凡例>

　1．　『文選音決』に現れる反切上字とその下字・帰字との関係を見るために、『切韻』の体系に基づいて反切を整理排列する。
　2．　各表の排列の方法・順序は次の通りである。
　2．1　反切上字をその韻母類、Ⅰ、Ⅱ、Ⅳ、Ａ・Ｂ・ＡＢ、Ｃの類に従って分類する。
　2．2　各類内部で声母ごとに分け、同一声母内は、開口・唇尾属・合口、次に『広韻』の韻目、声調、上字の画数により排列する。
　3．　上字韻母は韻目（原則として平声及び入声の韻目による）、開・合、声調によって記す。例えば、「寒開去」とは、寒韻開口去声、つまり去声翰韻開口のことである。
　3．1　唇尾属は開・合を空欄にして示す。
　3．2　幇組上字の開・合は記さない。
　3．3　上字が又音を持つ時は、主要な読音と思われるものを記す。それは

『広韻』記載の字義、その繁簡、『広韻』の反切の反切下字としての使用の有無等により知る。

　４．　下字は帰字が同音の場合、「音注総表」の帰字の排列順に従って並べる。

　４．１　下字声母を『切韻』の字母により示す。幫組帰字を表す反切に幫組以外の下字が用いられた場合に限り、その開・合の別を記す。

　５．　帰字は同一下字を持つ場合、「音注総表」の排列順に従って並べる。

　５．１　帰字韻母の表記法・排列順序は、上字のそれに準ずる。

　５．２　ただし『切韻』体系とずれる反切の帰字は、その反切が表した実際の音に従って記す。

　６．　帰字の韻類は、上字と帰字との韻類が不一致の場合のみ記す。

　７．　同一帰字に同一反切が２個以上ある場合、それを延べ数として記す。但し、１個の場合は記さない。また、「下同」・「下皆同」・「後同」の場合は延べ数に入れない。

　８．　下字・下字声母、帰字、帰字韻母、帰字類が、その上と同じ場合「〃」を付けて示す。

　９．　なお、次の反切は「音注総表」には記入しているが、「反切上字表」では除く。

　　　　①「腐、避聲、芳宇反」（８５上・１２，１０２下・１２オ）
　　　　②「泯、避諱、亡巾反」（５６・３８）
　　　　③「楓、方凡反、楚本音」（６６・３３オ）
　　　　④「心、素含反、楚本音」（６６・３３）

①・②は、「避聲」或いは「避諱」のために、意識的に声母を変えている。詳しくは序論篇「Ⅰ．３．４　避声・避諱」を参照。③・④は楚の方言音であって、『音決』の撰者公孫羅自身の音ではない。詳しくは序論篇「Ⅰ．３．９　協韻・方言」を参照。従って本論篇「Ⅱ．５　反切論」では取り上げない。

I 類

声母	上-上字 字　韻母	下・下字 字　声母	帰字	帰字韻母		帰字類	延べ数
唇音 幫	布ー模　去	媚・明	秘	脂	去	B	
		貧・並	邠	真	平	〃	
		〃	斌	〃		〃	
		〃	豳	〃		〃	
		見・見　開	徧	先	去	IV	
		馬・明	把	麻	上	II	2
		廣・見　合	榜	唐	上		
		永・匣　合	炳	庚	上	B	
		角・見　開	剥	覚	入	II	2
		苗・明	鑣	宵	平	B	3
		毛・明	褒	豪	平		
		錦・見　開	稟	侵	上	B	6
		古・見　合	圃	模	上		
		〃	補	模	上		
		門・明	賁	魂	平		
		悶・明	奔	魂	去		
		末・明	撥	末	入		
		縮・影　合	版	刪	上	II	
		和・匣　合	陂	戈	平		
滂	普ー模　上	蟻・疑　開	披	支	上	B	
		媚・明	濞	脂	去	〃	2
		分・匣　開	批	斉	平	IV	
		大・定　開	沛	泰	去		
		外・疑　合	〃	〃			4
		花・暁　合	葩	麻	平	II	4
		黄・匣　合	滂	唐	平		2

		各・見 開	泊	鐸	入		
		歷・来 開	鈬	錫	入	IV	
		逼・幫	愊	職	入	B	
		角・見 開	朴	覺	入	II	3
		〃	樸	〃	〃		
		〃	璞	〃	〃		
		厚・匣 開	剖	侯	上		
		胡・匣 合	鋪	模	平		
		賣・明	派	佳	去	II	
		混・匣 合	溢	魂	上		
		寸・清 合	濆	魂	去		
		丸・匣 合	番	桓	平		
		半・幫	泮	桓	去		
		和・匣 合	頗	戈	平		
		我・疑 開	〃	戈	上		
並	薄―鐸 入	胡・匣 合	匍	模	平		
	蒲―模 平	媚・明	鼻	脂	去	B	
		賣・明	粺	佳	去	II	
		八・幫	拔	黠	入	〃	
	步―模 去	美・明	否	脂	上	B	3
		〃	圮	〃	〃		
		迷・明	鞞	齊	平	IV	
		礼・来 開	陛	齊	上	〃	2
		計・見 開	薜	齊	去	〃	
		會・匣 合	旆	泰	去		
		外・疑 合	〃	〃	〃		
		〃	佩	〃	〃		
		貝・幫	旆	〃	〃		
		皆・見 開	排	皆	平	II	
		懷・見 開	〃	〃	〃		
		筆・幫	拂	質	入	B	

干・見 開	蟠	寒	平		
寒・匣 開	〃	〃	〃		
田・定 開	骿	先	平	IV	
典・端 開	扁	先	上	〃	
巴・幫	琶	麻	平	II	
也・羊 開	把	麻	上	〃	
光・見 合	旁	唐	平		
郞・來 開	〃	〃	〃		
博・幫	魄	鐸	入		
經・見	屏	靑	平	IV	
銘・明	洴	靑	平	〃	3
〃	屛	〃	〃	〃	
〃	萍	〃	〃	〃	
〃	瓶	〃	〃	〃	
螢・匣 合	洴	〃	〃	〃	
逼・幫	馥	職	入	B	2
北・幫	僰	德	入		
〃	匐	〃	〃		
公・見 開	漨	東	平		
卜・幫	曝	屋	入		2
講・見 開	蚌	江	上	II	2
角・見 開	瀑	覺	入	〃	
交・見 開	咆	肴	平	〃	
尤・匣 開	滼	尤	平	C	2
侯・匣 開	掊	侯	平		
古・見 合	簿	模	上		
回・匣 合	陪	灰	平		6
〃	裴	〃	〃		
罪・從 合	倍	灰	上		2
〃	琲	〃	〃		
對・端 合	背	灰	去		3

			妹・明	晤	〃		
			寸・清 合	溢	魂 去		
			没・明	浡	没 入		
			〃	渤	〃		2
			〃	勃	〃		2
			丸・匣 合	蟠	桓 平		
			〃	繁	〃		
			末・明	拔	末 入		
			〃	胈	〃		
			八・幫	拔	黠 入	II	
			和・匣 合	酺	戈 平		
			〃	繁	〃		2
明	莫一鐸 入		兮・匣 開	迷	齊 平	IV	
			皆・見 開	埋	皆 平	II	
			郎・來 開	芒	唐 平		5
			〃	茫	〃		2
			朗・來 開	莽	唐 上		
			經・見 開	銘	青 平	IV	
			螢・匣 合	冥	〃	〃	
			鄧・定 開	瞢	登 去		
			報・幫	冒	豪 去		
			〃	髦	〃		
			侯・匣 開	茅	侯 平		
			〃	繆	〃		2
			〃	侔	〃		3
			胡・匣 合	摹	模 平		
			杯・幫	梅	灰 平		2
			半・幫	漫	桓 去		
			旦・端 開	〃	〃		3
			患・匣 合	慢	刪 去	II	
舌 音							

- 268 -

端	多－歌開平	分・匣	題	齊開	平	IV	
		田・定	滇	先開	平	〃	
		郎・来	簹	唐開	平		
		朗・来	讜	唐開	上		2
		貢・見	楝	東	去		2
		敢・見	膽	談	上		
		暫・從	擔	談	去		2
		老・来	倒	豪	上		
		含・匣	媅	覃	平		
		回・匣	堆	灰合	平		
		昆・見	敦	魂合	平		2
		管・見	断	桓合	上		2
		翫・疑	〃	桓合	去		3
		段・定	〃	〃			3
	東－東 平	路・来	蠹	模合	去		
	都－模合平	南・泥	眈	覃	平		2
		甘・見	瞻	談	平		
		故・見	妒	模合	去		
		忽・曉	怢	没合	入		
		管・見	捏	桓合	上		
透	他－歌開平	分・匣	梯	齊開	平	IV	
		帝・端	替	齊開	去	〃	
		計・見	〃	〃	〃	〃	
		来・来	胎	哈開	平		2
		〃	台	〃			
		〃	邰	〃			
		代・定	態	哈開	去		2
		達・定	獺	曷開	入		
		〃	闥	〃			2
		典・端	腆	先開	上	IV	
		見・見	籇	先開	去	〃	

	朗・来	黨	唐開	上		3
	洛・来	祏	鐸開	入		3
	〃	柝	〃			
	〃	橐	〃			
	丁・端	聴	青開	平	IV	
	的・端	倜	錫開	入	〃	
	狄・定	惕	〃	〃	〃	
	〃	逖	〃	〃	〃	
	〃	倜	〃	〃	〃	
	〃	剔	〃	〃	〃	
	粂・端	逷	〃	〃	〃	
	得・端	匿	德開	入		2
	勒・来	慝	〃			
	侯・匣	偸	侯	平		
	豆・定	透	侯	去		
	含・匣	探	覃	平		3
	故・見	兎	模合	去		
	外・疑	蛻	泰合	去		
	忽・暁	怢	没合	入		
	活・匣	脱	末合	入		2
	臥・疑	褅	戈合	去		
士ー模合上	計・見	替	斉開	去	IV	
	但・定	坦	寒開	上		
	昆・見	暾	魂合	平		
吐ー模合上	根・見	吞	痕開	平		
	典・端	靦	先開	上	IV	
	狄・定	逖	錫開	入	〃	
	角・見	趠	覚	入	II	
	彫・端	佻	蕭	平	IV	
	孝・暁	趠	肴	去	II	
	刀・端	韜	豪	平		2

		〃	叨	〃			
		〃	癹	〃			
		騰・来	榻	盍	入		
		〃	闒	〃			
		故・見	兎	模合	去		
		活・匣	脫	末合	入		
定	大一泰開去	兮・匣	螠	斉開	平	IV	
		〃	黃	〃			2
		〃	鵜	〃			
		〃	題	〃			
		〃	提	〃			
		〃	緹	〃			
		帝・端	遞	斉開	去	〃	
		〃	杕	〃			
		〃	遰	〃			2
		〃	睇	〃			
		計・見	〃	〃		〃	
		來・来	跆	哈開	平		
		丹・端	壇	寒開	平		
		〃	檀	〃			
		旦・端	彈	寒開	去		
		年・泥	締	先開	平	IV	
		先・心	搷	〃		〃	
		絃・匣	實	〃		〃	
		見・見	奠	先開	去	〃	
		結・見	軼	屑開	入	〃	
		〃	姪	〃		〃	
		〃	瓞	〃		〃	2
		〃	迭	〃		〃	4
		列・来	轍	薛開	入	AB	
		何・匣	沱	歌開	平		

		〃	蛇	〃		
		〃	酏	〃		
		〃	鼉	〃		
		可・渓	拖	歌開	上	2
		浪・来	宕	唐開	去	2
		洛・来	度	鐸開	入	2
		丁・端	霆	青開	平	IV	2
		歴・来	覿	錫開	入	〃	2
		〃	滌	〃	〃	
		〃	翟	〃	〃	
		棟・来	慟	東	去	
		禄・来	牘	屋	入	
		〃	櫝	〃		
		〃	黷	〃		
		目・明	〃	〃		
		冬・端	彤	冬	平	6
		録・来	躅	燭	入	C
		彫・端	迢	蕭	平	IV
		弔・端	調	蕭	去	〃
		到・端	蹈	豪	去	2
		立・来	靐	緝	入	A B
		南・泥	潭	覃	平	2
		〃	譚	〃		
		暫・従	澹	談	去	
		騰・来	蹹	盇	入	
		兼・見	恬	添	平	IV
		點・端	簟	添	上	〃
		減・匣	湛	咸	上	II
		奴・泥	茶	模合	平	
		路・来	度	模合	去	
		回・匣	頺	灰合	平	

- 272 -

		敦・端	犺	魂合	平	
		頓・端	鈍	魂合	去	
		果・見	堕	戈合	上	2
徒－模合平		兮・匣	鯷	斉開	平	IV
		礼・来	遞	斉開	上	〃
		帝・端	締	斉開	去	〃	2
		〃	嶆	〃	〃	
		〃	棣	〃	〃	
		来・来	藞	咍開	平	
		旦・端	憚	寒開	去	
		見・見	填	先開	去	IV
		結・見	墆	屑開	入	〃
		〃	迭	〃	〃	
		〃	絰	〃	〃	
		〃	軼	〃	〃	
		的・端	覿	錫開	入	〃
		何・匣	陊	歌開	平	
		冷・来	挺	青開	上	IV
		貢・見	洞	東	去	
		冬・端	彤	冬	平	
		弔・端	調	蕭	去	IV
		勞・来	陶	豪	平	
		到・端	悼	豪	去	
		〃	道	〃	〃	
		南・泥	譚	覃	平	
		合・匣	雪	合	入	
		〃	遝	〃	〃	
		暫・従	澹	談	去	
		〃	惔	〃	〃	
		兼・見	恬	添	平	IV	2
		對・端	薱	灰合	去	

		〃	隊	〃			
		〃	憝	〃			
		頓・端	遯	魂合	去		
		〃	鈍	〃			2
		忽・暁	腯	没合	入		
		〃	突	〃			
		活・匣	脱	末合	入		
		括・見	〃	〃			
		臥・疑	惰	戈合	去		2
	途ー模合平	鳥・端	佻	蕭	上	IV	
		弔・端	掉	蕭	去	〃	
		暫・從	澹	談	去		
		昆・見	屯	魂合	平		
		本・幫	沌	魂合	上		
		頓・端	遯	魂合	去		
	度ー模合去	兮・匣	題	斉開	平	IV	
		丸・匣	團	桓合	平		2
泥	乃ー咍開上	居・見	挈	魚開	平	C	
		来・来	能	咍開	平		
		旦・端	難	寒開	去		2
		結・見	涅	屑開	入	IV	
		定・定	濘	青開	去	〃	
		歷・来	愵	錫開	入	〃	
		的・端	溺	〃	〃	〃	
		堪・渓	枏	覃	平		
	難ー寒開平	旦・端	難	寒開	去		
	那ー歌開平	礼・来	泥	斉開	上	IV	
		代・定	耐	咍開	去		
		旦・端	難	寒開	去		1 1
		結・見	涅	屑開	入	IV	
		郎・来	囊	唐開	平		

			定・定	甯	青開	去	IV	
	南－覃平	紺・見	妠	覃	去			
	奴－模合平	代・定	能	哈開	去			
		旦・端	難	寒開	去		2	
		當・端	囊	唐開	平			
		結・見	涅	屑開	入	IV		
		了・来	嬈	蕭	上	IV		
		管・見	煖	桓合	上		2	
		瓩・疑	愞	桓合	去		2	
		喚・暁	愞	〃				
来	路－模合去	古・見	鹵	模合	上			
		丸・匣	鸞	桓合	平			
歯音 精	走－侯上	孔・渓	摠	東	上			
		木・明	鏃	屋	入			
		忽・暁	卒	没合	入			
		丸・匣	鑽	桓合	平			
	祖－模合上	統・透	綜	冬	去			
		對・端	綷	灰合	去			
		管・見	纂	桓合	上			
		〃	纘	〃				
		臥・疑	挫	戈合	去		2	
	組－模合上	管・見	纂	桓合	上			
従	才－哈開平	移・羊	疵	支開	平	AB		
		細・心	齊	斉開	去	IV		
		載・精	裁	哈開	去		2	
		箭・精	羨	仙開	去	AB		
		夜・羊	藉	麻開	去	〃		
		略・来	皭	薬開	入	C		
		性・心	靚	清開	去	AB		
		用・羊	從	鍾	去	C	5	

		藻・精	造	豪	上	
		接・精	捷	葉	入	ＡＢ	6
		俊・精	殉	諄合	去	ＡＢ	
		官・見	攅	桓合	平		
		臥・疑	坐	戈合	去		2
在―哈開上		斯・心	疵	支開	平	ＡＢ	3
		咨・精	薋	脂開	平	〃	
		茲・精	茨	之開	平	Ｃ	
		礼・来	薺	斉開	上	Ⅳ	
		細・心	齊	斉開	去	〃	
		〃	皆	〃	〃	〃	
		但・定	瓚	寒開	上		
		見・見	荐	先開	去	Ⅳ	
		結・見	截	屑開	入	〃	
		何・匣	鄝	歌開	平		
		嗟・精	邪	麻開	平	ＡＢ	4
		〃	耶	〃	〃	〃	2
		良・来	孃	陽開	平	Ｃ	
		洛・来	笮	鐸開	入		
		登・端	曾	登開	平		1 1
		〃	層	〃	〃		2
		東・端	蒙	東	平		
		冬・端	賨	冬	平		
		〃	悰	〃	〃		
		焦・精	嶕	宵	平	ＡＢ	
		〃	樵	〃	〃	〃	
		遥・羊	譙	〃	〃	〃	
		早・精	皂	豪	上		
		到・端	鑿	豪	去		2
		秋・清	酋	尤	平	Ｃ	
		由・羊	逎	〃	〃		

		男・泥	蠶	覃 平		
		古・見	粗	模合 上		2
		故・見	祚	模合 去		2
		〃	胙	〃		
		歳・心	莝	祭合 去	ＡＢ	
		回・匣	崔	灰合 平		
		〃	摧	〃		2
		迴・匣	〃	〃		
		尊・精	蹲	魂合 平		2
		本・幫	鱒	魂合 上		
		丸・匣	欑	桓合 平		
		〃	攢	〃		
		官・見	攢	〃		3
		絹・見	旋	仙合 去	ＡＢ	
		臥・疑	坐	戈合 去		3
	昨—鐸開入	曾・精	曾	登開 平		
	徂—模合平	何・匣	嵯	歌開 平		
		統・透	賨	冬 去		
		迴・匣	崔	灰合 平		
		回・匣	摧	〃		2
心	蘇—模合平	走・精	藪	侯 上		2
		〃	叟	〃		
	素—模合去	丹・端	珊	寒開 平		
		干・見	飡	〃		
		見・見	先	先開 去	Ⅳ	
		洛・來	索	鐸開 入		
		勇・羊	竦	鍾 上	Ｃ	
		刀・端	搔	豪 平		2
		〃	艘	〃		
		老・來	嫂	豪 上		
		后・匣	瞍	侯 上		

				叟	〃	
			合・匣	鞍	合　入	
			牒・定	燮	怗　入	IV
			随・邪	眭	支合　平	ＡＢ
			對・端	碎	灰合　去	
			丸・匣	酸	桓合　平		2
			管・見	箏	桓合　上	
			翫・疑	算	桓合　去	
			戈・見	莎	戈合　平	
			果・見	鏍	戈合　上	
			〃	瑈	〃		5
			〃	瑣	〃	
牙喉音見	公一東　平	白・並　開	虢	陌合　入	II	
	古一模合上	分・匣	稽	斉開　平	IV	
		帝・端	係	斉開　去	〃	
		代・定	槩	哈開　去		2
		觀・群	靳	真開　去	Ｂ	
		旱・匣	竿	寒開　上		
		〃	幹	〃		
		但・定	秆	〃		
		旦・端	汗	寒開　去		
		顏・疑	姦	刪開　平	II	
		莧・匣	間	山開　去	〃	2
		何・匣	柯	歌開　平		
		雅・疑	假	麻開　上	II	
		〃	賈	〃	〃	
		疋・疑	檟	〃	〃	
		力・来	亟	職開　入	Ｃ	
		杏・匣	哽	庚開　上	II	
		定・定	徑	青開　去	IV	

- 278 -

		鄧・定	亙	登開	去	
		毒・定	告	沃	入	
		酷・渓	〃	〃	〃	
		學・匣	攉	覚	入	II		2
		尭・疑	梟	蕭	平	IV
		〃	澆	〃	〃	〃
		〃	徼	〃	〃	〃
		〃	驍	〃	〃	〃
		巧・渓	姣	肴	上	II	2
		〃	狡	〃	〃	〃	3
		〃	攪	〃	〃	〃
		孝・暁	校	肴	去	
		老・来	縞	豪	上	
		考・渓	藁	〃	〃	
		号・匣	縞	豪	去	
		侯・匣	句	侯	平		3
		〃	鉤	〃	〃	
		〃	溝	〃	〃		2
		〃	篝	〃	〃	
		口・渓	狗	侯	上	
		候・匣	雊	侯	去	
		〃	遘	〃	〃		3
		〃	媾	〃	〃		3 5
		〃	構	〃	〃		5
		〃	購	〃	〃	
		〃	覯	〃	〃		2 3
		合・匣	合	合	入		2 3
		〃	蛤	〃	〃	
		暫・従	橄	談	去	
		念・泥	兼	添	去	IV
		咸・匣	緘	咸	平	II

湛・澄		減	咸 上	〃	
洽・匣		夾	洽 入	〃	2
〃		俠	〃	〃	
毀・曉		詭	支合 上	B	2
		垝	〃	〃	
胡・匣		鶻	模合 平		
携・匣		桂	齊合 平	IV	
外・疑		膾	泰合 去		
〃		會	〃		4
拜・幫		壞	皆合 去	II	
回・匣		璝	灰合 平		
迴・匣		傀	〃		
月・疑		蹶	月合 入	C	
本・幫		袞	魂合 上		5
〃		鯀	〃		
〃		緄	〃		
没・明		汩	没合 入		
丸・匣		觀	桓合 平		1 1
瓺・疑		觀	桓合 去		1 2
〃		冠	〃		1 8
〃		鸛	〃		3
〃		貫	〃		
〃		灌	〃		
半・幫		觀	〃		
〃		灌	〃		
活・匣		秳	末合 入		
頑・疑		綸	山合 平	II	
玄・匣		蠲	先合 平	IV	3
穴・匣		譎	屑合 入	〃	2
火・曉		猓	戈合 上		
臥・疑		過	戈合 去		1 3

		猛・明	鑛	庚合	上	II	
		〃	橫	〃	〃		
		百・幫	虢	陌合	入	〃	
		獲・匣	馘	麦合	入	〃	
		營・羊	坰	清合	平	A	2
		螢・匣	〃	青合	平	IV	
		〃	扃	〃	〃	〃	
		迥・匣	熲	青合	上	〃	
		〃	耿	〃	〃		2
		並・並	鑛	〃	〃		
	故―模合去	毒・定	告	沃	入		
		困・溪	溷	魂合	去		
		化・暁	華	麻合	去	II	
溪	可―歌開上	蓋・見	礣	泰開	去		
		待・定	凱	哈開	上		
		代・定	慨	哈開	去		3
		旦・端	衎	寒開	去		
		朗・来	慷	唐開	上		
		浪・来	抗	唐開	去		
		路・来	袴	模合	去		
	口―侯 上	計・見	契	斉開	去	IV	4
		何・匣	軻	歌開	平		
		浪・来	抗	唐開	去		9
		〃	閌	〃			
		〃	伉	〃			
		各・見	恪	鐸開	入		
		感・見	顲	覃	上		
		合・匣	溘	合	入		2
		挾・匣	愜	怗	入	IV	
		花・暁	姱	麻合	平	II	
	苦―模合上	計・見	契	斉開	去	IV	2

		駭・匣	楷	皆開	上	II	
		干・見	刊	寒開	平		2
		弦・匣	汧	先開	平	IV	2 2
		結・見	契	屑開	入	〃	2
		歌・見	珂	歌開	平		
		賀・匣	軻	歌開	去		
		莖・匣	鏗	耕開	平	II	
		貢・見	控	東	去		2
		谷・見	酷	屋	入		
		角・見	確	覚	入	II	
		孝・曉	巧	肴	去	〃	
		候・匣	縠	侯	去		
		感・見	埳	覃	上		
		合・匣	溘	合	入		
		暫・從	瞰	談	去		2
		蹔・從	〃	〃			
		盍・匣	榼	盍	入		
		協・匣	篋	怗	入	IV	
		孤・見	刳	模合	平		
		携・匣	暌	斉合	平	IV	
		邁・明	快	夬合	去	II	
		回・匣	魁	灰合	平		
		〃	恢	〃			5
		〃	詼	〃			
		迴・匣	魁	〃			2 2
		對・端	塊	灰合	去		
		本・幫	悃	魂合	上		
		〃	閫	〃			
		没・明	矻	没合	入		
		〃	窟	〃			
		管・見	欸	桓合	上		

		緩・匣	〃	〃			
		穴・匣	関	屑合	入	IV	2
		和・匣	窠	戈合	平		
		戈・見	薖	〃			
		花・暁	夸	麻合	平	II	3
		〃	姱	〃	〃		
		華・暁	姱	〃	〃		2 6
		化・暁	跨	麻合	去	〃	
		郭・見	廓	鐸合	入		
疑	吾ー模合平	后・匣	偶	侯	上		
	五ー模合上	慮・来	語	魚開	去	C	
		分・匣	蜺	斉開	平	IV	
		計・見	羿	斉開	去	〃	
		何・匣	蛾	歌開	平		
		〃	峨	〃			
		歌・見	娥	〃			
		各・見	鄂	鐸開	入		
		〃	鰐	〃			
		〃	諤	〃			
		的・端	鵒	錫開	入	IV	
		制・章	刈	祭開	去	B	
		高・見	鼇	豪	平		
		〃	遨	〃			
		〃	翱	〃			2
		〃	嗷	〃			2 4
		誥・見	傲	豪	去		4
		〃	澆	〃			
		〃	慠	〃			2
		報・幫	慠	〃			
		号・匣	傲	〃			
		叫・見	澆	蕭	去	IV	

		咸・匣	唈	咸	平	II	
		口・渓	偶	侯	上		
		孝・暁	樂	肴	去	II	
		故・見	迕	模合	去		
		〃	悟	〃	〃		2
		〃	痦	〃	〃		2
		迴・匣	嵬	灰合	平		
		〃	巍	〃	〃		
		回・匣	嵬	〃	〃		
		罪・從	隗	灰合	上		
		骨・見	兀	没合	入		
		丸・匣	岉	桓合	平		
		〃	抏	〃	〃		
		鰥・見	頑	山合	平	II	
影	阿一歌開平	點・匣	圠	點開	入	II	
		朗・来	块	唐開	上		2
	惡一鐸開入	朗・来	泱	唐開	上		
	烏一模合平	旦・端	按	寒開	去		
		孔・渓	蓊	東	上		2
		谷・見	沃	沃	入		
		酷・渓	〃	沃	入		
		孝・暁	約	肴	去	II	
		老・来	鋈	豪	上		
		〃	媼	〃	〃		
		誥・見	奥	豪	去		2
		報・幫	隩	〃	〃		
		〃	奥	〃	〃		2
		侯・匣	謳	侯	平		2
		〃	鷗	〃	〃		2
		〃	嘔	〃	〃		
		感・見	晻	覃	上		

- 284 -

		〃	晻	〃			
		合・匣	郃	合	入		
		甲・見	厭	狎	入	II	
		故・見	惡	模合	去		1 1
		外・疑	濊	泰合	去		
		乖・見	喎	皆合	平	II	
		回・匣	隗	灰合	平		2
		罪・從	磈	灰合	上		
		〃	猥	〃			
		翫・疑	捥	桓合	去		
		活・匣	斡	末合	入		
		還・匣	彎	刪合	平	II	
		板・幫	綰	刪合	上	〃	
		臥・疑	汙	戈合	去		2
		〃	洿	〃			
		瓜・見	窊	麻合	平	II	
		花・曉	窪	〃		〃	
		黄・匣	汪	唐合	平		3
		郭・見	蠖	鐸合	入		
		〃	攫	〃			
		宏・匣	泓	耕合	平	II	
		暝・明	鎣	青合	去	IV	
曉	呼一模合平	来・来	哈	哈開	平		
		各・見	壑	鐸開	入		3
		〃	臛	〃			2
		高・見	蒿	豪	平		
		豆・定	蔲	侯	去		
		甲・見	呷	狎	入	II	
		古・見	滸	模合	上		2
		罪・從	賄	灰合	上		2
		橘・見	獝	術合	入	A	

- 285 -

			乱・来	煥	桓合	去		2
			華・暁	譁	麻合	平	II
			廣・見	慌	唐合	上	
			〃	荒	〃		
			橫・匣	喤	庚合	平	II
			麦・明	繣	麦合	入	〃
	火一歌合上		嫁・見	㗇	麻開	去	II
			候・匣	詬	侯	去		2
			為・匣	麾	支合	平	B
			故・見	呼	模合	去	
			回・匣	灰	灰合	平	
			云・匣	燻	文合	平	C
			〃	薰	〃	〃
			爰・匣	諼	元合	平	〃
			袁・匣	喧	〃	〃	〃
			〃	萱	〃	〃	〃
			丸・匣	讙	桓合	平	
			瓨・疑	煥	桓合	去		4
			〃	奐	〃		
			活・匣	豁	末合	入		2
			玄・匣	鋗	先合	平	IV
			縣・匣	絢	先合	去	〃	2
			瓜・見	化	麻合	平	II
			郭・見	矐	鐸合	入		2
			〃	蘥	〃		5
			宏・匣	轟	耕合	平	II
			逼・幫	洫	職合	入	B
匣	何一歌開平		計・見	系	齊開	去	IV
			〃	禊	〃	〃	
			階・見	諧	皆開	平	II
			楷・溪	駭	皆開	上	〃

戒・見	械	皆開	去	〃		
介・見	薤	〃	〃			
界・見	械	〃	〃			
来・来	孩	咍開	平		2	
代・定	慨	咍開	去			
〃	刧	〃				
但・定	扞	寒開	上			
旦・端	悍	寒開	去		2	
〃	汗	〃			2	
〃	旰	〃			2	
〃	捍	〃				
〃	扞	〃			2	
達・定	褐	曷開	入		3	
〃	鶡	〃				
葛・見	褐	〃			3	
殿・定	見	先開	去	IV	8	
結・見	頡	屑開	入	〃		
可・溪	荷	歌開	上		6	
雅・疑	夏	麻開	上	II		
嫁・見	〃	麻開	去	〃	2	
郎・来	航	唐開	平			
〃	行	〃				
〃	頑	〃				
朗・来	吭	唐開	上			
〃	沆	〃				
格・見	輅	陌開	入	II		
革・見	虩	麦開	入	〃		
〃	核	〃		〃		
的・端	檄	錫開	入	IV		
教・見	効	肴	去	II		
孝・暁	校	〃	〃			

	甘・見	酣	談 平		
	臘・来	闔	盍 入		
	牒・定	挟	怗 入	IV	
	甲・見	狎	狎 入	II	
	鬼・見	葦	微合 上	C	
胡一模合平	楷・渓	駭	皆開 上	II	
	駕・見	夏	麻開 去	〃	
	各・見	鶴 貉	鐸開 入 〃		
	革・見	槅	麦開 入	II	
	〃	翮	〃	〃	2
	冷・来	婷	青開 上	IV	
	孔・渓	澒	東 上		
	貢・見	洪	東 去		
	谷・見	穀 斛	屋 入 〃		
	穀・見	穀	〃		
	卜・帮	斛	〃		
	酷・渓	鵠	沃 入		2
	毒・定	〃	〃		
	巧・渓	獟	肴 上	II	
	孝・暁	校	肴 去	〃	4
	〃	斅	〃	〃	
	〃	效	〃	〃	
	高・見	嗥	豪 平		
	老・来	晧	豪 上		3
	〃	浩	〃		
	〃	鎬	〃		
	考・渓	浩	〃		2
	感・見	頷	覃 上		
	牒・定	俠	怗 入	IV	3

		刧・見	曄	業 入	C	
		古・見	酤	模合 上		
		故・見	鑊	模合 去		
		圭・見	畦	斉合 平	IV	
		卦・見	畫	佳合 去	II	2
		〃	絓	〃	〃	
		挂・見	畫	〃	〃	
		邁・明	話	夬合 去	〃	
		對・端	潰	灰合 去		4
		〃	闠	〃		2
		〃	繢	〃		
		昆・見	猑	魂合 平		
		本・幫	混	魂合 上		5
		〃	渾	〃		2
		關・見	闌	刪合 平	II	
		八・幫	滑	點合 入	〃	2
		〃	猾	〃	〃	3
		犬・渓	鉉	先合 上	IV	3
		〃	泫	〃	〃	
		果・見	夥	戈合 上		
		臥・疑	和	戈合 去		4
		化・暁	華	麻合 去	II	2
		廣・見	晃	唐合 上		
		郭・見	穫	鐸合 入		2
		〃	鑊	〃		
		孟・明	橫	庚合 去	II	
戸―模合上		皆・見	骸	皆開 平	II	
		嫁・見	下	麻開 去	〃	
		郎・来	行	唐開 平		
		庚・見	莖	庚開 平	II	
		公・見	虹	東 平		

		降・見	絳	江	去	II	
		交・見	肴	肴	平	〃	
		教・見	敎	肴	去	〃	
		高・見	號	豪	平		5
		兼・見	嫌	添	平	IV	
		甘・見	酣	談	平		
		夾・見	郟	洽	入	II	
		監・見	鹹	銜	平	〃	
		孤・見	狐	模合	平		
		圭・見	携	斉合	平	IV	
		珪・見	畦	〃	〃		
		乖・見	褱	皆合	平	II	
		快・溪	話	夬合	去	〃	
		管・見	澣	桓合	上		2
		穴・見	鴂	屑合	入	IV	

II 類

声母	上-上字 字　韻母	下・下字 字　声母	帰字	帰字韻母	帰字類	延べ数
唇音 幫	百-陌 入	馬・明	把	麻　上		
		貌・明	豹	肴　去		
並	白-陌 入	交・見 開	炮	肴　平		
		〃	咆	〃		
		〃	庖	〃		
		古・見 合	簿	模　上	I	

- 290 -

声母	上－上字 字　韻母	下・下字 字　声母	帰字	帰字韻母	帰字類	延べ数
		戸・匣　合	〃	〃	〃	
牙喉音 匣	下－麻開上	代・定	劾	哈　去	I	
		簡・見	睍	山　上		
		嫁・見	夏	麻　去		2
		駕・見	〃	〃		
		郎・来	行	唐　平	I	5
		〃	航	〃	〃	
		孟・明	行	庚　去		15
		江・見	降	江　平		4
		交・見	崤	肴　平		3
		〃	肴	〃		3
		〃	淆	〃		

IV類

声母	上－上字 字　韻母	下・下字 字　声母	帰字	帰字韻母	帰字類	延べ数
唇音 明	覓－錫入	見・見　開	眄	先　去		
		丁・端　開	冥	青　平		
		冷・来　開	溟	青　上		
舌音 端	丁－青開平	利・来	質	脂開　去	ABC	
		慮・来	著	魚開　去	C	18
		分・匣	隄	斉開　平		
		〃	低	〃		

- 291 -

	〃	氐	〃		4
	礼・来	斉開	上		2
	〃	邸	〃		2
	戻・来	蔕	斉開	去	
	達・定	憚	曷開	入	I
	年・泥	顛	先開	平	
	田・定	倶	〃		
	丈・澄	長	陽開	上	C	1 3
	亮・来	張	陽開	去	〃	
	浪・来	當	唐開	去	I	3
	格・見	擿	陌開	入	II	
	狄・定	勺	錫開	入	〃	
	〃	鏑	〃		
	仲・澄	中	東	去	C	1 0
	角・見	卓	覚	入	II	2 2
	〃	啄	〃	〃		2
	〃	諑	〃	〃		
	〃	琢	〃	〃		
	〃	斲	〃	〃		2
	老・来	㠭	豪	上	I	
	〃	擣	〃	〃	〃	
	〃	倒	〃	〃	〃	
	留・来	輈	尤	平	C	2
	南・泥	軌	覃	平	I	
	男・泥	〃	〃	〃	〃	
	住・澄	駐	虞合	去	C	
	戸・匣	睹	模合	上	I	
	故・見	蠹	模合	去	〃	2 2
	〃	妬	〃	〃	〃	2 2
	歳・心	綴	祭合	去	A B	
	衛・匣	〃	〃		〃	

			管・見	斷	桓合 上	I	
			刮・見	鵽	鎋合 入	II	
			戀・来	囀	仙合 去	ＡＢ	
			〃	轉	〃	〃	
			劣・来	輟	薛合 入	〃	
定	定－青開去		分・匣	題	齊開 平		
歯 音 心	先－先開平		自・從	思	脂開 去	ＡＢ	２１
			礼・来	洗	齊開 上		
			来・来	鰓	哈開 平	I	
			但・定	散	寒開 上	〃	２
			典・端	洗	先開 上		２
			見・見	霰 先	先開 去		
			〃		〃		
			何・匣	娑	歌開 平	I	
			箇・見	些	歌開 去	〃	
			各・見	索	鐸開 入	〃	２
			洛・来	〃	〃	〃	
			宅・澄	〃	陌開 入	II	
			冷・来	醒	青開 上		
			歴・来	析	錫開 入		
			狄・定	〃	〃		
			的・端	〃	〃		
			得・端	塞	德開 入	I	３
			勒・来	〃	〃	〃	２
			老・来	掃	豪 上	I	
			到・端	〃	豪 去	〃	

A類

声母	上字―上字韻母	下字・下字声母	帰字	帰字韻母	帰字類	延べ数
唇音 幇						
	卑―支 平	例・来 開	蔽	祭 去		
	必―質 入	尓・日 開	俾	支 上		
		智・知 開	臂	支 去		
		二・日 開	比	脂 去		
		〃	疕	〃		2
		〃	痺	〃		
		袂・明	蔽	祭 去		
		刃・日 開	殯	真 去		2
		然・日 開	編	仙 平		4
		列・来 開	鼈	薛 入		
		〃	虌			
		静・従 開	屏	清 上		3
		井・精 開	〃	〃		
		亦・羊 開	䪣	昔 入		
		〃	辟	〃		4
		遥・羊 開	飆	宵 平		4
		〃	焱	〃		
		〃	標	〃		4
		毛・明	褒	豪 平	I	
		幽・影 開	䮨	幽 平	B	
滂	匹―質 入	皮・並	被	支 平	B	
		仁・日 開	繽	真 平		3
		人・日 開	〃	〃		
		延・羊 開	翩	仙 平		
		綿・明	偏	〃		
		正・章 開	聘	清 去		

- 294 -

			政・章 開	娉	〃		
			亦・羊 開	辟	昔 入		
			〃	僻	〃		3
			遥・羊 開	彯	宵 平		2
			〃	漂	〃		
			〃	飄	〃		
			沼・章 開	縹	宵 上		2
			〃	簿	〃		
			眇・明 開	縹	〃		
			照・章 開	彯	宵 去		
			妙・明 開	漂	〃		
並	婢－支 上	支・章 開	脾	支 平		
		移・羊 開	裨	〃		
		例・来 開	弊	祭 去		
		袂・明		幣	〃		
		〃	敝	〃		2
		日・日 開	坒	質 入		
		然・日 開	便	仙 平		
		面・明 開	〃	仙 去		
		亦・羊 開	闢	昔 入		
		遥・羊 開	飄	宵 平		
	避－支 去	時・常 開	毗	之 平	C	
	毗－脂 平	善・常 開	楩	仙 上		
明	弥－支 平	例・来 開	袂	祭 去		
		逸・羊 開	蜜	質 入		
		小・心 開	淼	宵 上		
	民－真 平	小・心 開	眇	宵 上		
牙喉音 見	吉－質開入	分・匪	稽	齊開 平	IV	3
		代・定	磎	哈開 去	I	
		然・日	甄	仙開 平		3

		郎・来	綱	唐開	平	I	
		行・匣	耕	庚開	平	II	
		〃	更	〃	〃		
		政・章	勁	清開	去		2
		定・定	徑	青開	去	IV	
		丸・匣	觀	桓合	平	I	
		犬・渓	畎	先合	上	IV	
		螢・匣	扃	青合	平	〃	
影	伊一脂開平	結・見	噎	屑開	入	IV	
	一一質開入	兮・匣	翳	斉開	平	IV	
		計・見	〃	斉開	去	〃	
		〃	殪	〃	〃		
		人・日	湮	真開	平		
		刃・日	印	真開	去		2
		澗・見	晏	删開	去	II	
		諫・見	〃	〃	〃		
		賢・匣	煙	先開	平	IV	
		見・見	宴	先開	去	〃	
		〃	讌	〃	〃		3
		〃	燕	〃	〃		2 2
		結・見	咽	屑開	入	〃	2 2
		佰・明	握	陌開	入	II	
		成・常	纓	清開	平		
		冷・来	巆	青開	上	IV	
		陵・来	鷹	蒸開	平	C	
		〃	應	〃	〃		
		恭・見	雍	鍾	平	C	
		勇・羊	擁	鍾	上	〃	
		角・見	幄	覚	入	II	2
		了・来	杳	蕭	上	IV	
		招・章	要	宵	平		4

		遥・羊	〃	〃		3
		照・章	〃	宵　去		5
		詔・章	〃	〃		2
		林・来	愔	侵　平		
		入・日	挹	緝　入		2
		〃	浥	〃		
		艶・羊	厭	塩　去		5
		〃	猒	〃		3
		于・匣	紆	虞合　平	C	
		故・見	惡	模合　去	I	2
		縁・羊	娟	仙合　平		
	壹ー質開入	云・匣	熅	文合　平	C	

B 類

声母	上ー上字 字　韻母	下・下字 字　声母	帰字	帰字韻母	帰字類	延べ数
唇　音 幇	彼ー支　上	列・来　開	別	薛　入		2
		逆・疑　開	碧	陌　入		
		尤・匣　開	彪	尤　平	C	
	兵ー庚　平	逆・疑　開	碧	陌　入		
並	皮ー支　平	義・疑　開	被	支　去		2 0
		筆・幇	岪	質　入		
		寒・匣　開	般	寒　平	I	
		變・幇	抃	仙　去		

			浪・来	開	傍	唐 去	I
			柄・幫		評	庚 去	
			氷・幫		凭	蒸 平	
			〃		憑	〃	
			膺・影	開	〃	〃	
歯音 莊		側一職開入	疑・疑		鶅	之開 平	C
			〃		鍿	〃	〃
			〃		淄	〃	〃
			〃		緇	〃	〃
			擬・疑		滓	之開 上	〃	2
			余・羊		苴	魚開 平	〃
			与・羊		阻	魚開 上	〃
			語・疑		俎	〃	〃
			階・見		齊	皆開 平	II
			巾・見		榛	臻開 平	
			〃		蓁	〃		2
			〃		臻	〃	
			乙・影		櫛	櫛開 入	
			訖・見		〃	迄開 入	C
			八・幫		札	黠開 入	II
			加・見		査	麻開 平	〃
			嫁・見		詐	麻開 去	〃
			格・見		迮	陌開 入	〃
			角・見		稻	覺 入	II
			巧・溪		爪	肴 上	〃
			今・見		簪	侵 平	
			及・群		戢	緝 入		2 2
			立・来		〃	〃		2
			入・日		〃	〃	
			于・匣		蒭	虞合 平	C

- 298 -

声母	上-上字 字　韻母	下・下字 字　声母	帰字	帰字韻母	帰字類	延べ数
生	色-職開入	於・影	蔬	魚開　平	C	
		金・見	參	侵　　平		
		愧・見	師	脂合　去		
牙喉音						
見	京-庚開平	少・書	矯	宵　　上		
疑	宜-支開平	休・暁	聱	尤　　平	C	
匣	為-支合平	連・来	湲	仙合　平		
	榮-庚合平	龜・見	帷	脂合　平		2

ＡＢ類

声母	上-上字 字　韻母	下・下字 字　声母	帰字	帰字韻母	帰字類	延べ数
舌音						
知	知-支開平	連・来	鱣	仙開　平	II	
		革・見	摘	麦開　入		
		歳・心	綴	祭合　去		
		倫・来	屯	諄合　平	I	
		論・来	屯	魂合　平		
		劣・来	掇	薛合　入		2
		〃	輟	〃		
澄	馳-支開平	栗・来	袠	質開　入		
歯音						
清	七-質開入	余・羊	沮	魚開　平	C	
		礼・来	泚	斉開　上	IV	
		帝・端	砌	斉開　去	〃	
		計・見	〃	〃	〃	

才・從	猜	哈開	平	I	2
来・来	〃	〃	〃	〃	
干・見	飡	寒開	平	〃	2
見・見	蒨	先開	去	IV	2
結・見	切	屑開	入	〃	
延・羊	櫾	仙開	平		
良・来	鏘	陽開	平	C	2
略・来	鵲	薬開	入	〃	
郎・来	滄	唐開	平	I	
洛・来	錯	鐸開	入	〃	
各・見	〃	〃	〃	〃	
亦・羊	戚	昔開	入		
歷・来	磧	錫開	入	IV	
六・来	蹴	屋	入	C	2
容・羊	樅	鍾	平	〃	
〃	從	〃	〃	〃	4
笑・心	峭	宵	去		
刀・端	操	豪	平	I	3
到・端	造	豪	去	〃	5
〃	操	〃	〃	〃	
后・匣	走	侯	上	〃	
奏・精	湊	侯	去	〃	2
豆・定	輳	〃	〃	〃	
〃	湊	〃	〃	〃	2
〃	媵	〃	〃	〃	
林・来	侵	侵	平		
荏・日	寢	侵	上		
入・日	緝	緝	入		4
男・泥	驂	覃	平	I	
〃	參	〃	〃	〃	3
艷・羊	壐	塩	去		

- 300 -

			塹	〃		
		喻・羊	趣	虞合 去	C	
		胡・匣	麤	模合 平	I	
		故・見	錯	模合 去	〃	2
		〃	措	〃	〃	3
		〃	厝	〃	〃	
		歲・心	脆	祭合 去		
		回・匣	催	灰合 平	I	
		〃	摧	〃	〃	
		翫・疑	爨	桓合 去	〃	
		半・幫	〃	〃	〃	
		乱・来	〃	〃	〃	
		全・從	筌	仙合 平		
		〃	荃	〃		2
		〃	銓	〃		2
		忽・曉	卒	没合 入	I	
心	四-脂開去	代・定	塞	哈開 去	I	4
		但・定	散	寒開 上	〃	
		典・端	洗	先開 上	IV	
		何・匣	娑	歌開 平	I	
		良・来	驤	陽開 平	C	2
		狄・定	析	錫開 入	IV	2
		得・端	塞	德開 入	I	2
		踊・羊	淞	鍾 上	C	
		條・定	蕭	蕭 平	IV	
		走・精	藪	侯 上	I	
		牒・定	燮	怗 入	IV	
		卷・見	選	仙合 去		
生	師-脂開平	位・匣	師	脂合 去		
昌	尺-昔開入	至・章	熾	脂開 去		
		之・章	鶅	之開 平	C	

- 301 -

			蛍	〃		〃	2
		詩・書	鴟	〃		〃	
		〃	嗤	〃		〃	
		掌・章	敞	陽開	上	〃	
		〃	憿	〃		〃	
		證・章	稱	蒸開	去	〃	7
		朱・章	樞	虞合	平	C	
	赤－昔開入	志・章	熾	之開	去	C	
書	尸－脂開平	支・章	鉇	支開	平		
		氏・章	弛	支開	上		
		忍・日	矧	真開	上		
		〃	哂	〃			
		證・章	勝	蒸開	去	C	2
		占・章	苫	塩	去		
		芮・日	税	祭合	去		
	失－質開入	照・章	少	宵	去		16
		冉・日	陝	塩	上		
常	石－昔開入	丈・澄	上	陽開	上	C	

C類

声母	上－上字 字 韻母	下・下字 字 声母	帰字	帰字韻母		帰字類	延べ数
唇音 幫	方－陽平	往・匣 合	放	陽	上		
		工・見 開	楓	東	平	I	
		鳳・並	諷	東	去		2

- 302 -

		伏・並	幅	屋	入		
		〃	復	〃			
		逢・並	封	鍾	平		
		富・幫	復	尤	去		
		宇・匣 合	弣	虞	上		
		袁・匣 合	蕃	元	平		
		〃	藩	〃			
		煩・並	蕃	〃			
		万・明	販	元	去		
		穢・影 合	廢	廢	去		
	付ー虞 去	袁・匣 合	璠	元	平		2 2
		〃	藩	〃			
		〃	蕃	〃			
		爰・匣 合	〃	〃			
		〃	蕃	〃			
滂	妨ー陽 平	佞・泥 開	娉	青	去	IV	
	芳ー陽 平	兩・来 開	仿	陽	上		
		伏・並	複	屋	入		
		〃	覆	〃			8
		〃	覆	〃			2
		〃	蝮	〃			
		福・幫	〃	〃			
		逢・並	烽	鍾	平		
		〃	鋒	〃			4
		〃	鏠	〃			
		奉・並	捧	鍾	上		
		富・幫	覆	尤	去		3
		〃	覆	〃			
		劔・見 開	汎	凡	去		
		〃	氾	〃			2 2
		〃	泛	〃			2

- 303 -

			梵・並	汎	〃		
			非・幫	菲	微	平	2
			匪・幫	〃	微	上	
			尾・明	斐	〃		2
			〃	菲	〃		2
			味・明	鬅	微	去	
			〃	費	〃		3
			〃	佛	〃		
			未・明	費	〃		
			于・匣 合	薀	虞	平	
			〃	鄠	〃		
			〃	敷	〃		
			〃	桴	〃		
			符・幫	桴	〃		
			宇・匣 合	拊	虞	上	2
			府・幫	〃	〃		
			廢・幫	肺	廢	去	
			吠・並	柿	〃		
			紜・匣 合	紛	文	平	
			云・匣 合	氛	〃		
			〃	紛	〃		
			〃	霧	〃		
			粉・幫	忿	文	上	
			勿・明	刜	物	入	
			煩・並	飜	元	平	
			往・匣 合	髣	陽	上	
	孚ー虞 平	方・幫	妨	陽	平		
		劔・見 開	氾	凡	去		
並	房ー陽 平	用・羊 合	俸	鍾	去		
	婦ー尤 上	民・明	嬪	真	平	A	

	扶－虞 平	方・幫	防	陽	平		
		放・幫	〃	陽	去		
		用・羊 合	奉	鍾	去		
		廢・幫	吠	廢	去		2
		云・匣 合	蕡	文	平		2
		〃	蕡	〃			
		〃	墳	〃			2
		〃	汾	〃			
		〃	濆	〃			
		粉・幫	濆	文	上		2
		〃	憤	〃			3
		問・明	分	文	去		10
		弗・幫	弟	物	入		
		〃	岪	〃			
		〃	拂	〃			
		袁・匣 合	繁	元	平		
		遠・匣 合	飯	元	上		
明	武－虞 上	亮・来 開	妄	陽	去		
		江・見 開	噥	江	平	II	
		〃	峠	〃	〃		
		〃	痝	〃	〃		
	亡－陽 平	皮・並	麛	支	平	B	
		尒・日 開	弭	支	上	A	3
		氏・常 開	芈	〃	〃	〃	
		二・日 開	寐	脂	去	〃	
		世・書 開	袂	祭	去	〃	
		貝・並	沫	泰	去	I	
		巾・見 開	岷	真	平	B	
		〃	嵋	〃	〃	〃	
		貧・並	岷	〃	〃	〃	
		忍・日 開	偭	真	上	A	

		泯	〃	〃	3	
必・幫		謐	質	入	〃	2
一・影	開	蜜	〃	〃		
筆・幫		汨	〃	B		
間・見	開	慢	山	平	II	
八・幫		汩	黠	入	〃	
邊・幫		瞑	先	平	IV	
見・見	開	晛	先	去	〃	2
善・常	開	緬	仙	上	A	3
演・羊	開	価	〃	〃	〃	
兩・來	開	茵	陽	上		
白・並		狛	陌	入	II	
耕・見	開	罋	耕	平	〃	2 2
〃		氓	〃	〃		5
丁・端	開	溟	青	平	IV	2
〃		冥	〃	〃		
〃		螟	〃	〃		
北・幫		冒	德	入	I	
小・心	開	誚	宵	上	A	
〃		眇	〃	〃		2
〃		妙	〃	〃		
巧・溪	開	昴	肴	上	II	
尤・匣	開	繆	尤	平		
又・見	開	〃	尤	去		
〃		謬	〃	〃		3
侯・匣	開	俸	侯	平	I	
〃		繆	〃	〃	〃	
匪・幫		微	微	上		
斐・滂		亹	〃	〃		
胡・匣	合	謨	模	平	I	
故・見	合	募	模	去	〃	

			回・匣 合	脄	灰	平	〃
			背・幇	昧	灰	去	〃
			〃	沫	〃		〃
			粉・幇	刎	文	上	
			〃	吻	〃		
			管・見 合	滿	桓	上	I
舌　音 知							
		張－陽開平	里・来	徴	之開	上	
			慮・来	著	魚開	去	
			兩・来	長	陽開	上	2
			角・見	啄	覚	入	II
			林・来	砧	侵	平	AB
		陟－職開入	連・来	邅	仙開	平	AB
			廉・来	霑	塩	平	〃
		竹－屋　入	夷・羊	胝	脂開	平	AB
			利・来	躓	脂開	去	〃
			革・見	摘	麦開	入	II	2
			交・見	嘲	肴	平	II
			孝・暁	罩	肴	去	〃
			樹・常	駐	虞合	去		2
徹		恥－之開上	列・来	硩	薛開	入	AB
		樗－魚開平	鄂・羊	聘	清開	平	AB
		勅－職開入	知・知	螭	支開	平	AB
			釐・来	絺	之開	平	
			吏・来	眙	之開	去	
			忍・日	辴	真開	上	AB
			亮・来	悵	陽開	去	
			整・章	騁	清開	上	AB
			留・来	惆	尤	平	
			由・羊	抽	〃		
		丑－尤　上	知・知	螭	支開	平	AB

			〃	摘	〃	〃	
			離・来	〃	〃	〃	
			犁・来	締	脂開 平	〃	
			夷・羊	〃	〃	〃	
			於・影	攄	魚開 平		
			余・羊	〃	〃		
			例・来	傺	祭開 去	ＡＢ	
			芥・見	蠆	皆開 去	Ⅱ	
			加・見	侘	麻開 平	〃	
			亮・来	悵	陽開 去		
			貞・知	赬	清開 平	ＡＢ	2
			静・精	逞	清開 上	〃	
			井・従	〃	〃	〃	
			政・章	偵	清開 去	〃	
			六・来	翯	屋 入		
			〃	蓄	〃		5
			〃	畜	〃		3
			留・来	抽	尤 平		
			今・見	琛	侵 平	ＡＢ	2
			立・来	湁	緝 入	〃	
			倶・見	貙	虞合 平		2
			于・匣	〃	〃		
			春・昌	柷	諄合 平	ＡＢ	
			律・来	怵	術合 入	〃	
澄	丈－陽開上		洛・来	鐸	鐸開 入	Ⅰ	
			恭・見	重	鍾 平		
			用・羊	〃	鍾 去		
	直－職開入		知・知	踟	支開 平	ＡＢ	
			〃	馳	〃	〃	
			〃	篪	〃	〃	
			氏・常	跢	支開 上	〃	

		犁・来	墀	脂開	平	〃
		里・来	跱	之開	上	
		理・来	峙	〃		
		吏・来	植	之開	去	
		〃	治	〃		
		与・羊	杼	魚開	上	
		旅・来	佇	〃		
		呂・来	紵	〃		
		〃	佇	〃		4
		〃	杼	〃		
		〃	竚	〃		
		例・来	滯	祭開	去	ＡＢ
		刃・日	陳	真開	去	〃
		栗・来	袟	質開	入	〃
		〃	秩	〃		〃
		單・端	彈	寒開	平	Ｉ
		連・来	廛	仙開	平	ＡＢ	2
		〃	躔	〃		〃	2
		〃	鄽	〃		〃	
		〃	㙻	〃		〃	
		〃	遭	〃		〃	
		〃	澶	〃		〃	
		列・来	轍	薛開	入	〃	2
		加・見	茶	麻開	平	Ⅱ
		良・来	長	陽開	平		2
		〃	膓	〃		
		〃	場	〃		
		亮・来	杖	陽開	去		3
		耕・見	橙	耕開	平	Ⅱ
		亦・羊	躑	昔開	入	ＡＢ
		中・知	种	東	平	

		〃	屋	入		
六・来		沖軸重	鍾	平		3
龍・来		〃	〃			
恭・見		〃	鍾	去		5
用・羊		躅	燭	入		
録・来		〃	〃			
欲・羊		幢	江	平	Ⅱ	
江・見		擢	覚	入	〃	4
角・見		濯	〃	〃		5
〃		朝	宵	平	ＡＢ	3 6
遥・羊		櫂棹	肴	去	Ⅱ	2
孝・暁		〃	〃	〃		
〃		儔鮂疇幬綢稠籌稠	尤	平		2
留・来			〃			
〃			〃			
〃			〃			2
〃			〃			
〃			〃		4
由・羊		酎冑	尤	去		
溜・来			〃			
〃		鴆堲湛	侵	去	ＡＢ	2
禁・見		緝	入	〃		
立・来		咸	上	Ⅱ		3
減・匣		墜	脂	去	ＡＢ	2
類・来		蹢	虞合	平		
誅・知		朮	術合	入	ＡＢ	
律・来		傳	仙合	平	〃	
縁・羊		篆	仙合	上	〃	
轉・知						

- 310 -

		戀・来	傳	仙合去	〃	3
	逐一屋入	龍・来	重	鍾 平		21
		恭・見	〃	〃		
		用・羊	〃	鍾 去		
娘	女一魚開上	吏・来	膩	之開去		
		居・見	挐	魚開平		
		弟・定	抳	斉開上	IV	
		珎・知	紉	真開平	AB	2
		刃・日	紉	真開去	〃	
		乙・影	昵	質開入	〃	
		展・知	蹍	仙開上	〃	
		加・見	挐	麻開平	II	
		力・来	匿	職開入		3
		六・来	恧	屋 入		
		〃	衂	〃		2
		龍・来	膿	鍾 平		
		角・見	嫋	覚 入	II	
		了・来	〃	蕭 上	IV	
		〃	嬲	〃	〃	
		巧・渓	獶	肴 上	II	
		〃	撓	〃	〃	
		絞・見	〃	〃	〃	
		孝・暁	〃	肴 去	〃	4
		又・匣	糅	尤 去	〃	4
		林・来	南	侵 平	AB	
		吟・疑	紝	〃	〃	
		輒・知	蹑	葉 入	〃	5
来	力一職開入	知・知	驪	支開平	AB	4
		豉・常	荔	支開去	〃	2
		智・知	離	〃	〃	8
		〃	詈	〃	〃	

- 311 -

		而・日	湔	之開	平	
		〃	狸	〃	〃	
		〃	鳌	〃	〃	
		如・日	廬	魚開	平	
		於・影	〃	〃	〃	2
		兮・匣	藜	斉開	平	IV	2
		〃	黎	〃	〃	〃	2
		計・見	戾	斉開	去	〃	
		〃	荔	〃	〃	〃	
		〃	隷	〃	〃	〃	
		〃	劙	〃	〃	〃	
		帝・端	荔	〃	〃	〃	
		〃	儷	〃	〃	〃	
		〃	隷	〃	〃	〃	
		〃	戾	〃	〃	〃	
		代・定	来	咍開	去	I	2
		人・日	轔	真開	平	AB	
		〃	磷	〃	〃	〃	
		刃・日	悋	真開	去	AB	2
		旦・端	瀾	寒開	去	I	
		〃	爛	〃	〃	〃	
		〃	爛	〃	〃	〃	4
		田・定	零	先開	平	IV	
		結・見	戾	屑開	入	〃	
		可・渓	砢	歌開	上	I	
		羊・羊	輬	陽開	平		
		上・常	量	陽開	去		2
		〃	涼	〃	〃		
		當・端	榔	唐開	平	I	
		各・見	樂	鐸開	入	〃	2
		政・章	令	清開	去	AB	15

		丁・端	玲	青開	平	IV	2
		〃	欞	〃	〃		2
		〃	齡	〃	〃		
		〃	泠	〃	〃		3
		〃	聆	〃	〃		
		〃	令	〃	〃		
		〃	輧	〃	〃		
		〃	伶	〃	〃		
		〃	蛉	〃	〃		
		的・端	樞	錫開	入	〃	
		登・端	稜	登開	平	I	2
		東・端	瓏	東	平	I	2
		〃	櫳	〃	〃		3
		孔・溪	籠	東	上	〃	
		貢・見	哢	東	去	〃	
		角・見	犖	覚	入	II	3
		彫・端	飊	蕭	平	IV	
		〃	廖	〃	〃		3
		〃	廖	〃	〃		3
		〃	料	〃	〃		6
		弔・端	獠	蕭	去	〃	2
		〃	料	〃	〃		2
		召・澄	獠	宵	去	ＡＢ	
		〃	燎	〃	〃		2
		刀・端	醪	豪	平	I	
		〃	窂	〃	〃		2
		道・定	潦	豪	上	〃	
		到・端	勞	豪	去	〃	2
		尤・匣	飍	尤	平		
		周・章	摎	〃			

- 313 -

又・匣	霤	尤	去		2
侯・匣	婁	侯	平	I	
〃	僂	〃	〃		
豆・定	鏤	侯	去	〃	
錦・見	稟	侵	上	ＡＢ	
男・泥	婪	覃	平	I	
含・匣	〃	〃	〃	〃	
感・見	壈	覃	上	〃	
合・匣	拉	合	入	〃	
甘・見	藍	談	平	〃	
敢・見	覽	談	上	〃	
〃	攬	〃	〃	〃	
暫・從	欖	談	去	〃	
〃	濫	〃	〃	〃	
豔・羊	斂	塩	去	ＡＢ	2
瑞・常	累	支合	去	ＡＢ	9
追・知	縲	脂合	平	〃	
〃	縲	〃	〃		
水・書	壘	脂合	上	〃	
俱・見	鏤	虞合	平		
主・章	縷	虞合	上		
〃	僂	〃	〃		
禹・匣	縷	〃	〃		
住・澄	屨	虞合	去		
胡・匣	鸕	模合	平	I	
故・來	輅	模合	去	〃	
回・匣	鐳	灰合	平	〃	
罪・從	磈	灰合	上	〃	
〃	磊	〃	〃	〃	
〃	礧	〃	〃	〃	
對・端	耒	灰合	去	〃	3

		〃	礋	〃	〃	
		頓・端	論	魂合 去	〃	8
		丸・匣	䜌	桓合 平	〃	
		〃	變	〃	〃	3
		〃	䜌	〃	〃	2
		轉・知	變	仙合 上	ＡＢ	2
		悦・羊	埒	薛合 入	〃	2
		和・匣	䠒	戈合 平	Ｉ	
		果・見	裸	戈合 上	〃	2
		〃	臝	〃	〃	
歯 音 精	子一之開上	斯・心	貲	支開 平	ＡＢ	
		〃	訾	〃	〃	
		漬・従	積	支開 去	〃	
		智・知	積	〃	〃	
		余・羊	且	魚開 平		2
		慮・来	沮	魚開 去		
		分・匣	齎	斉開 平	ⅠⅤ	
		〃	躋	〃	〃	2
		礼・来	濟	斉開 上	〃	2
		〃	洒			
		計・見	擠	斉開 去	〃	
		忍・日	盡	真開 上	ＡＢ	3
		見・見	薦	先開 去	ⅠⅤ	
		踐・従	翦	仙開 上	ＡＢ	
		〃	鬋	〃	〃	
		辇・来	翦	〃	〃	
		夜・羊	績	麻開 去	〃	
		〃	借	〃	〃	
		良・来	漿	陽開 平		
		兩・来	蔣	陽開 上		

		〃	奨	〃		2
		亮・来	醬	陽開 去		
		〃	将	〃		1 5
		郎・来	祥	唐開 平	I	2
		朗・来	駔	唐開 上	〃	
		洛・来	作	鐸開 入	〃	2
		亦・羊	借	昔開 入	A B	
		登・端	嶒	登開 平	I	
		〃	憎	〃	〃	
		公・見	椶	東 平	I	
		孔・渓	總	東 上	〃	
		〃	縱	〃	〃	
		六・来	踧	屋 入		
		木・明	鏃		I	
		容・羊	縱	鍾 平		
		〃	從	〃		6
		遼・来	焦	蕭 平	IV	
		由・羊	啾	尤 平		
		侯・匣	陬	侯 平	I	2
		鳩・澄	浸	侵 去	A B	4
		〃	潛	〃	〃	
		入・日	葺	緝 入	〃	
		合・匣	匝	合 入	I	2 2
		廉・来	漸	塩 平	A B	2 2
		〃	殲	〃	〃	2 2
		牒・定	浹	怗 入	IV	
		律・来	卒	術合 入	A B	
		門・明	樽	魂合 平	I	
		忽・暁	卒	没合 入	〃	6 2
		轉・知	騰	仙合 上	A B	2
	即一職開入	次・清	忩	脂開 去	A B	

- 316 -

		自・從	〃	〃	〃	
		忍・日	盡	真開 上	〃	
		丸・匣	鑽	桓合 平	Ｉ	
從	慈一之開平	輦・来	餞	仙開 上	ＡＢ	
		夜・羊	藉	麻開 去	〃	
心	思一之開平	呂・来	醋	魚開 上		
		栗・来	膝	質開 入	ＡＢ	
		見・見	先	先開 去	Ⅳ	
		輦・来	鮮	仙開 上	ＡＢ	3
		〃	尟	〃	〃	2
		列・来	紲	薛開 入		2
		〃	渫	〃	〃	2
		〃	挈	〃	〃	2
		〃	泄	〃	〃	2
		亮・来	相	陽開 去		2
		略・来	削	薬開 入		2
		静・從	省	清開 上	ＡＢ	4
		六・来	橚	屋 入		
		〃	宿	〃		
		勇・羊	竦	鍾 上		
		幼・影	宿	幽 去	ＡＢ	
		濫・来	三	談 去	Ｉ	2
		累・来	纍	支合 上	ＡＢ	
		遂・邪	遂	脂合 去	〃	
		〃	琗	〃	〃	
		俊・精	濬	諄合 去	〃	2
		〃	峻	〃	〃	
		律・来	恤	術合 入	〃	2
		〃	卹	〃	〃	
		變・幇	選	仙合 去	〃	
		戀・来	〃	〃	〃	3

- 317 -

		絹・見	〃	〃	〃		3
	息一職開入	延・羊	鮮	仙開	平	ＡＢ	
		羊・羊	纏	陽開	平		
		亮・来	相	陽開	去		１４
		若・日	削	薬開	入		
		浪・来	喪	唐開	去	Ⅰ	１６
		戎・日	娀	東	平		
		勇・羊	簪	鍾	上		
		騰・来	燮	盍	入	Ⅰ	
		廉・来	纖	塩	平	ＡＢ	3
邪	辞一之開平	俊・精	殉	諄合	去	ＡＢ	3
		縁・羊	旋	仙合	平	〃	
	似一之開上	琰・羊	漸	塩	上	ＡＢ	
荘	阻一魚開上	栗・来	櫛	櫛開	入	ＡＢ	
初	初一魚開平	宜・疑	差	支開	平	ＡＢ	2
		事・崇	廁	之開	去		
		刃・日	櫬	真開	去	ＡＢ	
		革・見	筴	麦開	入	Ⅱ	
		角・見	齪	覚	入	Ⅱ	2
		今・見	參	侵	平	ＡＢ	2
		錦・見	墋	侵	上	〃	
		蔭・影	識	侵	去	〃	
		洽・匣	插	洽	入	Ⅱ	
		〃	届	〃	〃		
		委・影	揣	支合	上	ＡＢ	
	楚一魚開上	宜・疑	差	支開	平	ＡＢ	3
		疑・疑	厵	之開	平		
		刃・日	櫬	真開	去	ＡＢ	
		陣・澄	〃	〃	〃		
		角・見	齪	覚	入	Ⅱ	
		交・見	鈔	肴	平	〃	

		吟・疑	參	侵	平	ＡＢ	
		〃	駸	〃	〃	〃	
		今・見	參	〃	〃	〃	
		洽・匣	插	洽	入	Ⅱ	2
		甲・見	〃	狎	入	〃	
		危・疑	衰	支合	平	ＡＢ	
		俱・見	蒭	虞合	平		
		于・匣	〃	〃			
崇	士一之開上	皆・見	犲	皆開	平	Ⅱ	3
		巾・見	榛	臻開	平	ＡＢ	3
		板・幫	㮼	删開	上	Ⅱ	
		連・来	潺	仙開	平	ＡＢ	
		耕・見	崢	耕開	平	Ⅱ	
		革・見	賾	麦開	入	〃	
		氷・幫	磳	蒸開	平	ＡＢ	
		角・見	浞	覚	入	Ⅱ	
		交・見	謅	肴	平	〃	
		又・匣	驟	尤	去		
		及・群	濈	緝	入	ＡＢ	
		咸・匣	巉	咸	平	Ⅱ	
		俱・見	鶵	虞合	平		
		眷・見	瑑	仙合	去	ＡＢ	
		戀・来	撰	〃	〃	〃	
		卷・見	饌	〃	〃	〃	
	仕一之開上	皆・見	齋	皆開	平	Ⅱ	
		耕・見	崢	耕開	平	〃	
		角・見	篤	覚	入	Ⅱ	
		于・匣	鶵	虞合	平		
	助一魚開去	又・匣	驟	尤	去		
生	史一之開上	宇・匣	數	虞合	上		5
		柱・澄	〃	〃			3

	雨・匣	〃	〃		
	住・澄	〃	虞合　去		
	具・群	〃	〃		3 5
所－魚開上	宜・疑	澌	支開　平	ＡＢ	
	綺・渓	觀	支開　上	〃	
	〃	纏	〃	〃	
	〃	漇	〃	〃	
	吏・来	使	之開　去		6
	居・見	蔬	魚開　平		
	例・来	鏫	祭開　去	ＡＢ	
	蟹・匣	躧	佳開　上	Ⅱ	
	〃	觀	〃	〃	
	〃	灑	〃	〃	
	買・明	觀	〃	〃	
	〃	灑	〃	〃	
	巾・見	莘	臻開　平	ＡＢ	
	〃	詵	〃	〃	
	乙・影	蝨	櫛開　入	〃	
	顔・疑	刪	刪開　平	Ⅱ	
	景・見	省	庚開　上	ＡＢ	6 4
	格・見	索	陌開　入	Ⅱ	
	革・見	槭	麦開　入	〃	
	〃	索	〃	〃	
	六・来	縮	屋　　入		
	交・見	梢	肴　　平	Ⅱ	
	〃	揹	〃	〃	
	求・群	颼	尤　　平		
	尤・匣	搜	〃		
	又・匣	漱	尤　　去		
	吟・疑	森	侵　　平	ＡＢ	
	林・来	〃	〃	〃	

		今・見	參	〃	〃	2
		立・来	儩	緝 入	〃	
		及・群	戢	〃	〃	
		咸・匣	芝	銜 平	II	
		位・匣	師	脂合 去	ＡＢ	3
		筆・幫	〃	質合 入	〃	
		律・来	率	〃	〃	
		劣・来	刷	薛合 入	〃	
章	之一之開平	氏・常	抵	支開 上	ＡＢ	
		智・知	寅	支開 去	〃	2
		視・常	指	脂開 上	〃	
		慮・来	羲	魚開 去	〃	
		庶・書	〃	〃	〃	
		忍・日	賑	真開 上	ＡＢ	2
		〃	畛	〃	〃	
		〃	軫	〃	〃	3
		刃・日	賑	真開 去	〃	
		然・日	甄	仙開 平	〃	
		〃	鸇	〃	〃	
		〃	旃	〃	〃	
		舌・船	折	薛開 入	〃	9
		〃	浙	〃	〃	
		夜・羊	蔗	麻開 去	〃	
		〃	鷓	〃	〃	
		〃	柘	〃	〃	
		上・常	障	陽開 去		2
		亦・羊	蹠	昔開 入	ＡＢ	
		〃	炙	〃	〃	
		石・常	跖	〃	〃	
		仍・日	蒸	蒸開 平		4
		剩・船	烝	蒸開 去		2

		仲・澄	衆祝	東屋	去入	1 0
		六・来		鍾	上	7
		重・澄	踵種	〃		3
		〃		鍾	去	2
		用・羊	〃	燭	入	1 1
		欲・羊	属			
		〃	鸚	〃		
		〃	矚	〃		
		遥・羊	招	宵	平	A B
		紹・常	沼	宵	上	〃
		受・常	箒	尤	上	
		鴆・澄	枕	侵	去	A B	3
		瞻・章	占	塩	平	〃
		葉・羊	慴	葉	入	〃	3
		累・来	捶	支合	上	A B
		瑞・常	惴	支合	去	〃
		樹・常	鑄	虞合	去		3
		芮・日	贅	祭合	去	A B
		尹・羊	准	諄合	上	〃
		充・羊	剸	仙合	上	〃
	章－陽開平	夷・羊	祗	脂開	平	A B
		酉・羊	帚	尤	上	
昌	昌－陽開平	氏・常	侈處	支開	上	A B
		呂・来	處	魚開	上		1 9
		汝・日	〃	〃		
		改・見	茝	咍開	上	I	2
		善・常	闡	仙開	上	A B	2
		兩・来	敞	陽開	上	
		掌・章		〃		
		六・来	俶	屋	入	
		容・羊	衝	鍾	平		2

- 322 -

		又・匣	臭	尤 去		
		占・章	襜	塩 去	ＡＢ	
		瑞・常	吹	支合 去	ＡＢ	5
		畏・影	出	微合 去		
		貴・見	〃	〃		
		朱・章	樞	虞合 平		
		芮・日	毳	祭合 去	ＡＢ	
		允・羊	蠢	諄合 上	〃	2
		轉・知	舛	仙合 上	〃	
		充・羊	〃	〃	〃	4
		〃	喘	〃	〃	
	充－東開平	芮・日	毳	祭合 去	ＡＢ	
船	食－職開入	注・章	樹	虞合 去		
		准・章	楯	諄合 上	ＡＢ	
書	詩－之開平	引・羊	哂	真開 上	ＡＢ	2
		灼・章	鑠	薬開 入		
		亦・羊	適	昔開 入	ＡＢ	
		證・羊	勝	蒸開 去		4
		芮・日	蛻	祭合 去	ＡＢ	
	舒－魚開平	豉・常	啻	支開 去	ＡＢ	
		智・知	施	〃	〃	2
		慎・常	眒	真開 去	〃	
		羊・羊	湯	陽開 平		
		灼・章	鑠	薬開 入		
	式－職開入	氏・常	弛	支開 上	ＡＢ	6
		〃	施	〃	〃	
		智・知	施	支開 去	〃	
		耶・羊	賒	麻開 平	〃	
		冉・日	陝	塩 上	ＡＢ	
		葉・羊	攝	葉 入	〃	
		朱・章	輸	虞合 平		4

常	時-之開平	与・羊	抒	魚開	上		2
		夜・羊	射	麻開	去	ＡＢ	5
		兩・来	上	陽開	上		4
		掌・章	〃	〃			11
		亦・羊	射	昔開	入	ＡＢ	2
		證・章	乗	蒸開	去	〃	7
		〃	勝	〃		〃	
		六・来	淑	屋	入		2
		燭・章	贖	燭	入		
		又・匣	壽	尤	去		
		主・章	竪	虞合	上		
		尹・羊	楯	諄合	上	ＡＢ	
	市-之開上	支・章	褆	支開	平	ＡＢ	
		移・羊	〃	〃		〃	
		制・章	噬	祭開	去	〃	3
		然・日	嬋	仙開	平	〃	
		延・羊	單	〃		〃	3
		展・知	蟬	仙開	上	〃	
		戰・章	擅	仙開	去	〃	6
		〃	禪	〃		〃	
		夜・羊	射	麻開	去	〃	
		亦・羊	〃	昔開	入	〃	2
		仍・日	塍	蒸開	平	〃	
		〃	乗	〃		〃	
		力・来	植	職開	入	〃	
		〃	殖	〃		〃	
		遥・羊	韶	宵	平	ＡＢ	2
		召・澄	邵	宵	去	〃	
		又・匣	壽	尤	去		2
		廉・来	棎	塩	平	ＡＢ	
		縁・羊	诞	仙合	平	ＡＢ	

	常－陽開平	与・羊	野	魚開	上		
		夜・羊	射	麻開	去	ＡＢ	
	上－陽開去	亦・羊	射	昔開	入	ＡＢ	
日	而－之開平	与・羊	女	魚開	上		
		一・羊	日	質開	入	ＡＢ	
		逸・影	〃	〃		〃	
		良・来	攘	陽開	平		6
		〃	穰	〃			
		羊・羊	攘	〃			2
		兩・来	〃	陽開	上		
			壤	〃			
		勇・羊	茸	鍾	上		2
		遥・羊	饒	宵	平	ＡＢ	
		〃	蕘	〃		〃	
		沼・章	擾	宵	上	〃	8
		〃	繞	〃		〃	
		小・心	〃	〃		〃	
		〃	擾	〃		〃	2
		林・来	任	侵	平	〃	
		甚・常	衽	侵	上	〃	7
		〃	荏	〃		〃	
		〃	稔	〃		〃	
		鴆・澄	任	侵	去	〃	13
		禁・見	〃	〃		〃	
		蔭・影	〃	〃		〃	
		廉・来	髯	塩	平	〃	
		髓・心	蕊	支合	上	ＡＢ	2
		累・来	蘂	〃		〃	
		朱・章	濡	虞合	平		
		喩・羊	孺	虞合	去		
		注・章	〃	〃			

		歳・心	汭	祭合 去	ＡＢ	
		〃	枘	〃 〃	〃	
		鋭・羊	芮	〃 〃	〃	
	耳一之開上	佳・章	葵	脂合 平	ＡＢ	
	如一魚開平	一・影	日	質開 入	ＡＢ	2
		維・羊	葵	脂合 平	ＡＢ	
		〃	緌	〃 〃	〃	
		唯・羊	〃	〃 〃	〃	
羊	以一之開上	尔・日	迤	支開 上	ＡＢ	
		是・常	徒	〃 〃	〃	
		豉・常	駭	支開 去	〃	
		智・知	易	〃 〃	〃	１０
		二・日	肆	脂開 去		
		而・日	詒	之開 平		
		〃	怡	〃 〃		3
		〃	貽	〃 〃		2
		汝・日	予	魚開 上		
		慮・来	與	魚開 去		
		世・書	裔	祭開 去	ＡＢ	
		例・来	斯	〃 〃	〃	
		仁・日	寅	真開 平	〃	
		人・日	寅	〃 〃	〃	
		日・日	佚	質開 入		2
		〃	軼	〃 〃	〃	
		一・影	佚	〃 〃	〃	
		輦・来	演	仙開 上		2
		戰・章	延	仙開 去		
		〃	衍	〃 〃		
		嗟・精	枒	麻開 平		
		〃	椰	〃 〃		
		〃	耶	〃 〃		

尚・常	樣	陽	去		
亮・来	颺	〃	〃		
〃	養	〃			
灼・章	爍	薬	入		
〃	籥	〃			
朗・来	瀁	唐	上	I	
征・章	瀛	清	平	A B	
井・精	栫	清	上	〃	
〃	郢	〃	〃	〃	2
整・章	〃	〃	〃		
尺・昌	繹	昔	入	〃	2
證・章	媵	蒸	去	〃	2
六・来	鵞	屋	入		3
〃	蓾	〃			
〃	毓				
龍・来	墉	鍾	平		
隴・来	涌	鍾	上	I	2
〃	溶	〃			
重・澄	涌				
〃	踊	〃			
属・章	浴	燭	入		
昭・章	曜	宵	平	A B	
照・章	揺	宵	去	〃	
留・来	輶	尤	平		
受・常	〃	尤	上		
宙・澄	狱	尤	去		2
溜・来	櫾	〃			
〃	狱	〃			
幼・影	猶	幽	去	A B	
入・日	熠	緝	入	〃	
廉・来	閻	塩	平	〃	

		〃	檻	〃		〃	2
		〃	簷	〃		〃	
		〃	貼	〃		〃	
		斂・来	淡	塩	上	〃	
		〃	琰	〃		〃	
		占・章	鹽	塩	去	〃	
		規・見	蠵	支合	平	ＡＢ	
		季・見	遺	脂合	去	〃	3
		朱・章	渝	虞合	平		4
		〃	俞	〃			2
		〃	瑜	〃			2
		〃	榆	〃			4
		〃	歈	〃			
		〃	腴	〃			
		〃	喩	〃			
		殊・常	藷	〃			
		主・章	瘉	虞合	上		
		〃	愈	〃			
		歲・心	鋭	祭合	去	ＡＢ	5
		芮・日	睿	〃		〃	
		律・来	矞	術合	入	〃	
		舩・船	緣	仙合	平	〃	
		戀・来	掾	仙合	去	〃	
		絹・見	〃	〃		〃	
		劣・来	蛻	薛合	入	〃	
		永・匣	潁	庚合	上	〃	
	余－魚開平	贍・常	艷	塩	平	ＡＢ	
	羊－陽開平	嗟・精	瑘	麻開	平	ＡＢ	
		誄・来	唯	脂合	上	ＡＢ	
牙喉音							
見	居－魚開平	疑・疑	肌	之開	平		

		〃	箕	〃			2
		〃	踑	〃			
		辰・影	蟣	微開	上		
		慮・来	鋸	魚開	去		
		〃	踞	〃			
		買・明	解	佳開	上	II	8
		〃	嶰	〃		〃	
		蟹・匣	嶰	〃		〃	
		〃	解	〃			3
		言・疑	鞬	元開	平		
		偃・影	寋	元開	上		
		歇・暁	訐	月開	入		
		〃	羯	〃			
		莧・匣	間	山開	去	II	4
		八・幇	楔	點開	入	〃	2
		輦・来	寋	仙開	上	B	3
		〃	搴	〃	〃	〃	
		〃	搴	〃	〃	〃	5
		勉・明	搴	〃			
		牙・疑	麚	麻開	平	II	
		雅・疑	假	麻開	上	〃	
		良・来	壃	陽開	平		3
		〃	疆	〃			2
		兩・来	繈	陽開	上		
		略・来	蹻	薬開	入		
		杏・匣	哽	庚開	上	II	
		額・疑	假	陌開	入	〃	
		劇・群	戟	〃		B	
		亦・羊	〃	昔開	入	A	
		定・定	徑	青開	去	IV	
		力・来	亟	職開	入		2

		鄧・定	亘縮	登開 去 〃	I 〃	
		六・来 〃	菊麹	屋 〃	入	
		勇・羊	鞏	鍾 上		
		尭・疑 〃	梟驍	蕭 平 〃	IV 〃	3
		弔・端	徹	蕭 去	〃	
		要・影	憍	宵 平	B	
		表・帮	矯	宵 上	〃	2
		巧・渓	狡	肴 上	II	
		尤・匣	鳩	尤 平		
		又・匣	疚	尤 去		
		虬・群	繚	幽 平	A	
		及・群	汲	緝 入	B	
		儉・群	檢	塩 上	〃	2
		毀・暁	詭	支合 上	B	
		貧・並	臏	真開 平	B	
		律・来	橘	術合 入	A	
		月・疑 〃	蕨蹶	月合 〃	入	
		勉・明	卷	仙合 上	B	5
		免・明	〃	〃	〃	2
		永・匣	憬	庚合 上	〃	2
九一尤 上		陵・来	矜	蒸開 平		
		隴・来	拱	鍾 上		
		小・心	矯	宵 上	B	
		宇・匣	蒟	虞合 上		
		望・明	誑	陽合 去		
		縛・並	攫	薬合 入		2
俱一虞合平		永・匣	囧	庚合 上	B	

渓	欺－之開平	氷・幫 呂・来	硎 去	蒸開 平 魚開 上	B	
	起－之開上	列・来	揭	薛開 入	B	
	去－魚開去	宜・疑	敁 崎	支開 平 〃	B 〃	
		居・見	墟	魚開 平		
		兮・匣 〃	溪 谿	齐開 平 〃	IV 〃	3
		弟・定	棨	齐開 上		
		計・見	契	齐開 去		
		例・来 〃 〃	揭 憩 揭	祭開 去 〃 〃	B 〃 〃	
		駭・匣	鍇	皆開 上	II	
		弦・匣	汧	先開 平	IV	
		結・見	契	屑開 入	〃	2
		連・来	褰	仙開 平	B	
		乾・群 〃 〃	慫 悆 褰 謇	〃 〃 〃 〃	〃 〃 〃 〃	
		行・匣	繨	庚開 平	II	
		戟・見	郤	陌開 入	B	2
		逆・疑 〃 〃	隙 郤 綌	〃 〃 〃	〃 〃 〃	
		碧・幫	〃	〃	〃	
		耕・見 〃	硎 鏗	耕開 平 〃	II 〃	
		弓・見	穹	東 平		2
		苗・明	蹻	宵 平	B	2

- 331 -

			〃	趨	〃	〃	
			久・見	糗	尤 上		
			位・匣	喟	脂合 去	B	
			悦・羊	缺	薛合 入	A	
	羌一陽開平		呂・来	去	魚開 上		2
			遇・疑	軀	虞合 去		
	丘一尤平		居・見	墟	魚開 平		2
			呂・来	去	魚開 上		
			駭・匣	楷	皆開 上	II	
			結・見	挈	屑開 入	IV	
			良・来	羌	陽開 平		
			逆・疑	隙	陌開 入	B	
			弓・見	穹	東 平		
			瑞・常	觖	支合 去	A	
			于・匣	嶇	虞合 平		
			具・群	駈	虞合 去		
			故・見	苦	模合 去	I	
			遠・匣	綣	元合 上		
群	其一之開平		綺・溪	伎	支開 上	B	
			〃	倚	〃	〃	
			〃	技	〃	〃	2
			〃	妓	〃	〃	
			義・疑	畸	支開 去	〃	
			寄・見	芰	〃	〃	2
			冀・見	曁	脂開 去	〃	
			器・溪	〃	〃	〃	
			〃	惎	〃	〃	
			呂・来	虞	魚開 上		
			〃	秬	〃		
			據・見	遽	魚開 去		
			慮・来	〃	〃		

- 332 -

	斤・見	芹	欣開 平		
	靳・見	近	欣開 去		
	列・来	傑	薛開 入	B	3
	〃	揭	〃	〃	
	良・来	強	陽開 平		8
	兩・来	〃	陽開 上		4
	戟・見	劇	陌開 入	B	
	容・羊	邛	鍾 平		
	龍・来	〃	〃		
	又・匣	樞	尤 去		
	禁・見	喋	侵 去	B	
	委・影	跪	支合 上	B	
	媿・見	櫃	脂合 去	〃	
	〃	匱	〃	〃	3
	〃	饋	〃	〃	
	位・匣	匱	〃	〃	
	敏・明	菌	真合 上	〃	3
	〃	窘	〃	〃	2
	勿・明	屈	物合 入		3
	遠・匣	圈	元合 上		
	月・疑	闕	月合 入		
	員・匣	拳	仙合 平	B	
	勉・明	圈	仙合 上	〃	
	卷・見	勸	仙合 去	〃	
渠ー魚開平	久・見	舅	尤 上		
巨ー魚開上	支・章	岐	支開 平	A	
	〃	祇	〃	〃	2
	伊・影	祁	脂開 平	B	
	衣・影	碕	微開 平		
	〃	崎	〃		
	〃	圻	〃		

- 333 -

		〃	幾	〃			
		言・疑	䏿	元開	平		
		連・来	揵	仙開	平	B	
		京・見	黥	庚開	平	〃	
		〃	勍	〃	〃		
		百・幫	黥	陌開	入	II	
		恭・見	邛	鍾	平		2
		尭・疑	翹	蕭	平	IV	
		遥・疑	〃	宵	平	A	2
		幽・影	虬	幽	平	〃	3
		炎・匣	鉗	塩	平	B	
		〃	拑	〃	〃		
		惟・羊	逵	脂合	平	B	
		旻・明	菌	真合	平	〃	
		員・匣	卷	仙合	平	〃	
		〃	撜	〃	〃		
		營・羊	瓊	清合	平	A	2
	求－尤 平	媚・明	匱	脂合	去	B	
		于・匣	衢	虞合	平		
疑	魚－魚開平	綺・渓	錡	支開	上	B	
		〃	蟻	〃	〃		4
		〃	礒	〃	〃		
		既・見	毅	微開	去		2
		慮・来	御	魚開	去		2
		雞・見	鯢	斉開	平	IV	
		兮・匣	霓	〃	〃		2
		〃	輗	〃	〃		
		計・見	睨	斉開	去	〃	
		代・定	礙	咍開	去	I	
		乙・影	耴	質開	入	B	
		靳・見	憖	欣開	去		

		賢・匣	硏	先開	平	IV	
		結・見	齧	屑開	入	〃	
		輦・来	孽	仙開	上	B	2
		列・来	孼	薛開	入	〃	
		何・匣	蛾	歌開	平	I	
		〃	莪	〃	〃	〃	
		賀・匣	餓	歌開	去	〃	
		郎・来	昂	唐開	平	〃	
		各・見	崿	鐸開	入	〃	
		〃	鄂	〃	〃	〃	
		〃	萼	〃	〃	〃	
		〃	鍔	〃	〃	〃	
		敬・見	迎	庚開	去	B	
		歷・来	鷁	錫開	入	IV	
		力・来	嶷	職開	入		3
		角・見	鸑	覺	入	II	
		今・見	崟	侵	平	B	
		及・群	岌	緝	入	〃	
		委・影	硊	支合	上	B	
		違・匣	巍	微合	平		
		鬼・見	磈	微合	上		
		勿・明	屈	物合	入		
	牛一尤 平	容・羊	噅	鍾	平		
		儉・群	噞	塩	上	B	
		劒・見	噞	凡	去		
影	於一魚開平	宜・疑	猗	支開	平	B	3
		〃	椅	〃	〃		
		〃	漪	〃	〃		
		綺・溪	倚	支開	上	〃	1 1
		狶・曉	扆	微開	上		
		既・見	衣	微開	去		

		慮・来	飫	魚開	去		
		盖・見	藹	泰開	去	I	
		〃	壒	〃	〃		
		佳・見	娃	佳開	平	II	
		懈・見	隘	佳開	去	〃	3
		代・定	鐓	咍開	去	I	
		人・日	堙	真開	平	A	
		歇・暁	謁	月開	入		
		葛・見	閼	曷開	入	I	
		八・幇	狎	黠開	入	II	
		〃	軋	〃	〃		
		典・端	嬞	先開	上	IV	
		乾・群	焉	仙開	平	B	3
		良・来	泱	陽開	平		
		兩・来	鞅	陽開	上		
		耕・見	櫻	耕開	平	II	
		〃	甖	〃	〃		
		革・見	搤	麦開	入	〃	
		〃	搹	〃	〃		
		陵・来	膺	蒸開	平		
		證・章	應	蒸開	去		2 1
		極・群	抑	職開	入		
		六・来	澳	屋	入		2
		〃	郁	〃	〃		2 2
		〃	隩	〃	〃		2 2
		〃	燠	〃	〃		
			彧	〃	〃		
		篤・端	沃	沃	入	I	
		勇・羊	擁	鍾	上	II	
		角・見	躍	覚	入	〃	
		〃	幄	〃	〃		4

- 336 -

		〃	握	〃	〃	2
		〃	渥	〃	〃	2
	了・来	杳	蕭	上	IV	
	弔・端	窅	蕭	去	〃	
	遥・羊	夔	宵	平	A	
	苗・明	妖	〃	〃	B	
	表・幫	殀	宵	上	〃	
	照・章	要	宵	去	A	
	酒・精	颱	尤	上	〃	
	糺・見	黝	幽	上	A	
	禁・見	蔭	侵	去	B	
	〃	飲	〃	〃	〃	3
	〃	癊	〃	〃	〃	
	及・群	裛	緝	入	〃	
	艷・羊	厭	塩	去	A	
	葉・羊	〃	葉	入	〃	
	〃	裛	〃	〃	〃	2
	嚴・疑	崦	厳	平		
	業・疑	㭷	業	入		
	危・疑	委	支合	平	B	
	〃	萎	〃	〃		2
	為・匣	倭	〃	〃		
	筠・匣	奫	真合	平		
	云・疑	菎	文合	平		
	粉・幫	蘊	文合	上		2
	〃	韞	〃	〃		
	問・明	慍	文合	去		
	屈・溪	蔚	物合	入		
	元・疑	鵷	元合	平		2
	〃	怨	〃	〃		4
	〃	宛	〃	〃		2

- 337 -

			〃	冤	〃	4
		阮・疑	婉	元合 上		4
		〃	蜿	〃		
		〃	琬	〃		
		遠・匣	婉	〃		
		願・疑	怨	元合 去		
		忽・暁	欎	没合 入	Ⅰ	
		員・匣	㳬	仙合 平	A	
		縁・羊	蜎	〃	〃	
	紆－虞合平	粉・幫	蘊	文合 上		
		物・明	蔚	物合 入		2
		勿・明	〃	〃		
暁	虚－魚開平	展・影	狶	微開 上		
		乙・影	肹	質開 入	B	
		略・来	謔	薬開 入		
		約・影	〃	〃		
		應・影	興	蒸開 去		
		力・来	殈	職開 入		
		六・来	畜	屋 入		
		久・見	朽	尤 上		
		及・群	吸	緝 入		2
		鬼・見	虺	微合 上		
		勿・明	欻	物合 入		
		袁・匣	諠	元合 平		
		〃	諠	〃		
		往・匣	怳	陽合 上		3
	許－魚開上	宜・疑	熙	支開 平	B	
		義・疑	戲	支開 去	〃	
		媚・明	屓	脂開 去	〃	
		疑・疑	嬉	之開 平		2
		〃	嘻	〃		

		〃	熙	〃		3
		〃	娭	〃		
	意・影	喜	之開	去		
	既・見	憙	微開	去		
	氣・溪	欯	〃			
	覲・群	星	真開	去	B	2
	乙・影	肸	質開	入	〃	
	斤・見	忻	欣開	平		
	靳・見	焮	欣開	去		5
	言・疑	軒	元開	平		4
	謁・影	歇	月開	入		2
	兩・来	饗	陽開	上		
	〃	享	〃			3
	亮・来	嚮	陽開	去		2
	征・章	馨	清開	平	A	
	六・来	畜	屋	入		
	玉・疑	旭	燭	入		
	角・見	潃	覺	入	II	
	橋・群	歊	宵	平	B	
	交・見	哮	肴	平	II	
	〃	虓	〃		〃	
	高・見	蒿	豪	平	I	
	又・匣	齅	尤	去		
	急・見	翕	緝	入	B	
	及・群	〃	〃		〃	2
	〃	歙				
	感・見	闞	覃	上	I	
	艦・匣	闞	銜	上	II	
	儉・群	獫	塩	上	B	
	〃	嶮	〃		〃	
	〃	險	〃		〃	

		刧・見	脅	業	入		
		業・疑	〃	〃			
		為・匣	麾	支合	平	B	
		季・見	睢	脂合	去	A	
		歸・見	揮	微合	平		
		〃	煇	〃			
		于・匣	蘁	虞合	平		
		云・匣	薰	文合	平		
		〃	獯	〃			2
		勿・明	欯	物合	入		
		袁・匣	諠	元合	平		
		縣・匣	絢	先合	去	IV	
		郭・見	蒦	鐸合	入	I	
		往・匣	怳	陽合	上		
	香一陽開平	留・来	休	尤	平		
		幽・影	飍	幽	平	A	
		彪・幫	休	〃	〃		
		云・匣	薰	文合	平		
		〃	獯	〃			
		〃	勳	〃			
		袁・匣	諠	元合	平		
	況一陽合去	于・匣	吁	虞合	平		
		〃	嫗	〃			
		〃	煦	〃			
匣	矣一之開上	連・来	焉	仙開	平	B	
	于一虞合平	輒・知	曄	葉	入	B	2
		偽・疑	為	支合	去	B	3 0
		美・明	鮪	脂合	上	〃	2
		〃	洧	〃	〃		
		鬼・見	偉	微合	上		3
		〃	韡	〃	〃		

		〃	瑋	〃			
		貴・見	緯	微合 去			
		附・並	芋	虞合 去			
		句・見	羽	〃			
		敏・明	殞	真合 上	B		2
		筆・幫	汨	質合 入	〃		2
		分・幫	蕡	文合 平			
		願・疑	遠	元合 去			3
		卷・見	援	仙合 去	B		3
		變・幫	〃	〃	〃		
		方・幫	王	陽合 平			
		放・幫	〃	陽合 去			4
		逼・幫	罭	職合 入	B		

『文選音決』被注字索引

『文選音決』被注字索引

〈凡例〉

1　資料篇（1）の「音注総表」に挙げられている『文選音決』の被注字（反切の場合は反切帰字）の索引である。

2　「検字表」には部首を一画から十六画までに排列する。被注字をそれらの部首ごとに分ける。
2．1　その部首内では『康熙字典』に従って排列する。

3　次に被注字（反切の場合は反切帰字）・音注字（反切の場合は反切上字と反切下字）、次にその音注字によって示される被注字の音を［韻目、開・合、声調、声母、韻類］の順に示す。但し、唇尾属の字及び唇音字には開合を記さない。
3．1　韻目は平声及び入声の韻目による。
3．2　唇尾属は開・合を記さず、空欄にして示す。
3．3　直音の場合、音注字の前に「音」字を付けて示す。「音」字を反切上字に使うことはなく、反切と紛れることはない。
3．4　声調注の場合は、その声調を記す。

4　同一の被注字に同一の音注が2個以上あっても、その延べ数は記さない。

5　同一の被注字に相異なる音注がある時（同音もあり、異音もある）は、それらを全て記す。
5．1　被注字は第1種の音注の前にのみ記し、それ以外は記さない。
5．2　それらの音注の排列順序は、「音注総表」の順序に従う。

5．3　それらの音注が同音を示している時には、第二種以下の音注の［韻目、開・合、声調、声母、韻類］の部分は［〃］で示した。

6　参考のために、被注字に『広韻』の音を付け、広で示した。その体裁は上記3〜5の内、『広韻』にかかわるものに従う。なお、『広韻』は周祖謨『広韻校本・校勘記』、余廼永『新校互註宋本広韻』に拠る。両者の見解が異なる時は、より妥当と思われるものに従う。

6．1　音注が1種類の時は、『広韻』の音を先ず付け、その後に『音決』の音注を付ける。2種類以上でも同音を示す時は、第1種の音注の前にのみ『広韻』の音を付ける。また、『広韻』と反切上・下字が同一の場合、その音注を先に置く。

6．2　同一の被注字に相異なる音を示す音注がある時は、「音決」のそれぞれの音注の前に『広韻』の音を付ける。

6．3　同一の被注字に相異なる音を示す音注がある時で、『広韻』に『音決』の音注が表すものと同じ音がない場合は、その音注は最後に置く。

6．4　『広韻』に『音決』の音注が表すものと同じ音がない場合は、「広ナシ」で示す。但し、音韻上のずれと解される場合には、この限りではない。

6．5　『広韻』の字体が『音決』のそれと異なる場合、或いは仮借字の場合には、広の後にその字体を付ける。

7　以上が原則であるが、異体字処理の都合などにより、必ずしもこれに従わない場合もある。

検字表

【一画】
- 一部 …… 6
- 丨部 …… 6
- 丿部 …… 6
- 乙部 …… 6
- 亅部 …… 6

【二画】
- 二部 …… 6
- 亠部 …… 6
- 人部 …… 6
- 儿部 …… 10
- 入部 …… 10
- 八部 …… 10
- 冂部 …… 10
- 冖部 …… 10
- 冫部 …… 10
- 几部 …… 10
- 凵部 …… 11
- 刀部 …… 11
- 力部 …… 11
- 勹部 …… 12
- 匕部 …… 12
- 匚部 …… 12
- 匸部 …… 12
- 十部 …… 12
- 卜部 …… 13

卩部 …… 13
厂部 …… 13
厶部 …… 13
又部 …… 13

【三画】
- 口部 …… 13
- 囗部 …… 16
- 土部 …… 16
- 士部 …… 18
- 夂部 …… 18
- 夕部 …… 18
- 大部 …… 18
- 女部 …… 19
- 子部 …… 21
- 宀部 …… 21
- 寸部 …… 22
- 小部 …… 22
- 尸部 …… 22
- 屮部 …… 23
- 山部 …… 23
- 工部 …… 25
- 己部 …… 25
- 巾部 …… 25
- 干部 …… 26
- 幺部 …… 26
- 广部 …… 26

廴部 …… 27
廾部 …… 27
弋部 …… 27
弓部 …… 27
彐部 …… 27
彡部 …… 27
彳部 …… 28

【四画】
- 心部 …… 28
- 戈部 …… 31
- 戸部 …… 32
- 手部 …… 32
- 支部 …… 37
- 文部 …… 37
- 斗部 …… 38
- 斤部 …… 38
- 方部 …… 38
- 日部 …… 39
- 曰部 …… 40
- 月部 …… 40
- 木部 …… 40
- 欠部 …… 45
- 歹部 …… 46
- 殳部 …… 46
- 毋部 …… 46
- 比部 …… 46

毛部	…… 47	【六画】		【七画】	
氏部	…… 47	竹部	…… 66	見部	…… 86
气部	…… 47	米部	…… 68	角部	…… 87
水部	…… 47	糸部	…… 68	言部	…… 87
火部	…… 54	缶部	…… 72	谷部	…… 89
爪部	…… 56	网部	…… 72	豆部	…… 89
父部	…… 56	羊部	…… 72	豕部	…… 89
片部	…… 56	羽部	…… 72	豸部	…… 89
牛部	…… 56	老部	…… 73	貝部	…… 89
犬部	…… 56	而部	…… 73	赤部	…… 90
		耒部	…… 73	走部	…… 90
【五画】		耳部	…… 73	足部	…… 91
玄部	…… 58	聿部	…… 74	身部	…… 92
玉部	…… 58	肉部	…… 74	車部	…… 92
瓜部	…… 59	自部	…… 76	辛部	…… 94
瓦部	…… 59	至部	…… 76	辵部	…… 94
田部	…… 60	臼部	…… 76	邑部	…… 95
疒部	…… 60	舌部	…… 76	酉部	…… 96
白部	…… 61	舛部	…… 76	里部	…… 97
皿部	…… 61	舟部	…… 76		
目部	…… 61	色部	…… 76	【八画】	
矛部	…… 62	艸部	…… 76	金部	…… 97
矢部	…… 62	虍部	…… 82	長部	…… 99
石部	…… 63	虫部	…… 82	門部	…… 99
示部	…… 64	血部	…… 84	阜部	……100
内部	…… 64	行部	…… 84	隶部	……101
禾部	…… 64	衣部	…… 85	隹部	……102
穴部	…… 66	襾部	…… 86	雨部	……102
立部	…… 66			青部	……103

【九画】
　面部 ……103
　革部 ……103
　韋部 ……103
　音部 ……103
　頁部 ……103
　風部 ……104
　飛部 ……104
　食部 ……104
　首部 ……105
　香部 ……105

【十画】
　馬部 ……105
　骨部 ……106
　髟部 ……106
　鬥部 ……107
　鬲部 ……107
　鬼部 ……107

【十一画】
　魚部 ……107
　鳥部 ……108
　鹵部 ……110
　鹿部 ……110
　麥部 ……110
　麻部 ……110

【十二画】
　黍部 ……110

　黑部 ……110
　黹部 ……111

【十三画】
　黽部 ……111
　鼠部 ……111

【十四画】
　齊部 ……111

【十五画】
　齒部 ……111

【十六画】
　龍部 ……111

【一部】
三:蘇暫［談　去心Ⅰ］囲
　:思濫［談　去心Ⅰ］
上:時掌［陽開上常C］囲
　:時兩［陽開上常C］
　:時掌［　〃　　］
　:石丈［　〃　　］
下:胡駕［麻開去匣Ⅱ］囲
　:戸嫁［麻開去匣Ⅱ］
　:音戸［模合上匣Ⅰ］囲ナシ
且:子魚［魚開平精C］囲
　:子余［魚開平精C］

【丨部】
中:陟仲［東　去知C］囲
　:丁仲［東　去端C］

【丿部】
乗:食陵［蒸開平船C］囲
　:市仍［蒸開平常C］
　:實證［蒸開去船C］囲
　:時證［蒸開去常C］

【乙部】
乾:古寒［寒開平見Ⅰ］囲
　:音干［寒開平見Ⅰ］

【亅部】
予:余呂［魚開上羊C］囲
　:以汝［魚開上羊C］

　:音与［　〃　　］
争:側莖［耕開平荘Ⅱ］囲
　:音諍［耕開去荘Ⅱ］

【二部】
亙:古鄧［登開去見Ⅰ］囲
　:居鄧［登開去見Ⅰ］
　:古鄧［　〃　　］
些:蘇箇［歌開去心Ⅰ］囲
　:先箇［歌開去心Ⅰ］
　:蘇計［齊開去心Ⅳ］囲
　:音細［斉開去心Ⅳ］
亟:去吏［之開去溪C］囲
　:音器［脂開去溪B］
　:紀力［職開入見C］囲
　:居力［職開入見C］
　:古力［　〃　　］

【亠部】
享:許兩［陽開上暁C］囲
　:許兩［陽開上暁C］
亳:傍各［鐸　入並Ⅰ］囲
　:音薄［鐸　入並Ⅰ］
亹:無匪［微　上明C］囲
　:亡斐［微　上明C］
　:音尾［　〃　　］

【人部】
仆:芳遇［虞　去滂C］囲
　:音赴［虞　去滂C］

仇:巨鳩[尤　平群Ｃ]広
　:音求[尤　平群Ｃ]
介:古拜[皆開去見Ⅱ]広
　:音界[皆開去見Ⅱ]
　:音戒[　〃　]
令:郎丁[青開平来Ⅳ]広
　:力丁[青開平来Ⅳ]
　:力政[清開去来ＡＢ]広
　:力政[清開去来ＡＢ]
仞:而振[真開去日ＡＢ]広
　:音刃[真開去日ＡＢ]
任:如林[侵　平日ＡＢ]広
　:而林[侵　平日ＡＢ]
　:汝鴆[侵　去日ＡＢ]広
　:而鴆[侵　去日ＡＢ]
　:而禁[　〃　]
　:而蔭[　〃　]
　:任去聲[　〃　]
仿:妃兩[陽　上滂Ｃ]広
　:芳兩[陽　上滂Ｃ]
伉:苦浪[唐開去渓Ⅰ]広
　:口浪[唐開去渓Ⅰ]
伎:渠綺[支開上群Ｂ]広
　:其綺[支開上群Ｂ]
休:許尤[尤　平暁Ｃ]広
　:香彪[幽　平暁Ａ]
　:香留[尤　平暁Ｃ]
伯:必駕[麻開去幫Ⅱ]広霸𩔥
　:音𩔥[麻開去幫Ⅱ]
伶:郎丁[青開平来Ⅳ]広

　:力丁[青開平来Ⅳ]
佇:直呂[魚開上澄Ｃ]広
　:直旅[魚開上澄Ｃ]
　:直呂[　〃　]
低:都奚[斉開平端Ⅳ]広
　:丁兮[斉開平端Ⅳ]
佚:夷質[質開入羊ＡＢ]広
　:以日[質開入羊ＡＢ]
　:以一[　〃　]
　:音逸[　〃　]
佛:芳未[微　去滂Ｃ]広髴
　:芳味[微　去滂Ｃ]
作:則落[鐸開入精Ⅰ]広
　:子洛[鐸開入精Ⅰ]
佩:蒲昧[灰　去並Ⅰ]広
　:步外[泰　去並Ⅰ]
佻:吐彫[蕭　平透Ⅳ]広
　:吐彫[蕭　平透Ⅳ]
　:徒聊[蕭　平定Ⅳ]
　:途鳥[蕭　上定Ⅳ]
使:踈吏[之開去生Ｃ]広
　:所吏[之開去生Ｃ]
佸:尺氏[支開上昌ＡＢ]広
　:昌氏[支開上昌ＡＢ]
侔:莫浮[尤　平明Ｃ]広
　:莫侯[侯　平明Ⅰ]
　:亡侯[　〃　]
侘:敕加[麻開平徹Ⅱ]広
　:丑加[麻開平徹Ⅱ]
俠:胡頬[怗　入匣Ⅳ]広

：胡牒［怗　　入匣Ⅳ］
：音協［　〃　　　］
：古洽［洽　　入見Ⅱ］囲夾
侵：七林［侵　　平清ＡＢ］囲
：七林［侵　　平清ＡＢ］
便：房連［仙開平並Ａ］囲
：婢然［仙開平並Ａ］
：婢面［仙　去並Ａ］囲
：婢面［仙　去並Ａ］
係：古詣［斉開去見Ⅳ］囲
：古帝［斉開去見Ⅳ］
：音計［　〃　　　］
俎：側呂［魚開上荘Ｃ］囲
：側語［魚開上荘Ｃ］
：音阻［　〃　　　］
俘：芳無［虞　平滂Ｃ］囲
：芳于［虞　平滂Ｃ］
俚：良士［之開上来Ｃ］囲
：音里［之開上来Ｃ］
俛：亡辨［仙　上明Ｂ］囲
：音勉［仙　上明Ｂ］
俟：牀史［之開上俟Ｃ］囲
：音士［之開上崇Ｃ］
信：失人［真開平書ＡＢ］囲申伸
：音申［真開平書ＡＢ］
俶：昌六［屋　入昌Ｃ］囲
：昌六［屋　入昌Ｃ］
俸：扶用［鍾　去並Ｃ］囲
：房用［鍾　去並Ｃ］
俾：并弭［支　上帮Ａ］囲

：必爾［支　上帮Ａ］
倍：薄亥［咍　上並Ⅰ］囲
：歩罪［灰　上並Ⅰ］
倏：式竹［屋　入書Ｃ］囲
：音叔［屋　入書Ｃ］
倒：都晧［豪　上端Ⅰ］囲
：丁老［豪　上端Ⅰ］
：多老［　〃　　　］
倖：胡耿［耕開上匣Ⅱ］囲
：音幸［耕開上匣Ⅱ］
倚：於綺［支開上影Ｂ］囲
：其綺［支開上群Ｂ］
：於綺［支開上影Ｂ］
倜：他歴［錫開入透Ⅳ］囲
：他的［錫開入透Ⅳ］
：他狄［　〃　　　］
借：子夜［麻開去精ＡＢ］囲
：子夜［麻開去精ＡＢ］
：資昔［昔開入精ＡＢ］囲
：子亦［昔開入精ＡＢ］
倡：尺良［陽開平昌Ｃ］囲
：音昌［陽開平昌Ｃ］
倭：於爲［支合平影Ｂ］囲
：於為［支合平影Ｂ］
假：古疋［麻開上見Ⅱ］囲
：古雅［麻開上見Ⅱ］
：居雅［　〃　　　］
：古伯［陌開入見Ⅱ］囲格挌
：居額［陌開入見Ⅱ］
偉：于鬼［微合上匣Ｃ］囲

:于鬼[微合上匣Ｃ]　　　　　　　：五号[　〃　　　]
偏：芳連[仙　平滂Ａ]広　　　　　傳：直攣[仙合平澄ＡＢ]広
　：匹綿[仙　平滂Ａ]　　　　　　：直縁[仙合平澄ＡＢ]
　：匹戰[仙　去滂Ａ]広　　　　　：直戀[仙合去澄ＡＢ]広
　：音篇[　〃　　　]　　　　　　：直戀[仙合去澄ＡＢ]
偕：古諧[皆開平見Ⅱ]広　　　　　祭：丑例[祭開去徹ＡＢ]広
　：音皆[皆開平見Ⅱ]　　　　　　：丑例[祭開去徹ＡＢ]
価：彌兗[仙開上明Ａ]広　　　　　僂：力主[虞合上来Ｃ]広
　：亡演[仙開上明Ａ]　　　　　　：力主[虞合上来Ｃ]
　：音面[仙開去明Ａ]　　　　　　僊：相然[仙開平心ＡＢ]広
　：亡忍[眞開上明Ａ]広ナシ　　　：音仙[仙開平心ＡＢ]
偵：丑鄭[清開去徹ＡＢ]広　　　　愆：去乾[仙開平渓Ⅲ]広愆
　：丑政[清開去徹ＡＢ]　　　　　：去乾[仙開平渓Ｂ]
偶：五口[侯　上疑Ⅰ]広　　　　　僮：徒紅[東　平定Ⅰ]広
　：五口[侯　上疑Ⅰ]　　　　　　：音同[東　平定Ⅰ]
　：吾后[　〃　　　]　　　　　　僰：蒲北[徳　入並Ⅰ]広
偸：託侯[侯　平透Ⅰ]広　　　　　：歩北[徳　入並Ⅰ]
　：他侯[侯　平透Ⅰ]　　　　　　僻：芳辟[昔　入滂Ａ]広
傀：公回[灰合平見Ⅰ]広　　　　　：匹亦[昔　入滂Ａ]
　：古迴[灰合平見Ⅰ]　　　　　　儁：子峻[諄合去精ＡＢ]広
傍：蒲浪[唐　去並Ⅰ]広　　　　　：音俊[諄合去精ＡＢ]
　：皮浪[唐　去並Ⅰ]　　　　　　儑：色立[緝　入生ＡＢ]広
傎：都年[先開上端Ⅳ]広　　　　　：所立[緝　入生ＡＢ]
　：丁田[先開平端Ⅳ]　　　　　　儔：直由[尤　平澄Ｃ]広
傑：渠列[薛開入群Ｂ]広　　　　　：直留[尤　平澄Ｃ]
　：其列[薛開入群Ｂ]　　　　　　儲：直魚[魚開平澄Ｃ]広
催：倉回[灰合平清Ⅰ]広　　　　　：音除[魚開平澄Ｃ]
　：七回[灰合平清Ⅰ]　　　　　　儷：郎計[斉開去来Ⅳ]広
傲：五到[豪　去疑Ⅰ]広　　　　　：力帝[斉開去来Ⅳ]
　：五誥[豪　去疑Ⅰ]　　　　　　：音麗[　〃　　　]

- 9 -

儻:他朗[唐開上透Ⅰ]広
　:他朗[唐開上透Ⅰ]

【儿部】
先:蘇佃[先開去心Ⅳ]広
　:先見[先開去心Ⅳ]
　:素見[　〃　]
　:思見[　〃　]
兎:湯故[模合去透Ⅰ]広
　:他故[模合去透Ⅰ]
　:吐故[　〃　]
兕:徐姊[脂開上邪ＡＢ]広
　:音似[之開上邪Ｃ]

【入部】
俞:羊朱[虞合平羊Ｃ]広
　:以朱[虞合平羊Ｃ]

【八部】
共:九容[鍾　平見Ｃ]広
　:音恭[鍾　平見Ｃ]
其:居之[之開平見Ｃ]広
　:音箕[之開平見Ｃ]
兼:古念[添　去見Ⅳ]広
　:古念[添　去見Ⅳ]
顛:都年[先開平端Ⅳ]広顛
　:丁年[先開平端Ⅳ]

【冂部】
冊:楚革[麦開入初Ⅱ]広

　:音策[麦開入初Ⅱ]
冋:倶永[庚合上見Ｂ]広
　:倶永[庚合上見Ｂ]
冒:莫報[豪　去明Ⅰ]広
　:莫報[豪　去明Ⅰ]
　:莫北[德　入明Ⅰ]
　:亡北[德　入明Ⅰ]
　:音默[　〃　]
冕:亡辨[仙　上明Ｂ]広
　:音勉[仙　上明Ｂ]
　:音免[　〃　]

【冖部】
冠:古玩[桓合去見Ⅰ]広
　:古翫[桓合去見Ⅰ]
冥:莫經[青　平明Ⅳ]広
　:覓丁[青　平明Ⅳ]
　:亡丁[　〃　]
　:莫螢[　〃　]

【冫部】
准:之尹[諄合上章ＡＢ]広
　:之尹[諄合上章ＡＢ]
凍:多貢[東　去端Ⅰ]広
　:音棟[東　去端Ⅰ]

【几部】
凭:扶冰[蒸　平並Ｂ]広
　:皮冰[蒸　平並Ｂ]
凱:苦亥[哈開上溪Ⅰ]広

- 10 -

：可待[咍開上溪Ⅰ]

【凵部】
出：尺類[脂合去昌Ｃ]広
　：昌畏[微合去昌Ｃ]
　：昌貴[　〃　　]
函：胡男[覃　平匣Ⅰ]広
　：音含[覃　平匣Ⅰ]
　：胡讒[咸　平匣Ⅱ]広
　：音咸[咸　平匣Ⅱ]

【刀部】
分：扶問[文合去並Ｃ]広
　：扶問[文合去並Ｃ]
切：千結[屑開入清Ⅳ]広
　：七結[屑開入清Ⅳ]
刈：魚肺[廢開去疑Ｃ]広
　：音乂[廢開去疑Ｃ]
　：五制[祭開去疑Ｂ]
刊：苦寒[寒開平溪Ⅰ]広
　：苦干[寒開平溪Ⅰ]
　：音看[　〃　　]
刎：武粉[文　上明Ｃ]広
　：亡粉[文　上明Ｃ]
刜：敷勿[物　入滂Ｃ]広
　：芳勿[物　入滂Ｃ]
別：方別[薛　入幫Ｂ]広
　：彼列[薛　入幫Ｂ]
刪：所姦[刪開平生Ⅱ]広
　：所顏[刪開平生Ⅱ]

刳：苦胡[模合平溪Ⅰ]広
　：苦孤[模合平溪Ⅰ]
刷：所劣[薛合入生ＡＢ]広
　：所劣[薛合入生ＡＢ]
削：息約[藥開入心Ｃ]広
　：息若[藥開入心Ｃ]
　：思略[　〃　　]
剔：他歷[錫開入透Ⅳ]広
　：他狄[錫開入透Ⅳ]
剖：普后[侯　上滂Ⅰ]広
　：普厚[侯　上滂Ⅰ]
剨：郎計[齊開去來Ⅳ]広剠剛
　：力計[齊開去來Ⅳ]
剝：北角[覺　入幫Ⅱ]広
　：布角[覺　入幫Ⅱ]
制：征例[祭開去章ＡＢ]広制
　：音制[祭開去章ＡＢ]
剸：旨兗[仙合上章ＡＢ]広
　：之兗[仙合上章ＡＢ]
劇：奇逆[陌開入群Ｂ]広
　：其戟[陌開入群Ｂ]
劘：莫婆[戈　平明Ⅰ]広劘
　：音摩[戈　平明Ⅰ]

【力部】
効：胡教[肴　去匣Ⅱ]広
　：何教[肴　去匣Ⅱ]
劾：胡概[咍開去匣Ⅰ]広
　：何代[咍開去匣Ⅰ]
　：下代[　〃　　]

勁：居正［清開去見Ａ］囨
　：吉政［清開去見Ａ］
勃：蒲沒［没　入並Ⅰ］囨
　：步没［没　入並Ⅰ］
勌：渠卷［仙合去群Ｂ］囨倦
　：其卷［仙合去群Ｂ］
勍：渠京［庚開平群Ｂ］囨
　：巨京［庚開平群Ｂ］
勝：識蒸［蒸開平書Ｃ］囨
　：音升［蒸開平書Ｃ］
　：詩證［蒸開去書Ｃ］囨
　：詩證［蒸開去書Ｃ］
　：尸證［　〃　　］
　：時證［蒸開去常Ｃ］
勞：郎到［豪　去来Ⅰ］囨
　：力到［豪　去来Ⅰ］
募：莫故［模　去明Ⅰ］囨
　：亡故［模　去明Ⅰ］
　：音慕［　〃　　］
勲：許云［文合平曉Ｃ］囨
　：香云［文合平曉Ｃ］

【勹部】
勺：丁狄［錫開入端Ⅳ］囨ナシ
　：之若［藥開入章Ｃ］囨
　：音酌［藥開入章Ｃ］
匍：薄胡［模　平並Ⅰ］囨
　：薄胡［模　平並Ⅰ］
匐：蒲北［德　入並Ⅰ］囨
　：步北［德　入並Ⅰ］

【七部】
化：呼霸［麻合去曉Ⅱ］囨
　：火瓜［麻合平曉Ⅱ］

【匚部】
匼：子荅［合　入精Ⅰ］囨
　：子合［合　入精Ⅰ］
甌：居洧［脂合上見Ｂ］囨
　：音軌［脂合上見Ｂ］
匱：求位［脂合去群Ｂ］囨
　：求媿［脂合去群Ｂ］
　：其媿［　〃　　］
　：其位［　〃　　］

【匸部】
匿：女力［職開入娘Ｃ］囨
　：女力［職開入娘Ｃ］
　：他德［德開入透Ⅰ］囨慝
　：他得［德開入透Ⅰ］

【十部】
卒：臧沒［没合入精Ⅰ］囨
　：子忽［没合入精Ⅰ］
　：走忽［　〃　　］
　：倉沒［没合入清Ⅰ］囨
　：七忽［没合入清Ⅰ］
　：子聿［術合入精ＡＢ］囨
　：子律［術合入精ＡＢ］
卓：竹角［覺　入知Ⅱ］囨
　：丁角［覺　入端Ⅱ］

南:那含[覃　平泥Ⅰ]広
　:女林[侵　平娘ＡＢ]

【卜部】
占:職廉[塩　平章ＡＢ]広
　:之瞻[塩　平章ＡＢ]

【卩部】
印:於刃[真開去影Ａ]広
　:一刃[真開去影Ａ]
卹:辛聿[術合入心ＡＢ]広
　:思律[術合入心ＡＢ]

【厂部】
底:職雉[脂開上章ＡＢ]広
　:音旨[脂開上章ＡＢ]
厝:倉故[模合去清Ⅰ]広
　:七故[模合去清Ⅰ]
厭:於艷[塩　去影Ａ]広
　:於艷[塩　去影Ａ]
　:一艷[　〃　　]
　:於葉[葉　入影Ａ]広
　:於葉[葉　入影Ａ]

【厶部】
去:羌舉[魚開上溪Ｃ]広
　:丘呂[魚開上溪Ｃ]
　:羌呂[　〃　　]
　:欺呂[　〃　　]
參:倉含[覃　平清Ⅰ]広

　:七男[覃　平清Ⅰ]
　:蘇甘[談　平心Ⅰ]広
　:音三[談　平心Ⅰ]
　:楚簪[侵　平初ＡＢ]広
　:楚吟[侵　平初ＡＢ]
　:楚今[　〃　　]
　:初今[　〃　　]
　:所今[侵　平生ＡＢ]広
　:所今[侵　平生ＡＢ]
　:色金[　〃　　]

【又部】
叟:蘇后[侯　上心Ⅰ]広
　:蘇走[侯　上心Ⅰ]
　:素后[　〃　　]

【口部】
句:古侯[侯　平見Ⅰ]広
　:古侯[侯　平見Ⅰ]
叨:土刀[豪　平透Ⅰ]広
　:吐刀[豪　平透Ⅰ]
叩:苦后[侯　上溪Ⅰ]広
　:音口[侯　上溪Ⅰ]
只:諸氏[支開上章ＡＢ]広
　:音紙[支開上章ＡＢ]
台:土來[哈開平透Ⅰ]広
　:他来[哈開平透Ⅰ]
吁:況于[虞合平曉Ｃ]広
　:況于[虞合平曉Ｃ]
合:古沓[合　入見Ⅰ]広

- 13 -

：古合〔合　　入見Ⅰ〕
吠：符廢〔廢　　去並Ｃ〕囗
　：扶廢〔廢　　去並Ｃ〕
否：符鄙〔脂　　上並Ｂ〕囗
　：步美〔脂　　上並Ｂ〕
　：方久〔尤　　上幫Ｃ〕囗
　：音不〔尤　　上幫Ｃ〕
吭：胡朗〔唐開上匣Ⅰ〕囗
　：何朗〔唐開上匣Ⅰ〕
吸：許及〔緝　　入曉Ｂ〕囗
　：虛及〔緝　　入曉Ｂ〕
吹：尺僞〔支合去昌ＡＢ〕囗
　：昌瑞〔支合去昌ＡＢ〕
吻：武粉〔文　　上明Ｃ〕囗
　：亡粉〔文　　上明Ｃ〕
告：古沃〔沃　　入見Ⅰ〕囗
　：故毒〔沃　　入見Ⅰ〕
　：古毒〔　〃　　　〕
　：古酷〔　〃　　　〕
吞：吐根〔痕開平透Ⅰ〕囗
　：吐根〔痕開平透Ⅰ〕
呷：呼甲〔狎　　入曉Ⅱ〕囗
　：呼甲〔狎　　入曉Ⅱ〕
呼：荒烏〔模合平曉Ⅰ〕囗
　：火故〔模合去曉Ⅰ〕
咆：薄交〔肴　　平並Ⅱ〕囗
　：步交〔肴　　平並Ⅱ〕
　：白交〔　〃　　　〕
和：胡臥〔戈合去匣Ⅰ〕囗
　：胡臥〔戈合去匣Ⅰ〕

哈：呼來〔咍開平曉Ⅰ〕囗
　：呼來〔咍開平曉Ⅰ〕
咏：爲命〔庚合去匣Ｂ〕囗
　：音詠〔庚合去匣Ｂ〕
咽：烏結〔屑開入影Ⅳ〕囗
　：一結〔屑開入影Ⅳ〕
哂：式忍〔眞開上書ＡＢ〕囗
　：尸忍〔眞開上書ＡＢ〕
　：詩引〔　〃　　　〕
哢：盧貢〔東　　去來Ⅰ〕囗
　：力貢〔東　　去來Ⅰ〕
哤：莫江〔江　　平明Ⅱ〕囗
　：武江〔江　　平明Ⅱ〕
哮：許交〔肴　　平曉Ⅱ〕囗
　：許交〔肴　　平曉Ⅱ〕
哽：古杏〔庚開上見Ⅱ〕囗
　：居杏〔庚開上見Ⅱ〕
　：古杏〔　〃　　　〕
唯：以水〔脂合上羊ＡＢ〕囗
　：羊誄〔脂合上羊ＡＢ〕
啄：竹角〔覺　　入知Ⅱ〕囗
　：張角〔覺　　入知Ⅱ〕
　：丁角〔覺　　入端Ⅱ〕
啻：施智〔支開去書ＡＢ〕囗
　：舒豉〔支開去書ＡＢ〕
啾：即由〔尤　　平精Ｃ〕囗
　：子由〔尤　　平精Ｃ〕
喁：魚容〔鍾　　平疑Ｃ〕囗
　：牛容〔鍾　　平疑Ｃ〕
喉：戶鉤〔侯　　平匣Ⅰ〕囗

：音侯［侯　平匣Ⅰ］
喘：昌兗［仙合上昌ＡＢ］広
　：昌兗［仙合上昌ＡＢ］
喜：許記［之開去暁Ｃ］広
　：許意［之開去暁Ｃ］
喟：丘愧［脂合去溪Ｂ］広
　：去位［脂合去溪Ｂ］
煦：況羽［虞合上暁Ｃ］広欨
　：況于［虞合平暁Ｃ］
喤：虎橫［庚合平暁Ⅱ］広
　：呼橫［庚合平暁Ⅱ］
喧：況袁［元合平暁Ｃ］広
　：火袁［元合平暁Ｃ］
喩：以朱［虞合平羊Ｃ］広ナシ
喪：蘇浪［唐開去心Ⅰ］広
　：息浪［唐開去心Ⅰ］
單：市連［仙開平常ＡＢ］広
　：市延［仙開平常ＡＢ］
　：常演［仙開上常ＡＢ］
　：音善［仙開上常ＡＢ］
嗜：常利［脂開去常ＡＢ］広
　：音示［脂開去船ＡＢ］
嗤：赤之［之開平昌Ｃ］広
　：尺詩［之開平昌Ｃ］
嗷：五勞［豪　平疑Ⅰ］広
　：五高［豪　平疑Ⅰ］
嘈：昨勞［豪　平從Ⅰ］広
　：音曹［豪　平從Ⅰ］
嘔：烏侯［侯　平影Ⅰ］広
　：烏侯［侯　平影Ⅰ］

　：況于［虞合平暁Ｃ］広ナシ
噓：朽居［魚開平暁Ｃ］広
　：音虛［魚開平暁Ｃ］
嘲：陟交［肴　平知Ⅱ］広
　：竹交［肴　平知Ⅱ］
嘻：許其［之開平暁Ｃ］広
　：許疑［之開平暁Ｃ］
嘽：昌善［仙開上昌ＡＢ］広
　：音闡［仙開上昌ＡＢ］
噎：烏結［屑開入影Ⅳ］広
　：伊結［屑開入影Ⅳ］
嘷：胡刀［豪　平匣Ⅰ］広
　：胡高［豪　平匣Ⅰ］
噞：魚檢［塩　上疑Ｂ］広
　：牛儉［塩　上疑Ｂ］
　：牛劒［凡　去疑Ｃ］広ナシ
噤：巨禁［侵　去群Ｂ］広
　：其禁［侵　去群Ｂ］
噬：時制［祭開去常ＡＢ］広
　：市制［祭開去常ＡＢ］
噲：苦夬［夬合去溪Ⅱ］広
　：音快［夬合去溪Ⅱ］
齦：語巾［眞開平疑Ｂ］広
　：音銀［眞開平疑Ｂ］
嚮：許亮［陽開去暁Ｃ］広
　：許亮［陽開去暁Ｃ］
囀：知戀［仙合去知ＡＢ］広
　：丁戀［仙合去端ＡＢ］
囊：奴當［唐開平泥Ⅰ］広
　：奴當［唐開平泥Ⅰ］

鞤:丑忍[真開上徹ＡＢ]広鞤
　:勅忍[真開上徹ＡＢ]

【口部】
囲:博古[模　上幫Ⅰ]広
　:布古[模　上幫Ⅰ]
囩:魚巨[魚開上疑Ｃ]広
　:音語[魚開上疑Ｃ]
囻:魚巨[魚開上疑Ｃ]広
　:音語[魚開上疑Ｃ]
圈:渠篆[仙合上群Ｂ]広
　:其勉[仙合上群Ｂ]
　:求晩[元合上群Ｃ]広
　:其遠[元合上群Ｃ]
團:度官[桓合平定Ⅰ]広
　:度丸[桓合平定Ⅰ]
圜:王權[仙合平匣Ｂ]広
　:音員[仙合平匣Ｂ]

【土部】
圠:烏點[點開入影Ⅱ]広
　:阿點[點開入影Ⅱ]
圯:與之[之開平羊Ｃ]広
　:音夷[脂開平羊ＡＢ]
圮:符鄙[脂　上並Ｂ]広
　:步美[脂　上並Ｂ]
圻:渠希[微開平群Ｃ]広
　:巨衣[微開平群Ｃ]
坐:徂臥[戈合去從Ⅰ]広
　:才臥[戈合去從Ⅰ]

　:在臥[　〃　　　]
坒:毗必[質　入並Ａ]広
　:婢日[質　入並Ａ]
坻:直尼[脂開上澄ＡＢ]広
　:音持[之開平澄Ｃ]
坦:他但[寒開上透Ⅰ]広
　:土但[寒開上透Ⅰ]
坱:烏朗[唐開上影Ⅰ]広
　:阿朗[唐開上影Ⅰ]
垓:古哀[哈開平見Ⅰ]広
　:音該[哈開平見Ⅰ]
垝:過委[支合上見Ｂ]広
　:古毁[支合上見Ｂ]
垠:語巾[真開平疑Ｂ]広
　:音銀[真開平疑Ｂ]
垣:雨元[元合平匣Ｃ]広
　:音袁[元合平匣Ｃ]
垧:古螢[青合平見Ⅳ]広坰
　:古螢[青合平見Ⅳ]
　:古營[清合平見Ａ]
埃:烏開[哈開平影Ⅰ]広
　:音哀[哈開平影Ⅰ]
埋:莫皆[皆　平明Ⅱ]広
　:莫皆[皆　平明Ⅱ]
埒:力輟[薛合入來ＡＢ]広
　:力悦[薛合入來ＡＢ]
埳:苦感[覃開上溪Ⅰ]広
　:苦感[覃開上溪Ⅰ]
埸:羊益[昔開入羊ＡＢ]広
　:音亦[昔開入羊ＡＢ]

- 16 -

堆：都回［灰合平端Ⅰ］広
　：多回［灰合平端Ⅰ］
墮：徒果［戈合上定Ⅰ］広
　：大果［戈合上定Ⅰ］
埋：於眞［真開平影Ａ］広
　：於人［真開平影Ａ］
　：音因［　〃　　　］
揷：初戢［緝　入初ＡＢ］広
　：丑立［緝　入徹ＡＢ］広ナシ
場：直良［陽開平澄Ｃ］広
　：直良［陽開平澄Ｃ］
塊：苦對［灰合去溪Ⅰ］広
　：苦對［灰合去溪Ⅰ］
塋：余傾［清合平羊ＡＢ］広
　：音營［清合平羊ＡＢ］
塍：食陵［蒸開平船Ｃ］広
　：市仍［蒸開平常Ｃ］
塏：苦亥［咍開上溪Ⅰ］広
　：音凱［咍開上溪Ⅰ］
塗：同都［模合平定Ⅰ］広
　：音徒［模合平定Ⅰ］
塘：徒郎［唐開平定Ⅰ］広
　：音唐［唐開平定Ⅰ］
塞：先代［咍開去心Ⅰ］広
　：四代［咍開去心Ⅰ］
　：蘇則［德開入心Ⅰ］広
　：先得［德開入心Ⅰ］
　：四得［　〃　　　］
　：先勒［　〃　　　］
填：徒年［先開平定Ⅳ］広

　：音田［先開平定Ⅳ］
　：堂練［先開去定Ⅳ］広
　：徒見［先開去定Ⅳ］
墊：七艶［塩　去清ＡＢ］広
　：七艶［塩　去清ＡＢ］
墀：直尼［脂開平澄ＡＢ］広
　：直犁［脂開平澄ＡＢ］
　：音遲［　〃　　　］
墶：徒結［屑開入定Ⅳ］広
　：徒結［屑開入定Ⅳ］
墋：直立［緝　入澄ＡＢ］広墭
　：直立［緝　入澄ＡＢ］
墉：餘封［鍾　平羊Ｃ］広
　：以龍［鍾　平羊Ｃ］
　：音容［　〃　　　］
墋：初朕［侵　上初ＡＢ］広
　：初錦［侵　上初ＡＢ］
墎：古博［鐸合入見Ⅰ］広郭
　：音郭［鐸合入見Ⅰ］
墜：直類［脂合去澄ＡＢ］広
　：直類［脂合去澄ＡＢ］
墟：去魚［魚開平溪Ｃ］広
　：去居［魚開平溪Ｃ］
　：丘居［　〃　　　］
墳：符分［文　平並Ｃ］広
　：扶匣［文　平並Ｃ］
壃：居良［陽開平見Ⅲ］広疆
　：居良［陽開平見Ⅲ］
　：音姜［　〃　　　］
壇：徒干［寒開平定Ⅰ］広

：大丹［寒開平定Ⅰ］
壏：廬感［覃　上来Ⅰ］囶
　：力感［覃　上来Ⅰ］
壓：烏甲［狎　入影Ⅱ］囶
　：烏甲［狎　入影Ⅱ］
壍：七豔［塩　去清ＡＢ］囶塹
　：七艷［塩　去清ＡＢ］
壑：呵各［鐸開入暁Ⅰ］囶
　：呼各［鐸開入暁Ⅰ］
壒：於蓋［泰開去影Ⅰ］囶
　：於蓋［泰開去影Ⅰ］
壘：力軌［脂合上来ＡＢ］囶
　：力水［脂合上来ＡＢ］
　：音誄［　〃　　］
壞：古壞［皆合去見Ⅱ］囶
　：古拜［皆合去見Ⅱ］
壤：如兩［陽開上日Ｃ］囶
　：而兩［陽開上日Ｃ］
壥：直連［仙開平澄ＡＢ］囶
　：直連［仙開平澄ＡＢ］

【士部】
壺：戸呉［模合平匣Ⅰ］囶
　：音胡［模合平匣Ⅰ］
壽：承呪［尤　去常Ｃ］囶
　：時又［尤　去常Ｃ］
　：市又［　〃　　］

【夊部】
夏：胡雅［麻開上匣Ⅱ］囶
　：何雅［麻開上匣Ⅱ］
　：音下［　〃　　］
　：胡駕［麻開去匣Ⅱ］囶
　：何嫁［麻開去匣Ⅱ］
　：下嫁［　〃　　］
　：下駕［　〃　　］
　：胡駕［　〃　　］

【夕部】
夤：翼真［真開平羊ＡＢ］囶
　：以仁［真開平羊ＡＢ］
夥：胡果［戈合上匣Ⅰ］囶
　：胡果［戈合上匣Ⅰ］

【大部】
夫：防無［虞　平並Ｃ］囶
　：音扶［虞　平並Ｃ］
夸：苦瓜［麻合平溪Ⅱ］囶
　：苦花［麻合平溪Ⅱ］
夾：古洽［洽　入見Ⅱ］囶
　：古洽［洽　入見Ⅱ］
　：胡頬［帖　入匣Ⅳ］囶挾
　：音協［帖　入匣Ⅳ］
奉：扶用［鍾　去並Ｃ］囶俸
　：扶用［鍾　去並Ｃ］
奐：火貫［桓合去暁Ⅰ］囶
　：火瓹［桓合去暁Ⅰ］
契：苦計［斉開去溪Ⅳ］囶
　：口計［斉開去溪Ⅳ］
　：去計［　〃　　］

：苦計［　〃　　　］
　　：苦結［屑開入渓Ⅳ］広
　　：去結［屑開入渓Ⅳ］
　　：苦結［　〃　　　］
　　：私列［薛開入心ＡＢ］広离
　　：思列［薛開入心ＡＢ］
奔：甫悶［魂　去幫Ⅰ］広
　　：布悶［魂　去幫Ⅰ］
奠：堂練［先開去定Ⅳ］広
　　：大見［先開去定Ⅳ］
奥：烏到［豪　去影Ⅰ］広
　　：烏誥［豪　去影Ⅰ］
　　：烏報［　〃　　　］
　　：音郁［屋　入影Ｃ］広ナシ
奨：即両［陽開上精Ｃ］広
　　：子両［陽開上精Ｃ］
奫：於倫［真合平影Ｂ］広
　　：於筠［真合平影Ｂ］
奭：施隻［昔開入書ＡＢ］広
　　：音釋［昔開入書ＡＢ］

【女部】

女：人渚［魚開上日Ｃ］広汝
　　：而与［魚開上日Ｃ］
　　：音汝［　〃　　　］
好：呼到［豪　去暁Ⅰ］広
　　：音耗［豪　去暁Ⅰ］
妄：巫放［陽　去明Ｃ］広
　　：武亮［陽　去明Ｃ］
妍：五堅［先開平疑Ⅳ］広

　　：音研［先開平疑Ⅳ］
妒：当故［模合去端Ⅰ］広
　　：都故［模合去端Ⅰ］
妓：渠綺［支開上群Ｂ］広
　　：其綺［支開上群Ｂ］
妖：於喬［宵　平影Ｂ］広
　　：於苗［宵　平影Ｂ］
妙：彌笑［宵　去明Ａ］広
　　：亡小［宵　上明Ａ］
妠：奴紺［覃　去泥Ⅰ］広
　　：南紺［覃　去泥Ⅰ］
　　：奴荅［合　入泥Ⅰ］広
　　：音納［合　入泥Ⅰ］
妨：敷方［陽　平滂Ｃ］広
　　：孚方［陽　平滂Ｃ］
妬：當故［模合去端Ⅰ］広
　　：丁故［模合去端Ⅰ］
姆：莫候［侯　去明Ⅰ］広
　　：音母［侯　上明Ⅰ］
委：於爲［支合平影Ｂ］広
　　：於危［支合平影Ｂ］
姚：餘昭［宵　平羊ＡＢ］広
　　：音遥［宵　平羊ＡＢ］
姣：古巧［肴　上見Ⅱ］広
　　：古巧［肴　上見Ⅱ］
姪：徒結［屑開入定Ⅳ］広
　　：大結［屑開入定Ⅳ］
姱：苦爪［麻合平渓Ⅱ］広
　　：苦花［麻合平渓Ⅱ］
　　：口花［　〃　　　］

- 19 -

：苦華［　〃　　　］
姻：於眞［眞開平影Ａ］広
　　：音因［眞開平影Ａ］
娍：息弓［東　平心Ｃ］広
　　：息戎［東　平心Ｃ］
娃：於佳［佳開平影Ⅱ］広
　　：於佳［佳開平影Ⅱ］
娉：匹正［清　去滂Ａ］広
　　：匹政［清　去滂Ａ］
　　：音聘［　〃　　　］
　　：妨佞［青　去滂Ⅳ］
娑：素何［歌開平心Ⅰ］広
　　：四何［歌開平心Ⅰ］
　　：先何［　〃　　　］
娟：於緣［仙合平影Ａ］広
　　：一緣［仙合平影Ａ］
娥：五何［歌開平疑Ⅰ］広
　　：五歌［歌開平疑Ⅰ］
娭：許其［之開平曉Ｃ］広
　　：許疑［之開平曉Ｃ］
　　：音熙［　〃　　　］
婁：落侯［侯　平来Ⅰ］広
　　：力侯［侯　平来Ⅰ］
　　：音樓［　〃　　　］
婉：於阮［元合上影Ｃ］広
　　：於阮［元合上影Ｃ］
　　：於遠［　〃　　　］
婓：芳非［微　平滂Ｃ］広
　　：音妃［微　平滂Ｃ］
婕：即葉［葉　入精ＡＢ］広

　　：音接［葉　入精ＡＢ］
婞：胡頂［青開上匣Ⅳ］広
　　：胡冷［青開上匣Ⅳ］
婪：盧含［覃　平来Ⅰ］広
　　：力男［覃　平来Ⅰ］
　　：力含［　〃　　　］
婭：衣嫁［麻開去影Ⅱ］広
　　：音亞［麻開去影Ⅱ］
婺：亡遇［虞　去明Ｃ］広
　　：音務［虞　去明Ｃ］
媅：丁含［覃　平端Ⅰ］広
　　：多含［覃　平端Ⅰ］
媛：雨元［元合平匣Ｃ］広
　　：音爰［元合平匣Ｃ］
媵：以證［蒸開去羊Ｃ］広
　　：以證［蒸開去羊Ｃ］
媼：烏晧［豪　上影Ⅰ］広
　　：烏老［豪　上影Ⅰ］
媾：古候［侯　去見Ⅰ］広
　　：古候［侯　去見Ⅰ］
嫂：蘇老［豪　上心Ⅰ］広
　　：素老［豪　上心Ⅰ］
嫄：愚袁［元合平疑Ｃ］広
　　：音元［元合平疑Ｃ］
嫉：疾二［脂開去從ＡＢ］広
　　：音自［脂開去從ＡＢ］
　　：秦悉［質開入從ＡＢ］広
　　：音疾［質開入從ＡＢ］
嫋：奴鳥［蕭　上泥Ⅳ］広
　　：奴了［蕭　上泥Ⅳ］

:女了[蕭　上娘Ⅳ]
　:女角[覚　入娘Ⅱ]広ナシ
嫌:戸兼[添　平匣Ⅳ]広
　:戸兼[添　平匣Ⅳ]
嫫:莫胡[模合平明Ⅰ]広
　:音模[模合平明Ⅰ]
嬃:相俞[虞合平心Ｃ]広
　:音須[虞合平心Ｃ]
嬉:許其[之開平暁Ｃ]広
　:許疑[之開平暁Ｃ]
嬋:市連[仙開平常ＡＢ]広
　:市然[仙開平常ＡＢ]
嬙:在良[陽開平従Ｃ]広
　:在良[陽開平従Ｃ]
嬪:符眞[真　平並Ａ]広
　:婦民[真　平並Ａ]
嬲:奴鳥[蕭　上泥Ⅳ]広
　:女了[蕭　上娘Ⅳ]
嬴:以成[清開平羊ＡＢ]広
　:音盈[清開平羊ＡＢ]
嬿:於甸[先開去影Ⅳ]広
　:於典[先開上影Ⅳ]
孌:力兖[仙合上来ＡＢ]広
　:力轉[仙合上来ＡＢ]

【子部】
孩:戸來[咍開平匣Ⅰ]広
　:何来[咍開平匣Ⅰ]
孳:子之[之開平精Ｃ]広
　:音茲[之開平精Ｃ]

孺:而遇[虞合去日Ｃ]広
　:而喩[虞合去日Ｃ]
　:而注[　〃　]
孽:魚列[薛開入疑Ｂ]広
　:魚列[薛開入疑Ｂ]

【宀部】
守:舒救[尤　去書Ｃ]広
　:音獸[尤　去書Ｃ]
　:音狩[　〃　]
完:胡官[桓合平匣Ⅰ]広
　:音丸[桓合平匣Ⅰ]
　:音桓[　〃　]
宕:徒浪[唐開去定Ⅰ]広
　:大浪[唐開去定Ⅰ]
宛:於袁[元合平影Ｃ]広
　:於元[元合平影Ｃ]
宥:于救[尤　去匣Ｃ]広
　:音又[尤　去匣Ｃ]
宦:胡慣[刪合去匣Ⅱ]広
　:音患[刪合去匣Ⅱ]
宴:於甸[先開去影Ⅳ]広
　:一見[先開去影Ⅳ]
宸:植鄰[真開平常ＡＢ]広
　:音辰[真開平常ＡＢ]
宿:息救[尤　去心Ｃ]広
　:音秀[尤　去心Ｃ]
　:思幼[幽　去心ＡＢ]
　:息逐[屋　入心Ｂ]広
　:思六[屋　入心Ｃ]

宛:於袁[元合平影Ｃ]広
 :於元[元合平影Ｃ]
寅:翼眞[真開平羊ＡＢ]広
 :以人[真開平羊ＡＢ]
寐:彌二[脂　去明Ａ]広
 :亡二[脂　去明Ａ]
寢:七稔[侵　上清ＡＢ]広
 :七荏[侵　上清ＡＢ]
寓:王矩[虞合上匣Ｃ]広
 :音宇[虞合上匣Ｃ]
寓:牛具[虞合去疑Ｃ]広
 :音遇[虞合去疑Ｃ]
寗:乃定[徑開去泥Ⅳ]広
 :那定[青開去泥Ⅳ]
寘:支義[支開去章ＡＢ]広
 :之智[支開去章ＡＢ]
寤:五故[模合去疑Ⅰ]広
 :五故[模合去疑Ⅰ]
寥:落蕭[蕭　平来Ⅳ]広
 :力彫[蕭　平来Ⅳ]
寮:落蕭[蕭　平来Ⅳ]広
 :力彫[蕭　平来Ⅳ]

【寸部】
封:府容[鍾　平幫Ｃ]広
 :方逢[鍾　平幫Ｃ]
射:神夜[麻開去船ＡＢ]広
 :市夜[麻開去常ＡＢ]
 :常夜[　〃　　]
 :時夜[　〃　　]
 :羊謝[麻開去羊ＡＢ]広
 :音夜[麻開去羊ＡＢ]
 :食亦[昔開入船ＡＢ]広
 :市亦[昔開入常ＡＢ]
 :時亦[　〃　　]
 :上亦[　〃　　]
 :音石[　〃　　]
 :羊益[昔開入羊ＡＢ]広
 :音亦[昔開入羊ＡＢ]
将:子亮[陽開去精Ｃ]広
 :子亮[陽開去精Ｃ]

【小部】
少:失照[宵　去書ＡＢ]広
 :失照[宵　去書ＡＢ]
尚:市羊[陽開平常Ｃ]広
 :音常[陽開平常Ｃ]
尟:息淺[仙開上心ＡＢ]広
 :思辇[仙開上心ＡＢ]

【尸部】
屈:衢物[物合入群Ｃ]広倔
 :其勿[物合入群Ｃ]
屆:古拜[皆開去見Ⅱ]広
 :音介[皆開去見Ⅱ]
屍:式脂[脂開平書ＡＢ]広
 :音尸[脂開平書ＡＢ]
屛:薄經[青　平並Ⅳ]広
 :歩經[青　平並Ⅳ]
 :歩銘[　〃　　]

：必郢［清　上幫Ａ］広
：必静［清　上幫Ａ］
：必井［　〃　　　］
屓：虚器［脂開去暁Ｂ］広
：許媚［脂開去暁Ｂ］
属：之欲［燭　入章Ｃ］広
：之欲［燭　入章Ｃ］
屠：同都［模合平定Ｉ］広
：音徒［模合平定Ｉ］
：直魚［魚開平澄Ｃ］広
：音除［魚開平澄Ｃ］
屨：良遇［虞合去來Ｃ］広
：力住［虞合去來Ｃ］
層：作縢［登開平精Ｉ］広
：音曽［登開平精Ｉ］
：音増［　〃　　］
：昨棱［登開平從Ｉ］広
：在登［登開平從Ｉ］

【屮部】
屯：徒渾［魂合平定Ｉ］広
：途昆［魂合平定Ｉ］
：知論［魂合平知Ｉ］広ナシ
：陟綸［諄合平知ＡＢ］広
：知倫［諄合平知ＡＢ］

【山部】
㐹：五忽［没合入疑Ｉ］広岉
：五骨［没合入疑Ｉ］
㞎：子結［屑開入精Ⅳ］広

：音節［屑開入精Ⅳ］
岌：魚及［緝　入疑Ｂ］広
：魚及［緝　入疑Ｂ］
岏：五丸［桓合平疑Ｉ］広
：五丸［桓合平疑Ｉ］
岐：巨支［支開平群Ａ］広
：巨支［支開平群Ａ］
岠：其呂［魚開上群Ｃ］広距岨
：音巨［魚開上群Ｃ］
岪：符弗［物　入並Ｃ］広弟
：扶弗［物　入並Ｃ］
：皮筆［質　入並Ｂ］広ナシ
弟：符弗［物　入並Ｃ］広
：扶弗［物　入並Ｃ］
岫：似祐［尤　去邪Ｃ］広
：音袖［尤　去邪Ｃ］
岷：武巾［真　平明Ｂ］広
：亡巾［真　平明Ｂ］
：亡貧［　〃　　　］
岹：徒聊［蕭　平定Ⅳ］広迢
：音條［蕭　平定Ⅳ］
峒：徒紅［東　平定Ｉ］広
：音同［東　平定Ｉ］
峙：直里［之開上澄Ｃ］広
：直理［之開上澄Ｃ］
峡：侯夾［洽　入匣Ⅱ］広
：音洽［洽　入匣Ⅱ］
峨：五何［歌開平疑Ｉ］広
：五何［歌開平疑Ｉ］
：音俄［　〃　　　］

峭：七肖［宵　去清ＡＢ］広
　：七笑［宵　去清ＡＢ］
岘：莫江［江　平明Ⅱ］広
　：武江［江　平明Ⅱ］
峻：私閏［諄合去心ＡＢ］広
　：思俊［諄合去心ＡＢ］
　：音俊［諄合去精ＡＢ］
崎：去奇［支開平溪Ｂ］広
　：去宜［支開平溪Ｂ］
　：渠希［微開平群Ｃ］広
　：巨衣［微開平群Ｃ］
崏：武巾［真　平明Ｂ］広岷
　：亡巾［真　平明Ｂ］
崐：古渾［魂合平見Ⅰ］広崑
　：音昆［魂合平見Ⅰ］
崔：昨回［灰合平從Ⅰ］広
　：徂迴［灰合平從Ⅰ］
　：在回［　〃　　］
崛：魚勿［物合入疑Ｃ］広
　：魚勿［物合入疑Ｃ］
崟：魚金［侵　平疑Ｂ］広
　：魚今［侵　平疑Ｂ］
崯：魚金［侵　平疑Ｂ］広崟
　：音吟［侵　平疑Ｂ］
崢：士耕［耕開平崇Ⅱ］広
　：士耕［耕開平崇Ⅱ］
　：仕耕［　〃　　］
崤：胡茅［肴　平匣Ⅱ］広
　：下交［肴　平匣Ⅱ］
崦：央炎［塩　平影Ｂ］広

　：音淹［塩　平影Ｂ］
　：於嚴［厳　平影Ｃ］
崴：乙乖［皆合平影Ⅱ］広
　：烏乖［皆合平影Ⅱ］
崿：五各［鐸開入疑Ⅰ］広
　：魚各［鐸開入疑Ⅰ］
嵒：五咸［咸　平疑Ⅱ］広
　：五咸［咸　平疑Ⅱ］
嵫：子之［之開平精Ｃ］広
　：音茲［之開平精Ｃ］
嵬：五灰［灰合平疑Ⅰ］広
　：五迴［灰合平疑Ⅰ］
　：五回［　〃　　］
嵯：昨何［歌開平從Ⅰ］広
　：徂何［歌開平從Ⅰ］
嵷：作孔［東　上精Ⅰ］広
　：子孔［東　上精Ⅰ］
嵽：特計［齊開去定Ⅳ］広遞
　：徒帝［齊開去定Ⅳ］
　：音第［　〃　　］
嶄：鋤銜［銜　平崇Ⅱ］広
　：音讒［咸　平崇Ⅱ］
嶇：豈俱［虞合平溪Ｃ］広
　：丘于［虞合平溪Ｃ］
嶋：都晧［豪　上端Ⅰ］広島
　：丁老［豪　上端Ⅰ］
嶔：去金［侵　平溪Ｂ］広
　：音欽［侵　平溪Ｂ］
嶕：昨焦［宵　平從ＡＢ］広
　：在焦［宵　平從ＡＢ］

嶢:五聊[蕭　平疑Ⅳ]広
　:音堯[蕭　平疑Ⅳ]
嶮:虛檢[塩　上曉Ｂ]広
　:許儉[塩　上曉Ｂ]
嶰:胡買[佳開上匣Ⅱ]広解
　:居蟹[佳開上見Ⅱ]
　:居買[　〃　]
嶷:魚力[職開入疑Ｃ]広
　:魚力[職開入疑Ｃ]
嶸:戶萌[耕合平匣Ⅱ]広
　:音宏[耕合平匣Ⅱ]
嶼:徐呂[魚開上邪Ｃ]広
　:音叙[魚開上邪Ｃ]
巃:力董[東　上來Ⅰ]広
　:力孔[東　上來Ⅰ]
巌:戶乖[皆合平匣Ⅱ]広
　:戶乖[皆合平匣Ⅱ]
巉:鋤銜[銜　平崇Ⅱ]広
　:士咸[咸　平崇Ⅱ]
巆:烟泙[青開上影Ⅳ]広
　:一冷[青開上影Ⅳ]
巍:語韋[微合平疑Ｃ]広
　:魚違[微合平疑Ｃ]
　:五灰[灰合平疑Ⅰ]広嵬
　:五迴[灰合平疑Ⅰ]
巒:落官[桓合平來Ⅰ]広
　:力丸[桓合平來Ⅰ]
巘:魚蹇[仙開上疑Ｂ]広
　:魚輦[仙開上疑Ｂ]

【工部】
巧:苦教[肴　去溪Ⅱ]広
　:苦孝[肴　去溪Ⅱ]
差:楚宜[支開平初ＡＢ]広
　:楚宜[支開平初ＡＢ]
　:初宜[　〃　]

【己部】
己:居理[之開上見Ｃ]広
　:音紀[之開上見Ｃ]
已:羊己[之開上羊Ｃ]広
　:音以[之開上羊Ｃ]
巳:詳里[之開上邪Ｃ]広
　:音似[之開上邪Ｃ]
巵:章移[支開平章ＡＢ]広
　:音支[支開平章ＡＢ]
卷:巨員[仙合平群Ｂ]広
　:巨員[仙合平群Ｂ]
　:居轉[仙合上見Ｂ]広
　:居勉[仙合上見Ｂ]
　:居免[　〃　]

【巾部】
帆:符芝[凡　平並Ｃ]広
　:音凡[凡　平並Ｃ]
　:扶泛[凡　去並Ｃ]広
　:凡去聲[凡　去並Ｃ]
帚:之九[尤　上章Ｃ]広
　:章西[尤　上章Ｃ]
帟:羊益[昔開入羊ＡＢ]広

：音亦［昔開入羊ＡＢ］
帥：所類［脂合去生ＡＢ］⬚帥
　　：所位［　〃　　　］
　　：色愧［　〃　　　］
　　：所律［質合入生ＡＢ］⬚帥
　　：所筆［質合入生ＡＢ］
　　：音率［　〃　　　］
帷：洧悲［脂合平匣Ｂ］⬚
　　：榮龜［脂合平匣Ｂ］
幄：於角［覺　入影Ⅱ］⬚
　　：於角［覺　入影Ⅱ］
　　：一角［　〃　　　］
　　：音握［　〃　　　］
幅：方六［屋　入幫Ｃ］⬚
　　：方伏［屋　入幫Ｃ］
㡒：呼光［唐合平曉Ⅰ］⬚㡒
　　：音荒［唐合平曉Ⅰ］
幕：慕各［鐸　入明Ⅰ］⬚
　　：音莫［鐸　入明Ⅰ］
幙：慕各［鐸　入明Ⅰ］⬚幕
　　：音莫［鐸　入明Ⅰ］
幢：宅江［江　平澄Ⅱ］⬚
　　：直江［江　平澄Ⅱ］
幤：毘祭［祭　去並Ａ］⬚
　　：婢袂［祭　去並Ａ］
幬：直由［尤　平澄Ｃ］⬚
　　：直留［尤　平澄Ｃ］

【干部】
幹：古案［寒開去見Ⅰ］⬚

　　：古旱［寒開上見Ⅰ］

【幺部】
幾：渠希［微開平群Ｃ］⬚
　　：巨衣［微開平群Ｃ］
　　：音祈［　〃　　　］

【广部】
庇：必至［脂　去幫Ａ］⬚
　　：必二［脂　去幫Ａ］
度：徒故［模合去定Ⅰ］⬚
　　：大路［模合去定Ⅰ］
　　：徒落［鐸開入定Ⅰ］⬚
　　：大洛［鐸開入定Ⅰ］
廁：初吏［之開去初Ｃ］⬚
　　：初事［之開去初Ｃ］
廂：息良［陽開平心Ｃ］⬚
　　：音相［陽開平心Ｃ］
廊：魯當［唐開平来Ⅰ］⬚
　　：音郎［唐開平来Ⅰ］
廓：苦郭［鐸合入溪Ⅰ］⬚
　　：苦郭［鐸合入溪Ⅰ］
廖：落蕭［蕭　平来Ⅳ］⬚
　　：力彫［蕭　平来Ⅳ］
廛：直連［仙開平澄ＡＢ］⬚
　　：直連［仙開平澄ＡＢ］
廝：息移［支開平心ＡＢ］⬚
　　：音斯［支開平心ＡＢ］
廡：文甫［虞　上明Ｃ］⬚
　　：音武［虞　上明Ｃ］

廢:方肺[廢　去幫Ｃ]框
　:方穢[廢　去幫Ｃ]
廬:力居[魚開平来Ｃ]框
　:力如[魚開平来Ｃ]
　:力於[　〃　　]
　:音閭[　〃　　]

【夂部】
延:予線[仙開去羊ＡＢ]框
　:以戰[仙開去羊ＡＢ]

【廾部】
弇:衣儉[塩　上影Ｂ]框
　:音奄[塩　上影Ｂ]
弈:羊益[昔開入羊ＡＢ]框
　:音亦[昔開入羊ＡＢ]
弊:毘祭[祭　去並Ａ]框
　:婢例[祭　去並Ａ]

【弋部】
弒:式吏[之開去書Ｃ]框
　:音試[之開去書Ｃ]

【弓部】
弛:施是[支開上書ＡＢ]框
　:尸氏[支開上書ＡＢ]
　:式氏[　〃　　]
弢:土刀[豪　平透Ｉ]框
　:吐刀[豪　平透Ｉ]
弣:芳武[虞合上滂Ｃ]框

　:方宇[虞合上幫Ｃ]
弧:戸吳[模合平匣Ｉ]框
　:音胡[模合平匣Ｉ]
弩:奴古[模合上泥Ｉ]框
　:音努[模合上泥Ｉ]
弭:綿婢[支　上明Ａ]框
　:亡尔[支　上明Ａ]
張:知亮[陽開去知Ｃ]框
　:丁亮[陽開去端Ｃ]
強:巨良[陽開平群Ｃ]框
　:其良[陽開平群Ｃ]
　:其兩[陽開上群Ｃ]
　:其兩[陽開上群Ｃ]
彈:徒干[寒開平定Ｉ]框
　:直單[寒開平澄Ｉ]
　:徒案[寒開去定Ｉ]
　:大旦[寒開去定Ｉ]
彎:烏關[刪合平影Ⅱ]框
　:烏還[刪合平影Ⅱ]

【彐部】
彙:于貴[微合去匣Ｃ]框
　:音謂[微合去匣Ｃ]

【彡部】
彤:徒冬[冬　平定Ｉ]框
　:大冬[冬　平定Ｉ]
　:徒冬[　〃　　]
彧:於六[屋　入影Ｃ]框
　:於六[屋　入影Ｃ]

彪：甫烋［幽　　平幫Ｂ］匡
　：彼尤［尤　　平幫Ｃ］
影：撫招［宵　　平滂Ａ］匡
　：匹遥［宵　　平滂Ａ］
　：匹妙［宵　　去滂Ａ］匡
　：匹照［宵　　去滂Ａ］

【彳部】
徉：與章［陽開平羊Ｃ］匡
　：音羊［陽開平羊Ｃ］
後：胡遘［侯　去匣Ⅰ］匡
　：音候［侯　去匣Ⅰ］
徑：古定［青開去見Ⅳ］匡
　：古定［青開去見Ⅳ］
　：居定［　〃　　　］
　：吉定［　〃　　　］
　：古靈［青開平見Ⅳ］匡經
　：音經［青開平見Ⅳ］
從：子用［鍾　　平精Ｃ］匡
　：子容［鍾　　平精Ｃ］
　：七恭［鍾　　平清Ｃ］匡
　：七容［鍾　　平清Ｃ］
　：疾用［鍾　　去從Ｃ］匡
　：才用［鍾　　去從Ｃ］
徙：斯氏［支開上心ＡＢ］匡
　：以是［支開上羊ＡＢ］匡ナシ
御：牛倨［魚開去疑Ｃ］匡
　：魚慮［魚開去疑Ｃ］
　：吾駕［麻開去疑Ⅱ］匡迓訝
　：音訝［麻開去疑Ⅱ］

徧：方見［先開去幫Ⅳ］匡
　：布見［先開去幫Ⅳ］
復：扶富［尤　去並Ｃ］匡
　：方富［尤　去幫Ｃ］
　：房六［屋　入並Ｃ］匡
　：音伏［屋　入並Ｃ］
　：方六［屋　入幫Ｃ］匡復
　：方伏［屋　入幫Ｃ］
循：詳遵［諄合平邪ＡＢ］匡
　：音巡［諄合平邪ＡＢ］
微：無幫［微　平明Ｃ］匡
　：亡匪［微　上明Ｃ］
徵：陟里［之開上知Ｃ］匡
　：張里［之開上知Ｃ］
徼：古堯［蕭　平見Ⅳ］匡
　：古堯［蕭　平見Ⅳ］
　：古弔［蕭　去見Ⅳ］匡
　：居弔［蕭　去見Ⅳ］
　：音叫［　〃　　　］
徽：許歸［微合平曉Ｃ］匡
　：音輝［微合平曉Ｃ］

【心部】
心：息林［侵　平心ＡＢ］匡
　：素含［覃　平心Ⅰ］匡ナシ
快：苦夬［夬合去溪Ⅱ］匡
　：苦邁［夬合去溪Ⅱ］
忳：徒渾［魂合平定Ⅰ］匡
　：音屯［魂合平定Ⅰ］
忻：許斤［欣開平曉Ｃ］匡

：許斤［欣開平暁Ｃ］
忼：苦朗［唐開上渓Ｉ］広
　　：音慷［唐開上渓Ｉ］
忿：敷粉［文　上滂Ｃ］広
　　：芳粉［文　上滂Ｃ］
思：相吏［之開去心Ｃ］広
　　：先自［脂開去心ＡＢ］
　　：音四［　〃　　　］
怡：與之［之開平羊Ｃ］広
　　：以而［之開平羊Ｃ］
怵：都忽［没合入端Ｉ］広ナシ
　　：他忽［没合入透Ｉ］広ナシ
怨：於袁［元合平影Ｃ］広
　　：於元［元合平影Ｃ］
　　：於願［元合去影Ｃ］
　　：於願［元合去影Ｃ］
怳：許昉［陽合上暁Ｃ］広
　　：虛往［陽合上暁Ｃ］
　　：許往［　〃　　　］
怷：丑律［術合入徹ＡＢ］広
　　：丑律［術合入徹ＡＢ］
恂：相倫［諄合平心ＡＢ］広
　　：音荀［諄合平心ＡＢ］
　　：音旬［諄合平邪ＡＢ］
恇：去王［陽合平渓Ｃ］広
　　：音匡［陽合平渓Ｃ］
恕：商署［魚開去書Ｃ］広
　　：音庶［魚開去書Ｃ］
悋：良刃［真開去来ＡＢ］広各恪
　　：力刃［真開去来ＡＢ］

悝：苦回［灰合平渓Ｉ］広
　　：苦回［灰合平渓Ｉ］
恣：資四［脂開去精ＡＢ］広
　　：即次［脂開去精ＡＢ］
　　：即自［　〃　　　］
恤：辛聿［術合入心ＡＢ］広
　　：思律［術合入心ＡＢ］
恧：女六［屋　入泥Ｃ］広
　　：女六［屋　入娘Ｃ］
恪：苦各［鐸開入渓Ｉ］広
　　：口各［鐸開入渓Ｉ］
恬：徒兼［添　平定Ⅳ］広
　　：徒兼［添　平定Ⅳ］
　　：大兼［　〃　　　］
悃：苦本［魂合上渓Ｉ］広
　　：苦本［魂合上渓Ｉ］
悌：徒禮［齊開上定Ⅳ］広
　　：音待［咍開上定Ｉ］広ナシ
悍：侯旰［寒開去匣Ｉ］広
　　：何旦［寒開去匣Ｉ］
悒：於汲［緝　入影Ｂ］広
　　：音邑［緝　入影Ｂ］
悟：五故［模合去疑Ｉ］広
　　：五故［模合去疑Ｉ］
悢：力讓［陽開去来Ｃ］広
　　：音亮［陽開去来Ｃ］
悰：藏宗［冬　平従Ｉ］広
　　：在冬［冬　平従Ｉ］
悵：丑亮［陽開去徹Ｃ］広
　　：勅亮［陽開去徹Ｃ］

- 29 -

悼：徒到[豪　去定Ⅰ]廣
　：徒到[豪　去定Ⅰ]
悽：七稽[齊開平清Ⅳ]廣
　：音妻[齊開平清Ⅳ]
惄：奴歷[錫開入泥Ⅳ]廣
　：乃歷[錫開入泥Ⅳ]
惆：丑鳩[尤　平徹C]廣
　：勑留[尤　平徹C]
惎：渠記[之開去群C]廣
　：其器[脂開去群B]
惔：徒甘[談　平定Ⅰ]廣
　：徒暫[談　去定Ⅰ]
惕：他歷[錫開入透Ⅳ]廣
　：他狄[錫開入透Ⅳ]
惚：呼骨[沒合入曉Ⅰ]廣
　：音忽[沒合入曉Ⅰ]
惡：哀都[模合平影Ⅰ]廣
　：音烏[模合平影Ⅰ]
　：烏路[模合去影Ⅰ]
　：烏故[模合去影Ⅰ]
　：一故[　〃　]
惰：徒臥[戈合去定Ⅰ]廣
　：徒臥[戈合去定Ⅰ]
惴：之睡[支合去章AB]廣
　：之瑞[支合去章AB]
愆：去乾[仙開平溪B]廣
　：去乾[仙開平溪B]
愈：以主[虞合上羊C]廣
　：以主[虞合上羊C]
愊：芳逼[職　入滂B]廣

　：普逼[職　入滂B]
愍：眉殞[真　上明B]廣
　：音閔[真　上明B]
愔：挹淫[侵　平影A]廣
　：一林[侵　平影A]
愜：苦協[怗　入溪Ⅳ]廣
　：口挾[怗　入溪Ⅳ]
愞：奴亂[桓合去泥Ⅰ]廣
　：奴甑[桓合去泥Ⅰ]
　：奴喚[　〃　]
慄：力質[質開入來AB]廣
　：音栗[質開入來AB]
態：他代[咍開去透Ⅰ]廣
　：他代[咍開去透Ⅰ]
慉：式竹[屋　入書C]廣
　：音叔[屋　入書C]
慌：呼晃[唐合上曉Ⅰ]廣
　：呼廣[唐合上曉Ⅰ]
慍：於問[文合去影C]廣
　：於問[文合去影C]
慝：他德[德開入透Ⅰ]廣
　：他勒[德開入透Ⅰ]
慟：徒弄[東　去定Ⅰ]廣
　：大棟[東　去定Ⅰ]
傲：五到[豪　去疑Ⅰ]廣傲
　：五誥[豪　去疑Ⅰ]
　：五報[　〃　]
慢：謨晏[刪　去明Ⅱ]廣
　：莫患[刪　去明Ⅱ]
　：亡間[山　平明Ⅱ]

慨:苦愛[哈開去渓Ⅰ]広
　:可代[哈開去渓Ⅰ]
　:何代[哈開去匣Ⅰ]広ナシ
慴:之渉[葉　入章ＡＢ]広
　:之葉[葉　入章ＡＢ]
慷:苦朗[唐開上渓Ⅰ]広
　:可朗[唐開上渓Ⅰ]
慺:落侯[侯　平来Ⅰ]広
　:力侯[侯　平来Ⅰ]
慾:余蜀[燭　入羊Ｃ]広
　:音欲[燭　入羊Ｃ]
憍:擧喬[宵　平見Ｂ]広
　:居要[宵　平見Ｂ]
憎:作縢[登開平精Ⅰ]広
　:子登[登開平精Ⅰ]
憞:昌兩[陽開上昌Ｃ]広
　:尺掌[陽開上昌Ｃ]
憑:扶冰[蒸　平並Ｂ]広
　:皮冰[蒸　平並Ｂ]
　:皮膺[　〃　　　]
憖:魚覲[真開去疑Ｂ]広
　:魚靳[欣開去疑Ｃ]
憚:徒案[寒開去定Ⅰ]広
　:徒旦[寒開去定Ⅰ]
　:當割[曷開入端Ⅰ]広怛懇
　:丁達[曷開入端Ⅰ]
憝:徒對[灰合去定Ⅰ]広
　:徒對[灰合去定Ⅰ]
憤:房吻[文　上並Ｃ]広
　:扶粉[文　上並Ｃ]

憩:去例[祭開去渓Ｂ]広
　:去例[祭開去渓Ｂ]
憬:倶永[庚合上見Ｂ]広
　:居永[庚合上見Ｂ]
憀:音留[尤　平来Ｃ]広ナシ
應:於陵[蒸開平影Ｃ]広
　:一陵[蒸開平影Ｃ]
　:於證[蒸開去影Ｃ]
　:於證[蒸開去影Ｃ]
　:音鷹[　〃　　　]
懋:莫候[侯　去明Ⅰ]広
　:音茂[侯　去明Ⅰ]
懌:羊益[昔開入羊ＡＢ]広
　:音亦[昔開入羊ＡＢ]
懲:直陵[蒸開平澄Ｃ]広
　:音澄[蒸開平澄Ｃ]
懸:胡涓[先合平匣Ⅳ]広
　:音玄[先合平匣Ⅳ]
懼:其遇[虞合去群Ｃ]広
　:音句[虞合去見Ｃ]
懿:乙冀[脂開去影Ｃ]広
　:音意[之開去影Ｃ]

【戈部】
戚:倉歴[錫開入清Ⅳ]広
　:七亦[昔開入清ＡＢ]
戟:几劇[陌開入見Ｂ]広
　:居劇[陌開入見Ｂ]
　:居亦[昔開入見Ａ]
戢:阻立[緝　入荘ＡＢ]広

：側及［緝　入荘ＡＢ］
：側立［　〃　　　　］
：側入［　〃　　　　］
：所及［緝　入生ＡＢ］
截：昨結［屑開入従Ⅳ］囚
　：在結［屑開入従Ⅳ］
戮：力竹［屋　入来Ｃ］囚
　：音六［屋　入来Ｃ］
戲：香義［支開去暁Ｂ］囚
　：許義［支開去暁Ｂ］

【戸部】
戻：郎計［斉開去来Ⅳ］
　：力計［斉開去来Ⅳ］
　：力帝［　〃　　　］
　：練結［屑開入来Ⅳ］囚
　：力結［屑開入来Ⅳ］
扁：薄泫［先開上並Ⅳ］囚
　：歩典［先開上並Ⅳ］
扃：古螢［青合平見Ⅳ］囚
　：古螢［青合平見Ⅳ］
　：吉螢［　〃　　　］
扆：於豈［微開上影Ｃ］囚
　：於狶［微開上影Ｃ］
戽：侯古［模合上匣Ⅰ］囚
　：音戸［模合上匣Ⅰ］
扉：甫微［微　平幫Ｃ］囚
　：音幫［微　平幫Ｃ］

【手部】
扛：古雙［江　平見Ⅱ］囚
　：音江［江　平見Ⅱ］
扞：侯旰［寒開去匣Ⅰ］囚
　：何旦［寒開去匣Ⅰ］
　：何但［寒開上匣Ⅰ］囚ナシ
扣：苦后［侯　上渓Ⅰ］囚
　：音口［侯　上渓Ⅰ］
扤：五忽［没合入疑Ⅰ］囚
　：音兀［没合入疑Ⅰ］
批：匹迷［斉　平滂Ⅳ］囚
　：普分［斉　平滂Ⅳ］
抵：諸氏［支開上章ＡＢ］囚
　：之氏［支開上章ＡＢ］
扼：於革［麦開入影Ⅱ］囚搤抳
　：於革［麦開入影Ⅱ］
技：渠綺［支開上群Ｂ］囚
　：其綺［支開上群Ｂ］
抃：皮變［仙　去並Ｂ］囚
　：皮變［仙　去並Ｂ］
　：音卞［　〃　　　］
把：博下［麻　上幫Ⅱ］囚
　：百馬［麻　上幫Ⅱ］
　：布馬［　〃　　　］
　：蒲巴［麻　平並Ⅱ］囚爬
　：歩也［麻　上並Ⅱ］
抏：五丸［桓合平疑Ⅰ］囚
　：五丸［桓合平疑Ⅰ］
抑：於力［職開入影Ｃ］囚
　：於極［職開入影Ｃ］

抒：神與［魚開上船Ｃ］広
　：時与［魚開上常Ｃ］広
抗：苦浪［唐開去溪Ⅰ］広
　：口浪［唐開去溪Ⅰ］
　：可浪［　〃　　　］
折：旨熱［薛開入章ＡＢ］広
　：之舌［薛開入章ＡＢ］
　：常列［薛開入常ＡＢ］広
　：音舌［薛開入船ＡＢ］
披：匹靡［支　上滂Ｂ］広
　：普蟻［支　上滂Ｂ］
抳：女弟［齊開上娘Ⅳ］広ナシ
抽：丑鳩［尤　平徹Ｃ］広
　：勅由［尤　平徹Ｃ］
　：丑留［　〃　　　］
拂：敷勿［物　入滂Ｂ］広
　：步筆［質　入並Ｃ］広ナシ
　：音弼［　〃　　　］
　：符弗［物　入並Ｃ］広咈
　：扶弗［物　入並Ｃ］
拇：莫厚［侯　上明Ⅰ］広
　：音母［侯　上明Ⅰ］
拉：盧合［合　入來Ⅰ］広
　：力合［合　入來Ⅰ］
拊：芳武［虞　上滂Ｃ］広
　：芳宇［虞　上滂Ｃ］
　：芳府［　〃　　　］
　：音撫［　〃　　　］
拑：巨淹［塩　平群Ｂ］広
　：巨炎［塩　平群Ｂ］

拔：蒲撥［末　入並Ⅰ］広
　：步末［末　入並Ⅰ］
　：蒲八［黠　入並Ⅱ］広
　：步八［黠　入並Ⅱ］
　：蒲八［　〃　　　］
拖：徒可［歌開上定Ⅰ］広柂
　：大可［歌開上定Ⅰ］
拘：舉朱［虞合平見Ｃ］広
　：音俱［虞合平見Ｃ］
招：止遙［宵　平章ＡＢ］広
　：之遙［宵　平章ＡＢ］
拯：蒸上聲［蒸開上章Ｃ］広
　：證上聲［蒸開上章Ｃ］
拱：居悚［鍾　上見Ｃ］広
　：九隴［鍾　上見Ｃ］
拳：巨員［仙合平群Ｂ］広
　：其員［仙合平群Ｂ］
拾：是執［緝　入常ＡＢ］広
　：音十［緝　入常ＡＢ］
挂：古賣［佳合去見Ⅱ］広
　：音卦［佳合去影Ⅱ］
指：職雉［脂開上章ＡＢ］広
　：之視［脂開上章ＡＢ］
挈：苦結［屑開入溪Ⅳ］広
　：丘結［屑開入溪Ⅳ］
按：烏旰［寒開去影Ⅰ］広
　：烏旦［寒開去影Ⅰ］
挐：女加［麻開平娘Ⅱ］広
　：女加［麻開平娘Ⅱ］
　：女余［魚開平娘Ｃ］広

：女居［魚開平娘Ｃ］
　　：乃居［魚開平泥Ｃ］
挟：胡頰［怗　入匣Ⅳ］広
　　：何牒［怗　入匣Ⅳ］
　　：音叶［　〃　　］
挫：則臥［戈合去精Ⅰ］広
　　：祖臥［戈合去精Ⅰ］
挹：伊入［緝　入影Ａ］広
　　：一入［緝　入影Ａ］
挺：徒鼎［青開上定Ⅳ］広
　　：徒冷［青開上定Ⅳ］
挽：無遠［元　上明Ｃ］広
　　：音晩［元　上明Ｃ］
　　：無販［元　去明Ｃ］広輓
　　：音万［元　去明Ｃ］
捍：侯旰［寒開去匣Ⅰ］広
　　：何旦［寒開去匣Ⅰ］
捎：所交［肴　平生Ⅱ］広
　　：所交［肴　平生Ⅱ］
捐：與專［仙合平羊ＡＢ］広
　　：音縁［仙合平羊ＡＢ］
捖：都管［桓合上端Ⅰ］広
　　：都管［桓合上端Ⅰ］
捜：所鳩［尤　平生Ｃ］広
　　：所尤［尤　平生Ｃ］
捥：烏貫［桓合去影Ⅰ］広
　　：烏翫［桓合去影Ⅰ］
捧：敷並［鍾　上滂Ｃ］広
　　：芳並［鍾　上滂Ｃ］
押：莫奔［魂　平明Ⅰ］

　　：音門［魂　平明Ⅰ］
捶：之累［支合上章ＡＢ］広
　　：之累［支合上章ＡＢ］
捷：疾葉［葉　入從ＡＢ］広
　　：才接［葉　入從ＡＢ］
　　：音接［葉　入精ＡＢ］広ナシ
掃：蘇老［豪　上心Ⅰ］広
　　：先老［豪　上心Ⅰ］
　　：蘇到［豪　去心Ⅰ］広
　　：先到［豪　去心Ⅰ］
掇：陟劣［薛合入知ＡＢ］広
　　：知劣［薛合入知ＡＢ］
掉：徒弔［蕭　去定Ⅳ］広
　　：途弔［蕭　去定Ⅳ］
掊：薄侯［侯　平並Ⅰ］広
　　：歩侯［侯　平並Ⅰ］
排：歩皆［皆　平並Ⅱ］広
　　：歩皆［皆　平並Ⅱ］
　　：歩懐［　〃　　］
掖：羊益［昔開入羊ＡＢ］広
　　：音亦［昔開入羊ＡＢ］
掞：音艶［塩　去羊ＡＢ］広掭
　　：音艶［塩　去羊ＡＢ］
探：他含［覃　平透Ⅰ］広
　　：他含［覃　平透Ⅰ］
控：苦貢［東　去溪Ⅰ］広
　　：苦貢［東　去溪Ⅰ］
措：倉故［模合去清Ⅰ］広
　　：七故［模合去清Ⅰ］
掲：去例［祭開去溪Ｂ］広

：去例［祭開去渓Ｂ］
　　：丘竭［薛開入渓Ｂ］広
　　：起列［薛開入渓Ｂ］
　　：渠列［薛開入群Ｂ］広
　　：其列［薛開入群Ｂ］
搔：蘇遭［豪　平心Ⅰ］広
　　：素刀［豪　平心Ⅰ］
掾：以絹［仙合去羊ＡＢ］広
　　：以絹［仙合去羊ＡＢ］
　　：以戀［　〃　　　］
揄：度侯［侯　平定Ⅰ］広
　　：音投［侯　平定Ⅰ］
提：杜奚［斉開平定Ⅳ］広
　　：大分［斉開平定Ⅳ］
　　：音啼［　〃　　　］
插：楚洽［洽　入初Ⅱ］広
　　：楚洽［洽　入初Ⅱ］
　　：初洽［　〃　　　］
　　：楚甲［狎　入初Ⅱ］広ナシ
揔：作孔［東　上精Ⅰ］広
　　：走孔［東　上精Ⅰ］
揖：伊入［緝　入影Ａ］広
　　：一入［緝　入影Ａ］
揜：衣儉［塩　上影Ｂ］広
　　：音奄［塩　上影Ｂ］
　　：音掩［　〃　　　］
握：於角［覚　入影Ⅱ］広
　　：於角［覚　入影Ⅱ］
　　：一佰［陌開入影Ⅱ］広ナシ
揣：初委［支合上初ＡＢ］広

　　：初委［支合上初ＡＢ］
揮：許歸［微合平暁Ｃ］広
　　：許歸［微合平暁Ｃ］
　　：音輝［　〃　　　］
援：雨元［元合平匣Ｃ］広
　　：音爰［元合平匣Ｃ］
　　：王眷［仙合去匣Ｂ］広
　　：于巻［仙合去匣Ｂ］
　　：于變［　〃　　　］
揵：渠焉［仙開平群Ｂ］広
　　：巨連［仙開平群Ｂ］
搖：餘昭［宵　平羊ＡＢ］広
　　：音遙［宵　平羊ＡＢ］
　　：弋照［宵　去羊ＡＢ］広
　　：以照［宵　去羊ＡＢ］
攉：古岳［覚　入見Ⅱ］広
　　：古學［覚　入見Ⅱ］
搏：補各［鐸　入幫Ⅰ］広
　　：音博［鐸　入幫Ⅰ］
搷：徒年［先開平定Ⅳ］広損
　　：大先［先開平定Ⅳ］
　　：音殿［先開去定Ⅳ］広ナシ
搢：即刃［真開去精ＡＢ］広
　　：音晉［真開去精ＡＢ］
搤：於革［麦開入影Ⅱ］広
　　：於革［麦開入影Ⅱ］
搴：九輦［仙開上見Ｂ］広
　　：居輦［仙開上見Ｂ］
　　：居勉［　〃　　　］
携：戸圭［斉合平匣Ⅳ］広

- 35 -

：戶圭［齊合平匣Ⅳ］	：市戰［仙開去常ＡＢ］
撐：巨員［仙合平群Ｂ］囧拳	操：七刀［豪　平清Ⅰ］囧
：巨員［仙合平群Ｂ］	：七刀［豪　平清Ⅰ］
摌：力求［尤　平來Ｃ］囧	：七到［豪　去清Ⅰ］囧
：力周［尤　平來Ｃ］	：七到［豪　去清Ⅰ］
摘：丑知［支開平徹ＡＢ］囧	擒：巨金［侵　平群Ｂ］囧
：丑知［支開平徹ＡＢ］	：音禽［侵　平群Ｂ］
：丑離［　〃　　　］	擔：都濫［談　去端Ⅰ］囧
摧：昨回［灰合平從Ⅰ］囧	：多暫［談　去端Ⅰ］
：在回［灰合平從Ⅰ］	擠：子計［齊開去精Ⅳ］囧
：徂回［　〃　　　］	：子計［齊開去精Ⅳ］
：在迴［　〃　　　］	擢：直角［覺　入澄Ⅱ］囧
摯：脂利［脂開去章ＡＢ］囧	：直角［覺　入澄Ⅱ］
：音至［脂開去章ＡＢ］	擣：都晧［豪　上端Ⅰ］囧
摵：山責［麥開入生Ⅱ］囧	：丁老［豪　上端Ⅰ］
：所革［麥開入生Ⅱ］	擥：盧敢［談　上來Ⅰ］囧
摹：莫胡［模　平明Ⅰ］囧摸	：音覽［談　上來Ⅰ］
：莫胡［模　平明Ⅰ］	擥：盧敢［談　上來Ⅰ］囧擥攬
撓：奴巧［肴　上娘Ⅱ］囧	：音覽［談　上來Ⅰ］
：女巧［肴　上娘Ⅱ］	舉：居許［魚開上見Ｃ］囧
：女絞［　〃　　　］	：音據［魚開去見Ｃ］囧ナシ
：女孝［肴　去娘Ⅱ］	擿：陟革［麥開入知Ⅱ］囧
撥：北末［末　入幫Ⅰ］囧	：竹革［麥開入知Ⅱ］
：布末［末　入幫Ⅰ］	：知革［　〃　　　］
撰：士免［仙合上崇ＡＢ］囧	：丁格［陌開入端Ⅱ］
：士戀［仙合去崇ＡＢ］	擾：而沼［宵　上日ＡＢ］囧
擁：於隴［鍾　上影Ｃ］囧	：而沼［宵　上日ＡＢ］
：於勇［鍾　上影Ｃ］	：而小［　〃　　　］
：一勇［　〃　　　］	據：丑居［魚開平徹Ｃ］囧
擅：時戰［仙開去常ＡＢ］囧	：丑於［魚開平徹Ｃ］

- 36 -

：丑余［　〃　　　］
攢：在玩［桓合去從Ⅰ］広
　　：在丸［桓合平從Ⅰ］広攢鄭
　　：在丸［桓合平從Ⅰ］
　　：在官［　〃　　　］
　　：才官［　〃　　　］
攘：汝陽［陽開平日C］広
　　：而良［陽開平日C］
　　：而羊［　〃　　　］
　　：如兩［陽開上日C］広
　　：而兩［陽開上日C］
攝：書涉［葉　入書ＡＢ］広
　　：式葉［葉　入書ＡＢ］
攪：古巧［肴　上見Ⅱ］広
　　：古巧［肴　上見Ⅱ］
攫：居縛［薬合入見C］広
　　：九縛［薬合入見C］
攬：盧敢［談　上来Ⅰ］広
　　：力敢［談　上来Ⅰ］

【支部】

放：分网［陽　上幇C］広
　　：方往［陽　上幇C］
效：胡教［肴　去匣Ⅱ］広
　　：胡孝［肴　去匣Ⅱ］
敞：昌兩［陽開上昌C］広
　　：昌兩［陽開上昌C］
　　：尺掌［　〃　　　］
　　：昌掌［　〃　　　］
敠：以跂［支開去羊ＡＢ］

　　：以跂［支開去羊ＡＢ］
散：蘇旱［寒開上心Ⅰ］広
　　：四但［寒開上心Ⅰ］
　　：先但［　〃　　　］
敦：都昆［魂合平端Ⅰ］広
　　：多昆［魂合平端Ⅰ］
敧：去奇［支開平溪Ｂ］広敧
　　：去宜［支開平溪Ｂ］
敷：芳無［虞　平滂C］広
　　：芳于［虞　平滂C］
數：所矩［虞合上生C］広
　　：史宇［虞合上生C］
　　：史柱［　〃　　　］
　　：史雨［　〃　　　］
　　：色句［虞合去生C］広
　　：史住［虞合去生C］
　　：史具［　〃　　　］
　　：所角［覚　入生Ⅱ］広
　　：音朔［覚　入生Ⅱ］
斂：力驗［塩　去来ＡＢ］広
　　：力艶［塩　去来ＡＢ］
斃：毘祭［祭　去並Ａ］広
　　：婢袂［祭　去並Ａ］
敩：胡教［肴　去匣Ⅱ］広
　　：胡孝［肴　去匣Ⅱ］
　　：戸教［　〃　　　］

【文部】

文：無分［文　平明C］広
　　：音問［文　去明C］

斌:府巾［真　平帮Ｂ］広
　:布貧［真　平帮Ｂ］
斐:敷尾［微　上滂Ｃ］広
　:芳尾［微　上滂Ｃ］

【斗部】
料:落蕭［蕭　平来Ⅳ］広
　:力彫［蕭　平来Ⅳ］
　:力弔［蕭　去来Ⅳ］広
　:力弔［蕭　去来Ⅳ］
斛:胡谷［屋　入匣Ⅰ］広
　:胡谷［屋　入匣Ⅰ］
　:胡卜［〃　　　　］
斡:烏括［末合入影Ⅰ］広
　:烏活［末合入影Ⅰ］

【斤部】
斧:方矩［虞　上帮Ｃ］広
　:音府［虞　上帮Ｃ］
断:都管［桓合上端Ⅰ］広
　:丁管［桓合上端Ⅰ］
　:多管［〃　　　　］
　:音短［〃　　　　］
　:丁貫［桓合去端Ⅰ］広
　:多靳［桓合去端Ⅰ］
　:多段［〃　　　　］
斯:以例［祭開去羊ＡＢ］広ナシ
斲:竹角［覚　入知Ⅱ］広
　:丁角［覚　入端Ⅱ］

【方部】
於:哀都［模合平影Ⅰ］広
　:音烏［模合平影Ⅰ］
施:式支［支開平書ＡＢ］広
　:式氏［支開上書ＡＢ］広ナシ
　:施智［支開去書ＡＢ］広
　:式智［支開去書ＡＢ］
　:舒智［〃　　　　　］
斿:力求［尤　平来Ｃ］広旒
　:音流［尤　平来Ｃ］
旁:歩光［唐　平並Ⅰ］広
　:歩光［唐　平並Ⅰ］
　:歩郎［〃　　　　］
旃:諸延［仙開平章ＡＢ］広
　:之然［仙開平章ＡＢ］
旄:莫袍［豪　平明Ⅰ］広
　:音毛［豪　平明Ⅰ］
旅:力舉［魚開上来Ｃ］広
　:音呂［魚開上来Ｃ］
旆:蒲蓋［泰　去並Ⅰ］広
　:歩會［泰　去並Ⅰ］
　:歩外［〃　　　　］
　:歩貝［〃　　　　］
旋:似宣［仙合平邪ＡＢ］広
　:辞縁［仙合平邪ＡＢ］
　:辞戀［仙合去邪ＡＢ］
　:在絹［仙合去従ＡＢ］
旌:子盈［清開平精ＡＢ］広
　:音精［清開平精ＡＢ］
旍:子盈［清開平精ＡＢ］広

：音精［清開平精ＡＢ］
旈：力求［尤　平来Ｃ］広
　：音流［尤　平来Ｃ］
旗：渠之［之開平群Ｃ］広
　：音其［之開平群Ｃ］

【日部】
日：人質［質開入日ＡＢ］広
　：如一［質開入日ＡＢ］
　：而一［　〃　　　］
　：而逸［　〃　　　］
旭：許玉［燭　入暁Ｃ］広
　：許玉［燭　入暁Ｃ］
旰：何旦［寒開去匣Ｉ］広ナシ
昂：五剛［唐開平疑Ｉ］広
　：魚郎［唐開平疑Ｉ］
易：以豉［支開去羊ＡＢ］広
　：以智［支開去羊ＡＢ］
　：羊益［昔開入羊ＡＢ］
　：音亦［昔開入羊ＡＢ］
昧：莫佩［灰　去明Ｉ］広
　：亡背［灰　去明Ｉ］
昴：莫飽［肴　上明Ⅱ］広
　：亡巧［肴　上明Ⅱ］
昵：尼質［質開入娘ＡＢ］
　：女乙［質開入娘ＡＢ］
晃：胡廣［唐合上匣Ｉ］広
　：胡廣［唐合上匣Ｉ］
晏：烏澗［刪開去影Ⅱ］広
　：一澗［刪開去影Ⅱ］

　：一諫［　〃　　　］
晦：荒内［灰合去暁Ｉ］広
　：音悔［灰合去暁Ｉ］
晞：歩妹［灰合去並Ｉ］広ナシ
晧：胡老［豪　上匣Ｉ］
　：胡老［豪　上匣Ｉ］
景：居影［庚開上見Ｂ］広
　：音影［庚開上影Ｂ］
晷：居洧［脂合上見Ｂ］広
　：音軌［脂合上見Ｂ］
晻：烏感［覃　上影Ｉ］広
　：烏感［覃　上影Ｉ］
　：衣儉［塩　上影Ｂ］
　：音掩［塩　上影Ｂ］
暾：他昆［魂合平透Ｉ］広
　：土昆［魂合平透Ｉ］
曁：其冀［脂開去群Ｂ］広
　：其冀［脂開去群Ｂ］
　：其器［　〃　　　］
　：音忌［之開去群Ｃ］
曄：筠輒［葉　入匣Ｂ］広
　：于輒［葉　入匣Ｂ］
　：胡刼［業　入匣Ｃ］広ナシ
曖：烏代［咍開去影Ｉ］広
　：音愛［咍開去影Ｉ］
曜：弋照［宵　去羊ＡＢ］広
　：以昭［宵　平羊ＡＢ］広ナシ
曝：蒲木［屋　入並Ｉ］広
　：歩卜［屋　入並Ｉ］
曩：奴朗［唐開上泥Ｉ］広

：那郎［唐開平泥Ⅰ］広ナシ

【日部】
日：王伐［月合入匣Ｃ］広
　：音越［月合入匣Ｃ］
更：古行［庚開平見Ⅱ］広
　：吉行［庚開平見Ⅱ］
　：音庚［　〃　　］
曶：呼骨［没合入暁Ⅰ］広
　：音忽［没合入暁Ⅰ］
曼：無販［元　去明Ｃ］広
　：音万［元　去明Ｃ］
曾：作滕［登開平精Ⅰ］広
　：昨曽［登開平従Ⅰ］
　：昨棱［登開平従Ⅰ］
　：在登［登開平従Ⅰ］
替：他計［斉開去透Ⅳ］広
　：他帝［斉開去透Ⅳ］
　：土計［　〃　　］
　：他計［　〃　　］
會：古外［泰合去見Ⅰ］広
　：古外［泰合去見Ⅰ］
朅：丘竭［薛開入渓Ｂ］広
　：去例［祭開去渓Ｂ］広ナシ

【月部】
朝：直遥［宵　平澄ＡＢ］広
　：直遥［宵　平澄ＡＢ］

【木部】
札：側八［點開入荘Ⅱ］広
　：側八［點開入荘Ⅱ］
朮：直律［術合入澄ＡＢ］広
　：直律［術合入澄ＡＢ］
朴：匹角［覚　入滂Ⅱ］広
　：普角［覚　入滂Ⅱ］
机：居履［脂開上見Ｂ］広
　：音几［脂開上見Ｂ］
朽：許久［尤　上暁Ｃ］広
　：虚久［尤　上暁Ｃ］
杌：五忽［没合入疑Ⅰ］広
　：音兀［没合入疑Ⅰ］
材：昨哉［咍開平従Ⅰ］広
　：音才［咍開平従Ⅰ］
杕：特計［斉開去定Ⅳ］広
　：大帝［斉開去定Ⅳ］
杖：直兩［陽開上澄Ｃ］広
　：直亮［陽開去澄Ｃ］
杞：墟里［之開上渓Ｃ］広
　：音起［之開上渓Ｃ］
来：洛代［咍開去来Ⅰ］広勑徠
　：力代［咍開去来Ⅰ］
杬：愚袁［元合平疑Ｃ］広
　：音元［元合平疑Ｃ］
杳：烏皎［蕭　上影Ⅳ］広
　：於了［蕭　上影Ⅳ］
　：一了［　〃　　］
杶：丑倫［諄合平徹ＡＢ］広
　：丑春［諄合平徹ＡＢ］

杼:直呂［魚開上澄Ｃ］囗
 :直呂［魚開上澄Ｃ］
 :直与［　〃　　］
枏:那含［覃　平泥Ｉ］囗枏楠
 :乃堪［覃　平泥Ｉ］
 :音南［　〃　　］
析:先擊［錫開入心Ⅳ］囗
 :先歷［錫開入心Ⅳ］
 :先狄［　〃　　］
 :先的［　〃　　］
 :四狄［　〃　　］
柘:胡誤［模合去匣Ｉ］囗
 :音護［模合去匣Ｉ］
枒:以遮［麻開平羊ＡＢ］囗枒
 :以嗟［麻開平羊ＡＢ］
枕:之任［侵　去章ＡＢ］囗
 :之鴆［侵　去章ＡＢ］
枘:而鋭［祭合去日ＡＢ］囗
 :而歳［祭合去日ＡＢ］
柿:芳廢［廢　去滂Ｃ］囗
 :芳吠［廢　去滂Ｃ］
枳:諸氏［支開上章ＡＢ］囗
 :音紙［支開上章ＡＢ］
枸:古侯［侯　平見Ｉ］囗
 :音鉤［侯　平見Ｉ］
枹:縛謀［尤　平並Ｃ］囗
 :音浮［尤　平並Ｃ］
柘:之夜［麻開去章ＡＢ］囗
 :之夜［麻開去章ＡＢ］
柙:胡甲［狎　入匣Ⅱ］囗

 :音甲［狎　入見Ⅱ］囗ナシ
柝:他各［鐸開入透Ｉ］囗
 :他洛［鐸開入透Ｉ］
柢:都計［齊開去端Ⅳ］囗
 :音帝［齊開去端Ⅳ］
柩:巨救［尤　去群Ｃ］囗
 :其又［尤　去群Ｃ］
柯:古俄［歌開平見Ｉ］囗
 :古何［歌開平見Ｉ］
 :音哥［　〃　　］
査:鉏加［麻開平崇Ⅱ］囗
 :側加［麻開平荘Ⅱ］
柹:鉏里［之開上崇Ｃ］囗
 :音士［之開上崇Ｃ］
枡:府盈［清　平幫Ａ］囗
 :音并［清　平幫Ａ］
校:古孝［肴　去見Ⅱ］囗
 :古孝［肴　去見Ⅱ］
 :胡教［肴　去匣Ⅱ］
 :胡孝［肴　去匣Ⅱ］
 :何孝［　〃　　］
核:下革［麥開入匣Ⅱ］囗
 :何革［麥開入匣Ⅱ］
桄:古黄［唐合平見Ｉ］囗
 :音光［唐合平見Ｉ］
桴:芳無［虞　平滂Ｃ］囗
 :芳于［虞　平滂Ｃ］
 :芳符［　〃　　］
 :縛謀［尤　平並Ｃ］囗
 :音浮［尤　平並Ｃ］

桷：古岳［覚　入見Ⅱ］広
　：音角［覚　入見Ⅱ］
桹：魯當［唐開平来Ⅰ］広
　：音郎［唐開平来Ⅰ］
梅：莫杯［灰　平明Ⅰ］広
　：莫杯［灰　平明Ⅰ］
梓：即里［之開上精Ｃ］広
　：音子［之開上精Ｃ］
梟：古尭［蕭　平見Ⅳ］広
　：古尭［蕭　平見Ⅳ］
　：居尭［　〃　　］
梠：力舉［魚開上来Ｃ］広
　：音呂［魚開上来Ｃ］
梢：所交［肴　平生Ⅱ］広
　：所交［肴　平生Ⅱ］
梧：五乎［模合平疑Ⅰ］広
　：音吾［模合平疑Ⅰ］
梫：七稔［侵　上清ＡＢ］広
　：音寑［侵　上清ＡＢ］
梬：以整［清開上羊ＡＢ］広
　：以井［清開上羊ＡＢ］
梯：土雞［斉開平透Ⅳ］広
　：他兮［斉開平透Ⅳ］
械：胡介［皆開去匣Ⅱ］広
　：何戒［皆開去匣Ⅱ］
　：何界［　〃　　］
萁：渠之［之開平群Ｃ］広
　：音其［之開平群Ｃ］
檐：視占［塩　平常ＡＢ］広
　：市廉［塩　平常ＡＢ］

棟：多貢［東　去端Ⅰ］広
　：多貢［東　去端Ⅰ］
棠：徒郎［唐開平定Ⅰ］広
　：音唐［唐開平定Ⅰ］
棣：特計［斉開去定Ⅳ］広
　：徒帝［斉開去定Ⅳ］
棨：康礼［斉開上渓Ⅳ］広
　：去弟［斉開上渓Ⅳ］
森：所今［侵　平生ＡＢ］広
　：所吟［侵　平生ＡＢ］
　：所林［　〃　　］
棲：先稽［斉開平心Ⅳ］広
　：音西［斉開平心Ⅳ］
棹：直教［肴　去澄Ⅱ］広
　：直孝［肴　去澄Ⅱ］
棻：撫文［文　平滂Ｃ］広
　：音紛［文　平滂Ｃ］
椅：於離［支開平影Ｂ］広
　：於宜［支開平影Ｂ］
植：直吏［之開去澄Ｃ］広
　：直吏［之開去澄Ｃ］
　：音値［　〃　　］
　：常職［職開入常Ｃ］広
　：市力［職開入常Ｃ］
　：音食［職開入船Ｃ］
椒：即消［宵　平精ＡＢ］広
　：音焦［宵　平精ＡＢ］
椰：以遮［麻開平羊ＡＢ］広
　：以嗟［麻開平羊ＡＢ］
樅：子紅［東　平精Ⅰ］広

：子公［東　　平精Ⅰ］
楓：方戎［東　　平幫Ｃ］囗
　：方工［東　　平幫Ⅰ］
　：方凡［凡　　平幫Ｃ］囗ナシ
楔：古黠［黠開入見Ⅱ］囗
　：居八［黠開入見Ⅱ］
楛：侯古［模合上匣Ⅰ］囗
　：音戸［模合上匣Ⅰ］
桿：特丁［青開平定Ⅳ］囗
　：音亭［青開平定Ⅳ］
榆：羊朱［虞合平羊Ｃ］囗
　：以朱［虞合平羊Ｃ］
楨：陟盈［清開平知ＡＢ］囗
　：音貞［清開平知ＡＢ］
楩：房連［仙　　上並Ａ］囗
　：毗善［仙　　上並Ａ］
楯：食尹［諄合上船ＡＢ］囗
　：食准［諄合上船ＡＢ］
　：時尹［諄合上常ＡＢ］
楶：子結［屑開入精Ⅳ］囗
　：音節［屑開入精Ⅳ］
楷：苦駭［皆開上渓Ⅱ］囗
　：丘駭［皆開上渓Ⅱ］
　：苦駭［　〃　　］
楹：以成［清開平羊ＡＢ］囗
　：音盈［清開平羊ＡＢ］
榑：防無［虞　平並Ｃ］囗
　：音扶［虞　平並Ｃ］
榔：魯當［唐開平来Ⅰ］囗
　：力當［唐開平来Ⅰ］

榛：側詵［臻開平荘ＡＢ］囗
　：側巾［臻開平荘ＡＢ］
　：士臻［臻開平崇ＡＢ］囗榛
　：士巾［臻開平崇ＡＢ］
榜：北朗［唐開上幫Ⅰ］囗
　：布廣［唐開上幫Ⅰ］
榥：胡廣［唐合上匣Ⅰ］囗
　：音晃［唐合上匣Ⅰ］
榱：所追［脂合平生ＡＢ］囗
　：音衰［脂合平生ＡＢ］
榴：力求［尤　平来Ｃ］囗
　：音留［尤　平来Ｃ］
榹：息移［支開平心ＡＢ］囗
　：音斯［支開平心ＡＢ］
榻：吐盍［盍　入透Ⅰ］囗
　：吐臘［盍　入透Ⅰ］
榼：苦盍［盍　入渓Ⅰ］囗
　：苦盍［盍　入渓Ⅰ］
榎：下革［麦開入匣Ⅱ］囗核
　：胡革［麦開入匣Ⅱ］
構：古候［侯　去見Ⅰ］囗
　：古候［侯　去見Ⅰ］
榔：古博［鐸合入見Ⅰ］囗
　：音郭［鐸合入見Ⅰ］
槩：古代［咍開去見Ⅰ］囗
　：古代［咍開去見Ⅰ］
　：吉代［　〃　　］
槻：居隋［支合平見Ａ］囗
　：音規［支合平見Ａ］
槽：昨勞［豪　平従Ⅰ］囗

:音曹［豪　平從Ⅰ］
樲:居隱［欣開上見Ｃ］囧
　　:音謹［欣開上見Ｃ］
樂:五教［肴　去疑Ⅱ］囧
　　:五孝［肴　去疑Ⅱ］
　　:盧各［鐸開入來Ⅰ］囧
　　:力各［鐸開入來Ⅰ］
　　:音洛［　〃　　］
　　:音落［　〃　　］
　　:音絡［　〃　　］
　　:五角［覚　入疑Ⅱ］囧
　　:音岳［覚　入疑Ⅱ］
樅:七恭［鍾　平清Ｃ］囧
　　:七容［鍾　平清Ｃ］
槵:古玩［桓合去見Ⅰ］囧
　　:音貫［桓合去見Ⅰ］
樐:郎古［模合上來Ⅰ］囧櫓
　　:音魯［模合上來Ⅰ］
標:甫遙［宵　平幇Ａ］囧
　　:必遙［宵　平幇Ａ］
樞:昌朱［虞合平昌Ｃ］囧
　　:尺朱［虞合平昌Ｃ］
　　:昌朱［　〃　　］
樵:昨焦［宵　平從ＡＢ］囧
　　:在焦［宵　平從ＡＢ］
樸:匹角［覚　入滂Ⅱ］囧
　　:普角［覚　入滂Ⅱ］
樹:常句［虞合去常Ｃ］囧
　　:食注［虞合去船Ｃ］
榛:側詵［臻開平莊Ⅲ］囧

　　:士板［刪開上崇Ⅱ］囧ナシ
樽:祖昆［魂合平精Ⅰ］囧
　　:子門［魂合平精Ⅰ］
　　:音尊［　〃　　］
橄:古覽［談　上見Ⅰ］囧
　　:古暫［談　去見Ⅰ］
橐:他各［鐸開入透Ⅰ］囧
　　:他洛［鐸開入透Ⅰ］
橘:居聿［術合入見Ａ］囧
　　:居律［術合入見Ａ］
橙:宅耕［耕開平澄Ⅱ］囧
　　:直耕［耕開平澄Ⅱ］
橚:蘇彫［蕭　平心Ⅳ］囧
　　:音簫［蕭　平心Ⅳ］
　　:思六［屋　入心Ｃ］
橦:徒紅［東　平定Ⅰ］囧
　　:音同［東　平定Ⅰ］
橫:戸孟［庚合去匣Ⅱ］囧
　　:胡孟［庚合去匣Ⅱ］
橿:居良［陽開平見Ｃ］囧
　　:音薑［陽開平見Ｃ］
檀:徒干［寒開平定Ⅰ］囧
　　:大丹［寒開平定Ⅰ］
檄:胡狄［錫開入匣Ⅳ］囧
　　:何的［錫開入匣Ⅳ］
檎:巨金［侵　平群Ｂ］囧
　　:音禽［侵　平群Ｂ］
檝:即葉［葉　入精ＡＢ］囧
　　:音接［葉　入精ＡＢ］
檟:古疋［麻開上見Ⅱ］囧

:古疋[麻開上見Ⅱ]
檢:居奄[塩　上見Ｂ]広
　　:居儉[塩　上見Ｂ]
檥:魚倚[支開上疑Ｂ]広
　　:音蟻[支開上疑Ｂ]
　　:以尚[陽開去羊Ｃ]広漾樣
　　:以尚[陽開去羊Ｃ]
檮:徒刀[豪　平定Ⅰ]広
　　:音陶[豪　平定Ⅰ]
棉:武延[仙　平明Ａ]広綿棉
　　:音綿[仙　平明Ａ]
檻:胡黤[銜　上匣Ⅱ]広
　　:音艦[銜　上匣Ⅱ]
　　:銜上聲[　〃　　]
㩴:直教[肴　去澄Ⅱ]
　　:直孝[肴　去澄Ⅱ]
櫃:求位[脂合去群Ｂ]広
　　:其媿[脂合去群Ｂ]
檴:七然[仙開平清ＡＢ]広
　　:七延[仙開平清ＡＢ]
欈:在丸[桓合平從Ⅰ]広
　　:在丸[桓合平從Ⅰ]
櫚:力居[魚開平来Ｃ]広
　　:音閭[魚開平来Ｃ]
櫛:阻瑟[櫛開入莊ＡＢ]広
　　:阻栗[櫛開入莊ＡＢ]
　　:側乙[　〃　　　]
　　:側訖[迄開入莊Ｃ]
檟:徒谷[屋　入定Ⅰ]広
　　:大禄[屋　入定Ⅰ]

櫨:落胡[模合平来Ⅰ]広
　　:音盧[模合平来Ⅰ]
櫺:余廉[塩　平羊ＡＢ]広
　　:以廉[塩　平羊ＡＢ]
櫪:郎擊[錫開入来Ⅳ]広
　　:力的[錫開入来Ⅳ]
櫬:初覲[真開去初ＡＢ]広
　　:楚刃[真開去初ＡＢ]
　　:初刃[　〃　　]
　　:楚陣[　〃　　]
櫳:盧紅[東　平来Ⅰ]広
　　:力東[東　平来Ⅰ]
櫺:郎丁[青開平来Ⅳ]広
　　:力丁[青開平来Ⅳ]
櫻:烏莖[耕開平影Ⅱ]広
　　:於耕[耕開平影Ⅱ]
櫾:余救[尤　去羊Ｃ]広
　　:以溜[尤　去羊Ｃ]
欀:息良[陽開平心Ｃ]広
　　:音襄[陽開平心Ｃ]
欒:落官[桓合平来Ⅰ]広
　　:力丸[桓合平来Ⅰ]
欖:盧敢[談　上来Ⅰ]広
　　:力暫[談　去来Ⅰ]
欝:紆物[物合入影Ｃ]広
　　:於忽[没合入影Ⅰ]

【欠部】

欵:苦管[桓合上溪Ⅰ]広款款
　　:苦管[桓合上溪Ⅰ]

：苦緩［ 〃 　　　］
欯：許既［微開去曉Ｃ］ㆇ
　：許氣［微開去曉Ｃ］
欻：許勿［物合入曉Ｃ］ㆇ
　：許勿［物合入曉Ｃ］
　：虛勿［ 〃 　　　］
歇：許竭［月開入曉Ｃ］ㆇ
　：許謁［月開入曉Ｃ］
歈：羊朱［虞合平羊Ｃ］ㆇ
　：以朱［虞合平羊Ｃ］
歊：許嬌［宵　平曉Ｂ］ㆇ
　：許橋［宵　平曉Ｂ］
歔：朽居［魚開平曉Ｃ］ㆇ
　：音虛［魚開平曉Ｃ］
歙：許及［緝　入曉Ｂ］ㆇ
　：許及［緝　入曉Ｂ］

【歹部】

殀：於兆［宵　上影Ｂ］ㆇ
　：於表［宵　上影Ｂ］
殃：於良［陽開平影Ｃ］ㆇ
　：音央［陽開平影Ｃ］
殆：徒亥［咍開上定Ⅰ］ㆇ
　：音待［咍開上定Ⅰ］
殉：辭閏［諄合去邪ＡＢ］ㆇ
　：辤俊［諄合去邪ＡＢ］
　：才俊［諄合去從ＡＢ］
殖：常職［職開入常Ｃ］ㆇ
　：市力［職開入常Ｃ］
　：音食［職開入船Ｃ］

殗：於業［業　入影Ｃ］ㆇ
　：於業［業　入影Ｃ］
殞：于敏［真合上匣Ｂ］ㆇ
　：于敏［真合上匣Ｂ］
殪：於計［齊開去影Ⅳ］ㆇ
　：一計［齊開去影Ⅳ］
殫：都寒［寒開平端Ⅰ］ㆇ
　：音丹［寒開平端Ⅰ］
殯：必刃［真　去幫Ａ］ㆇ
　：必刃［真　去幫Ａ］
殲：子廉［塩　平精ＡＢ］ㆇ
　：子廉［塩　平精ＡＢ］

【殳部】

殷：於謹［欣開上影Ｃ］ㆇ磤
　：音隱［欣開上影Ｃ］
毅：魚既［微開去疑Ｃ］ㆇ
　：魚既［微開去疑Ｃ］

【毋部】

毓：余六［屋　入羊Ｃ］ㆇ
　：以六［屋　入羊Ｃ］
　：音育［ 〃 　　　］

【比部】

比：房脂［脂　平並Ａ］ㆇ
　：音毗［脂　平並Ａ］
　：必至［脂　去幫Ａ］ㆇ
　：必二［脂　去幫Ａ］
　：毘至［脂　去並Ａ］ㆇ

：音鼻［脂　去並Ａ］
毗：房脂［脂開平並Ａ］廣
　　：避時［之開平並Ｃ］
毚：士咸［咸　平崇Ⅱ］廣
　　：音讒［咸　平崇Ⅱ］

【毛部】
毳：楚稅［祭合去昌ＡＢ］廣
　　：昌芮［祭合去昌ＡＢ］
　　：充芮［　〃　　　］
氈：諸延［仙開平章ＡＢ］廣
　　：之然［仙開平章ＡＢ］

【氏部】
氐：都奚［齊開平端Ⅳ］廣
　　：丁兮［齊開平端Ⅳ］
　　：職雉［脂開上章ＡＢ］廣底
　　：音旨［脂開上章ＡＢ］
氓：莫耕［耕　平明Ⅱ］廣
　　：亡耕［耕　平明Ⅱ］

【气部】
氛：撫文［文　平滂Ｃ］廣
　　：芳云［文　平滂Ｃ］
　　：音紛［　〃　　　］

【水部】
氾：孚梵［凡　去滂Ｃ］廣
　　：芳劒［凡　去滂Ｃ］
　　：孚劒［　〃　　　］

汎：房戎［東　平並Ｃ］廣
　　：音凡［凡　平並Ｃ］
　　：孚梵［凡　去滂Ｃ］廣
　　：芳劒［凡　去滂Ｃ］
　　：芳梵［　〃　　　］
汗：侯旰［寒開去匣Ⅰ］廣
　　：何旦［寒開去匣Ⅰ］
汙：烏臥［戈合去影Ⅰ］廣洿污
　　：烏臥［戈合去影Ⅰ］
汜：詳里［之開上邪Ｃ］廣
　　：音似［之開上邪Ｃ］
汧：苦堅［先開平溪Ⅳ］廣
　　：苦弦［先開平溪Ⅳ］
　　：去弦［　〃　　　］
汩：古忽［没合入見Ⅰ］廣
　　：古没［没合入見Ⅰ］
　　：于筆［質合入匣Ｂ］廣
　　：于筆［質合入匣Ｂ］
汪：烏光［唐合平影Ⅰ］廣
　　：烏黃［唐合平影Ⅰ］
汭：而銳［祭合去日ＡＢ］廣
　　：而歲［祭合去日ＡＢ］
汲：居立［緝　入見Ｂ］廣
　　：居及［緝　入見Ｂ］
　　：音急［　〃　　　］
汴：皮變［仙開去並Ｂ］廣
　　：音卞［仙開去並Ｂ］
汶：武巾［真　平明Ｂ］廣
　　：音旻［真　平明Ｂ］
汾：符分［文　平並Ｃ］廣

：扶匡［文　平並Ｃ］
沃：烏酷［沃　入影Ⅰ］広
　　：烏酷［沃　入影Ⅰ］
　　：於篤［　〃　　］
　　：烏谷［屋　入影Ⅰ］
沅：愚袁［元合平疑Ｃ］広
　　：音元［元合平疑Ｃ］
沆：胡朗［唐開上匣Ⅰ］広
　　：何朗［唐開上匣Ⅰ］
沌：徒損［魂合上定Ⅰ］広
　　：途本［魂合上定Ⅰ］
沐：莫卜［屋　入明Ⅰ］広
　　：音木［屋　入明Ⅰ］
汃：亡八［黠　入明Ⅱ］広ナシ
　　：美筆［質　入明Ｂ］広
　　：亡筆［質　入明Ｂ］
　　：文弗［物　入明Ｃ］広
　　：音勿［物　入明Ｃ］
沖：直弓［東　平澄Ｃ］広
　　：直中［東　平澄Ｃ］
沚：諸市［之開上章Ｃ］広
　　：音止［之開上章Ｃ］
沛：博蓋［泰　去幫Ⅰ］広
　　：音貝［泰　去幫Ⅰ］
　　：普蓋［泰　去滂Ⅰ］広
　　：普大［泰　去滂Ⅰ］
　　：普外［　〃　　］
沬：莫貝［泰　去明Ⅰ］広
　　：亡貝［泰　去明Ⅰ］
　　：亡背［灰合去明Ⅰ］

　　：音妹［　〃　　］
沮：七余［魚開平清Ｃ］広
　　：七余［魚開平清Ｃ］
　　：慈呂［魚開上從Ｂ］広
　　：音叙［魚開上邪Ｃ］
　　：將預［魚開去精Ｃ］広
　　：子慮［魚開去精Ｃ］
沱：徒河［歌開平定Ⅰ］広
　　：大何［歌開平定Ⅰ］
油：以周［尤　平羊Ｃ］広
　　：音由［尤　平羊Ｃ］
治：直吏［之開去澄Ｃ］広
　　：直吏［之開去澄Ｃ］
　　：治去聲［　〃　　］
沼：之少［宵　上章ＡＢ］広
　　：之紹［宵　上章ＡＢ］
沿：與專［仙合平羊ＡＢ］広
　　：音緣［仙合平羊ＡＢ］
泊：傍各［鐸　入並Ⅰ］広
　　：普各［鐸　入滂Ⅰ］
泓：烏宏［耕合平影Ⅱ］広
　　：烏宏［耕合平影Ⅱ］
泗：息利［脂開去心ＡＢ］広
　　：音四［脂開去心ＡＢ］
沘：雌氏［支開上清ＡＢ］広
　　：七礼［齊開上清Ⅳ］
泛：孚梵［凡　去滂Ｃ］広
　　：芳劒［凡　去滂Ｃ］
泝：桑故［模合去心Ⅰ］広
　　：音訴［模合去心Ⅰ］

：音素［　〃　　　］
泠：郎丁［青開平来Ⅳ］広
　　：力丁［青開平来Ⅳ］
泥：奴禮［斉開上泥Ⅳ］広苨
　　：那礼［斉開上泥Ⅳ］
泫：胡畎［先合上匣Ⅳ］広
　　：胡犬［先合上匣Ⅳ］
泮：普半［桓　去滂Ⅰ］広
　　：普半［桓　去滂Ⅰ］
　　：音判［　〃　　　］
泯：彌鄰［真　平明Ａ］広
　　：泯平聲［真　平明Ａ］
　　：亡巾［真　平明Ｂ］
　　：武盡［真　上明Ａ］広
　　：亡忍［真　上明Ａ］
　　：泯去聲［真　去明Ａ］広ナシ
洪：於良［陽開平影Ｃ］広
　　：於良［陽開平影Ｃ］
　　：烏朗［唐開上影Ⅰ］広
　　：惡朗［唐開上影Ⅰ］
泳：爲命［庚合去匣Ｂ］広
　　：音詠［庚合去匣Ｂ］
洋：與章［陽開平羊Ｃ］広
　　：音羊［陽開平羊Ｃ］
洌：良辥［薛開入来ＡＢ］広
　　：音列［薛開入来ＡＢ］
洎：其冀［脂開去群ＡＢ］広
　　：音忌［之開去群Ｃ］
洒：先禮［斉開上心Ⅳ］広
　　：子礼［斉開上精Ⅳ］広ナシ

洗：先禮［斉開上心Ⅳ］広
　　：先礼［斉開上心Ⅳ］
　　：蘇典［先開上心Ⅳ］広
　　：四典［先開上心Ⅳ］
　　：先典［　〃　　　］
洞：徒弄［東　去定Ⅰ］広
　　：徒貢［東　去定Ⅰ］
洧：栄美［脂合上匣Ｂ］広
　　：于美［脂合上匣Ｂ］
浹：私列［薛開入心ＡＢ］広
　　：思列［薛開入心ＡＢ］
洪：胡貢［東　去匣Ⅰ］広港
　　：胡貢［東　去匣Ⅰ］
洫：況逼［職合入暁Ｂ］広
　　：火逼［職合入暁Ｂ］
洲：職流［尤　平章Ｃ］広
　　：音州［尤　平章Ｃ］
汹：許容［鍾　平暁Ｃ］広
　　：音凶［鍾　平暁Ｃ］
派：匹卦［佳　去滂Ⅱ］広
　　：普賣［佳　去滂Ⅱ］
洿：烏臥［戈合去影Ⅰ］広涴污
　　：烏臥［戈合去影Ⅰ］
浙：旨熱［薛開入章ＡＢ］広
　　：之舌［薛開入章ＡＢ］
浞：士角［覚　入崇Ⅱ］広
　　：士角［覚　入崇Ⅱ］
浡：蒲没［没　入並Ⅰ］広
　　：歩没［没　入並Ⅰ］
浩：胡老［豪　上匣Ⅰ］広

- 49 -

：胡老［豪　　上匣Ⅰ］広
　　：胡考［　〃　　　　］
浪：魯當［唐開平来Ⅰ］広
　　：音郎［唐開平来Ⅰ］
浴：余蜀［燭　　入羊Ｃ］広
　　：以属［燭　　入羊Ｃ］
　　：音欲［　〃　　　　］
浸：子鴆［侵　　去精ＡＢ］広
　　：子鴆［侵　　去精ＡＢ］
浹：子協［怗　　入精Ⅳ］広
　　：子牒［怗　　入精Ⅳ］
涅：奴結［屑開入泥Ⅳ］広
　　：奴結［屑開入泥Ⅳ］
　　：那結［　〃　　　］
　　：乃結［　〃　　　］
涇：古靈［青開平見Ⅳ］広
　　：音經［青開平見Ⅳ］
涌：余隴［鍾　　上羊Ｃ］広
　　：以隴［鍾　　上羊Ｃ］
　　：以重［　〃　　　　］
涯：五佳［佳開平疑Ⅱ］広
　　：音厓［佳開平疑Ⅱ］
液：羊益［昔開入羊ＡＢ］広
　　：音亦［昔開入羊ＡＢ］
澣：古案［寒開去見Ⅰ］広
　　：古旦［寒開去見Ⅰ］
涵：胡男［覃　　平匣Ⅰ］広
　　：音含［覃　　平匣Ⅰ］
涼：力讓［陽開去来Ｃ］広
　　：力上［陽開去来Ｃ］

淄：側持［之開平荘Ｃ］広
　　：側疑［之開平荘Ｃ］
淆：胡茅［肴　　平匣Ⅱ］広
　　：下交［肴　　平匣Ⅱ］
淑：殊六［屋　　入常Ｃ］広
　　：時六［屋　　入常Ｃ］
淒：七稽［齊開平清Ⅳ］広
　　：音妻［齊開平清Ⅳ］
淡：以冉［塩　　上羊ＡＢ］広
　　：以歛［塩　　上羊ＡＢ］
淳：常倫［諄合平常ＡＢ］広
　　：音純［諄合平常ＡＢ］
混：胡本［魂合上匣Ⅰ］広
　　：胡本［魂合上匣Ⅰ］
淼：亡沼［宵　　上明Ａ］広
　　：弥小［宵　　上明Ａ］
渓：苦奚［齊開平溪Ⅳ］広
　　：去分［齊開平溪Ⅳ］
減：古斬［咸　　上見Ⅱ］広
　　：古湛［咸　　上見Ⅱ］
渝：羊朱［虞合平羊Ｃ］広
　　：以朱［虞合平羊Ｃ］
渤：蒲没［没　　入並Ⅰ］広
　　：歩没［没　　入並Ⅰ］
渥：於角［覚　　入影Ⅱ］広
　　：於角［覚　　入影Ⅱ］
洞：莫甸［先　　去明Ⅳ］広
　　：音眄［先　　去明Ⅳ］
渫：私列［薛開入心ＡＢ］広
　　：思列［薛開入心ＡＢ］

渭:于貴[微合去匣Ｃ]広
　:音謂[微合去匣Ｃ]
渰:衣儉[塩　上影Ｂ]広
　:音奄[塩　上影Ｂ]
澒:戶公[東　平匣Ⅰ]広
　:音洪[東　平匣Ⅰ]
游:以周[尤　平羊Ｃ]広
　:音由[尤　平羊Ｃ]
溷:胡本[魂合上匣Ⅰ]広
　:胡本[魂合上匣Ⅰ]
湄:武悲[脂　平明Ｂ]広
　:音眉[脂　平明Ｂ]
湉:徒兼[添　平定Ⅳ]広
　:音恬[添　平定Ⅳ]
湊:倉奏[侯　去清Ⅰ]広
　:七奏[侯　去清Ⅰ]
　:七豆[　〃　　　]
溢:普悶[魂　上滂Ⅰ]広ナシ
　:蒲悶[魂　去並Ⅰ]広湓
　:步寸[魂　去並Ⅰ]
湘:息良[陽開平心Ｃ]広
　:音相[陽開平心Ｃ]
湛:直深[侵　平澄ＡＢ]広
　:音沈[侵　平澄ＡＢ]
　:徒減[咸　上澄Ⅱ]広
　:直減[咸　上澄Ⅱ]
　:大減[咸　上定Ⅱ]
湟:胡光[唐合平匣Ⅰ]広
　:音皇[唐合平匣Ⅰ]
湮:於眞[真開平影Ａ]広

　:一人[真開平影Ａ]
　:音因[　〃　　　]
湯:式羊[陽開平書Ｃ]広
　:舒羊[陽開平書Ｃ]
湲:王權[仙合平匣Ｂ]広
　:為連[仙合平匣Ｂ]
漣:直連[仙開平澄ＡＢ]広濂
　:直連[仙開平澄ＡＢ]
溚:口荅[合　入溪Ⅰ]広
　:口合[合　入溪Ⅰ]
　:苦合[　〃　　　]
溝:古侯[侯　平見Ⅰ]広
　:古侯[侯　平見Ⅰ]
溟:莫經[青　平明Ⅳ]広
　:亡丁[青　平明Ⅳ]
　:莫迥[青　上明Ⅳ]
　:覓冷[青　上明Ⅳ]
溶:余隴[鍾　上羊Ｃ]広
　:以隴[鍾　上羊Ｃ]
溷:胡困[魂合去匣Ⅰ]広
　:故困[魂合去見Ⅰ]
溺:奴歷[錫開入泥Ⅳ]広
　:乃的[錫開入泥Ⅳ]
滂:普郎[唐　平滂Ⅰ]広
　:普黃[唐　平滂Ⅰ]
滄:七岡[唐開平清Ⅰ]広
　:七郎[唐開平清Ⅰ]
滇:都年[先開平端Ⅳ]広
　:多田[先開平端Ⅳ]
　:他甸[先開去透Ⅳ]広澱

：他見［先開去透Ⅳ］
滋：子之［之開平精Ｃ］広
　　：音茲［之開平精Ｃ］
滌：徒歷［錫開入定Ⅳ］広
　　：大歷［錫開入定Ⅳ］
　　：音狄［　〃　　］
滑：戸八［黠合入匣Ⅱ］広
　　：胡八［黠合入匣Ⅱ］
滓：阻史［之開上荘Ｃ］広
　　：側擬［之開上荘Ｃ］
滯：直例［祭開去澄ＡＢ］広
　　：直例［祭開去澄ＡＢ］
滮：皮彪［幽　平並Ｂ］広
　　：步尤［尤　平並Ｃ］
滸：呼古［模合上曉Ⅰ］広
　　：呼古［模合上曉Ⅰ］
滿：莫旱［桓　上明Ⅰ］広
　　：亡管［桓　上明Ⅰ］
漂：撫招［宵　平滂Ａ］広
　　：匹遙［宵　平滂Ａ］
　　：匹妙［宵　去滂Ａ］
　　：匹妙［宵　去滂Ａ］
漇：所綺［支開上生ＡＢ］広ナシ
漎：息拱［鍾　上心Ｃ］広從
　　：四踵［鍾　上心Ｃ］
演：以淺［仙開上羊ＡＢ］広
　　：以輦［仙開上羊ＡＢ］
漠：慕各［鐸　入明Ⅰ］広
　　：音莫［鐸　入明Ⅰ］
滝：符容［鍾　平並Ｃ］広

　　：步公［東　平並Ⅰ］広ナシ
漪：於離［支開平影Ｂ］広
　　：於宜［支開平影Ｂ］
漫：莫半［桓　去明Ⅰ］広
　　：莫半［桓　去明Ⅰ］
　　：莫旦［　〃　　］
漭：模朗［唐開上明Ⅰ］広
　　：音莽［唐開上明Ⅰ］
漱：所祐［尤　去生Ｃ］広
　　：所又［尤　去生Ｃ］
漸：子廉［塩　平精ＡＢ］広
　　：子廉［塩　平精ＡＢ］
　　：慈染［塩　上從ＡＢ］
　　：似琰［塩　上邪ＡＢ］
　　：音疾［質開入從ＡＢ］広ナシ
漿：即良［陽開平精Ｃ］広
　　：子良［陽開平精Ｃ］
潛：子鴆［侵　去精ＡＢ］広浸
　　：子鴆［侵　去精ＡＢ］
潟：思積［昔開入心ＡＢ］広
　　：音昔［昔開入心ＡＢ］
　　：昌石［昔開入昌ＡＢ］広滷
　　：音赤［昔開入昌ＡＢ］
潦：盧皓［豪　上来Ⅰ］広
　　：力道［豪　上来Ⅰ］
　　：音老［　〃　　］
潆：於緣［仙合平影Ａ］広
　　：於員［仙合平影Ａ］
潭：徒含［覃　平定Ⅰ］広
　　：大南［覃　平定Ⅰ］

潰:胡對[灰合去匣Ⅰ]広
　:胡對[灰合去匣Ⅰ]
潺:士連[仙開平崇ＡＢ]広
　:士連[仙開平崇ＡＢ]
澆:古尭[蕭　平見Ⅳ]広
　:古尭[蕭　平見Ⅳ]
　:五弔[蕭　去疑Ⅳ]広
　:五叫[蕭　去疑Ⅳ]
　:五到[豪　去疑Ⅰ]広昇
　:五誥[豪　去疑Ⅰ]
澌:所宜[支開平生ＡＢ]広ナシ
澒:胡孔[東　上匣Ⅰ]広
　:胡孔[東　上匣Ⅰ]
澓:房六[屋　入並Ｃ]広
　:音伏[屋　入並Ｃ]
澗:古晏[刪開去見Ⅱ]広
　:間去聲[山開去見Ⅱ]
澣:胡管[桓合上匣Ⅰ]広
　:戸管[桓合上匣Ⅰ]
澥:胡買[佳開上匣Ⅱ]広
　:音蟹[佳開上匣Ⅱ]
澨:時制[祭開去常ＡＢ]広
　:音逝[祭開去常ＡＢ]
潡:下巧[肴　上匣Ⅱ]広
　:胡巧[肴　上匣Ⅱ]
澳:於六[屋　入影Ｃ]広
　:於六[屋　入影Ｃ]
澶:直連[仙開平澄ＡＢ]広
　:音纏[仙開平澄ＡＢ]
澹:徒濫[談　去定Ⅰ]広

　:大暫[談　去定Ⅰ]
　:徒暫[　〃　　]
　:途暫[　〃　　]
濆:符分[文　平並Ｃ]広
　:扶匪[文　平並Ｃ]
　:扶粉[文　上並Ｃ]広ナシ
　:普寸[魂　去滂Ⅰ]広ナシ
濈:阻立[緝　入荘ＡＢ]広
　:士及[緝　入崇ＡＢ]広ナシ
濊:烏外[泰合去影Ⅰ]広
　:烏外[泰合去影Ⅰ]
濘:乃定[青開去泥Ⅳ]広
　:乃定[青開去泥Ⅳ]
濛:莫紅[東　平明Ⅰ]広
　:音蒙[東　平明Ⅰ]
濞:匹備[脂開去滂Ｂ]広
　:普媚[脂開去滂Ｂ]
濟:子禮[斉開上精Ⅳ]広
　:子礼[斉開上精Ⅳ]
濠:胡刀[豪　平匣Ⅰ]広
　:音豪[豪　平匣Ⅰ]
濡:人朱[虞合平日Ｃ]広
　:而朱[虞合平日Ｃ]
濤:徒刀[豪　平定Ⅰ]広
　:音桃[豪　平定Ⅰ]
濩:胡誤[模合去匣Ⅰ]広
　:音護[模合去匣Ⅰ]
濫:盧瞰[談　去来Ⅰ]広
　:力暫[談　去来Ⅰ]
濬:私閏[諄合去心ＡＢ]広

- 53 -

：思俊［諄合去心ＡＢ］
濮：博木［屋　　入幫Ⅰ］囚
　　：音卜［屋　　入幫Ⅰ］
濯：直角［覚　　入澄Ⅱ］囚
　　：直角［覚　　入澄Ⅱ］
濱：必鄰［真　　平幫Ａ］囚
　　：音賓［真　　平幫Ａ］
濞：許角［覚　　入暁Ⅱ］囚濁
　　：許角［覚　　入暁Ⅱ］
濾：落胡［模合平来Ⅰ］囚
　　：音盧［模合平来Ⅰ］
瀁：餘兩［陽開上羊Ｃ］囚
　　：音養［陽開上羊Ｃ］
　　：以朗［唐開上羊Ⅰ］
瀆：徒谷［屋　　入定Ⅰ］囚
　　：音讀［屋　　入定Ⅰ］
瀏：力久［尤　　上来Ｃ］囚
　　：音柳［尤　　上来Ｃ］
瀑：步角［覚　　入並Ⅱ］囚ナシ
瀛：以成［清開平羊ＡＢ］囚
　　：以征［清開平羊ＡＢ］
　　：音盈［　〃　　　］
瀾：落干［寒開平来Ⅰ］囚
　　：音蘭［寒開平来Ⅰ］
灌：古玩［桓合去見Ⅰ］囚
　　：古翫［桓合去見Ⅰ］
　　：古半［　〃　　　］
灑：所蟹［佳開上生Ⅱ］囚
　　：所蟹［佳開上生Ⅱ］
　　：所買［　〃　　　］

灘：郎旰［寒開去来Ⅰ］囚瀾
　　：力旦［寒開去来Ⅰ］

【火部】
灰：呼恢［灰合平暁Ⅰ］囚
　　：火回［灰合平暁Ⅰ］
炊：昌垂［支合平昌ＡＢ］囚
　　：音吹［支合平昌ＡＢ］
炎：音艷［塩　　去羊ＡＢ］囚ナシ
炙：之石［昔開入章ＡＢ］囚
　　：之亦［昔開入章ＡＢ］
炫：黄練［先合去匣Ⅳ］囚
　　：音縣［先合去匣Ⅳ］
炮：薄交［肴　　平並Ⅱ］囚
　　：白交［肴　　平並Ⅱ］
炳：兵永［庚　　上幫Ｂ］囚
　　：布永［庚　　上幫Ｂ］
　　：音丙［　〃　　　］
為：于僞［支合去匣Ｂ］囚
　　：于偽［支合去匣Ｂ］
烝：煮仍［蒸開平章Ｃ］囚
　　：之剩［蒸開去章Ｃ］
烽：敷容［鍾　　平滂Ｃ］囚
　　：芳逢［鍾　　平滂Ｃ］
焉：於乾［仙開平影Ｂ］囚
　　：於乾［仙開平影Ｂ］
　　：有乾［仙開平匣Ｂ］囚
　　：矣連［仙開平匣Ｂ］
焦：即消［宵　　平精ＡＢ］囚
　　：子遼［蕭　　平精Ⅳ］

- 54 -

焱：必遥［宵　平幫Ａ］広ナシ
煇：許帰［微合平曉Ｃ］広
　：許歸［微合平曉Ｃ］
熙：許宜［支開平曉Ｂ］広ナシ
　：許其［之開平曉Ｃ］広
　：許疑［之開平曉Ｃ］
煖：乃管［桓合上泥Ⅰ］広
　：奴管［桓合上泥Ⅰ］
煙：烏前［先開平影Ⅳ］広
　：一賢［先開平影Ⅳ］
　：於眞［真開平影Ａ］広
　：音因［真開平影Ａ］
煥：火貫［桓合去曉Ⅰ］広
　：呼乱［桓合去曉Ⅰ］
　：火瓮［　〃　　］
煴：於匣［文合平影Ｃ］広
　：壹匣［文合平影Ｃ］
煽：式戰［仙開去書ＡＢ］広
　：音扇［仙開去書ＡＢ］
熊：羽弓［東　平匣Ｃ］広
　：音雄［東　平匣Ｃ］
熒：戸頂［青合上匣Ⅳ］広炯
　：音迥［青合上匣Ⅳ］
熠：羊入［緝　入羊ＡＢ］広
　：以入［緝　入羊ＡＢ］
熲：古迥［青合上見Ⅳ］広
　：古迥［青合上見Ⅳ］
熾：昌志［之開去昌Ｃ］広
　：赤志［之開去昌Ｃ］
　：尺至［脂開去昌ＡＢ］

燋：即消［宵　平精ＡＢ］広
　：音焦［宵　平精ＡＢ］
燎：力照［宵　去来ＡＢ］広
　：力召［宵　去来ＡＢ］
燕：烏前［先開平影Ⅳ］広
　：音煙［先開平影Ⅳ］
　：於甸［先開去影Ⅳ］広
　：一見［先開去影Ⅳ］
燠：於六［屋　入影Ｃ］広
　：於六［屋　入影Ｃ］
燧：徐醉［脂合去邪ＡＢ］広
　：音遂［脂合去邪ＡＢ］
燮：蘇協［怗　入心Ⅳ］広
　：四牒［怗　入心Ⅳ］
　：素牒［　〃　　］
　：息盍［盍　入心Ⅰ］広ナシ
燻：許匣［文合平曉Ｃ］広
　：火匣［文合平曉Ｃ］
爍：以灼［薬開入羊Ｃ］広爚鑠
　：以灼［薬開入羊Ｃ］
爓：以贍［塩　去羊ＡＢ］広
　：音艶［塩　去羊ＡＢ］
爛：郎旰［寒開去来Ⅰ］広
　：力旦［寒開去来Ⅰ］
麋：靡爲［支開平明Ｂ］広麋
　：亡皮［支開平明Ｂ］
爤：郎旰［寒開去来Ⅰ］広
　：力旦［寒開去来Ⅰ］
爨：七亂［桓合去清Ⅰ］広
　：七乱［桓合去清Ⅰ］

：七甔［　〃　　　］
：七半［　〃　　　］

【爪部】
爪：側絞［肴　上荘Ⅱ］匡
　：側巧［肴　上荘Ⅱ］

【父部】
父：方矩［虞　上幫Ｃ］匡
　：音府［虞　上幫Ｃ］
　：音甫［　〃　　　］

【片部】
版：布綰［刪　上幫Ⅱ］匡
　：布綰［刪　上幫Ⅱ］
　：音板［刪　上幫Ⅱ］
牖：與久［尤　上羊Ｃ］匡
　：音酉［尤　上羊Ｃ］
牘：徒谷［屋　入定Ⅰ］匡
　：大禄［屋　入定Ⅰ］
　：音讀［　〃　　　］

【牛部】
牡：莫厚［侯　上明Ⅰ］匡
　：音母［侯　上明Ⅰ］
牣：而振［真開去日ＡＢ］匡
　：音刃［真開去日ＡＢ］
牧：莫六［屋　入明Ｂ］匡
　：音木［屋　入明Ⅰ］
犀：先稽［齊開平心Ⅳ］匡

　：音西［齊開平心Ⅳ］
犖：呂角［覚　入来Ⅱ］匡
　：力角［覚　入来Ⅱ］

【犬部】
犲：士皆［皆開平崇Ⅱ］匡
　：士皆［皆開平崇Ⅱ］
犴：五旰［寒開去疑Ⅰ］匡
　：音岸［寒開去疑Ⅰ］
犾：余準［諄合上羊ＡＢ］匡
　：音允［諄合上羊ＡＢ］
独：徒渾［魂合平定Ⅰ］匡豚㹠
　：大敦［魂合平定Ⅰ］
狎：胡甲［狎　入匣Ⅱ］匡
　：何甲［狎　入匣Ⅱ］
狐：戸呉［模合平匣Ⅰ］匡
　：戸孤［模合平匣Ⅰ］
　：音胡［　〃　　　］
狖：余救［尤　去羊Ｃ］匡
　：以宙［尤　去羊Ｃ］
　：以溜［　〃　　　］
狗：古厚［侯　上見Ⅰ］匡
　：古口［侯　上見Ⅰ］
狛：莫白［陌　入明Ⅱ］匡
　：亡白［陌　入明Ⅱ］
狡：古巧［肴　上見Ⅱ］匡
　：古巧［肴　上見Ⅱ］
　：居巧［　〃　　　］
狢：下各［鐸開入匣Ⅰ］匡
　：胡各［鐸開入匣Ⅰ］

狭:侯夾[洽　入匣Ⅱ]広
　:音洽[洽　入匣Ⅱ]
狶:虛豈[微開上曉C]広
　:虛扆[微開上曉C]
狷:吉掾[仙合去見A]広狷
　:音絹[仙合去見A]
狸:里之[之開平来C]広
　:力而[之開平来C]
狼:魯當[唐開平来Ⅰ]広
　:音郎[唐開平来Ⅰ]
猒:於艷[塩　去影A]広
　:一艷[塩　去影A]
猓:古火[戈合上見Ⅰ]広
　:古火[戈合上見Ⅰ]
獮:武移[支　平明A]広獼
　:音弥[支　平明A]
猖:尺良[陽開平昌C]広
　:音昌[陽開平昌C]
猗:於離[支開平影B]広
　:於宜[支開平影B]
猜:倉才[咍開平清Ⅰ]広
　:七才[咍開平清Ⅰ]
　:七來[　〃　　]
猥:烏賄[灰合上影Ⅰ]広
　:烏罪[灰合上影Ⅰ]
猨:雨元[元合平匣C]広
　:音爰[元合平匣C]
　:音袁[　〃　　]
猩:所庚[庚開平生ＡＢ]広
　:音生[庚開平生ＡＢ]

猩:戸昆[魂合平匣Ⅰ]広
　:胡昆[魂合平匣Ⅰ]
猰:烏黠[黠開入影Ⅱ]広
　:於八[黠開入影Ⅱ]
𤟱:以主[虞合上羊C]広貐
　:以主[虞合上羊C]
猴:戸鉤[侯　平匣Ⅰ]広
　:音侯[侯　平匣Ⅰ]
猶:余救[尤　去羊C]広
　:以幼[幽　去羊ＡＢ]
猾:戸八[黠合入匣Ⅱ]広
　:胡八[黠合入匣Ⅱ]
貙:敕俱[虞合平徹C]広
　:丑俱[虞合平徹C]
　:丑于[　〃　　]
獢:奴巧[肴　上泥Ⅱ]広
　:女巧[肴　上娘Ⅱ]
獠:力弔[蕭　去来Ⅳ]広ナシ
　:力召[宵　去来ＡＢ]広燎
　:力召[宵　去来ＡＢ]
獫:虛檢[塩　上曉B]広
　:許儉[塩　上曉B]
　:音險[　〃　　]
獯:許匀[文合平曉C]広
　:香匀[文合平曉C]
　:許匀[　〃　　]
獺:他達[曷開入透Ⅰ]広
　:他達[曷開入透Ⅰ]

- 57 -

【玄部】
率:所律[質合入生ＡＢ]广
　:所律[質合入生ＡＢ]

【玉部】
王:雨方[陽合平匣Ｃ]广
　:于方[陽合平匣Ｃ]
　:于放[陽合去匣Ｃ]广
　:于放[陽合去匣Ｃ]
玕:古寒[寒開平見Ⅰ]广
　:音干[寒開平見Ⅰ]
玲:郎丁[青開平来Ⅳ]广
　:力丁[青開平来Ⅳ]
玷:多忝[添　上端Ⅳ]广
　:音點[添　上端Ⅳ]
珂:苦何[歌開平渓Ⅰ]广
　:苦歌[歌開平渓Ⅰ]
珊:蘇干[寒開平心Ⅰ]广
　:素丹[寒開平心Ⅰ]
珥:仍吏[之開去日ＡＢ]广
　:音二[脂開去日ＡＢ]
珬:辛聿[入術合去心ＡＢ]广
　　:思遂[脂合去心ＡＢ]广ナシ
琁:似宣[仙合平邪ＡＢ]广
　:音旋[仙合平邪ＡＢ]
球:巨鳩[尤　平群Ｃ]广
　:音求[尤　平群Ｃ]
琅:魯當[唐開平来Ⅰ]广
　:音郎[唐開平来Ⅰ]
琛:丑林[侵　平徹ＡＢ]广

　:丑今[侵　平徹ＡＢ]
琢:竹角[覚　入知Ⅱ]广
　:丁角[覚　入端Ⅱ]
琦:渠羈[支開平群Ｂ]广
　:音奇[支開平群Ｂ]
琨:古渾[魂合平見Ⅰ]广
　:音昆[魂合平見Ⅰ]
琬:於阮[元合上影Ｃ]广
　:於阮[元合上影Ｃ]
琰:以冉[塩　上羊ＡＢ]广
　:以斂[塩　上羊ＡＢ]
琱:都聊[蕭　平端Ⅳ]广
　:音彫[蕭　平端Ⅳ]
琲:蒲罪[灰　上並Ⅰ]广
　:步罪[灰　上並Ⅰ]
琳:力尋[侵　平来ＡＢ]广
　:音林[侵　平来ＡＢ]
琵:房脂[脂　平並Ａ]广
　:音毗[脂　平並Ａ]
琶:蒲巴[麻　平並Ⅱ]广
　:步巴[麻　平並Ⅱ]
瑋:于鬼[微合上匣Ｃ]广
　:于鬼[微合上匣Ｃ]
瑕:胡加[麻開平匣Ⅱ]广
　:音遐[麻開平匣Ⅱ]
　:音霞[　〃　　]
瑘:以遮[麻開平羊ＡＢ]广瑘
　:以嗟[麻開平羊ＡＢ]
　:羊嗟[　〃　　]
瑚:戸吳[模合平匣Ⅰ]广

：音胡［模合平匣Ⅰ］
瑜：羊朱［虞合平羊Ｃ］広
　：以朱［虞合平羊Ｃ］
瑣：蘇果［戈合上心Ⅰ］広
　：素果［戈合上心Ⅰ］
瑯：魯當［唐開平来Ⅰ］広
　：音郎［唐開平来Ⅰ］
瑤：子晧［肴　上精Ⅰ］広璪
　：音早［豪　上精Ⅰ］
　：側絞［肴　上莊Ⅱ］
　：音爪［肴　上莊Ⅱ］
瑤：餘昭［宵　平羊ＡＢ］広
　：音遥［宵　平羊ＡＢ］
瑾：渠遴［真開去群Ｂ］広
　：音覲［真開去疑Ｂ］
璅：蘇果［戈合上心Ⅰ］広瑣
　：素果［戈合上心Ⅰ］
璜：胡光［唐合平匣Ⅰ］広
　：音黄［唐合平匣Ⅰ］
璞：匹角［覺　入滂Ⅱ］広
　：普角［覺　入滂Ⅱ］
璠：附袁［元合平並Ｃ］広
　：音煩［元合平並Ｃ］
　：付袁［元合平幇Ｃ］
　：付爰［　〃　　］
璨：士戀［仙合去崇ＡＢ］広
　：士眷［仙合去崇ＡＢ］
璣：居依［微開平見Ｃ］広
　：音機［微開平見Ｃ］
環：戸關［刪合平匣Ⅱ］広

　：音還［刪合平匣Ⅱ］
璵：以諸［魚開平羊Ｃ］広
　：音余［魚開平羊Ｃ］
璽：斯氏［支開上心ＡＢ］広
　：音徙［支開上心ＡＢ］
璿：似宣［仙合平邪ＡＢ］広
　：音旋［仙合平邪ＡＢ］
　：音全［仙合平從ＡＢ］
瓉：藏旱［寒開上從Ⅰ］広
　：在但［寒開上從Ⅰ］
瓊：渠營［清合平群Ａ］広
　：巨營［清合平群Ａ］
瓌：公回［灰合平見Ⅰ］広
　：古回［灰合平見Ⅰ］
瓏：盧紅［東　平来Ⅰ］広
　：力東［東　平来Ⅰ］

【瓜部】
瓞：徒結［屑開入定Ⅳ］広
　：大結［屑開入定Ⅳ］
匏：薄交［肴　平並Ⅱ］広
　：白交［肴　平並Ⅱ］

【瓦部】
瓶：薄經［青　平並Ⅳ］広
　：歩銘［青　平並Ⅳ］
甄：居延［仙開平見Ａ］広
　：吉然［仙開平見Ａ］
甍：莫耕［耕　平明Ⅱ］広
　：亡耕［耕　平明Ⅱ］

甒：文甫［虞　　上明Ｃ］広
　：音武［虞　　上明Ｃ］
甖：烏莖［耕開平影Ⅱ］広
　：於耕［耕開平影Ⅱ］

【田部】
甿：莫耕［耕　平明Ⅱ］広
　：音萌［耕　平明Ⅱ］
　：莫鄧［登開去明Ⅰ］広ナシ
畎：姑泫［先合上見Ⅳ］広
　：吉犬［先合上見Ⅳ］
畛：章忍［真開上章ＡＢ］広
　：之忍［真開上章ＡＢ］
畜：許救［尤　去暁Ｃ］広曽
　：許又［尤　去暁Ｃ］
　：丑六［屋　入徹Ｃ］広
　：丑六［屋　入徹Ｃ］
　：許竹［屋　入暁Ｃ］広
　：許六［屋　入暁Ｃ］
　：虛六［　〃　　］
時：諸市［之開上章Ｃ］広
　：音止［之開上章Ｃ］
畦：戸圭［齊合平匣Ⅳ］広
　：戸珪［齊合平匣Ⅳ］
　：胡圭［　〃　　］
番：普官［桓　平滂Ⅰ］広
　：普丸［桓　平滂Ⅰ］
畫：胡卦［佳合去匣Ⅱ］広
　：胡卦［佳合去匣Ⅱ］
　：胡挂［　〃　　］

　：胡麥［麥合入匣Ⅱ］広
　：音獲［麥合入匣Ⅱ］
當：丁浪［唐開去端Ⅰ］広
　：丁浪［唐開去端Ⅰ］
畷：陟劣［薛合入知ＡＢ］広
　：音輟［薛合入知ＡＢ］
畹：於阮［元合上影Ｃ］広
　：音菀［元合上影Ｃ］
疆：居良［陽開平見Ｃ］広
　：居良［陽開平見Ｃ］
疇：直由［尤　平澄Ｃ］広
　：直留［尤　平澄Ｃ］
疊：徒協［怗　入定Ⅳ］広
　：音牒［怗　入定Ⅳ］

【疒部】
疚：居祐［尤　去見Ｃ］広
　：居又［尤　去見Ｃ］
疲：符羈［支　平並Ｂ］広
　：音皮［支　平並Ｂ］
疵：疾移［支開平従ＡＢ］広
　：在斯［支開平従ＡＢ］
　：才移［　〃　　］
痍：以脂［脂開平羊ＡＢ］広
　：音夷［脂開平羊ＡＢ］
痝：莫江［江　平明Ⅱ］広
　：武江［江　平明Ⅱ］
痟：相邀［宵　平心ＡＢ］広
　：音消［宵　平心ＡＢ］
痺：必至［脂　去幫Ａ］広痹

- 60 -

：必二[脂　去幫Ａ]
痾：烏何[歌開平影Ⅰ]広
　：音阿[歌開平影Ⅰ]
瘁：秦醉[脂合去從ＡＢ]広
　：音悴[脂合去從ＡＢ]
癊：於禁[侵　去影Ｂ]広瘖
　：於禁[侵　去影Ｂ]

【白部】
早：昨早[豪　上從Ⅰ]広
　：在早[豪　上從Ⅰ]
皤：蒲波[戈　平並Ⅰ]広
　：音婆[戈　平並Ⅰ]
皸：於代[咍開去影Ⅰ]広ナシ
　：在爵[藥開入從Ｃ]広
　：才略[藥開入從Ｃ]

【皿部】
盛：是征[清開平常ＡＢ]広
　：音成[清開平常ＡＢ]
盡：即忍[真開上精ＡＢ]広
　：即忍[真開上精ＡＢ]
　：子忍[　〃　　]
盪：徒朗[唐開上定Ⅰ]広
　：音蕩[唐開上定Ⅰ]

【目部】
相：息亮[陽開去心Ｃ]広
　：思亮[陽開去心Ｃ]
　：息亮[　〃　　]

省：所景[庚開上生Ｂ]広
　：所景[庚開上生Ｂ]
　：息井[清開上心ＡＢ]広
　：思靜[清開上心ＡＢ]
眄：莫甸[先　去明Ⅳ]広
　：亡見[先　去明Ⅳ]
　：覓見[　〃　　]
眇：亡沼[宵　上明Ａ]広
　：亡小[宵　上明Ａ]
　：民小[　〃　　]
眈：丁含[覃　平端Ⅰ]広
　：都南[覃　平端Ⅰ]
眒：失人[真開平書ＡＢ]広
　：音申[真開平書ＡＢ]
　：試刃[真開去書ＡＢ]広
　：舒慎[真開去書ＡＢ]
眙：丑吏[之開去徹Ｃ]広
　：勑吏[之開去徹Ｃ]
眂：承矢[脂開上常ＡＢ]広
　：音視[脂開上常ＡＢ]
　：常利[脂開去常ＡＢ]広
　：音示[脂開去船ＡＢ]
皆：在詣[齊開去從Ⅳ]広
　：在細[齊開去從Ⅳ]
眩：黃練[先合去匣Ⅳ]広
　：音縣[先合去匣Ⅳ]
睢：息爲[支合平心ＡＢ]広
　：素隨[支合平心ＡＢ]
賉：許聿[術合入曉Ａ]広狘
　：呼橘[術合入曉Ａ]

睇：特計［斉開去定Ⅳ］広
　：大帝［斉開去定Ⅳ］
　：大計［　〃　　　］
眭：雖遂［脂合去心ＡＢ］広
　：音遂［脂合去邪ＡＢ］
睠：居倦［仙合去見Ｂ］広
　：音巻［仙合去見Ｂ］
睢：息遺［脂合平心ＡＢ］広
　：音雖［脂合平心ＡＢ］
　：香季［脂合去暁Ａ］広
　：許季［脂合去暁Ａ］
睨：五計［斉開去疑Ⅳ］広
　：魚計［斉開去疑Ⅳ］
睩：盧谷［屋　入来Ⅰ］広
　：音禄［屋　入来Ⅰ］
睹：當古［模合上端Ⅰ］広
　：丁戸［模合上端Ⅰ］
睽：苦圭［斉合平渓Ⅳ］広
　：苦携［斉合平渓Ⅳ］
睿：以芮［祭合去羊ＡＢ］広
　：以芮［祭合去羊ＡＢ］
瞂：房越［月　入並Ｃ］広
　：音伐［月　入並Ｃ］
瞍：蘇后［侯　上心Ⅰ］広
　：素后［侯　上心Ⅰ］
瞑：莫賢［先　平明Ⅳ］広
　：亡邊［先　平明Ⅳ］
瞬：舒閏［諄合去書ＡＢ］広
　：音舜［諄合去書ＡＢ］
瞯：戸間［山開平匣Ⅱ］広

　：音閑［山開平匣Ⅱ］
　：下簡［山開上匣Ⅱ］広ナシ
　：古限［山開上見Ⅱ］広僩
　：下赧［刪開上匣Ⅱ］広僩撊
瞰：苦濫［談　去渓Ⅰ］広
　：苦暫［談　去渓Ⅰ］
　：苦甄［　〃　　　］
瞵：良刃［真開去来ＡＢ］広
　：音隣［真開平来ＡＢ］
矇：莫紅［東　平明Ⅰ］広
　：音蒙［東　平明Ⅰ］
矊：武延［仙　平明Ａ］広䁾
　：音綿［仙　平明Ａ］
矗：丑六［屋　入徹Ｃ］広
　：丑六［屋　入徹Ｃ］
矚：之欲［燭　入章Ｃ］広
　：之欲［燭　入章Ｃ］

【矛部】
矜：居陵［蒸開平見Ｃ］広
　：九陵［蒸開平見Ｃ］
矞：餘律［術合入羊ＡＢ］広
　：以律［術合入羊ＡＢ］

【矢部】
矧：式忍［真開上書ＡＢ］広
　：尸忍［真開上書ＡＢ］
　：音哂［　〃　　　］
矯：居夭［宵　上見Ｂ］広
　：居表［宵　上見Ｂ］

：京少[　〃　　　]
：九小[　〃　　　]
䝼：作滕[登開平精Ⅰ]広
：子登[登開平精Ⅰ]
：音增[　〃　　　]

【石部】
矻：苦骨[没合入渓Ⅰ]広
：苦没[没合入渓Ⅰ]
砆：甫無[虞　平幫Ｃ]広玞
：音夫[虞　平幫Ｃ]
砌：七計[斉開去清Ⅳ]広
：七計[斉開去清Ⅳ]
：七帝[　〃　　　]
研：五堅[先開平疑Ⅳ]広
：魚賢[先開平疑Ⅳ]
砛：魚金[侵　平疑Ｂ]広崟
：音吟[侵　平疑Ｂ]
砢：來可[歌開上来Ⅰ]広
：力可[歌開上来Ⅰ]
砥：旨夷[脂開平章ＡＢ]広
：音之[之開平章Ｃ]
：職雉[脂開上章ＡＢ]広
：音旨[脂開上章ＡＢ]
砧：知林[侵　平知ＡＢ]広
：張林[侵　平知ＡＢ]
砮：奴古[模合上泥Ⅰ]広
：音奴[模合平泥Ⅰ]
硊：魚毀[支合上疑Ｂ]広
：魚委[支合上疑Ｂ]

硎：口莖[耕開平渓Ⅱ]広𡼖
：去耕[耕開平渓Ⅱ]
硠：魯當[唐開平来Ⅰ]広
：音郎[唐開平来Ⅰ]
硩：丑列[薛開入徹ＡＢ]広
：恥列[薛開入徹ＡＢ]
硬：綺兢[蒸開平渓Ｂ]広
：欺冰[蒸開平渓Ｂ]
碎：蘇内[灰合去心Ｉ]広
：素對[灰合去心Ｉ]
碔：文甫[虞　上明Ｃ]広
：音武[虞　上明Ｃ]
碕：渠希[微開平群Ｃ]広
：巨衣[微開平群Ｃ]
：墟彼[支開上渓Ｂ]
：音綺[支開上渓Ｂ]
碧：彼役[昔　入幫Ｂ]広
：彼逆[陌　入幫Ｂ]
：兵逆[　〃　　　]
確：苦角[覚　入渓Ⅱ]広
：苦角[覚　入渓Ⅱ]
磈：烏賄[灰合上影Ⅰ]広磥磈
：烏罪[灰合上影Ⅰ]
：於鬼[微合上影Ｃ]
：魚鬼[微合上疑Ｃ]
磊：落猥[灰合上来Ⅰ]広
：力罪[灰合上来Ⅰ]
磧：七迹[昔開入清ＡＢ]広
：七歷[錫開入清Ⅳ]
磹：去金[侵　平渓Ｂ]広鋟

- 63 -

：音欽[侵　平渓Ｂ]
硜：仕兢[蒸開平崇Ｂ]広
　：士水[蒸開平崇Ｂ]
磷：力珍[真開平来ＡＢ]広
　：力人[真開平来ＡＢ]
礀：古晏[刪開去見Ⅱ]広澗
　：音澗[刪開去見Ⅱ]
礎：創舉[魚開上初Ｃ]広
　：音楚[魚開上初Ｃ]
礒：魚倚[支開上疑Ｂ]広
　：魚綺[支開上疑Ｂ]
磥：落猥[灰合上来Ⅰ]広礨磊
　：力罪[灰合上来Ⅰ]
礙：五溉[咍開去疑Ⅰ]広
　：魚代[咍開去疑Ⅰ]
磕：苦蓋[泰開去渓Ⅰ]広礚
　：可蓋[泰開去渓Ⅰ]
礫：郎擊[錫開入来Ⅳ]広
　：音歷[錫開入来Ⅳ]
磪：力罪[灰合上来Ⅰ]広ナシ
　：力對[灰合去来Ⅰ]広ナシ

【示部】
祁：渠脂[脂開平群Ｂ]広
　：巨伊[脂開平群Ｂ]
祇：章移[支開平章ＡＢ]広
　：音支[支開平章ＡＢ]
　：章夷[脂開平章ＡＢ]
　：巨支[支開平群Ａ]広
　：巨支[支開平群Ａ]

祉：敕里[之開上徹Ｃ]広
　：音耻[之開上徹Ｃ]
袟：直一[質開入澄ＡＢ]広秩
　：直栗[質開入澄ＡＢ]
祗：旨夷[脂開平章Ｃ]広
　：音之[之開平章Ｃ]
祚：昨誤[模合去從Ⅰ]広
　：在故[模合去從Ⅰ]
祜：侯古[模合上匣Ⅰ]広
　：音戶[模合上匣Ⅰ]
祝：之六[屋　入章Ｃ]広
　：之六[屋　入章Ｃ]
禊：胡計[斉開去匣Ⅳ]広
　：何計[斉開去匣Ⅳ]
禋：於眞[真開平影Ａ]広
　：音因[真開平影Ａ]
禔：是支[支開平常ＡＢ]広
　：市支[支開平常ＡＢ]
　：市移[　〃　　　]
禦：魚巨[魚開上疑Ｃ]広
　：音語[魚開上疑Ｃ]
禪：時戰[仙開去常ＡＢ]広
　：市戰[仙開去常ＡＢ]

【内部】
禺：遇俱[虞合平疑Ｃ]広
　：音愚[虞合平疑Ｃ]

【禾部】
种：直弓[東　平澄Ｃ]広

- 64 -

：直中［東　　平澄Ｃ］
秔：古行［庚開平見Ⅱ］広
　：音庚［庚開平見Ⅱ］
秘：兵媚［脂　　去幫Ｂ］広
　：布媚［脂　　去幫Ｂ］
秣：莫撥［末　　入明Ⅰ］広
　：音末［末　　入明Ⅰ］
秩：直一［質開入澄ＡＢ］広
　：直栗［質開入澄ＡＢ］
秬：其呂［魚開上群Ｃ］広
　：其呂［魚開上群Ｃ］
秆：古旱［寒開上見Ⅰ］広
　：古但［寒開上見Ⅰ］
程：直貞［清開平澄ＡＢ］広
　：音呈［清開平澄ＡＢ］
税：舒芮［祭合去書ＡＢ］広
　：尸芮［祭合去書ＡＢ］
稔：如甚［侵　　上日ＡＢ］広
　：而甚［侵　　上日ＡＢ］
稜：魯登［登開平来Ⅰ］広
　：力登［登開平来Ⅰ］
稟：筆錦［侵　　上幫Ｂ］広
　：布錦［侵　　上幫Ｂ］
　：力錦［侵　　上来ＡＢ］広ナシ
稠：直由［尤　　平澄Ｃ］広
　：直由［尤　　平澄Ｃ］
　：直留［　〃　　　　］
種：之隴［鍾　　上章Ｃ］広
　：之重［鍾　　上章Ｃ］
　：之用［鍾　　去章Ｃ］広

　：之用［鍾　　去章Ｃ］
稱：昌孕［蒸開去昌Ｃ］広
　：尺證［蒸開去昌Ｃ］
稻：徒晧［豪　　上定Ⅰ］広
　：音道［豪　　上定Ⅰ］
稼：古訝［麻開去見Ⅱ］広
　：音嫁［麻開去見Ⅱ］
稽：古奚［斉開平見Ⅳ］広
　：古兮［斉開平見Ⅳ］
　：吉兮［　〃　　　　］
　：康禮［斉開上渓Ⅳ］広
　：音啓［斉開上渓Ⅳ］
穂：徐醉［脂合去邪ＡＢ］広
　：音遂［脂合去邪ＡＢ］
積：子智［支開去精ＡＢ］広
　：子智［支開去精ＡＢ］
穎：餘頃［清合上羊ＡＢ］広
　：以永［庚合上羊ＡＢ］
穡：所力［職開入生Ｂ］広
　：音嗇［職開入生Ｂ］
穫：胡郭［鐸合入匣Ⅰ］広
　：胡郭［鐸合入匣Ⅰ］
穬：古猛［庚合上見Ⅱ］広
　：古猛［庚合上見Ⅱ］
穰：汝陽［陽開平日Ｃ］広
　：而良［陽開平日Ｃ］
穛：側角［覚　　入荘Ⅱ］広
　：側角［覚　　入荘Ⅱ］
　：音捉［　〃　　　　］

- 65 -

【穴部】

穹:去宮[東　平渓Ｃ]㕝
　:去弓[東　平渓Ｃ]
　:丘弓[　〃　　　]
突:陀骨[没合入定Ⅰ]㕝
　:徒忽[没合入定Ⅰ]
牢:魯刀[豪　平来Ⅰ]㕝
　:力刀[豪　平来Ⅰ]
窊:烏爪[麻合平影Ⅱ]㕝
　:烏瓜[麻合平影Ⅱ]
窔:烏叫[蕭　去影Ⅳ]㕝
　:於弔[蕭　去影Ⅳ]
窘:渠殞[真合上群Ｂ]㕝
　:其敏[真合上群Ｂ]
窟:苦骨[没合入渓Ⅰ]㕝
　:苦没[没合入渓Ⅰ]
窠:苦禾[戈合平渓Ⅰ]㕝
　:苦和[戈合平渓Ⅰ]
窪:烏瓜[麻合平影Ⅱ]㕝
　:烏花[麻合平影Ⅱ]
窴:徒年[先開平定Ⅳ]㕝
　:大絃[先開平定Ⅳ]

【立部】

竚:直呂[魚開上澄Ｃ]㕝
　:直呂[魚開上澄Ｃ]
竢:牀史[之開上俟Ｃ]㕝
　:音士[之開上崇Ｃ]
竦:息拱[鍾　上心Ｃ]㕝
　:思勇[鍾　上心Ｃ]

竪:臣庾[虞合上常Ｃ]㕝
　:時主[虞合上常Ｃ]

【竹部】

竿:古寒[寒開平見Ⅰ]㕝
　:音干[寒開平見Ⅰ]
　:古旱[寒開上見Ⅰ]
笏:呼骨[没合入暁Ⅰ]㕝
　:音忽[没合入暁Ⅰ]
笥:相吏[之開去心Ｃ]㕝
　:音四[脂開去心ＡＢ]
第:阻史[之開上荘Ｃ]㕝
　:音滓[之開上荘Ｃ]
笮:在各[鐸開入従Ⅰ]㕝苲
　:在洛[鐸開入従Ⅰ]
　:音昨[　〃　　　]
笳:古牙[麻開平見Ⅱ]㕝
　:音加[麻開平見Ⅱ]
筋:舉欣[欣開平見Ｃ]㕝
　:音斤[欣開平見Ｃ]
筌:此縁[仙合平清ＡＢ]㕝
　:七全[仙合平清ＡＢ]
筍:思尹[諄合上心ＡＢ]㕝
　:音笋[諄合上心ＡＢ]
筑:張六[屋　入知Ｃ]㕝
　:音竹[屋　入知Ｃ]
策:楚革[麦開入初Ⅱ]㕝
　:音築[麦開入初Ⅱ]
筒:徒紅[東　平定Ⅰ]㕝
　:音同[東　平定Ⅰ]

箟：蘇貫［桓合去心Ⅰ］囲
　：素管［桓合上心Ⅰ］
筮：時制［祭開去常ＡＢ］囲
　：音逝［祭開去常ＡＢ］
筴：楚革［麦開入初Ⅱ］囲
　：初革［麦開入初Ⅱ］
　：音策［　〃　　　］
箒：之九［尤　　上章Ｃ］囲
　：之受［尤　　上章Ｃ］
箕：居之［之開平見Ｃ］囲
　：居疑［之開平見Ｃ］
算：蘇管［桓合上心Ⅰ］囲
　：素瓉［桓合去心Ⅰ］
篁：胡光［唐合平匣Ⅰ］囲
　：音皇［唐合平匣Ⅰ］
篆：持兗［仙合上澄ＡＢ］囲
　：直轉［仙合上澄ＡＢ］
築：張六［屋　入知Ｃ］囲
　：音竹［屋　入知Ｃ］
篋：苦協［怗　入渓Ⅳ］囲
　：苦協［怗　入渓Ⅳ］
賁：王分［文合平匣Ｃ］囲
　：于分［文合平匣Ｃ］
篝：古侯［侯　平見Ⅰ］囲
　：古侯［侯　平見Ⅰ］
篱：直離［支開平澄ＡＢ］囲
　：直知［支開平澄ＡＢ］
篲：祥歳［祭合去邪ＡＢ］囲
　：在歳［祭合去従ＡＢ］
篎：敷沼［宵　上滂Ａ］囲

　：匹沼［宵　上滂Ａ］
簿：補各［鐸　入幇Ⅰ］囲
　：音博［鐸　入幇Ⅰ］
簟：徒玷［添　上定Ⅳ］囲
　：大點［添　上定Ⅳ］
簩：魯刀［豪　平来Ⅰ］囲
　：音勞［豪　平来Ⅰ］
簪：側吟［侵　平荘ＡＢ］囲
　：側今［侵　平荘ＡＢ］
簷：余廉［塩　平羊ＡＢ］囲
　：以廉［塩　平羊ＡＢ］
簹：都郎［唐開平端Ⅰ］囲
　：多郎［唐開平端Ⅰ］
簾：力鹽［塩　平来ＡＢ］囲
　：音廉［塩　平来ＡＢ］
簿：裴古［模　上並Ⅰ］囲
　：步古［模　上並Ⅰ］
　：白古［　〃　　　］
　：白戸［　〃　　　］
籌：直由［尤　平澄Ｃ］囲
　：直留［尤　平澄Ｃ］
籙：力玉［燭　入来Ｃ］囲
　：音録［燭　入来Ｃ］
籯：以成［清開平羊ＡＢ］囲
　：音盈［清開平羊ＡＢ］
籥：以灼［薬開入羊Ｃ］囲
　：以灼［薬開入羊Ｃ］
　：音藥［　〃　　　］
籬：呂支［支開平来ＡＢ］囲
　：音離［支開平来ＡＢ］

【米部】

籹：尼呂［魚開上娘Ｃ］広
　：音女［魚開上娘Ｃ］
粒：力入［緝　入来ＡＢ］広
　：音立［緝　入来ＡＢ］
粗：其呂［魚開上群Ｃ］広
　：音巨［魚開上群Ｃ］
粗：徂古［模合上從Ｉ］広
　：在古［模合上從Ｉ］
粢：即夷［脂開平精ＡＢ］広
　：音咨［脂開平精ＡＢ］
粮：呂張［陽開平来Ｃ］広
　：音良［陽開平来Ｃ］
粋：雖遂［脂合去心ＡＢ］広
　：音邃［脂合去心ＡＢ］
粺：傍卦［佳合去並Ⅱ］広
　：蒲賣［佳合去並Ⅱ］
糅：女救［尤　去娘Ｃ］広
　：女又［尤　去娘Ｃ］
糇：戸鈎［侯　平匣Ⅰ］広
　：音侯［侯　平匣Ⅰ］
糗：去久［尤　上溪Ｃ］広
　：去久［尤　上溪Ｃ］
糟：作曹［豪　平精Ⅰ］広
　：音遭［豪　平精Ⅰ］
　：音曹［豪　平從Ⅰ］

【糸部】

系：胡計［斉開去匣Ⅳ］広
　：何計［斉開去匣Ⅳ］

約：於笑［宵　去影ＡＢ］広
　：烏孝［肴　去影Ⅱ］
紆：憶倶［虞合平影Ｃ］広
　：一于［虞合平影Ｃ］
紈：胡官［桓合平匣Ⅰ］広
　：音丸［桓合平匣Ⅰ］
紉：女鄰［真開平娘ＡＢ］広
　：女珎［真開平娘ＡＢ］
　：女刃［真開去娘ＡＢ］広ナシ
紓：傷魚［魚開平書Ｃ］広舒
　：音舒［魚開平書Ｃ］
紗：所加［麻開平生Ⅱ］広
　：音沙［麻開平生Ⅱ］
紘：戸萌［耕合平匣Ⅱ］広
　：音宏［耕合平匣Ⅱ］
級：居立［緝　入見Ｂ］広
　：音急［緝　入見Ｂ］
紛：撫文［文　平滂Ｃ］広
　：芳紜［文　平滂Ｃ］
　：芳云［　〃　　］
紜：王分［文合平匣Ｃ］広
　：音匣［文合平匣Ｃ］
索：蘇各［鐸開入心Ⅰ］広
　：先各［鐸開入心Ⅰ］
　：素洛［　〃　　］
　：先洛［　〃　　］
　：山戟［陌開入生Ⅱ］広
　：所格［陌開入生Ⅱ］
　：先宅［陌開入心Ⅱ］
　：山責［麦開入生Ⅱ］広

- 68 -

:所革[麥開入生Ⅱ]
縲:良僞[支合去来ＡＢ]囻
　　:力瑞[支合去来ＡＢ]
紱:分勿[物　入幫Ｃ]囻
　　:音弗[物　入幫Ｃ]
緤:私列[薛開入心ＡＢ]囻
　　:思列[薛開入心ＡＢ]
紳:失人[真開平書ＡＢ]囻
　　:音申[真開平書ＡＢ]
紵:直呂[魚開上澄Ｃ]囻
　　:直呂[魚開上澄Ｃ]
組:則古[模合上精Ⅰ]囻
　　:音祖[模合上精Ⅰ]
紝:女心[侵　平娘ＡＢ]囻絍絍
　　:女吟[侵　平娘ＡＢ]
結:古屑[屑開入見Ⅳ]囻
　　:音計[齊開去見Ⅳ]
絓:胡卦[佳合去匣Ⅱ]囻
　　:胡卦[佳合去匣Ⅱ]
綌:綺戟[陌開入溪Ｂ]囻䊺
　　:去逆[陌開入溪Ｂ]
　　:去碧[　〃　]
絡:盧各[鐸開入来Ⅰ]囻
　　:音洛[鐸開入来Ⅰ]
絢:許縣[先合去曉Ⅳ]囻
　　:許縣[先合去曉Ⅳ]
　　:火縣[　〃　]
纍:力追[脂合平来ＡＢ]囻纍纆
　　　　　　纆
　　:力追[脂合平来ＡＢ]

絰:徒結[屑開入定Ⅳ]囻
　　:徒結[屑開入定Ⅳ]
絺:丑飢[脂開平徹ＡＢ]囻
　　:丑犁[脂開平徹ＡＢ]
　　:丑夷[　〃　]
　　:勑螯[之開平徹Ｃ]
綃:相邀[宵　平心ＡＢ]囻
　　:音消[宵　平心ＡＢ]
綜:子宋[冬　去精Ⅰ]囻
　　:祖統[冬　去精Ⅰ]
綢:直由[尤　平澄Ｃ]囻
　　:直留[尤　平澄Ｃ]
綣:去阮[元合上溪Ｃ]囻
　　:丘遠[元合上溪Ｃ]
綬:殖酉[尤　上常Ｃ]囻
　　:音受[尤　上常Ｃ]
綰:烏板[刪合上影Ⅱ]囻
　　:烏板[刪合上影Ⅱ]
綱:古郎[唐開平見Ⅰ]囻
　　:吉郎[唐開平見Ⅰ]
　　:音剛[　〃　]
綴:陟衛[祭合去知ＡＢ]囻
　　:知歲[祭合去知ＡＢ]
　　:丁歲[祭合去端ＡＢ]
　　:丁衛[　〃　]
綷:子对[灰合去精Ⅰ]囻
　　:祖對[灰合去精Ⅰ]
綸:古頑[山合平見Ⅱ]囻
　　:古頑[山合平見Ⅱ]
　　:力迍[諄合平来ＡＢ]囻

｜：音倫［諄合平来ＡＢ］
緄：古本［魂合上見Ⅰ］広
　：古本［魂合上見Ⅰ］
緇：側持［之開平荘Ｃ］広
　：側疑［之開平荘Ｃ］
緌：儒隹［脂合平日ＡＢ］広
　：如維［脂合平日ＡＢ］
　：如唯［　〃　　］
緘：古咸［咸　平見Ⅱ］広
　：古咸［咸　平見Ⅱ］
緝：七入［緝　入清ＡＢ］広
　：七入［緝　入清ＡＢ］
締：特計［斉開去定Ⅳ］広
　：徒帝［斉開去定Ⅳ］
緡：武巾［真　平明Ｂ］広
　：音旻［真　平明Ｂ］
緦：息玆［之開平心Ｃ］広
　：音思［之開平心Ｃ］
編：卑連［仙　平帮Ａ］広
　：必然［仙　平帮Ａ］
絚：古鄧［登開去見Ⅰ］広亙
　：居鄧［登開去見Ⅰ］
緬：彌兗［仙　上明Ａ］広
　：亡善［仙　上明Ａ］
緯：于貴［微合去匣Ｃ］広
　：于貴［微合去匣Ｃ］
　：音謂［　〃　　］
　：音揮［微合平暁Ｃ］広ナシ
緹：杜奚［斉開平定Ⅳ］広
　：大兮［斉開平定Ⅳ］

縁：與專［仙合平羊ＡＢ］広
　：以舩［仙合平羊ＡＢ］
縗：倉回［灰合平清Ⅰ］広
　：七回［灰合平清Ⅰ］
縞：古老［豪　上見Ⅰ］広
　：古老［豪　上見Ⅰ］
　：古到［豪　去見Ⅰ］
　：古号［豪　去見Ⅰ］
縛：而蜀［燭　入日Ｃ］広
　：音辱［燭　入日Ｃ］
縠：胡谷［屋　入匣Ⅰ］広
　：胡谷［屋　入匣Ⅰ］
　：胡縠［　〃　　］
縣：胡涓［先合平匣Ⅳ］広
　：音玄［先合平匣Ⅳ］
縱：即容［鍾　平精Ｃ］広
　：子容［鍾　平精Ｃ］
縮：所六［屋　入生Ｃ］広
　：所六［屋　入生Ｃ］
縲：力追［脂合平来ＡＢ］広
　：力追［脂合平来ＡＢ］
縷：力主［虞合上来Ｃ］広
　：力主［虞合上来Ｃ］
　：力禹［　〃　　］
縹：敷沼［宵　上滂Ａ］広
　：匹沼［宵　上滂Ａ］
　：匹眇［　〃　　］
總：作孔［東　上精Ⅰ］広
　：子孔［東　上精Ⅰ］
績：則歷［錫開入精Ⅳ］広

：子漬［支開去精ＡＢ］囮ナシ
　　：子夜［麻開去精ＡＢ］囮ナシ
繁：薄官［桓　平並Ｉ］囮
　：歩丸［桓　平並Ｉ］
　：薄波［戈　平並Ｉ］囮
　：歩和［戈　平並Ｉ］
　：附袁［元　平並Ｃ］囮
　：扶袁［元　平並Ｃ］
　：音煩［　〃　　］
繆：莫浮［尤　平明Ｃ］囮
　：亡尤［尤　平明Ｃ］
　：靡幼［幽　去明Ｂ］囮
　：亡又［尤　去明Ｃ］
　：武彪［幽　平明Ｂ］囮
　：莫侯［侯　平明Ｉ］
　：亡侯［　〃　　］
繇：餘昭［宵　平羊ＡＢ］囮
　：音遥［宵　平羊ＡＢ］
繋：古詣［斉開去見Ⅳ］囮
　：音計［斉開去見Ⅳ］
繚：居虯［幽　平見Ａ］囮弓井
　：居虯［幽　平見Ａ］
繞：而沼［宵　上日ＡＢ］囮
　：而沼［宵　上日ＡＢ］
　：而小［　〃　　］
縈：如累［支合上日ＡＢ］囮
　：而累［支合上日ＡＢ］
繢：胡対［灰合去匣Ｉ］囮
　：胡對［灰合去匣Ｉ］
繣：呼麥［麦合入暁Ⅱ］囮

　　：呼麦［麦合入暁Ⅱ］
繈：居兩［陽開上見Ｃ］囮
　：居兩［陽開上見Ｃ］
繳：之若［薬開入章Ｃ］囮
　：音灼［薬開入章Ｃ］
繹：羊益［昔開入羊ＡＢ］囮
　：以尺［昔開入羊ＡＢ］
繽：匹賓［真　平滂Ａ］囮
　：匹仁［真　平滂Ａ］
　：匹人［　〃　　］
繾：去演［仙開上渓Ａ］囮
　：去行［庚開平渓Ⅱ］囮ナシ
纂：作管［桓合上精Ｉ］囮
　：祖管［桓合上精Ｉ］
　：組管［　〃　　］
纉：作管［桓合上精Ｉ］囮
　：祖管［桓合上精Ｉ］
纊：苦謗［唐合去渓Ｉ］囮
　：音曠［唐合去渓Ｉ］
纎：息廉［塩　平心ＡＢ］囮
　：息廉［塩　平心ＡＢ］
纓：於盈［清開平影Ａ］囮
　：一成［清開平影Ａ］
纕：息良［陽開平心Ｃ］囮
　：息羊［陽開平心Ｃ］
　：音襄［　〃　　］
纚：所綺［支開上生ＡＢ］囮
　：所綺［支開上生ＡＢ］

【缶部】

缺：傾雪［薛合入渓Ａ］囲
　：去悦［薛合入渓Ａ］

罅：呼訝［麻開去暁Ⅱ］囲
　：火嫁［麻開去暁Ⅱ］

罍：魯回［灰合平来Ⅰ］囲
　：音雷［灰合平来Ⅰ］

【网部】

罕：呼旰［寒開去暁Ⅰ］囲
　：音漢［寒開去暁Ⅰ］

罗：都歴［錫開入端Ⅳ］囲罵
　：音的［錫開入端Ⅳ］

罘：縛謀［尤　平並Ｃ］囲
　：音浮［尤　平並Ｃ］

罝：子魚［魚開平精Ｃ］囲
　：音嗟［麻開平精ＡＢ］

罨：烏感［覃　上影Ⅰ］囲ナシ
　：衣儉［塩　上影Ｂ］囲
　：音奄［塩　上影Ｂ］

罩：都教［肴　去知Ⅱ］囲
　：竹孝［肴　去知Ⅱ］

罭：雨逼［職合入匣Ｂ］囲
　：于逼［職合入匣Ｂ］

罷：符羈［支　平並Ｂ］囲
　：音皮［支　平並Ｂ］

尉：於胃［微合去影Ｃ］囲
　：音尉［微合去影Ｃ］

羃：莫狄［錫　入明Ⅳ］囲
　：音覓［錫　入明Ⅳ］

羆：彼爲［支　平幇Ｂ］囲
　：音碑［支　平幇Ｂ］

靂：郎撃［錫開入来Ⅳ］囲
　：音歴［錫開入来Ⅳ］

【羊部】

羋：綿婢［支　上明Ａ］囲
　：亡氏［支　上明Ａ］

羌：去羊［陽開平渓Ｃ］囲
　：丘良［陽開平渓Ｃ］

羘：則郎［唐開平精Ⅰ］囲牂
　：子郎［唐開平精Ⅰ］

羖：公戸［模合上見Ⅰ］囲
　：音古［模合上見Ⅰ］

羨：似面［仙開去邪ＡＢ］囲
　：才箭［仙開去從ＡＢ］

羯：居竭［月開入見Ｃ］囲
　：居歇［月開入見Ｃ］

【羽部】

羽：王遇［虞合去匣Ｃ］囲
　：于句［虞合去匣Ｃ］

羿：五計［斉開去疑Ⅳ］囲
　：五計［斉開去疑Ⅳ］

翕：許及［緝　入暁Ｂ］囲
　：許及［緝　入暁Ｂ］
　：許急［　〃　　］

翟：徒歴［錫開入定Ⅳ］囲
　：大歴［錫開入定Ⅳ］
　：音狄［　〃　　］

：音氽［　〃　　　　　］
羞：章恕［魚開去章Ｃ］廣
　：之慮［魚開去章Ｃ］
　：之庶［　〃　　　　　］
翦：即淺［仙開上精ＡＢ］廣
　：子踐［仙開上精ＡＢ］
　：子輦［　〃　　　　　］
翩：芳連［仙　平滂Ａ］廣
　：匹延［仙　平滂Ａ］
翬：許歸［微合平曉Ｃ］廣
　：音揮［微合平曉Ｃ］
翮：下革［麦開入匣Ⅱ］廣
　：胡革［麦開入匣Ⅱ］
翰：侯旰［寒開去匣Ⅰ］廣
　：音汗［寒開去匣Ⅰ］
翳：烏奚［斉開平影Ⅳ］廣
　：一兮［斉開平影Ⅳ］
　：於計［斉開去影Ⅳ］廣
　：一計［斉開去影Ⅳ］
翹：渠遥［宵　平群Ａ］廣
　：巨遥［宵　平群Ａ］
　：巨尭［蕭　平群Ⅳ］
翱：五勞［豪　平疑Ⅰ］廣翶
　：五高［豪　平疑Ⅰ］

【老部】

耄：莫報［豪　去明Ⅰ］廣
　：莫報［豪　去明Ⅰ］

【而部】

耐：奴代［咍開去泥Ⅰ］廣
　：那代［咍開去泥Ⅰ］

【耒部】

耒：盧對［灰合去来Ⅰ］廣
　：力對［灰合去来Ⅰ］
耕：古莖［耕開平見Ⅱ］廣
　：吉行［庚開平見Ⅱ］
耘：王分［文合平匣Ｃ］廣
　：音匣［文合平匣Ｃ］
耜：詳里［之開上邪Ｃ］廣
　：音似［之開上邪Ｃ］

【耳部】

耴：魚乙［質開入疑Ｂ］廣
　：魚乙［質開入疑Ｂ］
耶：似嗟［麻開平邪ＡＢ］廣邪
　：音斜［麻開平邪ＡＢ］
　：在嗟［麻開平従ＡＢ］
耿：古迥［青合上見Ⅳ］廣熲炯
　：古迥［青合上見Ⅳ］
聆：郎丁［青開平来Ⅳ］廣
　：力丁［青開平来Ⅳ］
聒：古活［末合入見Ⅰ］廣
　：古活［末合入見Ⅰ］
　：音括［　〃　　　　　］
聘：匹正［清　去滂Ａ］廣
　：匹正［清　去滂Ａ］
聞：亡運［文　去明Ｃ］廣

- 73 -

：音問［文　去明Ｃ］
聯：力延［仙開平来ＡＢ］広
　　：音連［仙開平来ＡＢ］
聲：語虯［幽　平疑Ａ］広
　　：宜休［尤　平疑Ｃ］
聳：息拱［鍾　上心Ｃ］広
　　：息勇［鍾　上心Ｃ］
　　：素勇［　〃　　］
聽：他丁［青開平透Ⅳ］広
　　：他丁［青開平透Ⅳ］
聸：都甘［談　平端Ⅰ］広
　　：都甘［談　平端Ⅰ］

【聿部】
肂：羊至［脂開去羊ＡＢ］広
　　：以二［脂開去羊ＡＢ］

【肉部】
肌：居夷［脂開平見Ｂ］広
　　：音飢［脂開平見Ｂ］
　　：居疑［之開平見Ｃ］
肓：呼光［唐合平曉Ⅰ］広
　　：音荒［唐合平曉Ⅰ］
肝：古寒［寒開平見Ⅰ］広
　　：音干［寒開平見Ⅰ］
肴：胡茅［肴　平匣Ⅱ］広
　　：下交［肴　平匣Ⅱ］
　　：戸交［　〃　　］
肸：羲乙［質開入曉Ｂ］広肸
　　：虛乙［質開入曉Ｂ］

　　：許乙［　〃　　］
肺：芳廢［廢　去滂Ｃ］広
　　：芳廢［廢　去滂Ｃ］
胄：直祐［尤　去澄Ｃ］広
　　：直溜［尤　去澄Ｃ］
　　：音宙［　〃　　］
胈：蒲撥［末　入並Ⅰ］広
　　：步末［末　入並Ⅰ］
背：蒲昧［灰　去並Ⅰ］広
　　：步對［灰　去並Ⅰ］
胎：土來［咍開平透Ⅰ］広
　　：他来［咍開平透Ⅰ］
胙：昨誤［模合去從Ⅰ］広
　　：在故［模合去從Ⅰ］
胝：丁尼［脂開平端ＡＢ］広
　　：竹夷［脂開平知ＡＢ］
胹：如之［之開平日Ｃ］広
　　：音而［之開平日Ｃ］
能：奴來［咍開平泥Ⅰ］広
　　：乃来［咍開平泥Ⅰ］
　　：奴代［咍開去泥Ⅰ］広
　　：奴代［咍開去泥Ⅰ］
脄：莫杯［灰　平明Ⅰ］広
　　：亡回［灰　平明Ⅰ］
脅：虛業［業　入曉Ｃ］広
　　：許業［業　入曉Ｃ］
　　：許刼［　〃　　］
脆：此芮［祭合去清ＡＢ］広
　　：七歲［祭合去清ＡＢ］
脱：他括［末合入透Ⅰ］広

- 74 -

：他活［末合入透Ⅰ］　　　　　　：音高［豪　平見Ⅰ］
　　：吐活［　〃　　　］　　　　腸：直良［陽開平澄Ｃ］囗
　　：徒活［末合入定Ⅰ］囗　　　　　：直良［陽開平澄Ｃ］
　　：徒活［末合入定Ⅰ］　　　　膚：甫無［虞　平幫Ｃ］囗
　　：徒括［　〃　　　］　　　　　：音夫［虞　平幫Ｃ］
脾：符支［支　平並Ａ］囗　　　　膝：息七［質開入心ＡＢ］囗
　　：婢支［支　平並Ａ］　　　　　：思栗［質開入心ＡＢ］
膞：他典［先開上透Ⅳ］囗　　　　膠：古肴［肴　平見Ⅱ］囗
　　：他典［先開上透Ⅳ］　　　　　：音交［肴　平見Ⅱ］
腋：羊益［昔開入羊ＡＢ］囗　　　膩：女利［脂開去娘Ｃ］囗
　　：音亦［昔開入羊ＡＢ］　　　　：女吏［之開去娘Ｃ］
腐：扶雨［虞　上並Ｃ］囗　　　　膴：文甫［虞　上明Ｃ］囗
　　：音父［虞　上並Ｃ］　　　　　：音武［虞　上明Ｃ］
　　：芳宇［虞　上滂Ｃ］　　　　膺：於陵［蒸開平影Ｃ］囗
腓：符幫［微　平並Ｃ］囗　　　　　：於陵［蒸開平影Ｃ］
　　：音肥［微　平並Ｃ］　　　　膽：都敢［談　上端Ⅰ］囗
腠：倉奏［侯　去清Ⅰ］囗　　　　　：多敢［談　上端Ⅰ］
　　：七豆［侯　去清Ⅰ］　　　　膾：古外［泰合去見Ⅰ］囗
腥：桑經［青開平心Ⅳ］囗　　　　　：古外［泰合去見Ⅰ］
　　：音星［青開平心Ⅳ］　　　　膿：奴冬［冬　平泥Ⅰ］囗
腯：陀骨［没合入定Ⅰ］囗　　　　　：女龍［鍾　平娘Ｃ］
　　：徒忽［没合入定Ⅰ］　　　　臂：卑義［支　去幫Ａ］囗
腱：居言［元開平見Ａ］囗　　　　　：必智［支　去幫Ａ］
　　：巨言［元開平群Ｃ］　　　　膞：子兗［仙合上精ＡＢ］囗
腴：羊朱［虞合平羊Ｃ］囗　　　　　：子轉［仙合上精ＡＢ］
　　：以朱［虞合平羊Ｃ］　　　　臛：呵各［鐸開入曉Ⅰ］囗臒
　　：音臾［　〃　　　　］　　　　：呼各［鐸開入曉Ⅰ］
胱：呼光［唐合平曉Ⅰ］囗荒　　　臝：落戈［戈合平来Ⅰ］囗
　　：音荒［唐合平曉Ⅰ］　　　　　：力果［戈合上来Ⅰ］
膏：古勞［豪　平見Ⅰ］囗

【自部】
自：疾二［脂開去從ＡＢ］広
　：音字［之開去從Ｃ］
臭：尺救［尤　去昌Ｃ］広
　：昌又［尤　去昌Ｃ］

【至部】
臻：側詵［臻開平莊ＡＢ］広
　：側巾［臻開平莊ＡＢ］

【臼部】
臿：楚洽［洽　入初Ⅱ］広
　：初洽［洽　入初Ⅱ］
舃：思積［昔開入心ＡＢ］広
　：音昔［昔開入心ＡＢ］
舅：其九［尤　上群Ｃ］広
　：渠久［尤　上群Ｃ］
與：以諸［魚開平羊Ｃ］広
　：音余［魚開平羊Ｃ］
　：羊洳［魚開去羊Ｃ］広
　：以慮［魚開去羊Ｃ］
興：許應［蒸開去曉Ｃ］広
　：虛應［蒸開去曉Ｃ］
舋：許覲［真開去曉Ｂ］広
　：許覲［真開去曉Ｂ］
　：許靳［欣開去曉Ｃ］

【舌部】
舍：書冶［麻開上書ＡＢ］広
　：音捨［麻開上書ＡＢ］

【舛部】
舜：昌充［仙合上昌ＡＢ］広
　：昌充［仙合上昌ＡＢ］
　：昌轉［　〃　　　］

【舟部】
航：胡郎［唐開平匣Ⅰ］広
　：何郎［唐開平匣Ⅰ］
　：下郎［　〃　　　］
般：薄官［桓　平並Ⅰ］広
　：皮寒［寒　平並Ⅰ］
艘：蘇遭［豪　平心Ⅰ］広
　：素刀［豪　平心Ⅰ］

【色部】
艷：以贍［塩　去羊ＡＢ］広
　：余瞻［塩　平羊ＡＢ］

【艸部】
芋：王遇［虞合去匣Ｃ］広
　：于附［虞合去匣Ｃ］
芒：莫郎［唐　平明Ⅰ］広
　：莫郎［唐　平明Ⅰ］
芰：所銜［銜　平生Ⅱ］広
　：所銜［銜　平生Ⅱ］
芮：而銳［祭合去日ＡＢ］広
　：而銳［祭合去日ＡＢ］
芰：奇寄［支開去群Ｂ］広
　：其寄［支開去群Ｂ］
芷：諸市［之開上章Ｃ］広

：音止［之開上章Ｃ］
芹：巨斤［欣開平群Ｃ］広
　　：其斤［欣開平群Ｃ］
苒：而琰［塩　　上日ＡＢ］広
　　：音冉［塩　　上日ＡＢ］
苔：徒哀［咍開平定Ｉ］広
　　：音臺［咍開平定Ｉ］
苕：徒聊［蕭　　平定Ⅳ］広
　　：音條［蕭　　平定Ⅳ］
苛：胡歌［歌開平匣Ｉ］広
　　：音何［歌開平匣Ｉ］
苦：苦故［模合去渓Ｉ］広
　　：丘故［模合去渓Ｉ］
苫：舒贍［塩　　去書ＡＢ］広
　　：尸占［塩　　去書ＡＢ］
苽：古胡［模合平見Ｉ］広
　　：音孤［模合平見Ｉ］
茀：分勿［物　　入幇Ｃ］広市帯敝
　　：音弗［物　　入幇Ｃ］
茅：莫交［肴　　平明Ⅱ］広
　　：莫侯［侯　　平明Ⅰ］
茘：郎計［齊開去来Ⅳ］広
　　：力計［齊開去来Ⅳ］
　　：力帝［　〃　　　］
　　：音麗［　〃　　　］
　　：力智［支開去来ＡＢ］
　　：力豉［支開去来ＡＢ］
茝：昌紿［咍開上昌Ｉ］広
　　：昌改［咍開上昌Ｉ］
茨：疾資［脂開平従ＡＢ］広

　　：在茲［之開平従Ｃ］
茫：莫郎［唐　　平明Ｉ］広
　　：莫郎［唐　　平明Ｉ］
茸：而容［鍾　　平日Ｃ］広
　　：而勇［鍾　　上日Ｃ］広ナシ
　　：而勇［鍾　　上日Ｃ］広𦈢
茹：人諸［魚開平日Ｃ］広
　　：音如［魚開平日Ｃ］
荃：此縁［仙合平清ＡＢ］広
　　：七全［仙合平清ＡＢ］
荏：如甚［侵　　上日ＡＢ］広
　　：而甚［侵　　上日ＡＢ］
荐：在甸［先開去従Ⅳ］広
　　：在見［先開去従Ⅳ］
荑：杜奚［齊開平定Ⅳ］広
　　：大兮［齊開平定Ⅳ］
　　：以脂［脂開平羊ＡＢ］広
　　：音夷［脂開平羊ＡＢ］
荒：呼晃［唐合上暁Ｉ］広慌
　　：呼廣［唐合上暁Ｉ］
荳：徒候［侯　　去定Ｉ］広
　　：音豆［侯　　去定Ｉ］
荷：胡歌［歌開平匣Ｉ］広
　　：音何［歌開平匣Ｉ］
　　：胡可［歌開上匣Ｉ］広
　　：何可［歌開上匣Ｉ］
茶：同都［模合平定Ｉ］広
　　：大奴［模合平定Ｉ］
　　：音徒［　〃　　　］
　　：宅加［麻開平澄Ⅱ］広

：直加［麻開平澄Ⅱ］
茘：力至［脂開去来ＡＢ］囷
　　：音利［脂開去来ＡＢ］
莎：蘇禾［戈合平心Ⅰ］囷
　　：素戈［戈合平心Ⅰ］
莒：居許［魚開上見Ｃ］囷
　　：音擧［魚開上見Ｃ］
莖：戸耕［耕開平匣Ⅱ］囷
　　：戸庚［庚開平匣Ⅱ］
莘：所臻［臻開平生ＡＢ］囷
　　：所巾［臻開平生ＡＢ］
莠：與久［尤　上羊Ｃ］囷
　　：音酉［尤　上羊Ｃ］
莪：五何［歌開平疑Ⅰ］囷
　　：魚何［歌開平疑Ⅰ］
萊：落哀［咍開平来Ⅰ］囷
　　：音来［咍開平来Ⅰ］
莽：模朗［唐　上明Ⅰ］囷
　　：莫朗［唐　上明Ⅰ］
菉：力玉［燭　入来Ｃ］囷
　　：音緑［燭　入来Ｃ］
　　：音録［　〃　　　］
菊：居六［屋　入見Ｃ］囷
　　：居六［屋　入見Ｃ］
菌：渠殞［真合上群Ｂ］囷
　　：其敏［真合上群Ｂ］
　　：巨殞［真合平群Ｂ］囷ナシ
菎：古渾［魂合平見Ⅰ］囷
　　：音昆［魂合平見Ⅰ］
菫：居隠［欣開上見Ｃ］囷

　　：音謹［欣開上見Ｃ］
落：徒哀［咍開平定Ⅰ］囷
　　：徒来［咍開平定Ⅰ］
華：胡化［麻合去匣Ⅱ］囷
　　：胡化［麻合去匣Ⅱ］
　　：故化［麻合去見Ⅱ］囷ナシ
菲：芳帮［微　平滂Ｃ］囷
　　：芳帮［微　平滂Ｃ］
　　：敷尾［微　上滂Ｃ］囷
　　：芳尾［微　上滂Ｃ］
　　：芳匪［　〃　　　］
菴：音奄［塩　上影Ｂ］囷ナシ
茵：文兩［陽　上明Ｃ］囷
　　：亡兩［陽　上明Ｃ］
菹：側魚［魚開平荘Ｃ］囷
　　：側余［魚開平荘Ｃ］
菽：式竹［屋　入書Ｃ］囷
　　：音叔［屋　入書Ｃ］
萁：渠之［之開平群Ｃ］囷
　　：音其［之開平群Ｃ］
萃：秦醉［脂合去従ＡＢ］囷
　　：音悴［脂合去従ＡＢ］
　　：音遂［脂合去邪ＡＢ］
萇：直良［陽開平澄Ｃ］囷
　　：音長［陽開平澄Ｃ］
萋：七稽［斉開平清Ⅳ］囷
　　：音妻［斉開平清Ⅳ］
萍：薄經［青　平並Ⅳ］囷
　　：歩銘［青　平並Ⅳ］
萎：於爲［支合平影Ｂ］囷

：於危［支合平影Ｂ］
萱：況袁［元合平曉Ｃ］⑤
　：火袁［元合平曉Ｃ］
葆：博抱［豪　上幫Ⅰ］⑤
　：音保［豪　上幫Ⅰ］
菜：胥里［之開上心Ｃ］⑤枲
　：音死［脂開上心ＡＢ］
菅：古顔［刪開平見Ⅱ］⑤
　：古顔［刪開平見Ⅱ］
蕡：符分［文　平並Ｃ］⑤
　：扶云［文　平並Ｃ］
苅：弋雪［薛合入羊ＡＢ］⑤
　：音悦［薛合入羊ＡＢ］
著：陟慮［魚開去知Ｃ］⑤
　：張慮［魚開去知Ｃ］
　：丁慮［魚開去端Ｃ］
葦：于鬼［微合上匣Ｃ］⑤
　：何鬼［微合上匣Ｃ］
葩：普巴［麻　平滂Ⅱ］⑤
　：普花［麻　平滂Ⅱ］
葭：古牙［麻開平見Ⅱ］⑤
　：音加［麻開平見Ⅱ］
葹：式支［支開平書ＡＢ］⑤
　：音施［支開平書ＡＢ］
葺：子入［緝　入精ＡＢ］⑤
　：子入［緝　入精ＡＢ］
葽：於霄［宵　平影Ａ］⑤
　：於遥［宵　平影Ａ］
蒀：於云［文合平影Ｃ］⑤
　：於云［文合平影Ｃ］

蒋：即良［陽開平精Ｃ］⑤
　：音将［陽開平精Ｃ］
　：即兩［陽開上精Ｃ］⑤
　：子兩［陽開上精Ｃ］
蒟：俱雨［虞合上見Ｃ］⑤
　：九宇［虞合上見Ｃ］
　：音矩［　〃　　］
蒨：倉甸［先開去清Ⅳ］⑤
　：七見［先開去清Ⅳ］
蒩：則古［模合上精Ⅰ］⑤
　：音祖［模合上精Ⅰ］
蒭：測隅［虞合平初Ｃ］⑤
　：楚俱［虞合平初Ｃ］
　：楚于［　〃　　］
　：側于［虞合平莊Ｃ］
蒳：奴荅［合　入泥Ⅰ］⑤
　：音納［合　入泥Ⅰ］
蒸：煮仍［蒸開平章Ｃ］⑤
　：之仍［蒸開平章Ｃ］
　：音證［蒸開去章Ｃ］
蒻：而灼［薬開入日Ｃ］⑤
　：音若［薬開入日Ｃ］
　：音弱［　〃　　］
蒿：呼毛［豪　平曉Ⅰ］⑤
　：呼高［豪　平曉Ⅰ］
　：許高［　〃　　］
蓀：思渾［魂合平心Ⅰ］⑤
　：音孫［魂合平心Ⅰ］
蓁：側詵［臻開平莊ＡＢ］⑤
　：側巾［臻開平莊ＡＢ］

蓄:丑六[屋　　入徹Ｃ]広
　:丑六[屋　　入徹Ｃ]
蓊:烏孔[東　　上影Ⅰ]広
　:烏孔[東　　上影Ⅰ]
蓍:式脂[脂開平書ＡＢ]広
　:音尸[脂開平書ＡＢ]
蓐:而蜀[燭　　入日Ｃ]広
　:音辱[燭　　入日Ｃ]
蓱:薄經[青開平並Ⅳ]広
　:步銘[青開平並Ⅳ]
　:步螢[　〃　　　　]
蓲:憶俱[虞　　平影Ｃ]広
　:許于[虞　　平曉Ｃ]
　:芳無[虞　　平滂Ｃ]広敷蓲
　:芳于[虞　　平滂Ｃ]
蓼:盧鳥[蕭　　上來Ⅳ]広
　:音了[蕭　　上來Ⅳ]
　:力竹[屋　　入來Ｃ]
　:音六[屋　　入來Ｃ]
薐:力膺[蒸開平來Ｃ]広
　:力而[之開平來Ｃ]広ナシ
蔌:桑谷[屋　　入心Ⅰ]広
　:音速[屋　　入心Ⅰ]
蔓:無販[元　　去明Ｃ]広
　:音万[元　　去明Ｃ]
蒂:都計[齊開去端Ⅳ]広
　:丁戻[齊開去端Ⅳ]
　:音帝[　〃　　　　]
蔗:之夜[麻開去章ＡＢ]広
　:之夜[麻開去章ＡＢ]

蔚:於胃[微合去影Ｃ]広
　:音尉[微合去影Ｃ]
　:紆物[物合入影Ｃ]広
　:紆物[物合入影Ｃ]
　:紆勿[　〃　　　　]
　:於屈[　〃　　　　]
　:音欝[　〃　　　　]
蔬:所菹[魚開平生Ｃ]広
　:所居[魚開平生Ｃ]
　:色於[　〃　　　　]
蔭:於禁[侵　　去影Ｂ]広
　:於禁[侵　　去影Ｂ]
蔲:呼漏[侯　　去曉Ⅰ]広
　:呼豆[侯　　去曉Ⅰ]
蔽:必袂[祭　　去幫Ａ]広
　:必袂[祭　　去幫Ａ]
　:卑例[　〃　　　　]
蕃:甫煩[元　　平幫Ｃ]広
　:方煩[元　　平幫Ｃ]
　:付袁[　〃　　　　]
　:方袁[　〃　　　　]
　:付爰[　〃　　　　]
　:附袁[元　　平並Ｃ]広
　:音煩[元　　平並Ｃ]
蕉:即消[宵　　平精ＡＢ]広
　:音焦[宵　　平精ＡＢ]
蕕:以周[尤　　平羊Ｃ]広
　:音猶[尤　　平羊Ｃ]
蕖:強魚[魚開平群Ｃ]広
　:音渠[魚開平群Ｃ]

蕘:如招[宵　平日ＡＢ]廣
　:而遥[宵　平日ＡＢ]
蕙:胡桂[齊合去匣Ⅳ]廣
　:音恵[齊合去匣Ⅳ]
蕚:五各[鐸開入疑Ⅰ]廣
　:魚各[鐸開入疑Ⅰ]
蕡:符分[文合平並Ｃ]廣
　:扶匣[文合平並Ｃ]
蕤:儒隹[脂合平日ＡＢ]廣
　:耳佳[脂合平日ＡＢ]
　:如維[　〃　　]
蕨:居月[月合入見Ｃ]廣
　:居月[月合入見Ｃ]
蕪:武夫[虞　平明Ｃ]廣
　:音無[虞　平明Ｃ]
蕭:蘇彫[蕭　平心Ⅳ]廣
　:四條[蕭　平心Ⅳ]
薇:無非[微　平明Ｃ]廣
　:音微[微　平明Ｃ]
薊:古詣[齊開去見Ⅳ]廣
　:音計[齊開去見Ⅳ]
薋:疾資[脂開平從ＡＢ]廣
　:在咨[脂開平從ＡＢ]
薖:苦禾[戈合平溪Ⅰ]廣
　:苦戈[戈合平溪Ⅰ]
薜:蒲計[齊　去並Ⅳ]廣
　:步計[齊　去並Ⅳ]
薠:附袁[元　平並Ｃ]廣
　:音煩[元　平並Ｃ]
薢:胡介[皆開去匣Ⅱ]廣

　:何介[皆開去匣Ⅱ]
薦:作甸[先開去精Ⅳ]廣
　:子見[先開去精Ⅳ]
薰:許匣[文合平曉Ｃ]廣
　:許匣[文合平曉Ｃ]
　:火匣[　〃　　]
　:香匣[　〃　　]
薺:徂禮[齊開上從Ⅳ]廣
　:在礼[齊開上從Ⅳ]
藁:古老[豪　上見Ⅰ]廣
　:古考[豪　上見Ⅰ]
藂:徂紅[東　平從Ⅰ]廣
　:在東[東　平從Ⅰ]
藉:慈夜[麻開去從ＡＢ]廣
　:慈夜[麻開去從ＡＢ]
　:才夜[　〃　　]
藍:魯甘[談　平来Ⅰ]廣
　:力甘[談　平来Ⅰ]
藜:郎奚[齊開平来Ⅳ]廣
　:力分[齊開平来Ⅳ]
藟:力軌[脂合上来ＡＢ]廣
　:音誄[脂合上来ＡＢ]
藩:甫煩[元　平幫Ｃ]廣
　:付袁[元　平幫Ｃ]
　:方袁[　〃　　]
藪:蘇后[侯　上心Ⅰ]廣
　:蘇走[侯　上心Ⅰ]
　:四走[　〃　　]
藹:於蓋[泰開去影Ⅰ]廣
　:於蓋[泰開去影Ⅰ]

藻：子晧［豪　　上精Ⅰ］広
　：音早［豪　　上精Ⅰ］
藿：虚郭［鐸合入暁Ⅰ］広
　：火郭［鐸合入暁Ⅰ］
　：許郭［　〃　　　］
蘂：如累［支合上日ＡＢ］広
　：而髄［支合上日ＡＢ］
蘊：於粉［文合上影Ｃ］広
　：於粉［文合上影Ｃ］
　：紆粉［　〃　　　］
蘋：符眞［眞　　平並Ａ］広
　：音頻［眞　　平並Ａ］
藕：羊殊［虞合平羊Ｃ］広蕅藲
　：以殊［虞合平羊Ｃ］
　：余六［屋　　入羊Ｃ］広
　：以六［屋　　入羊Ｃ］
蘧：強魚［魚開平群Ｃ］広
　：音渠［魚開平群Ｃ］
蘩：附袁［元　　平並Ｃ］広
　：音煩［元　　平並Ｃ］
虋：武悲［脂開平明Ｂ］広
　：音眉［脂開平明Ｂ］

【虍部】
虓：許交［肴　　平暁Ⅱ］広
　：許交［肴　　平暁Ⅱ］
處：昌與［魚開上昌Ｃ］広
　：昌呂［魚開上昌Ｃ］
　：昌汝［　〃　　　］
虛：去魚［魚開平渓Ｃ］広

　：音墟［魚開平渓Ｃ］
虜：郎古［模合上来Ⅰ］広
　：音魯［模合上来Ⅰ］
號：胡刀［豪　　平匣Ⅰ］広
　：戸高［豪　　平匣Ⅰ］
虡：其呂［魚開上群Ｃ］広
　：其呂［魚開上群Ｃ］
　：音巨［　〃　　　］
虢：古伯［陌合入見Ⅱ］広
　：古百［陌合入見Ⅱ］
　：公白［　〃　　　］
虒：同都［模合平定Ⅰ］広
　：音塗［模合平定Ⅰ］

【虫部】
虬：渠幽［幽　　平群Ａ］広
　：巨幽［幽　　平群Ａ］
虹：戸公［東　　平匣Ⅰ］広
　：戸公［東　　平匣Ⅰ］
　：音紅［　〃　　　］
虺：許偉［微合上暁Ｃ］広
　：虚鬼［微合上暁Ｃ］
蚌：歩項［江　　上並Ⅱ］広
　：歩講［江　　上並Ⅱ］
蚩：赤之［之開平昌Ｃ］広
　：尺之［之開平昌Ｃ］
蛄：古胡［模合平見Ⅰ］広
　：音姑［模合平見Ⅰ］
蛇：徒河［歌開平定Ⅰ］広佗
　：大何［歌開平定Ⅰ］

蛉:郎丁[青開平来Ⅳ]广
 :力丁[青開平来Ⅳ]
蛤:古沓[合　入見Ⅰ]广
 :古合[合　入見Ⅰ]
蛦:杜奚[斉開平定Ⅳ]广鶗
 :大分[斉開平定Ⅳ]
蛻:他外[泰合去透Ⅰ]广
 :他外[泰合去透Ⅰ]
 :舒芮[祭合去書ＡＢ]广
 :詩芮[祭合去書ＡＢ]
 :音税[　〃　　]
 :弋雪[薛合入羊ＡＢ]广
 :以劣[薛合入羊ＡＢ]
 :音悦[　〃　　]
蛾:五何[歌開平疑Ⅰ]广
 :五何[歌開平疑Ⅰ]
 :魚何[　〃　　]
蜉:縛謀[尤　平並Ｃ]广
 :音浮[尤　平並Ｃ]
蜎:於縁[仙合平影Ａ]广
 :於縁[仙合平影Ａ]
蜜:彌畢[質　入明Ａ]广
 :弥逸[質　入明Ａ]
 :亡一[　〃　　]
蜺:五稽[斉開平疑Ⅳ]广
 :五分[斉開平疑Ⅳ]
蜾:古火[戈合上見Ⅰ]广
 :音果[戈合上見Ⅰ]
蜿:於阮[元合上影Ｃ]广
 :於阮[元合上影Ｃ]

蝕:乗力[職開入船Ｃ]广
 :音食[職開入船Ｃ]
蝟:于貴[微合去匣Ｃ]广
 :音謂[微合去匣Ｃ]
蝣:以周[尤　平羊Ｃ]广
 :音遊[尤　平羊Ｃ]
蝨:所櫛[櫛開入生ＡＢ]广
 :所乙[櫛開入生ＡＢ]
蝮:芳福[屋　入滂Ｃ]广
 :芳福[屋　入滂Ｃ]
 :芳伏[　〃　　]
蝶:徒協[怗　入定Ⅳ]广
 :音牒[怗　入定Ⅳ]
螟:莫經[青　平明Ⅳ]广
 :亡丁[青　平明Ⅳ]
螫:施隻[昔開入書ＡＢ]广
 :音釋[昔開入書ＡＢ]
螭:丑知[支開平徹ＡＢ]广
 :丑知[支開平徹ＡＢ]
 :勅知[　〃　　]
螻:落侯[侯　平来Ⅰ]广
 :音樓[侯　平来Ⅰ]
螿:即良[陽開平精Ｃ]广
 :音將[陽開平精Ｃ]
蟋:息七[質開入心ＡＢ]广
 :音悉[質開入心ＡＢ]
蟀:所律[質合入生ＡＢ]广
 :音率[質合入生ＡＢ]
蟠:薄官[桓　平並Ⅰ]广
 :步丸[桓　平並Ⅰ]

：步寒［寒　平並Ⅰ］
：步干［　〃　　　］

蟢：居狶［微開上見Ｃ］広
　：居扆［微開上見Ｃ］

螇：胡桂［斉合去匣Ⅳ］広
　：音惠［斉合去匣Ⅳ］

蟬：常演［仙開上常ＡＢ］広 蟺
　：市展［仙開上常ＡＢ］

蠍：丼列［薛開入幫Ａ］広 鷩
　：必列［薛開入幫Ａ］

蟻：魚倚［支開上疑Ｂ］広
　：魚綺［支開上疑Ｂ］

蠆：丑犗［夬介去徹Ⅱ］広
　：丑芥［皆開去徹Ⅱ］

蠖：烏郭［鐸合入影Ⅰ］広
　：烏郭［鐸合入影Ⅰ］

蠡：盧啓［斉開上来Ⅳ］広
　：音礼［斉開上来Ⅳ］

蠢：尺尹［諄合上昌ＡＢ］広
　：昌允［諄合上昌ＡＢ］

蠭：敷容［鍾　平滂Ｃ］広
　：芳逢［鍾　平滂Ｃ］

蠱：公戸［模合上見Ⅰ］広
　：音古［模合上見Ⅰ］

蠲：古玄［先合平見Ⅳ］広
　：古玄［先合平見Ⅳ］

蠵：悅吹［支合平羊ＡＢ］広
　：以規［支合平羊ＡＢ］

蠶：昨含［覃　平從Ⅰ］広
　：在男［覃　平從Ⅰ］

蠹：當故［模合去端Ⅰ］広
　：丁故［模合去端Ⅰ］
　：東路［　〃　　　］

【血部】

衄：女六［屋　入娘Ｃ］広
　：女六［屋　入娘Ｃ］

衆：職戎［東　平章Ｃ］広
　：音終［東　平章Ｃ］
　：之仲［東　去章Ｃ］広
　：之仲［東　去章Ｃ］

【行部】

行：胡郎［唐開平匣Ⅰ］広
　：何郎［唐開平匣Ⅰ］
　：下郎［　〃　　　］
　：戸郎［　〃　　　］
　：下更［庚開去匣Ⅱ］広
　：下孟［庚開去匣Ⅱ］

衍：予線［仙開去羊ＡＢ］広
　：以戰［仙開去羊ＡＢ］

衎：苦旰［寒開去溪Ⅰ］広
　：可旦［寒開去溪Ⅰ］

衒：黃練［先合去匣Ⅳ］広
　：音縣［先合去匣Ⅳ］

衕：胡絳［鍾　去匣Ⅱ］広
　：戸降［鍾　去匣Ⅱ］

衝：尺容［鍾　平昌Ｃ］広
　：昌容［鍾　平昌Ｃ］

衢：其俱［虞合平群Ｃ］広

：求于［虞合平群Ｃ］

【衣部】
衣：於既［微開去影Ｃ］広
　：於既［微開去影Ｃ］
衰：楚危［支合平初ＡＢ］広
　：楚危［支合平初ＡＢ］
衽：如甚［侵　上日ＡＢ］広袵袵
　：而甚［侵　上日ＡＢ］
衾：去金［侵　平渓Ｂ］広
　：音欽［侵　平渓Ｂ］
袂：彌獘［祭　去明Ａ］広
　：亡世［祭　去明Ａ］
　：弥例［　〃　　］
袒：徒旱［寒開上定Ｉ］広
　：音但［寒開上定Ｉ］
袞：古本［魂合上見Ｉ］広
　：古本［魂合上見Ｉ］
袠：直一［質開入澄ＡＢ］広
　：馳栗［質開入澄ＡＢ］
袤：莫候［侯　去明Ｉ］広
　：音茂［侯　去明Ｉ］
袥：他各［鐸開入透Ｉ］広
　：他洛［鐸開入透Ｉ］
袨：黄絢［先合去匣Ⅳ］広
　：音縣［先合去匣Ⅳ］
被：平義［支　去並Ｂ］広
　：皮義［支　去並Ｂ］
　：敷羈［支　平滂Ｂ］広披
　：匹皮［支　平滂Ｂ］

袴：苦故［模合去渓Ⅰ］広
　：可路［模合去渓Ⅰ］
袿：古攜［齊合平見Ⅳ］広
　：古携［齊合平見Ⅳ］
裁：昨代［咍開去從Ⅰ］広
　：才載［咍開去從Ⅰ］
袌：博毛［豪　平幫Ⅰ］広褒裒
　：必毛［豪　平幫Ⅰ］
裔：餘制［祭開去羊ＡＢ］広
　：以世［祭開去羊ＡＢ］
裕：羊戍［虞合去羊Ｃ］広
　：音諭［虞合去羊Ｃ］
　：音喩［　〃　　］
裘：巨鳩［尤　平群Ｃ］広
　：音求［尤　平群Ｃ］
裛：於汲［緝　入影Ｂ］広
　：於及［緝　入影Ｂ］
　：音邑［　〃　　］
　：於輒［葉　入影Ｂ］広
　：於葉［葉　入影Ａ］
補：博古［模　上幫Ⅰ］広
　：布古［模　上幫Ⅰ］
裨：符支［支　平並Ａ］広
　：婢移［支　平並Ａ］
裴：薄回［灰合平並Ⅰ］広
　：歩回［灰合平並Ⅰ］
裸：郎果［戈合上來Ⅰ］広
　：力果［戈合上來Ⅰ］
裹：古火［戈合上見Ⅰ］広
　：音果［戈合上見Ⅰ］

裾:九魚[魚開平見Ｃ]囧
　:音居[魚開平見Ｃ]
褖:湯臥[戈合去透Ⅰ]囧襩
　:他臥[戈合去透Ⅰ]
複:方六[屋　入幫Ｃ]囧
　:芳伏[屋　入滂Ｃ]
褐:胡葛[曷開入匣Ⅰ]囧
　:何葛[曷開入匣Ⅰ]
　:何達[　〃　　]
襃:博毛[豪　平幫Ⅰ]囧
　:布毛[豪　平幫Ⅰ]
褰:去乾[仙開平溪Ｂ]囧
　:去乾[仙開平溪Ｂ]
　:去連[　〃　　]
褵:呂支[支開平来ＡＢ]囧
　:音離[支開平来ＡＢ]
襜:昌豔[塩　去昌ＡＢ]囧幨袩
　:昌占[塩　去昌ＡＢ]
襟:居吟[侵　平見Ｂ]囧
　:音今[侵　平見Ｂ]
　:音金[　〃　　]
襲:似入[緝　入邪ＡＢ]囧
　:音習[緝　入邪ＡＢ]
　:音集[緝　入從ＡＢ]
　:徒合[合　入定Ⅰ]囧沓遝
　:音沓[合　入定Ⅰ]

【襾部】
要:於霄[宵　平影Ａ]囧
　:一招[宵　平影Ａ]
　:一遥[　〃　　]
　:於笑[宵　去影Ａ]囧
　:一照[宵　去影Ａ]
　:於照[　〃　　]
　:一詔[　〃　　]
覆:敷救[尤　去滂Ｃ]囧
　:芳富[尤　去滂Ｃ]
　:芳福[屋　入滂Ｃ]
　:芳伏[屋　入滂Ｃ]
覈:下革[麦開入匣Ⅱ]囧
　:何革[麦開入匣Ⅱ]

【見部】
見:胡甸[先開去匣Ⅳ]囧
　:何殿[先開去匣Ⅳ]
覯:古候[侯　去見Ⅰ]囧
　:下同[侯　去見Ⅰ]
覹:落戈[戈合平来Ⅰ]囧
　:力和[戈合平来Ⅰ]
覽:盧敢[談　上来Ⅰ]囧
　:力敢[談　上来Ⅰ]
覿:徒歷[錫開入定Ⅳ]囧
　:大歷[錫開入定Ⅳ]
　:徒的[　〃　　]
觀:古丸[桓合平見Ⅰ]囧
　:古丸[桓合平見Ⅰ]
　:吉丸[　〃　　]
　:音官[　〃　　]
　:古玩[桓合去見Ⅰ]囧
　:古翫[桓合去見Ⅰ]

:古半［　〃　　　］
觀:所綺［支開上生ＡＢ］⑮曬
　　:所綺［支開上生ＡＢ］
　　:所蟹［佳開上生Ⅱ］⑮ナシ
　　:所買［　〃　　　］

【角部】

觖:古穴［屑合入見Ⅳ］⑮
　　:音決［屑合入見Ⅳ］
　　:窺瑞［支合去渓Ａ］⑮
　　:丘瑞［支合去渓Ａ］
觚:古胡［模合平見Ⅰ］⑮
　　:音孤［模合平見Ⅰ］
解:佳買［佳開上見Ⅱ］⑮
　　:居買［佳開上見Ⅱ］
　　:居蟹［　〃　　　］
　　:胡買［佳開上匣Ⅱ］⑮
　　:音蟹［佳開上匣Ⅱ］
　　:古隘［佳開去見Ⅱ］⑮
　　:音懈［佳開去見Ⅱ］
觴:式羊［陽開平書Ｃ］⑮
　　:音傷［陽開平書Ｃ］
礜:語其［之開平疑Ｃ］⑮
　　:音疑［之開平疑Ｃ］

【言部】

訊:息晉［真開去心ＡＢ］⑮
　　:音信［真開去心ＡＢ］
許:居竭［月開入見Ｃ］⑮
　　:居歇［月開入見Ｃ］

訣:古穴［屑合入見Ⅳ］⑮
　　:音決［屑合入見Ⅳ］
訬:楚交［肴　平初Ⅱ］⑮
　　:楚交［肴　平初Ⅱ］
　　:士交［肴　平崇Ⅱ］⑮ナシ
　　:亡沼［宵　上明Ａ］⑮
　　:亡小［宵　上明Ａ］
訾:即移［支開平精ＡＢ］⑮
　　:子斯［支開平精ＡＢ］
詆:都禮［斉開上端Ⅳ］⑮
　　:丁礼［斉開上端Ⅳ］
詈:力智［支開去来ＡＢ］⑮
　　:力智［支開去来ＡＢ］
詐:側駕［麻開去荘Ⅱ］⑮
　　:側嫁［麻開去荘Ⅱ］
詒:與之［之開平羊Ｃ］⑮
　　:以而［之開平羊Ｃ］
評:皮命［庚　去並Ｂ］⑮
　　:皮柄［庚　去並Ｂ］
詘:區勿［物合入渓Ｃ］⑮
　　:音屈［物合入渓Ｃ］
詬:呼漏［侯　去暁Ⅰ］⑮
　　:火候［侯　去暁Ⅰ］
詭:過委［支合上見Ｂ］⑮
　　:居毀［支合上見Ｂ］
　　:古毀［　〃　　　］
話:下快［夬合去匣Ⅱ］⑮
　　:戸快［夬合去匣Ⅱ］
　　:胡邁［　〃　　　］
詵:所臻［臻開平生ＡＢ］⑮

：所巾［臻開平生ＡＢ］
詼：苦回［灰合平渓Ⅰ］広
　　：苦回［灰合平渓Ⅰ］
誑：居況［陽合去見Ｃ］広
　　：九望［陽合去見Ｃ］
誕：徒旱［寒開上定Ⅰ］広
　　：音但［寒開上定Ⅰ］
誘：與久［尤　上羊Ｃ］広
　　：音酉［尤　上羊Ｃ］
語：牛倨［魚開去疑Ｃ］広
　　：五慮［魚開去疑Ｃ］
説：舒芮［祭合去書ＡＢ］広
　　：音税［祭合去書ＡＢ］
　　：弋雪［薛合入羊ＡＢ］広
　　：音悦［薛合入羊ＡＢ］
誶：息晉［真開去心ＡＢ］広訊訙
　　：音信［真開去心ＡＢ］
調：徒弔［蕭　去定Ⅳ］広
　　：徒弔［蕭　去定Ⅳ］
　　：大弔［　〃　　］
諍：側迸［耕開去荘Ⅱ］広
　　：争去聲［耕開去荘Ⅱ］
䫻：去乾［仙開平渓Ｂ］広愆
　　：去乾［仙開平渓Ｂ］
諑：竹角［覚　入知Ⅱ］広
　　：丁角［覚　入端Ⅱ］
論：盧困［魂合去来Ⅰ］広
　　：力頓［魂合去来Ⅰ］
諜：徒協［怗　入定Ⅳ］広
　　：音牒［怗　入定Ⅳ］

諠：況袁［元合平暁Ｃ］広
　　：虛袁［元合平暁Ｃ］
　　：香袁［　〃　　］
　　：許袁［　〃　　］
諤：五各［鐸開入疑Ⅰ］広
　　：五各［鐸開入疑Ⅰ］
諧：戶皆［皆開平匣Ⅱ］広
　　：何階［皆開平匣Ⅱ］
諷：方鳳［東　去幫Ｃ］広
　　：方鳳［東　去幫Ｃ］
諺：魚變［仙開去疑Ｂ］広
　　：音彥［仙開去疑Ｂ］
諼：況袁［元合平暁Ｃ］広
　　：火爰［元合平暁Ｃ］
謁：於歇［月開入影Ｃ］広
　　：於歇［月開入影Ｃ］
謇：九輦［仙開上見Ｂ］広
　　：居輦［仙開上見Ｂ］
謐：彌畢［質　入明Ａ］広
　　：亡必［質　入明Ａ］
謔：虛約［薬開入暁Ｃ］広
　　：虛約［薬開入暁Ｃ］
　　：虛略［　〃　　］
謠：餘昭［宵　平羊ＡＢ］広
　　：音遥［宵　平羊ＡＢ］
謨：莫胡［模合平明Ⅰ］広
　　：亡胡［模合平明Ⅰ］
謩：莫胡［模合平明Ⅰ］広
　　：音模［模合平明Ⅰ］
謬：靡幼［幽　去明Ｂ］広

- 88 -

謸：亡又［尤　去明Ｃ］
謳：烏侯［侯　平影Ⅰ］広
　：烏侯［侯　平影Ⅰ］
譁：呼瓜［麻合平暁Ⅱ］広
　：呼華［麻合平暁Ⅱ］
　：音花［　〃　　　］
譎：古穴［屑合入見Ⅳ］広
　：古穴［屑合入見Ⅳ］
譙：昨焦［宵　平従ＡＢ］広
　：在遥［宵　平従ＡＢ］
譚：徒含［覃　平定Ⅰ］広
　：徒南［覃　平定Ⅰ］
　：大南［　〃　　　］
警：居影［庚開上見Ｂ］広
　：音景［庚開上見Ｂ］
譯：羊益［昔開入羊ＡＢ］広
　：音亦［昔開入羊ＡＢ］
譽：以諸［魚開平羊Ｃ］広
　：音余［魚開平羊Ｃ］
譶：直立［緝　入澄ＡＢ］広
　：大立［緝　入定ＡＢ］
譴：於甸［先開去影Ⅳ］広
　：一見［先開去影Ⅳ］
識：楚譖［侵　去初ＡＢ］広
　：初蔭［侵　去初ＡＢ］
讙：呼官［桓合平暁Ⅰ］広
　：火丸［桓合平暁Ⅰ］
　：況袁［元合平暁Ｃ］広
　：虚袁［元合平暁Ｃ］
讜：多朗［唐開上端Ⅰ］広

　：多朗［唐開上端Ⅰ］

【谷部】
谿：苦奚［斉開平渓Ⅳ］広
　：去分［斉開平渓Ⅳ］
　：音渓［　〃　　　］
豁：呼括［末合入暁Ⅰ］広
　：火活［末合入暁Ⅰ］

【豆部】
豔：以贍［塩　去羊ＡＢ］広
　：音艶［塩　去羊ＡＢ］

【豖部】
豢：胡慣［刪合去匣Ⅱ］広
　：音患［刪合去匣Ⅱ］
豳：府巾［真　平帮Ｂ］広
　：布貧［真　平帮Ｂ］

【豸部】
豹：北教［肴　去帮Ⅱ］広
　：百貌［肴　去帮Ⅱ］
貂：都聊［蕭　平端Ⅳ］広
　：音彫［蕭　平端Ⅳ］

【貝部】
販：方願［元　去帮Ｃ］広
　：方万［元　去帮Ｃ］
貫：古玩［桓合去見Ⅰ］広
　：古翫［桓合去見Ⅰ］

貲:即移[支開平精ＡＢ]廣
　:子斯[支開平精ＡＢ]
貺:許訪[陽合去曉Ｃ]廣
　:音況[陽合去曉Ｃ]
費:芳未[微　去滂Ｃ]廣
　:芳味[微　去滂Ｃ]
　:芳未[　〃　]
貽:與之[之開平羊Ｃ]廣
　:以而[之開平羊Ｃ]
貿:莫候[侯　去明Ⅰ]廣
　:音茂[侯　去明Ⅰ]
賁:博昆[魂　平幫Ⅰ]廣
　:布門[魂　平幫Ⅰ]
　:音奔[　〃　]
賂:洛故[模合去来Ⅰ]廣
　:音路[模合去来Ⅰ]
賄:呼罪[灰合上曉Ⅰ]廣
　:呼罪[灰合上曉Ⅰ]
賈:公戶[模合上見Ⅰ]廣
　:音古[模合上見Ⅰ]
　:古疋[麻開上見Ⅱ]
　:古雅[麻開上見Ⅱ]
賑:章忍[真開上章ＡＢ]廣
　:之忍[真開上章ＡＢ]
　:章刃[真開去章ＡＢ]廣
　:之刃[真開去章ＡＢ]
賒:式車[麻開平書ＡＢ]廣
　:式耶[麻開平書ＡＢ]
賨:藏宗[冬　平從Ⅰ]廣
　:在冬[冬　平從Ⅰ]

　:徂統[冬　去從Ⅰ]
質:陟利[脂開去知ＡＢ]廣
　:丁利[脂開去端ＡＢ]
購:古候[侯　去見Ⅰ]廣
　:古候[侯　去見Ⅰ]
賾:士革[麦開入崇Ⅱ]廣
　:士革[麦開入崇Ⅱ]
贅:之芮[祭合去章ＡＢ]廣
　:之芮[祭合去章ＡＢ]
贔:平祕[脂　去並Ｂ]廣
　:蒲媚[脂　去並Ｂ]
贖:神蜀[燭　入船Ｃ]廣
　:時燭[燭　入常Ｃ]

【赤部】

赩:許極[職開入曉Ｃ]廣
　:虛力[職開入曉Ｃ]
赬:丑貞[清開平徹ＡＢ]廣
　:丑貞[清開平徹ＡＢ]
赮:胡加[麻開平匣Ⅱ]廣
　:音霞[麻開平匣Ⅱ]

【走部】

走:子苟[侯　上精Ⅰ]廣
　:七后[侯　上清Ⅰ]
　:則候[侯　去精Ⅰ]廣
　:音奏[侯　去精Ⅰ]
赳:居黝[幽　上見Ａ]廣
　:音糾[幽　上見Ａ]
趉:敕角[覚　入徹Ⅱ]廣

：吐角［覚　入透Ⅱ］
：丑教［肴　去徹Ⅱ］廣
：吐孝［肴　去透Ⅱ］
趣：七玉［燭　入清Ｃ］廣
：音促［燭　入清Ｃ］
趣：七逾［虞合平清Ｃ］廣
：七喻［虞合去清Ｃ］
趬：起鷂［宵　平溪Ｂ］廣
：去苗［宵　平溪Ｂ］

【足部】
趾：諸市［之開上章Ｃ］廣
：音止［之開上章Ｃ］
跆：徒哀［咍開平定Ⅰ］廣
：大来［咍開平定Ⅰ］
跖：之石［昔開入章ＡＢ］廣
：之石［昔開入章ＡＢ］
距：其呂［魚開上群Ｃ］廣
：音巨［魚開上群Ｃ］
跨：苦化［麻合去溪Ⅱ］廣
：苦化［麻合去溪Ⅱ］
跪：渠委［支合上群Ｂ］廣
：其委［支合上群Ｂ］
跱：直里［之開上澄Ｃ］廣
：直里［之開上澄Ｃ］
踊：余隴［鍾　上羊Ｃ］廣
：以重［鍾　上羊Ｃ］
跽：居之［之開平見Ｃ］廣箕
：居疑［之開平見Ｃ］
踞：居御［魚開去見Ｃ］廣

：居慮［魚開去見Ｃ］
踟：直離［支開平澄ＡＢ］廣
：直知［支開平澄ＡＢ］
蹴：子六［屋　入精Ｃ］廣
：子六［屋　入精Ｃ］
躍：於角［覚　入影Ⅱ］廣躒
：於角［覚　入影Ⅱ］
踵：之隴［鍾　上章Ｃ］廣
：之重［鍾　上章Ｃ］
蹀：徒協［怗　入定Ⅳ］廣
：音牒［怗　入定Ⅳ］
蹇：九輦［仙開上見Ｂ］廣
：居輦［仙開上見Ｂ］
：居偃［元開上見Ｃ］廣
：居偃［元開上見Ｃ］
蹈：徒到［豪　去定Ⅰ］廣
：大到［豪　去定Ⅰ］
蹊：胡雞［齊開平匣Ⅳ］廣
：音兮［齊開平匣Ⅳ］
蹋：徒盍［盍　入定Ⅰ］廣
：大臘［盍　入定Ⅰ］
蹍：尼展［仙開上泥ＡＢ］廣趁
：女展［仙開上娘ＡＢ］
蹠：之石［昔開入章ＡＢ］廣
：之亦［昔開入章ＡＢ］
蹯：附袁［元合平並Ｃ］廣
：音煩［元合平並Ｃ］
躕：直誅［虞合平澄Ｃ］廣
：直誅［虞合平澄Ｃ］
蹲：徂尊［魂合平從Ⅰ］廣

：在尊［魂合平従Ⅰ］
蹴：七宿［屋　入清Ｃ］広
　：七六［屋　入清Ｃ］
蹶：居月［月合入見Ｃ］広
　：居月［月合入見Ｃ］
　：古月［　〃　　　］
　：音厥［　〃　　　］
蹻：去遥［宵　平渓Ａ］広
　：去苗［宵　平渓Ｂ］
　：居勺［薬開入見Ｃ］広
　：居略［薬開入見Ｃ］
躅：直録［燭　入澄Ｃ］広躅躅
　：直録［燭　入澄Ｃ］
躑：直録［燭　入澄Ｃ］広
　：直欲［燭　入澄Ｃ］
　：大録［燭　入定Ｃ］
躋：祖稽［斉開平精Ⅳ］広
　：子分［斉開平精Ⅳ］
躍：以灼［薬開入羊Ｃ］広
　：音藥［薬開入羊Ｃ］
躑：直炙［昔開入澄ＡＢ］広
　：直亦［昔開入澄ＡＢ］
躓：陟利［脂開去知ＡＢ］広
　：竹利［脂開去知ＡＢ］
躔：直連［仙開平澄ＡＢ］広
　：直連［仙開平澄ＡＢ］
躡：尼輒［葉　入娘ＡＢ］広
　：女輒［葉　入娘ＡＢ］
躧：所蟹［佳開上生Ⅱ］広靸
　：所蟹［佳開上生Ⅱ］

【身部】
躭：丁含［覃　平端Ⅰ］広
　：丁南［覃　平端Ⅰ］
　：丁男［　〃　　　］

【車部】
車：九魚［魚開平見Ｃ］広
　：音居［魚開平見Ｃ］
軋：烏黠［黠開入影Ⅱ］広
　：於八［黠開入影Ⅱ］
軑：徒蓋［泰開去定Ⅰ］広
　：音大［泰開去定Ⅰ］
軒：虚言［元開平暁Ｃ］広
　：許言［元開平暁Ｃ］
軔：而振［真開去日ＡＢ］広
　：音刃［真開去日ＡＢ］
輪：郎丁［青開平来Ⅳ］広
　：力丁［青開平来Ⅳ］
軫：章忍［真開上章ＡＢ］広
　：之忍［真開上章ＡＢ］
軸：直六［屋　入澄Ｃ］広
　：直六［屋　入澄Ｃ］
　：音逐［　〃　　　］
軺：餘昭［宵　平羊ＡＢ］広
　：音遥［宵　平羊ＡＢ］
軻：苦何［歌開平渓Ⅰ］広
　：口何［歌開平渓Ⅰ］
　：口箇［歌開去渓Ⅰ］
　：苦賀［歌開去渓Ⅰ］
軼：徒結［屑開入定Ⅳ］広

- 92 -

：徒結［屑開入定Ⅳ］
　：大結［　〃　　］
　：夷質［質開入羊ＡＢ］囼
　：以日［質開入羊ＡＢ］
　：音逸［　〃　　　］
軾：賞職［職開入書Ｃ］囼
　：音式［職開入書Ｃ］
較：古岳［覚　入見Ⅱ］囼
　：音角［覚　入見Ⅱ］
輅：洛故［模合去来Ⅰ］囼
　：力故［模合去来Ⅰ］
　：音路［　〃　　］
　：胡格［陌開入匣Ⅱ］囼輅
　：何格［陌開入匣Ⅱ］
輈：張流［尤　平知Ｃ］囼
　：丁留［尤　平端Ｃ］
輗：五稽［斉開平疑Ⅳ］囼
　：魚兮［斉開平疑Ⅳ］
輟：陟劣［薛合入知ＡＢ］囼
　：知劣［薛合入知ＡＢ］
　：丁劣［薛合入端ＡＢ］
輢：奇寄［支開去群Ｂ］囼
　：其義［支開去群Ｂ］
輬：呂張［陽開平来Ｃ］囼
　：力羊［陽開平来Ｃ］
輯：秦入［緝　入従ＡＢ］囼
　：音集［緝　入従ＡＢ］
輳：倉奏［侯　去清Ⅰ］囼
　：七豆［侯　去清Ⅰ］
輶：以周［尤　平羊Ｃ］囼

　：以留［尤　平羊Ｃ］
　：音由［　〃　　　］
　：以受［尤　上羊Ｃ］
　：音西［　〃　　　］
輸：式朱［虞合平書Ｃ］囼
　：式朱［虞合平書Ｃ］
轞：胡黯［銜　匣Ⅱ］囼轞
　：音檻［銜　匣Ⅱ］
輻：方六［屋　入幫Ｃ］囼
　：音福［屋　入幫Ｃ］
轝：以諸［魚開平羊Ｃ］囼
　：音余［魚開平羊Ｃ］
轂：古禄［屋　入見Ⅰ］囼
　：音谷［屋　入見Ⅰ］
轉：知戀［仙合去知ＡＢ］囼
　：丁戀［仙合去端ＡＢ］
轊：于歲［祭合去匣Ｂ］囼
　：音衛［祭合去匣Ｂ］
轍：直列［薛開入澄ＡＢ］囼
　：直列［薛開入澄ＡＢ］
　：大列［薛開入定ＡＢ］
轔：力珍［真開平来ＡＢ］囼
　：力人［真開平来ＡＢ］
轄：古達［曷開入見Ⅰ］囼轄
　：音葛［曷開入見Ⅰ］
轜：如之［之開平日Ｃ］囼
　：音而［之開平日Ｃ］
轟：呼宏［耕合平暁Ⅱ］囼
　：火宏［耕合平暁Ⅱ］
轢：郎撃［錫開入来Ⅳ］囼

：音歷［錫開入来Ⅳ］

【辛部】
辟：必益［昔　入幫Ａ］広
　：必亦［昔　入幫Ａ］
　：芳辟［昔　入滂Ａ］広
　：匹亦［昔　入滂Ａ］

【辵部】
迎：魚敬［庚開去疑Ｂ］広
　：魚敬［庚開去疑Ｂ］
近：巨靳［欣開去群Ｃ］広
　：其靳［欣開去群Ｃ］
迕：五故［模合去疑Ⅰ］広
　：五故［模合去疑Ⅰ］
迢：徒聊［蕭　平定Ⅳ］広
　：大彫［蕭　平定Ⅳ］
迤：弋支［支開平羊ＡＢ］広迆
　：音移［支開平羊ＡＢ］
　：移爾［支開上羊ＡＢ］広迆
　：以尓［支開上羊ＡＢ］
迪：徒歷［錫開入定Ⅳ］広
　：音狄［錫開入定Ⅳ］
迫：博陌［陌　入幫Ⅱ］広
　：音伯［陌　入幫Ⅱ］
迭：徒結［屑開入定Ⅳ］広
　：徒結［屑開入定Ⅳ］
　：大結［　〃　　　］
迮：側伯［陌開入莊Ⅱ］広
　：側格［陌開入莊Ⅱ］

迷：莫分［齊　平明Ⅳ］広
　：莫分［齊　平明Ⅳ］
迸：北諍［耕　去幫Ⅱ］広
　：洴上聲［青　上並Ⅳ］
透：他候［侯　去透Ⅰ］広
　：他豆［侯　去透Ⅰ］
逖：他歷［錫開入透Ⅳ］広
　：他狄［錫開入透Ⅳ］
　：吐狄［　〃　　　］
逗：徒候［侯　去定Ⅰ］広
　：音豆［侯　去定Ⅰ］
逞：丑郢［清開上徹ＡＢ］広
　：丑静［清開上徹ＡＢ］
　：丑井［　〃　　　　］
造：昨早［豪　上從Ⅰ］広
　：才藻［豪　上從Ⅰ］
　：七到［豪　去清Ⅰ］広
　：七到［豪　去清Ⅰ］
逵：渠追［脂合平群Ｂ］広
　：巨惟［脂合平群Ｂ］
逶：於爲［支合平影Ｂ］広
　：音萎［支合平影Ｂ］
逷：他歷［錫開入透Ⅳ］広
　：他枀［錫開入透Ⅳ］
遄：市緣［仙合平常ＡＢ］広
　：市緣［仙合平常ＡＢ］
遲：直利［脂開去澄Ｃ］広遅
　：音值［之開去澄Ｃ］
過：古禾［戈合平見Ⅰ］広
　：音戈［戈合平見Ⅰ］

- 94 -

：古臥［戈合去見Ⅰ］広
：古臥［戈合去見Ⅰ］
逌：自秋［尤　平從Ｃ］広
　：在由［尤　平從Ｃ］
道：徒到［豪　去定Ⅰ］広導
　：徒到［豪　去定Ⅰ］
遘：古候［侯　去見Ⅰ］広
　：古候［侯　去見Ⅰ］
逻：徒合［合　入定Ⅰ］広
　：徒合［合　入定Ⅰ］
遞：徒禮［齊開上定Ⅳ］広
　：徒礼［齊開上定Ⅳ］
　：特計［齊開去定Ⅳ］広
　：大帝［齊開去定Ⅳ］
　：音第［　〃　　　］
遠：于願［元合去匣Ｃ］広
　：于願［元合去匣Ｃ］
遨：五勞［豪　平疑Ⅰ］広
　：五高［豪　平疑Ⅰ］
適：施隻［昔開入書ＡＢ］広
　：詩亦［昔開入書ＡＢ］
遯：徒困［魂合去定Ⅰ］広
　：徒頓［魂合去定Ⅰ］
　：途頓［　〃　　　］
遰：特計［齊開去定Ⅳ］広
　：大帝［齊開去定Ⅳ］
選：息絹［仙合去心ＡＢ］広
　：思絹［仙合去心ＡＢ］
　：思變［　〃　　　］
　：思戀［　〃　　　］

：四卷［　〃　　　］
遺：以醉［脂合去羊ＡＢ］広
　：以季［脂合去羊ＡＢ］
遽：其據［魚開去群Ｃ］広
　：其據［魚開去群Ｃ］
　：其慮［　〃　　　］
　：音詎［　〃　　　］
邃：雖遂［脂合去心ＡＢ］広
　：思遂［脂合去心ＡＢ］
還：似宣［仙合平邪ＡＢ］広
　：音旋［仙合平邪ＡＢ］
遭：張連［仙開平知ＡＢ］広
　：陟連［仙開平知ＡＢ］
　：直連［仙開平澄ＡＢ］広邅
　：直連［仙開平澄ＡＢ］

【邑部】
邛：渠容［鍾　平群Ｃ］広
　：其容［鍾　平群Ｃ］
　：巨恭［　〃　　　］
　：其龍［　〃　　　］
邠：府巾［真　平幫Ｂ］広
　：布貧［真　平幫Ｂ］
邪：似嗟［麻開平邪ＡＢ］広
　：在嗟［麻開平從ＡＢ］
邯：胡安［寒開平匣Ⅰ］広
　：音寒［寒開平匣Ⅰ］
邰：土来［哈開平透Ⅰ］広
　：他来［哈開平透Ⅰ］
邵：寔照［宵　去常ＡＢ］広

：巿召[宵　去常ＡＢ]
邸：都禮[斉開上端Ⅳ]広
　：丁礼[斉開上端Ⅳ]
郁：於六[屋　入影Ｃ]広
　：於六[屋　入影Ｃ]
郃：侯閤[合　入匣Ⅰ]広
　：烏合[合　入影Ⅰ]
　：戸夾[洽　入匣Ⅱ]
郄：綺戟[陌開入渓Ｂ]広郤
　：去戟[陌開入渓Ｂ]
　：去逆[　〃　　]
鄜：芳無[虞　平滂Ｃ]広
　：芳于[虞　平滂Ｃ]
郢：以整[清開上羊ＡＢ]広
　：以整[清開上羊ＡＢ]
　：以井[　〃　　]
鄂：五各[鐸開入疑Ⅰ]広
　：魚各[鐸開入疑Ⅰ]
鄱：蒲波[戈合平並Ⅰ]広
　：歩和[戈合平並Ⅰ]
鄲：都寒[寒開平端Ⅰ]広
　：音單[寒開平端Ⅰ]
鄴：魚怯[業　入疑Ｃ]広
　：音業[業　入疑Ｃ]
鄹：昨何[歌開平従Ⅰ]広郰
　：在何[歌開平従Ⅰ]
鄽：直連[仙開平澄ＡＢ]広
　：直連[仙開平澄ＡＢ]
鄸：敷空[東　平滂Ｃ]広
　：音豐[東　平滂Ｃ]

酈：郎撃[錫開入来Ⅳ]広
　：音歴[錫開入来Ⅳ]

【西部】
酋：自秋[尤　平従Ｃ]広
　：在秋[尤　平従Ｃ]
　：音囚[尤　平邪Ｃ]
酎：直祐[尤　去澄Ｃ]広
　：直溜[尤　去澄Ｃ]
酡：徒河[歌開平定Ⅰ]広酢
　：大何[歌開平定Ⅰ]
酣：胡甘[談　平匣Ⅰ]広
　：戸甘[談　平匣Ⅰ]
　：何甘[　〃　　]
酤：侯古[模合上匣Ⅰ]広
　：胡古[模合上匣Ⅰ]
酷：苦沃[沃　入渓Ⅰ]広
　：苦谷[屋　入渓Ⅰ]
酸：素官[桓合平心Ⅰ]広
　：素丸[桓合平心Ⅰ]
醁：力玉[燭　入来Ｃ]広醁
　：音緑[燭　入来Ｃ]
醇：常倫[諄合平常ＡＢ]広
　：音純[諄合平常ＡＢ]
　：音淳[　〃　　]
醎：胡讒[咸　平匣Ⅱ]広鹹鹹
　：音咸[咸　平匣Ⅱ]
　：戸監[銜　平匣Ⅱ]
醑：私呂[魚開上心Ｃ]広
　：思呂[魚開上心Ｃ]

醒:蘇挺[青開上心Ⅳ]廣
　:先冷[青開上心Ⅳ]
醢:呼改[咍開上曉Ⅰ]廣
　:音海[咍開上曉Ⅰ]
醬:子亮[陽開去精C]廣
　:子亮[陽開去精C]
醪:魯刀[豪　平来Ⅰ]廣
　:力刀[豪　平来Ⅰ]
　:音勞[　〃　　]
醳:羊益[昔開入羊ＡＢ]廣
　:音亦[昔開入羊ＡＢ]
醴:盧啓[斉開上来Ⅳ]廣
　:音礼[斉開上来Ⅳ]

【里部】
重:直容[鍾　平澄C]廣
　:直龍[鍾　平澄C]
　:直恭[　〃　　]
　:逐龍[　〃　　]
　:丈恭[　〃　　]
　:逐恭[　〃　　]
　:柱用[鍾　去澄C]廣
　:直用[鍾　去澄C]
　:逐用[　〃　　]
　:丈用[　〃　　]
野:承與[魚開上常C]廣
　:常与[魚開上常C]
量:呂張[陽開平来C]廣
　:音良[陽開平来C]
　:力讓[陽開去来C]廣

　:力上[陽開去来C]
　:音亮[　〃　　]
　:音諒[　〃　　]
釐:里之[之開平来C]廣
　:力而[之開平来C]

【金部】
釟:普撃[錫開入滂Ⅳ]廣鈒
　:普歴[錫開入滂Ⅳ]
鈇:甫無[虞合平幇C]廣
　:音夫[虞合平幇C]

【金部】
鈍:徒困[魂合去定Ⅰ]廣
　:徒頓[魂合去定Ⅰ]
　:大頓[　〃　　]
鉉:胡畎[先合上匣Ⅳ]廣
　:胡犬[先合上匣Ⅳ]
鉗:巨淹[塩　平群B]廣
　:巨炎[塩　平群B]
鉇:式支[支開平書ＡＢ]廣鏃鉈
　:尸支[支開平書ＡＢ]
　:視遮[麻開平邪ＡＢ]廣鏃鉈
　　　　　　　　　　　虵
　:音蛇[麻開平船ＡＢ]
鉛:與專[仙合平羊ＡＢ]廣
　:音縁[仙合平羊ＡＢ]
鉞:王伐[月合入匣C]廣
　:音越[月合入匣C]
鉤:古侯[侯　平見Ⅰ]廣

：古侯［侯　　平見Ⅰ］
鉦：諸盈［清開平章ＡＢ］囲
　：音征［清開平章ＡＢ］
銓：此縁［仙合平清ＡＢ］囲
　：七全［仙合平清ＡＢ］
銖：市朱［虞合平常Ｃ］囲
　：音殊［虞合平常Ｃ］
銘：莫經［青　　平明Ⅳ］囲
　：莫經［青　　平明Ⅳ］
銷：相邀［宵　　平心ＡＢ］囲
　：音消［宵　　平心ＡＢ］
　：音逍［〃　　　　　］
鋒：敷容［鍾　　平滂Ｃ］囲
　：芳逢［鍾　　平滂Ｃ］
　：音烽［〃　　　　　］
　：音蜂［〃　　　　　］
銷：火玄［先合平曉Ⅳ］囲
　：火玄［先合平曉Ⅳ］
鋪：普胡［模　　平滂Ⅰ］囲
　：普胡［模　　平滂Ⅰ］
鋭：以芮［祭合去羊ＡＢ］囲
　：以歳［祭合去羊ＡＢ］
鋸：居御［魚開去見Ｃ］囲
　：居慮［魚開去見Ｃ］
錐：職追［脂合平章ＡＢ］囲
　：音佳［脂合平章ＡＢ］
錙：側持［之開平荘Ｃ］囲
　：側疑［之開平荘Ｃ］
錡：魚倚［支開上疑Ｂ］囲
　：魚綺［支開上疑Ｂ］

鍊：郎甸［先開去来Ⅳ］囲
　：音練［先開去来Ⅳ］
錮：古暮［模合去見Ⅰ］囲
　：音固［模合去見Ⅰ］
錯：倉故［模合去清Ⅰ］囲
　：七故［模合去清Ⅰ］
　：倉各［鐸開入清Ⅰ］囲
　：七各［鐸開入清Ⅰ］
　：七洛［〃　　　　　］
錯：苦駭［皆開上渓Ⅱ］囲
　：去駭［皆開上渓Ⅱ］
鍔：五各［鐸開入疑Ⅰ］囲
　：魚各［鐸開入疑Ⅰ］
鍰：戸關［刪合平匣Ⅱ］囲
　：音環［刪合平匣Ⅱ］
鎌：力鹽［塩　　平来ＡＢ］囲
　：音廉［塩　　平来ＡＢ］
鋥：烏定［青合去影Ⅳ］囲
　：烏瞑［青合去影Ⅳ］
鐰：所例［祭開去生ＡＢ］囲鍛
　：所例［祭開去生ＡＢ］
鎬：胡老［豪　　上匣Ⅰ］囲
　：胡老［豪　　上匣Ⅰ］
鎖：蘇果［戈合上心Ⅰ］囲鎖
　：素果［戈合上心Ⅰ］
鏃：作木［屋　　入精Ⅰ］囲
　：走木［屋　　入精Ⅰ］
　：子木［〃　　　　　］
鏑：都歴［錫開入端Ⅳ］囲
　：丁狄［錫開入端Ⅳ］

- 98 -

：音的［　〃　　　］
鏗：口莖［耕開平渓Ⅱ］広
　：苦莖［耕開平渓Ⅱ］
　：去耕［　〃　　　］
鏘：七羊［陽開平清C］広
　：七良［陽開平清C］
鏤：力朱［虞合平来C］広
　：力俱［虞合平来C］
　：盧候［侯　去来Ⅰ］広
　：力豆［侯　去来Ⅰ］
鐙：都滕［登開平端Ⅰ］広燈
　：音登［登開平端Ⅰ］
鐳：魯回［灰合平来Ⅰ］広
　：力回［灰合平来Ⅰ］
鐸：徒落［鐸開入定Ⅰ］広
　：丈洛［鐸開入澄Ⅰ］
鑄：之戍［虞合去章C］広
　：之樹［虞合去章C］
鑊：胡誤［模合去匣Ⅰ］広濩
　：胡故［模合去匣Ⅰ］
　：胡郭［鐸合入匣Ⅰ］
　：胡郭［鐸合入匣Ⅰ］
鑛：古猛［庚合上見Ⅱ］広
　：古猛［庚合上見Ⅱ］
　：古並［青合上見Ⅳ］広ナシ
鑠：書藥［薬開入書C］広
　：舒灼［薬開入書C］
　：詩灼［　〃　　　］
鑣：甫嬌［宵　平幇B］広
　：布苗［宵　平幇B］

鑽：借官［桓合平精Ⅰ］広
　：即丸［桓合平精Ⅰ］
　：走丸［　〃　　　］
鑾：落官［桓合平来Ⅰ］広
　：力丸［桓合平来Ⅰ］
鑿：在各［鐸開入從Ⅰ］広
　：在到［豪　去從Ⅰ］

【長部】
長：直良［陽開平澄C］広
　：直良［陽開平澄C］
　：知丈［陽開上知C］広
　：張兩［陽開上知C］
　：丁丈［陽開上端C］
厎：烏晧［豪　上影Ⅰ］広
　：烏老［豪　上影Ⅰ］

【門部】
閌：苦浪［唐開去渓Ⅰ］広
　：口浪［唐開去渓Ⅰ］
間：戸閒［刪開平匣Ⅱ］広閑
　：音閑［刪開平匣Ⅱ］
　：古莧［山開去見Ⅱ］広
　：居莧［刪開去見Ⅱ］
　：古莧［　〃　　　］
閔：武巾［真　平明B］広緡
　：音旻［真　平明B］
閥：房越［月　入並C］広
　：音伐［月　入並C］
閨：古攜［斉合平見Ⅳ］広

：音圭［斉合平見Ⅳ］
閨：苦本［魂合上渓Ⅰ］㊂
　　：苦本［魂合上渓Ⅰ］
閙：来宕［唐開去来Ⅰ］㊂
　　：音浪［唐開去来Ⅰ］
閲：弋雪［薛合入羊ＡＢ］㊂
　　：音悦［薛合入羊ＡＢ］
閶：尺良［陽開平昌Ｃ］㊂
　　：音昌［陽開平昌Ｃ］
閻：余廉［塩　平羊ＡＢ］㊂
　　：以廉［塩　平羊ＡＢ］
閼：烏葛［曷開入影Ⅰ］㊂
　　：於葛［曷開入影Ⅰ］
闇：呼昆［魂合平暁Ⅰ］㊂
　　：音昏［魂合平暁Ⅰ］
闈：雨非［微　平匣Ｃ］㊂
　　：音違［微　平匣Ｃ］
闋：苦穴［屑合入渓Ⅳ］㊂
　　：苦穴［屑合入渓Ⅳ］
闐：徒年［先開平定Ⅳ］㊂
　　：大年［先開平定Ⅳ］
　　：音田［　〃　　　］
闔：胡臘［盍　入匣Ⅰ］㊂
　　：何臘［盍　入匣Ⅰ］
　　：音合［合　入匣Ⅰ］
闕：其月［月合入群Ｃ］㊂掘
　　：其月［月合入群Ｃ］
闞：火斬［咸　上暁Ⅱ］㊂
　　：許感［覃　上暁Ⅰ］
　　：許艦［銜　上暁Ⅱ］

闥：吐盍［盍　入透Ⅰ］㊂ 偈
　　：吐臘［盍　入透Ⅰ］
闠：胡対［灰合去匣Ⅰ］㊂
　　：胡對［灰合去匣Ⅰ］
闡：昌善［仙開上昌ＡＢ］㊂
　　：昌善［仙開上昌ＡＢ］
闢：房益［昔　入並Ａ］㊂
　　：婢亦［昔　入並Ａ］
闤：戸關［刪合平匣Ⅱ］㊂
　　：胡關［刪合平匣Ⅱ］
　　：音還［　〃　　　］
闥：他達［曷開入透Ⅰ］㊂
　　：他達［曷開入透Ⅰ］

【阜部】
阡：蒼先［先開平清Ⅳ］㊂
　　：音千［先開平清Ⅳ］
阪：府遠［元　上幫Ｃ］㊂
　　：音反［元　上幫Ｃ］
阯：諸市［之開上章Ｃ］㊂
　　：音止［之開上章Ｃ］
阰：房脂［脂開平並Ａ］㊂
　　：音毗［脂開平並Ａ］
防：符方［陽　平並Ｃ］㊂
　　：扶方［陽　平並Ｃ］
　　：音房［　〃　　　］
　　：符況［陽　去並Ｃ］㊂
　　：扶放［陽　去並Ｃ］
阻：側呂［魚開上荘Ｃ］㊂
　　：側与［魚開上荘Ｃ］

阽:余廉［塩　平羊ＡＢ］広
　:以廉［塩　平羊ＡＢ］
　:音塩［　〃　　　］
陁:徒河［歌開平定Ⅰ］広陀
　:徒何［歌開平定Ⅰ］
陂:滂禾［戈　平滂Ⅰ］広陂
　:布和［戈　平幫Ⅰ］
陊:池爾［支開上澄ＡＢ］広
　:直氏［支開上澄ＡＢ］
降:下江［江　平匣Ⅱ］広
　:下江［江　平匣Ⅱ］
陝:失冉［塩　上書ＡＢ］広
　:式冉［塩　上書ＡＢ］
陝:失冉［塩　上書ＡＢ］広
　:失冉［塩　上書ＡＢ］
　:侯夾［洽　入匣Ⅱ］広
　:音洽［洽　入匣Ⅱ］
陛:傍禮［斉　上並Ⅳ］広
　:歩礼［斉　上並Ⅳ］
陪:薄回［灰　平並Ⅰ］広
　:歩回［灰　平並Ⅰ］
陬:子侯［侯　平精Ⅰ］広
　:子侯［侯　平精Ⅰ］
陳:直刃［真開去澄ＡＢ］広
　:直刃［真開去澄ＡＢ］
陶:徒刀［豪　平定Ⅰ］広
　:徒勞［豪　平定Ⅰ］
　:餘昭［宵　平羊ＡＢ］広
　:音遥［宵　平羊ＡＢ］
隉:都奚［斉開平端Ⅳ］広

　:丁分［斉開平端Ⅳ］
　:音低［　〃　　　］
隈:烏恢［灰合平影Ⅰ］広
　:烏回［灰合平影Ⅰ］
隊:徒對［灰合去定Ⅰ］広
　:徒對［灰合去定Ⅰ］
隗:五罪［灰合上疑Ⅰ］広
　:五罪［灰合上疑Ⅰ］
隘:烏懈［佳開去影Ⅱ］広
　:於懈［佳開去影Ⅱ］
隙:綺戟［陌開入溪Ｂ］広
　:丘逆［陌開入溪Ｂ］
　:去逆［　〃　　　］
障:之亮［陽開去章Ｃ］広
　:之上［陽開去章Ｃ］
隧:徐醉［脂合去邪ＡＢ］広
　:音遂［脂合去邪ＡＢ］
隩:烏到［豪　去影Ⅰ］広
　:烏報［豪　去影Ⅰ］
　:於六［屋　入影Ｃ］広
　:於六［屋　入影Ｃ］
險:虚檢［塩　上暁Ｃ］広
　:許儉［塩　上暁Ｂ］

【隶部】
隷:郎計［斉開去来Ⅳ］広
　:力計［斉開去来Ⅳ］
　:力帝［　〃　　　］

【隹部】

隼:思尹[諄合上心ＡＢ]廣
　:音笋[諄合上心ＡＢ]
雊:古候[侯　去見Ｉ]廣
　:古候[侯　去見Ｉ]
雍:於容[鍾　平影Ｃ]廣
　:一恭[鍾　平影Ｃ]
雕:都聊[蕭　平端Ⅳ]廣
　:音彫[蕭　平端Ⅳ]
雘:烏郭[鐸合入影Ｉ]廣
　:烏郭[鐸合入影Ｉ]
離:力智[支開去来ＡＢ]廣
　:力智[支開去来ＡＢ]
難:奴案[寒開去泥Ｉ]廣
　:奴旦[寒開去泥Ｉ]
　:那旦[　〃　　　]
　:乃旦[　〃　　　]
　:難旦[　〃　　　]

【雨部】

雩:羽俱[虞合平匣Ｃ]廣
　:音于[虞合平匣Ｃ]
雯:撫文[文　平滂Ｃ]廣
　:芳云[文　平滂Ｃ]
零:落賢[先開平来Ⅳ]廣
　:力田[先開平来Ⅳ]
雺:莫紅[東　平明Ｉ]廣
　:音蒙[東　平明Ｉ]
電:堂練[先開去定Ⅳ]廣
　:音殿[先開去定Ⅳ]

霂:莫卜[屋　入明Ｉ]廣
　:音木[屋　入明Ｉ]
雪:徒合[合　入定Ｉ]廣䚡
　:徒合[合　入定Ｉ]
霆:特丁[青開平定Ⅳ]廣
　:大丁[青開平定Ⅳ]
霍:虚郭[鐸合入暁Ｉ]廣
　:火郭[鐸合入暁Ｉ]
霑:張廉[塩　平知ＡＢ]廣
　:陟廉[塩　平知ＡＢ]
霓:五稽[斉開平疑Ⅳ]廣
　:魚兮[斉開平疑Ⅳ]
霢:莫獲[麦　入明Ⅱ]廣
　:音脉[麦　入明Ⅱ]
雷:力救[尤　去来Ｃ]廣
　:力又[尤　去来Ｃ]
霰:蘇佃[先開去心Ⅳ]廣
　:先見[先開去心Ⅳ]
覆:敷救[尤　去滂Ｃ]廣覆
　:芳富[尤　去滂Ｃ]
　:芳福[屋　入滂Ｃ]廣覆
　:芳伏[屋　入滂Ｃ]
霽:徒對[灰合去定Ｉ]廣
　:徒對[灰合去定Ｉ]
霳:息委[支合上心ＡＢ]廣
　:思累[支合上心ＡＢ]
䨦:式竹[屋　入書Ｃ]廣儵
　:音叔[屋　入書Ｃ]

【青部】
靖：疾郢［清開上從ＡＢ］广
：音静［清開上從ＡＢ］
靚：疾政［清開去從ＡＢ］广
：才性［清開去從ＡＢ］
：音浄［　〃　　　］

【面部】
靦：他典［先開上透Ⅳ］广
：吐典［先開上透Ⅳ］

【革部】
靳：居焮［欣開去見Ｃ］广
：古覲［真開去見Ｂ］
靶：必駕［麻　去幫Ⅱ］广
：音霸［麻　去幫Ⅱ］
鞈：蘇合［合　入心Ⅰ］广
：素合［合　入心Ⅰ］
鞅：於兩［陽開上影Ｃ］广
：於兩［陽開上影Ｃ］
鞌：烏寒［寒開平影Ⅰ］广
：音安［寒開平影Ⅰ］
鞏：居悚［鍾　上見Ｃ］广
：居勇［鍾　上見Ｃ］
：音拱［　〃　　　］
鞚：苦貢［東　去溪Ⅰ］广
：音控［東　去溪Ⅰ］
鞞：部迷［齊　平並Ⅳ］广
：步迷［齊　平並Ⅳ］
鞬：居言［元開平見Ｃ］广

：居言［元開平見Ｃ］
韄：居依［微開平見Ｃ］广
：音機［微開平見Ｃ］

【韋部】
韜：土刀［豪　平透Ⅰ］广
：吐刀［豪　平透Ⅰ］
韝：古侯［侯　平見Ⅰ］广
：音溝［侯　平見Ⅰ］
韞：於粉［文合上影Ｃ］广韫
：於粉［文合上影Ｃ］
韡：于鬼［微合上匣Ｃ］广
：于鬼［微合上匣Ｃ］

【音部】
韶：市昭［宵　平常ＡＢ］广
：市遥［宵　平常ＡＢ］

【頁部】
頂：都挺［青開上端Ⅳ］广
：音鼎［青開上端Ⅳ］
頏：胡郎［唐開平匣Ⅰ］广
：何郎［唐開平匣Ⅰ］
頑：五還［刪合平疑Ⅱ］广
：五鰥［山合平疑Ⅱ］
頒：布還［刪　平幫Ⅱ］广
：音班［刪　平幫Ⅱ］
頗：滂禾［戈　平滂Ⅰ］广
：普和［戈　平滂Ⅰ］
：普火［戈　上滂Ⅰ］广

：普我［戈　　上滂Ⅰ］
頡：胡結［屑開入匣Ⅳ］広
　：何結［屑開入匣Ⅳ］
頫：方矩［虞　　上帮Ｃ］広
　：音府［虞　　上帮Ｃ］
頷：胡感［覃　　上匣Ⅰ］広
　：胡感［覃　　上匣Ⅰ］
頮：杜回［灰合平定Ⅰ］広
　：大回［灰合平定Ⅰ］
題：杜奚［齊開平定Ⅳ］広
　：大分［齊開平定Ⅳ］
　：定分［　〃　　　］
　：度分［　〃　　　］
　：多分［齊開平端Ⅳ］
顣：苦感［覃　　上溪Ⅰ］広
　：口感［覃　　上溪Ⅰ］

【風部】
飀：於柳［尤　　上影Ｃ］広
　：於酒［尤　　上影Ｃ］
颸：楚持［之開平初Ｃ］広
　：楚疑［之開平初Ｃ］
颺：餘亮［陽開去羊Ｃ］広
　：以亮［陽開去羊Ｃ］
颼：所鳩［尤　　平生Ｃ］広
　：所求［尤　　平生Ｃ］
飄：撫招［宵　　平滂Ａ］広
　：匹遥［宵　　平滂Ａ］
　：符霄［宵　　平並Ａ］広
　：婢遥［宵　　平並Ａ］

颮：甫遙［宵　　平帮Ａ］広颮
　：必遥［宵　　平帮Ａ］
飇：落蕭［蕭　　平来Ⅳ］広飇
　：力彫［蕭　　平来Ⅳ］
飀：力求［尤　　平来Ｃ］広
　：力尤［尤　　平来Ｃ］
飍：香幽［幽　　平曉Ａ］広
　：香幽［幽　　平曉Ａ］

【飛部】
飜：孚袁［元　　平滂Ｃ］広
　：芳煩［元　　平滂Ｃ］

【食部】
食：羊吏［之開去羊Ｃ］広
　：音異［之開去羊Ｃ］
湌：七安［寒開平清Ⅰ］広餐湌
　：七干［寒開平清Ⅰ］
　：素干［寒開平心Ⅰ］
飫：依倨［魚開去影Ｃ］広
　：於慮［魚開去影Ｃ］
飯：扶晚［元　　上並Ｃ］広
　：扶遠［元　　上並Ｃ］
飲：於禁［侵　　去影Ｂ］広
　：於禁［侵　　去影Ｂ］
　：音蔭［　〃　　　］
飾：賞職［職開入書Ｃ］広
　：音識［職開入書Ｃ］
養：餘亮［陽開去羊Ｃ］広
　：以亮［陽開去羊Ｃ］

餌：仍吏［之開去日Ｃ］広
　：音二［脂開去日ＡＢ］
餓：五个［歌開去疑Ⅰ］広
　：魚賀［歌開去疑Ⅰ］
餞：慈演［仙開上従ＡＢ］広
　：慈輦［仙開上従ＡＢ］
餭：陟良［陽開平知Ｃ］広
　：音張［陽開平知Ｃ］
餱：胡光［唐合平匣Ⅰ］広
　：音皇［唐合平匣Ⅰ］
饋：求位［脂合去群Ｂ］広
　：其媿［脂合去群Ｂ］
饌：士戀［仙合去崇ＡＢ］広
　：士卷［仙合去崇ＡＢ］
饒：如招［宵　平日ＡＢ］広
　：而遥［宵　平日ＡＢ］
饗：許兩［陽開上暁Ｃ］広
　：許兩［陽開上暁Ｃ］

【首部】
首：舒救［尤　去書Ｃ］広
　：音獸［尤　去書Ｃ］
　：音狩［　〃　　　］
馘：古獲［麦合入見Ⅱ］広
　：古獲［麦合入見Ⅱ］

【香部】
馥：符逼［職　入並Ｂ］広
　：步逼［職　入並Ｂ］
　：房六［屋　入並Ｃ］広

　：音伏［屋　入並Ｃ］
馨：呼刑［青開平暁Ⅳ］広
　：許征［清開平暁Ａ］

【馬部】
馳：直離［支開平澄ＡＢ］広
　：直知［支開平澄ＡＢ］
馴：詳遵［諄合平邪ＡＢ］広
　：音旬［諄合平邪ＡＢ］
駈：區遇［虞合去渓Ｃ］広
　：丘具［虞合去渓Ｃ］
駐：中句［虞合去知Ｃ］広
　：竹樹［虞合去知Ｃ］
　：丁住［虞合去端Ｃ］
駑：乃都［模合平泥Ⅰ］広
　：音奴［模合平泥Ⅰ］
駓：敷悲［脂　平滂Ｂ］広
　：音不［脂　平滂Ｂ］
駔：子朗［唐開上精Ⅰ］広
　：子朗［唐開上精Ⅰ］
駘：徒亥［咍開上定Ⅰ］広
　：音待［咍開上定Ⅰ］
駙：符遇［虞　去並Ｃ］広
　：音附［虞　去並Ｃ］
駟：息利［脂開去心ＡＢ］広
　：音四［脂開去心ＡＢ］
駢：部田［先　平並Ⅳ］広
　：步田［先　平並Ⅳ］
駭：侯楷［皆開上匣Ⅱ］広
　：何楷［皆開上匣Ⅱ］

｜：胡楷[　〃　　　　]
駸：楚簪[侵　平初ＡＢ]広
｜：楚吟[侵　平初ＡＢ]
駹：莫江[江　平明Ⅱ]広
｜：音尨[江　平明Ⅱ]
駿：子峻[諄合去精ＡＢ]広
｜：音俊[諄合去精ＡＢ]
騁：丑郢[清開上徹ＡＢ]広
｜：樗郢[清開上徹ＡＢ]
｜：勑整[　〃　　　　]
｜：音逞[　〃　　　　]
騄：力玉[燭　入来Ｃ]広
｜：音緑[燭　入来Ｃ]
騏：渠之[之開平群Ｃ]広
｜：音其[之開平群Ｃ]
騑：芳帮[微　平滂Ｃ]広
｜：音妃[微　平滂Ｃ]
騖：亡遇[虞　去明Ｃ]広
｜：音務[虞　去明Ｃ]
騈：都年[先開平端Ⅳ]広
｜：音顛[先開平端Ⅳ]
驂：倉含[覃　平清Ⅰ]広
｜：七男[覃　平清Ⅰ]
｜：音參[　〃　　　　]
驄：倉紅[東　平清Ⅰ]広
｜：音怱[東　平清Ⅰ]
驅：區遇[虞合去渓Ｃ]広
｜：羌遇[虞合去渓Ｃ]
驍：古尭[蕭　平見Ⅳ]広
｜：古尭[蕭　平見Ⅳ]

｜：居尭[　〃　　　　]
驟：鋤祐[尤　去崇Ｃ]広
｜：助又[尤　去崇Ｃ]
｜：士又[　〃　　　　]
驤：息良[陽開平心Ｃ]広
｜：四良[陽開平心Ｃ]
｜：音相[　〃　　　　]
驥：几利[脂開去見Ｂ]広
｜：音冀[脂開去見Ｂ]
驪：呂支[支開平来ＡＢ]広
｜：力知[支開平来ＡＢ]
驫：甫休[幽　平帮Ｂ]広
｜：必幽[幽　平帮Ｂ]

【骨部】
骪：於詭[支合上影Ｂ]広
｜：音委[支合上影Ｂ]
骸：戸皆[皆開平匣Ⅱ]広
｜：戸皆[皆開平匣Ⅱ]

【髟部】
髣：妃兩[陽　上滂Ｃ]広
｜：芳往[陽　上滂Ｃ]
髦：莫袍[豪　平明Ⅰ]広
｜：音毛[豪　平明Ⅰ]
髯：汝鹽[塩　平日ＡＢ]広
｜：而廉[塩　平日ＡＢ]
髴：芳未[微　去滂Ｃ]広
｜：芳味[微　去滂Ｃ]
髻：即浅[仙開上精ＡＢ]広

- 106 -

：子踐［仙開上精ＡＢ］
：音剪［　〃　　　］
蘮：良涉［葉　入来ＡＢ］広
：音獦［葉　入来ＡＢ］

【鬥部】
鬯：丑亮［陽開去徹Ｃ］広
：丑亮［陽開去徹Ｃ］

【鬲部】
鬻：余六［屋　入羊Ｃ］広
：以六［屋　入羊Ｃ］

【鬼部】
魁：苦回［灰合平渓Ｉ］広
：苦回［灰合平渓Ｉ］
：苦迴［　〃　　　］
魄：傍各［鐸　入並Ｉ］広薄
：步博［鐸　入並Ｉ］
：普伯［陌　入滂Ⅱ］広
：音白［陌　入並Ⅱ］
魅：明祕［脂　去明Ｂ］広
：音媚［脂　去明Ｂ］

【魚部】
魦：所沙［麻開平生Ⅱ］広
：音沙［麻開平生Ⅱ］
魴：符方［陽　平並Ｃ］広
：音房［陽　平並Ｃ］
鮋：直由［尤　平澄Ｃ］広

：直留［尤　平澄Ｃ］
鮌：古本［魂合上見Ｉ］広
：古本［魂合上見Ｉ］
鮐：與之［之開平羊Ｃ］広鯔
：音怡［之開平羊Ｃ］
鮣：於刃［真開去影Ａ］広
：音印［真開去影Ａ］
鮪：榮美［脂合上匣Ｂ］広
：于美［脂合上匣Ｂ］
鮫：古肴［肴　平見Ⅱ］広
：音交［肴　平見Ⅱ］
鮮：相然［仙開平心ＡＢ］広
：息延［仙開平心ＡＢ］
：音仙［　〃　　　　］
：息淺［仙開上心ＡＢ］広
：思輦［仙開上心ＡＢ］
鯳：杜奚［齊開平定Ⅳ］広
：徒分［齊開平定Ⅳ］
鯔：側持［之開平荘Ｃ］広
：側疑［之開平荘Ｃ］
鯖：倉經［青開平清Ⅳ］広
：音青［青開平清Ⅳ］
鯺：倉各［鐸開入清Ｉ］広
：音錯［鐸開入清Ｉ］
鯢：五稽［齊開平疑Ⅳ］広
：魚雞［齊開平疑Ⅳ］
鯪：力膺［蒸開平来Ｃ］広
：音陵［蒸開平来Ｃ］
鯸：戶鉤［侯　平匣Ｉ］広
：音侯［侯　平匣Ｉ］

鰌：七由［尤　平清Ｃ］広
　：音秋［尤　平清Ｃ］
鰐：五各［鐸開入疑Ⅰ］広
　：五各［鐸開入疑Ⅰ］
鰓：蘇來［咍開平心Ⅰ］広
　：先来［咍開平心Ⅰ］
鼈：并列［薛　入幫Ａ］広
　：必列［薛　入幫Ａ］
鱒：才本［魂合上從Ⅰ］広
　：在本［魂合上從Ⅰ］
鱓：常演［仙開上常ＡＢ］広
　：音善［仙開上常ＡＢ］
鱕：甫煩［元　平幫Ｃ］広
　：音番［元　平並Ｃ］
鱣：張連［仙開平知ＡＢ］広
　：知連［仙開平知ＡＢ］
鱧：盧啓［齊開上來Ⅳ］広
　：音礼［齊開上來Ⅳ］
鱨：市羊［陽開平常Ｃ］広
　：音常［陽開平常Ｃ］

【鳥部】
鳧：防無［虞　平並Ｃ］広
　：音扶［虞　平並Ｃ］
鳩：居求［尤　平見Ｃ］広
　：居尤［尤　平見Ｃ］
鵒：魚欲［燭　入疑Ｃ］広
　：音玉［燭　入疑Ｃ］
鴂：古穴［屑合入見Ⅳ］広
　：音決［屑合入見Ⅳ］
鴆：直禁［侵　去澄ＡＢ］広
　：直禁［侵　去澄ＡＢ］
鴒：郎丁［青開平來Ⅳ］広
　：音零［青開平來Ⅳ］
鴟：處脂［脂開平昌Ｃ］広
　：尺之［之開平昌Ｃ］
　：尺詩［　〃　　］
鶘：古胡［模合平見Ⅰ］広
　：古胡［模合平見Ⅰ］
鴥：餘律［術合入羊ＡＢ］広
　：音聿［術合入羊ＡＢ］
　：戸穴［屑合入匣Ⅳ］広ナシ
鷃：烏澗［删開去影Ⅱ］広
　：音晏［删開去影Ⅱ］
鵜：杜奚［齊開平定Ⅳ］広
　：大兮［齊開平定Ⅳ］
鵠：胡沃［沃　入匣Ⅰ］広
　：胡酷［沃　入匣Ⅰ］
　：胡毒［　〃　　］
鵬：步崩［登　平並Ⅰ］広
　：音朋［登　平並Ⅰ］
鷗：武兵［庚　平明Ｂ］広
　：音明［庚　平明Ｂ］
鵰：都聊［蕭　平端Ⅳ］広
　：音彫［蕭　平端Ⅳ］
鵲：七雀［藥開入清Ｃ］広
　：七略［藥開入清Ｃ］
鴛：於袁［元合平影Ｃ］広
　：於元［元合平影Ｃ］
鷄：丁刮［鎋合入端Ⅱ］広

：丁刮［鎋合入端Ⅱ］
鶊：倉經［青開平清Ⅳ］広
　　：音青［青開平清Ⅳ］
鶉：常倫［諄合平常ＡＢ］広
　　：音純［諄合平常ＡＢ］
鴡：九魚［魚開平見Ｃ］広
　　：音居［魚開平見Ｃ］
鶖：七由［尤　平清Ｃ］広
　　：音秋［尤　平清Ｃ］
鶘：戸呉［模合平匣Ⅰ］広
　　：音胡［模合平匣Ⅰ］
鶚：五各［鐸開入疑Ⅰ］広
　　：五各［鐸開入疑Ⅰ］
鶡：胡葛［曷開入匣Ⅰ］広
　　：何達［曷開入匣Ⅰ］
鶢：雨元［元合平匣Ｃ］広
　　：音爰［元合平匣Ｃ］
鶬：七岡［唐開平清Ⅰ］広
　　：音倉［唐開平清Ⅰ］
鷐：章刃［真開去章ＡＢ］広
　　：音振［真開去章ＡＢ］
鶵：仕于［虞合平崇Ｃ］広
　　：仕于［虞合平崇Ｃ］
　　：士俱［　〃　　　］
鶺：資昔［昔開入精ＡＢ］広
　　：音積［昔開入精ＡＢ］
鶃：五歷［錫開入疑Ⅳ］広
　　：魚歷［錫開入疑Ⅳ］
　　：五的［　〃　　　］
鷘：恥力［職開入徹Ｃ］広鷙

　　：音勅［職開入徹Ｃ］
鷇：苦候［侯　去溪Ⅰ］広
　　：苦候［侯　去溪Ⅰ］
鷓：之夜［麻開去章ＡＢ］広
　　：之夜［麻開去章ＡＢ］
鷗：烏侯［侯　平影Ⅰ］広
　　：烏侯［侯　平影Ⅰ］
鷙：脂利［脂開去章ＡＢ］広
　　：音至［脂開去章ＡＢ］
鷛：餘封［鍾　平羊Ｃ］広鱅
　　：音容［鍾　平羊Ｃ］
鶾：色莊［陽開平生Ｃ］広
　　：音霜［陽開平生Ｃ］
鷟：士角［覺　入崇Ⅱ］広
　　：仕角［覺　入崇Ⅱ］
鷦：即消［宵　平精ＡＢ］広
　　：音焦［宵　平精ＡＢ］
鷫：息逐［屋　入心Ｃ］広
　　：音肅［屋　入心Ｃ］
鶏：強魚［魚開平群Ｃ］広鸎
　　：音渠［魚開平群Ｃ］
鷹：於陵［蒸開平影Ｃ］広
　　：一陵［蒸開平影Ｃ］
鷺：洛故［模合去来Ⅰ］広
　　：音路［模合去来Ⅰ］
鸀：之欲［燭　入章Ｃ］広
　　：之欲［燭　入章Ｃ］
鸇：諸延［仙開平章ＡＢ］広
　　：之然［仙開平章ＡＢ］
鸋：奴丁［青開平泥Ⅳ］広

：音寧［青開平泥Ⅳ］
鸑：五角［覺　入疑Ⅱ］広
　：魚角［覺　入疑Ⅱ］
鶘：落胡［模合平来Ⅰ］広
　：力胡［模合平来Ⅰ］
鶴：下各［鐸開入匣Ⅰ］広鶴
　：胡各［鐸開入匣Ⅰ］
鶬：色莊［陽開平生C］広
　：音霜［陽開平生C］
鸛：古玩［桓合去見Ⅰ］広
　：古翫［桓合去見Ⅰ］
鵉：落官［桓合平来Ⅰ］広
　：路丸［桓合平来Ⅰ］

【鹵部】
鹵：郎古［模合上来Ⅰ］広
　：路古［模合上来Ⅰ］
鹽：以贍［塩　去羊ＡＢ］広
　：以占［塩　去羊ＡＢ］

【鹿部】
麈：之庾［虞合上章C］広
　：音主［虞合上章C］
麋：武悲［脂　平明B］広
　：音眉［脂　平明B］
麕：居筠［真合平見B］広
　：居贇［真合平見B］
麖：擧卿［庚開平見B］広
　：音京［庚開平見B］
麚：古牙［麻開平見Ⅱ］広

：居牙［麻開平見Ⅱ］
麟：士皆［皆開平崇Ⅱ］広
　：仕皆［皆開平崇Ⅱ］
　：祖稽［齊開平精Ⅳ］広
　：子兮［齊開平精Ⅳ］
麤：倉胡［模合平清Ⅰ］広
　：七胡［模合平清Ⅰ］

【麥部】
麴：驅匊［屋　入溪C］広
　：居六［屋　入見C］
麵：莫甸［先　去明Ⅳ］広
　：音眄［先　去明Ⅳ］

【麻部】
麾：許爲［支合平曉B］広
　：許為［支合平曉B］
　：火為［　〃　　］

【黍部】
黎：郎奚［齊開平来Ⅳ］広
　：力兮［齊開平来Ⅳ］

【黑部】
黖：許旣［微開去曉C］広
　：許旣［微開去曉C］
黝：於糾［幽　上影A］広
　：於乣［幽　上影A］
黥：渠京［庚開平群B］広
　：巨京［庚開平群B］

- 110 -

：巨百[陌開入群Ⅱ]広ナシ
黷：徒谷[屋　入定Ⅰ]広
　　：大禄[屋　入定Ⅰ]
　　：大目[　〃　　]
　　：音讀[　〃　　]

【黹部】
黻：分勿[物　入幫Ｃ]広
　　：音弗[物　入幫Ｃ]
黼：方矩[虞　上幫Ｃ]広
　　：音府[虞　上幫Ｃ]

【黽部】
鼇：五勞[豪　平疑Ⅰ]広
　　：五高[豪　平疑Ⅰ]
鼉：徒河[歌開平定Ⅰ]広
　　：大何[歌開平定Ⅰ]
鼈：北激[錫　入幫Ⅳ]広
　　：必亦[昔　入幫Ａ]

【鼠部】
鼯：五乎[模合平疑Ⅰ]広
　　：音吾[模合平疑Ⅰ]

【齊部】
齊：側皆[皆開平莊Ⅱ]広齋
　　：側階[皆開平莊Ⅱ]
　　：在詣[齊開去從Ⅳ]広
　　：在細[齊開去從Ⅳ]
　　：才細[　〃　　]

　　：即夷[脂開平精ＡＢ]広齋齏
　　：音咨[脂開平精ＡＢ]

【齒部】
齡：郎丁[青開平来Ⅳ]広
　　：力丁[青開平来Ⅳ]
齧：五結[屑開入疑Ⅳ]広
　　：魚結[屑開入疑Ⅳ]
齪：測角[覺　入初Ⅱ]広
　　：楚角[覺　入初Ⅱ]
　　：初角[　〃　　]

【龍部】
龕：口含[覃　平渓Ⅰ]広
　　：音堪[覃　平渓Ⅰ]

- 111 -

あとがき

　『文選音決』に関する研究——これまでの一応の結果を、やっと出版することができた。この資料を初めて取り扱ったのが、広島大学文学研究科の修士論文であって、昭和47年のことであるから、実に28年になんなんとする。これほどまでに時間がかかったのは、筆者の怠慢に外ならない。

　そもそも学部３年生の時、西谷登七郎先生より「漢語音韻学序説」なる講義を受け、幾つかの参考書も自分で読んでみたが、この「音韻学」がなかなか理解できない。そうした折り、東京大学の平山久雄先生の講義を１年間（といっても、大学紛争の直後のことであるから、６月に始まり、翌年の１月に終わった。しかも、夏・冬などの休みを挟んでいるから、実質５ヶ月余りであった）受講する機会に恵まれた。それは先生の書かれた論文を教材にして講義されたからよく理解でき、「耳提面命」の教えの有り難さを感じたことであった。講義の際、先生はかなり豊富な資料を配布された。講義が終了して先生にお礼を申し上げた際も、玉稿「敦煌毛詩音残巻反切の研究（上）」を頂いて、今もそれらの恩恵に浴している。先生は、音韻学を理解しようと思えば、実際に反切資料を扱ってみることですとその時に言われた。

　そういうことがあって、小尾郊一先生（現広島大学名誉教授）に修士論文のことで、何の資料を、どのように取り上げたらよいのかといったことなどについてご相談申し上げたことから、『文選音決』を取り扱うことになったのである。それ以来、研究結果の一部は学会で口頭発表を行い、諸先生方のご指導、ご批判を頂いた。その後、様々なことがあって、この研究から遠ざかり、現代語研究、段玉裁研究、『広韻』研究、果ては江戸漢学の方へと首を突っ込んでしまった。今もその余波は続いている。「旁鶩」であり、研究上の「転蓬」である（これではいけないと思うにつけ、竹治貞夫先生が大著『楚辞研究』の「跋」に書かれてある、斯波六郎先生が竹治先生を戒められたという言葉を思い起こすのである）。この間、いつも『音決』のことが脳

- 113 -

裏に去来し、大げさにいえば、かの楊守敬が『水経注疏』を完成させなければ死ぬに死ねないとその弟子の熊会貞に漏らしたとかいうような、「死不瞑目」の心境であった。そのような中、今から10年余り前に「『文選音決』の研究——資料篇（１）音注総表——」を広島大学文学部の紀要に発表し、重い腰を上げて『音決』の研究を再開したのであった。その後引き続き、資料の再調査、反切の検討などを進めてきた。こうして、拙著は昭和51年に発表した拙稿「『文選集注』所引音決撰者についての一考察」以来、上記の「資料篇」を含む、紀要に発表した諸原稿を元に、更に平成８年に「『文選音決』の研究——音注とその分析——」として広島大学文学部に提出した学位請求論文の本論篇・資料篇を補訂したものを加えて成ったものである。それで、記述・体裁の不統一が見られるかもしれない。その点は、ご海容の程をお願いしたい。なお、このたびは急遽、上海古籍出版社から1997年に出版された『天津市芸術博物館蔵敦煌文献②』に登載された残巻本巻24（胡刻本の巻数）及び成簣道文庫に所蔵する残巻本で花園大学の衣川賢次氏が筆写した巻61の資料をも加えている。

　ご覧頂ければお分かりのように、事実を列記したのみで、解釈を施していないなど問題点も少なくないであろう。筆者としても必ずしも満足のいくものではないが、研究者各位のご批判、ご指導を頂いて、積み残した問題について、また、平成８年提出した学位請求論文の審査に当たられた諸先生方から頂いた課題の内の未解決のそれについて、今後ともねばり強く研究し続けて行かなければならない。かように味も色も薄い「一房の葡萄」も「なさけある手」に摘んで頂いて、始めて「あたゝかき酒」となり得ようかと思う。

　ところで、音注を実際に取り扱って音韻学が理解できたのかというと、悲しいかな、愚鈍なる筆者には、未だに分からないことばかりである。せいぜい音注の何ものたるかということが、ほんの僅かながら理解し得たというに過ぎない。しかし、斯学に嵌り込んだ以上、少しでも理解するべく、努力して行きたいと思う。

　拙著を成すに当たって、一言申し上げておきたい。平成11年度は、筆者にとって実に多忙を極めた。〇〇委員会副委員長、〇〇ＷＧ座長、〇〇会世話

人代表等等を務め、正に「孔席不暇暖」であった。そのような状況下でこの拙著を完成し得たことについて、小尾郊一先生がその大著『中国文学に現われた自然と自然観』の「後記」に書かれたように、筆者も吾が広島大学文学部中国語学中国文学研究室の好き環境に感謝せずにはいられない。研究室の諸先生、富永一登教授には原稿作成上のご相談にのって頂き、何度激励して頂いたか分からない。佐藤利行助教授には「文選集注本」の確認などでお世話頂いた。小川恒男助教授には、外字の作成、書式の統一、印字などの諸処理、また『広韻』の検索、原稿の校正について、貴重なる、相当の時間を割いて頂き、実に献身的なご援助を頂いた。筆舌に尽くし難いものがある。ただ「感謝」の言葉しかない。李国棟外国人教師には、要旨の翻訳についてお世話になった。また、大学院生、特に木村守、末葭敏久、佐伯雅宣の三君には「文選音決被注字索引」の作成、原稿の校正等に際して、これまた相当な時間を割いてお手伝い頂いた。外にもお世話になった方々のご氏名は一々挙げきれないが、ご援助、ご協力頂いた研究室の諸先生方並びに大学院生諸君に深甚なる謝意を表したい。

　渓水社代表取締役木村逸司氏には、出版上の実務諸般に亘って懇切丁寧なるご助言を賜った。衷心より感謝申し上げる。同時に少なからざるご無理を申し上げ、色々とご迷惑をおかけしたことについてもお詫び申し上げたい。

　要するに、大勢の方のご援助で、拙著は成ったものである。感謝の一言に尽きる。

　拙著の刊行に当たっては、日本学術振興会の平成11年度科学研究費補助金「研究成果公開促進費」の交付を受けた。記して感謝の意を呈する。

　　　平成12年1月

　　　　　　　　　　　　　　　　　　　　　　　　　　　　狩野充徳

《〈文选音决〉研究》的要旨

《文选集注》是在梁代昭明太子所撰《文选》的正文后附上李善、钞、音决、五臣、陆善经等唐代诸注,并加"今案"案语的注释书。此书原是120卷的钞本,但现在仅存24卷(各卷未必完整),占原书的20%。《文选集注》有《京都帝国大学文学部影印旧钞本》、有邱棨鐊附在《文选集注研究(一)》(1978年)的卷98影印本(台湾台北中央图书馆所藏)等,而《文选集注》所引的《音决》就是《文选音决》(以下根据需要略为《音决》)。其它的诸注都是对《文选》正文的义注,而这个《音决》则是对《文选》正文的音注,由约5300个反切、直音和声调注(除此以外,还有各种注)组成。

此《音决》的撰者是出身扬州江都(江苏省)并在江苏省做过官的公孙罗。江都流行文选学,公孙罗也从事此学,并于7世纪后半叶撰写了《音决》。所以,我们可以认为《音决》反映了7世纪后半叶的唐代南方语音,它为唐代南方语音的研究提供了重要的资料,它可使唐代南方语言的实际情况更加明了。也就是说,它为唐代语言史提供了宝贵资料。自古以来,关于《切韵》(601年)的性质和音韵体系有很多议论(它所依据的到底是哪种方言?至今虽然已有各种意见,但尚无定论。另外,在音值推定等细节上也存在一些未解决的问题)。因此,在解决这些问题上《音决》也提供了宝贵资料。

拙著首先讨论了《文选音决》所见的约5300个反切、直音和声调注,并根据《切韵》的音韵体系制作了《音注总表》。由此,(1)我们阐明了《音决》所反映的音韵体系(声类、韵类、声调)的特色。其次,拙著整理了反切,制作了《反切上字表》。由此,(2)我们阐明了《音决》反切结构的特色。

Ⅰ. 在序论篇,我们论述了《文选音决》的本文、诸注、撰者、价值、研究目的和研究方法。

Ⅱ. 在本论篇,为了了解《音决》音韵体系的特征,我们分别考察了声类、韵类和声调,并论述了《切韵》系韵书所未见的固有音。最后,我们论述了《音

决》的反切结构。为了探讨《音决》音韵体系的特征,我们采用了对照《切韵》的音韵体系来找其区别的方法。为了分析《音决》的反切,我们采用了陆志韦的所谓"古反切是怎样构造的"的方法。本论篇主要参考了大岛正二《唐代字音研究》的研究成果。考察结果如下:

1. 声类的主要特征

(1)在唐代音韵史上最重要的事件就是轻唇音从重唇音中独立出来。关于这个"轻唇音化",在《音决》中可以确认到。重唇音反切上字和轻唇音反切上字有区别。直音注中也有区别。

(2)在唐代音韵史上与轻唇音化同等重要的,就是被推定为中古有声音的全浊声母的无声化。《音决》中的某些音注反映出了这一点。

(3)一般认为舌头音"端透定泥"母与舌上音"知彻澄娘"母是分开的,但"类隔切"很多。

(4)齿头音的全浊破擦音"从"母与全浊摩擦音"邪"母显示出混同。

(5)正齿音三等(章组)的全浊破擦音"船"母与全浊摩擦音"常"母显示出混同。

(6)"匣"母与"于"母分开。

(4)(5)(6)是六朝末至唐代的南方音的特征。

2. 韵类的主要特征

(1)可见"二等重韵"的合流。

(2)有侯、尤两韵通用的例证,显示了尤韵明母字的直音化。

(3)有东一、东三两韵通用的例证,显示了东三明母字的直音化。

(4)有显示出"直音四等韵"拗音化的音注。

(5)有之、脂两韵通用的例证。

(6)如尤韵、幽韵所示,有显示C类韵母>B类韵母合流的音注。

(5)(6)是与六朝末至唐代的南方音资料相同的特征,如《玉篇》、《博雅

音》、《文选》(李善音)等。

3. 关于声调,唐代音韵史上的一件大事就是上声全浊音的去声化。这个上声全浊音的去声化在《音决》中是看不到的。《音决》与《切韵》之间虽然有一些不一致的地方,但基本上同属一类。

4. 除此以外,也存在一些《音决》中有而《切韵》系韵书中没有的音注。

1、2所述的一些声类、韵类的特征与六朝末至唐代的南方音特征一致,从内部证明了《音决》出自南方江都的公孙罗之手。

5. 《音决》反切的分析结果如下,基本上与唐代反切的结构一致。
(1)就反切上字而言,阳声、入声上字中"牙音韵尾"字最多,"舌音韵尾"字仅占三分之一,"唇音韵尾"字几乎不见。
(2)"牙音韵尾"中宕摄、曾摄的二摄所属上字很多。
(3)宕摄、曾摄的二摄所属上字中有所偏颇,登韵、药韵上字全无,而职韵上字很多。
(4)阴声上字中遇摄所属韵字很多,模韵字最多。其次是止摄,其中之韵字压倒多数。
(5)没有效摄上字,流摄上字也不太多。
(6)从声调看,按平声>上声>入声>去声的顺序依次减少,特别是去声上字很少。
(7)反切下字按全清音字>次浊音字>全浊音字>次清音字的顺序依次减少,次清字极少。
(8)在反切上下字的关系中,下字多用牙喉音(特别是见母、匣母)和来母字。这与上字声母无关。
(9)在清浊方面,直音反切(除Ⅱ类)和拗音反切都避清清。另外,直音反切避浊浊,拗音反切避浊清。总之,《音决》中的清浊组合的百分比差很大,这可以说是《音决》的一个特征。

(10)关于开合,开合一致的组合很多。合口的模韵上字不仅经常用在合口归字反切上,而且也经常用在开口归字反切上。牙喉音合口上字中,与牙喉音下字的组合最多。

(11)在等位方面,1、2、3等反切中有上下字间等位一致的倾向。但是,4等反切中等位一致的倾向很微弱。

(12)慧琳型反切仅占3%,极少。

Ⅲ．在结论篇,我们整理出了《音决》的音注结果,总结了音韵、反切的主要观点。

在资料篇,我们收入了作为立论基础和根据的(1)音注总表和(2)反切上字表。

在篇末,我们附上了《文选音决》被注字索引。此索引是《音注总表》所举的《文选音决》被注字的部首索引,附带《广韵》音。

著者紹介

狩野　充徳　(かのう　みつのり)
　1946年群馬県生まれ
　広島大学文学部教授、博士（文学）、中国語学中国文学専攻

主要論文

『文選集注』所引「音決」撰者についての一考察
『文選集注』所引「音決」に見える諸注について
『文選音決』に見える「如字」について
張士俊沢存堂本『広韻』の系譜
上甲振洋研究序説

文選音決の研究

平成１２年２月２５日　発　行

著　者　狩野　充徳

発行所　㈱溪水社
　　　　広島市中区小町１－４（730-0041）
　　　　電　話（082）246-7909
　　　　ＦＡＸ（082）246-7876
　　　　E-mail: info@keisui.co.jp

ISBN4-87440-595-9　C3098
平成11年度科学研究費補助金「研究成果公開促進費」
助成出版